MARK HILL

Ich vergebe nicht

Buch

Eine Serie von brutalen Morden erschüttert London, noch dazu in unmittelbarer Nähe von Detective Ray Drakes Revier. Und damit nicht genug: Der Ermittler kennt die Opfer.

Ray Drake hat alles darangesetzt, seine Vergangenheit hinter sich zu lassen und ein ganz normales Leben zu führen. Doch nun scheinen die Geschehnisse, denen er so verzweifelt entkommen wollte, ihn plötzlich einzuholen. Als bei den Ermittlungen, die Drake in die Hände seiner Kollegin Flick Crowley gelegt hat, Hinweise auftauchen, die in seine Richtung deuten, weiß er, dass er diese vertuschen muss, um sein Geheimnis weiterhin zu schützen. Ein Geheimnis, das er weder seinen Kollegen noch seinen Freunden anvertraut hat – nicht einmal seiner eigenen Tochter. Niemand weiß von seiner Vergangenheit im Longacre-Kinderheim und von den schrecklichen, dreißig Jahre zurückliegenden Ereignissen. Doch nun scheint jemand hinter allen her zu sein, die damals ebenfalls in Longacre gelebt haben. Der Mörder ist offenbar fest entschlossen, die Wahrheit über das, was damals geschah, ans Licht zu bringen – und Ray Drake ahnt, dass er auch ihm bereits dicht auf den Fersen ist …

Autor

Mark Hill war Journalist und Producer beim Radio und gewann für seine Arbeit zwei angesehene Sony Gold Awards, bevor er sich ganz dem Schreiben von Drehbüchern und Romanen zuwandte. Er lebt mit seiner Familie im Norden Londons. »Ich vergebe nicht« ist sein Debütroman.

MARK HILL

ICH VERGEBE NICHT

Thriller

Deutsch
von Andrea Brandl

blanvalet

Die Originalausgabe erschien 2016 unter dem Titel
»The Two O'Clock Boy« bei Sphere, London.

Dieses Buch ist auch als E-Book erhältlich.

Verlagsgruppe Random House FSC® N001967

1. Auflage

Neumarkter Str. 28, 81673 München
Redaktion: Susanne Then
Umschlaggestaltung und -motiv: © Johannes Wiebel | punchdesign,
unter Verwendung von Motiven von Shutterstock.com
AF · Herstellung: kw
Satz: Buch-Werkstatt GmbH, Bad Aibling
Druck und Bindung: GGP Media GmbH, Pößneck
Printed in Germany
ISBN 978-3-7341-0329-2

www.blanvalet.de

Für
Fiona und Archie

»Was List verborgen, wird ans Licht gebracht,
Wer Fehler schminkt, wird einst mit Spott verlacht.«

William Shakespeare, *König Lear*

1

Ärmelkanal, 1986

Der Junge liebte seine Eltern über alles. Und deshalb musste er sie töten.

Zusammengekauert hockte er auf der Kante seiner Koje und lauschte ihnen. Dem Quietschen ihrer Sohlen auf dem Deck, während sie sich gegenseitig Schuldzuweisungen an den Kopf warfen, ihre Stimmen so bösartig wie das Kreischen der Möwen am Himmel. Er hörte das Flappen des Segels im Wind, das Wasser gegen den Rumpf des Bootes klatschen – ein hypnotischer, seltsam tröstlicher Rhythmus.

Schwapp … schwapp … schwapp …

Bevor alles aus dem Ruder lief, bevor der Junge fortgegangen und als ein anderer wiedergekehrt war, hatten sie immer sanft und liebevoll miteinander gesprochen. Mittlerweile aber keiften sich seine Eltern nur noch an – lautstark und schrill, sodass er stets alles mitbekam –, und stets drehten sich ihre Streitereien darum, was sie nur tun konnten, um ihren Sohn aus seinem Schneckenhaus zu holen.

Natürlich wollten sie ihn nur wissen lassen, wie leid es ihnen tat, was geschehen war. Doch ihr Kummer machte ihm nur noch ein schlechteres Gewissen. Er konnte sich nicht erinnern, wann er zuletzt mit ihnen gesprochen hatte, wann es ihm gelungen war, auch nur ein einziges Wort hervorzubringen, und je länger er schwieg, desto heftiger stritten sie. Der Junge steckte sich die Finger in die Ohren, schloss die Augen und lauschte dem dumpfen Tosen in seinem Innern.

Die Liebe, die er für sie empfand, hatte sich gelöst wie der Knoten eines Taues – und nun wurde sie von den Gezeiten fortgerissen.

Schwapp … schwapp … schwapp …

Eine gedämpfte Stimme. »Schatz?«

Er spürte, wie jemand seine Hände von seinem Gesicht löste, und als er die Augen öffnete, sah er seine Mutter, die vor ihm kniete. Ihre Augen waren rot gerändert, und die Sprühgischt hatte ihr Haar verklebt, doch sie war immer noch wunderschön.

»Warum kommst du nicht zu uns nach oben?«

Ihre kalten Finger strichen ihm eine Haarsträhne hinters Ohr. Einen Moment lang überkam ihn ein Anflug vertrauter Zärtlichkeit, und am liebsten hätte er die Arme um sie geschlungen, die bitteren Gedanken ignoriert, die ihm unablässig durch den Kopf gingen. Aber er tat es nicht. Konnte es nicht. Seit Wochen hatte er kein einziges Wort gesprochen.

Ein Schatten fiel über die Luke. Im selben Augenblick ertönte die donnernde Stimme seines Vaters. »Kommt er an Deck?«

»Bitte, überlass das mir«, bellte seine Mutter zurück, und nach einem Moment des Zögerns verschwand der Schatten wieder.

»Wir wollen doch nur das Beste für dich.« Sie wartete darauf, dass er etwas antwortete. »Aber du musst uns sagen, was los ist, damit wir dir helfen können.«

Der Junge brachte ein Nicken zustande, und ein Hoffnungsschimmer glomm in den Augen seiner Mutter auf.

»Dein Vater und ich … wir lieben dich mehr als alles auf der Welt. Wir streiten uns nur, weil wir uns nicht verzeihen können, was mit dir passiert ist. Das weißt du doch, oder?«

Tränen traten in ihre Augen, aber er musste unbedingt verhindern, dass sie zu weinen anfing. Mit rauer Stimme brachte er die Worte hervor, kaum mehr als ein Flüstern: »Ich hab dich lieb.«

Seine Mutter schlug sich die Hand vor den Mund. Gebückt stand sie in der Kabine.

»Ich habe uns Sandwiches gemacht.« Sie versuchte fröhlich zu klingen, doch ihre Stimme bebte. »Komm doch zu uns an Deck, wenn du magst.«

Er nickte. Sie schenkte ihm ein letztes bedürftiges Lächeln, stieg die Leiter hinauf und verschwand im Sonnenlicht.

Die Ferse des Jungen stieß gegen den Verschluss des Werkzeugkastens unter seiner Koje. Er zog die Metallkiste hervor, öffnete sie und nahm die Werkzeuge seines Vaters in Augenschein. Feilen, Zangen, eine Wasserwaage. Schrauben und Nägel, ein glänzender Meißel. Unter dem obersten Fach befanden sich die schwereren Werkzeuge: eine Säge, ein Schraubendreher, ein Schlosserhammer mit abgegriffenem Stiel. Das Holz war rau, der tausendmal benutzte Kopf von fahlem Grau. Schwer lag der Hammer in seiner Hand.

Seine Finger schlossen sich fest um den Stiel, während er gebückt – in den letzten Jahren war er um einiges gewachsen – unter dem Schott stand und den Stimmen seiner Eltern lauschte, die oben an Deck mit Plastiktellern herumhantierten.

»Die Sandwiches sind fertig!«, rief seine Mutter.

Jede Nacht hatte er denselben Traum, wie eine grauenhafte Vorahnung: Seine Eltern liefen auf der Straße an ihm vorbei, ohne ihn eines Blickes zu würdigen, als wäre er ein

Fremder. Und früher oder später würde dieser Albtraum Wirklichkeit werden, das wusste er genau. Die schreckliche Erkenntnis, dass ihr Kind nicht mehr dasselbe, von einer anderen, abstoßenden Existenz ersetzt worden war, würde ihre Liebe nach und nach zunichtemachen. Bis von ihrer Zuneigung nichts mehr übrig war.

Außerdem fürchtete er sich davor, dass seine Empfindungen für sie über kurz oder lang von Vorwürfen und Bitterkeit zerfressen werden würden. Und dass eines Tages, wenn von seiner Liebe nichts mehr übrig war, andere Gefühle die öde Leere erfüllen würden: blinde Wut, ein kalter, erbarmungsloser Hass. Bereits jetzt spürte er, wie der Zorn sturmgleich Besitz von ihm ergriff. Die Vorstellung, sie irgendwann zu hassen, war unerträglich. Er wollte sich die Liebe zu seinen Eltern bewahren – die wunderbaren Erinnerungen an jene glückliche Zeit, bevor er fortgegangen war –, die Zuneigung zu ihnen mit in die ungewisse Zukunft nehmen.

Und deshalb musste er handeln.

Den Hammer in der Hand, stieg er die Leitersprossen zur Luke hinauf. Das gleißende Grau des Himmels stach ihm in die Augen, und über ihm wimmelte es nur so von kreisenden Möwen, deren Kreischen ihm zu sagen schien, dass die Welt einem stets das nahm, was man über alles liebte, dass es im Leben immer darauf hinauslief.

Er trat auf das windgepeitschte Deck, um sich herum nichts als die See, die sich bis zum Horizont erstreckte.

Schwapp … schwapp … schwapp …

2

Heute

Alle wollten etwas von Detective Inspector Ray Drake.

Er machte die Runde, schüttelte Dutzende von Händen und ließ sich die Schultern klopfen, bis ihm alle, jeder Einzelne von ihnen, gratuliert hatten. Hoffentlich waren sie bald alle so betrunken, dass sie ihn vergessen hatten und er sich unbemerkt aus dem Staub machen konnte.

Ja, es war egoistisch von ihm, aber Menschenansammlungen waren ihm ein Gräuel, insbesondere wenn er im Mittelpunkt stand. Wäre Laura hier gewesen, hätte sie ihm garantiert geraten, sofort zu gehen, sich einen Dreck darum zu scheren, was die anderen dachten.

Detective Constable Eddie Upson war bereits ziemlich angeheitert. Er schwenkte sein Bierglas und hielt Drake auf, um sich darüber zu beklagen, dass er nicht befördert worden war.

»Als ob ich mich nicht ganz schön ins Zeug legen würde.« Bier schwappte über den Rand seines Glases. »Sie wissen genau, dass ich mir Tag für Tag den Hintern aufreiße.«

»Entschuldigen Sie mich einen Moment, Eddie.«

Am anderen Ende des Raums, vor einem welligen Poster von Torjäger-Legende Jimmy Greaves, stand Flick Crowley, der einzige Mensch im Pub, der sich noch unbehaglicher als er zu fühlen schien. Drake drängte sich durchs Gewühl und stieß dabei mit Frank Wanderly zusammen.

»Entschuldigen Sie, Frank.«

»Kein Problem.« Der Duty Sergeant verschränkte die Hände. Groß, hager und komplett kahl, wurde er von allen auf dem Revier Nosferatu genannt. »Und nochmals herzlichen Glückwunsch, DI Drake. Sie haben es wirklich verdient.«

Ein paar Stunden zuvor hatten Drake und sein Ermittlungsteam für die erfolgreiche Aufklärung einer Mordserie in Haringey eine Belobigung für herausragende Leistungen, Engagement und Teamwork erhalten. Cops und Zivilpersonal von der Tottenham Police Station hatten sich im Pub versammelt, dessen Wände mit Spurs-Memorabilien – Trikots, Schals, Fotos – gepflastert waren.

Drake lächelte und ging weiter.

»Sie sehen aber smart aus heute Abend, Chef«, sagte Flick.

Da Drake dieselben Sachen wie immer trug – einen dunklen Anzug von der Stange, ein weißes Hemd und eine abgetragene braune Krawatte, die ihm Laura vor vielen Jahren geschenkt hatte –, konnte ihre Bemerkung nur ironisch gemeint sein. Er war kein Adonis, ein drahtiger Typ, der nie wirklich zur Ruhe kam, mit einem zerfurchten Gesicht, das nur aus Ecken und Kanten zu bestehen schien, wie stümperhaft in Stein gemeißelt.

»Ich habe vorhin mit Harris gesprochen.« Er stellte seinen Orangensaft auf dem Wandsims ab, heilfroh, das Glas los zu sein. »Ich habe ihm gesagt, dass ich Ihre Beförderung außerordentlich begrüße.«

Flick runzelte die Stirn. »Dabei haben Sie doch selbst dazu beigetragen.«

Detective Chief Inspector Harris hatte ein erfahrenes Ermittlerduo als Kopf des Teams durchdrücken wollten, doch Ray Drake hatte sich für Flick starkgemacht und für ihre Beförderung vom Detective Constable zum Detective Sergeant gesorgt. Letztlich war es ein Appell an ihr Selbstvertrauen. Sie neigte dazu, ihre Fähigkeiten zu unterschätzen und sich hinter Regeln und Vorschriften zu verschanzen, aber grundsätzlich war sie eine erstklassige Polizistin – und wenn sie erst mal gelernt hatte, ihren Instinkten zu vertrauen, würde eine echte Spitzenermittlerin aus ihr werden.

»Wenn jemand die Chance verdient hat, dann Sie.«

Flick sah zu Upson hinüber, der seine Arme um zwei junge Constables gelegt hatte, die ihm für den Abend als Saufkumpane dienen sollten, ob es ihnen gefiel oder nicht. »Eddie scheint das ein bisschen anders zu sehen.«

»Er kriegt sich schon wieder ein. Ich möchte, dass Sie die nächste Ermittlung leiten, wann immer der nächste Fall auftaucht.«

»Wirklich?«, fragte sie überrascht.

»Ich glaube, Sie sind reif dafür, DS Crowley.«

Sie nahm einen Schluck von ihrem Wein, schien offenbar nicht recht zu wissen, was sie erwidern sollte. »Wie geht's eigentlich April?«

»Gut.« Drake erstarrte, als der Name seiner Tochter fiel. Seit der Beerdigung war es alles andere als gut zwischen ihnen gelaufen, und er hatte nicht die geringste Ahnung, wie er ihr Verhältnis verbessern sollte. »Alles klar so weit.«

»Mein Angebot steht. Wenn ich mal mit ihr reden soll …«

»Danke, danke.« Er nickte zu Harris hinüber. »Der DCI hat ein paar hohe Tiere von Scotland Yard mitgebracht.«

»Ich wollte nicht …«

»Kommen Sie«, sagte er eilig. »Ich stelle Sie vor.«

»Wissen Sie was? Ich glaube, ich verzichte lieber.« Sie trank den Rest ihres Rotweins. »Außerdem hat Vix die beiden schon in Beschlag genommen.«

Detective Constable Vix Moore war gerade dabei, sich bei den Jungs vom Yard lieb Kind zu machen. Sie nickte ernst, und die Spitzen ihres langen blonden Bobs wippten, während sie die neuesten Umstrukturierungspläne bei der Mordkommission erklärte.

»Mal abgesehen davon, dass ich ziemlich erledigt bin«, sagte Flick. »Ich fahre nach Hause.«

»Bleiben Sie doch noch ein bisschen. Wir feiern ja auch Ihre Beförderung.«

»Ganz ehrlich, die letzten zwei Monate waren ziemlich aufreibend, und ich brauche dringend mal eine Mütze Schlaf.« Drake fragte sich, ob sie vielleicht etwas anderes vorhatte, doch Flicks Miene verriet nichts. Ihre wachsamen, mandelförmigen Augen unter dem dichten braunen Pony gaben nichts preis. Sie war fast 1,80 Meter groß, ging aber stets leicht gebeugt, als würde das komplette Gewicht der Welt auf ihr lasten. Früher war sie eine talentierte Schwimmerin gewesen, wie sie Drake irgendwann einmal erzählt hatte, eine sehr gute sogar. Ihre Oberarme waren ebenso durchtrainiert wie ihr sehniger Körper, doch ihre breiten Schultern sackten entschuldigend herab. »Außerdem könnte ich es nur schwer ertragen, wenn jetzt jemand *eine kleine Rede* halten würde.«

»Wohl wahr.« Er hatte weiß Gott genug von Harris' schier endlosen Ansprachen gehört und verstand sie nur allzu gut. »Wie auch immer, ich bin jedenfalls stolz auf Sie.«

»Ach ja, Chef.« Ein zögerliches Lächeln stahl sich auf ihr Gesicht. »Noch mal danke für alles.«

Im selben Augenblick schlug jemand mit einem Kugelschreiber gegen ein Glas.

»Ich bitte um Aufmerksamkeit!« DCI Harris' Bauch wölbte sich unter einem knallengen Trikot, und seine blassen Beine ragten aus glänzenden schwarz-gelben Radlerhosen hervor.

»Zu spät«, sagte Drake, während das Stimmengewirr erstarb und alle respektvoll einen Schritt zurücktraten.

»Wie ich sehe, amüsieren sich hier alle bestens, aber trotzdem möchte ich mich kurz zu der Belobigung äußern, die DI Drake und sein Team zu Recht erhalten haben«, begann Harris. »Doch zuerst sollten wir einen neuen Detective Sergeant in unserer Mitte willkommen heißen – ich bitte um Applaus für Flick Crowley.«

»Und jetzt ein Strahlelächeln für die Kollegen, DS Crowley«, murmelte Drake grinsend.

Ihr leeres Glas in der Hand, musterte ihn Flick mit einem Blick, der nur allzu deutlich besagte, dass sie lieber vor ein Erschießungskommando getreten wäre.

3

Kenny hasste dieses Spießerleben. Es kotzte ihn einfach an.

Seit drei Jahren – drei Jahren, acht Monaten und vierzehn Tagen, um genau zu sein – war er nun ein braver Mann, und jede einzelne Minute davon war unerträglich gewesen. Hätte jemand Kenny ein paar Jahre zuvor erzählt, dass er eines Tages im Hamsterrad des so genannten Alltags landen würde, hätte er seinem Gegenüber ins Gesicht gelacht. Nun war er die Lachnummer, die im Supermarkt eine Nachtschicht nach der anderen schob, Regale bestückte und Paletten durch die Gänge manövrierte – im fahlgelben Schein der Leuchten, die jeden Pickel, jede Furche überdeutlich hervortreten ließen.

Der Nachtbus ächzte an ihm vorbei die Tottenham High Road hinunter, an Bord die übliche bunte Mischung aus Nachtschwärmern, die wie Gespenster hinter den beschlagenen Scheiben saßen. Kurz darauf marschierte Kenny die Scales Road hinunter, vorbei an den Füchsen, die um die Mülltonnen strichen, und schloss die Tür seines kleinen Reihenhauses auf.

Bei der Arbeit war er wieder einmal mit seinem blutjungen Vorgesetzten aneinandergeraten, einem pickeligen Schnösel mit BWL-Studium. Der Bursche piesackte Kenny bei jeder Gelegenheit, nur um ihm zu zeigen, wer der Boss war; wenn er durch die Gänge stolzierte, schwang seine

Ansteckkrawatte hin und her wie ein schlaffer Schwanz. He, die Kartons stapeln! Los, mach da mal sauber!

Obendrein hatte Kenny sein Handy verloren. Wo, wusste der Teufel. Jedenfalls hatte er es beim Verlassen des Hauses noch bei sich gehabt, doch als er es in den Spind hatte legen wollen, war es nicht mehr da gewesen.

Über ihm knarrte eine Diele, und im selben Augenblick erspähte er Phils Tasche unter der Treppe. Wahrscheinlich hatte ihn seine Freundin mal wieder rausgeworfen, und er hatte sich im Gästezimmer aufs Ohr gelegt. Kenny liebte Phil über alles, aber sein Sohn schnarchte wie eine Dampflok.

Er nahm sich ein Glas aus dem Küchenschrank und schenkte sich einen Bell's ein. Das war sein nächtliches Ritual, auf das er sich jedes Mal freute, wenn er von der Arbeit kam: ein kleiner, gepflegter Absacker vor dem Schlafengehen.

Gleich nach dem ersten Schluck begann er wieder mit sich zu hadern.

Ja, er hatte eine zweite Chance erhalten, und dafür war er auch dankbar. Dennoch vermisste er sein altes Leben – eine Wahrheit, die ihn stets in den frühen Morgenstunden ereilte. Er sehnte sich nach dem Kick, sich am Rande der Legalität zu bewegen. Doch das Leben auf der Überholspur hatte auch seinen Preis gehabt. Häufig war Kenny morgens aufgewacht, ohne zu wissen, wie er seine Familie durchbringen sollte oder ob die Bullen jede Sekunde an der Tür klopfen würden. Ob Knastaufenthalt oder fünftägige Sauftour – in jenen Tagen war alles möglich, kein Tag war wie der andere gewesen. Kenny hatte sich schlicht *lebendig* gefühlt.

Jetzt malochte er nur noch, schuftete sich nachts zusammen mit Studenten und Ausländern den Buckel krumm. Aber nicht mehr lange: Er wollte sich ein Taxi kaufen. Er arbeitete nachts, schlief morgens und lernte nachmittags für den Taxischein. Babs büffelte ebenfalls für die Ortskundeprüfung. Am Wochenende fragten sie sich gegenseitig ab, wo welche Sackgasse, welche Seitenstraße lag. In ein paar Jahren würden sie genug Geld beiseitegelegt haben, um sich ein nagelneues Black Cab kaufen zu können. Sie hatten eine Doku über einen Taxifahrer gesehen, dessen Geschäft so gut gelaufen war, dass er sich schließlich ein Grundstück an der spanischen Küste gekauft und dort ein Traumhaus gebaut hatte, inklusive Zitronenhain und Swimmingpool. Und das war auch ihr Ziel. Er musste nur weiter zur Arbeit gehen. War ja nicht für ewig.

Aus Gründen, mit denen er sich lieber nicht näher beschäftigen wollte, wollte Kenny so schnell wie möglich weg.

Weit, weit weg.

Die alte Unruhe ergriff Besitz von ihm. Unwillkürlich kamen ihm die anderen aus dem Heim in den Sinn. Unfassbar, dass sie alle tot waren. Jasons Tod ging ihm besonders nahe ... Jason, der offenbar mit all den Belastungen, all dem Stress nicht mehr fertiggeworden war und die Menschen ausgelöscht hatte, die ihm am nächsten standen. Ja, Jason hatte schwer einen an der Waffel gehabt, jeder wusste das, aber niemand auf der Welt hätte Kenny davon überzeugen können, dass Jason seine Frau und seine Tochter getötet und sich anschließend selbst das Hirn herausgeblasen hatte.

Er trank aus und stellte das Glas in die Spüle. Draußen prasselte der Regen gegen die Fenster. Die Hintertür klapperte. Als er nachsah, stellte er fest, dass sie nicht verschlossen war. Das sah Babs wieder mal ähnlich – alle naselang ging sie raus in den Garten, rauchte und benutzte die Topfpflanzen als Aschenbecher. Er schloss ab und stieg die Treppe hinauf.

Kenny pinkelte, wobei er darauf achtete, die Brille nicht nass zu machen, und schlurfte den Flur hinunter. Heiliger Jesus, es war stockdunkel. Die Tür zum Gästezimmer stand offen, aber dort schlief niemand. Offenbar hatte Phil es sich anders überlegt und war mit ein paar Kumpel auf Sauftour gegangen.

Ein stechender Geruch stieg Kenny in die Nase, als er die Tür zum Schlafzimmer öffnete – Babs' schwitzige Ausdünstungen. Kenny liebte diesen Geruch. Noch ein paar Sekunden, dann konnte er sich an sie kuscheln.

Doch da war noch ein anderer Geruch, den er nicht richtig einordnen konnte – es stank nach Chemie, Plastik.

Seine Frau gab ein leises Stöhnen von sich.

»Tut mir leid, Schatz.« Kenny versuchte so leise wie möglich zu sein, während er sich aus seiner Hose kämpfte. Der Gestank war säuerlich, metallisch. »Teufel, hier stinkt's ja wie die Hölle.«

Babs' Stimme klang erstickt. Und plötzlich merkte er, dass seine Socken nass waren. Nervös tastete er nach dem Lichtschalter.

Und als das Licht anging, als er es *sah,* wusste er, dass es vorbei war.

Im selben Augenblick wurde sein Kopf zurückgezogen, und er spürte eine kalte Klinge an seiner Kehle.

Dann zischte eine Stimme in sein Ohr: »Hallo, Kenny. Lange nicht gesehen.«

4

Vorsichtig näherte sich Ray Drake dem Tatort. Es war ein Katzensprung gewesen; der Tatort befand sich nur ein paar Hundert Meter vom Polizeirevier entfernt.

Polizeitransporter und Streifenwagen säumten den Straßenrand. Im Schein des Blaulichts hatten sich Dutzende von Schaulustigen versammelt, die hinter dem äußeren Kordon das Geschehen verfolgten. Ein innerer Kordon riegelte die Straßenmitte ab; nur Tatortbeamte und Sachverständige wurden durchgelassen. Drake steckte sich seine Marke an die Uniform und nahm ein Paar Plastiküberzieher aus dem Beutel, der an seinem Klemmbrett hing.

Eddie Upson stand auf dem Gehsteig; gegen ihn wirkten die Mülltonnen geradezu porentief rein. Seine Augen waren blutunterlaufen, und sein Hemd stand über dem Gürtel offen, sodass man seinen behaarten Bauch sehen konnte. Als Drake am Vorabend nach Harris' Rede gegangen war, hatte es ganz so ausgesehen, als hätte sich Upson auf eine ausgedehnte Saufsession eingerichtet.

»Im ersten Stock, Sir.«

Drake nickte. »Wie sieht's aus?«

»Ausgesprochen unerfreulich.« Upson unterdrückte ein Gähnen. »Na ja … ziemlich heftig.«

»Sie sind wohl bettreif, Eddie.«

»Nö, nur ein bisschen Kopfschmerzen.« Upson streckte sich. »Dachte, Sie würden den Tatort-Zirkus künftig Flick überlassen … Entschuldigung, DS Crowley natürlich.«

Verstohlen stopfte Upson sein Hemd in die Hose, während sie zur Tür des Hauses marschierten. Drake war durchaus klar, dass er sich einmischte. Flick leitete die Ermittlungen, und er hätte sie einfach machen lassen sollen, doch wusste er genau, was Harris für ein Affentheater veranstalten würde. Ein dreifacher Mord, quasi um die Ecke vom Polizeirevier – die Medien würden sich genüsslich daraufstürzen.

Jedenfalls redete er sich das ein. Aber da war noch etwas anderes.

Als ihm Namen und Adresse der Opfer genannt worden waren, hatten irgendwo tief in seinem Innern die Alarmglocken geschrillt – als würde in einer unterirdischen Höhle ein seit Jahrzehnten erloschenes Feuer plötzlich wieder zu flackern beginnen.

Er hatte gar keine andere Wahl gehabt. Er *musste* zum Tatort.

»Lass hören, was Sache ist«, sagte er.

Vor der Tür angekommen, streiften sie die Plastiküberzieher über ihre Schuhe; Upson schwankte bedenklich, während er erst das eine und dann das andere Bein hob.

»Mieter des Hauses sind Kenny und Barbara Overton, beide Ende vierzig.«

»Sicher, dass sie die Opfer sind?«

»Die Nachbarn haben sie anhand ihrer Führerscheinfotos identifiziert.«

»Und der dritte Tote?«

»Kenny und Barbara haben zwei erwachsene Söhne, die häufiger mal bei ihren Eltern vorbeisehen. Der eine heißt Phillip, der andere, äh …« Er warf einen Blick in sein Notizbuch. »Ryan.«

»Um welchen handelt es sich?«

»Das wissen wir noch nicht. Sie sind Zwillinge, wenn auch keine eineiigen. Wir haben Streifenwagen zu ihren Wohnungen geschickt.«

Sie traten beiseite, um einige Tatortbeamte mit ihren Geräten durchzulassen. Drake zog ein Paar Latexhandschuhe aus der Tasche und schüttelte sie aus; er hatte es nicht eilig hineinzugehen. Als er die Handschuhe anzog, merkte er, dass seine Hände leicht zitterten.

»Sind Sie so weit?«

Upson musterte ihn erwartungsvoll, während Drake sich fragte, wie lange er mit den Handschuhen herumhantiert hatte – unbewusst wollte er das Betreten des Hauses hinauszögern, daran bestand kein Zweifel.

Er trat über die Schwelle.

Auf dem oberen Treppenabsatz stand ein Stativ mit einem Scheinwerfer, der auf die Tür des Schlafzimmers gerichtet, aber ausgeschaltet war. Möglich, dass es den ganzen Tag, vielleicht sogar bis spät in die Nacht dauern würde, bis die Kriminaltechniker den Tatort komplett untersucht und ein Rechtsmediziner die Opfer in Augenschein genommen hatte.

Aus dem Zimmer war das Surren einer Kamera zu hören. Ein Forensiker richtete sein Objektiv auf das Gesicht eines der Opfer. Jedes Detail des Tatorts würde aus allen erdenklichen Perspektiven aufgenommen und die Bilder in einer Hinweisdatenbank abgelegt werden.

Drake duckte sich unter dem Scheinwerfer hindurch und trat vorsichtig auf die Trittplatten, die es den Anwesenden erlaubten, sich zu bewegen, ohne Spuren zu vernichten. An einem Tatort wimmelte es zuweilen nur so von Cops, Kriminaltechnikern und den Kollegen von der Gerichtsmedizin. Auf der anderen Seite des Raums stand Flick Crowley und betrachtete stirnrunzelnd die Toten.

»Wer hat sie gefunden?«

»Einer der Nachbarn ist Frühaufsteher«, antwortete Flick. »Er arbeitet in der Küche vom West End Hotel und geht um 5:50 Uhr aus dem Haus. Als er hier vorbeikam, hat er gesehen, dass die Haustür sperrangelweit aufstand. Er dachte, es handele sich vielleicht um einen Einbruch, also ist er reingegangen und hat sich umgesehen. Ihm müssen die Haare zu Berge gestanden haben. Jedenfalls hat er auf der High Road zwei Special Constables ausfindig gemacht, die sich gerade ein paar Hamburger genehmigten. Die haben dann den Rettungsdienst und anschließend uns verständigt.«

»Und niemand hat irgendetwas gehört oder gesehen?«

»Die Nachbarin links drüben ist vor kurzem Mutter geworden und hat gegen drei Uhr morgens ihr Baby gestillt. Sie hat ausgesagt, sie hätte einen Schrei gehört.«

»Einen Schrei?«

»Vielleicht auch nur Lärm, sie wusste es nicht genau.« Flick drückte sich an die Wand, damit die Forensiker an ihr vorbeikonnten. »Sie hat sich aber nichts dabei gedacht. Mr. und Mrs. Overton hatten sich wohl öfter mal in der Wolle.«

Die drei Mordopfer – so platziert, dass sie sich gegenübersaßen – waren an Küchenstühle gefesselt und von oben bis unten fest mit Klarsichtfolie umwickelt. Ihre an den Rumpf geschnürten Arme sahen aus wie unförmige Würste.

Die Klarsichtfolie schimmerte bläulich im grellen Morgenlicht, außer an den Oberkörpern der Mordopfer, die aufgeschlitzt und übel zugerichtet worden waren: Aus klaffenden, blutverschmierten Wunden an Brust und Bauch lappten Fleischfetzen, ragten Knorpelstücke heraus. Zwischen Adern, Venen und Organen blitzte das Weiß der Rippen. Das Messer war tief eingedrungen – eine lange, flache Klinge, wenn Drake sich nicht täuschte. Die unteren Wundränder wölbten sich nach vorn wie Fischmäuler.

Der Killer hatte über ihnen gestanden, wieder und wieder mit dem Messer zugestochen. Drake fragte sich, ob diese Unglücklichen bei Bewusstsein gewesen und folglich gezwungen waren, den Tod ihrer Liebsten mit anzusehen. Waren sie nacheinander umgebracht worden, in einer bestimmten Reihenfolge? Oder hatte der Mörder wahllos auf sie eingestochen, bis er alle abgeschlachtet hatte.

Aus einer verletzten Arterie konnte meterweit Blut spritzen. Und genau so war es auch gewesen: Blut sprenkelte die Wände, die Gardinen, die Porzellanfiguren auf dem Fensterbrett. Die Bettdecke war klatschnass, der Teppich unter den Stühlen der Opfer starr vor geronnenem Blut. Um die Trittplatten blubberten dunkle Blasen, während Drake behutsam einen Fuß vor den anderen setzte.

In der klebrigen Flüssigkeit waren Fußabdrücke zu erkennen, hinterlassen von den zwei Special Constables, die als Erste das grauenhafte Szenario erblickt hatten, und den Ärzten vom Rettungsdienst, die vergebens nach einem noch so schwachen Puls gefühlt hatten. Wenn sie viel, viel Glück hatten, stießen sie vielleicht auch auf einen Fußabdruck des Täters.

»Die Tatwaffe ist nicht gefunden worden«, sagte Flick, als könne sie seine Gedanken lesen. »Wir hoffen, wir können in den nächsten zwanzig Minuten genug Kollegen für eine Suche zusammentrommeln. Millie Steiner kümmert sich darum.«

Eine systematische Suche gestaltete sich immer schwierig, vor allem wenn sie in den überfüllten Straßen der nahe gelegenen Innenstadt stattfand. Die unmittelbare Umgebung war ein regelrechtes Labyrinth. Teile der High Road mussten abgesperrt werden, bevor der samstagmorgendliche

Shopping-Ansturm losging und alle Bemühungen, die Tatwaffe zu finden, zunichtemachen würde.

»Der König ist tot, es lebe der König!«, ertönte eine Stimme hinter Drake. Peter Holloway, der leitende Tatortbeamte, stand im Türrahmen. »Sie können es einfach nicht lassen, stimmt's, DI Drake?«

»Wie soll ich denn sonst mein Wochenende verbringen?«

»Sie könnten Ihr Handicap beim Golfen verbessern«, gab Holloway zurück. »Oder unternehmen Sie mal wieder was mit Ihrer reizenden Tochter.«

»Da kontaminiere ich doch lieber den Tatort«, sagte Drake. »In Erinnerung an die guten alten Zeiten.«

»Meine Leute müssen hier weitermachen«, sagte Holloway.

»Wir brauchen nicht lange«, sagte Flick.

Holloway hatte natürlich recht. Seine Leute mussten den Tatort vermessen, alles auf Video festhalten und Spuren sichern, bevor sie unbrauchbar wurden. Als leitender Tatortbeamter war Holloway dafür zuständig, für den reibungslosen Ablauf der forensischen Untersuchungen zu sorgen. Ray Drake erschien stets so schnell wie möglich am Tatort. Die ersten Stunden einer Ermittlung – die so genannte Goldene Stunde – waren die ausschlaggebenden, und er und Holloway hatten sich schon des Öfteren in die Haare bekommen, wenn der Spurensicherungschef der Meinung gewesen war, dass Drake mal wieder seine Leute bei der Arbeit störte.

Halb beneidete, halb bewunderte Drake den aufgeblasenen Großkotz. Holloway war Mitte vierzig, hager und durchtrainiert, und seine präzisen Bewegungen hatten etwas Eitles an sich. Als er die Kapuze seines Schutzanzugs vom Kopf zog, fiel Drake einmal mehr auf, wie straff und jugendlich seine Gesichtszüge wirkten. Er fragte sich oft, ob Holloway sich heimlich hatte liften lassen.

»Da sind Sie aber in verdammt große Fußstapfen getreten, DS Crowley.« Mit einem kurzen Nicken beförderte Holloway seine Halbrandbrille von der Stirn auf die Nase.

»Schön, dass Sie mich dran erinnern«, entgegnete Flick. »Nicht dass ich es noch vergesse.«

Holloway wedelte mit seinem Klemmbrett. »Aus Ihnen wird niemals ein Ermittler wie DI Drake.«

»Danke«, sagte Flick tonlos. »Ich werde versuchen, mich gelegentlich daran zu erinnern.«

»Jetzt seien Sie mal nicht so empfindlich, DS Crowley. Ich wollte damit sagen: Ziehen Sie Ihr eigenes Ding durch, vertrauen Sie auf sich selbst. Als bloßes Simulacrum von Ray werden Sie jedenfalls keinen Blumentopf gewinnen.«

»Ich habe keine Ahnung, was ein Simulacrum ist. Trotzdem, danke.«

»Die Kollegin wird's weit bringen«, sagte Holloway zu Drake.

Drake hielt den Blick auf die Leichen gerichtet. »Das sehe ich genauso.«

»Da fehlt eine«, sagte Flick.

»Bitte?«

»Eine von den Porzellanfiguren.« Sie deutete auf die drei Rokokofigürchen auf dem Fensterbrett – eine Frau in Reifrock und Häubchen, zwei Männer mit Gehrock und Dreispitz. »Sehen Sie den Abstand? Da fehlt eine Figur, wenn Sie mich fragen.«

»Vielleicht ist sie heruntergefallen«, sagte Drake.

»Chef …« Vix Moore spähte zu ihnen herein. Ihr Blick schweifte rasch von Drake zu Flick. »Äh, ich meinte, Chefin …«

»Was gibt's denn, Vix?«

»Da ist jemand an der Absperrung. Sagt, er heißt Ryan Overton.«

»Ich komme runter.« Im Türrahmen verharrte Flick noch einen Moment, ließ den Blick ein letztes Mal über die akribisch umwickelten Opfer wandern. »Sie sehen aus wie menschliche Fliegen, die von einer Riesenspinne eingesponnen worden sind.«

Holloway folgte Flick zur Tür. »Ich hätte eher an matschige Sandwiches in Frischhaltefolie gedacht.« Er wandte sich zu Drake. »Ich bitte um Beeilung.«

Kaum war Drake allein, musste er erst einmal den Brechreiz unterdrücken, der in ihm hochstieg. Der Gestank von Plastik und Blut schnürte ihm die Luft ab, während er sich von einer Leiche zur anderen bewegte.

Der jüngste der Toten – aller Wahrscheinlichkeit nach Phillip Overton – saß, den Kopf im Nacken, da wie ein Schuljunge, der in der letzten Bank schallend über irgendetwas lachte. Sein Mund stand offen, die Wangen waren weit zurückgezogen von der straff gespannten Folie, mit der ihn der Killer geknebelt hatte. Seine Augen waren leer, seine Haare mit dunklen Tröpfchen gesprenkelt.

Barbara Overtons Kopf hing nach vorn. Ihr zu einem dünnen Pferdeschwanz zusammengebundenes Haar war verklebt von Blut und Knorpelmasse; in ihren leblosen Gesichtszügen stand das Grauen, das sie in den letzten entsetzlichen Momenten ihres irdischen Daseins erlebt hatte.

Dann stand Drake vor Kenny Overton. Seine Oberschenkel schmerzten, als er in die Hocke ging, um dem Toten ins Gesicht blicken zu können. Die Haare klebten an seiner Kopfhaut, und die feuchte Plastikfolie grub sich tief in das schlaffe Fleisch seiner Wangen. Der offen klaffende Mund gab den Blick auf schiefe Zähne und welkes Zahnfleisch preis.

Ein furchtbarer Tod, doch auch davon abgesehen war die Zeit nicht gerade gnädig mit Kenny Overton umgesprungen.

Eine böse Vorahnung regte sich in Drake. Seine Hand zitterte, als er sie hob. Es war, als würde sich ein Abgrund vor ihm auftun, in dessen Tiefe etwas lauerte, das lange im Verborgenen gewesen war.

Unwillkürlich krampften sich seine Eingeweide zusammen.

»Kenny«, flüsterte er. »Du.«

5

1984

Ray Drake begegnete Connor Laird zum ersten Mal an einem heißen Tag im Mai – jenem Tag, als Sally Raynor den neuen Jungen im Polizeirevier von Hackney Wick abgeholt hatte.

»Blöde Hippie-Schlampe«, murmelte der Officer, als er die Absperrung am Empfangstresen hochklappte und ihr Einlass in das Gewirr von Fluren und Gängen hinter dem Eingangsbereich gewährte. Sie schob sich in ihrem schwerem Poncho und dem langen Wollrock an ihm vorbei; eine abgewetzte Umhängetasche, der Riemen verdreht und fransig, wippte an ihrer Hüfte.

Das Büro von Sergeant Harry Crowley war kaum geräumiger als eine Besenkammer, gerade groß genug für Harry und seinen vor Papierkram schier überquellenden Schreibtisch. Die Hitze traf sie wie ein Hammerschlag, als sie eintrat. Das Büro befand sich direkt über dem Heizungsraum. Harry wusste, wer hier welche Leichen im Keller hatte, und Sally vermutete, dass ihn jemand aus dem Revier ekeln wollte.

Ein Junge – etwa vierzehn, fünfzehn Jahre alt – hockte auf dem Stuhl gegenüber von Harrys Schreibtisch.

»Wen haben wir denn da?«, fragte Sally.

Harry kratzte sich am Bauch. »Einen, an dem man sich die Zähne ausbeißt.«

Auf dem Schreibtisch surrte ein Ventilator; der Luftzug ließ eine fettige Locke auf Harrys Stirn vibrieren. Er sah aus wie Tommy Cooper, der lustige Magier aus dem Fernsehen, und irgendein Witzbold hatte einen roten Fes über das gerahmte Foto von Harrys Frau und seinen Kindern gestülpt.

Harry zog eine Packung Zigaretten aus seiner Uniformjacke und steckte sich eine in den Mundwinkel.

»Na?« Sally ging vor dem Jungen in die Hocke. Ein dunkler Haarschopf umrahmte sein schmutziges Gesicht; sein Mund war zu einem zornigen Strich zusammengepresst. »Was machst du hier?«

»Das kannst du dir sparen. Der Bursche schweigt sich aus.« Harry blies Rauch aus. »Einer der Kollegen hat ihn heute am frühen Nachmittag auf der Straße aufgegriffen. Das kleine Arschloch hat ihm den Helm vom Kopf geschlagen.«

»Das kleine Arschloch? Heißt er wirklich so?«

»Ich nenne ihn so.« Harry kramte auf dem Schreibtisch nach seinem Aschenbecher herum. »Vielleicht löst ja eine Ohrfeige seine Zunge.«

»Untersteh dich, Harry.«

Das kehlige Lachen des Cops ging in ein raues Husten über. Er griff nach seinem Gürtel und zog die Hose hoch. »Das muss ausgerechnet Gordons Kleine sagen. Apropos …«

Er rieb Daumen und Zeigefinger aneinander, und Sally reichte ihm einen zerknitterten Umschlag. Harry nahm ein Bündel Banknoten heraus, ließ den Daumen über die Scheine gleiten und legte den Packen dann in eine Schublade.

»Künftig muss mehr Kohle für mich rausspringen. Die da oben werden allmählich argwöhnisch wegen unseres

Arrangements, und es muss dringend die eine oder andere Hand geschmiert werden.«

»Das wird Gordon garantiert nicht gefallen«, sagte Sally.

»Sag ihm einfach, entweder, oder.« Das Ende seiner Zigarette glühte rot auf.

»Immer dasselbe.« Sie schüttelte den Kopf. »Jeder hat nur seinen eigenen Vorteil im Kopf.«

»Wenn Gordon in meinem Bezirk Geschäfte machen will, muss er sich an meine Regeln halten.« Harry tupfte sich die Stirn mit einem Papiertaschentuch ab. »Bei einer Süßen wie dir könnte ich mir auch eine andere Vergütung vorstellen.« Er erhob sich und beugte sich so nah zu ihr, dass sie nicht nur das Nikotin, sondern auch den widerlich stinkenden Schweiß roch, der ihm aus den Poren drang. »Ich habe gehört, du hättest ’ne Schwäche für Arbeiterjungs wie mich.«

»Du machst dem Jungen Angst, Harry«, zischte Sally.

»Angst? Sieht der für dich irgendwie verängstigt aus?« Harry gab ein trockenes Lachen von sich. »Sieh ihm doch mal in die Augen. Okay, und jetzt kannst du ihn mitnehmen.«

»Wohin?«

Wieder zog Harry den Gürtel hoch – wegen der schweren Handschellen an seiner Hüfte rutschte ihm ständig die Hose herunter. Er löste die Handschellen und warf sie auf den Schreibtisch. »Gordon leitet ein Kinderheim, richtig? Und da gehört der Bengel auch hin.«

»Aber vielleicht hat er Familie, Verwandte, die nach ihm suchen.«

»Ja? Gibt’s da draußen Menschen, die dich zurückhaben wollen, Freundchen?« Harry legte eine Hand hinters Ohr, doch der Junge starrte ihn nur kalt an.

»Und was, wenn Gordon ihn nicht nehmen will?«

»Dann sperrt ihn meinetwegen in irgendeinen Keller und werft den Schlüssel weg. Aber ganz ehrlich, irgendwas sagt mir, dass Gordon und er prima miteinander klarkommen werden. Also … hopp, hopp, steh schon auf.«

Der Sergeant ergriff den Jungen am Arm, zog ihn unsanft vom Stuhl und stieß ihn gegen den Tisch. Dann wischte er den Plastiksitz sichtlich genervt mit seinem Papiertaschentuch ab.

»Vergiss nicht, Gordon wegen der Kohle Bescheid zu geben. Und was dich angeht …« Harry richtete den Zeigefinger auf den Jungen. »Ich will dich hier nicht noch mal sehen. Ich kann es riechen, wenn von jemandem nichts Gutes zu erwarten ist – und du riechst mir extrem nach Satansbraten.« Als Sally mit dem Jungen über den Parkplatz ging, sah sie Ray, der an der Motorhaube ihres Morris Marina lehnte und Steinchen in einen Gully warf.

»Ich habe dir doch gesagt, du sollst nach Hause gehen«, seufzte sie.

»Ich dachte, ich warte lieber auf dich.« Ray richtete sich auf. »Irgendwann kriege ich noch raus, was du da für geheime Sachen treibst.«

»Geh nach Hause, Ray«, sagte Sally. »Ich will keinen Ärger mit deiner Mutter.«

»Sie ist mit meinem Vater bei irgendeiner Ausschusssitzung und sowieso den ganzen Tag weg. Ich habe jedenfalls reichlich Zeit. Wir könnten irgendwas unternehmen.«

»Ich fahre zurück ins Longacre.« Sally balancierte ihre Tasche auf dem Knie und kramte nach ihrem Autoschlüssel. »Und du kannst nicht mitkommen.«

»Hi, ich bin Ray Drake.« Er nickte dem etwa gleichaltrigen Jungen zu, der mit Sally aus dem Revier gekommen war, doch der starrte ihn nur ausdruckslos an und stieg ohne ein Wort in den Wagen. Ray musterte Sally stirnrunzelnd über die Motorhaube hinweg. »Besonders freundlich ist er ja nicht gerade – wie heißt er überhaupt?«

»Hat er noch nicht verraten.«

»Hä? Was ist denn los mit dem?«

Sally senkte die Stimme. »Nicht jeder ist mit dem Silberlöffel im Mund aufgewachsen, Ray, und auch nicht jeder hat das Privileg, tadellose Umgangsformen an erstklassigen Schulen lernen zu dürfen. Wohin soll ich dich mitnehmen?«

Er grinste. »Bis zum Longacre.«

»Du weißt, dass du Gordon ein Dorn im Auge bist.« Sie legte die Arme auf das heiße Autodach. »Er kann es nicht ausstehen, wenn du dort rumhängst.«

»Ach ja? Hat das vielleicht einen bestimmten Grund?«

»Geh nach Hause, Ray«, sagte sie, schon mit einem Fuß im Wagen – doch dann schnitt er eine seiner Grimassen. Er musste lediglich Glubschaugen machen oder einen Schmollmund ziehen, und schon konnte Sally ihm nichts mehr abschlagen. So war es schon gewesen, als er noch ein Kleinkind gewesen war. Wenn er etwas wollte oder sie wegen irgendetwas sauer war, musste er bloß grinsen wie ein Honigkuchenpferd oder an seinen Ohren ziehen, und schon lenkte sie ein. Selbst jetzt noch, da sie nur noch ein Schatten jener so lebendigen, stets zu Späßchen aufgelegten Sally war, die er einst gekannt hatte, konnte er sie jederzeit um den kleinen Finger wickeln.

Sie schüttelte den Kopf. »Lass das.«

»Was denn?«

»Du weißt genau, was ich meine.«

»Komm, wir machen einen Deal.«

»Keine Deals, Ray.«

»Setz mich vor dem Longacre ab. Ich komme nicht mit rein, sondern gehe von da nach Hause.«

Und ehe sie protestieren konnte, trat er zu ihr, klappte den Fahrersitz nach vorn und kletterte auf die Rückbank.

Im Innern des Wagens war es brütend heiß. Sally drehte sich eine Zigarette und drückte den Anzünder. Ray lehnte sich ans Seitenfenster, machte sich so unsichtbar wie möglich und sperrte die Ohren auf. Wenn Ray Drake eins ganz besonders gut konnte, dann war es zuhören.

»Willst du mich jetzt den ganzen Tag anschweigen, oder was?«, fragte Sally den Jungen auf dem Beifahrersitz.

Im Rückspiegel sah Ray, dass sich unter Sallys dick aufgetragenem Make-up rote Zornesflecken abzeichneten. Ihre Fingernägel waren fast genauso schmutzig wie die des mysteriösen Jungen neben ihr.

Als der Anzünder heraussprang, hielt sie das glühende Ende an ihre Zigarette. Nikotingestank erfüllte den Wagen. »Ich will dir helfen, verstehst du? Aber ohne Namen geht das nicht.«

»Connor«, sagte der Junge schließlich. »Connor Laird.«

»Wo kommst du her, Connor? Hast du Familie?

Der Junge wandte sich ab, richtete den Blick auf den flimmernden Asphalt. »Wer ist dieser Gordon?«

»Super Frage«, murmelte Ray.

Wütend wandte Sally den Kopf. »Halt die Klappe, Ray.«

Als sie sich einen Tabakkrümel von der Lippe zupfte, rutschte ihr der Poncho über den Ellbogen, und einen Moment lang waren die rötlichen Narben in ihrer Armbeuge deutlich zu erkennen, ehe sie den Poncho rasch wieder herunterzog. Aber es war ohnehin nicht das erste Mal, dass Ray die Einstiche sah. Einen Augenblick fragte er sich, ob dieser Anblick oder der Zigarettenrauch daran schuld war, dass ihm flau im Magen wurde.

»Das findest du noch früh genug heraus«, sagte Sally zu Connor und fuhr los.

Das Longacre-Kinderheim befand sich unweit einer Bahnstrecke am Ende einer Straße, die von einst prächtigen viktorianischen Häusern gesäumt wurde. Die Häuser standen seit langem leer, doch ein paar der Ruinen waren von Hausbesetzern mit Beschlag belegt worden. Bunte Transparente hingen aus den Fenstern. Graffitis feierten vergessene Revolutionen in Ländern am Arsch der Welt. Der Wagen holperte über die von Schlaglöchern übersäte Straße, vorbei an Autowracks und ausrangiertem Mobiliar.

»Wie lange soll ich da bleiben?«, fragte Connor, als Sally den Wagen vor einem großen Haus an den Bordstein lenkte.

»Kommt drauf an«, erwiderte sie. »Sag mir, wo du wohnst, und ich fahre dich jetzt gleich hin.«

Connor deutete mit dem Daumen auf den Rücksitz. »Und er?«

»*Er* wohnt dort nicht«, sagte Sally. »Er hat ein Zuhause, und da geht er jetzt auch hin – stimmt's, Ray?«

»Was immer du sagst, Schwesterchen.« Ray setzte sich auf; es war so bullenheiß im Auto, dass ihm sein mittlerweile klatschnasses T-Shirt am Leib klebte.

»Wie wär's, wenn du schon mal reingehst, Connor?«, sagte Sally. »Ich komme gleich nach.«

Der Blick des Jungen schweifte zu den Treppenstufen und der offen stehenden Tür. Dann stieg er aus. Kindergeschrei wehte gedämpft aus dem Garten hinter dem Haus zu ihnen herüber.

»Bis dann, Connor.« Ray winkte ihm hinterher, doch der Junge ging die Stufen hinauf, ohne sich noch einmal nach ihnen umzudrehen. »Gut, dass Myra nicht hier ist – der hat ja überhaupt keine Manieren.«

»Ich bin nicht dein Schwesterchen, Ray.«

»Du bist meine große Schwester.« Er sah zu dem heruntergekommenen Haus hinüber, ließ den Blick über die maroden Fensterrahmen und Fensterbänke wandern, von denen die Farbe blätterte. »Und ich mache mir Sorgen um dich.«

»Ich bin deine Cousine zweiten Grades, das schwarze Schaf der Familie. Deine Eltern würden durchdrehen, wenn sie wüssten, dass du dich mit mir herumtreibst.« Sie warf einen Blick über die Schulter. »Und dann auch noch ausgerechnet hier.«

»Meine Eltern hassen *alle*.« Er grinste. »Mich wahrscheinlich auch. Aber du bist und bleibst mein Schwesterchen – die einzige Schwester, die ich je hatte und je haben werde.«

»Verzieh dich und mach irgendwas, das normale Kids tun. Geh ins Kino, klettere auf einen Baum, schau einem Mädchen unter den Rock.« In einem der Fenster bewegte sich der Vorhang, und Sally hatte es plötzlich eilig. »Genieß deine Kindheit, solange es geht.«

»Myra sagt, ich hätte ein Talent dafür, meine Nase in Dinge zu stecken, die mich nichts angehen«, sagte er. »Die anderen in meiner Klasse – von denen kann keiner was vor mir geheim halten. Ich weiß immer, wer gerade was ausgefressen hat.«

»Ich meine es ernst, Ray. Ich will nicht, dass du hier rumhängst.« Sie senkte die Stimme. »Wie oft soll ich dir noch sagen, dass Gordon dich hier nicht sehen will.«

Sie zuckte zusammen, als sich die Tür mit einem Knarren öffnete. Ein feister Junge mit rotem Haar stand vor ihnen.

»Hallo, Kenny«, sagte Ray.

Der rothaarige Junge nickte nervös, ohne den Blick von Sally zu lassen, und stieß stammelnd hervor: »Gordon sagt, du sollst reinkommen.«

Sie wandte sich Ray zu. »Du gehörst hier nicht her. Und jetzt sieh zu, dass du zur Schule kommst.«

»Es sind Sommerferien, schon vergessen? Du wirst es noch bereuen, mich weggeschickt zu haben.« Als Sally über die Schwelle trat, rief er ihr hinterher: »Ich werde nicht zulassen, dass meiner bösen Stiefschwester etwas zustößt. Nur dass dir das ein für alle Mal klar ist.«

»Ich brauche keinen Lebensretter. Verzieh dich und spiel irgendwo anders den barmherzigen Samariter.«

Und mit diesen Worten knallte sie ihm die Tür vor der Nase zu.

Das Lächeln wich aus Rays Gesicht. »Lebensretter?«, murmelte er. »Davon habe ich doch gar nichts gesagt.«

Staub flirrte im sonnendurchfluteten Korridor des Heims. Die Wände, an denen krakelige Bilder hingen, waren übersät von schmutzigen Fingerabdrücken. Durch eine offene Tür fiel Connor Lairds Blick in einen großen Raum mit zwei Tischen, die jeweils Platz für ein Dutzend Kinder boten.

Später sollte er herausfinden, dass es im gesamten Haus nur zwei intakte Türen gab. Eine davon führte in ein Zimmer zu seiner Rechten. Als Sally schließlich hereinkam, führte sie ihn durch eben jene Tür in ein unaufgeräumtes Büro, in dem ein Mann mit schulterlangem kastanienbraunem Haar saß, die Füße auf seinen Schreibtisch gelegt. Er trug ein Paisleyhemd und eine zerknitterte Cordjacke in der Farbe von aufgebrühtem Tee. Pockennarben bedeckten seine Stirn und Wangen, sein Unterkiefer war hinter einem akkurat gestutzten Kinnbart verborgen. Als er Connor sah, lächelte der Mann, wobei zwei Reihen schiefer Zähne zum Vorschein kamen. Instinktiv stopfte Connor die Handschellen, die er dem Sergeant geklaut hatte, tiefer in seine Hosentasche.

»Wer ist denn das?« Gordons schottischer Akzent war nicht zu überhören.

»Harry hat ihn mir übergeben.« Sally ließ ihre Tasche auf ein Sofa fallen und kratzte sich geistesabwesend am Arm. »Anscheinend hat er kein Zuhause.«

»Wie heißt du, Junge?« Gordon kam um den Tisch herum und legte seine Hände auf Connors Schultern.

»Connor.«

»Ein schöner keltischer Name.«

Sally inspizierte ihre Fingernägel. »Connor ist eher der schweigsame Typ.«

»Machst die Dinge lieber mit dir selbst ab, was? Das kann ich verstehen. Ich bin Mr. Tallis, aber ich wäre dir dankbar, wenn du mich Gordon nennst. Sally kümmert sich um den Papierkram, aber darum müssen wir uns jetzt keinen Kopf machen.« Er grinste sie an. »Da läuft's einem ja kalt über den Rücken, so wie der einen anguckt.«

»Harry will mehr Geld.«

»Du wirst hier schnell Freunde finden, Connor, aber ich würde mich freuen, wenn du mich als deinen besten Kumpel betrachtest.« Als der Junge zu Sally sah, schlich sich abermals ein Grinsen auf Gordons Züge. »Sie zählt nicht. Sally ist bloß deine Freundin, wenn du etwas hast, worauf sie scharf ist.« Er warf ihr einen Blick zu. »Hast du ihm die Kohle gegeben?«

»Ja, aber er sagt, dass er künftig ...«

Gordon hob die Hand. »Darüber reden wir später. Jetzt bringen wir erst mal den Jungen unter.«

»Die Kohle reicht ihm nicht mehr.«

Gereizt hob Gordon die Stimme. »Ich habe doch gesagt, wir kümmern uns jetzt erst mal um den Jungen.« Er öffnete die Tür und rief in den Korridor: »Kenny!«

Dann wandte er sich wieder zu Connor. »Frühstück gibt's um halb sieben. Bis dahin hast du geduscht, Zähne geputzt – in den Badezimmern gibt es Gemeinschaftszahnbürsten, hier wird alles geteilt – und dein Bett gemacht. Abendessen ist um sechs. Außerdem packen hier alle mit an. Die Dents werden dir sagen, welche Aufgaben du zu erledigen hast, und das in den Tagesplan eintragen. Falls du nicht lesen kannst, erklären dir die anderen, was du zu tun hast.«

Als Gordon die Hand ausstreckte, um Connor die Wange zu tätscheln, packte der Junge blitzschnell sein Handgelenk.

»Ha! Du bist stärker, als du aussiehst, und ziemlich flink obendrein. Hast Mumm, was? Ich glaube, wir beide werden uns prächtig verstehen, du und ich.« Gordon wand seine Hand aus Connors Griff, als auch schon der rothaarige Junge im Türrahmen auftauchte. »So, Kenny wird dich jetzt erst mal herumführen und dir alles zeigen. Wir sehen uns, mein kleiner Freund.«

Ehe sich die Tür hinter ihm schloss, sah Connor noch, wie Sally den Arm ausstreckte und Gordon fordernd die Hand hinhielt.

»Ich heiße Kenny«, sagte der rothaarige Junge, während sie über den knarzenden Linoleumboden zum rückwärtigen Teil des Hauses gingen. »Kenny Overton.«

»Connor.«

»Ich wohne seit zwei Jahren hier.« Kenny klang, als handele es sich um eine besondere Auszeichnung. »Aber andere sind sogar noch länger hier.«

Sie marschierten an einer ganzen Reihe von schäbigen Zimmern vorbei, in denen teilnahmslose Kinder hockten. Ein Mädchen saß über einem Zeichenblock und malte konzentriert, ohne ihnen die geringste Beachtung zu schenken.

»Rauchst du?«, fragte Kenny, als sie die riesige Küche betraten, die trotz des mittäglichen Sonnenscheins extrem düster wirkte. »Du kannst 'ne Fluppe von mir haben, wenn wir dann Freunde sind. Versprochen?«

»Ich bin niemandes Freund«, gab Connor zurück.

Kenny errötete. »Bitte sag Elliot nicht, dass ich dich gefragt habe.«

In der Küche stank es nach gekochtem Gemüse. Über einem Tisch aus Kiefernholz hingen Töpfe und Pfannen. Draußen erstreckte sich ein großer Garten bis zu einem Wäldchen. Als jenseits der Bäume ein Zug vorbeiratterte, erzitterten die Fenster.

Auf der Veranda sonnten sich ein Mann und eine Frau auf Liegestühlen. Auf seinem Bauch, der wie Teig über den glänzenden Stoff seiner Badehose hing, balancierte der Mann eine Dose Bier. Die Frau, ebenfalls schwer übergewichtig, trug einen Bikini.

»Das sind die Dents, Ronnie und Geraldine. Gordon ist der Boss, aber sie sorgen dafür, dass der Laden läuft. Sie sind okay, solange man ihnen nicht in die Quere kommt.«

Kinder spielten auf dem verdorrten braunen Rasen. Ein Junge fiel Connor sofort ins Auge. Er war groß und breitschultrig, ein bulliger Riese, der die anderen Kids um Haupteslänge überragte.

Connor nahm an, dass das Elliot war. Seine schiere Größe, der missmutige Gesichtsausdruck sowie die Art und Weise, wie ihn seine Vasallen flankierten – all das roch nach Ärger. Im selben Augenblick walzte er über den Rasen auf Connor zu, während seine Kumpel ihm folgten wie eine Gänseschar. Die anderen Kinder witterten, dass etwas im Schwange war, und fielen im Laufschritt hinter Elliot und seinem Gefolge ein.

Geraldine Dent, die all das schon tausendmal gesehen hatte, rief gelangweilt: *»Elliot!«*

Elliots Arme pumpten wie Kolben. Er stieß Connor in die Küche, kniff tückisch die Brauen zusammen und drängte ihn gegen den Kiefernholztisch.

»Wer bist du denn?« Er packte Connor fest am Kragen seines T-Shirts. Im Türrahmen hinter ihnen reckten die anderen ihre Hälse.

»Er … er heißt Connor«, stammelte Kenny.

»Maul halten! Das wird er mir schön selbst sagen!«

Kenny jaulte laut auf, als ihn einer von Elliots Kumpanen in den Arm kniff.

»Wie heißt du?«, knurrte Elliot, während er Connors T-Shirt verdrehte. »Raus damit, wenn du nicht gleich jetzt den Löffel abgeben willst!«

»Connor.«

Elliots Kumpel gackerten. Einer von ihnen – später sollte Connor erfahren, dass er Jason hieß – stieß Connor zwei Finger in die Rippen. Im Rudel waren sie alle mutig. Die Tischkante bohrte sich in Connors unteren Rücken, die gestohlenen Handschellen gruben sich schmerzhaft in sein Bein. Mit dem Hinterkopf stieß er gegen die über ihm hängenden Töpfe und Pfannen.

»Und? Hast du's kapiert?«

Langsam hob Connor die Hände, ein klares Zeichen, dass er aufgab, und Elliot grinste über beide Backen, während er die Finger wie Revolverläufe ausstreckte: »Schön hoch mit den Flossen! Noch höher, Freundchen!«

Die anderen Kids lachten sich beinahe scheckig, und sie wieherten auch noch, als Connor zwei Pfannen gleichzeitig von den Haken nahm und sie mit voller Wucht links und rechts auf Elliots Ohren drosch – worauf dieser sich abrupt zusammenkrümmte und zu Boden ging.

Mit einem Satz war Connor über Elliot und schlug mit den Pfannen zu, hämmerte sie ihm auf die Nase, als würde er einen Nagel in eine Wand treiben, wieder und immer wieder, bis es den Dents schließlich gelang, ihn von seinem Opfer wegzuzerren.

6

»Gav, ich bin's. Jetzt mach schon auf.«

Elliot Juniper schlug mit der flachen Hand gegen die Tür, während er sich weiter einzureden versuchte, dass es sich bloß um einen Irrtum, ein Missverständnis handelte. Ja, das würde sich ruckzuck aufklären, alles kein Problem. Später würden sie im Pub darüber lachen, er und Gavin.

Als er sein Gesicht an die Milchglasscheibe presste, war er sicher, eine Gestalt erkennen zu können, kaum mehr als die Ahnung eines Schattens am Ende der Diele, und er öffnete die Briefeinwurfklappe in der Tür. »Ich kann dich sehen, Gav. Lass mich rein!«

Er wollte hier kein Affentheater veranstalten – beste Gegend, schicke Eigenheime, getrimmte Hecken, fette Limousinen in den Einfahrten. Ein winziges Anzeichen von Ärger, und irgendein nervöser Nachbar würde die Bullen rufen. Zwar war Elliot schon seit Jahren nicht mehr mit dem Gesetz in Konflikt geraten, aber er hatte in der Nacht zuvor wüst gesoffen und wollte es nicht auf einen Alkoholtest ankommen lassen.

Dank seines Katers sah er die Welt wie durch einen Schleier, und er hatte einen Brummschädel erster Güte. Sein Nacken schmerzte, und die Augen wollten ihm schier aus den Höhlen treten. Und jetzt fing auch noch seine Nase an zu pochen, die ihm der Dreckskerl damals im Heim platt geschlagen hatte.

Davon abgesehen war ein Alkoholtest ein Klacks verglichen mit dem Tanz, den Rhonda aufführen würde, wenn sie mitkriegte, dass er angetrunken Auto gefahren war. Und wenn sie irgendwie herausbekam, warum er hier war … du lieber Himmel, es würde in einer *Katastrophe* enden. Sie durfte auf keinen Fall davon erfahren.

Elliot hatte den Mund noch an der Einwurfklappe, als sich plötzlich die Tür öffnete. Instinktiv taumelte er herein, fest davon überzeugt, nun endlich Gavin gegenüberzustehen. Doch stattdessen erblickte er eine zierliche Frau in Pullover und Leggins.

»Wo steckt er?« Verblüfft stellte Elliot fest, dass Gavin offenbar verheiratet war. Das hatte er nicht gewusst – und mit einem Mal wurde ihm siedend heiß klar, dass er eigentlich *überhaupt nichts* über ihn wusste. »Wo ist Gavin?«

»Hier wohnt kein Gavin.« Die Frau musterte ihn unverwandt. »Wenn Sie jetzt bitte gehen würden.«

»Gav!« Er umklammerte das Treppengeländer, sah zum ersten Stock hinauf. »Gavin!«

»Das ist mein Haus! Und ich bitte Sie jetzt nochmals …«

»Ich gehe ja«, sagte Elliot. »Wenn ich mit Gavin gesprochen habe.«

»Ich habe es Ihnen doch schon gesagt.« Die Stimme der Frau klang rau. »Hier wohnt niemand, der so heißt.«

Elliot marschierte ins Wohnzimmer. Auf einem Esstisch lag ein Stapel Post. Er nahm die Umschläge; auf allen stand derselbe Name. »Wer ist Jane McArthur?«

»Das bin ich.« Die Frau stand im Türrahmen und sah ängstlich zur Treppe. »Und das ist mein Haus.«

Elliots Blick schweifte über die Fotos an der Wand: Bilder von irgendwelchen Leuten, die er nicht kannte, sowie jede Menge Schnappschüsse eines lächelnden Säuglings. Er spürte, wie seine Wut verpuffte und stattdessen eine Mischung aus Verunsicherung und Verwirrung Besitz von ihm ergriff.

Und die furchtbare Gewissheit, dass seine gesamten Ersparnisse zum Teufel waren.

»Ich verstehe das nicht.« Elliot fuhr sich mit der Hand über das Gesicht. »Er hat gesagt, er würde hier wohnen.«

»Tut er aber nicht«, sagte die Frau leise.

»Aber ich habe ihn doch x-mal hier abgeholt.«

»Da muss eine Verwechslung vorliegen.« Sie trat an ein Schränkchen, auf dem ein Telefon stand. »Ich rufe jetzt die Polizei.«

Die Frau blickte ihn mit weit aufgerissenen Augen an, presste die Lippen fest zusammen. Sie sah aus, als würde sie jeden Moment in Tränen ausbrechen oder um Hilfe schreien. Im oberen Stockwerk begann ein Baby zu plärren.

Jetzt erst wurde Elliot bewusst, wie dämlich er sich angestellt hatte. Er – eine vierschrötige furchteinflößende Gestalt mit seinem kahl rasierten Schädel, den tätowierten Armen und der eingedrückten Nase – war wie ein Berserker in das Haus dieser armen Frau gewalzt, als hätte er den Verstand verloren. Kein Wunder, wenn sie glaubte, dass er sie ausrauben, erdrosseln, ihr Baby entführen wollte. Er spürte, wie ihm die Schamesröte ins Gesicht stieg, und hob entschuldigend die Hände, wohl wissend, dass es dafür zu spät war.

»Es tut mir leid«, sagte er. »Das ist ein … Ich dachte, er …«

»Bitte gehen Sie.« Die Frau sprach so leise, dass ihre Worte beinahe im Schreien des Babys untergingen.

Mit gesenktem Kopf stolperte Elliot an ihr vorbei. Kaum war er draußen, knallte die Tür hinter ihm zu. Er eilte auf die Straße, ohne sich noch einmal umzudrehen, während er hektisch nach seiner E-Zigarette tastete.

Als er wieder in seinem Transporter saß, sog er den Rauch tief in seine Lunge. Ihm war klar, dass es keine gute Idee war, sich hier noch länger herumzudrücken – die Frau hatte vielleicht doch noch die Cops gerufen, er an ihrer Stelle hätte es jedenfalls getan –, doch er *musste* einen letzten Blick zurückwerfen. Das ergab doch alles keinen Sinn. Er war ein halbes Dutzend Mal hier gewesen, hatte vor genau diesem Haus auf Gavin gewartet. Exakt hier hatte er geparkt, wenn er Gavin in den Pub mitgenommen hatte.

Aber wenn er jetzt alles noch mal Revue passieren ließ …

Tatsächlich hatte er Gavin kein einziges Mal aus dem Haus kommen oder die Tür hinter sich schließen sehen. Soweit Elliot sich erinnerte, hatte Gavin immer auf der Treppe auf ihn gewartet oder war ihm winkend entgegengekommen.

Zwei Tage zuvor hatten sie zusammen im Oak gesessen und Pläne geschmiedet. Gavin hatte ihm den Mund wässrig gemacht, ihm in allen gloriosen Details ausgemalt, was das Burger-Franchise für sie abwerfen würde. Und jetzt war er mit Elliots Kohle verschwunden.

Seinen gesamten Ersparnissen. Dreißigtausend Pfund – futsch, einfach so.

Und die Wahrheit war, dass das Geld gar nicht ihm gehörte.

Es waren Rhondas Ersparnisse.

Und daran gab es nichts zu rütteln: Sie war die Einzige, die etwas auf ihr gemeinsames Sparkonto einzahlte. Sie war diejenige, die sich bemühte, jeden Monat eine kleine Summe beiseitezulegen. Elliot hingegen war nicht in der Lage, auch nur einen müden Cent zu sparen. Geld zerrann ihm schlicht und einfach zwischen den Fingern. Und letztlich ging es auf seine Kappe, dass sich Gavin mit der Kohle aus dem Staub gemacht hatte. Er hatte ihm das Geld gegeben – in bar! Er hatte sich wie ein verdammter Idiot verhalten, und das nicht zum ersten Mal in seinem beschissenen Leben. Bei dem Gedanken, dass Rhonda womöglich ein für alle Mal die Nase voll haben könnte von seiner Leichtgläubigkeit, lief es Elliot eiskalt den Rücken herunter. Vielleicht kam sie sogar auf die Idee – und bei dieser Vorstellung drehte sich ihm der Magen um –, dass er sie übers Ohr hauen wollte und die Kohle selbst eingesteckt hatte. So nach dem Motto: Wer einmal stiehlt, dem glaubt man nicht … Kein Wunder bei seiner Vergangenheit.

Sie würde ihn hochkant rauswerfen – und wer wollte ihr das übel nehmen?

Galle stieg ihm in die Kehle, und er schluckte. Er fuhr nach Hause, sog angespannt an der E-Zigarette, die ihm Rhonda vor einigen Monaten geschenkt hatte – er wollte sich nicht daran gewöhnen, hasste den Geschmack und sehnte sich nach einer richtigen Zigarette –, während er einmal mehr daran denken musste, wie er am Vorabend auf dem Sofa gesessen und wieder und wieder die Nummer von Gavins Prepaidhandy gewählt hatte. Eine Nachricht nach der anderen hatte er ihm hinterlassen – freundliche, zornige, flehende, während er seine Sorgen im Alkohol ertränkt hatte, obwohl er weiß Gott einen klaren Kopf gebraucht hätte.

Sein Bauchgefühl sagte ihm, dass er Gavin nie wiedersehen würde. Alles, was er hatte, war seine Handynummer. Der Dreckskerl hatte ihm eine falsche Adresse untergejubelt. Er wusste nicht mal, ob er wirklich Gavin hieß.

Elliot war froh, Harlow hinter sich zu lassen, die Kleinstadt in Essex, wo Gavin ihm das leer stehende Ladenlokal gezeigt hatte, in dem sie – zumindest hatte er das geglaubt – demnächst ihren Burgerladen eröffnen würden. Als die Ausfallstraßen hinter ihm lagen, fühlte er sich besser. An den Zufahrten zur M11 entstanden Dutzende neuer Siedlungen, Zehntausende neuer Eigenheime im Grünen, doch Elliot liebte die Einsamkeit, die Ruhe, die ihn draußen auf dem Land umgab, die Felder und Wälder, die weiten Flächen, den blauen Himmel. Er fuhr das Fenster herunter und ließ sich die kühle Brise um die schweißfeuchte Stirn wehen.

Er bog in die enge Straße ein, in der sein Haus stand – die Äste der Bäume verschränkten sich über ihm wie betende Hände –, bog auf die steile, schlammige Auffahrt, wich den Löchern im bröckelnden Asphalt aus, parkte neben der baufälligen Scheune, die an das Haus angrenzte, und zog die Handbremse an.

Rhonda war Gott sei Dank bei der Arbeit, und Dylan … Wer wusste schon, wo er sich wieder mit seinen Kumpeln herumtrieb. Womit Elliot erst einmal genug Zeit blieb, um sich in Ruhe zu überlegen, wie er Rhonda alles erklären sollte.

Unser Geld ist weg. Ich hab's einem Typen unten im Pub gegeben. Und der Kerl ist abgetaucht.

Den Verlust des Geldes hätte er vielleicht irgendwie verschmerzen können. Aber es war nicht sein erster Fehler, sondern das x-te Mal, dass sein gesunder Menschenverstand schlicht versagt hatte. Bei dem Gedanken, Rhonda und Dylan für immer zu verlieren, wurde ihm speiübel.

Die Haustür führte direkt ins Wohnzimmer. Dort herrschte das nackte Chaos – ein Tohuwabohu von Klamotten, Papieren, Flaschen und verkrusteten Tellern, die sich über die Woche angesammelt hatten. An Samstagen wie diesem war es eigentlich seine Aufgabe, klar Schiff zu machen, während Rhonda arbeiten ging. Doch an diesem Morgen war es Elliot einfach zu viel. Ohne einen Finger zu rühren, ließ er sich aufs Sofa fallen und starrte in den Kamin.

Und so saß er mehrere Minuten lang da und blickte in die graue Asche, während sich ein Xbox-Controller unsanft in seine Arschbacke grub. Er war müde, fertig, deprimiert. Dann vibrierte sein Handy.

Eine SMS.

Als Elliot sah, dass sie von Gavin kam, schöpfte er neuen Mut. Er hatte sich umsonst verrückt gemacht. Alles war nur ein Missverständnis gewesen. Gavin war wohl wieder mal unterwegs gewesen und wahrscheinlich irgendwo in ein Funkloch geraten. Er hatte Elliot erzählt, dass er im Catering-Business und häufig auf Geschäftsreisen war. Und er, Elliot, immer noch schwer angedudelt, war schlicht zur falschen Adresse gefahren. Das sah ihm mal wieder ähnlich, voreilige Schlüsse zu ziehen.

Doch obwohl die SMS unmissverständlich formuliert war, brauchte er ein paar Sekunden, bis er sie kapierte:

MACH DIE NACHRICHTEN AN

Die Fernbedienung musste irgendwo auf dem Sofa liegen, unter der Decke, den Zierkissen, den Frauenzeitschriften, Dylans Getränkekartons und Fastfoodverpackungen. Entnervt fegte er alles auf den Boden.

Dann fand er die Fernbedienung – sie steckte zwischen den Polstern – und ging die Sender durch, bis er den richtigen gefunden hatte. Sie berichteten live. Die Fernsehbilder zeigten eine Londoner Straße, in der es nur so wimmelte von Streifenwagen und Polizeitransportern. Gelbes Absperrband flatterte im Wind. Die Kamera zoomte auf eine offen stehende Haustür, durch die Männer und Frauen in weißen Schutzanzügen ein und aus gingen.

Am unteren Bildschirmrand lief die Schlagzeile durch:

DREIFACHER MORD IN NORDLONDON …
DREIFACHER MORD IN …

Eine Reporterstimme berichtete, im Haus seien drei Tote gefunden worden, bei denen es sich mutmaßlich um Kenneth und Barbara Overton und ihren Sohn Phillip handele, auch wenn die Polizei noch keine offizielle Erklärung abgegeben habe.

Verwirrt verfolgte Elliot das Kommen und Gehen, ehe er zum Handy griff und Gavins Nummer wählte. Es läutete und läutete, und als er es erneut versuchte, sprang die Voicemail an. Er machte sich nicht die Mühe, eine Nachricht zu hinterlassen. Gavins Voicemail war bereits randvoll mit seinem zornigen Gestammel.

Kenneth Overton, dachte Elliot.

Der kleine Kenny aus Longacre.

Mit wachsendem Unbehagen griff er nach seinem Mantel und verließ das Haus. Der Gedanke, dass Rhonda ihn kurzerhand vor die Tür setzen könnte, war unerträglich. Deshalb wollte er ihr erst mal lieber nicht unter die Augen treten.

7

Nervös stand Flick Crowley in ihrem Büro am Schreibtisch und tackerte Ausdrucke zusammen. Sie durfte gar nicht daran denken: Jetzt gleich, kurz vor der Mittagspause, würde sie ihre erste Teambesprechung bei der Mordkommission Nordlondon leiten.

Die Einsatzzentrale befand sich in der zweiten Etage der Tottenham Police Station und war gerammelt voll mit Polizisten in Uniform und Zivil. Viele der Anwesenden kannte sie bereits; dazu kamen ein paar Beamte aus dem Dezernat für Kapitalverbrechen.

Drake hatte ihr die Leitung der Ermittlungen übertragen, doch als sie an das Whiteboard trat, auf dem nähere Informationen über den Fall und die Opfer aufgeführt waren, sah sie, dass er mit verschränkten Armen auf der linken Seite des Tischs saß, tief in Gedanken versunken; sie wurde das Gefühl nicht los, dass sie unter Beobachtung stand.

»Hallo zusammen.« Sie zwang sich, nicht zu Boden zu sehen. »Tut mir leid, dass ich Ihnen das Wochenende verderben muss.«

Die meisten Anwesenden waren wohl kaum dazu gekommen, sich dem üblichen Samstagsprogramm zu widmen – Fußballtraining ihrer Kinder, Einkaufsbummel, Restaurantbesuche.

Sie griff nach einem Leuchtmarker. »Ich hoffe, Sie hatten die Zeit, sich mit den Details vertraut zu machen. Wir haben drei Opfer, die zur selben Familie gehören, und der Tatort befindet sich nur einen Steinwurf von hier entfernt. Ich brauche wohl nicht hinzuzufügen, dass wir den Fall schnellstens aufklären müssen. Mir ist zugesagt worden, dass wir jede erdenkliche Unterstützung erhalten.«

Detective Sergeant Dudley Kendrick notierte etwas im Einsatztagebuch, wo alle Einzelheiten des Falls festgehalten wurden, damit nicht mehrfach in dieselbe Richtung ermittelt wurde.

»Bei den Opfern handelt es sich um Kenneth und Barbara Overton, achtundvierzig und sechsundvierzig Jahre alt, und man ihren Sohn Phillip Overton, neunundzwanzig«, fuhr Flick fort. »Kenneth und Barbara wohnten in der Scales Road. Zwischen dreiundzwanzig Uhr gestern Abend und vier Uhr heute früh wurden sie in ihrer Wohnung an Stühle gefesselt und durch mehrfache Stiche in Bauch- und Brustbereich getötet. Die rechtsmedizinische Untersuchung läuft noch, die endgültigen Ergebnisse bekommen wir in den nächsten vierundzwanzig Stunden. Aber die Fotos vom Tatort zeigen eindeutig, dass der oder die Täter mit äußerster Brutalität vorgegangen ist. Unserer Kenntnis nach sind keine Wertsachen gestohlen worden. Es gibt auch keinerlei Anzeichen, dass sich jemand gewaltsam Zutritt zum Haus der Overtons verschafft hat.«

DC Millie Steiner, eine zierliche junge schwarze Beamtin, die in der Gegend geboren worden und aufgewachsen war, setzte sich auf ihrem Stuhl auf. Flick mochte Steiner. Sie war intelligent, beharrlich und ließ nie eine Schicht aus, obwohl sie eine bemerkenswerte Anzahl von Abendkursen besuchte. »Ein Nachbar von gegenüber hat ausgesagt, dass

Barbara Overton häufig im Garten geraucht hat und die Hintertür nie abgeschlossen war.«

»So wie die Opfer gefesselt waren, muss der Täter mehrere Rollen Plastikfolie dabeigehabt haben«, fuhr Flick fort. »Außerdem hat er versucht, den anderen Sohn der Overtons zu kontaktieren. Der Täter hat Ryan Overton eine SMS geschickt, sich dabei als sein Vater ausgegeben. Die drei Opfer wurden um…« – sie warf einen Blick in ihre Notizen – »… fünf Uhr fünfundvierzig von einem Nachbarn entdeckt, dem aufgefallen war, dass die Haustür der Overtons offen stand. Der Notarzt konnte nur noch den Tod der Opfer feststellen.«

Kendrick hob die Hand. Er war ein Veteran der Mordkommission und offenbar der letzte Mensch auf diesem Planeten, der es noch für modisch hielt, einen bleistiftdünnen Schnauzbart zu tragen. »Für einen Einzelnen ist es sicher nicht ganz einfach, drei Personen zu überwältigen. Glauben Sie, dass wir es mit mehr als einem Täter zu tun haben?«

»Das wäre durchaus möglich, aber als Kenny Overton gestern Abend um neunzehn Uhr dreißig zur Arbeit ging, hielt sich seine Frau mindestens für zwei Stunden allein im Haus auf. Phil Overton erhielt die SMS um einundzwanzig Uhr neununddreißig, sein Bruder Ryan die andere gegen dreiundzwanzig Uhr. Der Täter hatte also Gelegenheit, die Opfer einzeln in seine Gewalt zu bringen. Die Stühle im Schlafzimmer waren so arrangiert, dass sich die drei Opfer gegenübersaßen – der Täter beabsichtigte also womöglich, dass sie sich gegenseitig beim Sterben zusehen mussten.«

Einen Moment lang herrschte Stille, doch dann ging unten auf der Straße ein Presslufthammer los. Upson spielte mit dem Höhenverstellhebel seines Stuhls.

»Der Täter hat die Söhne demnach ins Haus gelockt?«, fragte Vix Moore mit spitzer Stimme.

Die junge Polizistin war erst vor ein paar Monaten zum Team gestoßen und machte keinen Hehl daraus, dass sie sich die Karriereleiter hinaufschleimen wollte. Ihre unverblümte Ellbogenmentalität mochte nicht jedermanns Sache sein, doch Flick wünschte, sie hätte nur eine Spur ihres Selbstvertrauens gehabt, als sie bei der Mordkommission angefangen hatte.

»Der Killer benutzte Kenny Overtons Handy, um die Söhne anzusimsen. Daher gehen wir davon aus, dass die Tat geplant war.«

Flick zog die Kappe ihres Markers mit den Zähnen ab und schrieb auf das Whiteboard:

KOMM HEUTE ABEND VORBEI –
MUSS DICH DRINGEND SPRECHEN!!!
GRUSS, DAD XXX

»Phil hat sich umgehend auf den Weg gemacht«, sagte Flick. »Aber Ryan hat die SMS nicht gelesen. Kenny hat Nachtschichten in einem Co-op in Hornsey geschoben. Soweit wir wissen, hatte er sein Handy dabei, als er zur Arbeit fuhr.«

»Haben wir die Nummer des Handys überprüft, mit dem die SMS verschickt wurden?«, fragte jemand.

»Die SMS kamen von Kennys Handy.« Kendrick ließ seinen Kugelschreiber klicken. »Phillip Overtons Handy steckte in seiner Hosentasche. Er hat exakt dieselbe Nachricht wie sein Bruder erhalten.«

Anschließend instruierte Flick das Team, wer welche Aufgaben übernehmen sollte. Freunde und Verwandte der Familie mussten befragt werden. Ryan befand sich bereits im Gebäude, ebenso wie eine Freundin von Phil Overton und einige Arbeitskollegen von Kenny und Barbara. Phil war als Teenager einige Male mit Drogen erwischt und während der Unruhen in London vor ein paar Jahren von Kameras erfasst worden. Sie würden sein Umfeld auf jeden Fall unter die Lupe nehmen.

Zudem musste das Bildmaterial aller Verkehrsüberwachungssysteme in der Gegend ausgewertet werden, ein mühsamer Prozess, der Tage in Anspruch nehmen konnte. Die Kollegen würden die Nummernschilder der in der Nähe des Hauses parkenden Autos checken, überprüfen, mit wem die Opfer in den letzten Tagen telefoniert hatten, und die Befragung der Nachbarn fortsetzen. Die unmittelbare Umgebung war bereits durchkämmt worden, doch sie hatten nicht die geringste Spur gefunden – keine Mordwaffe, keine Blutspuren, weder eine Tasche noch eine weggeworfene Rolle Plastikfolie. Eine Gruppe uniformierter Beamter würde noch einmal nach der Tatwaffe und Kennys Handy suchen, doch mit jeder verstreichenden Stunde sanken die Chancen, tatsächlich etwas zu finden.

»Kenny Overton hat sein halbes Leben im Gefängnis verbracht«, sagte Flick abschließend. »Hehlerei, Ladendiebstahl, Drogenhandel und so weiter. Was bedeutet, dass wir uns auch seine früheren Komplizen vornehmen sollten. Jemand mit einem derartigen Strafregister hat sich garantiert irgendwann auch mal Feinde gemacht.«

Als Drake abwesend nickte, fühlte Flick sich bestätigt, und ein leises Lächeln huschte über ihr Gesicht. Nachdem sie noch ein paar Fragen beantwortet hatte, klemmte sie sich ihre Unterlagen unter den Arm. Sie hatte noch nie viel für dramatische Ansprachen übriggehabt, doch die in Qual und Todesangst erstarrten Gesichter der Overtons gingen ihr immer noch nach, und sie hatte das Gefühl, etwas Nachdrückliches sagen zu müssen.

»Wir sind es den Opfern schuldig, den Täter zu finden. Es handelt sich um ein außergewöhnlich grausames

Verbrechen, wie jeder von uns weiß, der am Tatort war oder die Fotos gesehen hat. Dass jemand, der so etwas getan hat, auch in Zukunft frei herumlaufen könnte, ist eine unerträgliche Vorstellung – und es ist unser Job, derartige Dreckskerle ein für alle mal unschädlich zu machen.«

Nach dem Meeting verschwanden alle wieder in ihren Kabuffs oder marschierten zum Kaffeeautomaten. Flick ging in ihr neues Büro und schloss die Tür hinter sich; das Herz schlug ihr immer noch bis zum Hals. Ihr Schreibtisch war bis auf den Computer und ein gerahmtes Foto ihrer Nichten und Neffen leer; auch die Regale beherbergten nichts außer ein paar einsamen Handbüchern. Im selben Augenblick klopfte es an der Tür, und Drake steckte den Kopf herein.

Ein Lächeln spielte um seine Mundwinkel. »Die Kollegen haben Ihnen ja geradezu aus der Hand gefressen.«

»Meinen Sie? Ich bin mir da nicht so sicher.« Auf dem Gang sprach Vix Moore hinter vorgehaltener Hand mit Kendrick.

»Menschen mögen keine Veränderungen, Flick, schon gar nicht wenn sie die Dynamik eines Teams durcheinanderbringen. Aber die Kollegen werden sich schon daran gewöhnen.« Er trat an die Jalousien. »Und Sie haben jetzt einen herrlichen Blick auf den Parkplatz.«

»Genau wie Sie.« Von seinem Büro, das eine Etage höher lag, genoss man denselben deprimierenden Ausblick. »Danke, dass Sie zur Besprechung gekommen sind.«

Drake tippte mit einem Finger gegen das Fenster. Ein Wunder, dass die Scheiben nicht vibrierten, wenn er vor ihnen stand. Er schien vor Energie regelrecht zu bersten, brachte die Luft zum Schwingen wie eine Stimmgabel.

Flick fragte sich, ob etwas zwischen April und ihm vorgefallen war. Das Verhältnis zu seiner Tochter war schon seit längerem gespannt. Sie hatte sowohl April als auch Myra, Drakes seltsame, furchteinflößende Mutter, vor einigen Monaten bei der Beerdigung seiner Frau kennengelernt. April war nicht von der Seite ihres Freundes gewichen und ihrem Vater sichtlich aus dem Weg gegangen. Und Drake trauerte nach wie vor um seine geliebte Frau. Es tat Flick weh, ihn so verloren zu sehen.

Er wandte sich um und lehnte sich gegen das Fensterbrett. »Harris hat mich gebeten, die Ermittlungen im Auge zu behalten – die Morde sind unweit des Reviers geschehen, und die Medien werden sich wie die Geier auf den Fall stürzen.«

»Kein Problem«, erwiderte Flick. »Sie sind mein Vorgesetzter.«

»Sie leiten die Ermittlungen. Und ich sorge dafür, dass Sie tun und lassen können, was Sie für richtig halten.«

Sie zwang ein Lächeln auf ihre Lippen. »Ich weiß das zu schätzen, Sir.«

Tatsächlich begrüßte sie es, dass er ihr den Rücken freihalten würde, und mit Sicherheit würde es helfen, die eine oder andere Theorie mit ihm durchzuspielen. Er war ein ausgezeichneter Detective mit jeder Menge Erfahrung, und sie schuldete ihm fraglos ihre Karriere. In den vier Jahren, die sie nun für die Mordkommission, einem immer noch durch und durch männlich dominierten Arbeitsplatz, arbeitete, hatte er sie behutsam gefördert und aufgebaut, ihr nach und nach mehr Verantwortung übertragen. Trotzdem machte es sie nervös, dass er sich schon wieder in ihrem Büro aufhielt, und sie wurde das Gefühl nicht los, dass er nur darauf wartete, sie scheitern zu sehen. Dass er es bereits bereute, sich für ihre Beförderung eingesetzt zu haben.

Lächerlich, dachte sie. Sie hatte ja noch nicht mal richtig angefangen.

»Jede Wette, der Killer ist einer von Kennys Unterweltfreunden.« Vielleicht lag er richtig, trotzdem wunderte sie sich, dass Drake sich in diesem frühen Stadium der Ermittlungen auf etwas festlegte. All die Jahre hatte er ihr immer wieder eingetrichtert, objektive Distanz zu wahren, selbst wenn eine Spur in die richtige Richtung zu deuten schien. »Ich bin Dutzenden von Kenny Overtons begegnet, und eins steht fest: Sie ändern sich nie.«

»Wir überprüfen das.«

»Er hat sich in irgendwelche illegalen Aktivitäten verstrickt und dabei mit den falschen Leuten eingelassen.« Drake klang beinahe aufgebracht. »Finden Sie heraus, mit wem, und Sie haben Ihre Schäfchen im Trockenen.«

»Okay.« Wieder dachte sie: *Er vertraut mir nicht.* »Ich muss mit Ryan sprechen.«

»Ich komme mit.«

Er glaubt, dass ich es vermassle.

Kurz darauf betraten sie den Raum, in dem traumatisierte Angehörige von Verbrechensopfern befragt wurden. Die Wände waren in tröstlichen Pastelltönen gestrichen. Um einen niedrigen Tisch, auf dem eine Vase mit Plastikblumen stand, waren Polstersessel gruppiert; an der Wand hing ein Aquarell.

Ryan Overton ging nervös auf und ab, als sie hereinkamen. Eine Opferschutzbeamtin, die stets fröhliche Sandra Danson, stand an der Tür.

»Hallo, Ryan«, sagte Flick. »Entschuldigen Sie, dass Sie warten mussten.«

Er ließ die Arme hängen. »Wo soll ich schon sonst hingehen?«

»Möchten Sie einen Kaffee, Ryan?« DC Danson war eine stämmige Frau, die ständig neue Diäten ausprobierte. In der Kantine stand Flick des Öfteren eine Ewigkeit in der Schlange, während Danson das genervte Küchenpersonal mit Fragen nach Kalorien, gesättigten Fettsäuren und Kohlenhydraten löcherte, nur um Danson später dabei zu beobachten, wie sie sich am Automaten mit Schokoriegeln eindeckte.

»Meine Frau und ich haben uns vor ein paar Wochen getrennt.« Ryan ließ sich in einen der Sessel sacken. »Sie wäre jetzt sicher eine Stütze für mich gewesen.«

»Sollen wir sie informieren?«, fragte Danson.

»Sie ist nach Tyneside gezogen. Wir sind im Streit auseinandergegangen.«

»Ryan, das ist Detective Inspector Drake«, sagte Flick, und Ryan nickte düster. »Könnten Sie ihm noch mal erzählen, wie das mit der SMS von Ihrem Vater war?«

»Na ja, sie kam von seinem Handy.« Ryan blickte zu Drake hinüber, der sich an die Wand gelehnt hatte. »Er wollte, dass ich vorbeikomme – jedenfalls derjenige, von dem die SMS war –, es wäre dringend.«

»Aber Ryan war gestern Abend nicht zu Hause«, warf Flick erklärend ein.

»Ich war die Straße runter im Pub.«

»Und sein Handy hat er zu Hause gelassen.«

»Keine Ahnung, warum. Ich hab's sonst immer bei mir, ich gehe nie ohne aus dem Haus. Aber gestern habe ich es auf dem Klo liegen lassen, als ich raus bin. Deshalb habe ich die Nachricht auch erst gesehen, als ich wieder nach Hause gekommen bin … das muss so gegen sechs gewesen sein.«

»Sechs Uhr morgens«, sagte Drake.

»Nach der Sperrstunde schließt der Wirt ab, und dann geht's weiter. Da kann es schon mal hoch hergehen.« Ryan rieb sich die Augen. »Aber von mir haben Sie das jedenfalls nicht.«

Ryan unterdrückte ein Gähnen. Er hatte seine Gefühle noch gut im Griff, doch früher oder später würde er den Schmerz rauslassen müssen ... zu seinem eigenen Besten. Flick hatte viele Angehörige von Mordopfern getroffen, die ihre Trauer zu lange unterdrückten. Einige hatten einen Infarkt erlitten und Depressionen bekommen, auch einen Selbstmordversuch hatte es gegeben.

Wer sich seiner Trauer nicht stellte, zahlte dafür mit dem Leben.

»Ich fand das gleich komisch.« Ryans Augen blitzten. »Der Alte wusste doch gar nicht, wie man 'ne SMS schreibt, mit seinem Handy konnte er gerade mal so telefonieren – und davon abgesehen war er weiß Gott nicht der Typ, der drei Küsschen druntersetzt.« Er zog eine Grimasse. »Tja, das wird er sich jetzt auch nicht mehr angewöhnen, was?«

»Haben Sie deshalb nicht bei Ihren Eltern vorbeigesehen?«, fragte Flick. »Weil Sie nicht glaubten, dass die SMS von Ihrem Vater stammte?«

»Ich war hundemüde. Ich wollte mich einfach erst mal aufs Ohr legen. Aber dann konnte ich nicht einschlafen, weil mir die SMS nicht aus dem Kopf ging.« Ryan gab ein bitteres Schnauben von sich. »Aber wäre ich zu Hause aufgekreuzt, wäre ich jetzt tot, stimmt's?«

»Ryan, ich weiß, wie schwierig das für Sie ist, aber ... hatten Ihre Eltern Feinde? Gab es jemanden, der ihnen etwas Böses wollte?«

»Etwas Böses wollte?«, gab Ryan wütend zurück. »Ich kenne niemanden, der auf die Idee kommen würde, meine gesamte Familie abzuschlachten! Auch wenn mein Alter ganz bestimmt kein Engel war. Früher hat er alle möglichen krummen Dinger gedreht.«

Flick schlug ihr Notizbuch auf. »So ungern ich es sage –

Ihr Vater hatte ein ellenlanges Vorstrafenregister. Er hat im Gefängnis gesessen …«

»Und deswegen hat er den Tod verdient, oder was wollen Sie damit sagen?«

Flick errötete. »Wir haben uns gefragt, ob er womöglich in irgendetwas Illegales verwickelt war und sich mit einem Komplizen zerstritten hat.«

»Ich hab's Ihnen doch schon gesagt. Dad war schon lange ein braver Bürger. Er machte gerade den Taxischein, und später wollte er seinen Lebensabend in Spanien genießen. Als wir noch Kinder waren, hat uns der Alte Lügen ohne Ende aufgetischt. Ich kannte ihn genau. Mir konnte er jedenfalls nichts vormachen. Hätte er sich auf irgendwelche krummen Touren eingelassen, hätte ich davon gewusst.«

»Und Ihr Bruder?«, fragte Drake.

»Phil war kein Kind von Traurigkeit. Aber solche Freunde hatte er nicht.«

»Was für Freunde?«

»Kerle, die … die …« Ryans Stimme brach. »Die in der Lage wären, eine ganze Familie niederzumetzeln.« Einen Moment lang war es still, und nur ein leises Kratzen war zu hören, als Ryan sich mit der Hand über die Stoppeln an Kinn und Wange fuhr. »Und ich kenne auch keine solchen Leute, falls Sie auch noch nach meinem Bekanntenkreis fragen wollen. Wie auch immer … nach dem, was mit Jason passiert war, hat Dad sich von seinem alten Leben verabschiedet.«

Drake verschränkte die Arme.

»Jason?«, fragte Flick.

»Dads bester Freund. Er hat vor ein paar Jahren Selbstmord begangen.« Ryan sah zu, wie Flick sich den Namen notierte. »Jason und er waren unzertrennlich und kannten sich seit einer Ewigkeit. Und als Jason sich umgebracht hat, war Dad am Ende. Am Boden zerstört.«

»Wie lang ist das her?«, hakte Flick nach.

»Drei oder vier Jahre. Erst hat er seine Freundin und ihre gemeinsame kleine Tochter erschossen – und dann sich selbst.«

Drake klopfte mit der Schuhspitze auf den Boden. »Wie hieß er mit vollständigem Namen?«

»Burgess. Jason Burgess.«

Flick schrieb sich den Namen auf, auch wenn er für ihren Fall wohl eher keine Relevanz hatte. Aber man wusste ja nie.

»Danach ist das Feuer in ihm erloschen. Außerdem hat ihn Mum vor die Wahl gestellt – entweder er reißt sich zusammen, oder er kann die Fliege machen. Aber Dad hatte nichts gelernt, keine nennenswerten Kenntnisse, wie es so schön heißt, und hat sich plötzlich in den Kopf gesetzt, seine Leidensgeschichte aufzuschreiben.«

»Leidensgeschichte?«, warf DC Danson ein.

»Mum hat damals dauernd solche Bücher gelesen. *Santas geheimer Kuss, Der Keller der sadistischen Tante* und solches Zeug – die Erinnerungen von Leuten, die ihre schlimme Kindheit zu Geld machen. Na ja, und der Alte redete doch auch immer davon, wie furchtbar seine Jugend gewesen sei. Damit konnte er alles entschuldigen. *Deshalb habe ich versagt, Ryan, weil ich so eine verdammt beschissene Kindheit hatte.* Das Problem war bloß, dass er kaum seinen eigenen Namen richtig schreiben konnte, geschweige denn ein ganzes Buch. Hat ihn aber nicht davon abgehalten, es zu versuchen. Er hat sogar angefangen zu recherchieren.« Tränen traten ihm in die Augen. »*Ryan,* sagte er zu mir, *wenn du wüsstest, was in dem Heim passiert ist, würden dir die Haare zu Berge stehen.* Aber dann kriegte er kalte Füße. Jedenfalls brachte er keinen einzigen zusammenhängenden Satz zustande. Am Ende hat er mir sein Recherchematerial gegeben, ich sollte es für ihn aufbewahren, nur für den Fall.«

Drake hob abrupt den Kopf.

»Welchen Fall?«, fragte Flick.

»Keine Ahnung.« Ryan hob die Schultern. »Er schien den Kram für wichtig zu halten.«

»Wir schweifen ab«, sagte Drake.

Flick runzelte die Stirn. Ryan hatte erst vor wenigen Stunden seine Mutter, seinen Vater und seinen Bruder durch ein schreckliches Verbrechen verloren, und Ray Drake konnte seine Ungeduld nicht bezähmen.

»Vielleicht schreibe ich eines Tages selbst ein Buch. Als Andenken an meine Familie sozusagen.« Ryan seufzte. »Sollte ich dann noch am Leben sein.«

»Glauben Sie, dass der Killer es nach wie vor auf Sie abgesehen hat?«

Ryan sah Flick ungläubig an. »Das Schwein wollte mich doch mit der SMS da hin locken, oder etwa nicht?«

Ehe Flick zu einer Erwiderung ansetzen konnte, räusperte sich Drake. »Ryan, es wäre uns eine enorme Hilfe, wenn Sie noch einmal überlegen würden, wer von den Bekannten Ihres Vaters und Ihres Bruders zu einer solchen Tat fähig sein könnte.«

»Wie oft soll ich es Ihnen denn noch sagen? Er hatte mit seinem alten Leben abgeschlossen. Hören Sie, ich kann Ihnen ein, zwei Namen nennen, aber das sind kleine Fische, genau wie Dad einer war. Er war ein Niemand, genau wie alle anderen, die er kannte.«

»Danke.« Drakes Handy klingelte. »Entschuldigung, ich muss drangehen.«

Flick sah ihm hinterher, als er den Raum verließ, und wünschte, er wäre gar nicht erst mitgekommen. Ryan war komplett durch den Wind. Ein etwas behutsamerer Umgang mit ihm wäre sicher produktiver, auf jeden Fall humaner gewesen. Gerade Drake hätte das wissen müssen. Als er die Tür hinter sich geschlossen hatte, stützte Ryan den Kopf in dic Hände.

»Bin ich in Sicherheit?«

Er tat Flick unendlich leid. »Ihnen wird nichts geschehen, das garantiere ich.«

8

»Ruf mich zurück, selbst wenn du hier nicht wieder auftauchen solltest. Ruf mich bitte zurück. Jetzt ist endgültig Schluss mit lustig, Gav.«

»Dass du überhaupt so ruhig bleiben kannst«, sagte Bren, während Elliot sein Handy beiseitelegte. »Ich würde wahrscheinlich ausflippen, ihm wer weiß was an den Kopf werfen.«

»Habe ich alles längst getan.« Elliot zuckte mit den Schultern. »Aber das hat auch nichts gebracht.«

Sie saßen im Biergarten des Royal Oak, einen Steinwurf von Elliots Häuschen entfernt. Sonst war der lauschige kleine Pub mit dem reetgedeckten Dach und den weiß getünchten Wänden – es gab ihn schon, seit Queen Elizabeth noch Zöpfe getragen hatte – seine Zuflucht gewesen, doch nun erinnerte er ihn nur daran, wie Gavin ihm vor ein paar Tagen in einer der gemütlichen Nischen das Burgerrestaurant schmackhaft gemacht und ihn nach allen Regeln der Kunst eingewickelt hatte.

Eine schneidende Brise fegte über die nahe gelegenen Felder und rüttelte an den Schirmen über den Tischen. Elliot war völlig durchgefroren; der Wirt warf die Heizpilze erst abends an. Bren verlagerte seinen taub gewordenen Hintern auf der schmalen Bank. Er hatte sich seitlich gesetzt und die Knöchel übereinandergeschlagen; bestimmt hätte er seinen Schmerbauch auch irgendwie zwischen Bank und Tisch quetschen können, aber dann hätte die Feuerwehr ihn anschließend mit schwerem Gerät heraussägen können.

»Und was willst du jetzt machen?«

»Keine Ahnung.«

Elliot gehörte nicht zu den Menschen, die gut mit Stress umgehen können, und im Lösen von Problemen war er eine absolute Niete. Entscheidungen überließ er eigentlich fast immer Rhonda, die stets wusste, was zu tun war. In diesem Fall aber konnte er ihr nichts erzählen – nicht wenn er wollte, dass sie noch länger mit ihm zusammenblieb.

»Was hattest du eigentlich für einen Eindruck von ihm? Von Gavin, meine ich.«

»Na ja, er hat dauernd gelächelt.« Bren, so ziemlich der engste Freund, den Elliot hatte, rieb sich die kalten Oberschenkel. »Und er hat keinen Tropfen Alkohol getrunken.«

»Stimmt.« Bren hatte den Nagel auf den Kopf getroffen.

»Wer sitzt schon im Pub und trinkt Mineralwasser? Das ist doch irgendwie verdächtig, oder?«

Elliot leerte sein Glas. Nach drei Bierchen begann sich sein Kater allmählich zu verflüchtigen. »Und warum hast du nichts gesagt?«

»Ist ja nicht verboten, keinen Alkohol zu trinken. Außerdem warst du so versessen aufs schnelle Geld, dass du mir sowieso nicht zugehört hättest. Aber ganz ehrlich, ich wäre auf den Kerl genauso reingefallen.« Bren tätschelte seinen mächtigen Bauch. »Tja, ist aber wohl auch besser, wenn ich mich aus dem Burgerbusiness raushalte.«

Es war nett von Bren, dass er ihn aufzumuntern versuchte, doch Elliot brachte kein Lächeln zustande. Er hatte sich von Gavin nach Strich und Faden für blöd verkaufen lassen. Der scheißfreundliche Dreckskerl hatte ihm Hochglanzbroschüren, Businesspläne und Papierkram mit geprägtem Briefkopf gezeigt, war sogar mit ihm zu dem leer stehenden Ladenlokal gefahren. Und gerade er, Elliot, der sein halbes Leben damit verbracht hatte, andere über den Tisch zu ziehen, hätte es verdammt noch mal besser wissen müssen.

Sein Karma war schuld, ja, das musste es ein. Dabei wollte er doch nur ein beschauliches Leben führen. Er liebte den gewöhnlichen Trott seines Daseins, die Stunden im Pub, die langen Spaziergänge. Aber er hatte einem Fremden vertraut. Und sobald man sich mit Leuten einließ, die man nicht kannte, ging alles den Bach herunter. Das war bisher immer so gewesen.

»Das wird sie mir nie verzeihen«, sagte er niedergeschlagen. »Diesmal schickt sie mich endgültig in die Wüste.«

»Und wenn du zu Owen gehst?«

»Niemals«, gab Elliot scharf zurück – Owen Veazey hatte ihm gerade noch gefehlt.

Bren musterte ihn gekränkt. »Ich versuche dir doch bloß zu helfen, Ell.«

»Schönen Dank auch.« Er griff nach seinem Handy und der idiotischen E-Zigarette. »Deine blöden Vorschläge kannst du für dich behalten.«

Erstaunt sah Bren auf, als Elliot die Beine unter der Bank hervorschwang. »Willst du schon gehen?«

»Ist wohl besser so.« Elliot schämte sich für seinen Ausbruch. Bren hatte ihm ja nur helfen wollen. Er klopfte ihm auf die Schulter. »Danke fürs Zuhören.«

»Vielleicht überlegst du's dir noch mal, Ell.« Brens Hängebacken zitterten über seinem Kragen. »Du brauchst ja keinen Langzeitkredit. Bloß einen, der dir Zeit kauft, bis du diesen Gavin aufgetrieben hast. So könntest du die Kohle wieder einzahlen, bevor Rhonda merkt, dass sie weg ist.

Owen kennt dich und macht dir bestimmt ein faires Angebot.«

»Schon klar«, sagte Elliot, der mit Owen ums Verrecken nichts zu tun haben wollte. »Also dann, Bren.«

Doch bevor er sich zum Gehen wenden konnte, klingelte sein Handy. Der Bildschirm blinkte. Gavins Nummer.

»Willst du nicht rangehen?«, fragte Bren.

Zögernd hielt Elliot sich das Handy ans Ohr.

Und hörte im Hintergrund ein Kind weinen. Laute Schluchzer. Tränen der Wut.

»Hallo?«, sagte Elliot. »Gav?«

Das Schluchzen ging in Schniefen über, und dann …

»Sie wird schon noch erfahren, was du für einer bist«, stieß eine zornige Stimme hervor.

Dann kreischte das Kind auf, stieß einen grauenvollen Schrei aus, der Elliots Trommelfell um ein Haar platzen ließ.

Entsetzt riss er das Handy vom Ohr, drückte auf die rote Taste und starrte das Ding an, als könne es ihm irgendwie erklären, was er soeben gehört hatte. Sein Magen krampfte sich zusammen.

Im selben Augenblick fiel ihm die seltsame SMS wieder ein. MACH DIE NACHRICHTEN AN. Plötzlich beschlich ihn das ungute Gefühl, dass hier etwas ganz und gar nicht stimmte.

»Weißt du was? Ich glaube, ich bleibe doch noch auf ein Bierchen.« Er wandte sich ab. »Hol uns doch noch zwei.«

»Wo willst du denn hin?«, fragte Bren.

»Nur kurz Zigaretten holen.«

9

Am späten Nachmittag lagen erste Erkenntnisse vor.

Flicks Team hatte eine Liste von Kenny Overtons kriminellen Kontakten zusammengestellt, und Upson und Steiner überprüften deren Adressen. Mittlerweile waren auch diverse alte Bekannte von Kenny befragt worden, die alle im Grunde dasselbe ausgesagt hatten: *Habe ihn schon seit Ewigkeiten nicht mehr gesehen. Mit seinen alten Kumpeln wollte er nichts mehr zu tun haben. Bei mir hat sich Kenny schon seit Jahren nicht mehr blicken lassen. Seine Alte hat ihm die Daumenschrauben angelegt.*

Aber keiner von ihnen hatte auch nur ein böses Wort über ihn verloren. Er hatte nie jemanden verpfiffen, nie jemanden übers Ohr gehauen, sich keinerlei Feinde gemacht.

»Tja, so viel steht wohl fest.« Millie Steiner korrigierte ihre Sitzhaltung, wie sie es von ihrem Alexandertechnik-Lehrer gelernt hatte. »Kenny war ein Heiliger.«

Sie hatten sich in Flicks Büro versammelt. Upson hockte auf Flicks Schreibtischkante. »Würde sein Vorstrafenregister nicht bis zur Schlacht von Hastings zurückreichen, könnte man es fast glauben.«

»Ryan hatte recht«, sagte Flick. »Kenny war ein kleiner Fisch, und Phil genauso. So kommen wir nicht weiter.«

Seit seinem Abgang aus dem Befragungsraum hatte sie Ray Drake nicht mehr gesehen. Kendrick zufolge hatte er den Nachmittag über mit Harris konferiert und an einer Presseerklärung gefeilt. Der DCI liebte es, im Rampenlicht zu stehen, und Flick stellte sich vor, wie er sich die Krawatte so oft band, bis sie *hundertprozentig perfekt* saß, und nachdrückliche Gesten übte, um vor den Kameras einen besonders entschlossenen Eindruck zu vermitteln, während Drake ihm vorkaute, was er sagen sollte. Drake hasste Kameras, hasste es, vor der Presse sprechen zu müssen, und würde sich schön im Hintergrund halten.

»Was ist mit Barbara Overton? Haben wir vielleicht irgendwas übersehen?«

»Sie arbeitete als Teilzeitkraft bei Greggs«, sagte Steiner. »Fleißige Mitarbeiterin, immer einen kessen Spruch auf den Lippen, sehr beliebt bei den Kunden.«

»Aber niemand tut so etwas ohne Grund.« Flick lehnte sich zurück und starrte an die Decke. »Niemand schlachtet eine komplette Familie ab, ohne einen abgrundtiefen Hass auf sie zu empfinden.«

»Wir arbeiten dran, *Chefin*.« Upson griff nach dem gerahmten Foto von Flicks Neffen und Nichten. »Mit Hochdruck.«

Flick warf Upson einen finsteren Blick zu, doch Upson war zu beschäftigt, das Bild zu inspizieren.

»Und das Handy? Von dem die SMS geschickt worden sind?«

»Kenny hat gegenüber einem Kollegen erwähnt, er hätte es verloren«, sagte Steiner. »Er war sicher, dass er es auf dem Weg zur Arbeit noch bei sich hatte.«

»Laut Ryan ist Kenny immer mit dem 41er-Bus nach Hornsey gefahren. Dabei könnte es ihm jemand gestohlen haben.«

Steiner machte sich eine Notiz. »Ich besorge das Material aus den Überwachungskameras.«

»Moment.« Upson schwenkte das gerahmte Foto hin und her, und Flick befürchtete, es würde ihm jeden Moment aus der Hand fallen. »Hätte tatsächlich jemand, der Kenny ans Leder wollte, neben ihm im Bus gesessen, dann hätte Kenny ihn doch wohl erkannt, oder?«

»Vielleicht hat er ihn ja erkannt. Vielleicht haben sie sogar miteinander geredet. Das Handy könnte aber auch aus seinem Spind bei der Arbeit entwendet worden sein. Wir sollten ihn auf Fingerabdrücke untersuchen lassen. Der Bereich wird ebenfalls videoüberwacht – das Material sollten wir uns genauso ansehen.«

Es klopfte an der Tür, und Sandra Danson steckte ihren Kopf herein. »Sie können Ryan Overton jetzt abholen, Ma'am.«

Flick nahm Upson das gerahmte Foto aus der Hand und stellte es sorgfältig wieder auf ihren Schreibtisch. Auf dem Weg zum Befragungsraum hörte sie ihre Voicemail ab. Es war fast alles beruflicher Kram. Holloway hatte eine Frage bezüglich einer Kostenstelle. Kendrick wollte wissen, wie weit sie die Nachbarschaftsbefragung ausdehnen sollten. Ein ehemaliger Kommilitone hatte ihr eine Nachricht geschickt, ob sie nicht mal wieder Lust hätte, etwas mit ihm trinken zu gehen.

Es war lange her, dass sie zuletzt um die Häuser gezogen war – ehrlich gesagt konnte sie sich nicht erinnern, wann sie sich zuletzt richtig aufgebrezelt und bis frühmorgens einen draufgemacht hatte. Vor einigen Monaten hatte sie sich bei einem Datingportal für Singles mit Niveau angemeldet und auch reichlich Zuschriften erhalten, sich aber nicht weiter darum gekümmert; ihr fehlte schlicht die Zeit und eigentlich auch das Interesse, wie sie sich letzten Endes eingestehen musste. Sie überlegte, ob sie sich nicht ein paar tolle neue Klamotten kaufen und eine neue Frisur machen lassen sollte. Sie hätte auch Lust, sich zusammen mit Nina mal wieder eine Auszeit in einer schicken Wellnessoase zu nehmen, doch bei all den Überstunden und Wochenenddiensten konnte sie sich einfach nicht dazu aufraffen. Lieber schneite sie bei ihrer Schwester herein und entspannte sich bei einem Gläschen Wein, während die Kinder herumtobten.

Einen Moment lang schweiften ihre Gedanken zu Nina und ihrem Mann Martin. Flick wurde das Gefühl nicht los, dass in ihrer Beziehung irgendetwas nicht stimmte. Die letzten Male, als sie bei ihnen gewesen war, hatte sie eine seltsame Spannung zwischen den beiden gespürt, auch wenn es letztlich nur so ein Gefühl gewesen war. Die Vorstellung, dass es in ihrer Ehe kriselte und sie sich vielleicht trennen würden – sie hatten drei kleine Kinder, die Flick über alles liebte –, war ihr unerträglich.

Ryan Overton hatte den Nachmittag damit verbracht, eine Liste von Kennys kriminellen Kontakten und früheren Kumpeln zusammenzustellen und zu überlegen, wer es womöglich auf seine Familie abgesehen haben konnte. Er hatte sich regelrecht in einen Rausch gearbeitet, nichts zu sich genommen außer einem Müsliriegel und einer Dose Red Bull. Er sah völlig fertig aus.

»Wir können Sie vorübergehend in einem Hotel unterbringen, Ryan. Oder in einer sicheren Wohnung, wenn Ihnen das lieber ist.«

»Nein«, erwiderte Ryan mit ausdrucksloser Stimme. »Ich will bloß nach Hause.«

Ein Streifenwagen wurde angefordert, der ihn nach Finsbury Park zurückbringen sollte, wo er im zwölften Stock eines Hochhauskomplexes wohnte. Flick entließ Danson und stieg hinten ein. Nach all dem Hin und Her zwischen Tatort und Revier, dem ganzen nervenaufreibenden Tag war es ihr nur recht, für ein paar Minuten aus dem Gebäude verschwinden zu können. Sie fuhren über die Seven Sisters Road, vorbei an Dutzenden von Imbissbuden, Selbstbedienungsläden und leer stehenden Geschäften. Ryan starrte aus dem Fenster auf die abendliche Straße, während vor den Läden die Gitter heruntergelassen wurden.

»Meine Eltern wollten noch mal richtig durchstarten, verstehen Sie? Mein Dad hatte sein Leben endlich wieder im Griff – in gewisser Weise dank Jason, so merkwürdig das klingen mag.«

Kenny und Jason: zwei Männer, die nicht nur eine lebenslange Freundschaft verbunden hatte, sondern die beide auf gewaltsame Weise mit ihren Familien umgekommen waren – der eine durch Selbstmord, der andere durch Mord. Flick hatte sich via Datenbank über den Selbstmord kundig gemacht, doch es gab keinerlei Anlass, den Befund des Gerichtsmediziners in Zweifel zu ziehen. Jason hatte seine Lebensgefährtin und ihre gemeinsame kleine Tochter erschossen. Er war als Gewalttäter aktenkundig und wegen psychischer Probleme in Behandlung gewesen. Über welche Kanäle er sich die Waffe besorgt hatte, war bis heute ungeklärt, doch er hatte genug Leute gekannt, die ihm jederzeit eine Pistole besorgt hätten. Blieb nur eine Frage: Eine Waffe kostete mehrere Hundert Pfund, wenn nicht gar einen Tausender – woher hatte ein ständig klammer Habenichts wie Burgess das Geld dafür genommen?

»Auf dem Revier haben Sie gesagt, Ihr Vater hätte nicht geglaubt, dass Jason Selbstmord begangen hat«, meinte Flick.

»Der alte Sturkopf hat sich da in etwas verrannt. Was Jason anging, war er einfach nicht objektiv.«

»Sie glauben also, es war Suizid?«

»Ganz sicher. Jason war reif für die Klapse. Bei der kleinsten Kleinigkeit ist er komplett ausgerastet. Mum konnte ihn nicht ausstehen.« Ryan sah zu zwei Frauen hinüber, die gerade ein türkisches Café verließen. »Sie war immer stinksauer, wenn er bei uns herumgehangen, das Sofa vollgefurzt, Dads Schnaps weggesoffen und über sein verpfuschtes Leben gejammert hat. Der Alte und Jason haben einem ständig die Ohren vollgeheult, das Gejammer war kaum zu ertragen. Wenn jemand selbstmordgefährdet war, dann Onkel Jason. Einmal – ich muss etwa zwölf gewesen sein – kamen Phil und Mum nach Hause, als er in der Küche saß, mit so einem Messer vor sich auf dem Tisch.« Er zeigte die Länge an. »Danach brauchte er sich bei uns erst mal nicht mehr blicken zu lassen.«

Er beugte sich vor und bedeutete dem Fahrer, an der nächsten Ecke abzubiegen. »Nächste links, Mann. Jedenfalls war Dad völlig am Ende, als Jason den Löffel abgegeben hat. Mom hat ihn vor die Wahl gestellt – entweder er reißt sich zusammen, oder sie schmeißt ihn raus. Und dann kam er auf die Idee, das Buch zu schreiben.« Ein bitteres Lachen drang aus Ryans Kehle. »Unfassbar! Mein Alter als Superschriftsteller – du lieber Gott!«

»Und wieso hat er es sich dann anders überlegt? Was meinen Sie?«

»Dem stand doch schon der kalte Schweiß auf der Stirn, wenn er nur einen Stift in der Hand gehalten hat. Und davon abgesehen glaube ich, dass er letzten Endes nicht zurückblicken wollte.« Ein Muskel in seinem Gesicht zuckte. »Er erzählte, er hätte ein paar Leute aus dem Longacre ausfindig gemacht, dem Heim, in dem er damals war, aber man konnte sehen, dass ihm irgendwas schwer an die Nieren gegangen war.«

Flick sah ihn an. »Was?«

»Das hat er nie rausgelassen. Na ja, und dann hat er mir seine Notizen gegeben.« Ryan tippte sich mit dem Finger an die Nase. *»Bewahr das gut auf, Junge.«*

»Was waren das für Notizen?«

»Ach, größtenteils alte Zeitungsausschnitte, total vergilbt. Ehrlich gesagt habe ich mich nicht weiter drum gekümmert.«

»Ich würde mir das Material gern mal ansehen, Ryan.«

»Ich sehe mal nach, ob ich's finde, versprechen kann ich aber nichts. Ich weiß nicht mal, ob ich die Sachen noch habe.«

Sie fuhren auf den Vorplatz einer Hochhaussiedlung. Ein paar Kinder kickten einen Fußball gegen eine Mauer. Sie zeigten auf den Streifenwagen und ahmten Sirenengeheul nach. *La-lü-la-lü.*

»Aber inzwischen hatte Dad die Kurve gekriegt.« Ryan sah zu den Kids hinüber. »Er wollte ein neues Leben anfangen.«

»Wir können uns morgen noch mal unterhalten«, sagte Flick.

»Was, wenn der Kerl immer noch hinter mir her ist?«, gab Ryan zurück. »Wenn er zu Ende bringen will, was er mit …«

»Wir lassen Sie nicht allein, Ryan. Ein Officer wird vor Ihrer Wohnung rund um die Uhr Wache stehen. So lange, bis der Fall aufgeklärt ist.«

Ryan löste den Sicherheitsgurt und gab ein leises Schnauben von sich. »Die Nummer kenne ich aus dem Kino. Das funktioniert *nie.*«

10

Als Ray Drake in der Dämmerung vor dem massigen Hochhaus eintraf, spielten ein paar Kids immer noch Fußball.

Er wäre gern früher gekommen, war aber auf dem Revier aufgehalten worden. Er wollte Flicks Ermittlungen gern im Auge behalten, doch DCI Harris hatte darauf bestanden, dass sie zusammen eine Strategie entwickelten, wie man auf den Medienrummel reagieren sollte, und das Meeting mit einem Pressereferenten der Metropolitan Police hatte sich endlos hingezogen. Die Pressestelle wurde förmlich mit Anfragen überrollt, daher hatten sie ein kurzes Briefing abgehalten, das verhältnismäßig gut gelaufen war, wenn man bedachte, dass sie bis jetzt kaum Erkenntnisse vorzuweisen hatten. Wie üblich hatte sich Drake abseits der Kameras und Mikrofone gehalten, während Harris seinen Auftritt genoss.

Er blickte den hoch aufragenden Betonklotz hinauf, der sich schwarz gegen den Abendhimmel abzeichnete. Seit vielen Jahren hatte Drake nicht mehr an Kenny Overton gedacht; die Vorstellung, dass er quasi um die Ecke des Reviers gewohnt hatte, war irgendwie befremdlich. Es war Jahrzehnte her, seit sie sich zuletzt über den Weg gelaufen waren, und wären sie einander auf der Straße begegnet, hätten sie sich wahrscheinlich keinen zweiten Blick geschenkt. Dass Kenny in unmittelbarer Nähe seines Arbeitsplatzes ermordet worden war, hätte reiner Zufall sein können, doch Drakes Instinkt sprach dagegen. Ryan Overtons Bemerkungen über Kennys Kindheit und seine *Recherchen* waren ihm den ganzen Nachmittag über nicht mehr aus dem Kopf gegangen.

Er versuchte sich auf die Musik zu konzentrieren, die aus den Lautsprechern drang – ein Cellokonzert von Prokofjew mit Laura als Solistin. Seine Frau war ausgebildete Musikerin gewesen, und Drake spielte ihre gefeierten Celloaufnahmen in Endlosschleife auf der Anlage. Doch die Musik brachte ihm auch keine Ruhe. Er kramte sein Handy hervor und wählte wieder einmal die vertraute Nummer.

Es klingelte und klingelte und klingelte, und dann erklang die Stimme seiner Tochter: »Hi, hier ist April. Ich kann gerade nicht ans Telefon, aber wer schlau ist, weiß, was er jetzt tun muss.«

Dann piepte es. Sie war letzte Nacht nicht nach Hause gekommen, und er hatte im Laufe des Tages schon fünf- oder sechsmal bei ihr angerufen, ohne ihr jedoch eine Nachricht zu hinterlassen. Er war fest entschlossen, diesmal etwas zu sagen, zu fragen, wie es ihr ging und wann sie zurückkommen würde. Während er den Blick über die geparkten Wagen schweifen ließ, holte er tief Luft, öffnete den Mund und …

Im selben Augenblick stürzte ein menschlicher Körper vom Himmel und knallte mit einem ohrenbetäubenden Krachen auf das Dach eines der parkenden Wagen, wobei die Frontscheibe in tausend Stücke zerbarst.

Die Alarmanlage heulte auf, die Scheinwerfer blinkten wie verrückt. Ein gebrochener Arm glitt wie in Zeitlupe vom Dach auf die zerstörte Windschutzscheibe. Die Kinder rannten schreiend davon, verschwanden im Gewirr der Treppenaufgänge und Passagen.

Drake stieß die Tür seines Wagens auf und lief über den von Glassplittern übersäten Asphalt. Ryan Overtons leblose Arme und Beine wiesen in alle Himmelsrichtungen, und sein Körper sah aus, als sei er in der Mitte durchgebrochen. Von irgendwo drang der gellende Schrei einer Frau an Drakes Ohren. Ein Hund bellte ohne Unterlass gegen die Alarmanlage an. Drake rannte zum Eingang des Hochhauses und drückte wahllos auf irgendwelche Klingeln. Die Tür öffnete sich mit einem Hornissensummen, und er stürzte in den Hausflur.

Zwei Aufzüge, eine Brandschutztür, die ins Treppenhaus führte.

Es war höchst unwahrscheinlich, dass der Killer das Gebäude in den wenigen Sekunden verlassen hatte, die seit Ryan Overtons Todessturz vergangen waren. Die LED-Ziffern über der Aufzugtür zeigten an, dass der Lift unterwegs ins Erdgeschoss war: fünf ... vier ... drei ... zwei ... eins ...

Das hydraulische Geräusch ertönte, dann gingen die Türen auf. Eine junge Frau stieß einen spitzen Schrei aus und drückte ihr Baby an sich, als Drake plötzlich vor ihr stand. Er hob die Hände, *keine Angst,* und trat zwei Schritte zurück, riss die Tür zum Treppenhaus auf und nahm je zwei Stufen auf einmal, hielt sich nah am Geländer, spähte wieder und wieder hinauf in den Treppenschacht.

Als er schließlich die Tür zur zwölften Etage aufzog, zitterten ihm die Knie. Er rang nach Luft, sein Herz raste, und das Hemd klebte ihm am Rücken. Drake beugte sich vor, stützte die Hände auf die Knie und wartete, bis er wieder zu Atem gekommen war. Früher hätte er die Anstrengung ohne Weiteres weggesteckt, doch inzwischen war er ein Mann mittleren Alters. Im selben Moment hörte er, wie sich nur ein paar Meter von ihm entfernt die Lifttür schloss. Als er zum Aufzug stürzte, sah er gerade noch, wie das kleine quadratische

Fenster in der Tür unter der Bodenkante verschwand – zu spät, noch einen Blick in die Kabine zu erhaschen.

Der lange Korridor wurde von einer weiteren Brandschutztür unterteilt. Drake riss sie ebenfalls auf. Der Cop, der vor Ryan Overtons Wohnung Wache hielt, starrte ihn wie vom Donner gerührt an, als er seine Marke zückte. »Machen Sie auf!«

Im matten Schein der Flurbeleuchtung zog der Officer den Schlüssel heraus. Von draußen drang das entfernte Heulen der Autoalarmanlage zu ihnen hinauf. Ein paar neugierig gewordene Hausbewohner linsten aus ihren Türen. »Gehen Sie wieder rein!«, rief Drake.

Sie betraten die Wohnung, quetschten sich durch einen engen Flur ins Wohnzimmer. Aus dem Fernseher donnerte frenetischer Applaus. Die Balkontür stand offen, die schweren Vorhänge bewegten sich im Wind. Von oben sah Drake eine Gruppe von Menschen, die sich um den demolierten Wagen und Ryan Overtons zerschmetterten Körper scharte. Die Alarmanlage heulte unablässig weiter, die Scheinwerfer blinkten, blinkten, blinkten. Eine schlanke Gestalt in einem roten Kapuzenshirt löste sich aus der Gruppe und schlenderte seelenruhig davon. Als der Vermummte die Straße erreicht hatte, sah er zu Drake hinauf und salutierte, ehe er in der Dunkelheit verschwand.

»O Gott!« Mit offenem Mund starrte der Officer auf die Straße.

»Los, kommen Sie!«

Drake kramte ein Paar Latexhandschuhe aus seiner Jackentasche, trat auf den Korridor hinaus und durch die Brandschutztür. Sie war aus schwerem Metall und hatte ein kleines Fenster aus Sicherheitsglas. Wenn sich jemand hinter der Tür verborgen hatte, war es für den postierten Officer unmöglich gewesen, ihn zu bemerken.

Drake drückte gegen die Wohnungstüren, die sich auf der gleichen Seite wie Ryan Overtons Apartment befanden. Die dritte Tür schwang nach innen; das Schloss war aufgebrochen worden. Er betrat die dunkle Wohnung und sah, dass die Balkontür offen stand. Ryans Wohnung befand sich drei Balkone weiter. Die Balkone waren im selben Abstand voneinander entfernt. Mit etwas Geschicklichkeit war es problemlos möglich, von einem zum anderen zu springen.

»Wie heißen Sie?«

»Gill.«

»Officer Gill, Sie gehen jetzt auf die Straße und verscheuchen die Schaulustigen«, sagte Drake. »Sorgen Sie dafür, dass niemand die Aufzüge benutzt und niemand das Gebäude betritt oder verlässt.«

Gill schluckte. »Aber ich war doch die ganze Zeit hier … Ich habe niemanden …«

»Haben Sie sich zwischendurch von der Wohnung wegbewegt?« Der Uniformierte schüttelte den Kopf. »Sind Sie eingeschlafen?« Gill sah ihn entsetzt an. »Dann haben Sie Ihren Job korrekt erledigt. Und jetzt beeilen Sie sich.«

Drake sah zu, wie Gill im Treppenhaus verschwand. Aus der Ferne waren Sirenen zu hören. Ihm blieb nicht viel Zeit.

Als er Overtons Wohnung erneut betrat, drangen Schüsse und Explosionen an seine Ohren – ein Film im Fernsehen. Es stank nach Alkohol und Nikotin. Auf einem Tischchen lag eine Packung Benson & Hedges, in einem Aschenbecher befand sich Zigarettenasche. Auf dem Boden erblickte er eine leere Flasche Bacardi neben einem umgekippten Sessel. Der Eindringling musste durch die Balkontür gekommen sein, als Ryan Overton vor dem Fernseher saß; er hatte ihm von hinten den Mund zugehalten oder ein Messer an die Kehle gepresst und ihn zum Balkongeländer gezerrt.

An der Wand stand ein Regal mit einigen Pappschachteln. Drake warf einen Blick hinein. Nichts. In einem Schränkchen lagen ein paar DVDs, eine angebrochene Stange Zigaretten und ein Stapel Pornohefte.

Weit und breit kein Karton mit alten Zeitungsausschnitten oder sonstigem Recherchematerial.

Das Schlafzimmer war gerade groß genug für ein breites Bett und einen Kleiderschrank aus Kiefernholz. Drake durchforstete die Schubladen und fand Unterwäsche, T-Shirts, Gürtel. Die Schranktür neigte sich zur Seite, als er sie öffnete. Dahinter hing ein Anzug, der nach Mottenkugeln roch. Jeans, Hemden, eine Jeansjacke. Auf dem Boden des Schranks standen ein Paar makellos weiße Sneakers und ein Karton mit Lederschuhen. Er fuhr mit den Fingern über die Bettdecke. Unter dem Bett befand sich nichts außer einer einsamen, völlig verstaubten Socke.

Die Sirenen waren jetzt deutlich zu hören. Und er hatte immer noch nichts gefunden.

Die Küche war kaum mehr als eine Kochnische. In den Hängeschränkchen stapelten sich Gläser, Teller, eine Waage und ein paar defekte Küchengeräte, darunter ein Toaster ohne Stecker.

Die Sirene eines Rettungswagens jaulte; Blaulicht huschte über die Wohnzimmerdecke. Auf dem Gang hörte er Stimmen. Die Zeit zerrann ihm zwischen den Fingern.

Er machte Licht im Badezimmer, erblickte eine Duschkabine, eine Toilette und ein mit getrockneter Zahnpasta verklebtes Waschbecken. Es roch nach feuchten Handtüchern und Talkumpuder.

Sein Blick fiel auf ein Regal für Handtücher oben an der Wand. Drake schob seine Hand zwischen die Tücher und fühlte Papier – ein paar alte Zeitschriften. Aber das unterste Handtuch verdeckte einen Schuhkarton, den er mit ins Wohnzimmer nahm, ohne sich um den Lärm auf dem Korridor zu kümmern, die Stimmen und knallenden Türen. In dem Karton lag ein Stapel Klarsichthüllen, in denen sich alte Zeitungsausschnitte befanden. Die Schlagzeilen sprangen ihn förmlich an, während er die vergilbten Ausschnitte im Eiltempo durchsah.

TRAGISCHER UNFALL ... UNTERSUCHUNG ERGIBT SELBSTMORD ... ZWILLINGE GETÖTET ...

Schritte, Stimmen vor der Wohnungstür.

Das Herz schlug ihm bis zum Hals, als ihm die nächste Schlagzeile ins Auge stach:

RICHTER BESUCHT ÖRTLICHES KINDERHEIM

Darunter ein Schwarz-Weiß-Foto, auf dem eine Reihe freudlos dreinblickender, gezwungen lächelnder Kinder und Erwachsener zu sehen war.

Tallis, Kenny, Toby, Jason, der Richter und seine Frau, Elliot, Amelia.

Connor Laird, der am rechten Bildrand halb im Schatten stand.

Er war kaum zu erkennen.

Ihre heiße, klamme Hand.

Stinkender Atem, die krampfenden Finger.

Das Prasseln der Flammen.

Drake wollte den Zeitungsausschnitt gerade einstecken, als sich jemand hinter ihm räusperte.

»Sir?«

Flick Crowley stand in der Tür. Sie blickte auf den umgekippten Sessel, die sich im Wind bauschenden Vorhänge, das vergilbte Stück Papier in seiner Hand. »Was ist denn ...«

Drake legte den Zeitungsausschnitt zurück in den Schuhkarton, während mehrere Polizisten in das Apartment stürmten. »Jemand hat sich über den Nachbarbalkon Zutritt zu Overtons Wohnung verschafft.«

»Ist das das Material, von dem Ryan erzählt hat?« Als Drake nickte, sagte sie: »Ich lasse es eintüten und wegbringen.« Sie sah hundeelend aus. »Ich habe Ryan versprochen, dass wir für seine Sicherheit sorgen.«

»Ich kann das für Sie übernehmen, falls …«

»*Nein.*« Sie schüttelte den Kopf. »Nicht nötig.« Dann blickte sie ihn an, als würde ihr erst jetzt auffallen, dass er ihr zuvorgekommen war. »Zeigen Sie mir, wo der Täter eingedrungen ist.«

Auf dem Weg zur Tür warf er noch einen nervösen Blick über die Schulter. Der verdammte Schuhkarton.

11

Den ganzen Tag im Pub zu verbringen war wahrscheinlich nicht die vielversprechendste Art und Weise, eine Lösung für sein Problem zu finden, doch Elliot hatte keine Ahnung, was er in dieser zunehmend misslichen Lage sonst tun sollte.

Schlimm genug, dass Gavin ihn um sein gesamtes Geld gebracht hatte. Aber dass er seine Aufmerksamkeit nun auch noch auf einen dreifachen Mord lenkte, ins Handy plärrte wie ein Kleinkind und unverhohlene Drohungen ausstieß … Vielleicht war Gavin ja ein Psycho, der komplett die Kontrolle über sich verloren hatte. Allmählich kam sich Elliot selbst wie ein Irrer vor.

Tatsache war, dass er nicht den Mut aufbrachte, Rhonda die Wahrheit zu gestehen – dass er ihre gesamten Ersparnisse, Tausende von Pfund, durch den Schornstein gejagt hatte. Die Vorstellung, dass sie ihn rausschmeißen würde, schnürte ihm die Kehle zu. Nach all den Bieren und jeder Menge Zigaretten musste er sich dringend eine Runde aufs Ohr legen. Vielleicht hatte er ja dann den Mumm, ihr alles zu beichten.

Ich habe unser gesamtes Geld an einen Betrüger verloren.

Es lief ihm eiskalt über den Rücken, als er sich an Gavins irre Stimme erinnerte.

Sie wird schon noch erfahren, was du für einer bist.

Doch als er den Weg zum Haus hinaufging – es wurde gerade dunkel – und erregte Stimmen hörte, wusste er, dass aus seinem Nickerchen nichts werden würde.

Elliot blieb vor der Haustür stehen und riss sich mit aller Macht zusammen. Er hielt die Metallröhren des Windspiels über der Tür fest, damit sie ihm nicht ins Ohr bimmelten, und schnippte seine Zigarette in die Auffahrt. Dann richtete er seinen Kragen und hielt sich die Hand vor den Mund, um zu prüfen, wie schlimm seine Fahne war.

»Wir sind hier«, rief Rhonda aus der Küche, als er aufschloss und in die Diele trat. Das Wohnzimmer war makellos aufgeräumt, der Teppich frisch gesaugt, was Elliot ein nur noch schlechteres Gewissen machte – nachdem Rhonda von der Arbeit gekommen war, hatte sie geputzt und das Haus auf Vordermann gebracht.

Als er die Küche betrat, erblickte er Dylan, der die Arme ausbreitete und seine Mutter anschnauzte: »Hak's ab! Das kannst du vergessen!«

Der Junge steckte die Hände in die Taschen seiner Lederjacke. Er war groß und mager, hatte riesige Augen, einen olivfarbenen Teint und einen Schopf voll wild gelockter Haare, die ihm tief in die Stirn hingen. Angewidert verzog er den Mund, als Rhonda, die immer noch ihre blaue Zahnarzthelferinnenkleidung trug, nacheinander alle Arbeitsflächen in der Küche mit Reiniger besprühte.

»Das ist keine Bitte.« Sie wischte den Küchentisch mit einem feuchten Lappen ab. »So läuft das nicht, verstanden?«

»Ach ja?« Dylan starrte sie ungläubig an. »Leben wir hier in einer Diktatur, oder was?«

»Wenn du meinst.« Rhonda pustete sich eine Strähne aus der Stirn. »In meinem Haus befolgst du jedenfalls meine Regeln.«

»Du kannst mich mal, Kim Jong-un. Ich lasse mir nicht vorschreiben, mit wem ich mich treffe oder nicht.«

»Ich bin deine Mutter, und hier bestimme immer noch ich.«

Wegen seiner Fahne blieb Elliot in der Nähe der Tür. »Kann mir mal einer erklären, worum es hier geht?«

Dylan grinste. »Um Nordkorea.«

Rhonda warf den Lappen in die Spüle, stützte die Hände in die Hüften und musterte ihren Sohn. Sie hatte dieselbe olivfarbene Haut und dasselbe dichte Haar, das sie in dauergewellten Locken trug, war aber erheblich kleiner als Dylan, gerade mal einen Meter fünfzig groß. »Ein paar von Dylans so genannten Freunden sind beim Ladendiebstahl erwischt worden.«

»Und was hat das mit mir zu tun?«, fuhr Dylan sie an. »Rein gar nichts!«

»Sie haben Süßigkeiten geklaut. In dem kleinen Laden unten an der Straße, neben der Kinderarztpraxis.« Rhonda schüttelte den Kopf, als könne sie es immer noch nicht fassen. »Einer ist abgehauen – ein dürrer Bursche in Jeans und Lederjacke, dem die Haare ins Gesicht hingen.«

Dylan schlug sich mit der flachen Hand gegen die Stirn. »Die Beschreibung trifft doch auf Tausende von Jugendlichen zu. *Tausende.* Das beweist doch bloß, wie schlecht du von mir denkst – deinem eigenen Sohn!«

Rhonda sah Elliot an. »Sag du es ihm.«

»Du könntest dir ruhig mal wieder die Haare schneiden«, sagte Elliot.

»Na schön, im Zweifel für den Angeklagten.« Rhonda nahm ein Geschirrtuch zur Hand und rieb den Kühlschrankgriff sauber. »Nehmen wir an, nur um des lieben Friedens willen, dass du nicht dabei warst. Aber mit diesen Unruhestiftern ziehst du erst mal nicht mehr um die Häuser.«

»So?«, schnaubte Dylan. »Und wie willst du das verhindern?«

»Indem ich dir dein Handy abnehme.«

»Machst du ja sowieso nicht.« Dylans Gesicht verzerrte sich zu einem fiesen, triumphierenden Grinsen. »Weil du dann nämlich nicht wüsstest, wo ich gerade bin. Ich könnte verhaftet oder überfahren werden, vielleicht sogar irgendwo tot im Graben liegen, und dann würde es dir verdammt leidtun.«

Eigentlich war Dylan ein umgänglicher Junge. Elliot und sein Sohn waren bisher immer gut miteinander ausgekommen. Doch neuerdings spielten seine Hormone verrückt, er musste ständig Grenzen austesten und rastete bei den geringsten Kleinigkeiten aus. Seine Mutter bemühte sich täglich aufs Neue, mit seinen Launen fertigzuwerden. Und er, Elliot, ebenso.

Gewiss war der Situation nicht gerade förderlich, dass Rhonda rund um die Uhr schuftete, um für ihren Lebensunterhalt zu sorgen und – wieder überlief es ihn kalt bei dem Gedanken – ein klein wenig zur Seite legen zu können. Oder dass Elliot, der als Hilfsarbeiter auf Baustellen jobbte, nie wusste, wie lange man ihn brauchen würde, ganz abgesehen davon, dass er zuweilen gar keine Arbeit hatte. Dylan nervte es, am Ende einer Straße voller Schlaglöcher auf dem Land leben zu müssen – »am pickeligen Arsch von nirgendwo«, wie er zu sagen pflegte. Meistens glotzte er in sein Handy oder schottete sich mit seinen Riesenkopfhörern von der Außenwelt ab, wenn er nicht mit seinen Kumpeln unterwegs war, wobei Elliot sich häufig fragte, was sie wohl gerade wieder ausheckten.

Der Junge wusste gar nicht, wie gut er es hatte. Als er so alt wie Dylan gewesen war, hatte er sein Leben in diesem Drecksloch von Heim fristen müssen. Jede Nacht hatte er

Albträume gehabt – Albträume, die ihn heute noch verfolgten. Die Zeit im Longacre war das pure Grauen gewesen, und das Heim hatte das aus ihm gemacht, was er heute war: Ein Taugenichts, ein Exknacki. Ein Versager.

Und jetzt hatte es auch noch Kenny erwischt.

Während er sich an die Fernsehbilder erinnerte, ergriff ein seltsames Gefühl Besitz von ihm. Einen Augenblick lang kam es ihm vor, als müsse er nur eins und eins zusammenzählen, um zu verstehen, was Kennys Tod mit ihm zu tun hatte – als läge die Wahrheit zum Greifen nah, als bräuchte er nur …

Doch dann sagte Rhonda: »Jetzt sag doch auch mal was, Elliot.«

»Das fehlt deiner Mutter gerade noch, dass du …«

Die Augen des Jungen blitzten. »Ja, was?«

»Bau bloß keine Scheiße. Wenn du dich erst mal mit den falschen Typen …«

»Das musst gerade du sagen. Wer hat denn sein halbes Leben im Knast verbracht?«

»Jetzt reicht's aber endgültig!«, fauchte Rhonda.

»Genau deshalb solltest du mir lieber zuhören.« Elliot wusste aus Erfahrung, dass lautstarke Auseinandersetzungen gar nichts brachten. »Du willst doch bestimmt nicht so enden wie ich, oder?«

»Als Einbrecher.« Dylan zählte an den Fingern ab. »Als Dieb, Ganove, *Krimineller*.«

»Genau.« Elliot schluckte. »Und Gott weiß was sonst noch alles.«

Rhonda griff nach einem Küchentuch und schnäuzte sich.

»Ich hatte es nicht so leicht wie du«, fuhr Elliot fort, was Dylan dazu veranlasste, auf einer imaginären Geige zu fiedeln. »Ich hatte kein Zuhause, keine Mutter, die mich liebt. Mir ist nichts geschenkt worden. Aber am Ende habe ich's begriffen.« Der Gedanke an Rhondas Geld trieb ihm die Schamröte ins Gesicht. »Ich habe aus meinen Fehlern gelernt.«

»Bist vom Kopf auf die Füße gefallen, was?«

»Was meinst du damit?«

»Mum hat dich von der Straße aufgelesen, dir ein Zuhause gegeben.«

»Ich habe nicht auf der Straße gelebt. Aber okay, in einem Punkt hast du recht. Ich verdanke deiner Mutter alles. Sie hat an mich geglaubt.«

»Ich *glaube* an dich.« Rhonda drückte seine Hand.

»Und wann willst du ihr zurückzahlen, was du ihr schuldest?«

Elliot holte tief Luft. »Wie bitte?«

»Wann besorgst du dir endlich einen anständigen Job? Einen, bei dem du auch mal ein bisschen länger als ein paar Tage bleibst? Wann fängst du endlich an, etwas aus deinem Leben zu machen, statt dir dauernd im Pub die Kante zu geben?«

»Ich dachte, wir wären eine Familie«, gab Elliot zurück. »Dass wir einander vertrauen, uns gegenseitig unterstützen und ...«

»Aber wir sind eben *keine* Familie.« Dylans Stimme bebte vor Enttäuschung. »Ich und Mum schon, aber du bist bloß ein armer Penner, der ihr zufällig über den Weg gelaufen ist.«

»Dylan!« Rhonda trat auf ihn zu. »Nimm das sofort zurück!«

»Wieso? Eine Tatsache kann man nicht zurücknehmen.«

»Du gehst jetzt auf der Stelle auf dein Zimmer!«

»Hör endlich auf, mich wie einen Fünfjährigen zu behandeln! Ihr könnt mich mal!« Er stürmte an Elliot vorbei aus der Küche.

Zwei Sekunden später fiel die Haustür krachend ins Schloss, so heftig, dass die Fenster erzitterten.

»Er treibt mich noch mal in den Wahnsinn.«

Elliot legte einen Arm um Rhonda. »Er kann nichts dafür. In seinem Alter ist man Sklave seiner Hormone. Die meiste Zeit über weiß er nicht, ob er Männlein oder Weiblein ist.«

»Trotzdem. Es steht ihm nicht zu, so mit dir zu reden.«

»Er beruhigt sich schon wieder. Über kurz oder lang findet er etwas Neues, worüber er sich aufregen kann. Schau mal, er hat sein Handy vergessen.« Dylans geliebtes Smartphone lag auf dem Küchentisch. »Er taucht sicher bald wieder auf.«

Er zog Rhonda eng an sich. Ihre Tränen benetzten sein Hemd.

»Ich verstehe einfach nicht, was in seinem Kopf vorgeht«, schluchzte sie leise.

»Ach was, das wird schon wieder. Er ist ein guter Junge.«

»Ja.« Sie tupfte sich die Augen. »Du hast ja schließlich auch die Kurve gekriegt.«

Sie wird schon noch erfahren, was du für einer bist.

Er strich ihr übers Haar und drückte ihren Kopf an seine Brust, damit sie seine glasigen Augen nicht sehen konnte. Doch im selben Augenblick löste sie sich von ihm. »Ich muss mich um die Wohnung kümmern. Hier putzt ja niemand außer mir.«

»Tut mir leid, ich …«

»Ja, du hast dich wieder in den Pub verzogen.«

»Bren wollte was mit mir besprechen.«

»Außerdem stinkst du nach Rauch.«

Abwehrend hob er die Hände. »Eine ist keine.«

»Den ganzen Tag im Pub? Muss ja ein superwichtiges Gespräch gewesen sein.« Rhonda seufzte. »Vielleicht sollten wir uns einfach mal einen Urlaub gönnen.«

Plötzlich wurde es Elliot eng in der Brust. »Wir könnten deine Mum in Wales besuchen.«

»Ich habe an was Exotischeres gedacht. Palmen, Cocktails, weißer Sandstrand. Ein bisschen Sonne würde uns bestimmt guttun. Wie wär's mit Mauritius? Wir könnten uns auch mal was gönnen.«

»Mal sehen«, sagte er.

»Ich schaue nachher mal ins Internet.«

»Wir müssen ja nichts überstürzen.«

Kurz darauf schleppte Rhonda den Staubsauger die Treppe hinauf. Er wollte gerade sein Handy herauskramen, als er hörte, wie die Haustür geöffnet wurde. Dylan betrat die Küche und schnappte sich sein Smartphone.

»Ich bin mir nicht ganz sicher«, sagte Elliot, »aber ich glaube, deine Mutter ist echt sauer.«

»Meinst du?« Dylan grinste. »Du bist ein Idiot, Elliot.«

»Tja, da hast du wohl recht.« Elliot war froh, dass Dylan sich wenigstens ein Lächeln abrang. Inzwischen ging jede Woche mit einer quälenden Persönlichkeitsveränderung des Jungen einher. Pubertät war eine hochkomplexe Angelegenheit, und in ein paar Wochen würde Dylan ihm womöglich nur noch eine finstere Fratze zeigen. Ein Grund mehr, nicht locker zu lassen, immer wieder zu versuchen, ihm ein Lächeln zu entlocken. »Elliot der Idiot.«

Dylan wandte sich zur Tür. »Ich bin dann mal weg.«

»Übrigens«, sagte Elliot. »Du hast ja in dem Laden nichts mitgehen lassen, aber was *hättest* du geklaut? Nur mal angenommen.«

Betont cool kramte Dylan eine Rolle Pfefferminzbonbons aus der Tasche, drückte eins in seine Hand und warf es sich in den Mund.

»Lass das künftig lieber bleiben«, sagte Elliot ernst.

Als der Junge verschwunden war, hörte Elliot, wie Rhonda

oben mit dem Staubsauger herumwerkelte. Er nahm sein Handy und rief Bren an.

»Was ist los, Ell?«

»Ich habe noch mal drüber nachgedacht, was du vorhin gesagt hast. Wir sollten uns doch mit Owen treffen. Ich will bloß mal mit ihm reden.«

»Kein Problem. Und wann?«

»Sobald wie möglich«, sagte Elliot mit rauer Stimme. »Sobald wie möglich.«

12

Drake war sicher, dass ihm ein Wagen folgte, fuhr an den Straßenrand und machte den Motor aus. Im Rückspiegel sah er eine Gruppe von Nachtschwärmern, die über die Pentonville Road Richtung King's Cross und der U-Bahn stolperten. An einer Bushaltestelle saß ein schlafender Mann, den Kopf auf der Aktentasche, die er an seine Brust gepresst hielt.

Es war eine lange Nacht in der Hochhaussiedlung gewesen. Um Ryan Overtons zerschmetterten Körper war ein Zelt errichtet worden, dessen weiße Wände im Wind flappten, der durch die Passagen pfiff. Der Zugang zum Hochhaus war abgesperrt worden, damit Aufzüge, Treppenhaus und der Korridor im zwölften Stock auf Fingerabdrücke untersucht werden konnten.

Flick Crowley, die sichtlich geschockt gewesen war, hatte sich mit Arbeit zu betäuben versucht. Den Schuhkarton mit den Zeitungsausschnitten hatten Holloways Leute weggeschafft.

Drake hatte noch auf dem Revier vorbeigesehen, mit Kollegen gesprochen und einen besorgten Anruf von DCI Harris entgegengenommen, bevor er sich auf den Heimweg gemacht hatte. Zu dieser frühen Stunde war nicht viel los auf den Straßen, doch obwohl er es an nichts Konkretem festmachen konnte, hatte er das vage Gefühl, dass ihm jemand folgte.

Das Röhren eines silberfarbenen Cabrios, das den Hügel zum Angel hinaufbrauste, zcrfetzte die Stille. Drake wollte gerade wieder den Motor starten, als sein Handy klingelte. Im ersten Moment hoffte er, es wäre April, doch dann sah er, dass die Nummer des Anrufers unterdrückt war.

Er meldete sich, doch am anderen Ende war nur das Schnurren eines laufenden Motors zu hören.

Da niemand etwas erwiderte, legte er wieder auf. Es klingelte erneut. Leises Unbehagen ergriff Besitz von ihm, während er erneut dranging. In einiger Entfernung, hinter der Kreuzung an der U-Bahn-Station, hielt ein Wagen, dessen Scheinwerfer im selben Moment erloschen.

Er hörte, wie eine Handbremse angezogen wurde, dann das Klimpern von Schlüsseln.

»Wer ist da?«, fragte Drake. »Hallo? Hallo?«

Er löste den Sicherheitsgurt, überlegte, ob er den ominösen Wagen hinter ihm unter die Lupe nehmen sollte, und wollte gerade aussteigen, als ein Geräusch an sein Ohr drang.

Es war kaum mehr als ein leises Schnauben.

Das zornige Schluchzen eines Jungen.

Drake öffnete die Tür, stieg aus – und drückte sich erschrocken an seinen Mercedes, als wildes Hupen ertönte und ein Wagen unmittelbar an ihm vorbeiraste. Als er das Handy wieder ans Ohr hielt, hatte der anonyme Anrufer aufgelegt.

Als er sich im Laufschritt der Kreuzung näherte, leuchteten die Scheinwerfer des anderen Wagens plötzlich auf. *Ein Audi*, dachte er, doch ganz sicher war er sich nicht. Der Motor sprang an, und als Drake zum Sprint ansetzte, wendete der Wagen mit kreischenden Reifen und schoss die Straße hinunter. Drake sah den Rücklichtern hinterher, bis sie auf der City Road verschwanden, ehe er zu seinem Mercedes zurückging und nach Hause fuhr.

Ray Drake wohnte in einem vierstöckigen Haus an einem Platz in einer ausgesprochen teuren Gegend von Islington. Eigentlich war es immer noch Myras Haus; sie war dort geboren worden und machte keinen Hehl daraus, dass sie auch vorhatte, dort zu sterben. Inzwischen aber lebte sie in einer Wohnung im Souterrain mit direktem Zugang zum Parterre. Sie weigerte sich eisern, den Treppenlift zu benutzen, den Laura für sie hatte installieren lassen; überhaupt rümpfte sie die Nase über jede der Neuerungen, die Drakes verstorbene Frau veranlasst hatte. Laura hatte das muffige Gemäuer nach allen Regeln der Kunst renovieren und modernisieren, alte Leitungen und Rohre ersetzen lassen und Myras muffige Möbel ins Untergeschoss verbannt. Drakes Mutter hatte sich mit Händen und Füßen gewehrt, doch Lauras sanftem Nachdruck war sie nicht gewachsen gewesen. Noch vor ein paar Monaten hatten sie alle hier unter einem Dach gelebt, doch nun war seine Frau nicht mehr da und April nur noch selten zu Hause.

Das Wasser prasselte geräuschvoll in die Edelstahlspüle, als Drake den Hahn aufdrehte. Er trank ein Glas kaltes Wasser, zog einen Hocker heran und sah nach, wie oft er inzwischen auf Aprils Handy angerufen hatte. Offenbar dachte sie nicht im Traum daran, ihn zurückzurufen.

Drake blinzelte, als plötzlich das Licht anging. Myra schlurfte in die Küche; mit der knochigen Hand hielt sie ihren Morgenmantel am Kragen zusammen. Sie hatte schon immer einen leichten Schlaf gehabt und geisterte häufig in den frühen Morgenstunden durchs Haus. Mehr als einmal hatte sie Laura, April und auch ihn zu Tode erschreckt, wenn sie zu nachtschlafender Zeit durch die Zimmer wanderte.

»Wieso sitzt du hier im Dunkeln?«, fragte sie in säuerlichem Tonfall.

»Ich bin gerade erst zurückgekommen.«

»Du siehst völlig kaputt aus, Raymond. Geh ins Bett.«

»Ja, gleich.«

Mit einer wegwerfenden Geste trat seine Mutter an den Kühlschrank und nahm den Milchkarton heraus. Ohne ihre Brille war sie hilflos; sie hakte ihre Zeigefinger über den Glasrand, damit nichts überlief, dann stellte sie den Karton zurück und blieb reglos stehen, die klauenartigen Finger flach auf der Arbeitsplatte ausgestreckt. Sie war siebenundachtzig Jahre alt, und alles Weiche war aus ihren Zügen gewichen, die nun ausgehöhlt, ja skelettartig wirkten – unter ihren fahlen Augen wölbten sich die hohen Wangenknochen, tiefe Schatten lagen darunter. Durch das dünn gewordene, einst so volle Haar schimmerte die Kopfhaut, und sie hatte einen Buckel, doch sie war immer noch eine beeindruckende Erscheinung und geistig voll auf der Höhe.

»Wo steckt April?«, fragte er.

Myra warf ihm einen düsteren Blick über ihr Glas zu. »Sie ist weg, Raymond.«

»Wovon redest du?«

Die Stimme der alten Frau klang brüchig. »Sie hat ihre Sachen gepackt und ist gegangen.«

»Wann?«, fragte er schockiert.

»Gestern.« Er schluckte seinen Frust herunter; es wäre ja auch zu viel verlangt gewesen, wenn sie ihm das bereits gestern gesagt hätte. »Der Junge hat sie abgeholt. Also, wenn du mich fragst, wollte sie einfach nur noch weg.«

Der *Junge.* Myra brachte es nach wie vor nicht über sich, Jordans Namen in den Mund zu nehmen. Irgendwie hatte er es seit Wochen geahnt, es sich aber nicht eingestehen wollen.

»Das Mädchen hat viel zu viele Freiheiten, deshalb lebt sie jetzt bloß gedankenlos in den Tag hinein.«

»Sie ist alt genug, um ihre eigenen Entscheidungen zu treffen.«

»Sie braucht ihren Vater, gerade jetzt. Dieser Junge ist doch …« Myras Lippen verzogen sich. »So was nannte man früher einen Blender.«

Jordan hatte nie eine Chance bei Myra gehabt. Sein Vater war selbstständiger Unternehmer, ein Markthändler aus einfachen Verhältnissen, der es zu etwas gebracht hatte. Myras Familie gehörte zum alten Geldadel, ebenso wie die ihres verstorbenen Mannes, und Myra war förmlich durchdrungen von Standesdünkel und Klassenbewusstsein.

»Sie kommt schon wieder. Sie braucht einfach ein bisschen Zeit.«

Ein dünner Streifen Milch glänzte auf ihrer Oberlippe. »Sie war schon immer ein egoistisches Kind. Du musst sie nach Hause holen.«

Er stieß einen Seufzer aus. »Myra …«

»Du wirkst niedergeschlagen, Raymond.« Sie musterte ihn mit ihren gelblichen, von geplatzten Äderchen durchzogenen Augen. »Du nimmst dir die Dinge zu sehr zu Herzen. Und da ist doch noch etwas. Ich sehe es an deinem Blick. Irgendetwas brennt dir auf der Seele. Ist es der Fall, über den sie in den Nachrichten berichtet haben? Der dreifache Mord?«

»Inzwischen ist noch ein viertes Opfer dazugekommen. Eine ganze Familie – ausgelöscht. Eins der Opfer war … Kenny Overton.«

»Muss ich den Namen kennen?«

»Er war eins der Kinder aus Longacre.«

»Jetzt verstehe ich.« Sie stellte ihr Glas ab. »Tja, so was kommt vor.«

»Es hat noch mehr Todesfälle gegeben. Alles Ehemalige aus dem Heim.«

Myra strich mit den langen Fingern abwesend über das Medaillon, das sie stets um den Hals trug. »Du bist sehr gestresst in letzter Zeit.«

»Irgendwas stimmt da nicht.« Er hielt einen Moment inne, ehe er weitersprach. »Ich bin da auf ein altes Foto gestoßen … über einem Zeitungsartikel.«

»Und du glaubst, dass diese Morde etwas mit dem Longacre zu tun haben?«

»Ja.« Er sah ihr in die Augen. »Ganz sicher.«

»Ich gehe wieder ins Bett. Ich wasche dann morgen früh ab.« Ihr Morgenmantel streifte seinen Oberschenkel, als sie an ihm vorbei zur Tür ging. »Du wirst schon wissen, was zu tun ist. Nicht zuletzt im Interesse deiner Tochter.«

»Ja.«

»Leitest du die Ermittlungen?«

»Ich bin so was wie der Supervisor.«

»Nun ja.« Die alte Frau zupfte einen losen Faden vom Ärmel ihres Morgenmantels. »Ich sage es nicht gern, Raymond, aber …«

»Nicht jetzt, Myra.« Er spülte sein Glas aus und stellte es in das Abtropfgestell.

»Sie hat dich weichgemacht, deine Frau.«

»Myra …«

»Ich weiß, dass du das nicht hören willst, aber du musst handeln, bevor es zu spät ist. Bevor du deine Tochter für immer verlierst.«

»Ich hab's verstanden.« Er griff nach seinen Schlüsseln.

»Wo willst du hin?«

»Ich muss noch etwas erledigen.«

Als die Haustür hinter ihm ins Schloss fiel, löschte sie das Licht und verharrte im Dunkel, in Gedanken bei ihrem geliebten Sohn.

13

Das Standbild auf dem Computerbildschirm ruckelte – es zeigte eine schwere, von grellem Licht erhellte Eisentür.

»Die schlechte Nachricht zuerst: Es ist die einzige Kamera auf dem gesamten Gelände.« Eddie Upson drückte eine Taste, und das Bild lief weiter. »Die gute ist, dass sie sich direkt über dem Eingang befindet.«

Der Timecode am oberen Bildrand raste vorwärts. Das Bild zeigte den Eingang des Hochhauses, in dem sich Ryan Overtons Apartment befand, erfasst von der Kamera im Hausflur hoch oben an der Wand gegenüber der Tür. Das Licht war düster, der Bereich jenseits des Eingangs pechschwarz.

»Die Auflösung ist miserabel, erwarten Sie sich also keine tolle Bildqualität.«

Er betätigte die Bild-für-Bild-Funktion des Players, und eine Familie rückte ins Bild, ein Mann, eine Frau und ein kleiner Junge, die aus Richtung der Aufzüge kamen. Die Bildfrequenz war so niedrig, dass die Gestalten sich ruckweise bewegten, mit jedem Schritt Zeit und Raum überlisteten. Dann ein letztes Bild des Jungen, wie er ins Dunkel trat, ehe die Tür hinter ihm zufiel.

»Wir sind noch dabei, alle Personen zu identifizieren, die um den fraglichen Zeitpunkt von der Kamera gefilmt worden sind. Es sind insgesamt vierzehn. Ich gehe davon aus, dass es sich bei den meisten um Hausbewohner handelt.«

Jenseits der Dächer, auf die das Fenster hinausging, kündigte sich die Morgendämmerung an. Auf dem Tisch lagen jede Menge Ausdrucke, Bilder von allen Personen, die das Gebäude in den sechzig Minuten vor und nach dem Mord an Ryan Overton betreten oder verlassen hatten: Männer und Frauen in Winterkleidung, die Einkaufstüten trugen oder Kinderwagen schoben, Kids mit Fahrrädern und Skateboards.

»Der Bursche hier sieht am vielversprechendsten aus. Er hat das Gebäude eine Viertelstunde vor Ryans Abflug betreten.«

»Bitte, Eddie.« Flick war nicht in Stimmung für faule Witze.

Upson betätigte den Drehregler und deutete auf den Bildschirm. Hinter der in die Tür eingelassenen Glasscheibe zeichnete sich ein dunkler Schatten ab. Der Player sprang zum nächsten Bild. Die Tür stand offen. Eine Gestalt trat ein, das Gesicht unter einem roten Kapuzenpulli verborgen, bewegte sich am äußersten Bildrand. Flick sah eine Schulter, einen Ellbogen, die Finger einer behandschuhten Hand, den weichen Stoff der Kapuze.

»Der Typ hält sich ganz dicht an der Wand.« Millie Steiner beugte sich vor. »Das hat er absichtlich gemacht.«

Eine Sekunde später war die Gestalt verschwunden.

»Lassen Sie mich das noch mal sehen«, sagte Flick. Upson spulte die Sequenz mehrmals zurück und wieder vor. Ein dunkler Schemen. Die offene Tür. Die Kapuze. Die Hand. Und wieder zurück.

»Wie groß ist die Person – was meint ihr?«

»Um die eins fünfundsiebzig, vielleicht ein bisschen kleiner«, sagte Steiner.

»Männlich oder weiblich?«

Upson trank einen Schluck aus seiner Coladose. »Schwer zu sagen bei der Kapuze. Aber es gehört schon einiges dazu, einen kräftigen Burschen wie Ryan Overton über ein Balkongeländer zu stoßen. Also, ich würde auf einen Typen tippen.«

Nicht unbedingt, dachte Flick. Der Autopsiebefund stand zwar noch aus, doch die leere Bacardi-Flasche in der Wohnung ließ darauf schließen, dass Ryan seinen Kummer mit Alkohol zu ertränken versucht hatte. Verblüfft, unsicher auf den Beinen – mit dem richtigen Schwung wäre es auch für eine Frau ein Leichtes gewesen, ihn über die Brüstung zu schubsen.

»Können Sie mal vorspulen?«

»Da ist der Chef.«

Auf dem Bildschirm waren nur noch verzerrte Linien zu sehen, als Upson auf schnellen Vorlauf ging. Dann verlangsamte er wieder und zeigte auf den Monitor.

Drake stürzte in den Hausflur und verschwand einen Sekundenbruchteil später aus dem Blickfeld. Gleich darauf verließ eine junge Frau mit einem Baby das Gebäude. Dann war nur noch der leere Hausflur zu sehen. Die Ziffern jagten vorwärts. Ein paar Minuten später kam die vermummte Gestalt, die Kapuze nach wie vor tief ins Gesicht gezogen, aus Richtung der Aufzüge, drückte fieberhaft auf den elektrischen Türöffner und stürzte nach draußen. Insgesamt war der Kapuzenmann – sofern es ein Mann war – nicht einmal eine Sekunde zu sehen.

»Der DI hatte zwei Möglichkeiten – entweder die Treppe zu nehmen oder unten im Hausflur zu bleiben. Leider hat er sich für die falsche entschieden.«

»Ich hätte es wahrscheinlich genauso gemacht.« Steiner unterdrückte ein Gähnen.

»Es war ein langer Tag.« Erstaunt stellte Flick fest, wie spät es war, als sie einen Blick auf ihr Handy warf. »Wir brauchen erst mal ein bisschen Schlaf. Morgen geht's weiter.«

Das musste sie Upson nicht zweimal sagen. »Ausgezeichnete Idee.« Flick hörte seine Knochen knacken, als er sich erhob, die Glieder streckte und seine Jacke von der Stuhllehne nahm. »Gehen Sie auch … äh, Boss?«

»Ich muss noch ein paar Kleinigkeiten erledigen«, erwiderte sie, doch Upson bekam es nicht mehr mit, da er bereits das verglaste Kabuff verlassen hatte, in dem ihr Videoequipment stand.

Millie Steiner griff nach dem Papierkorb und fegte mit dem Unterarm die Batterie an zerdrückten Dosen auf dem Tisch hinein. »Machen Sie sich keine Vorwürfe.« Als Flick schwieg, fügte sie hinzu: »Wir haben alles getan, um für seine Sicherheit zu sorgen.«

»Und trotzdem war es nicht genug.«

Außer einem Sandwich zu Mittag hatte Flick den ganzen Tag nichts gegessen. Sie war völlig kaputt, ihr Blutzuckerspiegel irgendwo im Keller, und trotz aller Beteuerungen ihrer Kollegen nagte das Gefühl an ihr, für Ryan Overtons Tod verantwortlich zu sein. Hätte sie darauf bestanden, ihn in einer sicheren Wohnung unterzubringen, würde er noch leben.

»Ich hätte nicht zulassen dürfen, dass er …«

Sie hielt inne, nicht nur wegen des Kloßes in ihrer Kehle. Steiner war eine nette, einfühlsame Kollegin, und Flick wusste, dass sie sich ihr anvertrauen könnte, doch sie wollte jetzt nicht vor ihr die Beherrschung verlieren.

»Schluss für heute«, sagte sie. »Morgen sieht die Welt schon wieder ganz anders aus.«

»Bestimmt.«

Als Millie gegangen war, löschte Flick das Licht und ging durch die verlassene Einsatzzentrale hinüber in ihr Büro.

Das Logo der Metropolitan Police wanderte als Bildschirmschoner über die Monitore. Ihr erster Tag als leitende Ermittlerin war das reine Chaos gewesen. Erschöpft ließ sie sich auf ihren Stuhl fallen.

Sie wunderte sich immer noch ein wenig, dass Ray Drake am Vorabend bei Ryan Overton vorbeigesehen hatte und dabei um ein Haar Ryans Mörder in die Arme gelaufen war. Laut eigener Aussage hatte der Detective Inspector sich spontan entschlossen, Ryan einen Besuch abzustatten, doch der Umstand, dass er sie nicht darüber informiert hatte, sprach nicht gerade für sein großes Vertrauen in sie. Traute er ihr die Leitung der Ermittlungen überhaupt zu? Keine Frage, sie standen alle unter dem gewaltigen Druck, ein beispielloses Gewaltverbrechen schnellstmöglich aufklären zu müssen, aber wenn er Bedenken hatte, hätte er es ihr auch direkt sagen können.

»Drauf gepfiffen«, murmelte sie, loggte sich aus und griff nach ihrer Tasche.

Der diensthabende Sergeant saß in seinem Büro vor einer Wand von Monitoren, die verschiedene Räumlichkeiten im Gebäude zeigten.

»Ein echter Scheißtag, DI Crowley.« Frank Wanderly grinste. »Kaum nehme ich mir mal ein paar Tage frei, ist hier der Teufel los.«

»Waren Sie weg?«, fragte Flick.

»Hab nur ein bisschen im Garten gewerkelt.«

Die meisten wären irgendwo hingeflogen, um ein wenig Sonne zu tanken, aber Flick konnte sich gut vorstellen, wie Nosferatu, der gern Nachtschichten schob, zur Geisterstunde mit einer Gießkanne in seinem Garten wandelte, während sich der Mond auf seinem Kahlkopf spiegelte.

»Dann einen guten Morgen, Frank«, sagte sie, drückte den Summer und trat hinaus auf den Parkplatz.

Auf dem Revier waren die Heizkörper wie immer bis zum Anschlag aufgedreht gewesen, und die kalte Winterluft ließ sie frösteln. Sie würde erst mal ein paar Stunden schlafen, duschen und dann auf dem Weg zur Arbeit etwas frühstücken.

Flick ließ sich auf den Fahrersitz sacken. Sie war hundemüde, und um ein Haar wäre sie am Steuer eingenickt, doch sie schüttelte den Kopf, setzte sich auf und ignorierte ihre bleischweren Glieder. Sie rieb sich das Gesicht, steckte den Schlüssel in die Zündung – gerade als die Schranke an der Zufahrt zum Parkplatz hochging und sie Ray Drakes Mercedes erblickte. Er parkte und stieg aus. Die Blinker flammten auf, als er den Wagen abschloss.

Wäre Flick fünf Minuten vorher losgefahren, hätte sie ihn verpasst. Drake sah sie nicht; sie konnte immer noch losfahren, aber es machte sie nervös, dass er sich so in die Ermittlungen reinzuhängen schien. Am Tatort und auf dem Revier hatten sie keine Gelegenheit gehabt, sich länger zu unterhalten. Zumindest wollte sie ihn auf den neuesten Stand bringen. Vielleicht fiel dabei ja auch ein Wort des Lobes für sie ab.

Seufzend zog Flick den Schlüssel ab, schlang ihre Tasche über die Schulter und stieg aus dem Wagen.

14

Frank Wanderly sah zur Uhr über der Tür, als er Ray Drake erblickte. »Schon wieder früh dran, Detective Inspector?«

»Wird ein anstrengender Tag, Frank.«

Der Sergeant stopfte einen Stapel Papier in den Papierkorb. »Da wartet man darauf, dass mal wieder ein Mord passiert, und schon hat man vier an der Backe.«

»DS Crowley hat garantiert alle Hände voll zu tun«, meinte Drake.

»Eins muss man ihr lassen: Sie ist ein echtes Arbeitstier. Sie ist erst vor fünf Minuten gegangen.«

Wanderlys leichenblasses Gesicht zeugte von all den Jahren, die er im Schein der Neonlampen verbracht hatte. Aber er war ein netter, umgänglicher Kerl, dem das scheinbar endlose Defilee der Wracks und Säufer in den frühen Morgenstunden nichts auszumachen schien.

»Wie geht's Ihrer Tochter, Ray?«

»Danke, gut.«

Das Telefon klingelte. Während der Sergeant die Hand ausstreckte, sagte Drake rasch: »Übrigens, Frank, ich müsste noch etwas in die Asservatenkammer bringen. Könnten Sie mir den Schlüssel geben?«

»Klar. Einen Moment.« Der Sergeant hob den Zeigefinger und nahm den Hörer ab. »Sergeant Frank Wanderly. Was kann ich für Sie tun?« Währenddessen drehte er sich mit dem Stuhl zu einem Metallschränkchen an der Wand, in dem Dutzende von Schlüsseln hingen, nahm einen von seinem Haken und reichte ihn Drake. »Ich fürchte, da müssen Sie sich mit dem CID in Verbindung setzen …«

Drake nahm die Treppe zum Kellergeschoss. Nicht jeder hatte Zutritt zur Asservatenkammer. Sobald ein potenzielles Beweisstück registriert worden war, wurde es dort bis zur näheren Untersuchung verwahrt. Hunderte von Beweisstücken lagerten hier: beschlagnahmte Drogen, Diebesgut, aus dem Verkehr gezogene Waffen.

Über der Tür befand sich zwar das schwarze Gehäuse einer Überwachungskamera, aber daran ließ sich nichts ändern. Außerdem würde sich die Aufnahmen sowieso niemand ansehen – und falls doch, würde er dasselbe erzählen, was er Wanderly aufgetischt hatte.

Als er die schwere Tür öffnete, schlug ihm der eisige Hauch der Klimaanlage entgegen, und die Neonleuchten erwachten summend zum Leben. Vor ihm lag ein großer Raum mit langen, frei stehenden Stahlregalen, die am Boden festgeschraubt und randvoll mit Asservaten waren. Größere Gegenstände standen an den nackten Ziegelwänden: ein demolierter Safe, eine Registrierkasse. Hinter einer Propangasflasche stapelten sich Radkappen.

Drake zog sich ein Paar Handschuhe über und trat in die erste Regalreihe, wo die jüngsten Beweisstücke lagerten. Seine Finger strichen über in Plastik verpackte Gegenstände und Kartons, während er Einlieferungsdaten und Strichcodes checkte.

Seine Unruhe wuchs mit jedem Schritt. Obwohl er methodisch vorging, hatte er den Schuhkarton auch nach mehreren Minuten immer noch nicht gefunden. Möglich, dass sich die Zeitungsausschnitte noch oben in irgendeinem Büro befanden. Er konnte jedenfalls nicht länger hier unten bleiben – die Kamera zeichnete schließlich auch auf, wie lange er sich in der Asservatenkammer aufhielt.

Und dann sah er ihn. Der Schuhkarton war hinter ein paar Pappkisten gerutscht. Der Plastikbeutel war nicht versiegelt, was darauf schließen ließ, dass der Inhalt noch nicht erfasst worden war. Vielleicht hatte ihn sich noch nicht mal jemand angesehen. Er öffnete ihn und blickte auf die Klarsichthüllen – in jeder steckte ein einzelner Zeitungsausschnitt.

Er ging die Klarsichthüllen im Eiltempo durch, überflog die Schlagzeilen, die ersten Absätze:

SELBSTMORD … BRAND … RICHTER … UNFALL …

Was er sah – die Namen, Daten, Ereignisse –, ließ ihn nur noch nervöser werden. Kein Wunder, dass Kenny Overton seine Recherchen aufgegeben hatte: kein Wunder, dass er davon geträumt hatte, im wahrsten Sinne des Wortes das Weite zu suchen. Aber auch das hätte wahrscheinlich nichts geändert. Selbst am Ende der Welt wäre er ein toter Mann gewesen. Die vertrauten Namen von Menschen, die ihm seit Ewigkeiten nicht mehr in den Sinn gekommen waren, beschworen Erinnerungen herauf, die ihm kalte Schauder über den Rücken jagten.

Tallis, Sally – es beschämte ihn, wie lange er nicht mehr an Sally gedacht hatte –, all die verlorenen Kinder aus dem Heim.

Dann hatte er gefunden, wonach er suchte – den ältesten der Zeitungsausschnitte. Er zog ihn aus der Hülle und betrachtete das Foto, das nicht nur das Ende seiner Karriere bedeuten konnte, sondern auch seine Beziehung zu seiner Tochter zerstören würde, wenn Flicks Ermittlungen in die falsche Richtung gingen. Sein Blick richtete sich auf den

Jungen am rechten Rand des traurigen Grüppchens, das an jenem schicksalhaften Tag für die Kamera posiert hatte.

Ein Junge aus einem früheren Leben.

Connor Laird, eine Schattengestalt, halb von der Kamera abgewandt, ein helles Auge finster auf die Linse gerichtet.

Am oberen Rand der Klarsichthülle befand sich ein Strichcode. Der Ausschnitt war also registriert worden. Er konnte ihn nicht einfach verschwinden lassen.

»Chef?«

Die Metalltür fiel ins Schloss. Drake stockte der Atem.

»Moment!«, krächzte er. »Komme sofort!«

»Chef? Wo sind Sie?«

Eine Frauenstimme. Schritte, die sich über den Betonboden näherten. Als er zurücktrat, erspähte er Flick Crowley am Ende des Gangs.

»Flick!«, rief er so locker wie möglich. »Bin gleich da!«

Er stellte sich so an das Regal, dass sie nicht sehen konnte, was er in der Hand hielt. Rasch faltete er das brüchige Papier unterhalb des Fotos zusammen und riss den oberen Teil ab, wobei er laut hustete, damit Crowley nichts mitbekam.

»Nur einen …« – er verstaute das Zeitungsfoto in der Innentasche seiner Jacke, steckte den Rest des Artikels zurück in die Hülle und legte sie zurück in den Schuhkarton – » … ganz kleinen Moment!«

Als er aufsah, stand Flick neben ihm. Er konnte nur hoffen, dass sie nichts gesehen hatte.

Sie runzelte die Stirn, fasste erst ihn, dann den Schuhkarton ins Auge.

»Frank hat mir gesagt, Sie wären nach Hause gefahren.« Er versuchte seine Anspannung zu kaschieren. »Ich wollte bloß mal einen Blick auf den Kram hier werfen.«

Sie sah ihn an. »Ich dachte, Sie hätten längst Feierabend gemacht, Sir.«

»Ich? Ich sitze schon die ganze Nacht in meinem Büro.«

Sie musterte ihn aufmerksam. Ihr Blick wanderte zu seinen Händen. Er zog sich so beiläufig wie möglich die Handschuhe von den Fingern.

»Ach ja, das Material, das Ryan für Kenny aufbewahren sollte.« Sie nickte in Richtung des Schuhkartons. »Und? Sind Sie auf irgendwas Interessantes gestoßen?«

»Bis jetzt nicht.« Er winkte ab. »Ich habe mir auch nicht viel erwartet von ein paar alten Zeitungsartikeln.«

Sie streckte die Hand nach dem Karton aus. »Ich sehe sie mir genauer an.«

»Morgen ist auch noch ein Tag.« Er musste sich alle Mühe geben, ruhig zu bleiben. »Sie sehen völlig erledigt aus, Flick. Wieso sind Sie überhaupt noch hier?«

»Ganz ehrlich, ich glaube, ich kriege sowieso kein Auge zu.« Sie nahm den Karton aus dem Regal; er sah, wie sie fröstelte.

»Keine Diskussion. Fahren Sie nach Hause und schlafen Sie sich erst mal aus. So ruinieren Sie doch nur Ihre Gesundheit.«

Er griff nach dem Karton, doch Flick hielt ihn fest. »Da ich sowieso hier bin, schadet es bestimmt nicht, wenn ich jetzt mal einen Blick riskiere.« Sie hielt seinem Blick stand. »Gehen wir? Es ist eiskalt hier unten.«

Die schwere Tür der Asservatenkammer fiel hinter ihnen ins Schloss.

»Glauben Sie, das war's? Jetzt, da alle Overtons tot sind?«

»Wenn Sie mich fragen, haben wir es mit einem Profikiller zu tun«, sagte Drake. »Kenny und Phil haben irgendein krummes Ding eingefädelt und sich mit den falschen Leuten eingelassen. Gut möglich, dass Ryan auch darin verwickelt war.« Er warf die Handschuhe in einen Abfalleimer. »Insofern glaube ich schon, dass es das war. Denken Sie nicht zu kompliziert, Flick.«

Sie zögerte einen Moment. Ihre Finger trommelten leise auf dem Karton, als läge ihr die nächste Frage bereits auf der Zunge, doch dann trat sie durch die Tür zum Treppenhaus, die Drake ihr aufhielt. Er fragte sich, was und wie viel sie tatsächlich in der Asservatenkammer mitbekommen hatte. Fest stand, dass Flick Crowley eine Polizistin war, die selten von den erprobten Ermittlungspfaden abwich. Was wiederum bedeutete, dass ihm ein wenig mehr Zeit blieb, um herauszufinden, was hinter der Bluttat an Kenny und seiner Familie steckte. Doch Drake wusste auch, dass Crowley eine ebenso clevere wie zähe Ermittlerin war – es wäre ein grober Fehler gewesen, sie zu unterschätzen.

Eine dunkle Vorahnung ließ ihn schaudern. Etwas hatte vor all den Jahren seinen Anfang genommen … etwas Grauenhaftes, das ihn jetzt einzuholen drohte, daran bestand kein Zweifel. Und wenn er keine Maßnahmen ergriff, würde ihn das Böse mit sich in den Abgrund reißen.

Auf dem Nachhauseweg hielt er kurz an und warf das Zeitungsfoto in eine Pfütze am Straßenrand. Einen Moment lang sah er zu, wie sich die Gesichter der Kinder – Amelia, Connor, Elliot und die anderen – mit Wasser vollsogen, bevor sie im nächsten Gully verschwanden.

15

1984

Elliot hörte Gordons schwere Schritte auf der Treppe.

Tapp, tapp, tapp.

Mit zitternden Händen zog er die dünne Decke über sich. Im Dunkel konnte er die Umrisse der anderen Kinder kaum erkennen. Sie lagen reglos in ihren Betten, starr vor Angst. Normalerweise schlief Elliot wie ein Murmeltier, doch diesmal wusste er instinktiv, dass Gordon seinetwegen heraufkam.

Seine gebrochene Nase schmerzte höllisch. Er wünschte, sie wäre in einem Krankenhaus anständig gerichtet worden. Nach Connors Attacke hatte Gerry Dent bloß gelacht und gemeint, das solle sich vielleicht lieber mal ein Doktor ansehen, sonst würde sein Zinken für den Rest seines Lebens wie eine explodierte Tomate aussehen. Gordon aber hatte strikt abgelehnt, und so hatten die Dents seine Nase notdürftig verarztet. Tagelang war Elliots Gesicht geschwollen gewesen, und seine Nase hatte nur so getrieft vor Rotz und Eiter. Als sie den Verband schließlich abgenommen hatten, war seine Nase irgendwie anders gewesen als vorher.

Gordon hatte gegrinst. »Tja, irgendwann kriegen wir alle das Gesicht, das wir verdienen, Elliot. Du bist bloß ein bisschen früher dran.«

Elliot biss die Zähne zusammen – *jetzt bloß nicht heulen.* Er hatte sich immer gewünscht, später eine Familie zu haben, einen Stall voll wohlerzogener Kinder, auch wenn ihn keine zehn Pferde dazu gebracht hätten, das irgendjemandem zu verraten. Aber mit dieser Nase konnte er das getrost vergessen.

Der Schmerz ließ ihm das Wasser in die Augen treten, aber noch schlimmer war die Scham. Wenigstens traute sich keins der anderen Kinder, ihm ins Gesicht zu lachen.

Seit Connors Ankunft lief alles schief. Gordon hatte einen Narren an dem neuen Jungen gefressen, der seit Neuestem auch die Botengänge, Gordons Speziallieferungen, übernahm, während Elliot komplett abgemeldet war. Was wiederum bedeutete, dass er nun Gordons Zielscheibe war, wenn dieser zu viel getrunken oder miese Laune hatte – also eigentlich immer.

Er starrte Connor bei jeder Gelegenheit finster an, aber seine so genannten Kumpel, feige Ratten wie Ricky und Jason, trauten sich nicht an ihn heran. Im Blick des neuen Jungen spiegelte sich etwas – eine Kälte, eine Unberechenbarkeit –, das sie auf Abstand gehen ließ.

Fest stand nach dem Vorfall in der Küche jedenfalls, dass Connor ein verschlagener Hund war. Elliots linkes Augenlid zuckte jedes Mal unwillkürlich, wenn er Töpfe und Pfannen scheppern hörte. Aber irgendwann würde der Tag der Rache kommen, er musste nur Geduld haben. Auch wenn das nicht ganz einfach war. Der Apfel fiel eben nicht weit vom Stamm. Sein alter Herr war ebenso unbeherrscht wie blitzschnell mit den Fäusten gewesen. Das hatte Elliot auf die harte Tour erfahren müssen … bis zu dem Tag, an dem sein Vater an einem Herzinfarkt gestorben und Elliot in dieses verfluchte Heim gesteckt worden war.

Wenn Elliot eins von seinem Vater gelernt hatte, dann, sich seine Kraft und Körpergröße zunutze zu machen. Aus diesem Grund war er stets so etwas wie Gordons rechte Hand gewesen, derjenige, der in seinem Büro herumlümmeln und Comics lesen durfte. Das war der Platz an der Sonne – an Gordons Seite, Erster unter Gleichen –, denn so brauchte man sich keine Sorgen zu machen, wenn die Treppenstufen mitten in der Nacht unter Gordons schweren Schritten erzitterten.

Tapp, tapp, tapp.

»Da hat er dir ja eine hübsche Abreibung verpasst, Elliot«, hatte Gordon am Morgen kichernd gesagt. »Hat dir ganz schön die Fresse poliert.«

»Er hat mich kalt erwischt.« Elliot warf Connor einen finsteren Blick zu. Das Sprechen fiel ihm immer noch schwer, und in seinen Ohren hatte er ein ständiges Pfeifen.

Der Heimleiter saß in seinem Sessel, die Füße auf dem Tisch. Die Tür zum Hinterzimmer mit der verdreckten Matratze und dem alten grünen Rippenheizkörper war verschlossen. Elliot vermutete, dass Sally sich dort aufhielt; entweder schlief sie oder war mal wieder zugedröhnt. Anfangs hatte Sally sich so manches Mal vor die Kinder gestellt, wenn wieder einer von Gordons Ausbrüchen bevorstand, doch mittlerweile verbrachte sie die meiste Zeit in ihrem Kabuff und schlief oft so lange, dass man sich fragte, ob sie überhaupt noch einmal aufwachen würde.

»Connor hat nicht nur Mumm, sondern auch Köpfchen.« Gordon warf den Briefbeschwerer hoch und fing ihn wieder auf. »Und du wirst ihm zeigen, wo die Päckchen abgeliefert werden.«

Es war ganz einfach. Elliot musste sich nur den Briefbeschwerer – eine dicke Glaskugel mit Luftblasen – schnappen und sie dem Bürschchen in die Visage hämmern. Dann würden sie schon sehen, wer hier Mumm und Köpfchen hatte.

Gordon schwang die Füße vom Tisch, trat an seinen Bürotresor und nahm eine Reihe von braunen, mit Packband zugeklebten Päckchen heraus, die er in einer Adidas-Tasche verstaute.

»Ich will, dass du Connor einarbeitest«, sagte er. »Du zeigst ihm die Routen, stellst ihn unseren Kunden vor. Er übernimmt künftig deine Aufgaben.«

Elliot hätte am liebsten laut losgeheult. »Gordon …«

»Du hast mich verstanden, Elliot.«

»Ich krieg das auch allein hin«, warf Connor ein.

»Nein. Meine Kunden reden nicht mit jedem. Elliot wird dich ihnen erst mal vorstellen.«

Ein Kloß der Verbitterung bildete ich in Elliots Kehle. Ohne seinen Sonderstatus war er nur noch eins von Dutzenden anderer Kinder. Er hatte die Arschkarte gezogen.

Tapp, tapp, tapp.

Der Heimleiter ging vor ihm in die Hocke. »Ich verstehe ja, wie du dich fühlst. Deine Nase hat ganz schön Dresche bezogen. Aber betrachte das Ganze mal positiv – du musst dir nicht mehr die Hacken ablaufen, sondern kannst dich schön entspannen, die anderen Jungs und Mädels kennenlernen.« Er drückte Elliots Schulter. »Wir bleiben Kumpel, aber Connor … tja, er hat eben das gewisse Extra.«

An jenem Nachmittag marschierten Elliot und Connor durch das Viertel, wobei sie sich abseits der Hauptstraßen hielten. Sie kamen an stillgelegten Fabriken und rostigen Seitengleisen vorbei, quetschten sich durch Lücken in Zäunen, überquerten Trümmergrundstücke an Straßen, die vor vierzig Jahren von den Deutschen bombardiert worden waren – auf den ersten Blick zwei ruhelose Teenager, die die Gegend erkundeten. Connor trug die Tasche, in der sich die braunen

Päckchen befanden, die sie in Reihenhäusern und Villen, Unterführungen, Abrisshäusern und sogar Bürogebäuden ablieferten. Missmutig stellte Elliot seinen Nachfolger nervösen Männern und Frauen vor, die es vermieden, ihnen in die Augen zu sehen. Connor merkte sich ihre Gesichter, die Wege und Treffpunkte, prägte sich alles ganz genau ein.

Die beiden Jungen wechselten kaum ein Wort. Elliot schmollte, während Connor wie immer den großen Schweiger gab. Außerdem war er damit beschäftigt, wachsam zu bleiben, spähte ein ums andere Mal über seine Schulter.

Weil ihnen jemand folgte.

Ganz klar, da war eine Gestalt, die sich an ihre Fersen gehängt hatte, immer wieder hinter Straßenecken abtauchte. Elliot hatte Angst, es könne sich womöglich um einen Polizeispitzel handeln, der sie am Ende verhaften würde, doch dann stellte er erleichtert fest, dass es bloß dieser Schnösel war, der immer vor dem Heim herumhing und auf Sally wartete – der Junge namens Ray.

»Was will der denn von uns?«, fragte Elliot.

Connor schwieg, behielt ihren Verfolger im Auge, setzte seinen Weg aber unbeirrt fort, und als sie sich am späten Nachmittag ihrer letzten Adresse näherten, einem Billardsalon unten am Kanal, war der Junge schließlich verschwunden. Mittlerweile war Elliot hundemüde; ihm war heiß, es juckte ihn überall, und seine Nase pochte wie verrückt, rief ihm pausenlos in Erinnerung, was Connor mit ihr angestellt hatte. Ihm reichte es für heute. Er ließ sich auf eine Parkbank am Kanalufer fallen.

»Was treibst du für ein merkwürdiges Spiel?«, platzte er heraus, weil er es keine Sekunde länger aushielt.

Connor musterte ihn wortlos.

»Ich meine, was willst du bei uns im Heim? Das brauchst du doch gar nicht. Du könntest dich jederzeit verpissen.«

Wespen kreisten summend um das rostige Skelett eines Einkaufswagens, der aus dem braunen Wasser ragte. Connor ließ die Tasche fallen und blieb am Rand des Kanals stehen. Einen Moment lang überlegte Elliot, ob er ihn nicht kurzerhand ins Wasser schubsen sollte, doch etwas sagte ihm, dass er das bitter bereuen würde.

»Ich will aber nirgendwo anders hin.«

»Warum nicht?« Elliot traute seinen Ohren nicht. Keiner, der noch halbwegs alle beisammenhatte, konnte allen Ernstes in diesem Heim wohnen wollen, wo man der beiläufigen Brutalität der Dents und Gordons Schlägen hilflos ausgeliefert war, ganz zu schweigen davon, was spätnachts abging, wenn er blau war und die Treppenstufen unter seinen schweren Schritten knarrten. »Das ist doch irre. Wenn ich könnte, würde ich mich, so schnell es geht, vom Acker machen!«

»Weil …« Doch dann sprach Connor nicht weiter, sondern starrte gedankenverloren auf sein verzerrtes Spiegelbild im Brackwasser. Der Spinner hatte sie echt nicht alle, dachte Elliot.

Vielleicht lag es daran, dass Connor nicht antwortete. Den Rest besorgten Elliots unentwegt pochende Nase, das Pfeifen in seinen Ohren und der Umstand, dass Gordon sich einen neuen Liebling auserkoren hatte. Jedenfalls kochte unvermittelt der ganze Frust hoch, der sich in ihm aufgestaut hatte, und er sprang auf, packte die Adidas-Tasche und schwang sie über den Kopf, um sie in hohem Bogen ins Wasser zu schleudern – ehe er sich im letzten Moment eines Besseren besann und sie zu Boden fallen ließ.

»Sei froh, dass ich das nicht gemacht habe«, erklärte er Connor. »Ein Wort von mir, du hättest die Tasche verloren, und Gordon …«

»Ist mir scheißegal, was er denkt.«

Der Typ hatte wirklich einen Dachschaden. »Ach ja? Er würde uns umbringen!«

Connor ergriff die Tasche am Riemen. Im ersten Augenblick dachte Elliot, er wolle weitergehen, doch stattdessen drehte er sich um die eigene Achse wie ein Diskuswerfer bei den Olympischen Spielen und ließ die Tasche los, die hoch durch die Luft segelte und im trüben Wasser landete. Sie drehte sich einen Moment lang träge auf der Wasseroberfläche, bevor sie zusammen mit dem letzten Drogenpäckchen unterging. Elliot stieß ein ungläubiges Schnauben aus. Der Typ war wirklich komplett irre.

»Das darf auf keinen Fall rauskommen!« Elliots Stimme überschlug sich vor Panik. »Wir sagen ihm, wir hätten das Päckchen ganz normal abgeliefert.« Connors Gleichgültigkeit ließ Elliot die Haare zu Berge stehen. »Sag, dass du den Mund hältst!«

Doch Connor ließ ihn einfach stehen.

Als sie zum Heim zurückkehrten, saß eins der Kinder, ein mürrisches Mädchen namens Amelia, auf den Stufen vor dem Haus. Sie musterte sie argwöhnisch, während sie sich ihr näherten.

»Was treibst du hier draußen?«, blaffte Elliot sie an.

Amelia trug ein rosa T-Shirt mit einem aufgedruckten silbernen Stern und eine Jeans mit Schlag; ihr Haar hatte sie zu einem schlampigen Pferdeschwanz zusammengebunden. Sie drückte ihr Skizzenbuch an die Brust und musterte Connor, Elliot beachtete sie nicht. Normalerweise schenkte er ihr nicht sonderlich viel Aufmerksamkeit. Sie gehörte zu den vielen stillen Kindern, die sofort die Augen niederschlugen, wenn er im Anmarsch war. Von den anderen Kids aber unterschied sie sich insofern, als sie gern malte. Zwar war sie sanft wie ein Lämmchen, hatte sich aber tierischen Ärger eingehandelt, weil sie dauernd Wände und

Möbel vollschmierte, jede Oberfläche, die ihr unter die Finger kam. Gordon war stocksauer und drauf und dran gewesen, ihr eine zu kleben, doch das hatte auch nichts genutzt. Schließlich hatte Gerry Dent ihr ein Skizzenbuch gekauft, das sie liebevoll mit buntem Papier und Glitzerstickern beklebt hatte.

Als sie das Haus betraten, wussten sie, warum Amelia sich nach draußen verzogen hatte. Aus Gordons Büro drangen Gebrüll und spitze Schreie. Für gewöhnlich empfing einen das Stimmengewirr der Kinder wie das Summen eines Bienenschwarms. Doch an Tagen wie diesem, wenn Gordon getrunken hatte, verdrückten sich alle in den Garten oder ans andere Ende des Hauses. Sie wussten, was kommen würde, und bemühten sich nach Kräften, unsichtbar zu sein. Der Heimleiter trank jeden Abend, doch an manchen Tagen fing er schon morgens an – weshalb man ihm dann besser nicht unter die Augen trat.

»Wie lange geht das schon?«, fragte Connor das Mädchen.

»Wieso ist das wichtig?«, gab Elliot zurück. »Wenn sie …«

»Ich habe nicht mit dir geredet«, zischte Connor.

Allmählich hatte Elliot die Schnauze voll, von dem Neuen wie ein Fußabtreter behandelt zu werden.

»Seit Stunden«, antwortete Amelia.

»Schnaps«, sagte Elliot, der nur allzu genau wusste, wie die Streitereien ihren Anfang nahmen und wie sie ausgingen. »Und … anderes Zeug.«

Connor stand an der Tür und hörte zu, wie sich Gordon und Sally wüste Beschimpfungen an den Kopf warfen.

»Sie weint«, sagte er.

Connor rüttelte am Türknauf; allein die Vorstellung, dass Gordon plötzlich die Tür aufreißen könnte, jagte Elliot einen kalten Schauder über den Rücken. Eilig brachte er sich aus der Schusslinie, während er erneut daran denken musste, wie das letzte Drogenpäckchen mit einem Blubbern unter der Wasseroberfläche verschwunden war.

Vielleicht würden sie ja damit durchkommen – manche der Leute, bei denen sie die Päckchen ablieferten, hätten einem nicht mal sagen können, welcher Wochentag gerade war, und womöglich würde der betreffende Kunde gar nicht merken, dass er leer ausgegangen war. Aber Elliot zweifelte keine Sekunde, dass Connor dreist lügen würde, sie hätten das Päckchen wie geplant abgeliefert – womit er ihn so richtig in die Scheiße reiten würde. Er überlegte, ob er ihm zuvorkommen und Gordon verraten sollte, dass Connor das Päckchen verloren hatte. Doch er wusste genau, dass er das vergessen konnte: Gordon würde ihm nicht glauben, in tausend Jahren nicht.

Beim Abendessen krampfte sich Elliots Magen derart zusammen, dass er praktisch keinen Bissen hinunterbrachte. Von den Unterhaltungen der anderen bekam er kein Wort mit, und selbst als Jason, Kenny und David mit Essen herumzuwerfen begannen, stieg er nicht wie sonst mit ein. Zum ersten Mal, seit er hier im Longacre lebte, überlegte er, sich aus dem Staub zu machen. Dennoch geschah erst mal gar nichts. Gordon kam nicht aus seinem Büro, und Elliot hegte die leise Hoffnung, dass sie vielleicht doch nicht auffliegen würden.

Doch als er sich in den frühen Morgenstunden unruhig von einer Seite auf die andere wälzte, hörte er das gedämpfte Klingeln des Bürotelefons, und in jenem Moment wusste er, dass er vergebens Stoßgebete zum Himmel geschickt hatte.

Tapp, tapp, tapp.

Beim Gedanken an das Hinterzimmer brach ihm der kalte Schweiß aus. Er hatte es noch nie betreten, doch die Kinder, die es von innen gesehen hatten, waren nie wieder dieselben gewesen. Hinterher fehlte ihnen etwas, auch wenn er nicht genau hätte sagen können, was: ein Funke, ein Teil ihrer selbst. Man konnte es an ihren Augen erkennen, an der Art, wie sie einen ansahen, aber gleichzeitig durch einen hindurchblickten.

Sie waren zu sechst in ihrem Schlafraum. Connors Bett befand sich am Erkerfenster, Amelia lag daneben auf einer Matratze. Auf den anderen Pritschen lagen Kenny, Karen und Debs. Elliots Bett stand gleich neben der Tür. Eigentlich hätten sie alle längst schlafen sollen, doch er hörte ihren schnellen, abgehackten Atem. Ein Zug ratterte über die Gleisstrecke unweit des Hauses; Lichtreflexe huschten über die Zimmerdecke. Elliot sah zu Connor hinüber, doch der lag mit dem Rücken zu ihm.

Kurz darauf hörte er, wie die Bürotür geöffnet wurde. Ein unterdrücktes Wimmern drang aus einem der Betten. Elliots Nase begann wieder zu pochen, als wollte sie ihn warnen.

Tapp, tapp, tapp.

Gordons Schritte, schwer und schleppend. Das Geräusch seiner Hand, die rau über das Treppengeländer glitt.

Elliot schloss die Augen, wollte erst so tun, als würde er schlafen, doch als Gordon auf der Schwelle stand, konnte er der Versuchung nicht widerstehen, einen Blick zu riskieren. Der Heimleiter stand so nah am Fußende seines Betts, dass ihm sein Körpergeruch in die Nase stieg, der Gestank nach Alkohol, der ihm aus sämtlichen Poren drang. Gordon tastete nach dem Lichtschalter. Als er ihn nicht fand – er funktionierte ohnehin nicht –, schlug er mit der flachen Hand gegen den bröckelnden Putz.

»Gibt's da etwas, das du mir erzählen möchtest, Freundchen?«, lallte er mit schwerer Stimme. »Du hast mich nämlich in eine verdammt peinliche Situation gebracht.«

Elliot begann zu zittern. Jetzt saß er bis zum Hals in der Tinte.

»Ich hab gerade einen Anruf bekommen«, fuhr Gordon fort. »Ein Freund von mir hat seine Lieferung nicht erhalten. Und er ist gar nicht glücklich darüber. Tja, du kannst dir sicher vorstellen, dass mich das noch viel weniger glücklich macht.«

»Ich hab keine Ahnung, wovon Sie reden«, sagte Elliot. »Lassen Sie mich in Ruhe.«

»Los, steh auf, wir besprechen das unten. Jetzt mach schon, Freundchen.« Gordons Knie stießen gegen das Bettgestell. Der Druck in Elliots Kopf war schier unerträglich, und er musste sich mit aller Macht zusammenreißen, um nicht laut loszuheulen. »Ich sage es kein zweites Mal!«

»Lassen Sie ihn in Ruhe«, sagte eine Stimme, und Elliots Muskeln verkrampften sich. Im Dunkel erspähte er die Umrisse Connors, der mitten im Zimmer stand.

Gordon reckte den Hals. »Bist du das, Connor?«

»Lassen Sie ihn in Ruhe.«

»Jetzt mach mal halblang, Junge. Keine Ahnung, was Elliot mit der Ware angestellt hat, aber das Zeug ist ausgesprochen teuer, und entweder gibt er es mir zurück, oder er trägt die Konsequenzen.«

»Ich war's.« Connors Schatten bewegte sich so schnell auf Gordon zu, dass dieser vor Schreck einen Schritt rückwärtstaumelte. »Ich habe die Tasche in den Kanal geworfen.«

Gordon schwankte und schnappte hörbar nach Luft.

»Tja, habe ich mich also doch nicht geirrt. Du hast echt Mumm, Bursche.« Er hob den Zeigefinger. »Vielleicht warst du's, vielleicht auch nicht. Aber ich habe im Moment andere Probleme. Um ehrlich zu sein, bin ich nicht gerade bester Laune heute. Ihr habt doch gar keine Ahnung, was ich mir von Sally alles bieten lassen muss. Dieses Weibsstück macht mich komplett fertig. Und deshalb lasse ich euch das ausnahmsweise durchgehen, aber nur dieses eine Mal.« Seine

Bartstoppeln knisterten, als er sich mit der Hand durchs Gesicht fuhr, ehe er sich zur Tür wandte. »Und jetzt schlaft. Wir sehen uns morgen früh.«

Und dann hörten sie wieder seine schweren Schritte auf der Treppe.

Tapp, tapp, tapp.

Unten fiel die Bürotür ins Schloss.

Connor war wieder unter seine Decke geschlüpft. Im Dunkel konnte Elliot ihn kaum erkennen; der Mond schien auf das Kissen, das er sich über den Kopf gezogen hatte.

»Connor!«, flüsterte er. »Connor!«

Doch Connor gab keine Antwort. Elliot ließ sich zurücksinken, und plötzlich empfand er keine Angst mehr, sondern schämte sich. Connor hatte Gordon die Stirn geboten, statt ihn ans Messer zu liefern. Er hatte sich vor ihn gestellt, obwohl es kinderleicht gewesen wäre, ihm die Hölle auf Erden zu bereiten.

Er hatte Gordon herausgefordert, ihn vor Elliot und den anderen Kids zur Lachnummer gemacht. Und das würde ihm Gordon in einer Million Jahren nicht vergessen. Connor war verrückt, ein Fall für die Klapse, ganz eindeutig.

Und wenn es irgendwann zum Krieg zwischen den beiden kam, wollte Elliot unter keinen Umständen zwischen die Fronten geraten. Weil jeder von ihnen alles daransetzen würde, den anderen zu zerstören.

16

Zurück an ihrem Schreibtisch, aber immer noch todmüde, überlegte Flick, ob sie Drakes Rat annehmen und doch nach Hause fahren sollte. Stattdessen saß sie, immer noch im Mantel, an ihrem Schreibtisch, den Schuhkarton vor sich. Die ersten grauen Streifen der Morgendämmerung zogen am Horizont auf. Lieferwagen und Lkw donnerten unten über die High Road.

Sie glaubte nicht, dass sie die Energie aufbringen würde, den Karton zurück in den Keller zu schaffen, geschweige denn nach Hause zu fahren, also nahm sie sich den Kram vor, den Ray Drake in Ryan Overtons Wohnung gefunden hatte – alte Zeitungsausschnitte und wellige Fotokopien. Die Ausschnitte waren abgegriffen und eselsohrig, viele mit Haftzetteln versehen, auf denen komplett unleserliche Notizen standen.

Dann stach ihr ein gelbes, liniertes DIN-A4-Blatt ins Auge, das in einer der Klarsichthüllen steckte. Das Gekrakel darauf war kaum zu entziffern, zudem eine Menge durchgestrichen. Zuerst hielt sie das Geschreibsel für einen Code, doch dann dämmerte ihr, dass Kenny, ein Mann, der einen Großteil seiner Kindheit in Heimen verbracht hatte, nicht richtig schreiben konnte. Falls nötig, konnten sich Graphologen näher damit beschäftigen … aber nur im äußersten Notfall: Überall wurde gespart, und die Mordkommission musste alle Ausgaben dreimal rechtfertigen.

Das Einzige, was sie auf Anhieb entziffern konnte, waren ein paar durchgestrichene Namen in ungelenken Versalien:

~~DAVID HORNER~~
~~KAREN SMITH~~
~~REGINA BERMAN~~
~~RICKY HANCOCK~~
~~JASON BURGESS~~

Weiter unten standen noch ein paar andere Namen:

ELLIOT JUNIPER
AMELIA TROY
DEBORAH WILLETTS
CONNOR LAIRD???!!!

Flick legte die Liste beiseite und nahm sich die Zeitungsausschnitte vor, zuerst einen einspaltigen Artikel aus dem *Sheffield Star* vom 20. Oktober 1996.

MUTTER UND ZWILLINGE KOMMEN BEI BRAND UMS LEBEN

Eine allein erziehende Mutter und ihre kleinen Zwillinge sind in der vergangenen Nacht bei einem verheerenden Brand in einer Sozialsiedlung umgekommen.
Der Feuerwehr gelang es nicht, Regina Berman (17) und ihre ein Jahr alten Töchter Annabel und Darcey zu retten, die im Schlafzimmer ihrer Wohnung im Colney Court an schwerer Rauchvergiftung starben.
Der Brand ereignete sich in den frühen Morgenstunden. Die Bewohner des Hauses wurden evakuiert und

vorübergehend in einem nahe gelegenen Freizeitzentrum untergebracht.
Miss Berman war obdachlos gewesen und erst kürzlich in die Siedlung gezogen. Nachbarn beschrieben sie als gute Mutter, die bei allen sehr beliebt war.
»Die kleinen Mädchen hatten ihr ganzes Leben noch vor sich«, so Nachbarin Hilary Frost (43). »Sie waren arm, strahlten aber immer über das ganze Gesicht.«
Die Ursache des Brands, der offenbar in der Wohnung der Familie ausbrach, ist noch unklar.

Flick kämpfte sich aus ihrem Mantel und nahm sich den nächsten Artikel vor. Er stammte aus dem *South London Guardian* vom 23. Januar 1998.

BEZIEHUNGSTRAGÖDIE WAR OFFENBAR SELBSTMORD

Ein rechtsmedizinischer Befund hat jetzt ergeben, dass ein Londoner Paar anscheinend einen Selbstmordpakt geschlossen hatte.
Jeff Moore und Karen Smith aus Bermondsey, beide 28, hatten am 12. November letzten Jahres einen Schlauch am Auspuff ihres Wagens befestigt und diesen ins Innere des Fahrzeugs geleitet. Beide starben an Kohlenmonoxidvergiftung.
Ein Nachbar alarmierte die Polizei, als er bemerkte, dass unter dem Garagentor Rauch hervordrang. Als Polizei und Notarzt sich Zugang zur Garage verschafft hatten, fanden sie Mr. Moore und Miss Smith tot auf dem Rücksitz ihres Wagens vor.
Mehreren Zeugenaussagen zufolge waren Mr. Moore, ein Müllwerker aus Lambeth, und Miss Smith, die

im Clean'n'Tidy-Waschsalon in New Cross arbeitete, zutiefst verzweifelt, weil sie aufgrund der Drogenvergangenheit von Miss Smith keine Kinder adoptieren durften.
Hingegen äußerte ein Freund des Paars, Benedict Donaldson, gegenüber unseren Reportern massive Zweifel an der gerichtsmedizinischen Untersuchung.
»Ich habe fast jeden Tag mit Karen und Jeff gesprochen. Sie waren glücklich und sahen voller Zuversicht in die Zukunft.«
Die Gerichtsmedizin geht dennoch von gemeinsam begangenem Suizid aus.

Flick legte den Artikel beiseite. Ihre Kehle war trocken – eine Coke aus dem Automaten würde ihr den dringend benötigten Zuckerflash verschaffen –, doch zuerst wollte sie die Artikel zu Ende lesen. Der nächste sah aus wie eine Faxkopie. Er war aus dem *Canberra Star* vom 5. September 2001.

Bei einem Stallbrand auf einem Gestüt kam ein Pferdepfleger ums Leben; außerdem starben sechs Pferde in den Flammen.
Als das Feuer am späten Abend ausbrach, schlief David Horner (27) in der Scheune, da eine Stute erkrankt war. Ein Arbeitskollege bemerkte den Brand und zog Mr. Horner aus dem brennenden Stall, doch er verstarb kurz darauf im Krankenhaus.
Etliche Pferde konnten gerettet werden, doch einige mussten aufgrund ihrer Verletzungen eingeschläfert werden.
Der in England geborene Mr. Horner arbeitete seit mehreren Jahren auf dem Gestüt.
Mr. Horner habe ein ganz besonderes Verhältnis zu

den Tieren gepflegt, so Gestütsbesitzer Wayne Garry. »Davey war scheu und Menschen gegenüber sehr zurückhaltend. Die Pferde bedeuteten ihm alles. Wir können es immer noch nicht fassen. Es ist einfach furchtbar, dass er so früh aus dem Leben gerissen wurde.«
Die Polizei vermutet, dass der Brand durch eine achtlos weggeworfene Zigarette entfacht wurde. Ein Sprecher betonte aber, dass man weiteren Ermittlungen nicht vorgreifen wolle.

Flick notierte sich, später zu checken, ob David Horner Angehörige in England hatte, und nahm den nächsten Ausschnitt zur Hand. Er war aus dem *St. Albans Examiner* vom 14. März 2008.

FÜNFKÖPFIGE FAMILIE TÖDLICH VERUNGLÜCKT

Eine fünfköpfige Familie ist gestern Abend tödlich verunglückt, als ihr Wagen von der Straße abkam und in die Fluten der Ver stürzte.
Der aus St. Albans stammende Ricky Hancock (38), arbeitslos …

Flick blinzelte. Schon wieder eine Familie. Sie holte tief Luft und las weiter.

Der aus St. Albans stammende Ricky Hancock (38), arbeitslos, seine Frau Jennifer (34) und ihre drei Kinder Nathan (12), Fleming (8) und Tiffany (4) ertranken. Die Untersuchungen der Gerichtsmedizin ergaben, dass Mr. Hancock 1,5 Promille im Blut hatte, als der Peugeot innerhalb von Sekunden in den eisigen

Fluten versank. Die Familie war auf dem Rückweg von einer Party außerhalb St. Albans gewesen. Die Gastgeberin der Party, Sheila Fisher, sagte aus, sie hätte beobachtet, wie ein Fremder mit der Familie in den Wagen eingestiegen sei. Allerdings konnte dies keiner der anderen Partygäste bestätigen, und Mrs. Fisher räumte ein, dass sie sich aufgrund vermehrten Alkoholkonsums wahrscheinlich geirrt habe.

Flick rieb sich die Augen. Sie verglich die Artikel mit den durchgestrichenen Namen auf der Liste. Sie fand keinen Zeitungsausschnitt über den Tod von Jason Burgess, doch Kenny war mit seinem Fall nur allzu vertraut gewesen. Jason hatte seine Lebensgefährtin und ihre Tochter erschossen und sich dann selbst mit der Waffe gerichtet.

Noch eine tote Familie.

Elliot Juniper, Deborah Willetts, Amelia Troy – der Name kam ihr irgendwie bekannt vor – und Connor Laird lebten also anscheinend noch. Alle anderen auf Kennys Liste waren umgekommen, eben diejenigen, deren Namen er mit unsicherer Hand durchgestrichen hatte. Und nicht nur sie, sondern auch ihre nächsten Angehörigen, sofern sie Familie gehabt hatten.

Und nun war Kenny Overton selbst brutal ermordet worden, ebenso wie der Rest seiner Familie.

Ryan zufolge hatten die Personen auf Kennys Liste eins gemeinsam: Sie alle waren vor langer Zeit im selben Kinderheim untergebracht gewesen – Longacre, wie Ryan es genannt hatte. Und klar war, dass niemand je eine Verbindung zwischen all den Opfern hergestellt hätte, die es kreuz und quer übers Land, sogar über Kontinente verschlagen hatte. Außerdem waren sie offenbar die einzigen ehemaligen Heimbewohner, die Kenny aufgespürt hatte.

Was war aus den anderen geworden?

Vielleicht waren die ersten Strahlen der Morgensonne schuld, die auf ihre Lider drückten, vielleicht auch der Umstand, dass sie nichts im Magen hatte, aber plötzlich wurde ihr speiübel. Während ihr nach wie vor durch den Kopf ging, was sie gerade gelesen hatte, nahm sie sich die beiden letzten Zeitungsausschnitte vor, deren Papier gelb und fleckig war. Der erste war aus dem *Hackney Express* vom 31. Juli 1984. Die Schlagzeile lautete:

RICHTER BESUCHT ÖRTLICHES KINDERHEIM

Der angesehene Richter Leonard Drake hat diese Woche den Kindern im Longacre-Heim einen Besuch abgestattet.

Mr. Drake besichtigte die Jugendhilfeeinrichtung in seiner Funktion als Vorsitzender des Hackney Children's Trust zusammen mit seiner Frau Myra und traf dabei auch mit Heimleiter Gordon Tallis und seinen aufopferungsvollen Mitarbeitern zusammen.

Der ehrwürdige Richter, der den Vorsitz über einige der aufsehenerregendsten Prozesse der letzten Jahre innehatte, äußerte dem *Express* gegenüber, das Heim habe ihn außerordentlich beeindruckt. Es sei eine fabelhafte Zuflucht für Kinder, die keine Familie mehr hätten.

»Die Kinder scheinen sich hier wirklich wohlzufühlen. Ich habe Mr. Tallis meinen Dank und meine Anerkennung ausgesprochen.«

Mr. Tallis sagte, die zwischen acht und vierzehn Jahre alten Heimkinder seien völlig aus dem Häuschen über den hohen Besuch.

»Manchmal fühlen sich die Kids, als seien sie von der ganzen Welt komplett vergessen worden«, so Tallis gegenüber unserem Reporter. »Und insofern hat ihnen der Besuch von Mr. und Mrs. Drake neue Zuversicht gegeben. Dafür möchten wir uns alle ganz herzlich bedanken.«

Über dem Artikel befand sich eine Bildunterschrift. Das dazugehörige Foto fehlte, die Abrisskante war deutlich zu sehen. Die Bildunterschrift lautete:

Fröhliche Stippvisite (von links nach rechts): Mr. Gordon Tallis, Kenny Overton, Toby Turrell, Jason Burgess, Mr. Leonard Drake und Mrs. Myra Drake, Elliot Juniper, Amelia Troy, Connor Laird.

Flick blinzelte. Leonard und Myra Drake. Ray Drakes Eltern. Wenn sie sich richtig erinnerte, war sein Vater Richter am High Court gewesen, und seine verbitterte alte Mutter hatte sie bei der Beerdigung von Drakes Frau gesehen. Aber wenn Drake die Artikel bereits vorhin unten in der Asservatenkammer gelesen hatte, wieso hatte er nichts davon gesagt?

Die Tür schwang auf, und ein mit einem Müllbeutel bewaffneter Putzmann kam herein. Aus der Einsatzzentrale drang Staubsaugersummen.

»Entschuldigung.« Flick hob die Hand. »Ich bin gleich fertig.«

Bei dem letzten Zeitungsausschnitt handelte es sich tatsächlich um die in der Mitte gefaltete Titelseite des *Hackney Express* vom 6. August 1984. Die Schlagzeile lautete:

LEBENSRETTER STIRBT IN FLAMMENINFERNO

Der heldenhafte Leiter des Longacre-Kinderheims ist während eines Brands ums Leben gekommen.

Gordon Tallis (44) traf die schicksalhafte Entscheidung, ein letztes Mal in das brennende Heim zurückzukehren, und fiel dabei den um sich greifenden Flammen zum Opfer.
Die Feuerwehr traf am späten Mittwochabend ein und bekämpfte die Feuersbrunst bis in den frühen Morgen, doch das Gebäude brannte bis auf die Grundmauern nieder.
Sergeant Harry Crowley sagte dem Express: »Gordon war ein hoch angesehenes Mitglied unserer Gemeinde. Er liebte die ihm anvertrauten Kinder über alles, und es wundert mich nicht, dass er sein eigenes Leben für sie gegeben hat – er hätte alles für sie getan.«

»Verdammt!« Flick schlug mit der flachen Hand auf den Schreibtisch. Als sie aufblickte, sah sie, dass der Putzmann erneut in der Tür stand, und errötete. »Tut mir leid, aber ich brauche noch eine Sekunde.«

Ausgerechnet er. Das durfte nicht wahr sein.

Nach den Löscharbeiten wurde eine weitere Leiche entdeckt, die aber bislang noch nicht zweifelsfrei identifiziert werden konnte. Die Polizei fürchtet, dass es sich um den vierzehnjährigen Connor Laird handeln könnte.
»Connor ist ein sensibler Junge«, so Sergeant Crowley. »Ebenso wäre möglich, dass er in Panik aus der Flammenhölle geflohen ist. Wir hoffen immer noch auf ein Lebenszeichen von ihm.«
Nur Stunden zuvor hatte Mr. Tallis Richter Leonard Drake und seine Frau Myra anlässlich eines Besuchs im Longacre-Kinderheim willkommen geheißen. Der verheerende Brand, der das Gebäude völlig zerstörte,

ereignete sich in den frühen Morgenstunden des 1. Augusts, als die *Express*-Ausgabe von letzter Woche bereits in Druck gegangen war.

Ihr Vater. Auch das noch.

»Krieg dich wieder ein, Flick«, murmelte sie.

Ein Foto unter dem Artikel zeigte die Ruine des Hauses, die Fenster vom Ruß geschwärzte Rechtecke, während die Überreste des Dachstuhls in den Himmel ragten wie das Gerippe eines riesigen Tiers. Im Vordergrund waren ein Löschfahrzeug und zwei Streifenwagen sowie ein paar Leute zu sehen, die mit ausgestrecktem Finger auf die schwelenden Gemäuer deuteten.

All das war eine Ewigkeit her, schien völlig irrelevant. Aber das war es nicht. Flick hatte nie zu jenen Cops gehört, die sich auf ihren Instinkt verließen. Sie pflegte Ermittlungen von jeher methodisch anzugehen, systematisch Indizien und Beweise zusammenzutragen. In diesem Fall aber spürte sie, dass diese Zeitungsausschnitte der Schlüssel zum Mord an Kenny Overton und seiner Familie waren.

Flick wählte Eddie Upsons Nummer. Ein Blick auf die Uhr an der Wand sagte ihr, dass es sechs Uhr vierunddreißig war. Eddie war erst vor ein paar Stunden nach Hause gegangen. Sie bekam ein schlechtes Gewissen und wollte gerade auflegen, als er dranging.

»Ja, Chef?« Er klang schlaftrunken.

Sie griff nach Kuli und Notizblock. »Entschuldigung, dass ich Sie wecke, Eddie.«

»Schon okay.« Er gähnte vernehmlich. »Ich wollte sowieso gerade kalt duschen und danach ein Stündchen in der Bibel lesen. Was kann ich für Sie tun?«

»Sagt Ihnen der Name Connor Laird etwas?«

»Connor wie?«

»Connor Laird.« Sie buchstabierte den Namen. »L-A-I-R-D.«

»Hmm.« Sie hörte, wie er sich aufsetzte. »Nein, sollte er?«

»Und Elliot Juniper?«

»Juniper?«

»Genau.«

»Nie gehört.«

»Deborah Willetts?«

Ein verneinendes Grunzen.

»Und Amelia Troy?«

»Troy, wie die Malerin?«

Jetzt fiel der Groschen. »Danke, Eddie. Und jetzt schlafen Sie lieber noch ein bisschen.«

»Ich komme sobald wie möglich, Chef.«

»Hat keine Eile, Eddie.«

Sie legte den Kugelschreiber beiseite, klaubte die Zeitungsausschnitte zusammen, ohne zu bemerken, dass dabei ein gelber Post-it-Zettel zu Boden fiel, und schloss einen Moment lang die Augen. Ein Müdigkeitsanfall überkam sie; plötzlich waren ihre Beine so schwer, als würde sie jeden Augenblick im Boden versinken. Ein Geräusch aus dem Nebenzimmer riss sie aus ihrer Benommenheit.

Die Putztruppe war verschwunden. Die Beleuchtung in der Einsatzzentrale erwachte flackernd zum Leben, und Dudley Kendrick trat durch die Tür. Er winkte ihr durch die Glasscheibe zu, während er seinen Computer hochfuhr, einen Kaffeebecher auf den Tisch stellte und ein Croissant aus einer Papiertüte nahm. Unwillkürlich knurrte Flicks Magen, als ihr der süße Duft in die Nase stieg.

Als sie einen Blick auf ihr Handy warf, sah sie, dass ihre Schwester noch ein paarmal versucht hatte, sie zu erreichen. Sonst hätte sie sicher niemanden sonntags um diese Zeit zurückgerufen, aber Ninas Kinder tobten garantiert schon durchs Haus. Was hieß, dass Nina auch schon wach war. Zu Flicks Überraschung aber ging ihr Schwager Martin ans Telefon.

»Flick?« Wie immer klang sein ausgeprägter australischer Akzent durch.

Im Hintergrund kreischten Angel und Hugo; Flick hörte Musik aus dem Radio plätschern und irgendetwas in der Pfanne brutzeln. Am liebsten hätte sie sich sofort ins Auto gesetzt. Martins Spiegeleier mit Speck waren legendär, und wenn sie mit den Kindern geknuddelt hatte, konnte sie sich vielleicht sogar ein, zwei Stunden aufs Ohr legen. Flick war so oft bei ihrer Schwester, dass sie im Gästezimmer einen eigenen Schrank mit Sachen zum Wechseln hatte und im Bad eine eigene Zahnbürste für sie bereitlag. Jedenfalls konnte es ihr niemand vorhalten, wenn sie sich jetzt eine kleine Auszeit nahm, nachdem sie die ganze Nacht durchgearbeitet hatte.

»Ich weiß, es ist verdammt früh«, sagte sie.

Normalerweise hätte Martin humorvoll gefrotzelt, weil sie in aller Herrgottsfrühe anrief. Doch diesmal gab er nur ein kurz angebundenes »Ja« von sich, und erneut fragte sie sich, ob irgendetwas zwischen ihm und ihrer Schwester nicht in Ordnung war.

»Nina ist noch im Bett. Sie war die halbe Nacht wach, weil Coral Bauchschmerzen hatte.«

»Alles okay mit ihr?«, fragte Flick besorgt.

»Alles bestens, die beiden müssen sich nur erst mal ausschlafen.«

»Nina hat ein paarmal bei mir angerufen. Gab's irgendwas Dringendes?«

»Ach, na ja.« Sie spürte, dass er kurz überlegte. »Ich glaube, das sagt sie dir am besten selber.«

»Alles in Ordnung bei euch, Martin?«

»Brauche ich etwa einen Anwalt, Flick?« Er lachte. »Hier ist alles bestens, dein Anruf kommt nur gerade ein bisschen ungelegen. Angel – jetzt lass doch mal deinen Bruder in Ruhe!«

»Ich rufe einfach später noch mal an«, sagte sie. »Äh, wann …«

»Entschuldige, Flick, aber hier geht's drunter und drüber. Die Eier sind angebrannt, und Angel bläst gerade zur Großoffensive gegen Hugo. Paradiesische Verhältnisse.«

»Ja«, erwiderte sie. »Glückspilz.«

Sie wartete auf eine Antwort, doch er hatte bereits aufgelegt. Flick legte das Handy beiseite und streckte sich. Am besten, sie schnappte erst mal ein bisschen frische Luft; bei der Gelegenheit konnte sie auch im Café um die Ecke frühstücken.

Nur eine letzte Kleinigkeit wollte sie zuvor noch erledigen. Sie schaltete ihren Computer an, wartete, bis er hochgefahren war, rief eine Suchmaschine auf und gab einen Namen ein: *Amelia Troy.*

17

Sein schlechtes Gewissen drohte Elliot zu überwältigen, als er Owen Veazey an seinem üblichen Platz in dem schäbigen Pub am Rand einer Siedlung in Harlow sitzen sah. Owen war hier seit Ewigkeiten Stammgast. Schon vor zehn Jahren hatte er stets dort an jenem Tisch gesessen ... damals, als Elliot noch krumme Dinger gedreht hatte, und schon damals hatte der Pub völlig heruntergekommen ausgesehen.

Das Gebäude war niedrig und genauso düster wie die Häuser ringsherum; es lag am Ende einer gepflasterten Fußgängerzone, wo ein halbes Dutzend magersüchtiger Bäume in quadratischen Beeten aus Matsch und Hundescheiße stand. Die Jalousien vor der Tür und den Fenstern waren halb heruntergelassen, wie Augenlider aus Metall. Auf diese Weise konnten Vandalen keinen Schaden anrichten, wenn der Pub geschlossen war, und die Gäste, eine verwahrloste Schar von Rentnern und Schnapsbrüdern, auch nach der Sperrstunde saufen, ohne von den Bullen gestört zu werden.

Ein Fremder, der an einem Sonntag zu dieser frühen Stunde hier vorbeigekommen wäre, hätte wahrscheinlich nicht einmal gemerkt, dass es sich um einen Pub handelte. Das Schild war schon vor Jahren heruntergefallen, und niemand hatte sich die Mühe gemacht, es wieder anzubringen.

Wandleuchten warfen trübes Licht über die schäbige Einrichtung, sodass sich Elliot einen Moment lang wie auf dem Grund eines schlammigen Tümpels vorkam. Ein paar Sonntagmorgensäufer saßen an der Bar und glotzten ein Musikvideo, in dem irgendwelche Girls mit den Hüften wackelten. Ein Spielautomat an der Wand blubberte elektronisch, fing zwischendurch immer wieder wie verrückt an zu blinken, während unvermittelt eine scheppernde Instrumentalversion von *U Can't Touch This* ertönte.

»Setz dich, Elliot.« Owen erhob sich kurz. »Schön, dich mal wiederzusehen.«

Er war ein älterer Herr mit einem zerfurchten, sonnengebräunten Gesicht und kurz geschnittenen Haaren. Er trug Hosen mit Bügelfalte, bequeme Slipper und einen senffarbenen Rautenpullover. Die typische Golfermontur – Elliot erinnerte sich, dass er eine ganze Reihe von solchen Pullovern besaß, in allen möglichen Farben. Als Owen wieder Platz nahm, zupfte er mit Daumen und Zeigefinger die Bügelfalten seiner Hose zurecht. In seinen Profiturnierklamotten hob er sich deutlich vom Rest der Gäste ab, die allesamt unförmige Jogginghosen und Fußballtrikots trugen.

»Ist lange her, Elliot.« Owen sprach so leise, dass Elliot sich anstrengen musste, ihn über das Zirpen und Trillern des Spielautomaten hinweg zu verstehen. »Gut siehst du aus.«

»Du auch, Owen.«

Ein drahtiger Typ mit kantigen Zügen und einer Hasenscharte gesellte sich zu ihnen, zwei Biergläser in jeder Hand.

»Das ist Perry, einer meiner Mitarbeiter«, stellte Owen ihn vor. »Wir haben euch kommen sehen und schon mal eine Runde bestellt. Tut mir leid, die übliche Industriebrühe, nach Biobier besteht hier keine Nachfrage.«

»Prost, Owen.« Bren nahm einen Schluck.

Perrys Gesicht sagte Elliot nichts. Sein Benehmen war jedenfalls nicht die feine englische Art; er schenkte ihnen keine weitere Beachtung, sondern begann im Sportteil einer Zeitung zu blättern.

Owen nippte an seinem Bier. »Hast dich ja ewig nicht mehr hier blicken lassen.«

Er redete, als wären sie alte Freunde, die sich ein bisschen aus den Augen verloren hatten. Tatsächlich aber konnte Elliot die paar Male, denen er Owen begegnet war, an einer Hand abzählen. Zuletzt, als er Rhonda gerade kennengelernt hatte und ihm wie Schuppen von den Augen gefallen war, dass er nichts anderes als ein ehrliches, rechtschaffenes Leben führen wollte. Und mit Leuten wie Owen Veazey wollte er eigentlich nichts zu tun haben. Jeder hier in der Gegend wusste um seinen Ruf, auch dass er weiß Gott nicht nur im Kreditgeschäft war. Und so hatte Elliot ausnahmsweise seinen gesunden Menschenverstand eingeschaltet und sich auf Abstand von Owen gehalten.

Und jetzt, während er hier mit Owen und seinem reizenden Freund Perry saß, ging Elliot siedend heiß auf, dass er im Begriff war, einen fatalen Fehler zu begehen. Owen, beschloss er, musste ihm schon verdammt gute Konditionen anbieten. Er musste ihn überzeugen, und wenn ihm irgendetwas nicht in den Kram passte, würde er einfach aufstehen und gehen.

»Tja, wie das Leben eben so spielt«, meinte Owen.

»Wohl wahr.«

Der Alte legte Elliot seine schweißfeuchte Hand auf den Oberschenkel. »Glaub mir, ich weiß, wie schwer es für dich ist, zu mir zu kommen. Ganz ehrlich, niemand, der einigermaßen bei klarem Verstand ist, würde auf die Idee kommen, sich Geld von Owen Veazey zu leihen. Dazu muss man entweder verrückt oder verzweifelt sein. Und, Elliot – was bist du?«

»Wahrscheinlich beides, ein bisschen jedenfalls.«

Owen nickte. »Also, was brauchst du?«

Der Spielautomat gab ein fröhliches Bimmeln von sich, als zwei Typen ihn mit Münzen fütterten, und Bren wandte sich ab, um ihnen beim Zocken zuzusehen.

»Einen Kurzzeitkredit.«

»Welche Summe?«

»Dreißig Riesen.«

Der Alte blickte gen Decke, als müsste er sich den Betrag erst einmal bildlich vorstellen. »Das ist 'ne Menge Holz, vor allem so auf die Schnelle.«

Es blieb immer noch genug Zeit für Elliot, nach Hause zu gehen, vor Rhonda zu Kreuze zu kriechen ... ihr zu beichten, was er mit ihrem Geld angestellt hatte. Letztlich hatte er doch gar nichts verbrochen, sondern sich bloß wie ein Vollidiot verhalten – zugegeben, wäre das ein Verbrechen gewesen, hätte er lebenslänglich bekommen. Doch dann ballte er die Fäuste, fest davon überzeugt, dass Rhonda ihm nicht glauben würde.

»Ich werde dich nicht fragen, wofür du die Kohle brauchst.« Owen blickte zu Bren hinüber, der fasziniert zusah, wie sich die Walzen des Automaten drehten. »Das geht mich nichts an. Aber wenn du dir von mir Geld leihst, könnte das unter Umständen unangenehme Folgen für dich und deine Familie nach sich ziehen, das ist dir hoffentlich klar, oder?«

»Ja, schon«, krächzte Elliot.

»Trink doch erst mal was.« Owen deutete auf Elliots Glas. »Bren hat mir erzählt, du hättest Frau und Kind.«

»Wir sind nicht verheiratet.« Elliot nahm einen Schluck, doch der Kloß in seiner Kehle wollte sich nicht lösen. »Und der Junge ist auch nicht von mir.«

»Liebst du deine Familie?«

»Ja, sehr. Sie sind mein …«

Elliot stockte. Er wollte seine Zuneigung zu Rhonda nicht schmälern, indem er sie Owens Ohren preisgab. Der Alte bemerkte sein Zögern und lächelte.

»Das freut mich, Elliot. Ich war dreimal … nein …« Stirnrunzelnd sah er Perry an. »Wie oft war ich noch mal verheiratet?«

»Viermal.« Perry sah nicht einen Sekundenbruchteil von seiner Lektüre auf. »Jedenfalls, als ich zuletzt durchgezählt habe.«

»Stimmt, vier.« Owen grinste. »Alles nette Frauen, bis auf die zweite – ehrlich, die war ein echter Albtraum. Aber wie du dir sicher vorstellen kannst, bin ich auch nicht gerade ein Engel. Wie auch immer, mir ist schon klar, dass es nicht ganz einfach ist, eine Beziehung zusammenzuhalten. Und weil ich dich mag, lege ich jetzt die Karten auf den Tisch, Elliot. Wir kennen uns nicht besonders gut, aber Bren legt für dich die Hand ins Feuer, und das reicht mir völlig.«

Elliot wappnete sich innerlich, fest entschlossen, Owens Konditionen keinesfalls sofort zu akzeptieren. Er würde den Teufel tun und bis zum Sankt-Nimmerleins-Tag seine Schulden bei Owen abbezahlen.

»Ich könnte dir das Geld leihen.« Owen schnippte mit den Fingern. »Einfach so. Aber du weißt sicher, wie das bei mir läuft, Elliot, dir ist bestimmt die eine oder andere Horrorstory zu Ohren gekommen. Wenn ich dir das Geld borge, wirst du dafür bluten, Jahre, vielleicht Jahrzehnte lang. Die Zinsen sind so hoch, dass du sie womöglich bis an dein Lebensende abbezahlen musst. Ich würde dir pausenlos im Nacken sitzen, von Perry ganz zu schweigen. Und deine Beziehung zu …«

»Rhonda«, warf Bren ein.

»Deine Beziehung zu Rhonda würde darüber in die Brüche gehen. Ich habe es Dutzende von Malen aus der Ferne erlebt, Elliot, und glaub mir, es ist alles andere als erbaulich. Nein, ich möchte wirklich nicht, dass dir etwas Derartiges widerfährt. Und deshalb werde ich dir das Geld nicht leihen.«

Entgeistert starrte Elliot in sein Glas.

»Normalerweise ist es mir schnurzegal, wer sich von mir Geld leiht«, fuhr Owen fort. »Aber in deinem Fall …«

»Ich will doch nur einen Kurzzeitkredit.« Der Automat hinter ihm spielte lautstark sein Liedchen, während Münzen ins Ausgabefach fielen. »Bis ich den Kerl finde, der …«

»Vergiss es. Es gibt keinen Kurzzeitkredit. Jedenfalls nicht von mir.«

»Aber Bren hat gesagt, du …«

»Bren hat sich geirrt. Ich freue mich, dass er dich hergebracht hat. Es ist immer schön, alte Freunde zu sehen, aber leider kann ich dir nicht weiterhelfen.«

Plötzlich wurde Elliot flau im Magen. Er hasste diesen Pub, die nikotingelben Wände, die altersschwachen Stühle, das kaputte Publikum und das Gedudel und Geplärre des Spielautomaten, das ihn keinen klaren Gedanken fassen ließ. Aber er konnte nicht mit leeren Händen gehen.

»Wenn Rhonda herausfindet, dass das Geld weg ist, wird sie mich verlassen.«

Owen hob sein Glas an die Lippen. »Zumindest hast du dann nicht Schulden bis über beide Ohren.«

Elliot stützte den Kopf in die Hände. Jetzt war er ganz Rhondas Gnade ausgeliefert, auf Gedeih und Verderb.

Er wusste nicht, wie lange er schon so dahockte, als Owen sagte: »Bren, lass uns doch mal für eine Minute allein.«

»Kein Problem.«

Elliot hörte, wie Bren sich grunzend auf die Beine stemmte, und dann spürte er eine ermutigende Hand auf seiner Schulter. Als er den Kopf hob, wurde ihm schwindelig.

»Hör zu«, sagte Owen. »Ich hätte da einen Vorschlag. Mir fehlt noch jemand für einen Job. Einen kleinen Bruch.«

Elliot wich zurück. »Auf keinen Fall.«

»Lass mich erst mal ausreden, bevor du ablehnst.« Owen stellte sein Glas beiseite und beugte sich vor. »Das Haus, von dem ich rede, liegt quasi bei dir um die Ecke. Gehört einem Ehepaar. Rentner. Er war früher Banker, Börsenmakler oder so etwas.«

Elliot schüttelte den Kopf. »Nein.«

Perry legte sein Schundblatt weg und begann sich mit dem Finger im Mund herumzustochern.

»Ich weiß definitiv – und frag mich nicht woher –, dass die beiden jede Menge Bargeld zu Hause bunkern«, fuhr Owen fort. »Ich spreche von Tausenden, Zehntausenden von Pfund. Und im Moment sind sie im Urlaub. Mein Vorschlag lautet also …«

»Nein!«, sagte Elliot.

»Bren hat mir erzählt, dass du mal wegen ein paar Brüchen gesessen hast. Ich benötige jemanden mit Erfahrung, der einem Kumpel von mir …« – er nickte zu Perry hinüber – »… bei dem Job unter die Arme greift. Und zwar innerhalb der nächsten achtundvierzig Stunden, ehe die beiden wieder zurück sind.«

»Ich muss los.« Elliot stand auf. »Ich bin der falsche Mann für euch. Ich habe so was seit …«

»Verstehe, verstehe. Nimm's nicht persönlich.« Owen hob die Hände. »Du hast ein Problem, und ich dachte, ich könnte dir vielleicht aus der Patsche helfen, na ja, und sozusagen zwei Fliegen mit einer Klappe schlagen.«

Elliot wollte nur noch weg. »Danke für das Angebot, aber …«

»Nicht der Rede wert.« Der Alte erhob sich und drückte Elliot eine Visitenkarte in die Hand. »Ein Kurzzeitkredit. Keine Zinsen, kein Ärger. Könnte morgen auf deinem Konto sein.« Als Elliot ihn nur wortlos anblickte, ließ Owen seine Hand los. »Alles klar. Schon gut.«

Perry nickte. »Schönen Tag noch.«

Das Sonnenlicht stach Elliot in den Augen, als er nach draußen trat. Blinzelnd blickte er auf die Visitenkarte, auf der Owens Handynummer stand. Er würde sie zerreißen, sobald er zu Hause war, ja, genau das würde er tun. Eine Supermarkttüte tanzte um seine Füße, während er zum Parkplatz ging und sich eine Benson & Hedges ansteckte. Er hatte seinen Transporter fast erreicht, als er hinter sich eine Stimme hörte.

»He, Ell! Warte!« Schwer atmend kam Bren herangetrabt.

Elliot war so aufgelöst, dass er Bren um ein Haar vergessen hätte. Wutentbrannt wandte er sich um. »Was hast du Owen sonst noch von mir erzählt?«

Bren rang nach Luft. »Was meinst du?«, stieß er hervor.

»Er wusste, dass ich gesessen habe.«

»Er hat mich nach dir gefragt.« Bren musterte ihn verwirrt. »Er wollte wissen, was du für einer bist.«

Was du für einer bist.

»Er wollte, dass ich einen Bruch für ihn mache.« Elliot zog heftig an seiner Zigarette. »Im Gegenzug wollte er mir das Geld leihen, als zinsloses Darlehen.«

Bren schien Owens Angebot nicht sonderlich zu überraschen.

»Na ja, typisch Owen.« Er zuckte mit den Schultern. »Er denkt sich nichts dabei. Er will dir doch bloß helfen.«

»Helfen?«, schnauzte Elliot ihn an. »Eher friert die Hölle zu, bevor ich noch mal so was mache, kapiert?«

»Okay, okay.« Bren trat einen Schritt zurück. »Dann wissen doch alle, woran sie sind. Kein Beinbruch.«

Elliot ließ ihn stehen, marschierte im Eiltempo zu seinem Transporter. Er wollte diesen trostlosen Ort nur noch hinter sich lassen, und es war ihm scheißegal, ob Bren mit ihm kam oder nicht.

18

»Damit verschwenden wir lediglich Zeit und Ressourcen.« Ray Drake verschränkte die Arme vor der Brust. »Ich wundere mich, dass Sie das überhaupt in Betracht ziehen.«

Es war immer noch früher Sonntagmorgen, und schon gab es die erste Auseinandersetzung. Sie hatte die Zeitungsausschnitte auf ihrem Schreibtisch nebeneinandergelegt, doch Drake wollte davon nichts wissen.

»Aber Kennys Recherchen …«

»Sie machen elementare Fehler«, erklärte er herablassend. »Gehen Sie analytisch vor. Konzentrieren Sie sich darauf, was wir bis jetzt wissen und was nicht. Überprüfen Sie das Bewegungsprofil der Opfer, Telefonverbindungsdaten …«

»Mit Verlaub, Sir«, erwiderte sie. »Das tun wir bereits.«

Die Einsatzzentrale war bis auf den letzten Platz besetzt. Durch die Glasscheibe sah Flick ihr Team, alle fieberhaft mit Telefonieren oder dem Verfassen von Berichten beschäftigt. Sie hielt Drake die Liste mit den Namen hin, doch dieser trat an die Scheibe, als wolle er ihr nicht zuhören. Flick verstand seine Skepsis sogar, gleichzeitig hatte sie ihn noch nie so aufgewühlt erlebt. Offenbar stand er unter massivem Druck, nachdem auch noch Ryan Overton ermordet worden war; sie fragte sich, wie sehr ihm Harris zugesetzt hatte. Außerdem sah sie immer noch vor sich, wie er in der Asservatenkammer …

Ein Hüsteln … ein Geräusch … und dann hatte er sich zu ihr gedreht.

Aber jetzt war nicht der richtige Zeitpunkt, ihn darauf anzusprechen. Sie spürte förmlich das Damoklesschwert über ihrem Kopf schwingen; ihr war klar, dass ihre Beförderung schneller zurückgenommen werden konnte, als sie die Beine unter den Tisch bekam. Die Ironie des Ganzen war ihr durchaus bewusst. Flick galt als Arbeitstier, als Pedantin. Drake selbst hatte sie aufgefordert, mehr auf ihren Instinkt zu vertrauen. Und kaum tat sie genau das, verpasste er ihr einen Dämpfer.

»All diese Personen, über die Kenny recherchiert hat, waren als Halbwüchsige im selben Kinderheim. Hier.« Sie hielt ihm einen der Zeitungsausschnitte hin, doch Drake machte keine Anstalten, ihn entgegenzunehmen. »Er hat versucht, die Kids ausfindig zu machen, mit denen er damals in Longacre war, und dabei herausgefunden, dass eine ganze Reihe von ihnen ums Leben gekommen ist.«

»Wie viele?«, fragte Drake.

»Fünf.«

»Also letztlich nicht allzu viele.«

»Aber wir wissen doch gar nicht, wie viele Kinder in dem Heim untergebracht waren. Vielleicht fünfzig, aber vielleicht auch nur neun.«

»Ein Heimaufenthalt ist häufig mit schwerwiegenden Folgen verbunden. Psychischen Schäden. Aus vielen Heimkindern werden Kriminelle oder Junkies. Sie entwickeln selbstzerstörerische Tendenzen, ihr Leben gerät außer Kontrolle. Bei solchen Menschen ist die Todesrate naturgemäß höher als bei anderen.«

»Haben Sie sich die Ausschnitte angesehen?« In der Asservatenkammer hatte er das bejaht, doch jetzt war sie nicht mehr sicher, ob das auch stimmte. Hätte er die Artikel gelesen, hätte er auch verstanden, worauf sie hinauswollte. »Die meisten dieser Leute sind unter ungeklärten Umständen ums Leben gekommen.«

»Jason Burgess hat Selbstmord begangen. Karen Smith und ihr Lebensgefährte sind ebenfalls durch eigene Hand aus dem Leben geschieden.« Drake lehnte sich an die Wand. »Nichts von alldem hat irgendeine Relevanz für unsere Ermittlungen.«

Sie richtete den Zeigefinger auf einen der Zeitungsausschnitte. »David Horner ist bei lebendigem Leib verbrannt.«

»Hören Sie, Flick.« Er klang genervt. »Ryan hat selbst eingeräumt, dass Kenny ein Träumer war, ein Fantast, der sein Leben lang nach Entschuldigungen für seine eigenen Fehler gesucht hat.« Er deutete auf die Klarsichthüllen. »Wer weiß, wie viele Artikel er weggeworfen hat, weil sie einfach nicht ins Bild gepasst haben? Zu seiner Vorstellung, dass er ein Opfer war? Und wo sind die Beweise, dass er diese Leute überhaupt kannte? Genauso gut könnte es sich um irgendwelche Artikel handeln, die wahllos aus alten Zeitungen ausgeschnitten wurden.«

»Das lässt sich ja recht einfach überprüfen«, warf Flick ein.

Drake wandte den Blick ab. »Da wäre ich mir nicht so sicher.«

»Die Familien, Sir.« Sie zählte die Namen an den Fingern ab. »Karen Smith, Jason Burgess, Ricky Hancock – alle starben mit ihren Familien, außer David Horner, der keine hatte. Und jetzt ist Kenny ermordet worden … ebenfalls mit seiner Familie.«

Drake beobachtete das Treiben in der Einsatzzentrale, als gäbe es weit Wichtigeres zu tun. »Was habe ich Ihnen neulich gesagt? Hören Sie auf, die Dinge zu verkomplizieren. Sie wissen ebenso gut wie ich, dass wir in einem engen Zeitfenster operieren – je länger eine Ermittlung dauert, desto geringer die Erfolgschancen. Verzetteln Sie sich nicht auf irgendwelchen Nebenkriegsschauplätzen.«

Er warf ihr einen Knüppel nach dem anderen zwischen die Beine. Und es gab einen guten Grund dafür, warum Drake verhindern wollte, dass sie in diese Richtung ermittelte; ihm war das ebenso bewusst wie ihr. Bis jetzt hatte sie das Thema nicht angeschnitten, doch nun griff sie nach dem Zeitungsartikel, über dem das dazugehörige Foto fehlte.

»Wir wissen, dass Kenny in Longacre war. Hier, das Foto ist nicht mehr da.« Sie zeigte ihm die Risskante über der Bildunterschrift. »Aber hier steht sein Name, zusammen mit ein paar anderen, darunter auch …« Sie legte den Finger unter die Namen Leonard und Myra Drake.

»Ich habe es gesehen.« Drake klopfte ungeduldig mit der Hand auf den Oberschenkel. »Mein Vater hat sich seinerzeit für eine ganze Reihe von Kinderhilfsprojekten engagiert. Das ist lange her.«

»Vielleicht erinnert sich ja Ihre Mutter an irgendetwas.«

»Myra? Sie hat ja schon Schwierigkeiten, sich an den gestrigen Tag zu erinnern.«

Flicks Eindruck nach erfreute sich die alte Dame bester geistiger Gesundheit. »Aber …«

»Flick, lassen Sie mich ganz offen sein. Harris hat bereits Schaum vor dem Mund. Er will wissen, warum wir Ryan Overton erlaubt haben, nach Hause zu fahren.«

»Er hat darauf bestanden«, erwiderte sie. »Und wir haben einen bewaffneten Kollegen …«

»Das weiß er selbst«, gab Drake nicht unfreundlich zurück. »Aber er ist der Meinung, dass wir bei einem Fall wie diesem einen erfahreneren Chefermittler benötigen.« Ein ärgerlicher Ausdruck trat auf seine Züge, als ihr Handy zu summen begann. Sie legte es in die oberste Schreibtischschublade. »Ich habe ihm gesagt, dass Sie diese Chance verdient haben … dass ich an Ihre Befähigung glaube. Aber wir müssen schleunigst Ergebnisse vorweisen und können uns nicht mit Nebensächlichkeiten aufhalten.«

Sie schluckte. »Ja, Chef.«

Als er die Tür öffnete, drang das Rumoren aus der Einsatzzentrale. Zum ersten Mal warf er einen Blick auf die Zeitungsausschnitte. »Wir reden später noch mal.«

Eigentlich hätte sich Flick geradewegs in die Arbeit stürzen können – es gab weiß Gott reichlich zu tun –, doch da sie ohnehin fest davon überzeugt war, früher oder später durch jemand anderen ersetzt zu werden, ging sie aufs Ganze. Mal abgesehen davon, dass sie sowieso schon alles klargemacht hatte.

»Eines noch, Chef.« Sie nahm ein Blatt Papier aus dem Drucker. »Die anderen Namen auf der Liste … die, die Kenny Overton nicht durchgestrichen hat, stehen in der Bildunterschrift zu dem fehlenden Foto. Elliot Juniper hat ein ellenlanges Vorstrafenregister – Diebstahl, Einbruch, Hehlerei und dergleichen mehr.« Seufzend schloss Drake wieder die Tür. »Zwei Namen konnte ich nicht in der Datenbank finden – Connor Laird und Deborah Willetts. Aber sehen Sie mal hier.«

Drake fragte gereizt: »Was soll das schon wieder, Flick?«

»Im Internet findet man nur einen einzigen Treffer für das Longacre-Heim«, erwiderte sie. »Es ist 1984 niedergebrannt, nur Stunden nachdem Ihre Eltern dort gewesen waren. Aber bei dem Namen Amelia Troy hat es geklingelt. Vor ein paar Jahren galt sie als Riesentalent auf dem britischen Kunstmarkt. Sie ist mit dem Turner Prize ausgezeichnet worden, ihre Gemälde haben fünfstellige Beträge erzielt. Amelia Troy und ihr Mann Ned Binns waren das Traumpaar der englischen Kunstszene.«

Zögernd nahm Drake den Ausdruck an sich.

»Das ist ein Interview, das sie vor ein paar Jahren gegeben hat«, erklärte Flick. »In dem sie auch erwähnt, dass sie als Jugendliche in einem Kinderheim in Hackney untergebracht war. Dem Longacre.«

Ein Foto unter dem Interview zeigte Amelia Troy und Ned Binns auf einem Sofa; beiden trugen dieselben Sachen, schwarze Jeans, schwarze Jeansjacke und Doc Martens. Ihre Beine waren so ineinander verschlungen, dass sie wie siamesische Zwillinge aussahen, und ihre Haare vereinten sich zu einer wilden Löwenmähne. Ihre Lider waren schwer; gelangweilt blickten sie in die Kamera. Amelia war stark geschminkt und trug blutroten Lippenstift. Neds Gesicht war hinter einem wild wuchernden Bart verborgen. Zwischen ihren lässig herabhängenden Fingern klemmten brennende Zigaretten.

»Und sie lebt noch«, sagte Drake.

»Ja, aber vor sieben Jahren wäre sie um ein Haar an einer Überdosis gestorben. Ihr Mann hat es jedenfalls nicht geschafft.« Sie wartete einen Moment, während Drake das Interview überflog. »Es stand in allen Zeitungen.«

Drake legte den Ausdruck beiseite. »Worauf wollen Sie hinaus?«

»Ihr Mann ist an der Überdosis gestorben, sie beinahe. Noch eine Ehemalige aus Longacre, noch ein Unfall. Ich finde, wir sollten mal mit ihr sprechen.« Als Drake ein kurzes Lachen ausstieß, deutete Flick zur Einsatzzentrale hinüber. »Wir sind hart am Ball. Amelia Troy lebt immer noch in ihrem Haus in Bethnal Green.«

Drake schüttelte den Kopf. »Sie haben mir offenbar nicht zugehört, Flick.«

»Ich habe bereits einen Termin mit ihr arrangiert«, platzte sie heraus, gab sich alle Mühe, den Blick nicht abzuwenden, als er sie finster anstarrte.

»Wir nehmen meinen Wagen«, sagte er schließlich.

19

Sie standen vor einer verbeulten Stahltür, an der ein Strauß bunter Luftballons hing – ein Anblick, mit dem Ray Drake so gar nicht gerechnet hatte.

Er hatte gedacht, er wüsste alles über Amelia Troy – über die Jahre hatte er sich immer wieder kundig gemacht. Seinerzeit hatte man keine Kultursendung im Fernsehen einschalten, keine Zeitschrift aufschlagen können, ohne in ihre glasigen Augen zu blicken oder sie mit rauem, selbstverliebtem Glucksen über Kunst, Politik und das Leben im Allgemeinen schwadronieren zu hören. Es gab kein Thema unter der Sonne, zu dem sie keine Meinung gehabt hätte. Wenn die Medien eine abstruse Äußerung zur Lage der Nation oder ein paar provokative Sprüche im öden Nachrichteneinerlei brauchten, stand Amelia gern zur Verfügung.

Es war jene Zeit, als Kunst sich genauso gut verkaufte wie Rock'n'Roll und sich eine neue Generation karrieregeiler, medienerfahrener junger Künstler dumm und dämlich verdiente. Und Amelia Troy stand dabei an vorderster Front. Gern und oft beglückte sie Interviewer mit herzzerreißenden Geschichten aus ihrer traumatischen Kindheit, die ihren kometenhaften Aufstieg zum Medienstar umso unglaublicher erscheinen ließ. Während sie Kette rauchte und immer wieder einen Schluck aus dem Flachmann trank, erzählte sie, wie sie als Kind von einem Heim ins andere gewandert war, machte dunkle Andeutungen über brutalen Missbrauch, ein Leben in Angst und Schrecken.

Nur dank ihrer Kreativität sei sie der Hölle entronnen. Als Kind hatte sie die düstere, furchterregende Welt, die sie umgab, auf Wänden und Fenstern verewigt, mit Kreide, Bunt- und Filzstiften, sogar mit Schuhcreme. Eines Tages hatte sie einen Malkasten für neunundneunzig Pence in einem kleinen Laden mitgehen lassen. Und dieser Malkasten hatte, so sagte sie, ihr Leben verändert. Mit der Hilfe eines wohlhabenden Gönnerpärchens und der einen oder anderen sexuellen Gefälligkeit war sie schließlich an einer der renommiertesten Kunstakademien des Landes aufgenommen worden. Von nun an, hatte sie damals hochnäsig verkündet, sei die Welt der Kunst nicht mehr dieselbe.

Die Kritiker fraßen ihr aus der Hand. Troys Werk, schrieben sie, sei »ein Tumor von verheerender Energie, so heimtückisch und unerbittlich wie ein Krebsgeschwür«. Ihre Bilder bestanden aus gleichsam auf die Leinwand geschleuderten, blutroten oder schwarzen Balken und Flächen, die die grazilen Gestalten, die sie zuvor gezeichnet hatte, fast gänzlich verdeckten, förmlich zu erschlagen drohten. Statt einer Signatur zierte jedes Bild ihr Kussmund, der zu ihrem Markenzeichen werden sollte. Eine einflussreiche Clique von Kunsthändlern bezahlte geradezu obszöne Preise für ihre Werke, die reißenden Absatz fanden. Und ihr nihilistischer Lifestyle stellte ihr unheilschwangeres Œuvre in einen ebenso beängstigenden Kontext.

Als sie ein anderes *Enfant terrible* der Kunstszene, den selbst ernannten Konzeptterroristen Ned Binns, heiratete, ging es mit ihrer Arbeit und ihrem Äußeren bergab. Ihre unförmigen *Clash*-T-Shirts und die weiten Jeans ließen ihren dramatischen Gewichtsverlust nur noch deutlicher hervortreten. Und den Journalisten entging auch nicht, dass ihr Haar verfilzt und ihr dickes Make-up nachlässig aufgetragen worden war.

Als schließlich hinter vorgehaltener Hand gemunkelt wurde, dass sie an der Nadel hing, trug ihr Verhalten in der Öffentlichkeit auch nicht gerade dazu bei, diese Gerüchte zu zerstreuen. Keine Gala, keine Party, ohne dass die Jungvermählten sich in die Haare kriegten, bis die Fetzen flogen. Binns kämpfte mit seinen eigenen Dämonen, aber trotz seiner von der Presse genüsslich ausgeschlachteten Seitensprünge und seinen kontroversen Arbeiten – unter anderem schickte er Drohbriefe an Politiker und Prominente, um seine Aktion und ihre Folgen anschließend in einer Multimediaausstellung zu dokumentieren – blieb Amelia Troy an seiner Seite.

Doch als endgültig Gescheiterte, als Symbolfigur einer durch und durch kaputten, hedonistischen Kunstszene galt sie erst, als sie betrunken bei einer Preisverleihung erschien und den Anwesenden live im Fernsehen übelste Beschimpfungen an den Kopf warf.

Bald darauf verschwand sie vom Radar – von Entziehungskuren war die Rede, von Rückfällen und Aufenthalten in der Psychiatrie. Und als Amelia Troy und Ned Binns nach einer Überdosis Heroin nackt und leblos auf dem Bett in ihrem Apartment aufgefunden wurden, war der Kunstzirkus längst weitergezogen.

Amelia musste einen Schutzengel gehabt haben. Sie hatte bereits mit einem Bein im Grab gestanden, und ihre Leiche wäre womöglich wochen-, wenn nicht sogar monatelang unentdeckt geblieben, hätte ihr Mann im letzten halbwegs lichten Moment nicht den Notruf gewählt, bevor sein Herz stehen geblieben war. Der Notarzt hatte nur noch seinen Tod feststellen können, während Amelia in letzter Sekunde gerettet worden war.

Eine Comeback-Ausstellung in einer unbedeutenden Galerie erhielt mäßige Kritiken. Amelias neue Arbeiten konnte man durchaus lebensbejahend nennen, doch offenbar wollte die Welt sie nur als kaputte Existenz sehen.

Es hatte Drake zutiefst erleichtert, als sie wieder in der Versenkung verschwunden war. Er konnte sich nicht einmal erinnern, wann er zuletzt etwas über sie gelesen hatte, erinnerte sich aber noch deutlich an das verschlossene Mädchen aus dem Heim, an ihr Skizzenbuch mit all den beklemmenden Zeichnungen. Damals hatte es keinerlei Anzeichen dafür gegeben, dass eines Tages eine derart großmäulige Unruhestifterin aus ihr werden würde, geschweige denn vorübergehend die berühmteste Künstlerin Großbritanniens. Amelia war genau wie die anderen Kids gewesen – still und ängstlich, ein Mädchen, das sich instinktiv zurückzog, wenn die bedrohlichen Blicke Erwachsener auf ihr lasteten.

Es war nicht ganz ohne Risiko, sie in ihrem Lagerhaus aufzusuchen. Womöglich erinnerte sie sich an ihn. Doch da draußen war ein Killer unterwegs, und er benötigte alle Informationen, die er kriegen konnte. Hoffnung gab ihm ein Zitat aus dem einzigen Interview, das sie nach ihrer Überdosis gegeben hatte. Ein Reporter hatte sie gefragt, weshalb sie kaum noch malen würde.

»Weil ich mich an nichts mehr erinnern kann«, hatte sie geantwortet. »Es ist alles weg.« Und auf die Frage, woran genau sie sich denn nicht erinnern könne, hatte sie gesagt: »An gar nichts mehr.«

An der Wand zusammengekauert.

Ihre heiße, klamme Hand.

Umherspritzender Speichel. Drohungen, Obszönitäten.

Flick betrachtete die im Wind wippenden Ballons. »Sieht aus, als wäre hier eine Party im Gange.«

Es war eine höchst angespannte Fahrt gewesen. Die

meiste Zeit hatte Flick mit Kollegen telefoniert und sich fieberhaft Notizen gemacht, um nicht den Eindruck zu erwecken, sie würde ihre anderen Zuständigkeiten vernachlässigen. Sie gelangten nach Bethnal Green, fuhren eine lange, kurvenreiche Straße hinunter durch diverse, an eine Gleisstrecke angrenzende Gewerbegebiete, vorbei an Fertighausanbietern, Schrottplätzen und Garagen. Am Ende der Straße befand sich ein verwahrlostes Grundstück, auf dem ein wuchtiges viktorianisches Ziegelhaus stand. Die vergitterten Fenster im Erdgeschoss waren intakt, doch das Gebäude sah verlassen aus. Der gekieste Vorplatz war groß genug für mehrere Autos. Die verbeulte Eingangstür mit den Luftballons stand offen.

»Oberste Etage, hat sie gesagt.«

Der schmale Hausflur war kühl und feucht, doch der alte Lift war prachtvoll. Als Flick auf den Knopf drückte, setzte sich die Maschinerie rumpelnd in Bewegung. Stahlkabel knirschten, als der Aufzug zu ihnen herunterkam.

Die holzgetäfelte Kabine wurde von einer nackten Glühbirne erleuchtet. Während sie, vorbei an zugemauerten Etagenzugängen, nach oben fuhren, hörten sie etwas, das so gar nicht zu diesem düsteren Ort zu passen schien – das ausgelassene Lachen glücklicher Kinder.

Drake öffnete das Scherengitter, und sie traten in einen offenen, loftartigen Raum, durch dessen große Fenster gleißendes Licht fiel. Der Boden war übersät von getrockneten Farbklecksen. An einem langen Tisch, der an eine Werkbank erinnerte, saß ein Dutzend Kinder, die malten und zeichneten und deren fröhliches Geplapper von den Wänden widerhallte. Andere flitzten mit tropfenden Pinseln herum, ohne dass die paar anwesenden Erwachsenen sie bändigen konnten.

Flick trat versehentlich in einen klebrigen gelben Klecks

und warf gerade einen Blick auf ihre Schuhsohle, als eine Frau auf sie zukam.

»Detective Sergeant Flick Crowley.« Flick streckte die Hand aus. »Wir würden gern mit …«

»Gott sei Dank!« Die Frau hob die Arme. »Ich dachte gerade, dass sie überhaupt nicht wie Eltern aussehen. Und es fehlte noch, dass eins unserer Kinder plötzlich mit einem Fremden verschwindet.«

Drake brauchte einen Moment, um zu begreifen, dass es sich bei dieser freundlichen Frau – sie hatte das Haar zu einem Pferdeschwanz zusammengebunden, trug ein mit Farbe bespritztes T-Shirt und eine an den Knien gerissene Jeans – um Amelia Troy handelte. Sie war braun gebrannt, machte einen kerngesunden Eindruck und strahlte über das ganze Gesicht. Sie wirkte jünger als auf den Zeitungsfotos von vor zehn, fünfzehn Jahren, auf denen sie völlig verbraucht ausgesehen hatte, und nichts erinnerte an das traurige, verschüchterte Heimkind von einst.

»Das ist Detective Inspector Raymond Drake«, sagte Flick.

Amelia schüttelte ihm die Hand. Ihr Händedruck war fest und trotz der kühlen Räumlichkeiten warm. Drake sah ihr in die Augen, suchte nach einem Anzeichen des Wiedererkennens, doch in ihrem Blick spiegelte sich nichts dergleichen.

»Hier ist ja ganz schön was los«, sagte er.

»Ihrem geschulten Blick entgeht nichts, was? Am Wochenende steht mein Atelier ganz den Kindern zur Verfügung – sonst gibt es ja kaum Orte, wo sie ihre Kreativität ausleben können.« Sie deutete auf ein Kind, das orange Farbe auf eine Rolle Papier spritzte. »Jede Woche denke ich mir, nie wieder! Aber die Kinder lieben es.« Sie lachte. »Sie können herumtoben, sich schmutzig machen und lernen, sich künstlerisch auszudrücken.«

»Das ist Ihr Atelier?«, fragte Flick.

»Meine Wohnung.«

Drake bemerkte, dass sich am anderen Ende der riesigen Lagerhausetage ein Wohnbereich mit Sofas, Lampen und einem Fernseher auf einem Hocker befand; jenseits davon erblickte er eine Küche und ein Schlafzimmer mit einem ausladenden Doppelbett. Die offene Gestaltung mit den schmalen Gängen zwischen den einzelnen Bereichen verlieh dem Raum das Flair einer Kaufhausabteilung.

»Sie müssen ja astronomische Heizkosten haben.«

»Genauso gut könnte ich Fünfzig-Pfund-Noten zum Fenster hinauswerfen. Aber mit ein paar strategisch aufgestellten Heizlüftern kriegt man es hier schon einigermaßen warm.« Sie lächelte Drake an. »Und natürlich mit meiner geliebten Heizdecke.«

»Hier sieht es aus wie an einem Filmset«, bemerkte Flick staunend.

»Ich lebe hier jetzt seit zwanzig Jahren und bin einfach zu faul zum Umziehen.« Ein kleines Kind prallte gegen Amelias Beine und fiel hin. »Du liebe Güte, Darnell, bist du aber schnell!« Einen Augenblick lang sah es so aus, als würde der Kleine zu weinen anfangen, doch Amelia strich ihm über die Wange, und er beruhigte sich sofort wieder. Sie hob ihn auf die Füße, worauf er kreischend vor Vergnügen davonstürzte. »Hier drin kann man ja keinen klaren Gedanken fassen«, sagte sie. »Gehen wir doch kurz aufs Dach.«

Sie nahm ein Päckchen Zigaretten und ein Feuerzeug von einem Heizkörper, der sich hinter einem Gemälde verbarg, und führte sie zu einer Brandschutztür. Unter den Fenstern lehnten Leinwände mit scheinbar chaotischen Strukturen, die aber die Umrisse von Gestalten annahmen, wenn man sie näher betrachtete. Einige der Bilder wirkten fertig, die meisten aber unvollendet, andere durch Überpinseln ruiniert. In der rechten unteren Ecke befand sich der rote Abdruck ihrer Lippen.

»Sieht so aus, als hätten die Kids Ihre Werke ein wenig verschönert.«

»Vor ein paar Jahren hätten Sie diese Bilder ein Vermögen gekostet.« Amelia hob die Schultern. »Und heutzutage will sie kein Mensch auch nur geschenkt haben.«

Ihre Schritte hallten auf der eisernen Feuertreppe wider, die aufs Dach führte.

»Das scheint Ihnen aber nicht viel auszumachen.«

»Mittlerweile male ich für mich selbst. Ich habe schon lange nicht mehr das Gefühl, mein Leben wäre nichts wert, bloß weil meine Bilder nicht in der Lobby irgendeiner Konzernzentrale hängen.«

Die Teerpappe auf dem Dach war übersät mit Zigarettenkippen, die in der Brise hin und her rollten. Im Schatten des Schornsteins stand ein Liegestuhl, dessen Bespannung im Wind flatterte, daneben ein Krug, in dem sich Regenwasser gesammelt hatte. Unter ihnen erstreckte sich der graue Osten Londons, über den eine Armada von Regenwolken zog.

»Ich habe Sie mir ganz anders vorgestellt«, sagte Flick.

»Sie fragen sich, wo die abgewrackte Junkiebraut geblieben ist?« Das Ende von Amelias Zigarette knisterte, als sie sie anzündete. »Da sind Sie nicht die Einzige. Tja, aber letztlich geht das auf meine Kappe, man kann seiner Vergangenheit eben nicht entkommen. Fakt ist, dass ich ein völlig unspektakuläres, belangloses Leben führe. Ein stinknormales Spießerleben.«

»Also, spießig stelle ich mir anders vor«, sagte Drake.

Sie lachte. »Weshalb sind Sie hier?«

Flick reichte ihr ein Foto. Die Zigarette zwischen den Lippen, nahm Amelia es in Augenschein. »Wer ist das?«

»Er heißt Kenny Overton«, sagte Flick. »Erkennen Sie ihn wieder?«

Amelia strich sich eine Haarsträhne hinters Ohr. Die Sehnen und Venen ihrer Hände traten deutlich unter der Haut hervor und bildeten einen auffälligen Kontrast zu ihren glatten, knochigen Gesichtszügen; für eine Frau in den mittleren Jahren war sie immer noch außerordentlich attraktiv. Feine Linien umgaben ihre Augen. Daran gemessen, dass sie eine schwere Kindheit und eine lange Drogenkarriere hinter sich hatte, war sie ungewöhnlich vorteilhaft gealtert.

»Das ist der arme Kerl, der mit seiner Familie ermordet worden ist«, sagte sie. »Ich hab's in der Zeitung gelesen. Und was hat das mit mir zu tun?«

»Mr. Overton war in den Achtzigerjahren zusammen mit Ihnen im Longacre-Kinderheim untergebracht«, sagte Flick.

Nachdenklich blies Amelia Rauch aus. »Tatsächlich?«

»Wir untersuchen, ob es eine Verbindung zwischen dem Heim und dem Mord an Mr. Overton und seiner Familie gibt.«

Amelia schwenkte das Foto hin und her, als würde sie ein frisch entwickeltes Polaroid trocken wedeln, ehe sie es Flick zurückgab. »Es tut mir leid, aber ich fürchte, ich kann Ihnen nicht weiterhelfen.«

»Erinnern Sie sich nicht an ihn?«

»Ich wünschte, ich könnte Ihnen irgendetwas sagen, aber ich weiß nichts mehr aus dieser Zeit.« Sie blickte Drake an. »Ich habe da so eine Art Blackout.«

»Blackout?«, wiederholte Flick.

»Jahrelang habe ich das Heim hier oben mit mir herumgeschleppt.« Sie tippte sich an die Schläfe. »Ich habe es einfach nicht aus dem Kopf gekriegt, und um ein Haar hätte es mich zerstört – Sie müssen sich nur meine Malerei ansehen. Diese furchtbaren Jahre sind in meine Bilder eingeflossen. Im Grunde waren es meine Dämonen, die mich zum Star der Kunstszene gemacht haben. Und auch wenn ich Millionen mit meiner Kunst verdient habe, hätte ich alles dafür gegeben, diese schrecklichen Erinnerungen loszuwerden. Aber jetzt sind sie weg.« Sie gab einen Seufzer von sich. »Vor einigen Jahren ist etwas passiert, das mich verändert hat ... Ich weiß nicht, ob es Ihnen bekannt ist, aber mein Mann ist gestorben.«

»Ned«, sagte Flick.

»Genau der.« Ihr Blick schweifte über Flicks Schulter zu einem silberfarbenen Handymast, der über einem Hochhaus aufragte. »Dann wissen Sie wahrscheinlich auch, dass wir uns eine Überdosis gespritzt haben. Er ist gestorben, und ich ... ich habe wochenlang im Koma gelegen. Es stand auf Messers Schneide, die Ärzte hatten die Hoffnung bereits aufgegeben. Und als ich aus dem Koma erwachte, waren alle Erinnerungen an das Heim wie weggewischt, alles, absolut alles.«

Die Sonne lugte durch einen Spalt, der sich zwischen den Wolken aufgetan hatte. Amelia schirmte die Augen ab. Es war mitten im Winter, doch ihr Teint war tief und gleichmäßig gebräunt. Sie mochte die Malerei an den Nagel gehängt haben, dachte Drake, aber offensichtlich hatte sie immer noch eine Menge reicher Freunde und genügend Geld, um ausgedehnte Reisen zu unternehmen, wann immer ihr der Sinn danach stand.

»Mein Hass auf das Heim hat mir die nötige kreative Energie gegeben und mich erfolgreich gemacht.« Sie zog an ihrer Zigarette. »Aber als die Erinnerungen weg waren, fehlte mir mit einem Mal auch der Antrieb, das zwingende Element, der künstlerische Drang. Glauben Sie mir, ich hab's versucht, aber alles, was ich seither gemalt habe, war nichts als Schrott. C'est la vie. Nach Neds Tod war ich fertig mit der Kunst.«

»Aber kann das denn so einfach passieren? Dass man von einem Tag auf den anderen seine Erinnerungen verliert?«

»Ein paar Therapeuten meinten, ich hätte eine dissoziative Störung, eine so genannte Fugue – wissen Sie, was das ist? Also, ich hab's jedenfalls nicht kapiert.« Sie sprach mit monotoner Expertenstimme weiter. »*Realitätsflucht, Abspaltung der Identität.* Mir wurde gesagt, es handle sich um einen vorübergehenden Zustand. Aber so ist es jetzt schon seit Jahren. Die Erinnerungen schlummern irgendwo tief in mir drin, aber die Ärzte haben mich gewarnt, dass sie früher oder später wieder an die Oberfläche kommen. Super, oder?«

»Das ist doch bestimmt nicht gut, wenn man seine Vergangenheit auf diese Weise verdrängt«, sagte Flick.

Amelia pflückte das brennende Ende von ihrer Zigarette und schnippte den Filter quer über das Dach. »Nein, das glaube ich wahrlich auch nicht. Eigentlich müsste ich wohl ein komplettes Nervenbündel sein, am ganzen Leib zittern vor Neurosen. Und ganz ehrlich, es gibt Momente, in denen ich absolut nicht mehr weiterweiß. Mir fehlt Ned so sehr …« Sie richtete den Blick auf einen Zug, der über die unweit entfernte Gleisstrecke ratterte. »Wenn auch nicht so sehr, wie ich gedacht hätte. Wir haben uns geliebt, uns aber auch gegenseitig das Leben zur Hölle gemacht. Ned war kein glücklicher Mensch, und manchmal konnte er ziemlich … schwierig sein. Wie auch immer, in den letzten sieben Jahren habe ich zu mir selbst gefunden. Zum ersten Mal in meinem Leben muss ich nicht mehr dauernd an das verdammte Heim denken. Nun ja, wenn die Erinnerungen eines Tages zurückkommen, kann ich auch nichts dagegen machen, aber bis dahin werde ich versuchen, das Leben zu genießen.« Sie riss die Augen auf. »Du lieber Himmel, jetzt habe ich Sie aber lange genug vollgetextet.«

»Mit ihrem früheren Leben hat Ihr jetziges so gar nichts gemein«, sagte Flick. »Ich meine … die Kinderfeste und so.«

»Nein, nicht das Geringste.« Amelia kickte ein Steinchen über die Teerpappe. »Ned hätte das Leben, das ich jetzt führe, gehasst wie die Pest. Und ich genauso. Seinerzeit hatten wir ein gemeinsames Ziel.«

»Welches?«

»Wir wollten krepieren.« Ein bitteres Lächeln spielte um ihre Lippen. »Er hat es geschafft. Ich nicht, und ich bin froh, dass es mir nicht gelungen ist. Mein heutiges Leben wäre für Ned die Hölle auf Erden gewesen.« Sie warf einen Blick auf ihre Uhr. »Ehrlich, früher konnte ich nicht genug davon bekommen, anderen meine Probleme bis zum Abwinken unter die Nase zu reiben, inklusive Tränen, zertrümmerten Möbeln, und so weiter. Aber jetzt wollen die Kinder ihr Eis, also … warum wollten Sie mit mir über einen Mann sprechen, den ich anscheinend vor hundert Jahren einmal gekannt habe?« Als Flick zu Drake hinübersah, runzelte Amelia die Stirn. »Bin ich etwa in Gefahr?«

»Es ist nur eine Spur von vielen«, erwiderte Drake. »Und keine besonders vielversprechende. Wir wollten Sie nicht beunruhigen.«

»Dieses verdammte Heim.« Das Blut wich aus ihrem Gesicht. »Jahrelang habe ich mich deswegen geritzt, mir Scheiße in die Venen gepumpt. Um ein Haar hätte es mich zugrunde gerichtet. Und jetzt sagen Sie mir, dass es noch immer nicht mit mir fertig ist?«

»Höchstwahrscheinlich gibt es keinen Grund zur Sorge«, sagte Flick. »Aber ist in letzter Zeit irgendetwas Ungewöhnliches vorgefallen?«

»Zum Beispiel?«

»Hat jemand mit Ihnen über das Longacre gesprochen? Haben Sie irgendwelche merkwürdigen Anrufe erhalten?«

Amelia schlang sich die Arme um den Oberkörper. Eine Wolke hatte sich vor die Sonne gelegt, und auf dem Dach war es schlagartig kalt geworden. »Jetzt machen Sie mir echt Angst.«

»Wie gesagt.« Drake warf Flick einen warnenden Blick zu. »Es handelt sich lediglich um eine Spur von vielen.«

»Wie war Ihr Name noch mal?«

»Detective Inspector Ray Drake.« Er reichte ihr eine Visitenkarte. Flick griff in ihre Handtasche und kramte eine ihrer Karten hervor.

»Es gibt keinerlei Grund zur Beunruhigung.« Flick berührte Amelias Arm. »Aber rufen Sie mich jederzeit an, wenn Sie wollen.«

Als sie die Feuertreppe hinunterstiegen, blieb Amelia kurz stehen und ließ den Blick traurig über die Stadt schweifen, die sich bis zum Horizont erstreckte. »Jetzt habe ich's geschafft, dass ich mich nicht mehr an das Heim erinnern kann, und es lässt mich trotzdem nicht aus seinen Klauen.«

Unten auf dem Parkplatz richtete Drake den Schlüssel auf seinen Wagen, und ein kurzes Hupen ertönte, als die Verriegelung aufsprang. Über das Autodach sah er Flick an.

»Reine Zeitverschwendung«, sagte er. »Und zu allem Überfluss haben wir der armen Frau grundlos einen gehörigen Schreck eingejagt. Heute Abend will ich einen Bericht über den neuesten Stand der Ermittlungen auf meinem Schreibtisch haben.«

Flick merkte, wie sie errötete. Sie nickte und stieg ein.

Während er seinen Gurt anlegte, erinnerte sich Drake an jenes letzte, unsichere Lächeln, mit dem Amelia ihn angesehen hatte, bevor sich die Aufzugtür geschlossen hatte, und auf einmal wurde ihm bewusst, wie froh er war, sie nach all den Jahren wiedergesehen zu haben.

20

1984

Ray war nie eine große Sportskanone gewesen. Für Rugby war er nicht athletisch genug, auch stand ihm nicht der Sinn danach, von den größeren Jungs mit dem Gesicht voran in den Schlamm gedrückt zu werden. Und Rudern an bitterkalten frühen Morgen war eine elende Schinderei. Trotzdem war er immer ein wendiger Bursche, immer für eine Herausforderung zu haben gewesen, Eigenschaften, die ihm jetzt zugutekamen, als er – einfach so zum Spaß – beschloss, die Hauswand des Longacre hinauf und durch ein Fenster in den ersten Stock zu klettern. Na ja, wenigstens halb zum Spaß. Er wäre das Risiko sicher nicht eingegangen, wenn Sally sich bei ihm gemeldet hätte, wie sie es normalerweise tat. Und wenn sie ihm nicht selbst sagte, dass es ihr gut ging, würde er sich eben selbst davon überzeugen müssen.

Die kleine Mantel-und-Degen-Einlage hatte durchaus ihren Reiz. Wenn er älter war, würde er vielleicht Spion werden und kein steifer Anwalt, wie seine Eltern es sich vorstellten. Ray spürte instinktiv, dass ihm alle Möglichkeiten offenstanden – blieb nur die Frage, was Myra und Leonard davon hielten.

Sallys Wagen stand am Straßenrand, als er vor dem Heim eintraf. Drinnen hörte er Kinder rumoren, doch niemand kam an die Tür. Weshalb Ray an der Regenrinne hinaufkletterte und sich mit den Füßen auf den Metallmanschetten abstützte, mit denen das Rohr an der Hauswand befestigt war. Kurz gab es einen heiklen Moment, als ein paar Schrauben nachgaben und das Rohr bedenklich zu wanken begann, doch in letzter Sekunde gelang es ihm, das nächstgelegene Schiebefenster nach oben zu drücken. Er zog sich über den Sims, schwang die Beine hinein und ließ sich auf den abgewetzten Teppich fallen, wo er erst einmal liegen blieb, auf einen Fleck an der Zimmerdecke starrte und wieder zu Atem zu kommen versuchte.

Im selben Moment fragte eine Stimme: »Wer bist denn du?«

Als Ray sich aufsetzte, sah er ein Mädchen, das auf einer Matratze an der Wand hockte. In der Hand hielt es einen Bleistift; auf ihren angezogenen Knien ruhte ein mit buntem Papier und Glitzersternchen verziertes Notizbuch.

»Jason und ich spielen gerade Verstecken«, sagte Ray.

Frechheit siegt, das wusste Ray aus Erfahrung. Wenn man sich außerhalb des Stundenplans in der Schule aufhielt, musste man nur mit breiter Brust durch die Gänge marschieren, als hätte man dasselbe Recht dazu wie der Hausmeister, die Schülersprecher oder die Jungs aus der Oberstufe, die immer den Obermotz raushängen ließen. Ray war unkompliziert und schlagfertig, die Leute mochten ihn, und er hatte schon öfter festgestellt, wie leicht es ihm fiel, sich in schwierigen Situationen herauszureden.

Das Mädchen aber sagte: »Du bist keiner von uns.«

»Doch, bin ich.« Er rappelte sich auf. »Du hast mich bloß noch nie gesehen, weil ich gut im Verstecken bin.«

Er sah, dass sie ihm kein Wort glaubte. Doch obwohl die meisten Kinder direkt losgebrüllt hätten, wenn ein Fremder durch ein Fenster eingestiegen wäre, versenkte sie sich wieder in ihre Arbeit, ließ den Bleistift über die Seite tanzen.

Rays Interesse war geweckt. »Was machst du denn da?«

»Ich zeichne.«

»Echt?« Er bahnte sich den Weg durch das Zimmer, sorgsam darauf bedacht, sich nicht die Schienbeine an den Bettkanten zu stoßen, die wie Buge von Kriegsschiffen in den Raum ragten. »Kann ich mal sehen?«

Sie sagte nicht Ja, aber auch nicht Nein, also nahm er ihr das Buch vorsichtig aus den Fingern und blätterte darin herum. Er erwartete die üblichen Strichmännchen und geschwungenen Herzchen, wie sie Mädchen malten, und war völlig verblüfft über die detailversessenen, schmerzhaft disharmonischen Bilder. Das Mädchen hatte ein paar der Kids aus dem Heim gemalt – Kenny, Regina, Connor –, und während er sie betrachtete, kam es ihm vor, als würde er tiefer und tiefer in die Wirbel und Strudel gezogen, die die Abgebildeten gleichsam von allen Seiten bedrängten. Feine Linien schienen sich urplötzlich wie mit Strom aufzuladen, und aus dem dunklen Gewaber schälten sich die Gesichter heraus. Manche der Kinder lächelten, einige lachten, doch aus ihren Augen sprach eine schier unerträgliche Trauer, eine Qual, die weit über ihre Jugend hinausreichte.

Er war zutiefst beeindruckt.

»Hast du das alles selbst gezeichnet?« Das Mädchen nickte, den Blick auf das Skizzenbuch geheftet, als würde er jede Sekunde versuchen, damit die Flucht zu ergreifen. »Ich heiße Ray. Und du?«

»Amelia Troy.«

Er streckte die Hand aus, so wie es ihm von klein auf beigebracht worden war. Sie starrte ihn an, doch er hielt ihr die Hand hin, bis Amelia sie zögernd ergriff.

»Du hast echt Talent«, sagte er, worauf der Anflug eines Lächelns über Amelias Gesicht huschte. »Vielleicht kannst du mich ja irgendwann auch mal zeichnen. Willst du Malerin werden, wenn du groß bist?«

Ihre Augen weiteten sich, als hätte er sie gerade gefragt, ob sie demnächst zum Mond reisen wolle. Ja, ihm standen alle Möglichkeiten offen, dachte er – aber womöglich nicht einem Mädchen wie Amelia, das in den zugigen Zimmern einer düsteren Bruchbude wie dieser aufwuchs, in einer Atmosphäre von Angst und Unheil, die förmlich aus den Wänden eiterte.

»Weißt du was?«, sagte er. »Myra – meine Mutter – sitzt im Vorstand einer Kunstgalerie, einer ziemlich bekannten sogar. Wenn du älter bist, könnte ich dich ihr vorstellen, wenn du magst. Vielleicht können sie dich an eine Akademie weiterempfehlen oder so. Wie fändest du das?«

Als das Mädchen nur verlegen zu Boden sah, begriff Ray, dass ihr in ihrem kurzen Leben wahrscheinlich schon tausend Versprechungen gemacht worden waren, ohne dass auch nur eine einzige davon wahr geworden war.

»Das mache ich, mein Wort darauf«, sagte er und meinte es auch so. Ray sagte nie etwas, ohne es auch so zu meinen. »Ich habe nämlich das Gefühl, dass wir Freunde werden.«

Das Mädchen verdrehte die Augen. »Wir haben uns doch gerade erst kennengelernt.«

»Na und?«, gab er zurück. »In solchen Dingen irre ich mich nie.«

Er sah sich in dem trostlosen Zimmer um, ließ den Blick über die eng zusammenstehenden Betten, die Matratze und die auf dem Boden verstreuten Klamotten schweifen. Unzählige Fingerabdrücke bedeckten die verschmierten Fenster, und Ray fragte sich, was seine Cousine Sally wohl hierhergeführt hatte. Wie sie den Gestank von all dem Schmutz und Unglück ertragen konnte. Sie war wohlbehütet aufgewachsen, liebevoll umsorgt von ihren Eltern, hatte eine erstklassige Erziehung genossen. Ursprünglich war sie hierhergekommen, um etwas für die Kinder zu tun, ihnen ein besseres Leben zu ermöglichen. Aber irgendetwas musste komplett schiefgegangen sein. Gordon hatte sie unter seiner Knute, so viel war Ray inzwischen klar; Sally war abhängig von ihm und ebenso Gefangene in diesem Haus wie die Kinder, die hier ihr Leben fristeten.

Ray wünschte sich nichts mehr, als dass sie hier rauskam, so wie die Kinder selbst. Aber er konnte nichts unternehmen – schließlich war er auch nur ein Kind. Aber eines Tages, wenn er älter war, würden die Leute ihm Gehör schenken. Als Erwachsener würde er endlich die Autorität besitzen, sich für andere einzusetzen, ihr Leben zum Besseren zu wenden. Eines Tages, das wusste er, würde er Gutes tun.

Für Leonard und Myra stand fest, dass er Rechtsanwalt werden würde. Nicht etwa weil sie ein besonderes Faible für Gerechtigkeit gehabt hätten, sondern weil Leonard Jurist war, so wie bereits sein Vater und sein Großvater vor ihm. Aber Ray blieb ja noch Zeit, und auch wenn undenkbar war, dass er sich seinen Eltern widersetzte, hatte er doch Myras unbeugsamen Willen, ihren eisernen Glauben an sich selbst geerbt. Eines Tages würde er sie zwingen, der Wahrheit ins Auge zu sehen – dass ihre Wünsche noch lange nicht seine eigenen waren.

»Du kennst doch Sally«, sagte Ray zu Amelia. »Hast du eine Ahnung, wo sie ist?«

»Wahrscheinlich im Büro«, erwiderte das Mädchen. »Da ist sie immer.«

Er gab ihr das Skizzenbuch zurück. »Hat mich sehr gefreut, Amelia. Wir sehen uns bestimmt wieder.«

»Meinst du?«

»Ich habe dir was versprochen.« Er stand auf. »Und was ich verspreche, das halte ich auch.«

Als er oben auf dem Treppenabsatz stand, drangen die Stimmen von Kindern aus dem Garten zu ihm herauf; Sally hatte ihm erzählt, dass im Sommer alle dazu angehalten wurden, draußen zu spielen. In der Küche klapperte jemand mit Töpfen und Pfannen. Ray schlich die Stufen hinunter.

Das Büro befand sich auf der linken Seite des Korridors. Als er die Klinke herunterdrückte, stellte er fest, dass die Tür verschlossen war. Es blieb ihm nichts anderes übrig, als anzuklopfen.

»Sal? Bist du da drin?« Er behielt die Küche im Auge, wo die Schatten der Dents über den schwarz-weiß gefliesten Boden huschten.

»Sal?« Als er das Ohr an die Tür legte, hörte er drinnen das Summen eines Ventilators. »Sally?«

»Das ist aber eine Überraschung«, hörte er eine Stimme hinter sich, und als er herumfuhr, erblickte er Gordon, der auf der Treppe hockte, die Unterarme locker auf die Knie gestützt. »Insbesondere da ich mich nicht erinnern kann, dich hereingelassen zu haben.«

»Eins von den Kindern hat mir aufgemacht«, platzte Ray heraus.

»Wenn du das sagst, mein kleiner Freund.« Gordon wirkte nicht sehr überzeugt. »Sag uns nächstes Mal Bescheid, wenn du hier reinschneist – damit wir das Silberbesteck rausholen und vielleicht noch ein paar Kanapees auffahren können.«

»Wo ist Sally?«

»Sie schläft. Sie arbeitet bis spät nachts, Raymond – so heißt du doch, oder? –, und ist todmüde.«

Im Türrahmen gegenüber stand plötzlich der neue Junge, Connor, hinter ihm Elliot, der brutale Typ, der die anderen immer tyrannisierte. Als Ray ihn zuletzt gesehen hatte, war seine Nase dick verbunden gewesen. Inzwischen war der Verband ab, seine Nase dunkelrot und verformt.

Ray war nicht gerade behaglich zumute. »Ich würde sie trotzdem gern sprechen.«

»Ein andermal, okay? Kann ich ihr vielleicht irgendwas ausrichten?«

»Wir könnten sie doch einfach kurz wecken.«

»Erst brichst du hier ein, und dann willst du auch noch den Schönheitsschlaf einer jungen Dame stören? Also, bis jetzt hatte ich dich für einen Gentleman gehalten.«

»Wollen Sie mich jetzt etwa wieder wegschicken, nachdem ich extra den langen Weg auf mich genommen habe?«

Gordon lachte. »Du bist der mit Abstand höflichste Einbrecher, dem ich je begegnet bin, aber Heimkinder reagieren sehr sensibel auf Fremde, und deshalb muss ich dich jetzt bitten zu gehen.«

»Tut mir leid, aber ich bestehe darauf.« Ray schickte ein Stoßgebet gen Himmel, dass ihm jetzt bloß nicht die Stimme versagte. »Ich will Sally sehen.«

»Warum rufen wir nicht einfach die Polizei?«

Ray wich keinen Zentimeter zurück, als Gordon auf ihn zutrat, doch seine Hände zitterten hinter seinem Rücken. »Ich glaube nicht, dass Sie das machen.«

»Du bist ein echt aufgeweckter, cleverer Bursche. Tja, ist wohl kein Wunder, wenn man eine teure Privatschule besucht.« Gordons Lächeln verschwand. »Aber du bist hier nicht willkommen, mein Freund. Dass sich hier jemand unbefugt Zutritt verschafft, kann ich nicht durchgehen lassen.«

»Meine Eltern engagieren sich für eine ganze Reihe von Kinderhilfsprojekten.«

»Schön für sie, dass sie sich so für andere einsetzen«, sagte Gordon.

»Vielleicht können sie ja mal herkommen und sich das Heim ansehen.« Ray schluckte. »Es würde sie bestimmt interessieren.«

»Gerne.« Gordon breitete die Arme aus. »Jederzeit.«

»Und ich würde jetzt gern mit …«

»Ich hab's dir jetzt oft genug im Guten gesagt«, zischte Gordon.

Doch Ray wollte nicht gehen. Er wollte mit Sally sprechen und verstand nicht, warum er das nicht durfte. Auch wenn er es sich nicht gern eingestand, gierte er regelrecht nach ihrer Zuneigung. Von seinen Eltern gab es nicht viel zu erwarten, was das betraf. Er war überzeugt davon, dass sie ihn liebten, aber einfach nicht in der Lage waren, es auch zu zeigen. Die Atmosphäre, in der er aufwuchs, war steif und erdrückend. Von Anfang an war er auf teure Privatschulen geschickt worden, wo man ihm beigebracht hatte, sich wie ein kleiner Erwachsener zu verhalten. Sally hatte viel Zeit mit ihm verbracht. Bei ihr konnte er ganz er selbst, einfach ein kleiner Junge sein; sie stellte keine Ansprüche, hatte keine Erwartungen an ihn. Der Gedanke, sie an diesen trostlosen Ort zu verlieren, machte ihn krank.

Aber ihm blieb keine Wahl. Er würde wohl oder übel wieder abziehen müssen.

Er nickte Connor zu. »Na, wie gefällt's dir hier?«

Doch der Junge antwortete nicht. In seinem Blick lag eine geradezu bedrohliche Intensität. Ray war schon vielen Pausenhofschlägern begegnet, denen man tunlichst aus dem Weg ging, und wusste eigentlich immer, woran er war – doch dieser Junge war ihm ein Rätsel. Von ihm ging eine seltsam kalte Wut aus, eine ungekannte Aggression. Vielleicht war es Unsicherheit, vielleicht Bösartigkeit … oder noch Schlimmeres.

Ray nickte Amelia zu, die auf der Treppe stand, und wollte gerade gehen, als sich die Bürotür öffnete.

»Was machst du denn hier?«, fragte Sally verschlafen. Sie war angezogen, doch ihr Haar klebte an ihren Wangen, hing strähnig um die Bügel ihrer Sonnenbrille.

»Wieso hast du mich nicht angerufen?« Ray fiel ein Stein vom Herzen. »Ich habe mir Sorgen um dich gemacht!«

»Jetzt bricht mir ja fast das Herz«, knurrte Gordon. »Ich wäre trotzdem dankbar, wenn der Bengel jetzt endlich Land gewinnt, Sal. Ihr könnt draußen weiterquatschen.«

Sally schob Ray nach draußen, wo sie sich auf die Stufen hockten und auf die Straße und die unweit entfernten Gleise blickten. Aus einem der besetzten Häuser wehte träger Reggaesound herüber.

»Ich hatte dich doch gebeten, nicht hierherzukommen«, sagte sie.

»Aber du hast nicht angerufen.« Die ganze Anspannung, die sich in Ray aufgestaut hatte, brach sich plötzlich Bahn; er unterdrückte die Tränen, die plötzlich in ihm aufstiegen.

»Manchmal fehlt mir einfach die Zeit dazu«, erwiderte sie. »Manchmal weiß ich vor lauter Arbeit gar nicht, wo mir der Kopf steht.«

»Ich wollte doch bloß wissen, ob alles okay ist.«

»Du brauchst dir keine Sorgen um mich zu machen.«

»Tue ich aber.« Er warf einen Blick über die Schulter. »Das Heim hier ist schrecklich.«

»Ich habe dich gebeten, dich von hier fernzuhalten. Wie oft soll ich es dir denn noch sagen?«

»Du bist anders als sonst. Nicht mehr die Sally, die ich kenne.«

»Bin ich auch nicht. Und zwar, weil ich kein Kind mehr bin, Ray. Ich bin eine Erwachsene, und das Erwachsenenleben besteht eben nicht nur aus Spaß. Das wirst du schon noch selbst herausfinden.«

»Hier zu sein kann jedenfalls kein Spaß sein. Und hier zu wohnen auch nicht.« Er deutete auf ihre Sonnenbrille. »Nimm sie ab.«

»Sag mir nicht, was ich tun oder lassen soll.«

»Wieso nicht?« Er griff nach ihrer Brille, wollte sie ihr von der Nase ziehen, doch Sally schlug seine Hand weg und sprang auf.

»Weil ich mich von dir nicht herumkommandieren lasse!« Sie lehnte sich an das Treppengeländer, und ein paar lange Augenblicke starrten sie einander wütend an, ehe sie fortfuhr: »Wir können uns gern treffen, alle zwei Wochen oder so, aber nicht hier. Ich verspreche dir, dass ich dich anrufe, aber ich will dich hier nicht noch mal sehen. Und das ist mein letztes Wort, Ray.«

Damit konnte er sich arrangieren. Ehrlich gesagt hatte er nicht die geringste Lust, noch einmal hierherzukommen. Hier spielten sich Dinge ab, über die er lieber nichts Genaueres erfahren wollte – zum Beispiel die merkwürdigen Botengänge, die Connor und Elliot offenbar für Gordon erledigten. Und er hatte Angst, dass Sally ihm die Freundschaft kündigen würde, wenn er sie danach fragte. Ja, sie hatte völlig recht, dieser Ort war nichts für ihn. In ein paar Wochen würde er wieder zur Schule gehen, den größten Teil des Jahres fort und nur noch mit Lernen beschäftigt sein. Und wenn sie sich dann wiedersahen, hatte Sally dem Heim womöglich bereits den Rücken gekehrt, und sie konnten diesen elenden Ort ein für alle Mal vergessen.

»Na gut«, sagte er. »Ich komme nicht mehr her, aber du musst mich anrufen. Zweimal die Woche.«

»Abgemacht.« Sie fuhr mit dem Finger unter eins der Brillengläser, um sich das Auge zu reiben; sein Magen krampfte sich zusammen, als er einen Moment lang eine bläuliche Verfärbung zu erkennen glaubte. »Ehrlich, Ray, nur weil ich hier bei Gordon bin, heißt das nicht, dass du mir nicht mehr wichtig bist.«

Vielleicht war das ja der springende Punkt. Vielleicht machte er sich ja gar keine Sorgen um Sally, sondern in erster Linie um sich selbst. Vielleicht konnte er ja bloß den Gedanken nicht ertragen, dass sie ihr eigenes Leben lebte, dass es ihr freistand, Fehler zu machen oder sich sogar zu ruinieren, wenn sie das wollte. Wenn ihr der Sinn danach stand, konnte sie ans Ende der Welt ziehen und nie mehr nach London zurückkehren. Myra und Leonard ließen ihm keine solche Wahl. Er würde die Schule zu Ende machen, nach Oxford gehen und schließlich Anwalt werden, Punkt, aus. Sein ganzes Leben war bereits durch- und vorausgeplant, und er konnte nichts dagegen unternehmen, es sei denn, es würde irgendetwas Gravierendes passieren, das seinen so glasklar vorgezeichneten Weg in eine andere Richtung lenken würde.

Einen Moment lang fragte sich Ray, ob sie in vielen, vielen Jahren, wenn auch er ein Erwachsener war und ein eigenes Leben, Familie und Beruf hatte, immer noch befreundet sein würden. Er hoffte es sehr.

»Abgemacht«, wiederholte er leise.

Sally, die seine Verzweiflung zu spüren schien, setzte sich neben ihn und nahm ihn in den Arm. Zu seiner Erleichterung wechselte sie das Thema und erinnerte ihn an jenen Nachmittag im Park, als er – noch ein Dreikäsehoch – in einen Teich gefallen war. Myras Gesicht … ein Bild für die Götter! Er musste lachen, und dann redeten sie über die alten Tage, als er ihr gerade einmal bis zu den Hüften gereicht hatte. Sie vergaßen Gordon und das Heim, redeten und lachten, bis drei Stunden später langsam die Sonne unterging und Sally ihm sagte, dass sie jetzt wieder ins Haus müsse.

Als Ray sich erhob, sah er, dass Glitzer von Amelias Skizzenbuch an seinen Fingern klebte. Er wischte sich die Hände an der Hose ab, während Sally die Tür öffnete, und als er aufsah, glaubte er wie in einem Spiegel Connor Laird in der düsteren Diele stehen zu sehen, das Gesicht im Schatten kaum zu erkennen. Aber vielleicht hatte er sich das auch bloß eingebildet.

Als er die Stufen heruntertrottete, war er heilfroh, nie wieder an diesen Ort zurückkehren zu müssen.

21

Flick arbeitete bis zum Abend durch, verließ ihr Büro zwischendurch nur kurz, um sich ein Happy Meal zu holen, das sie an ihrem Schreibtisch verschlang und dabei die Daten der automatischen Kennzeichenerkennung durchging, die Steiner zusammengetragen hatte. Während sie an ihrem Burger kaute, kamen ihr erneut Kennys penibel aufbewahrte Zeitungsausschnitte in den Sinn – Artikel über Leute, die einst mit ihm im selben Kinderheim gewesen und im Lauf der Jahre ums Leben gekommen waren.

Trotz des ergebnislosen Gesprächs mit Amelia Troy – und Drakes unverhohlenem Missmut darüber, dass sie eine seiner Meinung nach unbrauchbare Spur verfolgte – wollten ihr die Zeitungsausschnitte nicht aus dem Kopf gehen, obwohl ihr nur allzu bewusst war, dass sie sich auf dünnes Eis begab, wenn sie jetzt Manpower abzog, um mehr über diese Todesfälle in Erfahrung zu bringen. Auch wenn er es abgetan hatte, nahm Drake es nicht auf die leichte Schulter, dass seine Eltern damals das Longacre besucht hatten; die Unruhe war ihm deutlich anzumerken gewesen, als sie ihn in der Asservatenkammer gesehen hatte. Aus ihr würde nie eine Ermittlerin werden, die etwas auf eigene Faust unternahm – sie hatte sich, im Gegensatz zu ihrem Vater, immer sklavisch an die Regeln gehalten –, doch sie hasste nichts mehr als ungeklärte Zusammenhänge. Das Heim ließ ihr keine Ruhe – und die Ironie des Ganzen bestand darin, dass der wohl einzige Mensch, der sie mit weiterführenden Informationen über das Longacre versorgen konnte, ausgerechnet derjenige war, dem sie als Letztes begegnen wollte: ihr Vater.

Die Pommes frites lagen ihr schwer im Magen; sie warf die Tüte in den Abfall und nahm sich die Befragungsprotokolle vor. Ein paar Namen fanden mehrmals Erwähnung. Einem seiner Freunde zufolge hatte Phillip Overton einem Kredithai Geld geschuldet. Er hatte sonst keinem etwas davon erzählt, nicht einmal seinem Bruder. Es ging um ein paar Tausend Pfund zum üblichen horrenden Zinssatz, die er schließlich zurückgezahlt hatte, aber erst nach ein paar unerfreulichen Zusammenstößen mit dem Wucherer, der ihm das Geld geborgt hatte.

Flick rief Eddie Upson in ihr Büro.

»Wie lange ist das her?«, fragte sie.

»Etwa sechs Monate«, erwiderte er. »Phil hat in einem Verein Fußball gespielt. Und nach einem Training hat ihm der Kerl im Pub um die Ecke vor seinen Mannschaftskollegen ein Bier ins Gesicht geschüttet.«

Nachdem er sich ein paar Stunden aufs Ohr gehauen hatte, wirkte Upson wieder putzmunter. Während Flick, die die ganze Nacht wach gewesen war, sich wie durch den Wolf gedreht fühlte – und wahrscheinlich auch so aussah …

»Der Name?«

»Golden Eagle.«

»Ich meinte den Kredithai, Eddie.«

»Dave Flynn«, sagte er. »Klingt nach einem äußerst sympathischen Zeitgenossen. Vix versucht gerade herauszukriegen, wo er sich aufhält.«

Die Befragung der Nachbarn an den Tatorten hatte keine neuen Spuren ergeben. In Ryan Overtons Siedlung, wo die Polizei mit spürbarem Misstrauen beäugt wurde, war es besonders schwierig gewesen, an Informationen zu kommen. Der Rentner, dem die Wohnung gehörte, über deren Balkon der Täter in Ryans Wohnung gelangt war, befand sich gerade in Danzig und würde erst in der kommenden Woche zurück sein.

Ein weiterer Stapel mit Befragungsprotokollen und Berichten wartete darauf, gelesen zu werden. Peter Holloways Tatortanalyse stand noch aus. Die Befunde der Gerichtsmedizin würden frühestens in vierundzwanzig Stunden vorliegen, und Flick war bereits vorgewarnt worden, dass bahnbrechende Erkenntnisse kaum zu erwarten seien.

Am frühen Abend saß Holloway, ein Bein über das andere geschlagen, in Flicks Büro. »Bis jetzt haben wir absolut nichts«, sagte er.

»Sie wollen mir allen Ernstes erzählen, dass der Täter weder im Haus der Overtons noch in Ryans Apartment die geringste Spur hinterlassen hat?«

Holloway nahm die Brille ab. »Kein Grund, uns die Schuld in die Schuhe zu schieben, DI Crowley. Der Eindringling ist extrem vorsichtig zu Werke gegangen.«

Ungläubig starrte Flick ihn an. »Keine Fingerabdrücke, keine Haare, keine Hautpartikel?«

»Steht alles in unserem Bericht«, erwiderte Holloway. »Der Täter hat sich nur sehr kurz in Ryan Overtons Wohnung aufgehalten und wusste genau, was er tat. Wir haben es mit jemandem zu tun, der akribisch vorbereitet war und sich meines Erachtens auch mit allen gängigen Methoden moderner Spurensicherung auskennt. Was nicht zwangsläufig bedeuten muss, dass er beruflich damit zu tun hat. Wie Forensiker vorgehen, kann man heutzutage in jeder zweiten Krimiserie sehen oder auch im Internet nachlesen. Wer das Basiswissen besitzt, kann seine Spuren relativ einfach und effizient verwischen.«

Es kostete sie einige Mühe, nicht allzu enttäuscht zu klingen. »Danke, Peter.«

Holloway stand auf. »Die Ermittlungen haben gerade erst begonnen, und Sie sehen jetzt schon wie ausgekotzt aus.«

»Ich leide unter Schilddrüsenunterfunktion«, erwiderte sie abwehrend.

»Vergessen Sie nicht, gelegentlich etwas zu essen, DI Crowley.« Er warf einen Blick auf die Fastfoodtüte in ihrem Papierkorb. »Am besten etwas Gesundes.«

»Danke für den Tipp.« Sie öffnete das Fenster einen Spalt, als ihr bewusst wurde, dass es in ihrem Büro penetrant nach Burger stank. »Das wär's dann wohl für heute.«

Als sich bald darauf die Einsatzzentrale leerte und Flick gerade ihren Computer herunterfahren wollte, fiel ihr ein gelber Post-it-Zettel ins Auge, der unter eine der Rollen ihres Schreibtischstuhls geraten war. Als sie ihn aufhob, erkannte sie sofort Kenny Overtons unbeholfene Schrift. RONNIE DENT stand auf dem Zettel, darunter eine Adresse in Euston. Augenblicklich erwachte ihre Neugier. Sie gab Dents Namen ein und stieß zu ihrer Überraschung auf eine ganze Latte von Verurteilungen – Körperverletzung, Ladendiebstahl, Alkohol am Steuer, Drogenvergehen –, die aus alten Papierakten in die Holmes-2-Datenbank übertragen worden waren. Auch sein beruflicher Werdegang war in der Datenbank verzeichnet, und ganz oben stand das Longacre-Kinderheim.

Da es keine vielversprechenden neuen Spuren gab, hatte sie den ganzen Tag über lieber auf eine weitere Begegnung mit Drake verzichtet. Als sie nun ihren ganzen Mut zusammennahm, nach oben ging und – es war fast acht – an seine Bürotür klopfte, stellte sie fest, dass er bereits gegangen war.

Auf dem Nachhauseweg fielen ihr beinahe die Augen zu. Während sie, nur noch zwei Straßen von ihrer Wohnung entfernt, auf der Linksabbiegerspur vor einer roten Ampel wartete, schien sie der Blinker förmlich zu hypnotisieren. Ja, sie brauchte dringend Schlaf. Aber Nina hatte sie nicht zurückgerufen, und Flick wurde das Gefühl nicht los, dass ihre Schwester ihr irgendetwas verheimlichte. Abgesehen davon war das Bett in Ninas Gästezimmer um einiges bequemer als ihr eigener durchgelegener Futon. Hinter ihr hupte jemand – die Ampel war auf Grün umgesprungen.

Flick blinkte nach rechts und schwang das Steuer in die andere Richtung.

22

Irgendetwas passierte gerade.

Er spürte es. Es war kaum mehr als eine flüchtige Bewegung aus dem Augenwinkel, halb verborgen in den Schatten. Dieses Phantom, die nahende Abrechnung …

Die Vergangenheit kollidierte mit der Gegenwart. Vor vielen, vielen Jahren war etwas in Gang gesetzt worden, eine grauenvolle Kraft, die nun an Schwung gewann, mit jedem Tag wuchs und stärker wurde. Und in all den Jahren hatte Ray Drake sich etwas unendlich Kostbares aufgebaut. Er war Sohn, er war Vater – und Ehemann, der gezwungen gewesen war, mit anzusehen, wie seine Ehefrau vor seinen Augen dahingeschwunden war und wie die Krankheit jede einzelne ihrer Zellen zerfressen hatte. Und nun nahte die noch viel schlimmere Katastrophe – mit dem gewaltsamen Tod einer Familie, nur wenige Meter neben dem Revier brutal abgeschlachtet.

Ein Vorhang war gelüftet worden, hinter dem etwas Grauenvolles zum Vorschein kam. Er musste bereit sein.

Er hielt vor Jordan Bolsovers Luxuswohnung in dem Docklands-Apartmentgebäude an, machte den Motor aus und lauschte den beruhigenden Klängen der Bach-Suite. Als die letzte Note verklungen war und das leise Rauschen des Verkehrs und des Wassers die Oberhand gewann, stieg er aus.

Das von dichten Sträuchern verdeckte Gebäude war in bläuliches Licht getaucht, das auf den gekräuselten Wellen der Themse hüpfte und tanzte. Es war typisch für ein City-Bürschchen wie Jordan, sich in einem superschicken Wohnkomplex direkt am Wasser einzuquartieren. Drake machte seine Hausaufgaben akribisch und durchleuchtete jeden Mann, der auch nur in die Nähe seiner Tochter kam, allerdings war der finanzielle Hintergrundcheck dieses Jungen alles andere als vielversprechend ausgefallen. Jordan lebte eindeutig über seine Verhältnisse: das sündhaft teure Apartment, der Sportwagen, Fernreisen zu den exotischsten Zielen, die Mitgliedschaft in einem exklusiven Fitnessclub, wo er sich neben superwichtigen Promis auf dem Laufband schindete, fernab vom gewöhnlichen Volk. Jordans Maßanzüge waren so geschneidert, dass jeder Brust- und Bauchmuskel, den er sich mithilfe eines Personal Trainers mühsam antrainiert hatte, einzeln betont wurde. Vor der Funkstille zwischen Drake und seiner Tochter hatte sie ihm erzählt, dass er vorhatte, sich sogar ein eigenes Rennpferd zuzulegen, aber eigentlich konnten sich mit Jordans Gehalt im unteren sechsstelligen Bereich derartige Ausgaben nie im Leben abdecken lassen.

Das Geld war die eine Sache. Viel schwerer wog, dass Drake Jordans narzisstische, arrogante Art nicht ausstehen konnte. Die Vorstellung, sein kleines Mädchen könnte sich in so einen Mann verlieben, trieb ihn in den Wahnsinn. Gleichzeitig war ihm bewusst, dass genau das der Grund war, weshalb sie sich so an Jordan hängte – weil es ihn, Drake, komplett um den Verstand brachte. Je mehr Drake Aprils Freund hasste, umso enger wurde ihre Bindung zu ihm.

Laura war ebenfalls nicht begeistert von Jordan gewesen, hatte ihm aber eingebläut, sich rauszuhalten und einfach abzuwarten, bis die Beziehung zwischen den beiden von selbst abkühlte. Auf diese Problemlösungsstrategie hatte Laura sich immer besonders gut verstanden: abzuwarten, bis sie sich von ganz allein lösten. Drake hatte seine Frau von Herzen geliebt und ihren Instinkten voll und ganz vertraut, aber jetzt war sie tot, und er musste alles daransetzen, seine Tochter nicht zu verlieren.

Sein Handy läutete. *Unbekannter Anrufer.* Das war bereits der sechste Anruf. Wann immer er abhob, war das Weinen eines Kindes zu hören.

Aber die elektronisch verzerrte Stimme war zu tief und zu akzentuiert für ein Kind, und als er sich diesmal meldete – »Ray Drake!« –, sagte die Stimme etwas.

»Ich will nicht mir dir, sondern mit dem anderen reden.«

»Sie sprechen mit …«

»Ich sagte, ich will mit dem anderen reden!«, bellte die Stimme.

»Wer ist da?« Mit klopfendem Herzen lauschte er dem elektronischen Wortschwall. »Sagen Sie mir, mit wem …«

Die Leitung war tot. Eine Sekunde später scrollte Drake sich durch seine Kontaktliste. Es läutete mehrere Male, dann hob jemand ab.

»Lewis«, sagte Drake. »Wie geht's?«

»Ray«, sagte Lewis Allen. »Na, das ist ja mal eine Überraschung. Wie spät ist es?«

Drake hörte Stimmen und das Klappern von Besteck im Hintergrund. »Es ist schon spät, Lewis, bitte entschuldige.«

»Ach was, du tust mir sogar einen Gefallen«, sagte Allen leise. »Wir haben Besuch von den Nachbarn. Moment mal kurz.« Drake hörte leiser werdendes Lachen, als Allen offenbar in ein anderes Zimmer ging und die Tür zumachte. »So, jetzt ist es besser. Es ist lange her, Ray, und du bist ja bekanntermaßen keiner, der ohne konkreten Anlass anruft.«

»Amelia Troy«, sagte Drake. »Erinnerst du dich an sie?«

Lewis Allen stieß einen Pfiff aus. »Wie könnte ich das je vergessen? War ja eine Riesensache damals. Ihr Ehemann war irgendein berühmter Künstler oder so.« Er schnaubte abfällig. »Na ja, Künstler … ich verwende den Begriff eher im erweiterten Sinne.«

Drake und Allen kannten sich schon eine Ewigkeit. Sie waren gemeinsam Streife gefahren und dann zur selben Zeit zur Kripo gegangen. Nach einer Weile hatte Allen zum Revier in Bethnal Green gewechselt und war damals in die Ermittlung des Vorfalls um Amelia und ihren Mann involviert gewesen.

»Erzähl mir noch mal, wie die beiden damals gefunden wurden, sie und ihr Mann«, bat Drake.

»Wieso willst du das wissen, Ray? Hast du etwa neue Beweise?«

»Nein, nein, ich frage wegen April«, log Drake. »Sie schreibt ein Referat für einen Kurs am Abendcollege. Ich habe ihr versprochen, dich zu fragen. Ich konnte mich nicht mehr richtig erinnern, aber sie muss morgen schon abgeben.«

»Kein Problem«, meinte Allen. »Beim Einsatzleiter ging ein Notruf ein.«

»Von wem?«

»Binns. Er sagte, er und seine Frau hatten eine Überdosis erwischt. Er hatte es gerade noch geschafft, die Nummer zu wählen. Der Typ hat kaum einen zusammenhängenden Satz rausgebracht. Das Signal wurde zu einem Lagerhaus zurückverfolgt, wo die beiden gewohnt haben, er und Troy. Der Notarzt hat sie auf dem Bett liegend vorgefunden, inmitten von Spritzen und solchem Junkiezeug.«

»Und Binns war tot.«

»Für ihn konnten sie nichts mehr tun, und bei ihr war es auch ziemlich knapp. Sie haben sie, so schnell es ging, ins

Krankenhaus gebracht … in letzter Sekunde, wie es aussieht. Hatte echt Glück, das Mädchen.«

Ned Binns war ein armer Teufel gewesen, der sich mit allem Möglichen zugedröhnt hatte. Sein Reichtum und die Ehe mit Amelia Troy hatten ihm ganz neue Möglichkeiten der Selbstzerstörung beschert. Allen und seine Kollegen, die zum Tatort gerufen wurden, waren zu dem Schluss gelangt, dass es sich lediglich um einen weiteren tragischen Fall einer Überdosis handelte – eine Einschätzung, die der zuständige Pathologe mit seiner Untersuchung bestätigte.

Aber Drake musste hundertprozentig sicher sein.

»Wurde jemals gegen Amelia Troy ermittelt?«

»Eine Akte ging an die Staatsanwaltschaft. Binns war ein bipolarer Irrer … eine tickende Zeitbombe. Es hieß, er hätte sie regelmäßig windelweich geprügelt.«

»Das wusste ich nicht«, meinte Drake.

»Am Ende lautete der Beschluss, dass sie psychiatrische Hilfe braucht und keine Gefängnisstrafe. Hätte er uns nicht gerufen, wäre sie tot gewesen.«

»Binns war drauf und dran, den Löffel abzugeben, hat es aber trotzdem noch geschafft, den Notruf zu wählen?«

»Ich hab schon häufiger erlebt, wie Junkies echt schräge Sachen auf die Reihe kriegen«, meinte Allen. »Ein paar Typen von der Presse wollten unbedingt pikante Details haben, aber da gab es nichts. Die zwei haben einfach mehr erwischt, als sie vertrugen, Ray, so einfach ist das.«

»Danke, Lewis, ich weiß deine Hilfe wirklich zu schätzen.« Das tutende Signalhorn eines Schleppers zerriss die Stille im Wagen.

»Was für ein Thema für ein Referat. Mit van Goghs abgeschnittenem Ohr zieht man heute wohl keinen Hund mehr hinterm Ofen hervor, was? Das mit Laura tut mir echt leid, Ray. Sie war eine nette Frau.«

»Danke, Lewis, ich bin dir was schuldig.«

Drake legte auf und ging zum Empfang. Das bläuliche Licht ließ die Wände wie einen Pool leuchten. Der Portier, ein älterer Mann, der über einem Rätselheft brütete, sah auf, als Drake auf den Aufzug zusteuerte.

»Kann ich Ihnen helfen, Sir?«

»Ich kenne mich schon aus.« Drake drückte den Knopf für das achte Stockwerk.

»Ich muss Sie vorher anmelden …«

Der Portier schoss ein bisschen zu schnell hinter seiner Loge hervor und stieß sich prompt an der Kante das Knie an. Sein Schmerzensschrei verstummte abrupt, als sich die Türen schlossen.

Nicht unter Druck setzen. Sie hat Angst und ist durcheinander. Drakes Finger schlossen sich, während er sich vorstellte, wie Laura ihre Hand hineinlegte. *Keinen Streit anfangen. Nicht ausflippen. Sonst verlierst du sie.*

»Ich versuch's«, sagte er laut in die Stille hinein.

Der Geruch von Pinienduft-Lufterfrischer schlug ihm entgegen, als er im achten Stock aus dem Aufzug trat. In einer Nische stand eine Vase mit Blumen. Aus Jordans Apartment drang hämmernde Musik, vermischt mit Gelächter. Er läutete. Als das Gelächter nicht aufhörte, hielt er mit dem Daumen die Klingel gedrückt.

Endlich wurde die Tür aufgerissen. »Ich hab doch schon leiser gedreht!«, blaffte Jordan.

Eine Flasche japanisches Bier steckte wie eine Waffe im Elastikbund seiner tief sitzenden Jogginghose; er trug ein offenes cremefarbenes Hemd, unter dem seine unbehaarte Brust mit dem ausgeprägten Sixpack zu sehen war, und eine Goldkette um den Hals. Seit ihrer letzten Begegnung war Jordan offensichtlich beim Friseur gewesen und hatte sich die Haare platinblond färben lassen.

»Mr. Drake! Wie läuft's so?«

Durch die geschlossene Wohnzimmertür waren immer noch Musik und Gelächter zu hören. Trotz der verblüfften Miene des Jungen hatte Drake den dumpfen Verdacht, dass er erwartet wurde.

»Darf ich reinkommen?«

»Klaro!«

Jordan machte eine feierliche Verbeugung. Drake fiel auf, dass seine Pupillen riesig und rund waren, und er fragte sich, was sich wohl hinter der geschlossenen Tür abspielen mochte.

Ruhig bleiben.

Jordan führte Drake in ein Schlafzimmer, in dem kein Licht brannte. »Ich hab gerade Besuch von ein paar Kumpel. Sie können ja hier warten, solange ich April holen gehe.«

Die Tagesdecke lag zerknüllt auf dem ungemachten Bett, ein eingebauter Kleiderschrank nahm die gesamte Wand des Schlafzimmers mit dem angrenzenden Badezimmer ein. Die Wände zierten kunstvolle Schwarz-Weiß-Drucke von verschlungenen nackten Leibern. Aprils Rollkoffer stand am Fußende eines breiten Doppelbettes. Er hob ihn hoch. Leer.

Kalte Abendluft drang durch die weit geöffneten Balkontüren, durch die sich ein Blick auf die glitzernden Lichter der Stadt bot. Ein Boot tuckerte über den Fluss und hinterließ ein schaumiges Kielwasser. Auf dem Balkon stand ein Metalltisch mit zwei Stühlen. Drake stocherte in den zerdrückten Zigarettenstummeln im Aschenbecher. Einige davon trugen Lippenstiftspuren.

»Was willst du hier?«

Die Nachttischlampe wurde angeknipst. Drake erkannte seine eigene Tochter kaum wieder. Ihr blondes Haar sah flammend rot im Schein der Lampe aus, und ihr Teint war ganz blass, fast durchscheinend. Unter ihren Augen lagen dunkle Ringe. Zum ersten Mal wurde ihm bewusst, wie stark sie abgenommen hatte. Sie trug keine Schuhe. Auf ihrem linken Fußrücken prangte ein Tattoo, das er zum ersten Mal sah: eine Orchidee.

Sein erster Impuls war, zu ihr zu treten, aber er beherrschte sich. Neuerdings wehrte sie selbst den kleinsten Versuch ab, ihr seine Zuneigung zu zeigen. Stattdessen nickte er in Richtung Balkon. »Du rauchst seit Neuestem.«

»Ich bin alt genug.« Einst war es eine Art Running Gag zwischen ihnen gewesen – *wenn ich erst alt genug bin* –, dann eine Drohung, und inzwischen war es ein Zeichen der Ablehnung. »Ich habe gefragt, was du hier willst.«

Er nickte in Richtung ihres Koffers. »Ich weiß nicht, was du hier beweisen willst. Komm nach Hause zurück.«

»Das ist jetzt mein Zuhause.« Sie deutete um sich. »Meines und Jordans.«

Eigentlich genoss Drake den Wettstreit mit Verdächtigen, wenn er ihnen im Befragungsraum am Metalltisch gegenübersaß, und er bekam grundsätzlich, was er haben wollte. Das Unausgesprochene sprach häufig eine deutlichere Sprache als jedes Geständnis, das wusste er aus Erfahrung. Ray Drake hatte mehr Geheimnisse vergessen, als die meisten Menschen überhaupt in ihrem Leben erfuhren. Aber hier, in diesem fremden Zimmer, stand die Trauer um den Menschen, den sie beide geliebt hatten, wie eine unüberwindliche Mauer zwischen ihnen, und ihm wollten beim besten Willen keine Worte einfallen, durch die alles wieder gut wurde.

Jordan kam herein und nahm Aprils Hand.

»Ich musste von Myra erfahren, dass du von zu Hause ausgezogen bist.«

»Und Gran hat es in vollen Zügen genossen, es dir zu sagen, jede Wette. Bestimmt konnte sie es kaum erwarten.« April schnaubte. »Eigentlich solltest du dich doch für mich freuen, Ray.«

Zu seiner Verärgerung hatte sie angefangen, ihn mit seinem Vornamen anzusprechen, so wie er es mit der alten Frau tat.

»Bitte, mach nicht …«

»Ich hätte nicht gedacht, dass du es überhaupt bemerkst. Du bist doch sowieso ständig bloß bei der Arbeit.«

»Es war nicht meine …«

»Mum lag im Sterben«, stieß sie hervor.

Da war es. Laut und deutlich. Genau dieses Gespräch hätten sie bereits vor Monaten führen sollen, nur sie beide allein, in ihrem Haus, nicht in einem fremden Zimmer in einem fremden Apartmentkomplex am Fluss.

»Wir sind verlobt.« Sie hob die Hand. Am Ringfinger funkelte ein Brillant. »Willst du uns nicht gratulieren, Ray?«

»Nenn mich nicht so.« *Nicht wütend werden.* »Ich bin dein Dad.«

»Mr. Drake … Ray.« Jordan trat vor. »Die Sache ist die, dass ich April liebe und sie mich. Sie finden, dass ich nicht in derselben Liga spiele wie sie, das akzeptiere ich, aber ich muss mich immer wieder kneifen, um glauben zu können, dass Ihre Tochter jemanden wie mich liebt. Es ist mir eine echte Ehre.« Er nahm Aprils Hand. »Und deshalb habe ich die Absicht, April glücklich zu machen.«

»Komm nach Hause zurück«, sagte Drake, ohne den Blick von seiner Tochter zu wenden.

»Tatsache ist, Ray, dass Sie beide irgendwie so gar nicht klargekommen sind. Vielleicht tut Ihnen ja ein bisschen Abstand gut und hilft Ihnen, alles wieder in die richtige Perspektive zu rücken. Es wäre doch ein Jammer, wenn es zu einem dauerhaften … Zerwürfnis zwischen Ihnen käme.«

Drake beachtete ihn nicht. »Du weißt nicht, was du da tust.«

Sie stieß ein bitteres Lachen aus. »Natürlich nicht … schließlich bin ich verliebt. Aber von albernen Dingen wie … *Gefühlen* verstehst du ja sowieso nichts.«

Sie machte kehrt und rannte hinaus.

»Tja.« Jordan schnitt eine Grimasse. »Das hätte irgendwie besser laufen können.«

Als Drake sich an Jordan vorbeischieben wollte, packte der ihn am Arm. Wütend wandte Drake sich ihm zu und wollte auf ihn losgehen, doch Jordan hob die Hände.

»Lassen Sie sie in Ruhe«, sagte er sanft. »Sie ist echt durch den Wind.«

»Ich werde mit meiner Tochter reden.«

»Es wäre mir lieber, wenn Sie es nicht täten. Wir haben Besuch.«

»Was erwartet mich nebenan?«, fragte Drake.

»Das reinste Chaos. Betrunkene Typen, leere Flaschen und schmutzige Kartons vom Lieferservice. Sie wissen ja, wie das so ist.«

»Drogen?«

»Natürlich nicht, Ray … Mr. Drake.« Jordan spielte den Gekränkten. »Wofür halten Sie mich?«

»Marihuana? Oder Koks? Ihnen ist klar, was dann passiert, oder?«

Jordan grinste. »Sie flippen komplett aus.«

»Als Polizeibeamter befände ich mich in einer echten Zwickmühle. Es würde ein Riesengeschrei und Schuldzuweisungen geben, und April hätte noch einen weiteren Grund, mich zu hassen. Ist es das, worauf Sie es anlegen, Jordan? Dass ich einfach reinplatze?«

»Die Wut, die Sie in sich tragen, ist echt ungesund, Ray. Gehen Sie ins Fitnessstudio und dreschen Sie auf einen Sandsack ein. Einfach mal alles rauslassen, das hilft.«

Drake rieb die Seide von Jordans Hemdkragen zwischen den Fingern.

»Vorsicht«, warnte Jordan unbehaglich. »Das Teil war richtig teuer.«

»Sollte ich spitzkriegen, dass meine Tochter Drogen nimmt, werden wir beide uns unterhalten, Sie und ich.«

Jordan setzte ein gezwungenes Lächeln auf. »Ich freue mich schon drauf, Mr. Drake.«

Drake schob sich an ihm vorbei, zur Tür hinaus und stapfte zum Aufzug, ohne sich noch einmal umzudrehen. Sein Magen fühlte sich an, als liege ein zentnerschwerer Stein darin.

»Vorschlag zur Güte«, rief Jordan ihm hinterher. »Sie sind trotz allem zur Hochzeit eingeladen … nur um zu beweisen, dass ich Ihnen nichts nachtrage. Ich werde April schon überreden, überlassen Sie das getrost mir.« Drake schlug mit der Hand auf den Aufzugknopf, dessen Türen sich endlich öffneten. »Passen Sie gut auf sich auf, Ray!«

Der Portier erwartete ihn bereits, als er im Foyer ausstieg. »Wenn Sie jemanden besuchen, müssen Sie sich eintragen.«

Drake stürmte an ihm vorbei zum Parkplatz, wo die Wellen zornig gegen das Ufer schlugen. Er stieg in den Wagen, schaltete die Stereoanlage ein und lauschte mit geschlossenen Augen Mozarts Requiem. Die Klänge schienen durch seinen Körper zu strömen.

Laura hatte ihm beigebracht, die Wut aus jedem Muskel und seinem tiefsten Inneren strömen zu lassen, damit sich das Blut in seinen Venen abkühlte. Der Motor schnurrte leise unter ihm, kaum mehr als ein leises Vibrieren.

Ein leiser Hauch von Lauras Parfum hing noch im Wagen, und er stellte sich ihre ruhigen, gleichmäßigen Atemzüge auf dem Sitz neben sich vor, während die letzten traurigen Noten verklangen.

Ray Drake vermisste seine Frau unendlich.

23

Nina und Martin wohnten in einem großen, gemütlichen, von Blumenpotpourri-Duft erfüllten Haus in Green Lakes. Vor den bunt gestrichenen Wänden standen riesige Sofas mit exotisch bedruckten Überwürfen und flauschigen Kissen, und warmes Licht drang durch die Buntglasscheiben in der Haustür. Überall standen Kunstobjekte – Erinnerungsstücke ihrer zahlreichen Reisen rund um die Welt –, die jedoch allesamt weiter oben in den Regalen verstaut waren, um sie vor dem Zugriff kleiner Hände und dem Missbrauch als Flugobjekte oder Waffen zu bewahren.

Flick hasste ihr beengtes Apartment, daher war Ninas Heim ein zweites Zuhause, wo sie sich oft und gerne aufhielt. Hier konnte sie sich entspannen und Ruhe finden, trotz explosiver Wutanfälle und Zankereien, die alle fünf Minuten unter den Kindern ausbrachen. Nina und Martin schien es nicht zu stören, dass sie so häufig da war, oder sprachen es zumindest nicht aus, und ihre Nichten und ihr Neffe waren ohnehin restlos begeistert, wenn sie kam. Die Familie ihrer Schwester verströmte jene einladende Wärme, die für Flick selbst unerreichbar schien, was die Vorstellung, in Ninas und Martins langjähriger Ehe könne es ernsthaft kriseln, umso beängstigender machte.

Flick hatte ihren eigenen Hausschlüssel, den sie jedoch bewusst selten benutzte, um nicht den Eindruck zu erwecken, dass sie die Gastfreundschaft als selbstverständlich betrachtete. Als sie läutete, wurde innerhalb von Sekundenbruchteilen die Tür aufgerissen, und Martin stand vor ihr.

»Hi«, sagte sie. »Wolltest du gerade gehen?«

»Ja.« Er schlüpfte in einen Ärmel seiner North-Face-Jacke und tastete mit der freien Hand die Taschen einer anderen Jacke am Treppengeländer ab.

Martin war Architekt und gerade mit einem Bauprojekt für die Stadtverwaltung beschäftigt. Flick kannte Martin seit fast zwanzig Jahren – ihre Schwester war damals von einer einjährigen Weltreise zurückgekehrt und hatte verkündet, sie habe einen Typen geheiratet, den sie drei Wochen zuvor auf Goa kennengelernt hatte. Die Nachricht hatte wie eine Bombe eingeschlagen. Keiner hatte damals geglaubt, dass die Ehe länger als ein paar Wochen halten würde, schon gar nicht neunzehn Jahre. Aber ihre Beziehung wirkte stets, als sei sie durch nichts zu erschüttern, auch wenn Flick sich nicht unbedingt als Expertin auf diesem Gebiet bezeichnen konnte. Martin war ein wunderbarer Ehemann und liebevoller Vater, der hingebungsvoll mit seinen Kindern spielte, und Flick liebte ihn heiß und innig, trotzdem wurde sie das Gefühl nicht los, dass er am Morgen irgendwie ausweichend am Telefon gewesen war und ihr auch jetzt kaum in die Augen sehen konnte. »Nina, wo sind meine Schlüssel?«, rief er und stapfte Richtung Küche davon.

»Ich hab sie nicht gesehen«, rief Nina. Flick hörte verärgertes Flüstern aus der Küche. Eigentlich wollte Flick nicht lauschen, konnte sich aber nicht beherrschen. Zu ihrer Erleichterung drang lediglich das leise *Klack, Klack, Klack* von Krallen auf dem Holzboden an ihre Ohren. Sekunden später kam Lulu, die alte Labradorhündin, auf sie zugetrottet, während ihr Schwanz rhythmisch gegen die Holzvertäfelung schlug. Flick streichelte den weichen Kopf der Hündin, sorgsam darauf bedacht, außerhalb der Reichweite ihrer nassen Zunge zu bleiben, und tat so, als bekäme sie von dem Streit zwischen ihrer Schwester und ihrem Schwager nichts mit. »Hey, Lulu, du riechst ja lecker.«

Augenblicke später kam Martin mit seinem Schlüssel in der Hand in die Diele zurück. »Ich bin beim Pokern«, sagte er und verschwand.

»Ich bin hier«, rief Nina.

Flick betrat die Küche mit der langen, geschwungenen Arbeitsplatte und dem mit Kerzenwachsflecken übersäten Esstisch, wo Nina und Martin zahllose Male Freunde bewirtet hatten. Im Sommer ließ sich die Glastür zum Garten aufschieben, sodass man das Gefühl hatte, inmitten der Sträucher, Blumen und Bäume zu sitzen. Der Raum war gemütlich, geschmackvoll eingerichtet und makellos sauber – was an ein Wunder grenzte, wenn man bedachte, dass Nina und Martin drei Kinder hatten, von denen keines älter als zehn Jahre alt war.

»Seit wann spielt dein Mann Poker?«

»Ab und zu.« Nina beugte sich über das Display des Geschirrspülers und drückte irgendwelche Knöpfe. »Er bildet sich ein, das würde ihm ein cooles Image verleihen. Hast du schon was gegessen?«

»Ich habe keinen Hunger.«

»Tante Flick!«, rief Coral, die Siebenjährige, von oben. »Du musst unbedingt zu mir hochkommen.«

»Ich bin gleich da!«, rief Flick und wandte sich ihrer Schwester zu. »Ich dachte, sie schlafen schon.«

»Sie wollte um jeden Preis mit ihrem Prinzessinnenkostüm ins Bett. Das Rosa ist eine echte Zumutung, aber sie wollte es einfach nicht ausziehen und will es dir unbedingt zeigen.« Nina schloss die Klappe der Spülmaschine und rückte ihre Brille auf die Nasenspitze, um das Etikett auf einer Rotweinflasche lesen zu können.

»Ich glaube, ich will keinen Wein«, meinte Flick. »Ich bin völlig erledigt.«

»Bei dem hier sagst du bestimmt nicht Nein.« Barfuß tappte Nina zum Küchenschrank, öffnete eine Schublade und nahm den Korkenzieher heraus. Sie trug ein weites Top und Yogahosen und hatte ihr rotblondes Haar zu einem losen Knoten auf dem Kopf zusammengenommen und mit einem kunstvoll platzierten Bleistift fixiert. Sie war schlank, durchtrainiert und genauso groß wie Flick, nur hielt sie sich kerzengerade; für sie schien es keinen Grund zu geben, weshalb sie nicht stolz auf ihre Körpergröße oder ihre Stellung in der Welt sein sollte.

»Ein echtes Schnäppchen«, erklärte sie und schwenkte die Flasche mit dem gespielt aufreizenden Charme einer Gameshow-Assistentin, die den Hauptpreis präsentiert. »Der ist aus Martins Vorrat an superteuren Weinen. Der Plan war, zu ganz besonderen Gelegenheiten eine davon aufzumachen. Eine Kiste von dem Zeug kostet mehrere Hundert Pfund. Und du wirst noch froh sein, dass du ein Glas bekommst, glaub mir.«

»Ich fühle mich sehr geehrt«, gab Flick argwöhnisch zurück. »Und was ist der feierliche Anlass?«

Nina nahm zwei langstielige Gläser aus dem Schrank. »Ich habe Martin gesagt, dass er schon etwas springen lassen muss, wenn ich dieses Gespräch allein mit dir führen soll.« Mit nachdenklicher Miene setzte sie den Korkenzieher an und begann zu drehen. Mit einem sanften Plopp rutschte der Korken heraus.

»Wenn du mir Angst machen willst, gelingt es dir gerade ausgezeichnet. Was ist los?«

Nina schenkte die rubinrote Flüssigkeit ein und schob Flick ein Glas zu. »Los, sag, wie du ihn findest.«

»Der Wein interessiert mich nicht. Stimmt etwas zwischen dir und Martin nicht? Wenn ich zu oft hier bin, sag es mir einfach. Ich verspreche dir, dass ich nur noch über Nacht bleibe, wenn ich ausdrücklich eingeladen werde.«

»Sei nicht albern«, meinte Nina. »Wir haben dich gern hier. Genau das macht es ja noch grauenvoller.«

»Trennt ihr euch?« Panik stieg in Flick auf. »O Gott, ihr trennt euch.«

»Nein, natürlich nicht!« Nina brach in Tränen aus.

»Tante Flick!«, schrie Coral.

»Bin gleich da!« Flick packte Nina am Arm. »Bitte, sag einfach, was los ist.«

Nina tupfte sich mit dem Saum ihres Tops die Tränen ab. »Eigentlich sind es ja tolle Nachrichten, aber es ist … es fühlt sich …«

Am meisten beunruhigte Flick, dass ihre ältere Schwester sich sonst immer so unter Kontrolle hatte. Nina war die Stärkere von ihnen, der Fels in der Brandung, ihr Anker. Nina war diejenige gewesen, die der kleinen Flick und ihrer Mutter durch die traumatische Zeit geholfen hatte, nachdem ihr Vater weggegangen war. Nina war auch diejenige gewesen, die dafür gesorgt hatte, dass die Ermittlungsakte nicht geschlossen wurde, nachdem ihr Bruder spurlos verschwunden war, obwohl sie seit Wochen und Monaten nichts von ihm gehört oder gesehen hatten. Und Nina war diejenige gewesen, die die Betreuung und Pflege ihrer Mutter organisiert hatte, als diese krank geworden war. Sie hatte die Crowleys fluchend und zeternd durch jede Familienkrise geführt und dafür gesorgt, dass sie am anderen Ende heil wieder herauskamen.

Flick legte die Hände um Ninas Gesicht. »Sag es mir.«

»So was hast du noch nie getrunken.« Kläglich hob Nina ihr Glas. »Das ist ein argentinischer.«

»Sag es mir«, beharrte Flick sanft. »Bitte.«

»Wir gehen weg von hier«, flüsterte Nina.

»Verstehe.« Trotz aller Verblüffung hatte Flick immer damit gerechnet, dass so etwas eines Tages passieren würde. London war kein Ort, um Kinder großzuziehen. Augenblicklich begann sie zu überlegen, wie sie es am besten anstellen sollte, ihre Nichten und Neffen so oft wie möglich zu sehen. Es würde zwar ein bisschen umständlich werden, weil sie nicht mehr kommen und gehen konnte, wann immer ihr der Sinn danach stand, und wegen ihrer unregelmäßigen Arbeitszeiten würde sie es vermutlich nicht jedes Wochenende schaffen, aber letztlich würde es schon klappen.

»Nach Sydney«, fuhr Nina fort. »Wir ziehen nach Australien.«

Flick starrte sie entsetzt an. »Wann?«

»Na ja …« Nina wandte sich ab. »Martin hat einen Job angeboten bekommen, und wir haben die Schulen für die Kinder schon ausgesucht. Es war nicht geplant, das musst du mir glauben, es kam aus heiterem Himmel. Seine Eltern sind ja nicht mehr die Jüngsten, und er ist ihr einziges Kind … es war immer klar, dass er irgendwann mal zurückgehen will.«

»Ich freue mich für dich«, sagte Flick tonlos.

Ninas Unterlippe bebte. »Ich habe keine Ahnung, was ich da eigentlich erzähle. Es tut mir so leid, Süße.«

Flick griff nach ihrem Glas. »Das braucht es nicht. Den Kindern wird es dort gefallen. Das ganze Jahr über scheint die Sonne, man kann immer im Freien sein. Bestimmt habt ihr einen Pool, könnt an den Strand fahren und grillen und all so was. Du wirst glücklich sein, und das freut mich.«

»Wieso habe ich dann so ein schlechtes Gewissen?«

»Weil du deine Schwester liebst und nicht willst, dass es ihr schlecht geht, aber du brauchst dir keine Sorgen zu machen, weil sie damit klarkommt.«

»Du kommst überhaupt nicht damit klar, aber danke, dass du meinetwegen lügst.« Nina sah sie an. »Aber wenn ich nicht mehr hier bin, gibt es vielleicht eine Chance, dass du und Dad …«

»Dazu wird es nicht kommen.« Flick lächelte dünn.

»Jemand muss ein Auge auf ihn haben. Jetzt habt ihr endlich ein gemeinsames Interesse und könnt hoffnungslos über mich herziehen, weil ich einfach abhaue, nach dem Motto – dein Feind ist auch mein Feind und so.« Nina sah sie eindringlich an. »Bitte, Flick, ich versuche verzweifelt, der ganzen Situation etwas Gutes abzugewinnen.«

»Keine Angst.« Flick bemühte sich um einen fröhlichen Tonfall. »Das wird ein Wahnsinnsabenteuer.«

Sie breitete die Arme aus und zog Nina an sich. Eine Weile standen sie einfach da und hielten einander fest. Am liebsten hätte Flick ihre Schwester nie wieder losgelassen. Oder sonst jemanden aus ihrer Familie.

Ihre Schwester, Tausende Meilen weit weg …

»Ihr müsst ein Zimmer für mich freihalten, damit ich jederzeit kommen und euch besuchen kann.«

»Das allerschönste von allen. Mit Blick auf die Oper oder einen Park voller Kängurus. Wir besorgen dir sogar einen Koala … einen echten, der auf dem Bett sitzt und auf dich wartet.«

»Tante Flick!«, rief Coral. »Ich kann nicht einschlafen, wenn du nicht hochkommst.«

»Ich sollte lieber nach oben gehen.« Flick löste sich aus der Umarmung. Ihr war schwindlig vor lauter Müdigkeit. Sie war völlig erledigt – emotional und körperlich gleichermaßen – und wusste, dass sie demnächst zusammenklappen würde, was sie aber nicht daran hinderte, ihren Wein in einem Zug hinunterzukippen.

Sie stellte ihr Glas ab und zeigte darauf, während sie sich zum Gehen wandte. »Bitte noch mal vollmachen.«

24

Den ganzen Heimweg über wurde er das Gefühl nicht los, dass ihm jemand folgte. Drake bog auf den unbeleuchteten Parkplatz vor seinem Haus und machte den Motor aus, der mit einem leisen Schauder erstarb.

Sein Handy auf dem Beifahrersitz läutete. Die Nummer war unterdrückt. Diesmal war er vorbereitet. Er nahm es und hielt es sich ans Ohr. »Ja?«

»Du dachtest, du könntest dich vor mir verstecken.« Ein aggressiver Unterton schwang in der elektronisch verzerrten Stimme mit.

»Wer ist da?«

»Du dachtest, ich wüsste nicht, wo ich dich finde?«

Drake drehte sich halb auf dem Sitz um und ließ den Blick über den Parkplatz schweifen. »Weshalb sollte ich mit Ihnen reden, wenn Sie sich nicht zu erkennen geben?«

»Weil du schuld bist!« Die Stimme überschlug sich vor Wut. »Du bist schuld, und dafür wirst du bezahlen. Glaub ja nicht, dass du davonkommst, denk nicht mal dran. Du bist schuld, dass es passiert ist, du bist schuld, und jetzt wirst du bezahlen, genauso wie die anderen auch.«

»Sagen Sie mir Ihren Namen.« Drake öffnete die Wagentür und stieg aus. Die kühle Nachtluft schlug ihm entgegen, als er den Blick über den vom gelblichen Schein der Straßenlampen erhellten Bürgersteig schweifen ließ.

»Ich bin jetzt viele, so viele«, sagte die Stimme eindringlich. »Einer, zwei, zwölf, zwanzig, so viele, dass du sie nicht zählen kannst.« Die Sprachverzerrung ließ jedes Wort, jeden Vokal scharf und abgehackt wirken. »Also versuch gar nicht erst, mich zu finden, weil ich überall bin. Ich bin direkt neben dir, ich bin überall.«

»Wir kennen uns.« Die dünne Eisschicht auf dem Asphalt knackte leise, als Drake sich langsam um die eigene Achse drehte. »Wir haben uns im Heim kennengelernt.«

»Du kannst dich vor mir nicht verstecken«, stieß die Stimme voller Bitterkeit hervor. »Ich habe dich gefunden. So wie die anderen auch.«

Drake bemühte sich um einen ruhigen, vernünftigen Tonfall. »Wieso treffen wir uns nicht einfach?«

»Oh, das werden wir«, ätzte die Stimme. »Du denkst, ich wüsste nicht, wer du bist und wie ich dich finden kann? Ich weiß genau, wer du bist.«

In diesem Moment näherte sich eine Gestalt, das Telefon fest ans Ohr gepresst. Drake trat auf sie zu. Seine Schritte hallten laut auf dem Asphalt wider.

Inzwischen schrie die Stimme, doch die Worte wurden vom statischen Rauschen und Knacken verzerrt. »Ich … iß es noch genau … du hast … ich … sehen … Feuer!«

»Ich weiß nicht, was Sie meinen!«

»Du bist sch… und wirst die Konsequenzen … wie die and… auch.«

Die Gestalt – inzwischen machte Drake einen Regenmantel und eine tief ins Gesicht gezogene Mütze aus – beschleunigte ihre Schritte, trat dann unvermittelt durch ein Gartentor und fummelte hektisch den Schlüssel ins Schloss. Drake blieb abrupt stehen, als er seinen Nachbarn erkannte, der eilig ins Haus trat und die Tür zuschlug.

»Findest du es etwa richtig, wenn alle ihr Leben einfach

weiterleben, als wäre nichts passiert?«, schrie die Stimme, während sich die Leitung allmählich stabilisierte. »Ich war ganz allein dort!«

»Sagen Sie mir Ihren Namen!«

»Du wirst dafür bezahlen!«

»Sagen Sie mir, wer Sie sind«, wiederholte Drake beharrlich.

»Du glaubst, du brauchst dich den Folgen deines Handelns nicht zu stellen, aber du irrst dich. Du wirst dafür bezahlen. Ihr alle werdet dafür bezahlen.«

Drake sah einen langen Schatten auf dem Weg, der in den Garten seines Hauses führte. Die Seitentür war angelehnt. »Haben Sie sie alle getötet?«

»Nein, aber ich werde es bald tun.«

»Treffen wir uns und reden darüber.«

»Oh, wir werden uns treffen.« Wieder drang das statische Knistern durch die Leitung. »Und zwar früher, als du denkst.«

Drake öffnete die Tür und ließ den Blick über den unbeleuchteten Weg wandern. »Wann?«

»Ihr Typen mit eurem glücklichen Leben, euren wunderbaren Familien, die euch lieben, ihr habt doch alle keine Ahnung. Ihr bildet euch ein, ihr könntet so weitermachen, als wäre nichts passiert.«

»Sind Sie gerade hier? In meinem Haus?«

»Denk dran, ich weiß, wer du bist und wo du bist«, sagte die Stimme. »Deine Frau ist tot. Eigentlich hätte ich es gern selbst erledigt, aber die Tochter …«

»Nein.« Drakes Brust wurde eng.

»Du wirst noch an mich denken«, schrie die Stimme, »und ich kenne dich. Der Zwei-Uhr-Junge ist da!«

In diesem Moment fuhr ein Wagen mit wummernden Bässen vorbei. Drake zuckte zusammen. Als er sich das

Telefon wieder ans Ohr hielt, war die Leitung tot. Er schob das Handy in seine Tasche.

Normalerweise wurde der Weg von einem Sicherheitslicht erhellt, doch als Drake mit der Hand unter dem Sensor des Bewegungsmelders herumwedelte, geschah nichts. Mit einer Hand an der eiskalten Ziegelwand tastete er sich langsam den mit jedem Meter dunkler werdenden Gartenpfad entlang.

Die Blätter an den Bäumen zitterten in der Brise. Laub raschelte unter seinen Füßen. Dann …

Rasch näher kommende Schritte hallten auf dem schmalen Weg. Ein Schmerz zuckte durch seinen Kopf, löste eine Explosion aus Farben und Licht aus. Die Beine gaben unter ihm nach. Ihm war, als würden ihn zwei Gestalten angreifen, eine von vorn, eine andere von hinten. Er nutzte den Schwung, mit dem er vorwärtsfiel, um sich auf seinen Angreifer zu stürzen, sodass sie gegen die Wand prallten.

Tastend suchte er nach Halt, um auszuholen, doch sein Schlag war kraftlos und schlaff. In diesem Moment traf ihn ein Hieb in die Nieren, der ihm sämtliche Luft aus der Lunge presste. Er sackte auf die Knie und versuchte, seinen Kopf, so gut es ging, gegen die Schläge und Tritte zu schützen, die mit einer Heftigkeit auf ihn einprasselten, dass sein Brustkasten und sein Rückgrat bebten.

Ihm blieb nichts anderes übrig, als zu atmen. Ein Stiefel traf seine Wange. Eine Rippe knackte in seiner Brust, ehe der Angriff mit einem letzten brutalen Tritt in die Seite endete. Stöhnend rollte Drake sich auf den Rücken. Verschwommen nahm er zwei Gestalten wahr, die über ihm aufragten, doch es gelang ihm nicht, ihre verzerrten Züge zu erkennen.

Einer von ihnen beugte sich über ihn. Sein Atem schlug Drake heiß ins Gesicht. »Elende Kakerlake! Du bist eine Kakerlake!« Der Typ presste seine Finger an Drakes

Schläfe und drückte seinen Kopf zu Boden. »Kümmere dich gefälligst um deine eigenen Scheißangelegenheiten!«

Der andere spuckte ihm aufs Hemd, dann hörte er ihre leiser werdenden Schritte. Er hob den Kopf und sah, wie die beiden bulligen Typen sich abklatschten, hörte das Geräusch ihrer aufeinandertreffenden Handflächen, während ihr hämisches Gelächter allmählich verklang.

Als sie verschwunden waren, lag Drake auf dem steinernen Pflaster und wartete, bis der Schmerz allmählich nachließ, während über ihm die Sterne am Himmel funkelten. Schließlich schien die Welt wieder gerade zu stehen. Sein Handy läutete in seiner Brusttasche. Obwohl es nur ganz leicht vibrierte, fühlte es sich wie ein Vorschlaghammer an. Vorsichtig hob er den Arm, biss die Zähne gegen den scharfen Schmerz zusammen, der durch seinen ganzen Körper zuckte, und zog es heraus. Das Display leuchtete bläulich.

Er wollte nicht rangehen, sondern nur ganz still hier liegen, während der Frost sein Haar steif werden ließ, aber er wusste, dass es nicht anders ging.

»Ray Drake«, krächzte er.

»DI Drake?« Amelia Troys Stimme klang angespannt. »Hier ist jemand. Ich glaube, da steht jemand vor meinem Haus.«

25

1984

Der Knirps hatte einen fröhlichen Eifer an sich, den Elliot ihm am liebsten aus dem Gesicht geprügelt hätte, sobald er ihn sah.

»Wer ist das?«, fragte er.

»Ich bin Toby!«

Er war einer dieser Jungen, wie man sie sonst bloß im Fernsehen sah – dichtes blondes Haar, Stupsnase und ein Lächeln, das von einem Ohr zum anderen reichte; ein Kerlchen, das den ganzen Tag tolle Abenteuer à la *Die Schwarze Sieben* erlebte und mächtig etwas zu erzählen hatte, wenn er zum Abendessen nach Hause kam. Er war sogar genauso angezogen. Er trug einen Pullunder mit lila Rauten, der aussah, als hätte ihn seine blinde Großmutter gestrickt, Halbschuhe mit einer uralten, knautschigen Lederzunge und eine Hose, aus der er herausgewachsen war und die ihm nur bis zu den Knöcheln reichte, sodass man ein Paar alberner roter Wollsocken sehen konnte.

Elliot feixte. »Unter welchem Stein habt ihr denn den rausgezogen?«

Ein Muskel an Gordons Kiefer zuckte. »Seid gefälligst Gentlemen und gebt ihm anständig die Hand, Jungs.«

Widerstrebend ergriffen Elliot und Connor die Hand des

Jungen, der sie kräftig schüttelte. Doch als Gordon sich abwandte, schnitt Elliot ihm eine Grimasse.

Toby strahlte, als hätte er es nicht gemerkt. »Ich bin auf Ferien hier!«

Irgendetwas stimmte mit dem Knirps nicht, beschloss Elliot. Er war zu aufgeräumt, zu fröhlich. Er gehörte nicht hierher. Ausgeschlossen.

Auch Gordon war irgendwie anders als sonst. In letzter Zeit wirkte er zunehmend ungepflegt, sein pockennarbiges Gesicht war fleckig, und er trug jeden Tag dieselben Klamotten. Heute Morgen allerdings hatte er sich offenbar Mühe gegeben, ein frisches Hemd und Krawatte angezogen, und er stank das erste Mal seit längerer Zeit nicht nach Alkohol. Er müsse sich mit den Eltern des Jungen treffen, hatte er gemeint, und ihn herbringen.

»Toby wird ein, zwei Wochen bei uns bleiben.«

»Ja, Sir«, erklärte der Junge, als hätte er das große Los gezogen. Elliot hatte beinahe Mitleid mit ihm. Seine Augen verrieten, dass er ein cleveres Bürschchen war, aber in Wahrheit hatte er keine Ahnung, wie es auf der Welt wirklich zuging, nicht die geringste.

»Ihr beide kümmert euch um ihn und sorgt dafür, dass er sich einlebt.« Gordon sah Elliot in die Augen. »Verstanden? Der Junge soll sich hier wohlfühlen.« Er zerzauste Toby das Haar. »Er ist ein fröhlicher kleiner Bursche.«

Elliot bedachte ihn mit einem freudlosen Grinsen und schlug ihm so fest auf den Rücken, dass er ins Stolpern geriet. »Komm mit, ich zeige dir alles.«

Als die beiden das Büro verließen, löste Gordon seine Krawatte und ließ sich auf seinen Schreibtischstuhl fallen.

»Toby ist der Sohn von alten Freunden«, erklärte er, nahm eine Flasche Scotch aus der Schublade und goss mit zitternden Händen einen Schluck in ein schmutziges Glas. »Ich kenne seinen Vater schon eine Ewigkeit. Damals war ich noch jemand in der Gemeinde. Sie sind anständige Leute, Connor. Anständiger, als du oder ich es jemals sein werden.« Die Sehnen an seinem Hals traten hervor, als er den Kopf in den Nacken legte und sein Glas leerte. »Die Großmutter des Kleinen lebt in Singapur und ist krank geworden. Hast du eine Ahnung, wo Singapur liegt, Junge?«

»In Asien«, antwortete Connor.

»Genau. Am anderen Ende der Welt. Tobys Eltern fliegen hin, um nach ihr zu sehen, und Bernard hat mich gebeten, mich so lange um seinen Sohn zu kümmern, weil er mich für einen anständigen Burschen hält. Wie findest du das? Der Schwachkopf glaubt allen Ernstes, ich wäre der Richtige, um sich um seinen Sohn zu kümmern.« Er fuhr sich mit der Hand übers Gesicht. »Und ich Idiot sage auch noch Ja, weil ich für einen Moment vergessen habe, wer ich in Wahrheit bin ... einer der Typen, die immer im Haifischbecken schwimmen ... ständig in Bewegung, ständig auf der Jagd sind.« Er bewegte die Hand wie eine durchs Wasser pflügende Rückenflosse und musterte Connor. »Ich denke, du bist auch ein bisschen so ... aber vielleicht glaubst du ja auch, du wärst etwas Besseres als ich.«

Als Connor schwieg, sprang Gordon auf und begann, im Raum auf und ab zu gehen. »Die Wahrheit sieht leider so aus, dass ich bis zum Hals in Schulden stecke, Connor. Weißt du, was das bedeutet?«

»Dass Sie anderen Leuten Geld geben müssen, das ihnen gehört.«

»Und zwar jede Menge, Junge. Ich schulde ein paar ganz miesen Typen viel Geld, und leider verlangen diese elenden Schweine Geld von mir, das ich nicht habe. Da kann ich nicht auch noch so einen Rotzbengel am Rockzipfel gebrauchen. Wir wissen beide, dass ich kein guter Mensch bin, stimmt's?« Er blieb vor seinem Schreibtisch stehen und schenkte noch einmal nach. »Vielleicht hatte ich vor langer Zeit mal das Potenzial, einer zu werden, aber ich habe nun mal ein paar falsche Entscheidungen getroffen. Und genau dasselbe wirst du auch tun. Das Letzte, was ich gebrauchen kann, ist ein Knirps, der nach Hause zu Mama und Papa läuft und ihnen irgendwelche wilden Geschichten erzählt. Deshalb verlasse ich mich auf dich und Elliot. Ihr beide sorgt dafür, dass er bester Dinge ist. Wenn ich mitkriege, dass er traurig ist, oder sogar Tränen in seinen Engelsäuglein sehe, mache ich euch beide persönlich dafür verantwortlich.«

Als Connor sich zum Gehen wandte, stellte Gordon sein Glas ab. »Soll ich dir noch was über Haie sagen, Connor?«

»Ja.«

»Haie vergessen niemals etwas, Junge. Also glaub bloß nicht, du kämst nach unserer kleinen Auseinandersetzung von neulich so einfach davon.«

Als Connor die Küche betrat, drang Tobys lebhafte Stimme aus dem Garten herauf, wo er Kenny, Debs und ein paar anderen einen Vortrag über irgendeinen Käfer auf einem Blatt hielt.

»Für wen hält der sich eigentlich? Er hat jedem Einzelnen die Hand geschüttelt.« Elliot trat zu Connor und fügte in affigem Tonfall hinzu: *»Ich bin Toby! Hallöchen, wie geht's so?«* Er stampfte mit dem Fuß auf, als würde er am liebsten das Insekt und auch den Neuankömmling in Grund und Boden treten. »Wenn er versucht, mir irgendeinen Scheiß beizubringen, wird er schon sehen, was er davon hat.«

»Du wirst überhaupt nichts tun.«

Elliot verkniff sich eine Erwiderung, er wusste, dass er in Connors Schuld stand.

Ronnie und Gerry saßen vollständig bekleidet in der Sonne. Zwischen ihnen lag ein Monopoly-Brett, und weit und breit waren keine Bierdosen zu sehen, die sonst immer unter ihren Liegestühlen herumlagen. Die Dents bei einem netten Brettspiel – offensichtlich drehten jetzt alle komplett durch.

Sollte Toby Turrell sich über die Zustände im Heim oder die Teilnahmslosigkeit der Kinder wundern, ließ er es sich zumindest nicht anmerken. Während der folgenden Woche entpuppte er sich als wahrer Sonnenschein. Hoch und klar, wie die Stimme eines Knaben im Kirchenchor, drang sein fröhliches Singen bis in den letzten Winkel des Kinderheims, und selbst Connor empfand es als beruhigend, vor allem nachts, wenn es aus seinem Zimmer im Stockwerk über ihnen herunterwehte. Toby organisierte Spiele im Garten, und auch wenn Connor sich nicht daran beteiligte, versuchte er zumindest, andere zum Mitmachen zu bewegen.

Die meiste Zeit hielt Gordon sich in seinem Büro auf, aber wenn er es ausnahmsweise einmal verließ, lachte und scherzte er mit den Kindern. Falls eines von ihnen in der Küche etwas verschüttete oder gegen die Vorschriften verstieß, brüllte er weder herum, noch verteilte er Ohrfeigen. Kein Kind wurde stundenlang in die enge Kammer hinter seinem Büro gesperrt, und abends lag keines im Bett und lauschte beklommen seinen schweren Schritten auf der Treppe.

Selbst Elliot musste zugeben, dass die Stimmung allgemein besser wurde. Niemand konnte nachvollziehen, inwiefern es etwas mit dem Auftauchen des Knirpses zu tun hatte, stattdessen schienen sie entschlossen zu sein, die neue Freiheit einfach zu genießen, solange sie anhielt. Die Kids hofften, dass Toby für immer bleiben würde, aber er erklärte allen in seiner melodiösen Stimme, dass er hier nur Ferien mache und seine Eltern bald kämen, um ihn abzuholen.

Selbst dieser Ray drückte sich nicht mehr pausenlos im Heim herum. Connor sah ihn nicht länger, wenn er allein mit der Tasche mit den braunen Päckchen und den Handschellen, die er stets bei sich trug, durchs Viertel schlenderte. Schmerzliche Gedanken quälten ihn in diesen langen einsamen Stunden; manchmal war es so schlimm, dass er glaubte, gleich durchzudrehen. Er konnte nicht verstehen, wie er hier gelandet war und wieso er überhaupt blieb. Abzuhauen wäre das reinste Kinderspiel. Die Stadt war riesig, das Land endlos, und Gordon würde ihn in einer Million Jahren nicht aufstöbern; wahrscheinlich würde er sich nicht mal die Mühe machen, nach ihm zu suchen. Trotzdem trieb ihn jeden Abend, wenn die Tasche leer war, etwas zurück – ein seltsames Gefühl, verantwortlich zu sein, auch wenn ihn die anderen Kids mieden. Manchmal gab es Momente, in denen ihm alles zu viel wurde. Dieses Gefühl brach stets aus heiterem Himmel über ihm herein, und immer nur wenn er allein war und niemand ihn sehen konnte. Dann schien eine zornige Einsamkeit wie eine Welle durch ihn hindurchzuströmen, mit einer solchen Wucht, dass ihm schwindlig wurde und ihm nichts anderes übrig blieb, als sich hinzuknien und zu warten, bis sie verebbte.

Connor sehnte sich danach zu weinen, aber er konnte es nicht.

Die Rückkehr von Tobys Eltern verzögerte sich, daher wurde sein Aufenthalt verlängert. Aus einer Woche wurden zwei, dann drei. Connor merkte Gordon an, welche Mühe es ihn kostete, sich am Riemen zu reißen. Auch wenn der Heimleiter sich tunlichst von den Kindern fernhielt, war der Gestank nach Alkohol und Körperausdünstungen beinahe unerträglich. In Gordons Büro herrschte das gewohnte Kommen und Gehen – wildfremde Typen, bei denen es sich hauptsächlich um Gordons Geschäftspartner handelte –, und häufig drangen bis in die frühen Morgenstunden Gelächter und Musik durch die geschlossene Tür. Einmal sah Connor diesen Bullen, dem er die Handschellen geklaut hatte, aus Gordons Büro kommen, allerdings würdigte ihn der Typ keines Blickes. Nach diesem Besuch war Gordon ganz besonders schlecht gelaunt, und es schien ihn nicht zu interessieren, ob Toby es mitbekam oder nicht.

Eines Abends war Elliot eingeteilt, Gerry Dent bei der Zubereitung des Abendessens zu helfen – Würstchen und Kartoffelbrei aus der Packung. Connor saß zwischen Ricky und Regina an einem der beiden Esstische. Toby Turrell, der ihm gegenübersaß, plapperte wie gewohnt vor sich hin. Mittlerweile hatte seine Gegenwart den Reiz des Neuen verloren; die meisten waren sein endloses Gelaber ebenso leid wie seine ewige Allwissenheit und mieden ihn.

Trotz Ronnies und Gerrys – zunehmend unmotivierten – Versuchen, für Ruhe und Ordnung zu sorgen, hatte Toby mehr als genug von den Schikanen und Streitereien im Heim mitbekommen und verbrachte immer mehr Zeit damit, seine Nase in die Bücher zu stecken, die er mitgebracht hatte. Er lächelte zwar, als er Kenny zutextete, trotzdem spürte Connor, wie es dem Knirps mit jedem Tag mehr an die Nieren ging, dass er immer noch hier war.

»Meine Eltern kommen mich bald abholen, und dann gehen wir wieder nach Hause. Sollen wir nachher was spielen, Kenny?«

»Keinen Bock«, brummte Kenny und drehte ihm den Rücken zu.

Connor hatte Gordon nirgendwo gesehen. Normalerweise kam er am späten Nachmittag herunter, um den Dents Anweisungen zu erteilen, aber heute war weit und breit nichts von ihm zu sehen. Tobys nervtötend hohe Stimme übertönte die anderen Gespräche am Tisch.

»Mein Daddy baut Sachen«, erklärte er und wandte sich hoffnungsvoll an Connor. »Und ich helfe ihm dabei.«

Argwöhnisch blickte Connor zur Küchentür. Auf Elliots Gesicht lag ein auffallend zufriedener Ausdruck. Hier war etwas im Busch, ganz klar.

»Er bringt mir gern was bei. Tischlern, Töpfern. Ehrliche Arbeit, sagt er immer. Wenn ich größer und erwachsen bin, baue ich die schönsten Sachen. Daddy sagt, ich werde mal ein ganz patenter Kerl.«

Mit engelsgleicher Miene trug Elliot das Essen herein und stellte es ganz behutsam auf dem Tisch ab. Normalerweise hatte er seinen Spaß daran, die Platten mit dem wässrigen Püree und den von Sehnen durchzogenen Würstchen so heftig auf den Tisch zu knallen, dass die Soße in sämtliche Richtungen spritzte. Doch nun ging er mit einer Sanftmut zu Werke, die Connors Misstrauen noch weiter schürte.

Wie immer an den Tagen, wenn er Botengänge zu erledigen hatte, war Connor völlig ausgehungert. Normalerweise verließ er noch vor dem Frühstück das Haus und kehrte nach meilenweiten Märschen erst am Nachmittag zurück, doch beim Anblick der gelblichen Pampe inmitten eines Sees aus dünner Bratensoße verging ihm der Appetit, und er beschloss, nur so viel zu essen, dass sein gröbster Hunger gestillt war. Gierig begannen die anderen, ihr Essen in sich hineinzuschaufeln, sobald es vor ihnen stand – alle bis auf Toby, der viel zu sehr mit seinem Geschwafel beschäftigt war, um zu merken, dass er seinen Teller noch nicht hatte. In diesem Moment trat Elliot damit aus der Küche, den Daumen nachlässig in Tobys Kartoffelbrei gesteckt.

»Hier«, sagte er, stellte den Teller vor Toby ab und zwinkerte Connor zu.

Toby bekam gar nichts davon mit. »An der Drechselbank muss man sehr vorsichtig sein und sich an die Sicherheitsvorkehrungen halten, sonst kann man sich leicht die Hand abtrennen.«

Endlich nahm er die Gabel und blickte auf den Teller.

Das scharfe Kratzen seiner Stuhlbeine auf dem Linoleumfußboden drang durch den Raum. Elliot brach in schallendes Gelächter aus, während sich die Kinder neugierig um Toby scharten. Mitten in dem dicken Breiklecks lag eine Kakerlake mit hektisch zappelnden Beinchen. Alle kicherten, auch Connor. Es war so lustig, dem Vieh mit dem glänzenden braunen, mit Soßentröpfchen besprenkelten Panzer zuzusehen, wie es sich mit zitternden Fühlern zu befreien versuchte.

»Alle wieder hinsetzen«, befahl Elliot in strengem Tonfall, obwohl ihm immer noch die Tränen in den Augen standen, »damit Toby in Ruhe essen kann.«

»Aber da ist ...«

Debs griff nach dem Teller. »Ich nehme ihn wieder mit.«

»Lass ihn stehen!« Elliot schlug mit beiden Händen auf den Tisch. »Keiner verlässt den Raum, bevor der Teller nicht leer ist. So lautet die Vorschrift.«

Connor hatte sich bereits gefragt, wann so etwas passieren würde. Seit dem Tag, als Toby aufgetaucht war, hatte Elliot es auf einen Streit angelegt.

Verzweifelt sah Toby sich um. »Aber ich kann das nicht essen.«

Alle blickten wie gebannt auf das Ungeziefer, das sich mit seinem Gezappel immer tiefer in den Kartoffelbrei grub. Elliot nahm den Teller und hielt ihn Toby direkt vors Gesicht.

»Iss!«

»Du hast hier gar nichts zu sagen, Elliot.« Connor sprang auf.

»Er wird es essen.« Elliots Augen funkelten vor Wut. »Sonst stopfe ich es ihm höchstpersönlich ins Maul! Was kein Problem sein sollte, weil er es ja sowieso immer offen hat!«

Sie traten aufeinander zu, standen so dicht voreinander, dass sie sich beinahe berührten. Connor wusste ganz genau, dass es in Wahrheit nicht um den Knirps ging, sondern seine Anwesenheit nur eine willkommene Ausrede war. Seit Connor ihm eine Abreibung verpasst hatte, kochte Elliot innerlich vor Wut.

»Letztes Mal hast du mich kalt erwischt«, krächzte Elliot, »aber jeder weiß, dass ich dich erwischen kann, wann immer ich Lust drauf habe.«

»Gordon hat gesagt, wir sollen uns um den Kleinen kümmern«, gab Connor zurück.

»Der kriegt hier keine Extrawurst!«

Elliot presste die Stirn gegen seine. Connor war drauf und dran, ihm eine weitere Lektion zu erteilen, und diesmal würde er dafür sorgen, dass Elliot nicht wieder aufstand. Er sehnte sich regelrecht danach, ihm eins aufs Maul zu geben.

»Was ist hier los?«

Als Gordon hereingetaumelt kam, war Connor sofort klar, dass es jetzt nur noch schlimmer werden würde. Heulend rannte Toby zu ihm und warf sich in seine Arme. Gordon streichelte ihm übers Haar. Toby murmelte etwas an Gordons Hemdbrust, die nass von seinen Tränen war. Schließlich drückte der Heimleiter sanft seinen Kopf nach hinten.

»Jemand … hat mir eine … Kakerlake ins Essen getan.«

Aus dem Augenwinkel registrierte Connor, dass Sally im Türrahmen stand, wollte aber den Blick nicht von Elliot lösen.

»Wer war das?«, nuschelte Gordon und ließ den Blick langsam ringsum schweifen, von Ricky zu David, dann zu

Debs, Cliff und Amelia, ehe er schließlich an Jason hängen blieb. »Du?«

Dem Jungen fielen beinahe die Augen aus den Höhlen. Dann wandte Gordon sich an Elliot.

»Nein, das riecht nach einer Aktion von dir.«

Elliot starrte ihn trotzig an.

»Ich hab dich explizit darum gebeten, nett zu sein.«

Connor machte einen Schritt auf den Tisch zu, wo Messer und Gabeln herumlagen, doch Elliot warf ihm einen warnenden Blick zu. *Halt dich da raus.*

Gordons Gesicht verzerrte sich zu einem höhnischen Grinsen. »Ich werde dich jetzt noch einmal darum bitten.«

»Ja.« Tränen stiegen Elliot in die Augen. Diesmal konnte er sich nicht hinter Connor verstecken. Diesmal nicht. »Ich war's.«

»Dein verkümmertes Herz erlaubt es dir noch nicht mal, fünf Minuten zu einem neuen Jungen nett zu sein? Wenigstens bleibst du dir selbst treu, Junge.«

Der Heimleiter holte aus und schlug ihm mit dem Handrücken ins Gesicht. Elliot wurde nach hinten geschleudert und fiel quer über die Tischplatte. Teller und Gläser zerbarsten klirrend, als er auf dem Fußboden aufschlug.

»Gordon!« Sally stolperte herein.

»Der arme Elliot ist verärgert, na so was. Er bekommt hier einfach nicht genug Respekt, stimmt's? Deshalb tun wir alle jetzt ausnahmsweise einmal, was König Elliot sagt.« Er packte Toby. »Komm her, Junge.«

»Gordon, das reicht jetzt.«

»Maul halten!«

Sally zuckte zusammen. Inzwischen weinte Toby noch verzweifelter. Seine Schluchzer hallten unerträglich laut durch den Speiseraum, als Gordon nach dem Teller griff.

Toby begann sich zu winden, doch Gordon packte ihn im Genick und drückte seinen Kopf über den Teller.

»Iss«, befahl er leise. Mit angewiderter Faszination sahen die Kinder zu, wie Toby sich eine Gabel voll Kartoffelbrei zwischen die bebenden Lippen schob. Tränen und Rotz liefen ihm über die Wangen. Die Kakerlake zappelte erschöpft auf dem Teller. »Alles.«

»Aber ich bin nicht hungrig«, jammerte Toby.

»Sieh dich bloß mal an.« Gordons Tonfall suggerierte eine Mischung aus Vernunft und ermutigendem Frohsinn, doch sein schweißüberströmtes, dunkelrot verfärbtes Gesicht sagte etwas anderes. »Du bist ja bloß Haut und Knochen. Ein richtiger Hänfling. Du brauchst dringend Proteine. Und jetzt iss auf.«

»Ich bin nicht hungrig.«

»Komm, ich helfe dir.« Der Heimleiter packte die Kakerlake, deren Fühler hektisch zu zucken begannen. »Aufmachen.« Gordon zwang Toby, den Mund zu öffnen, und schob ihm das Insekt zwischen die Lippen. »Und jetzt kauen.«

Der Junge schloss den Mund. Schwere Stille lastete im Raum, und Connor spürte, wie ihm die würgenden Geräusche und das leise Knacken des Panzers die Galle in der Kehle aufsteigen ließen. Er sah den flehenden Ausdruck in Debs' Augen, als liege es in seiner Macht, irgendetwas zu unternehmen. Aber Connor tat nichts. Diesen Kids war er doch völlig egal. Keiner wollte ihn hier haben, alle hassten ihn, und deshalb rührte er keinen Finger.

Ronnie Dent schüttete sich aus vor Lachen, Gerry feixte. Karen übergab sich auf den Boden, während Amelia aus dem Raum floh.

»So ist es gut, und jetzt Mund auf.« Wieder zwang Gordon den Jungen, den Mund zu öffnen. Braune Flüssigkeit, vermischt mit Gewebefetzen und Panzerstückchen klebten an Tobys Zähnen. »Braver Junge. Tut immer schön, was man ihm sagt. Ihr anderen solltet euch ein Beispiel an ihm nehmen.«

Der Teller entglitt Gordon und fiel klirrend zu Boden. Er packte den Jungen erneut im Genick. »Also, Toby und ich gehen jetzt in mein Büro, während ihr euer Abendessen aufesst.«

An diesem Abend bekam Toby keiner mehr zu Gesicht.

26

Disteln verhakten sich an Drakes Hosenbeinen, als er sich seitlich an Amelias Lagerhaus durchs Gebüsch arbeitete. Ein paar Meter vor ihm flitzte irgendein Tier raschelnd vorbei und verschwand. Drake richtete den Lichtkegel seiner Taschenlampe auf eine verrostete Coladose und trat vorsichtig durch das dichte Gestrüpp. An einem Ort wie diesem – abgelegen, aber dennoch im Herzen der Stadt – konnten überall gebrauchte Spritzen herumliegen.

Auf der Rückseite des Gebäudes, wo sich das Gestrüpp in Richtung Bahngleise erstreckte, knipste er die Taschenlampe aus und lauschte einen Moment lang in die Finsternis, während er versuchte, den stechenden Schmerz in seinen Rippen zu ignorieren. Alles, was er hörte, waren das Hämmern in seinem Schädel und das beständige nächtliche Großstadtrauschen.

Nachdem seine Angreifer verschwunden waren, hatte Drake sich ins Haus geschleppt – zum Glück schlief die alte Frau im Untergeschoss –, um ein paar Schmerztabletten zu holen. Schon jetzt zeigten sich dunkelviolett verfärbte Male auf Brust und Bauch, und die Rippen taten bei jeder Bewegung höllisch weh, aber er glaubte nicht, dass sie gebrochen waren. Er hatte Anzug und Hemd ausgezogen und sich kaltes Wasser ins Gesicht gespritzt, sorgsam darauf bedacht, nicht die Schwellungen unter seinen Augen zu berühren.

In der Ferne ratterte ein Zug vorbei, eine sanfte rhythmische Kaskade in der Finsternis. Drake arbeitete sich weiter an der Wand entlang durch Unrat und Eisenabfälle. Die Fenster im Erdgeschoss waren mit Fensterläden und Schutzgittern versehen, und über den einstigen Laderampen waren dicke Stahlplatten montiert. Sollte sich jemand hier herumgedrückt haben, waren die Typen vermutlich wieder verschwunden. Und falls nicht, könnte er in seinem Zustand wohl auch nicht viel gegen sie ausrichten.

Erhellt von einer einzelnen Glühbirne, stand Amelia im Türrahmen, während er seine Taschenlampe in den Kofferraum zurücklegte.

»Und?«, rief sie. »Da war eindeutig jemand … irgendwelche Typen, die sich an der Wand entlanggeschlichen haben.«

Als er den Kofferraum zuschlug, fuhr ein stechender Schmerz durch seine Schulter, der ihn zusammenzucken ließ. »Haben Sie sie gesehen?«

»Nur ihre Schatten auf dem Boden.« Erschrocken schlug sie sich die Hand vor den Mund, als Drake auf sie zutrat. »Du lieber Himmel, was ist denn mit Ihnen passiert?«

»Jemand hat sich der Verhaftung widersetzt«, antwortete er. »So was kommt vor.«

Amelia trat zur Seite, um ihn eintreten zu lassen. Die schwere Tür fiel hinter ihnen ins Schloss. Sie schob zwei Riegel vor und drehte die Schlüssel um. Durch das Aufzuggitter bot sich beim Hinauffahren ein Blick auf graue Flure im schwachen Schein der Glühbirne. Es war ein düsterer, unheilvoller Ort, um hier zu wohnen, vor allem für eine Frau.

»Die anderen Stockwerke sind mit einer Alarmanlage ausgestattet«, bemerkte sie, als hätte sie seine Gedanken gelesen. »Und abends wird der Aufzug abgeschaltet, sodass niemand nach oben gelangen kann.« Sie sah ihn unsicher an. »Zumindest sollte es so sein.«

»Wenn Sie mich fragen, gibt es wohl keine unsicherere Bleibe als diese«, meinte er.

Er folgte ihr in ihre Etage. Sie hatte etwa ein Dutzend Stehlampen angeknipst, der Großteil des weitläufigen Raums war jedoch in tiefe Schatten getaucht. Überall lagen Verlängerungskabel und Mehrfachsteckdosen herum. Der lange Tapeziertisch in der Mitte war verschwunden. Die vereinzelten Lichtinseln ließen Amelias Wohnraum wie eine Theaterbühne wirken, wie ein wirrer pinteresker Fiebertraum. Die Kanten des Sofas lagen im Dunkel, und in der Ecke stand eine hölzerne Schneiderpuppe ohne Kopf. Irgendwo in dem scheinbar endlosen Dunkel stand ihr Bett – jener Ort, an dem ihr Ehemann tatsächlich und sie um ein Haar gestorben waren.

»Sehr düster«, bemerkte er.

Sie nahm eine Zigarette aus einem Päckchen auf dem Fensterbrett. »Ich weiß, hier sieht´s aus wie aus einem Achtzigerjahre-Rockvideo, aber es ist das Einzige, was mir von Ned geblieben ist. Meistens bin ich sehr gern hier … nur heute Abend vielleicht nicht.« Sie zündete sich die Zigarette an. »Bitte entschuldigen Sie … möchten Sie etwas trinken?«

»Nein danke.« Sein Blick fiel auf eine Bierflasche auf dem Couchtisch neben einer Taschenbuchbiografie eines Künstlers, dessen Namen er noch nie gehört hatte.

Amelia musterte ihn durch eine Wolke aus Zigarettenqualm. »Klar. Sie sind ja im Dienst. Oder ist das ein Mythos, dass Polizisten im Dienst keinen Alkohol trinken?«

»Ich will einfach nichts«, erwiderte er.

Drake registrierte die gegen die Heizkörper gelehnten

Gemälde, deren satte Rottöne im Halbdunkel tiefschwarz aussahen. Als Amelia an ihrer Zigarette zog, bemerkte Drake, dass ihre Hand zitterte.

»Also, was ist genau passiert?«, fragte er.

Sie ließ den Atem entweichen und zeigte aus dem Fenster, wo sein Wagen stand. »Ein Typ lief über die Einfahrt zur Tür. Er war schnell, trotzdem habe ich seinen Schatten gesehen. Normalerweise kommen nur Leute her, die zu einer der Firmen wollen, aber die sind um diese Uhrzeit ja geschlossen. Manchmal treiben sich Jugendliche hier herum, aber eigentlich nie so spät.«

Drake schob die Hände in die Taschen. »Sie glauben also, es war ein Mann.«

»Meiner Erfahrung nach handelt es sich bei durchgeknallten Stalkern meistens um Männer.«

»Wann genau war das?«

»Hm.« Sie zupfte am Etikett ihrer Flasche herum. »Gegen elf. Ich war nicht … na ja, ich war zu Ihnen und Ihrer Kollegin nicht ganz ehrlich. Sie haben mich ziemlich schockiert, und ich habe aus Trotz nichts gesagt, aber … ich glaube, jemand verfolgt mich. Genau kann ich es nicht sagen, aber manchmal habe ich so ein komisches Gefühl, wenn ich unterwegs bin, und dann sind da manchmal diese seltsamen falschen Anrufe.«

»Was für falsche Anrufe?«

»Wenn ich rangehe, legt der Anrufer gleich wieder auf. In den letzten Tagen ist das drei- oder viermal passiert. Die Leute, die meine Nummer haben, kann ich an einer Hand abzählen. Aber es könnte natürlich auch ein automatischer Anruf einer Versicherung sein, die mir etwas verkaufen will.«

»Sagt der Anrufer etwas?«

Amelia schüttelte den Kopf.

»Schätzungsweise würden Sie sich sicherer fühlen, wenn Sie ein paar Tage anderswo schlafen würden. Haben Sie jemanden, wo Sie hinkönnen?«

»Nein, niemanden.«

»Ein Hotel?«

»Nein, ich will hierbleiben.« Wut blitzte in ihren Augen auf, und sie kreuzte die Arme vor der Brust. »Tut mir leid, ich bin ein bisschen angespannt.«

»Ist doch verständlich.« Drake wandte sich ab. Hier gab es so viele Schatten, dass man eine ganze Armee an Eindringlingen verstecken könnte. »Haben Sie etwas dagegen, wenn ich mich ein bisschen umsehe?«

»Bitte.« Rauch quoll aus ihren Nasenlöchern, als sie ihre Zigarette im Aschenbecher ausdrückte. »Übrigens habe ich etwas für Sie.«

Amelia kramte in einem Papierstapel auf dem Fensterbrett, während er die Fenster überprüfte und nachsah, ob der Zugang zum Dach verschlossen war. Es mochte eher unwahrscheinlich sein, dass jemand ins achte Stockwerk eines Industriegebäudes gelangte, aber nach allem, was mit Ryan Overton passiert war …

»Wie findet Ihre Frau es eigentlich, wenn Sie um diese Uhrzeit noch arbeiten?« Amelia war hinter ihn getreten. Ihr Blick fiel auf den Ehering an seinem Finger. Eilig schob er die Hand in die Hosentasche. »Bitte entschuldigen Sie. Schätzungsweise gibt es ein ungeschriebenes Gesetz, dass man Polizisten keine Fragen zu ihrem Privatleben stellen darf.«

»Fragen darf man«, gab Drake zurück. »Aber es gibt eine Regel, was die Antworten betrifft.«

»DI Drake, sind wir uns … schon mal irgendwo begegnet?«, fragte sie. »Als Sie heute Nachmittag reinkamen, hatte ich das sichere Gefühl, Sie zu kennen. Sie kommen mir so … vertraut vor.«

Er wandte sich ab. »Nicht dass ich wüsste.«

»Waren Sie vielleicht einer der Beamten, die mich und Ned gefunden haben? Mein Erinnerungsvermögen ist nicht das zuverlässigste, weil ich … na ja, wegen des Komas. Außerdem ist da noch die dissoziative Amnesie.« Er spürte, wie sie ihm folgte. »Aber vielleicht waren Sie ja im Krankenhaus.«

»Nein«, wiederholte er. »Wir sind uns noch nie begegnet.«

»Wie schade.« Sie trat vor ihn und berührte seinen Arm.

Ihre Hand, heiß und feucht, in seiner.

Das Pochen in seinem Kopf.

Finger, die nach ihm greifen wollten.

»So etwas erlebe ich nämlich nicht sehr oft, Detective Inspector.«

Er nickte in Richtung der Fenster. »Es scheint alles sicher zu sein.«

»Gut.« Sie stieß dramatisch den Atem aus. »Nachdem Sie Ihre Pflicht zu Ihrer eigenen Zufriedenheit erfüllt haben, fühle ich mich gleich viel besser. Vermutlich sind Sie froh, von dieser verrückten Frau weg und nach Hause zu Ihrer Frau zu kommen.«

»Sie ist gestorben.« Es war das Letzte, was er sagen sollte, doch die Worte waren einfach über seine Lippen gekommen. Das Bedürfnis, es ihr zu sagen, war geradezu übelkeiterregend.

»Das erklärt, weshalb ich das Gefühl habe, Sie zu kennen. Sie sind auch eine verlorene Seele, die den Verlust des Ehepartners für den Rest seines Lebens verschmerzen muss. Wir sind Geschwister im Geiste.« Als er den Blick abwandte, zuckte sie zusammen. »Tut mir leid, mein morbides Geschwafel ist ziemlich daneben. Ehrlich gesagt, ich habe Angst.«

»Dafür gibt es keine Veranlassung.«

»Nein?«, fragte sie leise. »Wann immer ich denke, alles sei in Ordnung … Ich dachte, mein Ehemann sorgt dafür, dass ich in Sicherheit bin, aber er hat … Ned war …« Sie lächelte traurig. »Nun ja, schätzungsweise wissen Sie über Ned Bescheid.«

Drake nickte. »Ja.«

»All das ist Vergangenheit. Mein Mann wird mich nie wieder anfassen, trotzdem gelingt es mir nicht, darüber hinwegzukommen. Und das Allerschlimmste daran ist, dass ich noch nicht einmal weiß, vor wem oder was ich mich fürchten muss.«

Einen langen Moment standen sie da, dann nahm sie seine Hand.

»Danke, dass Sie hergekommen sind«, sagte sie.

Rauch, der unter der Tür hindurchquillt.

Bedrohungen, Obszönitäten, die in seinen Ohren widerhallen.

Ihre Hand, heiß, in seiner.

Sie entzog ihm ihre Hand und rieb verlegen ihre rauen, schwieligen Fingerspitzen. »Berufskrankheit bei Künstlern, fürchte ich. Farben und Lösungsmittel setzen der Haut ziemlich zu.«

»Wenn Sie sich jetzt sicherer fühlen …«

»Zeit fürs Bett«, meinte sie. »Ich nehme etwas, um mich auszuknocken.« Eilig hob sie die Hände und lächelte. »Keine Angst, DI Drake, inzwischen gibt es nur noch Drogen auf Rezept.«

»Dann gehe ich mal.«

»Warten Sie«, bat sie. »Als Sie das letzte Mal hier waren, wollten Sie und Ihre Kollegin wissen, ob ich mit jemandem aus dem Heim in Kontakt stand. Mir fiel heute ein, dass mir jemand geschrieben hat.« Sie reichte ihm ein Blatt Papier mit einem Namen, Deborah Yildiz, und einer Adresse in Südlondon. »Diese Frau hat mir mehrmals geschrieben, sie sei auch in Longacre gewesen und würde sich gern mit mir treffen. Ich habe nie darauf geantwortet. Ich kriege viel Post von Leuten, und, na ja, viele betteln mich um Geld an … und Sie wissen ja, wie ich zu diesem Heim stehe.«

Sie traten in den Aufzug und standen im Schein der gelblichen Beleuchtung.

»Sollten Sie noch etwas hören oder Ihnen sonst etwas einfallen«, sagte er, »rufen Sie mich an.«

»Ich habe ja auch DS Crowleys Nummer.«

»Rufen Sie mich an«, wiederholte er. Sie lächelte.

Amelia schloss die Eingangstür auf und entriegelte sie, dann trat sie zur Seite und sah ihn neugierig an.

»Sie kommen mir nicht wie ein Mann vor, der viel von sich preisgibt, DI Drake. Es tut mir leid, wenn ich Sie in Verlegenheit gebracht habe, aber … Sie scheinen viel von dem, was Sie bedrückt, in sich hineinzufressen. Ich wollte nur sagen … es funktioniert nicht. Lassen Sie sich das von jemandem gesagt sein, der sich auskennt.« Im Halbdunkel glaubte Drake Tränen in ihren Augen glitzern zu sehen. »Lassen Sie los, sonst werden Sie niemals frei sein.«

Er sah sie an und trat hinaus.

Während er lauschte, wie sie die Riegel vorschob, zog er das Blatt Papier hervor und las den Namen und die Adresse.

Der Name Deborah kam ihm nur vage bekannt vor. Es waren so viele Kids gewesen, so viele Gesichter. Aber unter Kennys Ausschnitten hatte sich auch der Name Debs Willetts befunden. Falls Yildiz ihr Ehename war, würde es sehr schwer für Flick werden, sie aufzustöbern.

Er konnte nur hoffen, dass der Zwei-Uhr-Junge sie nicht bereits gefunden hatte.

27

Verrostete Haushaltsgeräte stapelten sich am Metallzaun vor dem heruntergekommenen Einfamilienhaus in Somers Town, daneben stand ein überquellender Mülleimer. Flick trat über die abgenagten Reste eines Brathähnchens. Wummernde Bässe drangen aus einem der oberen Fenster.

Obwohl sie wie ein Stein geschlafen hatte – nicht einmal das Geschrei der drei kleinen Kinder im Morgengrauen hatte sie geweckt –, fühlte sie sich völlig ausgelaugt. Als ihr Telefonwecker losging, stand sie auf, duschte, zog sich an und verließ ganz leise das Haus, während alle anderen noch beim Frühstück saßen. Die Kinder plapperten, und sie hörte Ninas geduldige Versuche, halbwegs für Ordnung zu sorgen – *schieb bitte deinen Stuhl ein Stück zur Seite, damit sich die anderen auch hinsetzen können, Coral. Wer will Saft zum Frühstück?* –, während im Hintergrund ein fetziger Popsong lief. Kurz zögerte sie, als ihr der Duft von Speck, Eiern und Kaffee in die Nase stieg, aber die Vorstellung, das Gespräch von gestern Abend noch einmal führen zu müssen, war zu viel. Sie hatte es geschafft, nicht in Tränen auszubrechen, aber weitere Entschuldigungen von Nina würden sie nur wieder in Aufruhr versetzen. Außerdem würde sie wieder mit ihrem Vater Harry anfangen und darauf bestehen, die Vergangenheit doch ruhen zu lassen. Nein, Flick war definitiv nicht in der Stimmung, das Ganze noch einmal durchzukauen.

Sie läutete. Eine Frau in einem karierten Einteiler und Flipflops machte die Tür auf. Ihr dünnes Haar lag wie Daunenfedern um ihren Kopf. Sie hatte offenkundig Selbstbräuner aufgetragen, denn ihr Teint besaß die Farbe von Terracottafliesen und wies orangerote Streifen am Hals auf.

Die Augen mit den aufgeklebten Wimpern weiteten sich hoffnungsvoll. »Sind Sie vom Sozialamt?«

»Polizei.« Flick zückte ihren Ausweis. »Detective Sergeant Flick Crowley.«

Entnervt warf die Frau den Kopf in den Nacken. »Ich dachte, wir hätten alles geklärt. Entweder Sie nehmen ihn mit, oder Sie lassen uns in Ruhe.«

»Ich weiß nicht, worum es geht, aber ich hätte gern mit Mr. Ronnie Dent gesprochen.«

»Ach ja? Völlig egal, was er Ihrer Meinung nach getan hat, Sie irren sich. Weil er seit drei gottverdammten Jahren das Haus nicht mehr verlassen hat.«

»Ich wollte mit ihm über eine alte Arbeitsstelle reden. Er könnte uns nützliche Informationen liefern.«

»Ein uralter Fall, der wieder aufgerollt wird?« Die Brauen der Frau schossen in die Höhe. »So wie in diesen Fernsehsendungen?«

»Genau«, bestätigte Flick. »So ist es.«

»Dann sind Sie also nicht hier, um ihn mitzunehmen? Seine Sachen wären nämlich ratzfatz gepackt. Er hat nicht viel. Das meiste ist schon vor Jahren verkauft worden.«

»Nein, heute nicht.«

Der säuerliche Ausdruck erschien wieder auf dem Gesicht der Frau. »Kommen Sie rein.«

Im Flur standen Kartons und Einkaufstüten, und es roch nach alten Socken und Schweinerippchen. Die Deckenlampe schwang im Takt der Bässe hin und her. Flick folgte der Frau nach oben, wobei sie ein Zigarettenpäckchen in der einen, ein Handy in der anderen Hosentasche bemerkte.

»Ich bin übrigens seine Enkelin, Julie. Ich versuche schon seit Jahren, dafür zu sorgen, dass er in ein Heim kommt. Das habe ich den Sozialarbeitern auch gesagt, aber die hören einem ja nie zu. Mit seiner Art …«, sagte sie und senkte die Stimme, »… bringt er uns noch um den Verstand.«

»Uns?«

»Mich und meinen Bruder.« Inzwischen hatten sie den oberen Treppenabsatz erreicht, und Julie klopfte mit dem Rand ihres ausladenden Rings gegen eine Tür. »Mach endlich die Scheißmusik leiser!« Jemand schrie eine Erwiderung, doch dann wurde die Musik ein wenig heruntergedreht. »Eigentlich sind wir ja noch halbe Kinder. Es ist echt unfair, dass wir so was am Hals haben.«

Flick hätte getippt, dass Julie mittleren Alters war, aber bei genauerem Hinsehen stellte sie fest, dass sie bestenfalls Mitte zwanzig sein musste.

»Oma ist vor ein paar Jahren gestorben. Hat sich drei Flaschen Schnaps reingezogen und ist mit Glanz und Gloria abgetreten.« Sie nickte. »Und er verlässt sein Zimmer bloß noch, um aufs Klo zu gehen. Seine Lunge hat so ziemlich den Geist aufgegeben. Irgendwo muss er doch hinkönnen. Hier packt er es überhaupt nicht, der arme Teufel. Wir geben uns echt alle Mühe mit ihm, aber die meiste Zeit geht er uns mächtig auf den Keks.«

Die Wände von Ronnie Dents Zimmer waren in einem deprimierenden Beigeton gestrichen und voller Schimmelflecken; auf dem Boden lag ein mottenzerfressener Teppich. Der Geruch war bestialisch. Julie riss das Fenster auf.

»Großer Gott, Opa, hier drin stinkt es, als wäre jemand gestorben.«

Im Bett lag ein alter Mann, dessen ausgemergelter Körper sich unter einem dünnen Laken deutlich abzeichnete. Er starrte auf einen Fernseher, der oben auf seinem Kleiderschrank stand. Eilig zog seine Enkeltochter das Laken über seine Arme. »Sieh dich bloß mal an, du alter Exhibitionist. Liegst herum, sodass jeder sehen kann, wie schlaff du bist. Du hast Besuch.«

Bumm, bumm, bumm. Die Bässe hämmerten direkt nebenan.

Der alte Mann nahm die beiden Frauen nicht zur Kenntnis.

»Mr. Dent, ich bin Detective Sergeant Flick Crowley. Ich bin hier, weil ich Ihnen gern ein paar Fragen gestellt hätte.«

Sie setzte sich auf die Bettkante und versuchte, nicht auf die klauenartigen dunkelbraunen Nägel an seinen gelblich verfärbten Füßen zu blicken, die unter dem Laken hervorlugten. Dent sah sich eine Kindersendung an, ein Szenario mit quietschbunten Farben, Babystimmen und schrillen Xylophonklängen. »Es geht um das Longacre-Heim in Hackney. Soweit ich informiert bin, haben Sie dort in den Achtzigern gearbeitet.«

»Bestimmt erinnerst du dich nicht mehr, oder, Opa?« Julie sah Flick an. »Meistens weiß er nicht mal, welcher Tag ist oder wie sein Enkel heißt.«

»Liam, du dämliche Kuh«, blaffte Dent. »Und heute ist Dienstag.«

»Gar nicht wahr!« Julie beugte sich mit gebleckten Zähnen vor. »Heute ist nämlich gar nicht Dienstag! Sehen Sie, was ich meine? Der versucht mich zu verarschen.«

Der alte Mann starrte sie finster an. »Hol mir einen Tee. Mit vier Stück Zucker.«

»Gleich!«, blaffte Julie und warf Flick einen hinterhältigen Blick zu. »Wir kabbeln uns gerne mal ein bisschen, was, Opa?«

Flick bemerkte etliche verfärbte Stellen an den Oberarmen des alten Mannes. Sie zog das Laken ein Stück herunter. Blaue Flecken bedeckten seine Haut.

»Woher haben Sie die, Ronnie?«

»Er fällt ständig hin. Sein Gleichgewicht ist nicht das beste«, meinte Julie. »Stimmt doch, oder, Opa?«

»Mein Gleichgewicht ist nicht das beste.«

»Wir geben uns Mühe, aber wir haben nun mal viel zu tun. Ich hab einen Teilzeitjob. Und der im Zimmer nebenan … na ja, der ist ja noch ein halbes Kind. Ich hab's ja schon tausendmal gesagt, dass Opa ins Heim sollte. Wir haben ihn ja echt lieb und alles, ganz ehrlich, aber nahestehen tun wir uns eben auch nicht gerade.«

Bumm, bumm, bumm. Die Musik im Zimmer nebenan war so laut, dass Flick das Mädchen kaum hören konnte.

»Das Heim, Longacre …« Die Furchen auf der Stirn des alten Mannes gruben sich noch ein wenig tiefer in seine Haut. »Ja, da hab ich gearbeitet. Ich und Gerry.«

»Du hast nie was gesagt, dass du in einem Kinderheim gearbeitet hast«, warf Julie ein. »Was verstehst du, verdammt noch mal, von Kindern?«

Ronnie Dent kniff die Augen zusammen. »Es gibt eine ganze Menge, was du nicht von mir weißt.«

»Das glaub ich dir gern!«, platzte Julie heraus. »Aber Kohle hast du nicht zufällig irgendwo versteckt, nein? Einen Sack voller Gold oder so was? Du liegst mir nämlich echt auf der Tasche, frisst ständig meinen Kühlschrank leer und verbrauchst meinen Strom.« Ihre Stimme war schrill. »Saust deine Klamotten ein!«

»Du bist eine elende Furie! Nichts als Hass!«

Bumm, bumm, bumm.

»Ich hab auch allen Grund dazu! Du bist ein Vampir, der mich aussaugt. Mitnehmen sollte man dich!«

»Hau ab, lass mich in Ruhe!«

Bumm, bumm, bumm.

Flick erhob sich. »Julie, würden Sie mir einen Gefallen tun und Ihren …«

»Sein Name ist Liam.«

»Würden Sie Liam bitten, die Musik leiser zu machen?«

Julie sog den Atem ein. »Ich werde sehen, was ich tun kann, aber versprechen will ich nichts. Er hört nicht auf mich, genauso wenig wie sonst jemand in diesem Haus.«

Ihre Flipflops machten ein schmatzendes Geräusch, als sie das Zimmer verließ. Flick setzte sich wieder aufs Bett. Der alte Mann starrte in den Fernseher.

»Sie haben im Longacre gearbeitet, Mr. Dent …«

»Hab ich das?« Er kniff die Augen zusammen. »Kann sein. Ich erinnere mich nicht.«

Flick zog ihr Notizbuch heraus. »Sie sagten gerade, Sie und Ihre Frau hätten dort gearbeitet, Mr. Dent.«

Er seufzte. »Sie fehlt mir so.«

»Ich wette, Sie beide hatten glückliche Zeiten miteinander.« Beide Dents hatten ein ziemliches Vorstrafenregister, unter anderem wegen Körperverletzung, Betrugs, diversen Drogenvergehen, Ladendiebstahl und Verstößen gegen die Straßenverkehrsordnung. Glückliche Zeiten … »Ich würde Ihnen gern ein paar Namen von Kindern aus dem Heim vorlesen, vielleicht erinnern Sie sich ja an einige von ihnen … Deborah Willetts.«

Dents Aufmerksamkeit richtete sich wieder auf den Fernseher; er schüttelte vage den Kopf. Zu den wummernden Bässen gesellten sich die Stimmen von Julie und Liam, die sich lautstark stritten.

»David Horner«, fuhr Flick fort und musterte den alten Mann eindringlich. »Karen Smith.«

Bumm, bumm, bumm. Bumm, bumm, bumm.

Dent schnappte die Fernbedienung und richtete sie auf den Fernseher. Die Lautstärke schwoll an und rivalisierte mit den Stimmen und der Musik.

»Toby Turrell«, fuhr Flick lauter fort. »Ricky Hancock … Jason Burgess …«

Das brachte doch nichts.

»Kenny Overton … Elliot Juniper … Amelia Troy …«

Der alte Mann starrte in den Fernseher.

»Connor Laird«, sagte sie.

Sein Adamsapfel hüpfte. Er packte sie am Handgelenk.

»Connor Laird«, flüsterte er. Seine Zunge schnellte zwischen den Lippen hervor. Sein Griff war schlaff, und die trockenen, papierartigen Finger auf ihrer Haut ekelten sie.

Sie beugte sich vor, um ihn besser zu verstehen. »Erinnern Sie sich an ihn, Ronnie?«

In diesem Moment stieß er einen Schrei aus, ein animalisches Heulen, das die Musik, die lauten Stimmen und den Fernseher noch übertönte. Erschrocken zuckte Flick zurück.

Das dünne Laken rutschte herunter und gab den Blick auf seinen knochigen Brustkasten frei, als er einen weiteren Schrei ausstieß. Innerhalb von Sekunden stand Julie Dent wieder im Zimmer, gefolgt von einem pickligen Jungen mit Baseballmütze, der nur lachte. »Dem hat es wieder mal die Sicherungen rausgehauen!«

»Sehen Sie sich das nur an!«, schrie Julie über das Geschrei des Alten hinweg. »Ich wusste, dass das passiert.«

»Connor Laird«, wiederholte Flick. »Erinnern Sie sich an ihn?«

Der alte Mann steigerte sich nur noch weiter in sein Geheul. Der Junge krümmte sich vor Lachen. »Los, Opa, lass alles raus!«, johlte er.

Julie packte Flick bei den Schultern. »Sehen Sie nur, was Sie angerichtet haben!«

»Er erkennt den Namen wieder«, gab Flick zurück und spürte, wie sich ihre Nackenhärchen sträubten.

Der vermisste Junge: Connor Laird. Dent hatte Angst vor ihm.

»Er hat doch von nichts eine Scheißahnung!« Julies Gesicht war wutverzerrt. »Er ist ein seniler alter Sack, und ich habe die Schnauze voll von ihm.« Eine Hand über den Kopf erhoben, trat sie ans Bett und baute sich vor Ronnie auf. »Mir steht's bis hier!«

Der Junge aus den Zeitungsausschnitten: Connor Laird.

Bumm, bumm, bumm.

»Na, hast'n miesen Trip, Opa?« Lachend verließ der Junge den Raum.

Es musste etwas mit den Zeitungsausschnitten zu tun haben.

»Haltet ihn mir vom Leib!«, schrie Ronnie Dent.

Flick trat näher. »Wen, Ronnie? Connor Laird?«

Die magere Brust des alten Mannes hob und senkte sich. »Haltet ihn mir vom Leib!«

»Sie sollten jetzt gehen«, sagte Julie Dent.

»Er soll wegbleiben!«

Flick musste hier raus. Ohne sich noch einmal umzudrehen und mit der Musik, dem Geheul des alten Mannes, dem grausamen Gelächter des Jungen in den Ohren, rannte sie die Treppe hinunter, wobei sie sich an dem Beistelltisch in der Diele das Schienbein anstieß.

Julie folgte ihr, als Flick die Tür so ruckartig aufriss, dass der Türklopfer polternd dagegen knallte. »Sagen Sie den Leuten vom Sozialamt, sie sollen endlich kommen und ihn holen! Sonst setze ich ihn einfach mitten auf die Autobahn, ich schwör's!«

Die Tür schlug hinter ihr zu. Flick stürmte durch das Gartentürchen. Heilfroh, draußen zu sein, blieb sie stehen, stemmte die Hände in die Hüften und zwang sich, ganz langsam und tief durchzuatmen.

Der Name hallte unablässig in ihrem Kopf wider. Connor Laird.

Der Junge von der fehlenden Fotografie.

Der zerrissene Zeitungsausschnitt.

Der Junge darauf.

Connor Laird.

Es musste etwas mit dem Zeitungsausschnitt zu tun haben.

28

Kaum war er am Bahnhof Loughborough Junction vorbeigefahren, wo die Eisenbahnbrücken in alle Richtungen über den Hausdächern verliefen, bemerkte er eine dichte schwarze Wolke über einer Seitenstraße und Wasser, das in rauen Mengen in den Gully schoss. In diesem Moment wusste er, dass er zu spät gekommen war.

Drake fuhr weiter über die Kreuzung bis zur Coldharbour Lane. Überall standen Löschzüge, Streifenfahrzeuge und Krankenwagen und versperrten den Weg. Evakuierte Anwohner standen in Hausschuhen und Morgenröcken auf der Straße und sahen zu, wie die Feuerwehrleute die dicken Schläuche hierhin und dorthin zerrten, um die Flammen zu löschen, die aus einem Fenster im ersten Stock eines Mehrfamilienhauses schlugen.

Es war sinnlos hierzubleiben. Schon jetzt war ihm klar, was hier, in dieser Wohnstraße im Süden Londons, passiert war: Man würde die Leiche von Deborah Yildiz, geborene Willetts, in diesem Haus finden und auch ihre Familie, falls sie eine hatte.

Das Letzte, was er jetzt brauchte, waren Polizisten aus dem Viertel, die ihn mit Fragen behelligten und das Kennzeichen seines Wagens notierten. Eilig ließ er den Blick über die gewundenen schmalen Straßen mit den Fußgängerwegen und den verriegelten Geschäften – kleine

Autowerkstätten, Tischlereien, Designerateliers – schweifen und beschloss, die Kurve zu kratzen. Gerade als er den Zündschlüssel drehte und einen Blick in den Seitenspiegel warf, sah er etwas …

Eine Gestalt am Eingang des Bahnhofs.

Sie trug dunkle Klamotten und eine tief ins Gesicht gezogene Wollmütze. In dem Moment, als Drake sie bemerkte, setzte sie sich in Bewegung.

Drake fuhr zur nächsten Kreuzung, um zu wenden, vorbei an den prallen Schläuchen und den Feuerwehrmännern, die einander Anweisungen zuriefen, in Richtung Bahnhof. Das Adrenalin schoss durch seine Venen und spülte die Schmerzen fort. Er schoss unter der Eisenbahnbrücke hindurch und bog in die Straße ein, in der er die Gestalt verschwinden gesehen zu haben glaubte.

Und was dann?, dachte er.

Was würde er tun, wenn er den Zwei-Uhr-Jungen geschnappt hatte?

Er verdrängte den Gedanken und war fast erleichtert, als er den großen, schlanken Mann aus den Augen verlor. Langsam fuhr er die Straße entlang, vorbei an einem schmalen Streifen Grün, hinter dem sich die Brückenpfeiler erhoben, und drehte sich auf dem Sitz um, doch er war nirgendwo zu sehen. Die Gestalt konnte ohne Weiteres hinter dem Bahnhofsgebäude oder in dem Gewirr der umliegenden Straßen abgetaucht sein.

In diesem Moment nahm er eine Bewegung im Rückspiegel wahr, sah die Spitze der Wollmütze über mehreren geparkten Autos in der schmalen Gasse unter den Pfeilern der Eisenbahnbrücke wippen. Er stieg auf die Bremse, legte den Rückwärtsgang ein und wendete mit quietschenden Reifen.

Da war er – der Zwei-Uhr-Junge, der mitten auf der Straße geradewegs auf das Ende der Sackgasse zulief. Drake sah einen Streifen heller Haut aufblitzen, als die Gestalt einen Blick über die Schulter warf.

Er drückte das Gaspedal bis zum Anschlag durch.

Der Wagen schoss vorwärts. Ein hoher Maschendrahtzaun verlief quer über das hintere Ende der Straße. Links und rechts reihten sich die geparkten Fahrzeuge Stoßstange an Stoßstange. In weniger als einer Minute hätte er ihn eingeholt. Er sah, wie sich der Mann ein weiteres Mal umdrehte, doch sein Gesicht war immer noch von der Mütze verdeckt. Weit und breit war niemand zu sehen. Drake überlegte. Er könnte den Typ einfach umnieten und ihn dann in den Kofferraum verfrachten.

Oder er könnte dem Ganzen ein Ende machen.

Die verriegelten Geschäfte unter den Brückenbögen flogen links und rechts an ihm vorbei. Drake riss das Steuer herum und wich einem Betonklotz auf der Straße aus, während er weiter überlegte, wie er vorgehen sollte. Und dann wusste er die Antwort auf einmal. Glasklar und eindeutig.

Er würde es beenden. Hier, auf dieser langen, menschenleeren Straße.

Wieder gab er Gas. Der Wagen beschleunigte schnell, er kam dem Kerl immer näher, sah seine pumpenden Arme und Beine, als er vergeblich versuchte, Tempo zu machen. Der Mann schien in Panik zu geraten und versuchte, über die Motorhaube eines Wagens zu springen, schätzte jedoch die Höhe falsch ein, rammte stattdessen die Tür und wurde von der Wucht des Aufpralls auf die Straße geworfen. Drake drückte den Fuß aufs Gas. Der Motor jaulte, als er geradewegs auf ihn zuhielt.

Er würde ihn über den Haufen fahren, sodass er quer durch die Luft segelte, auf der Straße aufschlug und sich sämtliche Knochen brach. Die Leiche würde er einfach entsorgen, der ganze Albtraum wäre vorüber und April in Sicherheit.

Das war die einzige Möglichkeit.

Die Gestalt rappelte sich auf und wirbelte herum. Drake erhaschte einen Blick auf das Gesicht des Kerls, als der Wagen über einen Ziegelstein auf der Straße holperte. Als er das nächste Mal hinsah …

… war die Gestalt verschwunden.

Abrupt trat Drake auf die Bremse, hielt das Steuer fest, als der Mercedes ins Schlingern geriet und mit quietschenden Reifen zum Stehen kam. Er drückte die Tür auf und sprang heraus.

Der Türalarm piepte.

Vor dem Wagen war nichts – niemand.

Er trat die Tür mit dem Fuß zu und ging steifbeinig zum Straßenrand. Die Läden waren verriegelt und verrammelt, weit und breit war keine Menschenseele. Ein paar Meter vor ihm befand sich ein Torbogen unter der Brücke, der noch nicht ausgebaut war. Von der anderen Seite drang Licht herüber. Drake tauchte unter einem aufgerollten Stück Maschendrahtzaun hindurch, der den Zugang blockierte. Eilig trat er über den stinkenden Abfall hinweg, auf der anderen Seite wieder heraus und in einen anderen, deutlich breiteren Torbogen. Über ihm befanden sich die Gleise. Am anderen Ende luden Männer Holz auf einen Laster.

In diesem Moment registrierte er ein Geräusch hinter einem Mauervorsprung zu seiner Linken. Er schnappte sich einen Ziegelstein und wirbelte herum, den Arm kampfbereit erhoben. Ein paar junge Männer – zwei Weiße und zwei Schwarze – befanden sich mitten in einem Deal. Scheine wechselten den Besitzer. Offenbar ging es um Drogen. Sie starrten Drake und den Ziegel in seiner Hand an.

»Was soll der Scheiß!« Erschrocken wichen die Jungen zurück.

»Wo ist er?«, fragte Drake.

»Wer zum Teufel sind Sie?«, stammelte einer der Jungen.

Zwei Jungs traten vor, während die beiden anderen rückwärts wichen. Drake hatte für so etwas jetzt keine Zeit. »Der Mann, der gerade hier durchgelaufen kam.«

Einer der Jungs stapfte auf ihn zu. Drake riss den Arm zurück, um dem Jungen den Stein ins Gesicht zu schleudern. Er hatte keine Lust, sich ein zweites Mal an diesem Abend verprügeln zu lassen. Der Junge schien sich zu besinnen und ergriff die Flucht. Erschrocken folgten ihm die anderen und liefen in Richtung Straße davon.

Drake ließ den Ziegel fallen, wischte sich den Staub ab und trat auf den breiten Streifen zwischen den Torbögen hinaus. Bagger und Eisenteile lagen überall herum. Selbst wenn der Zwei-Uhr-Junge tatsächlich hier vorbeigekommen sein mochte, war er längst verschwunden. Das Ziegelgemäuer bebte, als über ihm ein Zug entlangdonnerte. Der Lärm hallte in seinem Kopf wider und beschwor eine unliebsame Erinnerung an die Gleise hinter dem Longacre herauf.

Er stieg in seinen Wagen. Vermutlich hatte er seine einzige und letzte Chance verpasst, den Mann zu schnappen, den er vor Jahrzehnten flüchtig kennengelernt hatte und dessen fragile emotionale Verfassung in psychotische Mordfantasien gekippt war. Er zog sein Telefon heraus und überlegte kurz, April noch einmal anzurufen, entschied sich aber dagegen und steckte sein Telefon wieder ein. In diesem Moment stieg ihm ein seltsamer Gestank in die Nase.

Benzin.

Bevor er reagieren konnte, schnellte eine Hand vor und riss seinen Kopf nach hinten, während sich eine Klinge gegen seine Kehle drückte. Drake schöpfte Atem, in der Annahme, dass er keine Gelegenheit bekäme, ihn noch einmal entweichen zu lassen. Stattdessen würde er vermutlich gleich sein heißes Blut über das Armaturenbrett und die Windschutzscheibe spritzen sehen. Wenn die Klinge seine Drosselvene erwischte, wäre er innerhalb von Minuten verblutet, noch schneller sogar, wenn der Typ ihm die Halsschlagader aufschlitzte.

Seine raschen, flachen Atemzüge übertönten den abgehackten Atem des Mannes auf dem Rücksitz. Drake versuchte, einen Blick in den Rückspiegel zu erhaschen, doch es gelang ihm nicht, den Angreifer zu erkennen.

»Das war's dann«, stieß Drake hervor. »Du bringst mich um.«

Unterschiedliche Gefühle widerstritten in seinem Innern, doch das stärkste war die Wut über die verpasste Gelegenheit. Wäre er ein paar Sekunden früher aufs Gas gestiegen, hätte er den Mann getötet, der sich der Zwei-Uhr-Junge nannte. Er hätte es zu Ende bringen können. Stattdessen würde er jetzt sterben und dann … allein beim Gedanken daran wurde ihm speiübel … wäre April die Nächste.

Die Klinge presste sich ein wenig fester gegen seine Kehle. Er spürte, wie sie durch die oberste Hautschicht drang.

»So wie du all die anderen getötet hast.« Drakes Herz hämmerte in seiner Brust. Wieder hob er den Blick und sah in den Rückspiegel. »Erzähl mir davon.«

Er spürte heißen Atem an seinem Ohr, während ihm der vertraute Geruch in die Nase stieg. Niemand sagte etwas.

Eine Hupe ertönte, gefolgt von Motorengeräuschen. Ein Transporter blieb hinter Drakes Wagen stehen. »Los, beweg dich«, rief eine Stimme.

»Töte mich, und das war's dann. Lass die anderen in Ruhe. Ich bin doch derjenige, den du in Wahrheit willst, oder? Ich habe dir das Leben gerettet, habe dafür gesorgt, dass du weiterleben musst, deshalb trage ich die Verantwortung. Niemand anderes muss zu Schaden kommen.«

Die behandschuhte Hand legte sich noch fester um seine Stirn, und sein Kopf wurde weiter nach hinten gerissen, während sich die Klinge noch tiefer in sein Fleisch bohrte. Drake malte sich aus, wie das zerfetzte Fleisch seiner Luftröhre in einem heftigen Blutschwall aus seinem Hals schnellte. Er schloss die Augen und dachte daran, wie sehr er seine Tochter liebte, an seine geliebte tote Frau.

»Bring mich um, aber lass meine Tochter in Ruhe. Bitte, lass meine Tochter in Ruhe. Du brauchst nur Ja zu sagen.«

Die Atemzüge gingen schneller, abgehackter.

»Komm schon, Mann«, rief der Lastwagenfahrer, »beweg dich!« Wieder ertönte die Hupe.

»Sag es. Ja.« Doch der Zwei-Uhr-Junge sagte kein Wort. Er wollte Drake keine Möglichkeit geben, ihn zu identifizieren. Drake verspürte einen winzigen Hoffnungsschimmer. »Bring es zu Ende, sonst kriege ich dich und bringe dich um. Verstanden?«

Er hörte ein Schmatzen, dann drückte die Klinge so fest gegen seinen Adamsapfel, dass er kaum schlucken konnte.

»Los, keine Scheu«, würgte Drake hervor. »Sag einfach Ja.«

Die Tür des Lasters wurde zugeschlagen, und Schritte näherten sich. Der feste Griff um Drakes Kopf löste sich unvermittelt. Die Klinge blitzte vor seinen Augen auf, dann wurde die hintere Tür aufgerissen. Drake öffnete die Fahrertür und taumelte auf die Straße, doch der Lasterfahrer stand bereits vor ihm und maulte: »Los, mach schon, park deine Karre weg. Es gibt Leute hier, die arbeiten müssen.«

Mit zitternden Beinen ließ Drake sich gegen die Tür sinken und sah zu, wie der Zwei-Uhr-Junge, dessen Gesicht immer noch von der Wollmütze verborgen war, im Park verschwand.

29

Als Flick die Einsatzzentrale betrat, sah sie zu ihrem Entsetzen Eddie Upson vor dem Whiteboard stehen. Sie hatte angerufen und Bescheid gesagt, dass sie später kommen würde, aber Eddie hatte mit dem allmorgendlichen Meeting einfach ohne sie angefangen. Vix Moore sah sie vorbeigehen und raunte Kendrick etwas zu, wohingegen Millie Steiner, eine Seele von Mensch, ihr ermutigend zunickte.

»Tut mir leid, dass ich zu spät komme«, sagte Flick zu Eddie, der ihr in ihr Büro folgte. »Ich musste unterwegs noch jemanden befragen.«

»Kein Problem«, meinte Eddie. »Aber wir brauchen vielleicht ein neues Whiteboard.«

Flick drückte die Leertaste auf ihrer Tastatur, woraufhin ihr Computerbildschirm zum Leben erwachte. »Wieso?«

Eddie hielt einen Stift in die Höhe. »Ich dachte, das sei ein Filzstift, dabei ist es ein Edding.«

»Sie brauchen Alkohol.«

Upson verdrehte die Augen. »Das können Sie laut sagen.«

»Um das Whiteboard sauber zu kriegen«, erklärte sie.

»Ja, genau das meinte ich auch.«

»Tun Sie mir einen Gefallen, Eddie«, sagte sie, als er sich zum Gehen wandte. »Ich brauche eine Adresse.«

»Ich setze Vix dran. Besser gesagt, ich *versuche,* Vix dranzusetzen.«

»Nein.« Blöde Fragen von DC Moore waren so ziemlich das Letzte, was sie jetzt brauchte. »Mir wäre es lieber, wenn Sie das übernehmen würden. Der Name lautet Elliot …« Doch dann kam Ray Drake herein. Erschrocken starrte sie auf die leuchtenden violetten Male unter seinem einen Auge und den dunkelroten Striemen am Hals.

»Juniper?« Eddie hatte Drake noch nicht bemerkt. »Dieser Typ, den Sie gestern erwähnt haben. Wollen Sie immer noch die Adresse haben?«

»Bitte«, sagte sie, aber offenbar sprach ihre Miene Bände, denn Eddie folgte ihrem Blick und kratzte beim Anblick von Drakes angespannter Miene eilig die Kurve.

»Was um alles in der Welt ist mit Ihnen passiert?«

»Gar nichts.« Drake ließ sich umständlich auf einen Stuhl sinken. »Ein paar Kids wollten gestern Abend unbedingt meine Brieftasche und haben mich zu Boden gestoßen. Sie haben mir ein paar Tritte verpasst und sich dann verkrümelt.«

»Haben Sie Anzeige erstattet?«

»Bringt nichts, es war zu dunkel, um ihre Gesichter zu erkennen. Aber egal …« Drake wirkte verärgert. »Wo stehen wir in den Ermittlungen?«

Einige der in Plastikhüllen verpackten Zeitungsartikel ragten aus ihrer Schreibtischschublade. Sie hatte sie nicht in die Asservatenkammer zurückgebracht, aber zumindest die Schublade zugeschoben, bevor sie am Vorabend nach Hause gegangen war.

»Hat hier jemand gesessen?«

»Die Putztruppe war in meinem Büro, deshalb habe ich vorhin Ihren Schreibtisch benutzt«, erklärte Drake. »Ich nehme an, das ist okay?«

Drake in der Asservatenkammer.

Ein Husten – ein anderes Geräusch.

Sie schob die Plastikhüllen zurück und schloss die Schublade. »Klar.«

»Holloways Leute müssen uns die forensischen Berichte liefern«, sagte sie, »außerdem gibt es noch jede Menge Material aus der Überwachungskamera zu sichten. Steiner bemüht sich, aber sie geht in Arbeit unter.«

»Ich sehe zu, dass ihr jemand hilft.«

»Ryan Overton stand mit Leuten in Kontakt, die Eisenschrott klauen und verhökern. Wussten Sie davon?«

»Ich bringe mich gleich auf den neuesten Stand. Sobald ich meine Mails abrufen kann.«

Drake stand auf, doch dann drehte er sich um und sah sie verärgert an. »Wieso wollen Sie Elliot Junipers Adresse?«

Sie schob ihre Maus hin und her. »Ist das Mailprogramm abgestürzt?«

»Flick«, sagte Drake leise. »Bitte sagen Sie mir, dass Sie diesen Unsinn mit dem Kinderheim nicht weiterverfolgen.«

»Wieso?« Sie hatte Mühe, den schrillen Unterton in ihrer Stimme zu unterdrücken. »All die Jahre predigen Sie mir, auf meine Instinkte zu vertrauen und weniger wie ein Bürohengst, sondern mehr wie ein Ermittler zu denken. Genau das tue ich, und jetzt sind Sie sauer auf mich.«

Drake trat um den Schreibtisch herum. Ein Schlammspritzer klebte an seinem Schuh. Eigentlich war Drake kein Mann, der mit schmutzigen Schuhen herumlief. Andererseits schien neuerdings die ganze Welt kopfzustehen.

»Amelia Troy ist eine Sackgasse. Sie konnte rein gar nichts zu dem Heim sagen, auf das Sie sich so eingeschossen haben.«

»Weil sie keinerlei Erinnerungen mehr hat.«

»Was haben Sie getan?«

»Connor Laird«, bellte sie ihm entgegen, und Drake zuckte zurück, als hätte sie ihm eine Kugel in die Brust gejagt. »Der Junge aus der Schlagzeile über den vermissten …«

»Ich kenne den Namen.«

»Da ist ein alter Mann namens …«

Drake kniff seine Nasenwurzel zusammen. »Flick …«

»Hören Sie mir doch mal zu.« Ihr Herz hämmerte. »Da ist ein alter Mann namens Ronnie Dent, der früher im Longacre gearbeitet hat. Als ich Connor Lairds Namen erwähnt habe, wurde er völlig hysterisch, fing an zu toben und zu schreien. Offensichtlich hat er heute noch panische Angst vor diesem Jungen. Ich habe versucht, ihn ausfindig zu machen, aber es gibt keinerlei Unterlagen über einen Connor Laird. Keine Verurteilungen, keine Sozial- oder sonstige Versicherungsnummer, keinen Führerschein, rein gar nichts. Der Junge scheint wie vom Erdboden verschluckt.«

»Also ist er entweder tot oder ausgewandert«, bemerkte Drake und kreuzte die Arme vor der Brust. »Das Ganze liegt dreißig Jahre zurück.«

»Vielleicht.« Sie zog die Plastikhülle mit dem Foto aus ihrer Schreibtischschublade und schob es quer über den Tisch. »Vielleicht aber auch nicht. Ich weiß nur, dass alle anderen Kinder aus diesem Zeitungsbericht tot sind.«

»Bis auf Amelia Troy.«

»Genau.«

»Und Deborah Willetts, soweit wir wissen.« Er schob die Hände in die Hosentaschen und drehte sich zum Fenster. »Schätzungsweise ist sie inzwischen verheiratet und führt irgendwo ein ruhiges Leben.«

»Aber alle anderen …«, sagte Flick schnell. »Ich würde so gern mit Ihrer …«

»Auf keinen Fall, das habe ich Ihnen doch schon gesagt. Sie ist eine gebrechliche alte Frau.«

»Dann rede ich mit Elliot Juniper.«

»Das Beste, was Sie im Augenblick tun können, DS Crowley«, sagte er, »ist, sich auf Ihren Job zu konzentrieren, solange Sie noch einen haben. Denn wenn ich ehrlich sein soll, geht mir allmählich die Geduld für diese … Farce aus.«

»Dann verfolge ich die Spur in meiner Freizeit.«

»Sie ermitteln in vier Mordfällen. Sie haben keine Freizeit.«

Er ging zur Tür. Flick sprang so abrupt von ihrem Schreibtischstuhl auf, dass er gegen den Heizkörper knallte. »Was hatten Sie in der Asservatenkammer zu suchen?«

Ein Muskel an Drakes Kiefer zuckte. »Ich werde mich bemühen zu vergessen, dass Sie in diesem Ton mit mir sprechen.«

Damit verließ er das Büro und schlug die Tür hinter sich zu.

Flicks Gesicht brannte. Sie hatte das grauenvolle, zugleich aber seltsam befreiende Gefühl, einen Schritt zu weit gegangen zu sein. Das Vernünftigste wäre, nach nebenan zu gehen, ihre Truppen hinter sich zu scharen und Gas zu geben. Notfalls würde sie das Morgenmeeting einfach noch einmal abhalten, nur damit klar war, wer hier das Zepter in der Hand hielt. *Sie* war diejenige, die diese verdammte Ermittlung leitete – zumindest im Moment noch.

Stattdessen zog sie den Artikel über den Besuch der Drakes im Kinderheim heran und wedelte sanft mit der Plastikhülle.

Etwas an diesem Artikel ließ sie nicht los.

Ein Husten, dann noch ein anderer Laut. Drake, der vortrat.

Ein Husten, ein Reißen.

Die Verblüffung, nein der Schock auf seinem Gesicht, als er sie bemerkte.

Flick legte den halbseitigen Artikel in die Schublade zurück, nahm einen kleinen Schlüssel aus dem flachen Plastikbehälter, in dem sie Büro- und Heftklammern aufbewahrte, und schloss sie ab – gerade in dem Moment, als die Tür so ungestüm aufgerissen wurde, dass sie gegen die Wand knallte. Drake stand im Türrahmen.

»Los, kommen Sie mit«, sagte er.

»Wohin?«

»Wir setzen all dem ein für alle Mal ein Ende.«

30

Wegen der zahllosen Baustellen auf den Straßen in Richtung Norden dauerte die Fahrt aus der Stadt heraus eine halbe Ewigkeit. Nach scheinbar endlosen zwanzig Minuten hatte Drake endlich den Stau hinter sich und lenkte seinen Mercedes auf die M11.

Sie hatten sich nicht allzu viel zu erzählen. Flick brachte auch jetzt den Großteil der Fahrt damit zu, mit dem Büro zu telefonieren, sich auf den neuesten Stand zu bringen und Drake regelmäßig über die neuesten Entwicklungen ins Bild zu setzen – falls man überhaupt von Entwicklung sprechen konnte. Kendrick und Moore hatten versucht, die Overton-Morde mit einer Reihe von Einbruchdiebstählen im Viertel in Verbindung zu bringen. Doch der Modus Operandi war ein völlig anderer, deshalb war die Spur sofort wieder erkaltet. Was Vix jedoch nicht davon abhielt, sich in aller Ausgiebigkeit über die Arbeit auszulassen, die sie in die Ermittlungen gesteckt hatte.

Ray Drake war zu dem Entschluss gelangt, Flick im Auge zu behalten und zugleich ihrer Besessenheit vom Longacre-Kinderheim ein für alle Mal ein Ende zu bereiten. Aber es gab noch einen zweiten Grund für ihren Ausflug. Er wollte herausfinden, wie er Elliot nach all den Jahren einzuschätzen hatte. Er wollte ihn sehen, aber nicht von ihm gesehen werden.

Immerhin war Elliot einer von Gordons Zwei-Uhr-Jungs gewesen.

Zwischen den Telefonaten starrte Flick angespannt aus dem Fenster, während Drake seinen Erinnerungen an die Fahrt vom Polizeirevier nach Longacre in Sallys Wagen nachhing, an die drückende Hitze, den Gestank von Zigarettenrauch.

Sie folgten den Anweisungen des Navigationssystems, fuhren an einem Kriegerdenkmal auf einem Dorfplatz von der Größe eines Billardtisches, an Feldern und Wäldern vorbei. Drake sah die ganze Zeit mit einem Auge in den Rückspiegel, halb in der Erwartung, das Gesicht eines Mörders darin aufblitzen zu sehen.

»Jetzt ist es nicht mehr weit«, sagte er und bog in eine von der Hauptstraße aus kaum erkennbare Nebenstraße ein. Die Stoßdämpfer quietschten, als Drake den unbefestigten Weg entlangholperte. Er fuhr an Elliot Junipers Haus vorbei bis zu einer leicht vom Weg zurückversetzten Scheune, setzte rückwärts die steil abfallende Einfahrt hinauf, kam zum Stehen und zog die Handbremse an. Rauch stieg aus dem Kamin des Cottages.

»Ich bleibe hier«, sagte er, als Flick die Tür öffnete.

»Sie kommen nicht mit rein?«, fragte sie überrascht.

»Ich muss ein paar Anrufe erledigen«, log er. »Gehen Sie schon mal vor.«

Sie zögerte kurz, dann stieg sie aus. Drake verstellte den Seitenspiegel so, dass er die Tür besser erkennen konnte, und sah zu, wie sie die Einfahrt hinaufstapfte und klopfte.

Es war lange her, seit Drake Elliot Juniper das letzte Mal gesehen hatte, doch er hatte sich praktisch nicht verändert. Sein einst ausladender Brustkasten schien nach unten gewandert zu sein und hing jetzt als Wanst über den Bund seiner Jeans, außerdem war sein Schädel kahl rasiert; vermutlich weil nicht viel übrig geblieben war, was sich noch stehen zu lassen lohnte. Aus der Ferne wirkte seine platt gedrückte Nase, als würde sie sein gesamtes Gesicht bedecken, wie das verzerrte Bild in einem Spiegelkabinett.

Drake ließ das Fenster ein Stück herunter, aber die beiden waren zu weit entfernt, als dass er ihre Stimmen über das Rauschen der Blätter hinweg hätte hören können.

Ins Haus. Drake sah, wie sie auf der Türschwelle stehen blieben. *Los, geht schon rein.*

Stattdessen ließ Elliot die Tür angelehnt und begleitete Flick halb die Auffahrt herunter. Inzwischen konnte Drake ihre Stimmen hören, aber nicht, was sie sagten. Der große, dicke Mann mit den hängenden Schultern kreuzte die Arme vor der Brust und lauschte mit demselben verängstigten Gesichtsausdruck wie vor all den Jahren.

Erwähne nicht meinen Namen, flehte Drake stumm.

Flick nickte in Richtung des Wagens. Elliot sah herüber. Ray Drake hatte sich hinter der Sonnenblende verschanzt, aber Elliot versuchte einen Blick auf den Fahrer zu erhaschen. *Nicht meinen Namen.* Sie sagte etwas, worauf Elliot etwas erwiderte. Ihre Augen weiteten sich. Elliot ging erneut leicht in die Knie, um einen Blick ins Wageninnere zu werfen.

»Verdammt noch mal!« Aus Wut, weil er nichts hören konnte, stieg er aus und stapfte zu ihnen hinüber. » … wissen, ob sie Connor Laird zufällig gesehen haben«, hörte er Flick sagen, als er näher kam.

Elliot sah von Flick zu Drake und lachte. »Soll das ein Witz sein?«

Drake zückte seine Dienstmarke und hielt sie Elliot so vor die Nase, dass er sowohl sein Foto sehen und seinen Namen lesen konnte. »DI Ray Drake.«

»Ach, tatsächlich!« Elliot starrte die blauen Flecke und Schrammen an, den böse aussehenden roten Schnitt an

Drakes Kehle. »Sie sehen aus, als hätten Sie mächtig eins drübergekriegt, wenn ich mir die Bemerkung erlauben darf.«

»Bitte beantworten Sie die Frage«, sagte Drake. »Haben Sie in letzter Zeit einen Mann namens …« Er wandte sich Flick zu. »Wie war der Name? Connor …«

»… Laird«, ergänzte sie.

Elliot schüttelte bestürzt den Kopf. »Ich …«

»Ja oder nein?«, fragte Drake knapp.

»Nein«, antwortete Elliot und sah Drake an.

»Oder von sonst jemandem aus Longacre?«, hakte Flick nach.

»Seit Jahren nicht mehr. Alles Schnee von gestern.« Elliot wandte sich an Flick. »Wie gesagt, ich bin seit Ewigkeiten nicht mehr mit dem Gesetz in Konflikt gekommen.«

»Das unterstellt Ihnen auch niemand, Sir.«

Elliot sah wieder Drake an. »Sie sagten, das hätte etwas mit Kenny Overtons Tod zu tun?«

»Also haben Sie nichts von Kenny gehört?«, fragte Flick.

Zögernd drehte der Fettwanst sein Handy hin und her. Drake, der außerhalb von Flicks Blickfeld stand, schüttelte langsam und mitfühlend den Kopf. Nein.

»Ich weiß nur, was ich im Fernsehen über ihn und seine Familie im Fernsehen gesehen habe. Schlimme Sache. Aber was hat das mit mir zu tun?«

»Gar nichts. Das hier ist eine reine Routineangelegenheit«, sagte Drake. »Wir befragen alle, die Kenny gekannt haben könnten.«

»Da gehen Sie verdammt weit zurück.«

»Wie war er?«, fragte Flick.

»Wer? Kenny?«

»Connor Laird.«

Elliot kreuzte die Arme vor der Brust. »Wie gesagt, das ist alles lange her. Damals waren wir noch Kinder.«

»Woran erinnern Sie sich noch?«

»Daran, dass er mir die Nase zertrümmert hat.« Mit einem freudlosen Lachen berührte Elliot sein Gesicht. »Alle hatten Angst vor dem guten alten Connor. Er war eiskalt und unberechenbar. Man wusste nie, was er als Nächstes macht.«

»Würden Sie ihn wiedererkennen?«, fragte Flick.

Elliot musterte sie erstaunt, doch bevor er die Frage beantworten konnte, kam ein Teenager mit einem riesigen Kopfhörer auf den Ohren den Hügel herauf und betrachtete bewundernd den Mercedes in der Einfahrt. Als er Elliot und die beiden Fremden sah, nahm er die Kopfhörer ab, aus denen Musik drang.

»Das ist mein Junge«, meinte Elliot schüchtern. »Dylan.«

»Wie geht's, Dylan?« Flick streckte ihm die Hand hin. »Detective Sergeant Flick Crowley.«

»Bullen«, sagte Dylan tonlos.

»Ein kluger Junge. Kommt ganz nach seinem alten Herrn.« Elliot zwinkerte Dylan zu. »Keine Angst. Sie stellen mir nur ein paar Fragen zu etwas, das vor langer Zeit passiert ist. Damals war ich so in deinem Alter. Geh schon mal ins Haus, ich komme gleich.«

Dylan sah sie verunsichert an und schlurfte ins Haus.

»Netter Junge«, bemerkte Flick.

»Könnte mir keinen besseren vorstellen«, gab Elliot zurück. »Sonst noch was?«

Flick wollte gerade etwas sagen, als Drake eilig einwarf: »Nein, das war's auch schon. Danke für Ihre Hilfe.«

Er streckte die Hand aus. Elliot beäugte sie argwöhnisch, dann ergriff und schüttelte er sie. Drake wandte sich zum Gehen und wartete darauf, dass Flick ihm folgte.

»Er lügt«, sagte Flick und legte den Sicherheitsgurt an. »Das sieht sogar ein Blinder.«

»Inwiefern?« Drake drehte den Zündschlüssel im Schloss.

»Genau kann ich es auch nicht sagen«, antwortete sie, »aber er war bleich wie ein Gespenst.«

»Er ist ein Mann mit einem Vorstrafenregister, der gerade unerwarteten Besuch von zwei Polizisten bekommen hat«, erklärte Drake. »Diese Angst vor dem Gesetz legt man niemals ab.«

Unvermittelt drückte er die Tür auf. »Wo wollen Sie hin?«, fragte Flick.

»Ich hab vergessen, ihm meine Karte zu geben.« Drake griff in seine Sakkotasche. »Dauert nur ganz kurz.«

Er ging unter den im Wind schwankenden Bäumen hindurch zum Haus. Die Brise wirbelte die Blätter auf, die einen Moment wie eine Horde aufgescheuchter Fledermäuse umherwirbelten.

Bevor er klopfen konnte, wurde die Tür geöffnet. »Was glaubst du wohl, wie ich gestaunt habe, dich nach all den Jahren hier zu sehen.« Drake hörte den Anflug von Panik in Elliots Stimme.

»Geh wieder rein«, sagte er. »Wir haben nicht viel Zeit.«

Das Wohnzimmer war klein und ordentlich. Im Kamin brannte ein Feuer; Rauch glitt an den schwarz gefärbten Ziegelsteinen entlang durch den Kamin.

Als Drake ansetzte, legte Elliot seinen Finger an die Lippen und nickte in Richtung Zimmerdecke. »Die Wände hier sind so dünn wie Zigarettenpapier.«

»Wo warst du heute Morgen gegen sechs?«

»Was glaubst du wohl? Im Bett.« Elliot sah verärgert, aber auch ein wenig verängstigt aus. Drake glaubte ihm. Elliots Strafregister deutete nicht gerade darauf hin, dass er ein Genie war.

»Wir stecken in der Klemme.«

Elliot lachte freudlos. »Ich hätte mir viele Berufe für dich vorstellen können, aber ausgerechnet Bulle …«

»Ich hab eben ein Talent dafür.«

»Jede Wette.«

»Also.« Drake trat vor. »Gerade werden Leute ermordet, die wir aus Longacre kennen. Kenny, seine Frau und seine Söhne sind die jüngsten Opfer.«

»Ein Sohn.« Elliot blinzelte. »In den Nachrichten hieß es, ein Sohn sei ermordet worden.«

»Der zweite wurde letzte Nacht getötet. Von einem Hochhaus geworfen.«

Wieder blinzelte Elliot. »Und wer noch?«

»Leute aus dem Heim.«

»Welche Leute aus dem Heim?«

»Die meisten.« Elliot quollen fast die Augen aus den Höhlen. Drake zog den Vorhang ein Stück zur Seite und spähte auf die Einfahrt hinaus. »Jason, David, Regina, Karen, Ricky. Debs wurde heute Morgen getötet. Aber das sind nur die, von denen ich weiß.«

Elliot blinzelte abermals. »Und wer war das deiner Meinung nach?«

Drake ließ den Vorhang fallen. »Er nennt sich der Zwei-Uhr-Junge.«

»Scheiße, scheiße, scheiße.« Stöhnend schlug Elliot sich die Hände vors Gesicht. »Du willst mich verarschen, oder?«

»Ich fürchte, wir sind die Nächsten.« Drake senkte die Stimme, als er eine Bewegung der Holzdielen über ihnen wahrnahm. »Ich glaube, er verfolgt uns.«

»Ich kenne ihn.« Wieder stöhnte Elliot. »Er nennt sich Gavin.«

»Er gibt sich neuerdings viele Namen.«

»Er hat mir von Kenny erzählt. Ich hab ihm Geld gegeben.«

»Geld?«

»Viel Geld. Geht es darum? Um Kohle? Wenn es ihm darum geht, kann er es von mir aus gern behalten.«

»Wie sieht dieser Gavin aus?«

»Keine Ahnung, wie ein ganz normaler Typ eben.« Elliot machte ein nachdenkliches Gesicht. »Groß.«

»Er hätte erst heute Morgen die Gelegenheit gehabt, mich kaltzumachen, hat es aber nicht getan.« Drake hob den Vorhang erneut an und sah Flick aus dem Wagen steigen und zum Haus heraufsehen. »Ich glaube, er hat uns aus einem bestimmten Grund verschont.«

»Und zwar aus welchem?« Elliot nahm ein Zigarettenpäckchen von der Armlehne des Sessels und zog eine heraus.

»Weil er uns hasst und uns die Schuld daran gibt, was mit ihm passiert ist«, antwortete Drake. »Weil er durchgeknallt ist. Er geht methodisch vor, mit viel Geduld und einer Riesenwut im Bauch. Er hat diese Leute und ihre Familien über einen langen Zeitraum hinweg getötet. Zuerst hat er sie ausfindig gemacht und dann ermordet, ohne jemals eine Spur zu hinterlassen. Bis jetzt. Deshalb glaube ich, er will, dass wir wissen, was er da tut.«

»Wir?«

»Ich denke, er hat sich für dich und mich etwas Besonderes überlegt.«

»Er war damals schon ein Fall für die Klapse, das steht außer Frage. Aber ein Mörder?«

Drake sah Elliot zu, der seine Zigarette anzündete und hektisch daran zog. »Bist du verheiratet, Elliot?«

»Ich hab eine Lebensgefährtin. Dylan ist mein Stiefsohn.«

»Dann wird er auch sie töten. Das ist seine Vorgehensweise.«

Elliot bemühte sich, die Panik in seiner Stimme zu unterdrücken. »Was soll ich jetzt Rhonda sagen? Wie soll ich ihr das erklären?«

»Gar nicht. Taucht einfach für eine Weile ab, ohne jemandem zu verraten, wo ihr seid. Bis ich ihn gefunden habe.«

»Ich hab dir doch gesagt, ich hab keine Kohle. Er hat sich alles unter den Nagel gerissen, und rein zufällig bin ich komplett pleite.«

»Ich brauche eine Waffe. Hast du eine?«, fragte Drake.

»Ich? Nein!« Elliot schnitt eine Grimasse. »Was sollte ich damit? Und was willst du damit? Ihn abknallen?«

»Genau.«

Eine Qualmwolke schwebte vor Elliots Gesicht. Er hob die Hand und rieb sich über die Augen. »Ehrlich gesagt kann ich dieses ganze Theater jetzt überhaupt nicht gebrauchen.«

»Rauchst du schon wieder?«, rief Dylan vom oberen Treppenabsatz.

Elliot zuckte zusammen. »Entschuldige, ich mache sie schon aus.«

Er riss die Tür auf und schnippte die Zigarette hinaus, die orange glühend über den Kies in der Einfahrt hüpfte. Drake sah Flick ungeduldig neben dem Wagen stehen. Elliot packte seinen Arm.

»Ich kann diesen Laden einfach nicht vergessen. Es geht einfach nicht. Die Jahre dort sind wie eine Kugel in der Brust, die sich ganz langsam ins Herz vorschiebt. Ich wusste immer, dass es mich eines Tages umbringen wird. All die Jahre wusste ich es. Gerade führe ich ein anständiges Leben, hab eine richtige Familie, etwas, wovon ich nie gedacht hätte, dass einer wie ich es jemals kriegen könnte. Und gerade als ich ein bisschen Frieden finde, ein klein wenig Normalität einkehrt, tauchst du plötzlich auf und erzählst mir, dass …« Bitter schüttelte er den Kopf. »Ich fasse es nicht … nach all der langen Zeit.« Elliot schnaubte kläglich. »Connor Laird.«

»Erinnerst du dich, was er gesagt hat, als du ihn das letzte Mal gesehen hast?« Drake kam etwas näher. »Connor Laird ist *verschwunden.* Und genauso bleibt es auch.«

Damit wandte er sich ab und ging die Einfahrt hinunter, ohne sich noch einmal umzudrehen. Flick sah ihm übers Wagendach hinweg zu.

»Sie waren ziemlich lange da drinnen.«

»Alte Männer und ihre Prostata«, erwiderte er, stieg in den Wagen und legte die Hände aufs Steuer. »Also war's das jetzt? Erledigt? Ja?«

»Ja.« Flick wandte den Blick ab. »Erledigt.«

Er ließ den Motor an. Als er einen Blick in den Rückspiegel warf, sah er, wie sich der Vorhang in Elliots Haus leicht bewegte.

31

Auf der North-Circular-Umfahrung ertönte das Zeitzeichen im Radio, dann kamen die Nachrichten. »Die Polizei in Südlondon ermittelt im Mordfall an einem Ehepaar, das am Morgen in seinem Haus aufgefunden wurde. Mehmet und Deb…«

Drake schaltete das Radio ab. »Macht es Ihnen etwas aus, wenn wir uns das nicht anhören?«, fragte er, als Flick ihn ansah. »Wir haben schon genug Morde am Hals. Ich will nicht noch mehr davon hören.«

Der Verkehr wurde dichter. Drake blieb hinter einem Kombi stehen. Flick hatte die Hände im Schoß verkrallt und verzog das Gesicht. »Das hört sich jetzt vielleicht nach einer ziemlich krassen Frage an …«

»Dann mal raus damit.«

»Was vermissen Sie am meisten an Laura?«

Drake blies die Wangen auf. »Ich weiß noch nicht mal, wo ich anfangen soll. Die Frage ist zu komplex.«

Sie lehnte sich ein Stück zu ihm herüber. »Dann eben eine Kleinigkeit.«

Drake dachte einen Moment lang nach. »Sie hat dafür gesorgt, dass ich nicht den Verstand verliere.«

»Das hört sich nach etwas ziemlich Großem an.«

»Sie hat mich davor bewahrt, komplett am Rad zu drehen, wie April es ausdrücken würde.«

»Auf mich machen Sie eigentlich nicht den Eindruck, als wären Sie irgendwie gestört.«

»Das liegt nur daran, weil ich ein begnadeter Lügner bin«, erwiderte er mit einem verkniffenen Lächeln.

Der Verkehr kroch im Schneckentempo dahin. Drake wechselte auf die Spur, die zur Ausfahrt Tottenham führte.

»Und was hält Sie nun davon ab?«, fragte sie nach einer Weile. »Davon, den Verstand zu verlieren, meine ich.«

»Dass ich mich um April kümmern muss.« Er trommelte mit den Fingerspitzen auf das Lenkrad. »Sie ist immer noch wütend, weil ihre Mutter gestorben ist. Gerade ist sie so wehrlos und verletzlich. Und ich bin im Moment nicht ihr Lieblingsmensch. Das verstehe ich zwar, aber gut finde ich es trotzdem nicht. Ich bin nun mal der ideale Sandsack, auf den man einprügeln kann. Aber sie wird sich schon wieder einkriegen. Früher oder später wird sie mich brauchen, und dann bin ich für sie da.« Er warf Flick einen Blick zu. »Bedrückt Sie etwas, Flick?«

»Ja, aber was ich auf dem Herzen habe, lässt sich bei weitem nicht mit Ihrem Verlust vergleichen. Meine Schwester zieht mit ihrer Familie nach Australien. Wir stehen uns sehr nahe, und natürlich kann ich sie ein- oder vielleicht auch zweimal im Jahr besuchen, aber zu wissen, dass sie weg sind …«

Sie schüttelte den Kopf und wünschte, sie hätte gar nicht erst damit angefangen. Aber sie hatte das Gefühl, als wäre Drake der Einzige, mit dem sie reden konnte, trotz allem, was passiert war. Diese Ermittlung hatte aus nicht nachvollziehbaren Gründen einen Keil zwischen sie getrieben, aber letzten Endes hatte er sie mehr unterstützt und ihr zur Seite gestanden als ihr eigener Vater. Drakes Familie bedeutete ihm sehr viel, so viel stand fest, deshalb würde er sie verstehen.

»Ich fürchte, es war ein Fehler, davon auszugehen, dass Nina immer da sein würde, wenn ich sie brauche, und dass immer alles so bleibt. Ich habe ihre Gegenwart zu selbstverständlich hingenommen.«

»Das ist übel.«

»Wenn ich ganz ehrlich sein soll, habe ich nichts erreicht. Ich bin dreißig Jahre alt, und sie sind alles, was ich habe«, sagte sie und spürte, wie sich ein dicker Kloß in ihrem Hals bildete.

»Leben Ihre Eltern noch?«

»Nur mein Dad. Aber wir reden nicht miteinander.«

»Wieso nicht?«

»Ach, der übliche Familienhickhack. Er hat meine Mutter wegen einer anderen verlassen, als ich noch ganz klein war, und wir hatten keinen Kontakt zu ihm. Danach ist vieles schiefgelaufen. Mein Bruder hat eines Tages das Haus verlassen und ist spurlos verschwunden. Der Vorfall ist uns allen schwer an die Nieren gegangen. Als Mum dann dement wurde, hat Dad keinen Finger gerührt. Wir kommen einfach nicht miteinander klar. Er macht mich stinkwütend, seit jeher. Ich kann schon gar nicht mehr sagen, wann ich ihn das letzte Mal gesehen habe, aber Nina bemüht sich sehr um ihn.« Sie runzelte die Stirn. »Inzwischen lebt er in einem Heim, in einem sehr guten sogar, und sie übernimmt die Kosten dafür. Es ist unglaublich.«

»Und wie geht es Ihnen damit?«

»Es geht mich nichts an, was sie mit ihrem Geld anstellt.« Flick zögerte. »Dad war Polizist.«

Drake schürzte die Lippen, als hätte sie versehentlich ein Geheimnis preisgegeben. »Interessant.«

Erst als sie an der in der Nähe des Bahnhofs gelegenen White Hart Lane vorbeikamen, ergriff Flick erneut das Wort. »Vermissen Sie Ihren Dad?«

»Leonard … mein Vater ist gestorben, als ich achtzehn war. Ehrlich gesagt kannte ich ihn nicht besonders gut und wünschte, ich hätte ihn besser kennengelernt, weil ich ihm eine Menge zu verdanken habe. Es geht mich ja nichts an, aber vielleicht sollten Sie ihn mal besuchen gehen. Frieden mit ihm schließen. Bevor … Sie wissen schon …«

»Bevor es zu spät ist.«

»Ich sage es nur ungern«, fuhr Drake fort, »aber eines Tages wird er nicht mehr hier sein, und … na ja, den Rest kennen Sie ja.«

»Tut mir leid, dass ich davon angefangen habe.« Flick hatte ein schlechtes Gewissen, weil sie das Thema Tod angeschnitten hatte; immerhin hatte er erst kürzlich seine Frau verloren. »Ihre Mutter ist immer noch sehr rüstig.«

»Ach, Myra wird uns alle überleben.« Wieder warf er ihr einen Blick zu. »Sie hat nicht die Absicht, jemals den Löffel abzugeben, sagt sie, und das glaube ich ihr aufs Wort.«

Flick blickte auf die Cafés und Geschäfte hinaus. »Vielleicht gehe ich ihn tatsächlich besuchen. Es gibt da ein paar Dinge, die wir besprechen sollten.«

»Sag ich doch.«

Wenn du wüsstest, was das für Dinge sind, wärst du nicht mehr so begeistert, dachte Flick: über das Longacre, die Nacht, in der das Heim niedergebrannt war, und über den Jungen namens Connor Laird.

Wieder schweiften ihre Gedanken zu Drake in der Asservatenkammer. Sie musste herausfinden, was er mitten in der Nacht dort zu suchen gehabt hatte, musste wissen, was das für ein Geräusch gewesen war.

Ein Husten, gefolgt von etwas anderem … einem Geräusch wie …

»Was ist?« Erst als sie Drakes Stimme hörte, wurde ihr bewusst, dass sie ihn angestarrt hatte.

Kaum war sie wieder in ihrem Büro, schloss sie die Schreibtischschublade auf, zog den Artikel über Myra und Leonards Besuch im Longacre heraus, nahm ihn aus der Plastikhülle und drehte ihn hin und her. Sie überprüfte das Datum und las noch einmal die Namen.

Schließlich zog sie ein Paar Latexhandschuhe aus ihrer Tasche, streifte sie über und legte den Artikel vorsichtig auf den Tisch. Obwohl die Sonne hinter ihr hereinfiel, knipste sie die Schreibtischlampe an und richtete den Lichtkegel auf das Papier. Dieser Ausschnitt …

In diesem Moment ging die Tür auf, und Vix Moore stand vor ihr.

»Ich möchte mich über DC Upson beschweren.«

Flick sah sie fragend an. »Worum handelt es sich?«

»Detective Constable Upson legt ein unmögliches Benehmen an den Tag. Wir haben denselben Dienstgrad, aber er sagt mir pausenlos, was ich zu tun habe. Alle fünf … nein, falsch, alle *zwei* Minuten soll ich ihn auf den neuesten Stand über meine Arbeit bringen, was ich ehrlich gesagt reichlich unverschämt finde.« Vix trat vor. »Außerdem habe ich den Eindruck, dass mir die Arbeit, die ich zugeteilt bekomme, nicht dabei hilft, als Detective voranzukommen.«

»Was mussten Sie denn tun?«

»Zettel verteilen«, antwortete sie bitter.

Eine halbe Seite aus einer Lokalzeitung vom 31. Juli 1984. Das Foto wurde herausgerissen.

»Ich werde bei nächster Gelegenheit mit DC Upson sprechen«, sagte sie, wobei sie versuchte, sich ihre Ungeduld nicht anmerken zu lassen.

Ein Husten, dann noch ein anderes Geräusch, der geschockte Ausdruck auf Drakes Gesicht.

Ein Husten, dann noch ein anderes Geräusch.

Doch DC Moore rührte sich nicht vom Fleck. »Sonst noch etwas?«, fragte Flick.

»Ich hätte gern ein Medientraining. Eines Tages werde ich bestimmt vor der Kamera oder von einem Zeitungsmenschen befragt und will vorbereitet sein. Außerdem denke ich, dass mir so etwas liegen könnte.«

»Gute Idee, wir behalten das im Auge. Danke, Vix.«

Flick senkte den Kopf. Sekunden später hörte sie die Tür ins Schloss fallen. Das Papier des Zeitungsausschnitts war bräunlich und steif. Trotzdem hatte es winzige Faserreste an den Rändern, so fein, dass sie auf der dunklen Schreibtischplatte fast durchscheinend wirkten. Dieser Artikel war fast dreißig Jahre alt, und die Ränder waren ausgefranst und vergilbt, trotzdem waren da diese winzigen Fetzen, was bei diesem Alter des Papiers völlig unlogisch war. Normalerweise hätte die Zeit sie längst geglättet.

Was nur bedeuten konnte, dass man erst vor kurzem etwas herausgerissen hatte.

Drake. In der Asservatenkammer im Keller. Als sie den Gang entlanggekommen war, hatte sie ein Geräusch gehört. Ein Husten, ja, aber auch noch etwas anderes, als er eilig hinter das Regal getreten war, damit sie nichts sah. Ihr Herzschlag beschleunigte sich.

Wieder ging die Tür auf, und Eddie Upson stürmte herein. »Was hat Vix gerade über mich erzählt?«

Ein Husten, dann noch ein anderes Geräusch. Drake, der nach vorn trat.

Ein Husten, gefolgt von einem Ratschen.

Er hat es herausgerissen.

Ray Drake hatte das Foto herausgerissen und an sich genommen.

»Holen Sie Ihre Jacke«, sagte sie und sprang auf. »Wir haben etwas zu erledigen.«

32

Nach einer weiteren schlaflosen Nacht, in der er glaubte, an all den Geheimnissen ersticken zu müssen, hatte Elliot den Entschluss gefasst, ein umfassendes Geständnis abzulegen und Rhonda zu beichten, dass er ihre gesamten Ersparnisse verloren hatte.

Stundenlang hatte er im Bett gelegen, während die nächtliche Schwärze allmählich trübem Tageslicht gewichen war, und darüber nachgegrübelt, wie er es am besten anstellen sollte. Am Ende hatte er beschlossen, darauf zu hoffen, dass sie Gnade walten ließ. Und seit zu seinem Entsetzen dieser Mann aufgetaucht war, den er vor all den Jahren einmal flüchtig gekannt hatte, von dem er nie im Leben gedacht hätte, dass er ihm einmal wieder begegnen würde … und der noch dazu inzwischen Bulle war … hatte er die Hosen gestrichen voll.

Kids aus Longacre waren ermordet worden, gemeinsam mit ihren Lieben erbarmungslos abgeschlachtet von jemandem, der sich der Zwei-Uhr-Junge nannte. Wenn es stimmte, was der Bulle sagte, wäre er, Elliot, als Nächstes an der Reihe. Sie mussten von hier verschwinden. Er musste Rhonda und Dylan zu einem längeren Urlaub überreden, bis diese ganze Scheiße vorüber war. Aber selbst wenn sie wie durch ein Wunder zustimmte und alles stehen und liegen ließ, bliebe immer noch der Punkt mit dem Geld.

Rhonda würde herausfinden, dass von ihren Ersparnissen nichts übrig war. Es gab nur einen Weg, sie davon zu überzeugen, mit ihm abzuhauen: Er musste ihr die Sache mit dem Geld beichten.

Also ging Elliot aufs Ganze. Er nahm ihre schmalen Hände und sank vor ihr auf die Knie wie ein reumütiger Ritter, während sie auf dem Sofa saß.

»Da war so ein Typ. Im Pub.« Er wand sich, als er sich die Worte sagen hörte. Das Ganze hörte sich an wie ein schlechter Scherz. »Wir wollten gemeinsam ein Geschäft aufziehen. Burger verkaufen. Er meinte, wir müssten eine Anzahlung leisten, dass ich mein Geld aber bald zurückbekäme. Ich habe dich nicht gefragt, weil ich dachte, du sagst Nein.«

Er wartete darauf, dass sie wütend wurde oder in Tränen ausbrach, aber sie musterte ihn nur mit gerunzelter Stirn.

Er schluckte. »Also habe ich ihm das Geld gegeben.«

»Alles?«

Er nickte. »Jeden Penny.«

Sie entzog ihm ihre Hände und legte sie in den Schoß – eine winzige Geste, die ihm das Herz brach.

»Aber warum?«

»Weil ich ein Idiot bin und ein Talent dafür habe, Mist zu bauen.« Er schnitt eine Grimasse. »So war es schon immer, und so wird es auch immer bleiben.«

»Und wem hast du das Geld gegeben?«

»Einem Typen namens Gavin.«

»Einem Typen namens Gavin«, wiederholte sie.

»Zumindest hat er gesagt, dass er so heißt.« Er konnte ihr unmöglich auch noch sagen, dass er ihr – Rhondas – schwer verdientes Geld einem mehrfachen Mörder überlassen hatte. Er wollte ihr keine Angst einjagen … nicht das auch noch. »Ich wollte beweisen, dass ich es schaffe, mein eigenes Geschäft auf die Beine zu stellen. Ich wollte dich überraschen.«

»Tja.« Rhonda lächelte bitter. »Das ist dir gelungen.«

»Ich wollte dir zeigen, dass ich …« Er ließ seine Stimme verklingen. Was brachte es, ihr zu sagen, was sie ohnehin längst wusste … dass man ihm einfach nicht vertrauen konnte. Völlig egal, was er in die Hand nahm – er schaffte es jedes Mal wieder, den Karren gegen die Wand zu fahren.

»Sag mir, dass du das Geld nicht für Drogen, Glücksspiele oder Nutten ausgegeben hast.«

»Nein!« Allein beim Gedanken, dass sie ihm so etwas zutraute, wurde ihm übel. »Ich würde nie …«

»Du würdest nie *was*?«, spie sie ihm entgegen. »Du scheinst nämlich auf eine ganze Menge toller Ideen zu kommen, von denen ich nichts weiß, Elliot.«

»Wieso gehen wir nicht einfach für eine Weile weg?«, fragte er. »Und machen diesen Urlaub.«

»Du hast gerade unser ganzes Geld verschenkt.« Sie stand auf.

»Wohin gehst du?«

»Ich hole mir ein Glas Wasser«, sagte sie. »Wenn du nichts dagegen hast.«

»Ich mache das.«

»Nein.« Sie winkte ab. »Ich gehe selbst. Ich muss hier raus.«

Er schob die Hände in die Hosentaschen, trat ans Fenster und blickte betrübt zum Tor der verlassenen Scheune hinüber.

Diese Scheune sah er jeden Morgen als Erstes; an jenen Tagen, an denen er es schaffte, vor dem Nachmittag aus dem Bett zu kommen – wenn er nicht arbeitete, blieb er häufig einfach liegen –, und mit jedem Tag kam sie dem Verfall ein Stück näher. Insekten hielten sich an den Balken schadlos, fraßen sich immer tiefer in die vertrockneten, spröden Balken. Ohne dass es jemand merkte, verlor die Scheune Tag für Tag an Stabilität, wurde schwächer und schwächer.

Genau dasselbe taten die Erinnerungen an das Longacre-Heim mit Elliot. Sie fraßen ihn innerlich auf. Andere Kinder schafften es vermutlich, damit zurechtzukommen, aber sie hatten auch nicht halb so viel erlebt wie Elliot. Er wusste einfach nicht, wie er mit seinen Gedanken umgehen sollte, deshalb setzte er alles daran, sie zu verdrängen.

So viele Erinnerungen … an Tallis' schwere Schritte auf den Stufen, an den Tag, als er Turrell gezwungen hatte, diese Kakerlake zu essen, an Sally und was mit ihr passiert war, und an Connor Lairds kalte, unberechenbare Wut in jenen letzten qualvollen Stunden im Heim, in jener Nacht, die für immer in Elliots Gedächtnis eingebrannt war wie ein Zeichen im Fleisch eines Rindviehs. Und nun waren es nicht länger nur Erinnerungen. Die Angst vor dem Longacre, einem Ort, von dem er geglaubt hatte, er hätte ihn längst hinter sich gelassen, war wieder aufgetaucht, um ihn ein weiteres Mal zu quälen. Menschen, die er niemals wiederzusehen geglaubt hatte … die er unter keinen Umständen hatte wiedersehen *wollen* … waren wieder auf der Bildfläche erschienen, und einer davon – der sich der Zwei-Uhr-Junge nannte – wollte ihn töten. Und Rhonda und Dylan.

Er hörte die Wasserleitung in der Küche rauschen, gefolgt von Wasser, das ins Glas floss.

Jetzt war der Moment, in dem er sein Herz ausschütten musste. Es war Zeit, Rhonda alles zu erzählen: von der Gewalt, dem Missbrauch, den Verbrechen, die er begangen hatte, als er noch ein Junge gewesen war und es nicht besser gewusst hatte. Als Tallis ihn manipuliert und terrorisiert hatte. Als er noch ein Kind, ein verängstigter Junge gewesen war. Er würde ihr von Connor, Sally und Turrell erzählen, von Ray Drake – alles, was damals vorgefallen war – und von der schrecklichen Gefahr, in der sie jetzt, Jahrzehnte später, schwebten.

Endlich würde er sich alles von der Seele reden. Alle anderen waren tot, zumindest hatte man es ihm so gesagt. Aber Elliot war am Leben; er musste all das hinter sich lassen, und Rhonda davon zu erzählen war die einzige Möglichkeit, das zu schaffen. Er musste es laut aussprechen, es ans Licht zerren, wo es niemandem mehr schaden konnte. Rhonda würde wissen, was zu tun war, wie sie ihm helfen konnte, dass es ihm wieder gut ging. Elliot presste eine Hand auf sein Gesicht und beschloss, den Sprung zu wagen.

Jetzt. Er holte tief Luft.

Aber.

Einen Punkt gab es, der ihm eine Heidenangst einjagte – wenn sie von den kaltblütigen Morden erfuhr, verließ sie ihn womöglich. Er hatte sie nicht selbst begangen und trug nicht die Schuld daran, aber er war dabei gewesen, hatte kein Wort darüber verloren. Zu niemandem. All die Jahre nicht. Weil er im Herzen immer noch der verängstigte kleine Junge war. Wenn das, was er getan hatte, falsch gewesen war, tat es ihm aufrichtig leid, aber er war doch noch ein Kind gewesen, deshalb konnte man ihn nicht verantwortlich machen für das, was damals vorgefallen war.

Wenn du es ihr sagst, wird sie wissen, was du für einer bist.

Belaste sie nicht mit deiner egoistischen Scheiße. Behalt es einfach für dich.

»Ich kann es zurückholen«, sagte er also nur, als sie zurückkam.

»Was?«, fragte sie argwöhnisch. »Was kannst du zurückholen?«

»Das Geld. Ich kann es zurückholen.«

Das war eine glatte Lüge; noch eine weitere, die zu den vielen hinzukam, die er in seinem Leben erzählt hatte. Elliot war ein guter Lügner, war er schon immer gewesen. Er konnte nicht viel, aber als Lügner war er ein echtes Naturtalent.

Sie nippte an ihrem Wasser. »Du sagtest, dieser Mann … dieser Gavin … er sei abgehauen.«

»Ich glaube … ich glaube, ich weiß, wo ich ihn finde.« Er hielt ihrem Blick stand. »Es ist mir gerade eingefallen. Wieso fährst du mit Dylan nicht ein paar Tage weg, bis ich hier alles in Ordnung gebracht habe?«

»Was ist hier los, Elliot? Wieso bist du so scharf drauf, uns loszuwerden?«

Weil da dieser Mann ist, dieser Psychopath, der viele Menschen getötet hat. Kenny, Jason, Karen, so viele. Und jetzt ist er hinter mir her. Und hinter dir. Aber, ja klar, natürlich kann ich es dir nicht erzählen, weil ich so ein Schlappschwanz, ein Feigling bin. Und wenn du mich … o Gott, wenn du mich verlässt …

»Gar nichts ist los.« Nicht einmal für ihn klang die Erklärung überzeugend. »Es ist nur … keine Ahnung … ein Vorschlag. Wie lange ist es her, seit du deine Mum das letzte Mal gesehen hast? Fast ein Jahr?«

»Wir gehen nirgendwo hin.«

»Ich kann das Geld wiederbeschaffen, und wenn du zurückkommst …«

»Ich muss arbeiten«, blaffte sie. »Ich schaffe das Geld ran, damit du es Wildfremden in den Rachen schieben kannst. Dylan muss in die Schule. Wir können nicht einfach alles stehen und liegen lassen.«

Sein Gesicht brannte vor Scham. »Stimmt.«

Rhonda zog ihre Jacke an. »Ich hab schon ein Kind, Elliot, und brauche wirklich kein zweites. Da ist etwas, was du mir verschweigst, und ich will wissen, was es ist. Ich dachte, wir hätten dieses Verhalten hinter uns.«

»Haben wir auch, aber …«

»Ich komme zu spät zur Arbeit. Wir reden weiter, wenn ich nach Hause komme.« Sie nahm ihre Tasche. »Ich muss über ein paar Dinge nachdenken.«

»Was für Dinge?«

»Aber Elliot …« Sie öffnete die Tür. »Hol dieses Geld zurück.«

»Ja«, sagte er schnell.

Kaum war sie in ihrem Ford Focus vom Hof gefahren, zog er schweren Herzens die Visitenkarte aus der Gesäßtasche seiner Jeans und nahm sein Handy zur Hand.

»Hier ist Elliot Juniper«, sagte er, als Owen Veazey sich meldete.

»Elliot, wie schön.« Der verdammte einarmige Bandit trötete und klingelte im Hintergrund. Owen saß an seinem gewohnten Tisch.

»Dieser Job … Steht das Angebot noch?«

»Rein zufällig schon. Ist ein bisschen spät, aber … wieso nicht?«

»Und das Geld …«

»Wird sofort überwiesen, wenn du alles erledigt hast. Ohne Zinsen, so lange, wie du es brauchst.« Owen hielt inne. »Für einen angemessenen Zeitraum, versteht sich.«

Elliot schloss die Augen. »Wann?«

»Perry holt dich später ab«, antwortete Owen.

Lügen, Lügen, nichts als Lügen.

33

1984

Schreie, Rufe, das Krachen von zerbrechendem Mobiliar drangen aus Gordons Büro. Die Kinder zogen sich in den hintersten Winkel des Hauses zurück. Ricky und Cliff jäteten Unkraut im Garten und bewarfen sich gegenseitig damit, Amelia verkroch sich unterm Dach, andere, darunter auch Kenny und Jason, spielten Fangen und jagten einander quer durch die Zimmer.

Connor warnte Elliot, sich von Toby fernzuhalten, der mit angezogenen Knien und gesenktem Kopf an einen Baumstamm gelehnt im Garten saß. Elliot konnte es nicht ausstehen, wenn Connor ihm sagte, was er zu tun und zu lassen hatte, wusste aber, dass er zu weit gegangen war. Seit dem Vorfall mit der Kakerlake vor ein paar Tagen und nachdem Gordon ihn einen Abend lang in die Kammer hinter seinem Büro mitgenommen hatte, wirkte Toby verschlossen und distanziert und mied die anderen Kinder. Es war sowieso ein Fehler, dass er hier war; seine Eltern mussten echte Idioten sein, wenn sie nicht kapierten, was für ein Mann Gordon war.

»Er hat bekommen, was er verdient«, erklärte Elliot unbeirrt, während sie vom Fenster in den Garten blickten. »Er hat es einfach nicht besser verdient.«

Connor war es völlig egal, was mit den anderen passierte. »Ich bin sowieso hier weg.«

Elliot wandte sich ihm zu und starrte ihn ungläubig an. »Das kannst du nicht machen.«

»Sag du mir nicht, was ich machen kann und was nicht.«

Aber er sah Elliot an, dass er sich fragte, was dann wohl geschehen würde. Bald wäre alles wieder genauso wie früher. Er würde seinen Job als Lieferjunge zurückbekommen und wäre wieder dicht an Gordons Seite. Connor war schon viel zu lange im Longacre, obwohl gar keine Notwendigkeit bestanden hatte. Alle hatten Angst vor ihm und wären heilfroh, wenn er weg wäre. Außerdem entglitt Gordon allmählich die Kontrolle. Etwas Schlimmes würde passieren, das spürte Connor ganz deutlich.

»Bis dann.« Elliot drückte Connor seinen Finger in die Brust. »Schön blöd, dass du nicht hier sein wirst, wenn dieser Mistbock sein Fett wegkriegt.«

»Schalt mal dein Hirn ein.« Connor widerstand dem Drang, Elliots Finger wegzuschlagen. »Toby ist nicht wie wir. Er hat Familie. Was glaubst du wohl, was er sagen wird, wenn er hier rauskommt? Was wird er wohl erzählen?«

Elliot riss die Augen auf, als es ihm dämmerte.

»So sieht's aus.« Connor senkte die Stimme, als Karen sich an ihnen vorbeischob. »Und dann werden die sich ganz genau ansehen, was hier sonst noch so abgeht. Die werden rausfinden, dass du für Gordon auslieferst.«

»Genauso wie du!«

»Bloß dass ich dann nicht mehr hier sein werde.« Er würde einfach abhauen – das war das Einzige, was er in seinem kurzen Leben gelernt hatte: sich immer wieder dünnezumachen, nie lange am selben Ort zu bleiben. Keiner sah ihn, keiner kannte ihn. »Ich werde weg sein, und keiner wird mich je finden.«

Elliot schluckte. »Und was passiert dann?«

»Die werden den Laden dichtmachen, und du kommst in den Knast oder in die Besserungsanstalt. Und dort ist erst mal Schluss mit dem schönen Leben, nach allem, was ich gehört habe. Du musst dafür sorgen, dass Gordon von dem Knirps wegbleibt.«

»Wie soll ich das anstellen?« Elliot wurde panisch. »Ich will da nicht hin. Echt nicht.«

Nun, da die Entscheidung gefallen war, hatte Connor nur einen Wunsch: abzuhauen. »Ist nicht mein Problem.«

Die Haustür ging auf, und Ronnie Dent kam mit einer Tüte voll Flaschen herein, klopfte an Gordons Bürotür und trat ein.

»Aber Gordon wird nicht auf mich hören. Das tut er doch nie«, warf Elliot ein. »Aber auf dich schon.«

Connor schüttelte den Kopf. »Ich bin weg.«

Wenn Elliot oder einer der anderen Hilfe brauchten, konnten sie ja diesen ach so netten Ray rufen. Sollte der doch herkommen und sie trösten. »Wenn du es von ihm verlangst, lässt er den Knirps in Ruhe.« Elliot hielt Connor fest, als er sich zum Gehen wandte. »Du musst mir helfen und ihm sagen, was du mir gesagt hast. Er muss kapieren, was los ist, und sich entschuldigen.«

Connor musste an all den Ärger denken, den Elliot ihm und Toby eingebrockt hatte. Wütend schlug er seine Hand weg. »Fass mich nicht an.«

»Du bist mein Kumpel.« Elliots Stimme war brüchig. »Der einzige, den ich habe.«

Connor begriff, dass er in Wahrheit nichts zu verlieren hatte. Na gut, dann würde er eben zu Gordon gehen und mit ihm reden, und wenn der Heimleiter ausflippte, konnte er immer noch die Kurve kratzen.

»Also gut«, sagte er. »Ich mache es, aber du kommst mit.«

Gordon bellte irgendetwas, als sie an seine Bürotür klopften. Ronnie Dent, der den düsteren Raum gerade verlassen wollte, trat beiseite, um sie eintreten zu lassen. Die Vorhänge waren zugezogen, und ein widerlicher Gestank hing in der Luft. Sally hockte auf dem Sofa und sah nur flüchtig herüber; Gordon hingegen sprang von seinem Schreibtischstuhl auf.

»Was kann ich für euch tun, Jungs?«

Elliot schubste Connor vor. »Wir wollten … mit Ihnen reden.«

»Klar.«

»Sie lassen den Jungen ab sofort in Ruhe«, erklärte Connor.

Gordon runzelte die Stirn. »Entschuldige, Junge, aber ich weiß nicht, von wem du sprichst.«

»Von Toby.«

»Ah, der junge Master Turrell.«

»Die Eltern des Jungen …«

»Was ist mit ihnen?«

»Sie werden es nicht gern hören, dass Sie …«

»Dass ich *was,* Connor?«

Gordon klang ganz ruhig und vernünftig, aber Connor wusste nur zu gut, dass Vorsicht geboten war. Elliot starrte auf den Fußboden.

»Sie werden ihn in Ruhe lassen.«

Der Heimleiter kreuzte die Füße und lehnte sich gegen seinen Schreibtisch.

»Und was interessieren mich diese Leute? Immerhin haben sie ihren kostbaren Sprössling in meine Obhut gegeben, ohne sich Gedanken über die Konsequenzen zu machen.«

»Hör nicht auf ihn«, nuschelte Sally. »Er ist ein besoffener Idiot, der allmählich den Verstand verliert.«

»Halt den Mund, liebe Sal, das geht dich überhaupt nichts an.«

Sally hievte sich vom Sofa und bohrte Gordon ihren schmutzigen Zeigefinger in die Brust. »Pass lieber auf, sonst kratze ich die Kurve, und dann wird es dir leidtun.«

»Ach ja? Und was genau soll mir leidtun?« Gordon lachte. »Dass du nicht mehr hier rumhängst und dir meinen Stoff reinziehst? Oder dass du mir nicht länger pausenlos an den Eiern rumspielst?«

Sally warf ihm ein böses Lächeln zu. »Du würdest staunen.«

Gordon packte sie im Genick. »Dann bring mich doch zum Staunen.«

»Lassen Sie sie sofort los.« Connor spürte, wie sich die Härchen auf seinen Armen aufrichteten und seine Haut prickelte. Jemand musste Gordon eine Lektion erteilen. Jemand musste ihm eins aufs Dach geben, und außer ihm hatte offensichtlich keiner den Mumm.

»Na also. Der kleine Mann holt zum großen Schlag aus.« Gordon stieß Sally weg. »Auf diesen Moment warte ich schon die ganze Zeit, Connor. Wir beide machen dieses Tänzchen schon viel zu lange.« Er schnipste mit den Fingern und wiegte die Hüften. »Und was ist mir dir, Elliot? Willst du vielleicht auch eine Runde mittanzen? Vielleicht schafft ihr es ja gemeinsam, dem alten Gordon so richtig eins aufs Maul zu geben. Na, das wollen wir doch mal sehen. Los, komm schon, mein Freund, je mehr, desto lustiger.«

Sally verpasste ihm eine schallende Ohrfeige. »Ich habe Verbindungen.«

Gordon blinzelte verblüfft und berührte seine Wange. »Und wer soll das sein? Wen könntest du kennen, vor dem ich Angst haben muss, Sal? Deinen Schwächling von Cousin?«, fragte er mit sanfter Stimme.

»Sein Vater ist Richter. Ich werde ihm alles sagen.«

»Was sagen?«

»Dinge.«

»Was willst du ihm sagen?« Gordons Stimme schwoll an. »Los, spuck's aus, Mädchen.«

»Alles.«

»Was meinst du mit alles?«

»Alles über dieses Heim. Was hier abgeht.«

»Manchmal vergesse ich, wie tief du gesunken bist, Sal.« Gordon nahm den gläsernen Briefbeschwerer und warf ihn von einer Hand in die andere. »Vor Sally müsst ihr euch in Acht nehmen, Jungs, sonst sticht sie zu wie ein Skorpion.«

Sie warf Connor einen flehenden Blick zu. *Hau ab.* Connor wandte sich zum Gehen. Er hatte getan, was er sich vorgenommen hatte – er hatte versucht, Elliot und dem kleinen Toby zu helfen, aber wenn er jetzt verschwand, wäre es sowieso egal. Er würde irgendwo hingehen, ganz weit weg von hier. Aber er war kein Mensch, der irgendwo sesshaft wurde. Stattdessen würde er immer weiterziehen, von einer Stadt in die nächste, von einem Land ins nächste, irgendwohin, wo ihn keiner mit blöden Fragen nerven würde.

Elliot sah ihn bestürzt an, als er zur Tür ging.

»Bis dann, Kumpel«, rief Gordon ihm hinterher.

Connor musste nur die Tür aufmachen und für immer verschwinden, doch seine Hand lag wie erstarrt auf dem Türknauf. Bevor er ging, musste er Gordon ungespitzt in den Boden rammen. Er sehnte sich regelrecht danach, ihn zu quälen. Als er sich umdrehte, sah er Gordons feixendes Gesicht.

»Na sieh mal einer an, er bleibt also doch hier. Weil er sich einbildet, er hätte eine Chance gegen mich. Na, wie sieht's aus? Connor ist ein kräftiger Bursche, aber wie weit geht er wohl?« Gordon sah Sally und Elliot an. »Wo ist seine Grenze? Eigentlich habe ich eine ganz gute Menschenkenntnis.«

Gordon stützte die Hände auf die Knie und sah Connor tief in die Augen, als wolle er geradewegs in seine Seele blicken. »Ich sehe Wut und Feindseligkeit und Verwirrung. Ich sehe großen Schmerz und … ja, da ist es … ich sehe das Potenzial für abgrundtiefe Grausamkeit.«

Er wandte sich ab, wobei er immer noch den Briefbeschwerer hin und her warf. »Aber was denkst du, Connor? Glaubst du, dass du es mit mir aufnehmen kannst?«

Jeder Muskel in Connors Körper, jede Nervenfaser schrie förmlich danach, ihm die Fäuste ins Gesicht zu schlagen. Ihn zu zerstören.

»Glaubst du, zum Beispiel«, fuhr Gordon fort, »du könntest jemanden töten? Ich hab's schon getan, mein Freund, und hab kein Problem damit.«

Sally trat vor. »Gordon …«

»Bist du bereit zu töten? Los, ich will es hören.«

Aber Connor gab keine Antwort. Er konnte keinen klaren Gedanken fassen. Ein unerträglicher Druck baute sich in seinem Kopf auf. Er wippte auf den Fußballen, bereit, sich jederzeit auf Gordon zu stürzen.

Der Heimleiter grinste. »Glaubst du, dass du das hier könntest, Junge?«

Gordon hob den Briefbeschwerer und ließ ihn in einer fließenden Bewegung geradewegs auf Sallys Schädel niedersausen. Ihre Beine knickten wie Streichhölzer unter ihr weg, und sie sackte auf dem Fußboden zusammen.

Connor und Elliot starrten ihn fassungslos an. Sally lag mit dem Gesicht nach unten auf dem Boden, das Haar wie ein Fächer um ihren Kopf gebreitet.

»Sieh dir an, wozu du mich getrieben hast«, sagte Gordon mit einem ekelerregenden Grinsen.

Steh wieder auf, dachte Connor. *Das reicht jetzt.*

Aber Sally rührte sich nicht. Gordon trat hinter seinen

Schreibtisch, schenkte sich mit zitternder Hand einen Drink ein und hob das Glas an seine Lippen, wobei ihm ein dünnes Rinnsal übers Kinn lief. Der Briefbeschwerer entglitt ihm, rollte über den Schreibtisch und landete polternd auf dem Boden.

»Los, steh auf, Sal«, sagte er über die Schulter. »Wir haben's kapiert.«

Aber Sally regte sich nicht. Gordon ging neben ihr in die Hocke und nahm ihr Handgelenk, um den Puls zu fühlen.

»Was ist mit ihr?« Elliots Gesicht war schweißnass. »Wird sie wieder?«

»Nein, sie wird nicht wieder.« Gordon richtete sich auf und lächelte bitter. »Sie wird definitiv nicht wieder.«

In diesem Moment ging die Tür auf, und Toby Turrell trat ein, die Hände gegen die tränennassen Wangen gepresst. Er begann Gordon anzubetteln, seine Eltern anrufen und endlich nach Hause zu dürfen, als er die bleichen, entsetzten Gesichter der beiden Jungen bemerkte. Und Gordons.

Erst jetzt sah er Sally am Boden liegen, mit einem Loch im Schädel, aus dem das Blut auf den Boden und in ihr langes Haar sickerte und sich schließlich in einer Pfütze um seine Schuhsohlen sammelte.

34

Eddie Upsons Wagen war der reinste Schweinestall. Der Rücksitz war mit alten Zeitschriften, Schokoriegelpapierchen und Kaffeebechern vollgemüllt, außerdem hing der Gestank von saurer Milch in der Luft, sodass Flick den ganzen Weg bis Islington leicht übel war. Sie kurbelte das Fenster einen Spaltbreit herunter, während Upson sich bitter über Vix Moore beschwerte.

»Ich bitte sie ganz nett und freundlich um etwas, und sie stöhnt und schnaubt bloß.«

»Ich sage ja nur …«

»Ich behandle sie wie ein rohes Ei und sie mich wie einen stinkenden alten Putzlappen.«

An manchen Tagen, wenn Eddie morgens sein Deo vergessen hatte, verströmte er tatsächlich den Geruch eines alten Putzlappens. Sie öffnete das Fenster noch ein Stück weiter. »Entschuldigen Sie sich einfach, dann ist die Sache vom Tisch.«

Eddie hob entnervt die Hände. »Ich hab aber nichts Falsches getan!«

»Hier anhalten.«

»Na gut, dann entschuldige ich mich eben, aber nützen wird es nichts.« Er lenkte den Wagen an den Straßenrand. Sie befanden sich mitten auf dem Islington Square. »Was machen wir hier überhaupt?«

»Das braucht Sie nicht zu interessieren. Ich bin in fünf Minuten wieder da.«

Der Wind hatte aufgefrischt. Die kahlen Bäume zitterten, als sie die Treppe zu Ray Drakes Haus erklomm. Eigentlich wäre sie lieber ohne Upson hergekommen, wollte aber verhindern, dass Drake dachte, sie würde wieder private Ermittlungen anstellen.

Im Lauf ihrer Karriere war Flick schon vielen Verbrechern begegnet. Sie hatte mit Menschen im selben Raum gesessen, die einem ins Gesicht springen würden, sobald man sie auch nur eine Sekunde aus den Augen ließ, aber die Vorstellung, gleich mit dieser alten Frau reden zu müssen, machte ihr wirklich Angst. Laura Drakes Begräbnisfeier war sehr emotional gewesen – in einer liebevoll mit Blumen und Gestecken geschmückten Kirche, die bis auf den letzten Platz besetzt gewesen war. Alle von Lauras Musikerfreunden – sie hatte in einem Streichquartett gespielt – waren gekommen, um Abschied zu nehmen. Mit kalter, ungerührter Miene hatte Myra Drake neben ihrer Enkeltochter gesessen, die außer sich vor Kummer gewesen war, und einem kreidebleichen Ray Drake, der völlig erschüttert auf den Sarg gestarrt hatte.

Myra Drake war eine furchteinflößende Frau, an der sich die Geister schieden.

Aber sie war die Einzige, die Flick Informationen über das Longacre liefern konnte. Gleichzeitig war ihr bewusst, welche Konsequenzen es hatte, wenn Drake von ihrem Besuch erfuhr. Aber wenn der DI Beweise manipulierte – ein gnadenloser Killer trieb sein Unwesen, und allem Anschein nach verwischte Ray Drake seine Spuren –, wollte sie wissen, wieso.

Sekunden nachdem Flick geläutet hatte, riss Myra Drake die Tür auf. Selbst mit über achtzig war sie eine groß gewachsene, eindrucksvolle Frau, deren leicht nach vorn gebeugte Haltung an einen Geier in Strickjacke erinnerte.

»Mrs. Drake, wir sind uns kurz bei der Be…«

»Ich weiß, wer Sie sind«, unterbrach Myra Drake sie, ohne eine Miene zu verziehen. »Mein Sohn ist nicht da.«

»Ich bin auch nicht wegen DI Drake hier, sondern weil ich Sie gern sprechen wollte.«

»Das wird nicht gehen.« Sie machte Anstalten, die Tür zu schließen, doch Flick legte die Hand in den Türrahmen.

»Es geht um das Longacre-Kinderheim. Sie und ihr Mann haben ihm einen Besuch abgestattet …«

»Ich bin mir durchaus darüber bewusst, was ich getan habe und was nicht. Weiß mein Sohn, dass Sie hier sind, Miss …«

»Crowley. Nein, er weiß es nicht.« Flick merkte, dass ihr die Felle davonschwammen. »Dürfte ich vielleicht reinkommen?«

»Bitte nehmen Sie Ihre Hand da weg.«

»Erinnern Sie sich an einen Jungen namens Connor Laird?«, fragte Flick eilig.

Für den Bruchteil einer Sekunde sah Flick Überraschung und noch etwas anderes – Angst? – in den Augen der alten Frau aufflackern.

»Connor Laird«, wiederholte sie. »Der Junge hieß Connor Laird.«

Myra Drakes knorrige Finger schlossen sich um das Medaillon um ihren Hals. »Mein Sohn lässt Sie festnehmen, wenn er erfährt, dass Sie hier sind.«

»Das kann er nicht.« Es war ihr gleichgültig, dass die alte Frau ihrem Sohn beim Begräbnis seiner zu früh verstorbenen Frau jeglichen Trost verweigert hatte. Es war ihr ebenfalls gleichgültig, wenn sie eine Verwarnung oder sogar eine Suspendierung kassierte, denn zum ersten Mal seit langem spürte Flick wieder den Kitzel der Polizeiarbeit, und diese herablassende alte Frau zu verunsichern war gewissermaßen die Kirsche auf der Sahnetorte. »Sie erinnern sich an ihn, stimmt's?«

»Ihre Art, mich auszuquetschen, beeindruckt mich nicht.«

»Kennen Sie ihn? Connor Laird?« Wann immer Flick den Namen aussprach, schien die alte Frau noch ein wenig mehr in sich zusammenzusinken.

»Nehmen Sie die Hand von meiner Tür weg.«

»Connor Laird, Myra.«

Myras Schultern sackten nach unten, und sie wirkte verwirrt. Flick wurde wieder bewusst, wie alt und gebrechlich sie in Wahrheit war. Plötzlich überkamen sie Gewissensbisse, weil sie die alte Frau dermaßen in die Mangel nahm, und löste ihre Hand vom Türrahmen.

Mit einem triumphierenden Lächeln schlug ihr Myra Drake die Tür vor der Nase zu.

Flick war stocksauer, dass sie sich so hatte zum Narren halten lassen. Am liebsten hätte sie Sturm geläutet, aber die sturköpfige Greisin würde sowieso kein zweites Mal aufmachen. Stattdessen rief sie vermutlich gerade ihren Sohn an. Ihre Reaktion ließ darauf schließen, dass sie Connor Laird kannte. Höchstwahrscheinlich hatte sie längst mit Ray über ihn gesprochen.

Upson trommelte mit den Händen den Takt zu einem Song im Radio aufs Steuer, als sie wieder einstieg.

»Das ging ja fix«, bemerkte er und drehte den Zündschüssel im Schloss. »Wieder zurück aufs Revier?«

»Nein!«, blaffte sie.

Das Ticken des Blinkers hallte in der angespannten Stille im Wageninneren, als er an einer Kreuzung anhielt. Upson machte ihn aus. Hinter ihnen hupte ein Wagen, als er die Handbremse anzog.

»Eddie, bitte«, sagte sie. »Fahren Sie einfach.«

Er hob die Hände. »Aber ich weiß doch gar nicht, wohin.«

»Nach Hackney.« Sie wurde rot. »Wir fahren nach Hackney.«

Upson seufzte. »Hab ich heute zufällig *Sandsack – bitte draufschlagen* auf der Stirn stehen?«

In jeder Kurve kullerte ihr eine leere Getränkedose über die Schuhe. Sie schnappte sie und warf sie hinter sich auf den Rücksitz. Beschämt über ihren Ausbruch, rang sie sich ein paar Fragen über seine Familie ab. Als sie in die Mare Street einbogen, hatte sich zumindest eine – wenn auch reichlich hölzerne – Art Unterhaltung zwischen ihnen entsponnen.

Erleichtert, der erdrückenden Atmosphäre aus saurer Milch und Feindseligkeit zu entfliehen, stieg Flick aus. »Holen Sie sich irgendwo einen Kaffee«, sagte sie zu ihm.

Der wöchentlich erscheinende *Hackney Express* war vor fünfzehn Jahren im Zuge der allgemeinen Zeitungskrise dichtgemacht worden. Eine Weile hatte die Zeitung als Gratisblättchen unter dem Namen *Hackney Argent And Express* weiterexistiert, aber letzten Endes hatte sich die Kurzform *The Hackney Argent* durchgesetzt.

Der Eingangsbereich – überall lagen Zeitungsstapel herum, die Wände waren mit Postern grinsender Promis zugepflastert – wirkte karg und unordentlich zugleich. Hinter dem Empfangstresen saß eine Handvoll Anzeigenverkäufer mit Headsets und telefonierte. Als Flick fragte, ob sie hier beim *Express* richtig sei, sah sie das Mädchen verächtlich an.

»Das hier ist der *Argent*«, sagte sie.

»Aber früher war es mal der *Express*.«

Die Miene des Mädchens wurde steinern. »Worum geht's?«

»Ich suche nach einem Artikel von 1984.«

Flick hätte sie ebenso gut nach Material über die Regentschaft der Tudors fragen können. »Das war lange vor meiner Geburt.«

»Ich hatte gehofft, dass der *Express* vielleicht die alten Ausgaben im Computer oder auf Mikrofiche archiviert hat.«

Bitte nicht Mikrofiche, dachte sie. Die Suche war fürchterlich umständlich. Die Polizei hatte ihre Mikrofilmdokumente längst in eine Datenbank übertragen. Aber ihre Sorge entpuppte sich als unbegründet, weil das Mädchen nicht die leiseste Ahnung hatte, wovon sie überhaupt sprach.

»Mikro…?«

»…fiche«, ergänzte Flick mit wachsender Ungeduld. »Das ist wie eine Art Film, den man auf einem bestimmten Lesegerät ansehen kann.«

Das Mädchen starrte sie ungläubig an. »Ich hab alle meine Fotos auf meinem Handy.«

»Ich fürchte, so etwas Anspruchsvolles haben wir nicht.« Eine Frau mittleren Alters mit einem Teebecher in der Hand, dessen Inhalt jede Sekunde überzuschwappen drohte, trat zu ihnen. Ihr glänzendes schwarzes Haar war wie ein betonierter Helm um ihr dickliches Gesicht frisiert. Sie trug einen langen Pulli und Leggings, die ihre in Ugg-Boots steckenden Beine wie zwei Artilleriegeschosse aussehen ließen. »Wonach suchen Sie denn genau?«

»Ich ermittle in vier Mordfällen.« Flick zückte ihre Dienstmarke.

Plötzlich schien das Interesse des Mädchens geweckt. Sie beugte sich vor. »Echt? Wahnsinn.«

»Sie können mir gern als Assistentin zur Hand gehen«, schlug Flick vor, was das Mädchen mit einem Blick quittierte, als wäre sie alles andere als scharf auf so eine Aufgabe.

»Haben Sie ein genaues Datum?«

»Der 31. Juli 1984.«

Die Frau – die sich als Diane vorstellte – notierte das Datum und warf Flick einen abschätzenden Blick zu. »Nur gut, dass Sie lange Beine haben.«

Sie führte Flick am Empfangstresen vorbei ins Untergeschoss und einen schwach beleuchteten, nach Bleichmittel stinkenden Korridor entlang.

»Hier bewahren wir all die alten Hefter auf.« Diane öffnete eine Tür und drückte auf den Lichtschalter, worauf die Neonbeleuchtung knisternd zum Leben erwachte. »Viel Glück beim Suchen.«

Der Raum war bis auf den letzten Zentimeter mit alten Büromöbeln und -gerätschaften vollgestopft – Schreibtische, Konferenztische, Aktenschränke, ein Kopierer, beige Computer und Bildschirme, die allesamt Staub sammelten. Man konnte sich kaum umdrehen.

»Hier drüben.« Regale mit hohen, schlanken Bänden säumten die gesamte Wand. Diane deutete auf die hinterste Ecke.

Zögernd arbeitete Flick sich durch das Gerümpel, wobei sie sich um ein Haar den Knöchel verstauchte, als sie über ein Faxgerät stieg. Sie ließ den Blick über die goldenen Prägebuchstaben auf den Rücken der ledergebundenen Bände schweifen – greifbare Erinnerungen an eine längst vergangene Ära der Zeitungsmacherei. Auf halbem Weg summte ihr Telefon. Flick sah auf das Display. April hatte ihr eine SMS geschrieben. Sie zwang sich, ihre Neugier zu zügeln, und steckte das Telefon wieder in ihre Tasche.

Schließlich stand sie im hinteren Teil des Raums und kletterte auf einen Stapel umgedrehter Schubladen, um das oberste Regal zu erreichen. Jeder Band enthielt die Artikel des *Hackney Express* aus sechs Monaten. Der Band Juli bis Dezember 1984 stand ganz hinten an der Wand. Die Schubladen wackelten gefährlich, als sie wie ein Surfer auf einer Welle balancierte und versuchte, den Rücken des Buches zu fassen zu bekommen, aber das Ding steckte fest und bewegte sich keinen Millimeter. Schließlich löste sich das billige Leder mit einem trockenen Schnappen von der Wand und dem danebenstehenden Band, sodass sie es herausziehen konnte.

Vorsichtig kletterte sie von ihrem Schubladenturm herunter, schlug die schwere Umschlagseite auf und begann zu blättern.

»Haben Sie gefunden, wonach Sie suchen?«, rief Diane von der Tür her.

»Ja, danke.«

Mit wachsender Anspannung blätterte sie weiter. Nach etwa zehn Minuten hatte sie es gefunden. Die Ausgabe war vom 6. August 1984 datiert.

LEBENSRETTER STIRBT IN FLAMMENINFERNO

lautete die Schlagzeile.

> Der heldenhafte Leiter des Longacre-Kinderheims ist während eines Brands ums Leben gekommen.
> Gordon Tallis (44) traf die schicksalhafte Entscheidung, ein letztes Mal in das brennende Heim zurückzukehren, und fiel dabei den um sich greifenden Flammen zum Opfer.

Es war derselbe Artikel, den auch Kenny Overton aufbewahrt hatte – mit dem Foto der verkohlten Überreste des Heims, allerdings war hier im Gegensatz zu Kennys Ausschnitt der Name des Fotografen noch vorhanden. Trevor Sutherland.

Flick blätterte zur Ausgabe der Vorwoche vom 31. Juli 1984 mit einer Story über die zunehmende Verschandelung durch Graffitischmierereien im Viertel auf der Titelseite. Sorgfältig ging sie alle Nachrichtenseiten, dann den Magazinteil, die Kleinanzeigen und schließlich den Sportteil durch.

Das war's.

Offensichtlich hatte sie den Bericht über den Besuch der Drakes im Heim und das dazugehörige Foto übersehen, deshalb blätterte sie zum Anfang zurück und fing noch einmal von vorn an, nur dass sie diesmal die Seiten mitzählte.

Das Blatt mit den Seiten sieben und acht fehlte. Es war herausgerissen worden. Ein dünner Papierstreifen zog sich über die gesamte Länge des Bandes, kerzengerade und messerscharf.

Noch eine Einbahnstraße.

»Sie stellen den Band einfach wieder rein, wenn Sie fertig sind, ja?«, rief Diane.

Flick schlug den Band zu. Eine Staubwolke stieg auf, und sie musste niesen. Sie kletterte auf die Schubladen, um den Band zurückzustellen, ehe sie sich einen Weg durch den Raum bahnte, ganz vorsichtig, so als navigiere sie über ein Minenfeld.

»Ist in letzter Zeit mal jemand hier unten gewesen?«

»Nicht dass ich wüsste«, antwortete Diane. »Ich fand es ja immer ein bisschen albern, diese lächerlichen Bände alle aufzubewahren, andererseits ist es eine Art Vermächtnis, nicht?«

»Also war niemand hier, um für ein Buch oder eine Seminararbeit zu recherchieren?«

Jemand hatte die Seite herausgerissen, um Spuren zu verwischen. Jemand, der seine Identität verschleiern wollte.

»Seit ich hier bin, hat keiner auch nur ansatzweise Interesse an etwas gezeigt, was mit dem *Express* zu tun hat. Aber wenn Sie mir sagen, wonach Sie suchen, kann ich gern in der Redaktion nachfragen.«

Flick erzählte ihr von dem Artikel über Leonard und Myra Drakes Besuch im Longacre. Diane notierte das Datum und die Seite im entsprechenden Band auf einem Schreibblock und riss die Seite ab. Flick erschauderte. Es war genau dasselbe Geräusch wie in der Asservatenkammer, als sie Ray Drake bei etwas gestört hatte.

Als er das Foto aus dem Zeitungsausschnitt gerissen hatte.

Er hatte Beweise manipuliert, etwas unterschlagen.

Und er stand in irgendeiner Weise, die sie noch nicht verstand, in Verbindung mit der Ermordung einer noch unklaren Anzahl von Menschen.

35

Wenn es nach ihm ging, setzte Ray Drake keinen Fuß in einen Pub. Zwar gab es immer wieder Anlässe wie Beförderungspartys oder ähnliche berufliche Feierlichkeiten, aber Alkohol war überhaupt nicht sein Ding. Er hatte nie geraucht, nie Drogen genommen und trank noch nicht einmal Kaffee. Er und Laura hatten sich oft mit ihren Freunden zum Abendessen in Restaurants getroffen, aber diese Bude mit ihren Holzvertäfelungen und Spiegeln, in der noch dazu ein scharfer Essiggeruch zu hängen schien, sprach ihn überhaupt nicht an. In Kneipen zu gehen machte ihn nicht zu einem anständigen Mann, zu einem besseren Mann. Aber genau das hatte er immer sein wollen.

Dass er zur Polizei gegangen war, hatte er seinen bemerkenswerten Instinkten zu verdanken, sein Privatleben hingegen hatte ihm stets den notwendigen Ausgleich verschafft – ein ruhiges, liebevolles Ambiente, alles wohl geordnet und sicher. Das war allein Lauras Verdienst. Und jetzt war sie fort und er gezwungen, allein mit dieser Situation zurechtzukommen. Seine Erinnerungen an Laura begannen allmählich zu verblassen, schienen im Wirbel der jüngsten Ereignisse fortgerissen zu werden. Und nun drohte er auch noch April zu verlieren. Die Vorstellung war unerträglich. Es wäre die reinste Katastrophe. Wenn seiner Tochter etwas zustieße, würde er endgültig den Boden unter den Füßen verlieren.

Er musste seine Tochter beschützen, musste sein Leben wieder in den Griff bekommen. Der Zwei-Uhr-Junge konnte jederzeit zuschlagen. Deshalb musste Drake ihn aufhalten.

Das war leichter gesagt als getan, aber er konnte es sich nicht erlauben, die Hände in den Schoß zu legen. Sollte Flick Crowley ihren Verdacht über das Longacre auf dem Revier laut aussprechen, würden sich die Ermittlungen sofort darauf konzentrieren.

Eine Waffe aus dem Revier zu besorgen stand nicht zur Debatte. Drake hatte keinen offiziellen Zugang zur Waffenkammer. Zwar kannte er genug Verbrecher, die ihm jederzeit eine Knarre besorgen würden – eine reine Geldfrage –, die meisten würden sich dieses Wissen jedoch später irgendwann eiskalt zunutze machen.

Seine wiederholten Anrufe bei April liefen völlig ins Leere. Ihr Telefon war entweder ausgeschaltet, oder der Anruf wurde direkt auf die Voicemail umgeleitet. Deshalb steckte Drake sein Handy wieder ein und setzte sich an einen Tisch im Pub in Bethnal Green, um auf Amelia Troy zu warten. Sie hatte ihm am Morgen eine SMS geschickt und um ein Treffen gebeten, als er zurückgerufen hatte.

An einem öffentlichen Ort, hatte sie gesagt. Irgendwo, wo viel los war.

An der Bar saßen ein paar Stammgäste; einer der Tische neben ihm wurde von einem lärmenden Grüppchen Bauarbeiter mit Beschlag belegt.

Drake schirmte die Augen gegen die fahle Wintersonne ab und sah Amelia Troy die Straße heraufkommen. Sie hatte das Haar aus dem Gesicht frisiert, trug eine Sonnenbrille und einen gelben Kapuzenpulli mit einer alten Lederjacke darüber und schmutzige weiße Turnschuhe. Die Hände hatte sie tief in den Taschen ihrer Jeans vergraben, und unter ihrem Arm klemmte irgendetwas. Als sie hereinkam und sich auf den Platz ihm gegenüber fallen ließ, rutschte ein zerknautschtes, in Krepppapier gewickeltes Skizzenbuch unter ihrem Arm hervor und landete auf dem Tisch. Winzige Glitterpartikelchen rieselten auf die hölzerne Tischplatte. Drake starrte wie gebannt darauf.

»Etwas zu trinken?«

Statt einer Antwort nickte sie in Richtung der Schwellung auf seinem Gesicht. »Sie haben mir nie richtig erklärt, woher Sie das haben.«

»Ich dachte, ich hätte es gesagt. Jemand hat sich der Verhaftung widersetzt. Ein Bursche, den wir zu einer Reihe von Einbrüchen befragen wollten.«

»Sie ermitteln also nicht nur in Mordfällen, sondern auch bei Einbrüchen?«

»Wenn es nötig ist«, antwortete er. »Ist alles in Ordnung?«

»Ich habe gestern Abend noch einen Anruf bekommen. Fünf oder höchstens zehn Minuten nachdem Sie weg waren.«

Drake schob sein Saftglas zur Seite. »Wieso haben Sie mich nicht …«

»Die Stimme war elektronisch verzerrt. Sie wissen schon … wie eine Roboterstimme.«

Er nickte. »Was hat der Anrufer gesagt?«

»Dass ich nicht vergessen soll, woher ich komme. Dann würde ich wissen, wieso ich … wieso ich sterben muss. Ich sei schuld, hat er gesagt.« Sie lachte. Ein schrilles Kichern, das ein mulmiges Gefühl in Drake heraufbeschwor. »Aber wie gesagt, ich kann mich nicht erinnern. Das ist das Einzige, was ich einfach nicht kann. Also habe ich ihn gefragt, woran ich mich erinnern sollte, und wissen Sie, was die Stimme gesagt hat?« Sie musterte ihn bedächtig. »Die Stimme hat gesagt, ich soll Sie fragen.« Drake verlagerte das Gewicht auf seinem Stuhl. »Haben Sie irgendeine Ahnung, was er damit meinen könnte, DI Drake?«

Er zwang sich, den Blick von dem Skizzenbuch zu lösen. »Nein, woher auch?«

»Wie wir ja beide wissen, habe ich keine Ahnung, was damals vorgefallen ist. Aber ich habe alles, was ich erlebt habe, festgehalten. Ich besitze Dutzende Bücher wie dieses hier, wenn auch nicht so alte.« Noch mehr Glitzerpartikel rieselten auf die Tischplatte, als sie mit dem Finger auf den Umschlag tippte. »Mein ganzes beschissenes Leben lang, während der Drogen, der Selbstmordversuche, während meiner Ehe, als mein Mann mir wehgetan hat, habe ich immer gearbeitet. Gestern Abend habe ich eine der Zeichnungen gesucht, die ich als junges Mädchen angefertigt habe. Ich habe einen Lagerraum gemietet ... Sie wissen schon, in einer dieser Firmen, wo man rund um die Uhr reinkann. Dort lagere ich meine frühen Skizzen.«

Ihre Finger strichen über den Kreppeinband.

»Ich habe die restliche Nacht dort verbracht, bis zum Morgengrauen, und bin meine Skizzenbücher durchgegangen. In Wahrheit habe ich mich zu Hause nicht mehr sicher gefühlt, wollte Sie aber nicht bitten, noch mal zu mir zu kommen, weil es mir peinlich war. Dort, in diesem Lager, habe ich mich nicht so allein gefühlt. Ich bin auf viele Projekte gestoßen, die ich mal angefangen, dann aber nicht weiterverfolgt habe. Vielleicht greife ich einige ja davon auf. Mal sehen, ob sich die Magie von früher wiederbeleben lässt.«

»Klingt nach einer guten Idee«, bemerkte Drake.

»Sie wirken etwas nervös, Ray. Darf ich Ray zu Ihnen sagen? Ich habe das Gefühl, Sie zu kennen. Das habe ich ja bereits gestern Abend gesagt, stimmt's? Dass mir Ihr Gesicht bekannt vorkommt.« Sie zog das Skizzenbuch heran, ein billiges Heftchen, wie man es bei jedem Schreibwarenhändler kaufen konnte. Auf der Vorderseite prangte ihr Name in säuberlicher, schwungvoller Schrift. Sie begann zu blättern. »Das ist eines meiner Skizzenbücher von ganz früher. Ich erinnere mich nicht mehr bewusst daran, aber es ist sehr alt, wie man sieht. Und es sind ein paar Zeichnungen drin, über die man nur staunen kann. Schon damals war ich ziemlich gut, das muss ich selbst sagen.« Sie schob es ihm zu. »Hier.«

»Amelia …«

»Bitte, sehen Sie es sich an.«

Drake schlug es auf und betrachtete die Zeichnungen und abstrakten Motive. Er erinnerte sich genau an sie; daran, wie sie dagesessen hatte, das Heft auf den Knien, völlig in ihrer Welt versunken, während ihr Bleistift übers Papier getanzt war. Mit jeder Seite wurden die Zeichnungen besser. Skizzen von Personen folgten. Gerry Dent. So dilettantisch die Zeichnung sein mochte, da Amelia in diesem Stadium erst noch hatte lernen müssen, wie man Menschen zeichnete, hatte sie trotzdem die Charakteristik der Frau ganz genau getroffen – ihre Schlampigkeit, ihren düsteren, berechnenden Blick.

»Ich habe keine Ahnung, wer das ist«, sagte Amelia und blätterte weiter. »Noch kenne ich sonst eine der Personen, die ich da gezeichnet habe.«

Es folgten Skizzen anderer Jugendlicher aus Longacre – lachend, weinend, beim Spielen. Amelia hatte sie alle festgehalten. Er erkannte einen Jungen namens Cliff wieder, der zwanghaft Schmutz gegessen hatte, oder Lena, deren Matratze sich über all Spielsachen wölbte, die sie anderen Kindern geklaut hatte.

»Ich frage mich, was aus all den Kindern geworden ist. Führen sie irgendwo ein ruhiges, angenehmes Leben oder sind sie wie Kenny …«

Ihre Stimme verebbte, als er eine Seite umblätterte – und eine Zeichnung von sich selbst sah, wie er auf der Treppe vor dem Heim saß. Sie hatte seinen traurigen Ausdruck perfekt eingefangen, das zerzauste Haar, die markanten Wangenknochen.

»Das sind Sie, stimmt's?« Ihre Stimme klang brüchig. »Ich würde sagen, das sind eindeutig Sie.«

»Amelia.« Er schob das Buch weg.

»Erklären Sie mir, wieso ich vor dreißig Jahren eine Skizze von Ihnen angefertigt habe.«

»Es ist nur ein Junge. Ihre Fantasie …«

»Sagen Sie mir nicht, ich sei paranoid. Inzwischen kenne ich den Unterschied zwischen Realität und Illusion.« Sie sah ihn bedrückt an. »Ich habe Albträume. Ich sehe ein brennendes Zimmer. Ich sehe Kinder und einen verrückten Mann mit Bart. Ich sehe, wie er mich anschreit und mich wegzerren will, spüre seinen Atem auf meinem Gesicht. Er hasst mich, will mich töten, uns alle. Dann wache ich schweißgebadet auf. Meine Bettwäsche ist klitschnass. Wenn Sie das also wirklich sind«, sie tippte mit dem Finger auf die Zeichnung, »dann würde ich gern wissen, wieso Sie mich die ganze Zeit belügen.«

In diesem Moment ging die Tür auf, und weitere Bauarbeiter kamen laut lachend herein.

Drake schluckte. »Ich bin es.«

Amelia kicherte nervös. »Ich verstehe das alles nicht.«

Drake beugte sich vor. »Es ist kompliziert, aber … ja, ich …«

»Ich muss gehen.«

»Amelia, bitte.«

Als sie aufstand, stieß sie mit den Schenkeln gegen die Tischplatte, sodass sein Glas vom Tisch fiel und klirrend zersprang. Einer der Gäste am Tresen lachte. »Wieso habe ich Angst, seit ich diese Skizze gesehen habe? Weil ich heute Morgen im Radio gehört habe, dass eine Frau namens

Deborah Yildiz verbrannt ist, und zwar nur wenige Stunden nachdem ich Ihnen ihre Adresse gegeben habe?«

»Es ist nicht so, wie Sie denken.«

Er wollte nach ihrer Hand greifen, aber sie riss sie weg. »Bleiben Sie mir vom Leib!«

»Alles klar da drüben?« Einige der Bauarbeiter kamen herüber und bauten sich hinter Drakes Stuhl auf.

»Es ist alles in Ordnung, danke«, sagte er, ohne aufzustehen.

»Ist das so?« Einer der Arbeiter, dessen Haar voll weißem Gipsstaub war, nickte Amelia zu. »Die Lady will nämlich gehen, wie es aussieht.«

Amelia floh aus dem Pub. Drake sah zu, wie sie sich die Kapuze über den Kopf zog und in der Menge verschwand.

»Vielleicht solltest du deine Anzahlung zurückverlangen«, erklärte der Typ. »Von dem Charme-Seminar, das du belegt hast.«

Unter johlendem Gelächter wandten sich die Männer ab, während Drake einen letzten Blick auf sein freudloses Porträt warf, bevor er das Skizzenbuch einsteckte.

Wenig später saß er hinter dem Steuer seines Wagens, den er in einer ruhigen Wohnstraße abgestellt hatte, und überlegte, eine CD mit einem Concerto einzulegen, das Laura gespielt hatte. Aber ihm war klar, dass es sinnlos war. Er würde die Musik gar nicht hören, weil das stumme Dröhnen in seinem Innern, all die schrecklichen Erinnerungen die Klänge der Musik übertönen würden.

Mit jeder Stunde wuchs seine Wut, schlug immer weiter aus wie der Zeiger eines Seismografen, der übers Papier hüpfte. Er spürte, wie sie sich ausbreitete und die Leere in seinem Herzen füllte, die Laura mit ihrem Tod gerissen hatte.

36

»Die sind alle nebenan bei diesem Arien-Heini«, sagte die Empfangsdame im Valleywell Retirement Village. »Gehen Sie ruhig rein, er ist das ständige Kommen und Gehen gewohnt.«

Flick folgte dem Bariton, der in der Lobby des Seniorenheims gerade eine Version von *O sole mio* darbot. Es war ein ziemlich schräger Anblick, an einem gewöhnlichen Wochentag mitten in Finchley einen Künstler im Smoking, mit Fliege und pomadisiertem Haar inbrünstig ein Lied schmettern zu sehen. Flick suchte den Raum nach Harry ab, der in dem Meer aus Grauhaarigen nur schwer auszumachen war. Die Empfangsdame war sicher gewesen, dass er hier sein musste – »die Herrschaften lieben ihre Opernnachmittage« –, doch soweit Flick sich erinnerte, beschränkte sich Harrys Musikleidenschaft auf ein paar Lieder aus *Hello Dolly*.

Als der Sänger Flick bemerkte, pflückte er eine rote Rose aus einem Strauß neben dem CD-Player, der den Orchesterhintergrund lieferte, und bahnte sich einen Weg an Sofas und Stühlen vorbei, um sich vor Flick auf ein Knie sinken zu lassen und sie anzuschmachten. *Ma n'atu sole, cchiù bello, oi ne, 'o sole mio sta 'nfronte a te!*

Höflich nahm Flick die Rose entgegen, obwohl sie sich innerlich vor Scham wand. Zu ihrer Erleichterung entdeckte sie Harry an einem der Tische im Garten und durchquerte eilig den Raum. Falls ihr Vater erfreut sein sollte, dass seine jüngste Tochter unverhofft wieder in sein Leben getreten war, ließ er es sich zumindest nicht anmerken.

»Meine Damen«, sagte er mit einer vagen Geste auf die beiden Frauen am Tisch, »das ist meine Tochter.«

Erstaunt bemerkte Flick, wie viel Gewicht Harry verloren hatte. Zwar besaß er nach wie vor einen dichten grauen Schopf, doch seine Wangen waren eingefallen, und unter seinem Kinn hing ein faltiger Hautlappen wie bei einem Truthahn. Er trug ein knallbuntes Hawaiihemd, Bermudahosen und Desertboots. Vor ihm auf dem Tisch lag ein Filzhut.

»Setz dich doch.« Er deutete auf einen Stuhl. »Becca, Claire, darf ich euch Felicity vorstellen.«

Drinnen stimmte das Orchester aus dem CD-Player ein Lied an, das Flick als Hintergrundmusik zahlloser Werbespots kannte. Der Bariton pumpte beim Singen leidenschaftlich mit den Armen.

»Das ist doch nicht deine Tochter«, bemerkte Becca.

»Du meinst meine älteste. Ich habe zwei Töchter. Das hier ist Felicity. Sie ist in die Fußstapfen ihres alten Herrn getreten und auch Polizistin geworden. Sie ist Constable bei der Mordkommission.«

»Ich bin mittlerweile DS«, korrigierte Flick, aber bestimmt hatte Nina es ihm ohnehin erzählt, deshalb sollte er es eigentlich wissen.

»Die, die allein lebt und keinen Mann halten kann«, warf Claire ein.

»Wenn sie häufiger lächeln würde, wäre das bestimmt anders«, warf Becca ein.

»Könnten wir uns kurz unterhalten?«, fragte Flick ungeduldig.

»Vielleicht ist sie ja eine von denen, die sich in Wahrheit gar nicht für Männer interessiert.«

»Was habe ich dir über diese Zeitschriften gesagt?«, Harry drohte Becca mit dem Finger. »Die bringen einen bloß auf Ideen.« Mit einer raschen Bewegung setzte er seinen Hut auf, als wäre eine Maus darunter gefangen, die er an der Flucht hindern wollte. »Also, meine Damen, ich gehe davon aus, dass Felicity nicht viel Zeit hat, deshalb würdet ihr uns jetzt bitte entschuldigen?«

Es dauerte eine halbe Ewigkeit, bis die Frauen ihre Strickjacken übergestreift und ihre Sachen zusammengesammelt hatten – Flick hatte in dieser Zeit schon ganze Tatorte gesichtet – und fest untergehakt den gefährlichen Marsch zurück ins Haus antraten.

»Mein Harem.« Harry lachte, während Flick den Blick über den sorgfältig angelegten Garten und die neu gebauten Bungalows auf beiden Seiten schweifen ließ. »Hör nicht auf sie. In diesem Alter kriegen sie das eine oder andere in den falschen Hals. Natürlich weiß ich, dass du immer noch mit diesem Alex zusammen bist.«

»Wir haben uns getrennt«, sagte sie. Vor Jahren, wie er sehr wohl wusste.

»Pflüge den Acker, solange du noch kannst, Mädchen, aber denk dran, dass die Uhr tickt. Du willst am Ende doch nicht ganz allein dastehen.«

»Ich bin nicht hier, um über dieses Thema zu reden«, wiegelte sie eilig ab. »Du warst doch in den Achtzigern auf dem Revier in Hackney, als es dieses Kinderheim dort gab.« Sie zog ihren Notizblock heraus. »Es wurde von einem Mann namens Gordon …«

»Tallis.« Harry nippte an seinem Kaffeebecher. »An den Namen erinnere ich mich noch ganz genau.«

»Was kannst du mir über ihn sagen?«

»Er war ein armseliger kleiner Mann, der ein armseliges kleines Kinderheim in einer armseligen kleinen Straße geleitet hat. Der Laden wäre über kurz oder lang sowieso platt gemacht worden, weil sie in der Gegend alles abgerissen und neu aufgebaut haben. Inzwischen gibt es dort nur noch schicke Apartments und Restaurants für Veganer.«

»Er hat Missbrauch betrieben?«

»Nicht nur das, er hat die Kids auch benutzt, um Heroin im Norden Londons zu vertreiben.«

»Woher weißt du das alles?«

»Jeder wusste es. Na ja, bestimmte Leute.« Harry nahm seinen Hut ab und strich sich das Haar glatt. »Du verachtest mich, weil ich deinen Vorstellungen nie gerecht geworden bin, aber du darfst nicht vergessen, dass das damals andere Zeiten waren. Ja, ich hab mich schmieren lassen, war aber nicht der Einzige. Tallis hat dafür bezahlt, um sich bestimmte Polizisten vom Leib zu halten. Ich war sein Verbindungsmann, sein Verteiler, wenn du es so bezeichnen willst. Er hat mir das Bargeld gegeben, und ich habe es dann an Cops und sonstige kleine Lichter in irgendwelchen Amtsstuben weiterverteilt, damit sie ein Auge zudrücken, während er dieses Heim als Drogenumschlagplatz benutzt. Eine schlaue kleine Operation. Keiner hätte jemals ein Kinderheim im Verdacht, zumindest damals nicht. Ein willfähriges junges Mädchen namens Sally Raynor kam, um das Geld vorbeizubringen. Sie stammte aus anständigen Verhältnissen, bevorzugte aber ein Leben in der Gosse, und tiefer sinken, als sich im Dunstkreis von Gordon Tallis aufzuhalten, konnte man wohl kaum. Sie war ein nettes Mädchen, aber hoffnungslos drogensüchtig. Irgendwann war sie einfach weg, wie vom Erdboden verschluckt.«

»Und du glaubst, Tallis hatte etwas damit zu tun?«

»Er war ein ziemlich leicht erregbarer Bursche.« Er machte mit dem Finger eine kreisförmige Bewegung an der Schläfe. »Nicht ganz richtig im Oberstübchen. Ein unheimlicher Kerl mit einem Grinsen, bei dem man Gänsehaut gekriegt hat.«

»Und er ist bei dem Brand im Heim ums Leben gekommen.«

»Das Longacre ist bis auf die Grundmauern abgebrannt, und er war drinnen. Kein großer Verlust für die Gesellschaft. Vermutlich haben die Kids ein Freudentänzchen aufgeführt.«

»War es Brandstiftung?«

»Es heißt, Gordons Freunde aus der Drogenszene seien mit der Art, wie er seine Geschäfte betrieben hat, zunehmend unglücklich gewesen. Als man seine Leiche gefunden hat, war sie mit Handschellen an einen Heizkörper gekettet.«

Flick setzte sich abrupt auf. »Mit Handschellen angekettet?«

»Ja.« Harry wand sich unbehaglich. »Und rein zufällig waren es meine.« Sie starrte ihn an. »Sieh mich nicht so an. Man hat sie mir gestohlen«, fügte er hinzu.

»Wer?«

»Ein ekelhafter kleiner Mistkerl namens Connor Laird.«

Flick spürte, wie sich ihr Pulsschlag beschleunigte. Drinnen warf der Bariton zum Finale dramatisch die Hände in die Luft, und sein Publikum applaudierte.

»Connor Laird. Weißt du, was aus ihm geworden ist?«

»Allerdings.« Harry lächelte über ihren Eifer. »Er ist auch bei dem Brand ums Leben gekommen.«

In der Lobby wurde die CD gewechselt, und die ersten Noten von *Nessun Dorma* erklangen.

»Was für ein Affentheater«, bemerkte Harry kopfschüttelnd. »Wir müssen uns das jede Woche reinziehen. Es ist unglaublich, was man mit Rentnern so anstellt. Hör auf meinen Rat, Felicity, und werde niemals alt.« Er quittierte Flicks unübersehbare Ungeduld mit einem Seufzer. »Damals hatten wir eben nicht dieselbe tolle Kriminaltechnik wie ihr heute. Man hat eine nicht identifizierte Leiche neben Tallis gefunden, und Connor Laird war der einzige Jugendliche, der es nicht aus dem Heim geschafft hat. Alle anderen konnten erfasst werden.«

»Bist du hundertprozentig sicher, dass er es war?«

»Das ist so sicher wie das Amen in der Kirche.«

»Woher weißt du das?«

»Weil«, antwortete Harry geduldig, »Tallis und Connor Streit miteinander hatten, der aus dem Ruder gelaufen ist, und es sieht so aus, als hätte Tallis den Jungen einfach mit in den Tod gerissen.«

»Aber wieso wurde in den beiden Todesfällen nie weiter ermittelt?«

»Es gab eben ein paar Bullen, die sich auf eine hübsche Pension freuen konnten, mein Schatz. Sie alle hätten einige ziemlich unschöne Fragen beantworten müssen, wenn ihre Beziehung zu Gordon Tallis ans Licht gekommen wäre. Es gab keine Unterlagen zu Connor, keine Geburtsurkunde, und Familie oder sonstige Angehörige hatte er auch nicht. Er war aus dem Nichts aufgetaucht, und dann war er eben tot.« Er zupfte an dem Hautlappen unter seinem Kinn. »Und keinen hat es gekümmert, weil es im Interesse vieler Leute, darunter auch in meinem, lag, dass kein großes Aufhebens um seinen Tod gemacht wird.«

»Und was, wenn er gar nicht tot ist?«

»Ist er aber.«

»Rein hypothetisch. Was wäre wohl aus ihm geworden?«

Harry dachte einen Moment nach. »Connor Laird war ein schlimmer Junge. Ich bin ihm einmal begegnet und habe ihm in die Augen gesehen. Der Ausdruck darin war … wie soll ich sagen … animalisch. Er war voller Verachtung und Hass auf die Welt und auf jeden, der darin lebte. Dieser Junge hatte keinen Funken Anständigkeit im Leib. Wenn er erwachsen geworden wäre … nun ja, man könnte jeden, der ihm in die Quere käme, nur bedauern.« Harry kniff die Augen zusammen. »Ich weiß noch, dass sich der Brand unmittelbar nach dem Besuch dieses Richters und seiner Frau ereignet hat.«

Flick umfasste ihren Stift fester. »Leonard Drake?«

»Genau. Einer unserer Männer ist zu ihm nach Hause gefahren, um eine Aussage aufzunehmen, und der alte Knabe hat ihm unmissverständlich klargemacht, dass er sich verziehen soll.«

»Ich muss los.«

»So schnell?«, fragte Harry. »Jetzt, wo du hast, was du wolltest, verschwindest du gleich wieder?«

»Genau.«

»Hör sich das einer an.« Grinsend sah Harry zu dem Bariton hinüber, der, beide Hände auf die Brust gelegt, ein altes Ehepaar anschmetterte. »Dieses langsame, traurige Lied über die Einsamkeit. Das ist für uns, Felicity.«

Also hatte Nina ihm von ihrem Umzug nach Australien erzählt.

»Ich bin zu alt für diesen Unsinn«, fuhr er fort. »Ich will diesen Krieg gegen dich nicht weiterführen. Können wir nicht einfach Waffenstillstand vereinbaren? Es macht mich traurig, dass Nina sich überwinden kann, mir zu verzeihen, du aber nicht.«

»Ich gehe jetzt.«

»Ich reiche dir gerade den Olivenzweig«, stieß er ärgerlich hervor.

»Du hast es ja noch nicht mal fertiggebracht, Mum zu besuchen.« Flick ließ Stift und Notizblock in ihre Tasche fallen. »Ich habe dich wieder und wieder darum gebeten, aber du hast dich nie blicken lassen. Wir haben dich einfach nicht interessiert«, sagte sie bitter. »Weder ich noch Nina oder Daniel.«

»Bitte«, sagte er leise. »Meine Affären, dass ich deine Mutter verlassen und mich nicht um sie gekümmert habe, als sie krank war, meine Verfehlungen als Polizist … ich konnte deine Anforderungen nicht erfüllen und werde es auch niemals können. Aber lass uns doch mal ganz ehrlich sein. In Wahrheit hasst du mich für das Einzige, wogegen ich nichts tun konnte. Für Dan.«

»Das stimmt nicht.« Ihr Telefon läutete in ihrer Handtasche, doch als sie es herausgezogen hatte, war es verstummt.

»Ich will dir eines sagen«, fuhr er fort, während sich seine Miene verdüsterte. »Er war dein Bruder, aber er war auch mein Sohn. Mein einziger Sohn, und du wirst nie wissen, wie es ist, ein Kind zu verlieren … sich jeden Tag fragen zu müssen, ob er vielleicht irgendwo dort draußen lebt oder irgendwo verscharrt liegt.«

»Ich will mir das nicht anhören.«

So war es immer schon zwischen ihnen gewesen. Sie hielten es keine zwanzig Minuten miteinander aus, ohne dass die alten Feindseligkeiten aufflackerten.

»Nina, die so ein liebevoller und aufmerksamer Mensch ist, hat immer gespürt, wie sehr mich sein Verschwinden getroffen hat. Hier drin.« Er schlug sich auf die Brust. »Also bilde dir gefälligst nicht ein, du hättest das Monopol auf das Leiden gepachtet. Und ich will dir noch etwas sagen. Sie verdient ein Leben weit weg von mir. Und von dir.«

Flick zuckte zusammen. »Das stimmt nicht. Sie liebt …«

»Wir beide, Felicity, wir sind Parasiten.« Er wusste schon immer, wie er mit ihren Ängsten spielen musste. »Wenn du mich fragst, hat sie und ihre Familie alles Glück dieser Erde verdient.« Harry sah zu den Heimbewohnern und dem Personal hinüber, die wie gebannt an den Lippen des Sangeskünstlers hingen. »Noch einen letzten Punkt, Flick …«

»Nenn mich nicht so.«

»Sosehr du dich daran aufhängst, wie wenig du mich leiden kannst, vergiss nicht, dass ich Tag und Nacht Leute um mich habe, manchmal sogar so viele, dass ich mich in mein Zimmer zurückziehe, weil mir der Wirbel zu viel wird. Deshalb, ja, bereue ich es, dass ich mich nicht um dich gekümmert habe, wie ich es hätte tun müssen, aber mir ist bewusst, dass ich niemals einsam sein werde. Kannst du das auch von dir behaupten?«

In diesem Moment gelangte der Sänger zum Höhepunkt der Arie, und das Publikum applaudierte begeistert. Er verbeugte sich, ging herum und verteilte seine Rosen. Die Terrassentüren schwangen auf, und eine der Pflegerinnen erschien. »Alles in Ordnung, Harry?«, fragte sie.

»Alles prima, Schätzchen.« Ein breites Lächeln erschien auf seinem Gesicht. »Ich hab Besuch.«

Flick wartete darauf, dass er *Meine Tochter* hinzufügte, aber er tat es nicht.

»Sie haben den Auftritt verpasst«, meinte sie.

»Ich sehe ihn mir nächste Woche an. Oder übernächste.« Er zwinkerte ihr zu. »Ich komme gleich wieder rein.«

Als die Pflegerin gegangen war, trat Harry zu Flick. »Schau einfach wieder rein, wenn du in der Gegend bist. Vielleicht kannst du ja nächstes Mal länger bleiben.«

Kaum war er durch die Tür getreten, stürzte er sich lachend und grinsend mitten ins Getümmel. Noch während Flick sich fragte, ob sie im Heim wohl Empfang hatte, läutete ihr Telefon erneut.

37

Erschöpft fuhr Ray Drake sich mit der Hand über die Augen. »Das ist doch völlig unvernünftig.«

Myra saß auf der Kante des abgenutzten Sofas, das bereits seit dem Tag ihrer Geburt zum Mobiliar des Hauses gehörte. Als Laura alles neu eingerichtet hatte, war Myra nicht davon abzubringen gewesen, es zu behalten. Es sei bequem und gut für ihren Rücken, behauptete sie, aber die ganze Familie wusste, dass sie es aus purer Starrköpfigkeit behalten wollte. Sie faltete den *Telegraph* zusammen, den sie gerade gelesen hatte, und legte ihn neben sich.

»Wie gesagt, wieso sollte ich mein Haus verlassen?«

»Es geht um die Angelegenheit, über die wir neulich abends gesprochen haben.«

»Die Morde«, sagte sie. »An den ehemaligen Kindern dieses Heims.«

»Wir ermitteln in diese Richtung, aber …«

»Das kann ich mir vorstellen.« Über den Rand ihrer Brille hinweg sah sie ihm zu, wie er im Raum auf und ab tigerte. »Diese Polizistin war heute hier und wollte mit mir reden.«

Er blieb abrupt stehen. »Flick Crowley.«

»Du hast sie zur Beerdigung eingeladen, obwohl es sie weiß Gott nichts anging.«

Flicks verbohrte Entschlossenheit, in Richtung des einstigen Kinderheims zu ermitteln, war also ungebrochen. Er würde mit Harris reden müssen, damit sie von dem Fall abgezogen wurde, aber sollte Amelia Troy inzwischen Kontakt zu ihr aufgenommen haben, würde sein Leben im Handumdrehen aus dem Ruder laufen.

»Was hat sie gesagt?«

»Sie hat mich nach dem Heim gefragt. Ich habe ihr gesagt, sie soll sich verziehen. Aber ich kann dir nur den guten Rat geben, sie so schnell wie möglich an die Luft zu setzen, Ray.«

»Du hast meine Frage nicht beantwortet. Wirst du verreisen, nur für eine kleine Weile? Ich kann nicht rund um die Uhr hier sein.«

Myra nahm ihre Brille ab. »Und inwiefern ist das wichtig?«

Sie zwang ihn also, es laut auszusprechen. »Du könntest in Gefahr schweben, Myra.«

Die alte Frau strich mit dem Finger über das verschrammte Medaillon um ihren Hals. »Aber wo sollte ich denn hingehen?«

»Irgendwohin außerhalb der Stadt«, antwortete er. »Besuch jemanden aus der Familie. Mach ein paar Tage Urlaub.«

»Ich bin siebenundachtzig Jahre alt. Jeder Urlaub könnte mein letzter sein.«

»Es muss doch Leute geben, die du …« Er hielt inne. Es ärgerte ihn, dass er bis heute praktisch nichts über diese verschlossene Frau wusste, die einen mit ihrer Art auf die Palme bringen konnte. Vor vielen, vielen Jahren, nach den Vorkommnissen im Heim, hatte sie sich von der Familie abgekapselt – zumindest von dem kleinen Teil, mit dem sie überhaupt noch in Verbindung gestanden hatte. Aber schätzungsweise war der Großteil ohnehin längst tot.

»Das Risiko würde ich eingehen.«

»Trotzdem wäre es mir lieber, wenn du …«

»Hör auf, Raymond. Du sprichst mit mir und nicht mit einem schwachsinnigen Kollegen.« Sie stemmte sich vom Sofa hoch. Drake wollte ihr zu Hilfe eilen, aber sie winkte nur ab. »Siehst du deshalb aus, als hätte dich jemand rückwärts durchs Gebüsch gezerrt? Wurdest du überfallen?«

»Es ist … eine reine Vorsichtsmaßnahme.«

»Jetzt wirst du mir einmal zuhören. Als Leonard und ich in diese Sache mit dem verdammten Heim hineingezogen wurden, war uns klar, was passieren könnte. Ich werde nicht alles stehen und liegen lassen, nur weil irgendein armseliges Würstchen mich bedroht.«

Sie hatte nie auch nur einen Millimeter nachgegeben, war nie eingeknickt oder hatte sonst eine Schwäche gezeigt.

»Er hat mehrere Menschen ermordet, Myra. Er ist gefährlich.«

»Und ich glaube fest daran, dass du ihn aufhalten kannst.«

»Dann lass mich wenigstens jemanden engagieren, der bei dir bleibt.« Ihr einen diskreten Beschützer zu beschaffen sollte kein Problem darstellen. Er kannte jede Menge Leute, die ihre Sicherheit gewährleisten konnten. »Nur bis ich das Problem aus der Welt geschafft habe.«

»Ich will aber keine Fremden im Haus haben.«

»Er ist hinter mir her, und er wird auch hinter dir her sein.«

»Und woher weißt du das?«

»Weil er es mir gesagt hat«, herrschte er sie an. »Ich flehe dich an, sei doch vernünftig.«

»Ich habe dich nicht zu einem Mann erzogen, der andere anbettelt«, zischte sie und berührte vorsichtig ihre Frisur. Einst war ihr Haar wie ein unbeweglicher Helm gewesen, ein hochtoupiertes Konstrukt in bester Thatcher-Tradition, heute hingegen schimmerte an vielen Stellen ihre schuppige Kopfhaut durch.

»Meine Großeltern haben dieses Haus schon bewohnt«, fuhr sie leise fort. »Ich habe mein ganzes Leben hier verbracht und hoffe, dass du weiterhin hier wohnen wirst, auch wenn ich weiß, dass du in letzter Zeit hier nicht glücklich warst.« Er wusste, dass dies das Äußerste zum Thema Laura war. »Aber ich werde nicht davonlaufen. Das ist nicht meine Art.«

Er nickte in Richtung des Medaillons. »Darf ich es ansehen?«

»Wenn du willst«, antwortete sie nach kurzem Zögern.

Sie hob ihre fedrigen Haarbüschel im Nacken an, während Drake hinter sie trat, um den Verschluss zu öffnen. Myra klappte das Medaillon auf, in dem sich ein kleines sechseckiges Foto befand. Er hatte es noch nie vorher gesehen, und sie hatte nie angeboten, es ihm zu zeigen. Ihr arthritischer Finger schwebte über der Aufnahme, als hätte sie Angst, sie zu berühren, weil das Foto verblassen oder zerfallen könnte.

»Ich habe mich nie bei dir bedankt«, sagte er. »Für alles, was du für mich getan hast.«

Ein Ausdruck, den er noch nie gesehen hatte – ein kaum merklicher Anflug von Verletzlichkeit –, huschte über ihr Gesicht, und sie wandte sich ab.

»Du warst kein einfacher Junge, aber Leonard hat dich sehr gern gehabt. Mag sein, dass er es nicht gezeigt hat, trotzdem war es so. Und ich habe dich … geliebt, hoffe ich. Auf meine Weise.« Sie klappte das Medaillon zu, und ihre Züge versteinerten. »Das Wichtigste ist jetzt, dass du deine Tochter beschützt. April braucht dich, auch wenn es diesem egoistischen Kind nicht bewusst ist. Sie muss an oberster Stelle stehen.«

»Mein ganzes Leben habe ich immer getan, was du gesagt hast«, sagte er und kämpfte gegen seine aufsteigende Verärgerung an.

Angewidert verzog sie den Mund. »Du machst dich lächerlich, Raymond.«

»Und jetzt will ich, dass du tust, was ich sage.«

»Das ist mein …«

»Du wirst tun, was ich dir sage.«

Sie musterte ihn kalt.

»Es gibt da einen Neffen«, sagte sie schließlich. »Er lebt in Kent. Ich könnte ihn anrufen und ihm sagen, dass ich ihm für ein paar Tage das Vergnügen meiner Gesellschaft machen werde. Er fällt bestimmt aus allen Wolken. Ist das in Ordnung?« Drake nickte, obwohl er nicht hundertprozentig überzeugt war, dass er ihr glauben konnte. »In der Zwischenzeit habe ich etwas, das dir ganz nützlich sein könnte.«

Sie trat zu einer Schublade und nahm ein zusammengefaltetes Stück Stoff heraus, den sie vorsichtig zurückschlug …

Eine kleine Pistole kam zum Vorschein.

Er trat vor. »Wo um alles in der Welt hast du die her?«

»Wir besitzen sie schon seit Jahren. Leonard hat sie aus dem Krieg mit nach Hause gebracht.«

Drake nahm das Magazin heraus – es war geladen – und schob es wieder hinein.

»Ich glaube, das ist eine Beretta«, sagte Myra und sah zu, wie er die Waffe in der Hand wog. »Sie sollte noch funktionieren. Ich habe sie immer sorgfältig aufbewahrt. Ich hoffe zu deinem Besten, dass sie geht.«

»Du erstaunst mich immer wieder, Myra.« Er schüttelte den Kopf. »Wieso hast du mir nicht schon früher davon erzählt?«

»Es wäre wohl keine gute Idee gewesen, dich damit spielen zu lassen, als du noch jünger warst«, sagte sie und sah ihm in die Augen. »Tu, was du tun musst, Raymond, damit möglichst bald wieder Normalität einkehrt.«

38

Perry lenkte den Wagen mit zwei Rädern auf den Randstein, hielt an und zog die Handbremse an. Auf der anderen Seite des Ackers zogen sich die Scheinwerfer der auf der M11 dahinkriechenden Fahrzeuge wie eine Perlenschnur durch die Dunkelheit.

Er griff über das Armaturenbrett hinweg ins Handschuhfach, zog zwei Sturmhauben und noch etwas anderes heraus, bei dessen Anblick Elliot der Atem stockte.

»Wieso um alles in der Welt hast du eine Waffe mitgenommen?« Ohne ihn zu beachten, schlug Perry das Handschuhfach zu und steckte die Waffe, ein plumpes, hässliches Ding, in seine Tasche. »Ich hab dich gefragt, wieso …«

»Wieso ist das wichtig?« Perry fuhr herum. Seine Nasenflügel bebten. Er hatte die ganze Fahrt über kaum ein Wort gesagt – nicht dass Elliot scharf auf eine Unterhaltung gewesen wäre, aber Perrys miese Stimmung hatte mächtig an seinen Nerven gezerrt.

»Wieso das wichtig ist?« Elliot gab sich alle Mühe, sich seine Panik nicht anmerken zu lassen. »Du hast gesagt, die Bewohner seien in den Ferien.«

»Ich hab überhaupt nichts dergleichen gesagt.« Perry grinste höhnisch. »Wenn Owen dir einen vom Pferd erzählen will, ist das allein seine Entscheidung. Außerdem sind es nur zwei alte Leute, also mach dir nicht ins Hemd.«

»Ich gehe da nicht rein.« Einbruchdiebstahl war schon schlimm genug, aber mit einer tödlichen Waffe in ein Haus einzudringen, gepaart mit versuchter Körperverletzung, war eine Grenze, die er unter keinen Umständen überschreiten würde. So einer war er nicht. Weder jetzt noch irgendwann.

»Und wie du mit reinkommst«, erklärte Perry und zog sich die Sturmhaube über den Kopf. »Sonst wird Owen dir heimleuchten.«

Elliot würde keinen Fuß in dieses Haus setzen, ums Verrecken nicht. »Das kannst du alleine machen«, sagte er betont langsam.

Drohend lehnte Perry sich herüber und starrte ihn an – der schwarze Stoff der Sturmhaube ließ seine Augen wie kleine, harte Kieselsteine aussehen. »Na schön, dann fährst du eben. Aber sieh zu, dass du bereit bist, wenn ich rauskomme.« Er nahm einen Rucksack vom Rücksitz und zwinkerte ihm zu. »Bin gleich wieder hier.«

Beklommen sah Elliot zu, wie Perry auf das große, halb hinter Papyrusgras verborgene Haus am Ende einer langen, gewundenen Straße zuging. Das Ganze würde nicht gut enden, so viel stand jetzt schon fest. Wenn Owen erfuhr, dass Elliot sich geweigert hatte, mit Perry hineinzugehen, würde er ihm das Geld nicht geben. Elliot hätte seinen Teil des Deals nicht erfüllt, und er wäre wieder da, wo er angefangen hatte. Aber er hatte Rhonda versprochen, das Geld zurückzuholen. Also blieb ihm gar nichts anderes übrig.

Außerdem ließ Perrys Körpersprache – die Lässigkeit, mit der er die Auffahrt hinaufschlenderte – keinen Zweifel daran, was gleich passieren würde.

Minuten später hörte er einen Schrei.

Elliot schlug mit der flachen Hand auf das Armaturenbrett – das durfte nicht wahr sein! – und zog sich mit einer abrupten Bewegung die Sturmhaube über den Kopf. Die Wolle kratzte auf seiner Kopfhaut, und er bekam kaum Luft.

Elliot rannte die Auffahrt hinauf und sah, dass die Eingangstür angelehnt war. Stöhnen und laute Stimmen drangen nach draußen. Obwohl weit und breit kein anderes Haus stand, war es komplett schwachsinnig, so ein Risiko einzugehen. Er ging hinein und folgte den Stimmen in Richtung Wohnzimmer, wobei er sich die Schulter am Türrahmen stieß.

Ein älterer Mann in einer Strickjacke kauerte auf einem Stuhl. Durch die schmalen Schlitze in der Sturmhaube entstand der Eindruck, als kralle sich der alte Mann an den Armlehnen fest, während der Stuhl wie ein Schiff auf stürmischer See umhergewirbelt wurde.

»Nein!«, rief er flehend. »Meine Frau!«

Elliot blieb fast das Herz stehen, als er sah, dass Perry sich über der alten Frau aufgebaut hatte, auch wenn er wegen seines eingeschränkten Gesichtsfelds nicht gut sehen konnte. Die Frau kniete auf dem Boden und hatte die Arme schützend um den Kopf gelegt. Ihr langes Haar hatte sich aus einer Spange gelöst und fiel ihr um die Schultern. Perry fuchtelte mit der Waffe herum. »Los, mach ihn auf!«

»Nein«, stöhnte sie. »Ich weiß nicht, was Sie …«

»Mach … den … verdammten … Safe … auf!« Perry packte sie im Genick, drückte sie nach unten und presste die Waffe gegen ihren Hinterkopf.

Als Elliot sich umdrehte, sah er kurz das bleiche, erstarrte Gesicht des alten Mannes aufblitzen, doch als er sich wieder umwandte, waren Perry und die alte Frau verschwunden. Der Schweiß brach ihm unter dem dicken Wollgewebe aus, und er spürte Panik aufsteigen. »Los, aufmachen, aufmachen«, hörte er Perry schreien.

Elliot blinzelte, der Raum verschwamm plötzlich vor seinen Augen, weil ihm die Sturmhaube an der Stirn klebte und ihm der Schweiß in die Augen lief, sodass er endgültig nichts mehr erkennen konnte.

»Der Safe, du blöde Kuh!« Perrys Stimme klang heiser vor Wut. »Mach sofort den Safe auf!«

»Bitte, tun Sie meiner Frau nichts«, hörte Elliot den alten Mann hinter sich betteln.

»Mach den Safe auf, sonst …«

Perrys drückte seine Waffe fester gegen den Kopf der alten Frau, deren Stöhnen vom dicken Flor des Teppichs erstickt wurde. Elliot konnte nirgendwo einen Safe entdecken. Er sah überhaupt nichts, konnte nicht atmen. Er musste etwas unternehmen.

»Los, beweg dich!« Perry deutete mit der Waffe auf einen Schrank. Erst jetzt wurde Elliot klar, dass er ihn meinte. Er taumelte vorwärts, wobei er über die Fransen des Teppichs stolperte. Seine Brust fühlte sich an, als würde sie gleich platzen. Mit einem Mal schien es, als wäre nicht genug Luft im Raum, nicht genug Sauerstoff auf dem gesamten Planeten, um seine Lunge zu füllen. Er schob den Schrank ein Stück beiseite, hinter dem ein in die Wand eingelassener Safe zum Vorschein kam.

»Wir haben hier ein Problem«, sagte Perry zu dem alten Mann, der sich auf seinem Sessel vor und zurück wiegte. »Ich brauch den Zugangscode, denn ohne die Kombination …«

»Los«, drängte Elliot.

»Ohne die Kombination gehen wir hier nicht raus.« Perry hob abrupt den Kopf. »Ich will die Kombination, sonst sind die beiden alten Scheißer tot!«

Er packte die alte Frau an der Schulter und riss ihren Kopf hoch, wobei er die Waffe achtlos in der anderen Hand baumeln ließ. »Ich zähle jetzt von fünf herunter, und wenn der Safe bei null immer noch nicht offen ist, seid ihr beide tot.«

Der alte Mann begann zu weinen. Tränen liefen ihm über die Hände, die er vors Gesicht geschlagen hatte, sickerten in die Manschetten seines Hemds und über seinen goldenen Ehering, den er seit dreißig, vierzig, fünfzig Jahren oder noch länger am Finger trug.

»Hör mit dem Geplärre auf, Opa«, blaffte Perry, »und rück endlich die Kombination raus.«

»Perry.« Elliot trat vor. »Hör auf.«

Perry starrte ihn wutentbrannt an. »Fünf!«

»Tu das nicht.«

»Vier!«

Der alte Mann legte die Hände wie zum Gebet aneinander, als Perry den Pistolenlauf am Haaransatz der Frau entlang über ihre Schläfe wandern ließ und ihn schließlich gegen ihr tränenfeuchtes Auge drückte.

Die Frau sagte etwas, doch Elliot konnte es nicht verstehen. Mit einer raschen Handbewegung riss er sich die Sturmhaube hoch. Die beiden Alten konnten jetzt sein Gesicht erkennen, aber das war ihm egal.

»Runter mit dem Ding!«, schrie Perry.

Es war zu spät. Der alte Mann, dessen Gesicht kreidebleich vor Todesangst war, hatte Elliot gesehen. Elliot fragte sich, wie lange die beiden miteinander verheiratet sein mochten. Vermutlich bereits ihr ganzes Leben, wenn man sich die zahlreichen Fotos von Kindern und Enkeln an den Wänden so ansah – zahllose Erinnerungsstücke an eine Ehe, eine Gemeinschaft, die mit jeder Minute, mit jedem Monat und mit jedem Jahrzehnt stärker und gefestigter geworden war.

»Drei!«

Elliot machte einen Satz nach vorn. Er war stinkwütend wegen dieses sturköpfigen alten Narren, wegen seiner Bereitschaft, das Leben seiner Frau und sein eigenes für ein bisschen Bargeld und albernen Krimskrams aufs Spiel zu setzen, was doch völlig unbedeutend war, wenn man die Liebe und Partnerschaft eines anderen Menschen sein Eigen nennen konnte, jenes einen Menschen, der einem half, dieses grauenvolle Scheißleben zu bewältigen, der einen auffing, wenn man fiel. »Sagen Sie´s ihm endlich, verdammt noch mal! Sagen Sie ihm diese verdammte Kombination!«

»Zwei!«

Der alte Mann kniff die Augen zusammen, sein Mund öffnete und schloss sich, doch kein Laut drang heraus. Vom Teppich drang ein gedämpftes Wimmern. Elliot stürzte sich auf Perry. »Sie versucht es uns zu sagen. Sie versucht es uns zu sagen …«

Doch Perrys Wut hatte längst jeden Anflug von Vernunft erstickt. Drohend beugte er sich über die alte Frau. »Du bist ganz dicht dran, so dicht, dass ich dir das Hirn rausblase!« Er streckte den Arm aus, als wolle er sie endgültig erschießen.

»Nein!«, schrie Elliot.

Der alte Mann kam taumelnd auf die Füße und fiel stöhnend mit dem Gesicht voran auf den Teppich. Sein ganzer Körper wurde von einem heftigen Krampf geschüttelt, Arme und Beine zuckten unkontrolliert in der Luft.

»Bitte!«, wimmerte die Frau. »Er hat einen Anfall!«

Elliot ging auf die Knie, legte die Hände um ihr angstverzerrtes Gesicht und sah sie an. Mittlerweile war er selbst den Tränen nahe.

»Bitte«, flüsterte er verzweifelt, während ihm der Gestank nach Benzin und Erdreich in die Nase stieg. »Sagen Sie es uns, dann sind wir sofort wieder weg.«

Sie verriet die Kombination – sieben acht vier neun sieben eins. Sieben acht vier neun sieben eins – zwischen erstickten Schluchzern, ehe sie auf Händen und Knien zu ihrem zuckenden Ehemann robbte.

Und Perry zum Safe stürmte.

39

1984

Mitten in der Nacht schleppten sie Sallys Leiche den schmalen Weg entlang in den entlegensten Teil des Gartens. Gordon trug den vorderen Teil des Teppichs, Elliot und Connor kämpften sich mit dem hinteren Teil ab, gefolgt von dem schniefenden Toby. Der Mond und die Sterne verschwanden hinter einer Wolke, als sie mit ihrer schweren Last unter dem dichten Blätterdach entlangstolperten und auf der anderen Seite über der Mauer wieder auftauchten. Ein Benzinkanister und zwei Spaten standen bereits da.

Gordon hatte die drei Jungen in seinem Büro eingeschlossen, um die Vorkehrungen zu treffen und den Dents zu sagen, sie sollten die anderen Kinder früh ins Bett schicken. Wie erstarrt hatten Connor, Elliot und Toby dagestanden und zugesehen, wie das Blut des Mädchens in die Ritzen des Holzfußbodens gesickert war. Toby hatte die ganze Zeit geweint. Schließlich hatte Elliot es aufgegeben, ihm zu sagen, er solle endlich mit seinem blöden Geflenne aufhören.

Gordon zog eine Taschenlampe heraus und ließ den Lichtkegel über den aufgerollten Teppich schweifen, an dessen Ende Sallys schlaffe Füße heraushingen. Der Lichtschein fiel auf den abblätternden Lack auf ihren Fußnägeln.

Gordon ließ die Taschenlampe fallen, setzte sich auf den Teppich, zog einen Schuh aus und begann, seinen Fuß zu massieren, wobei er leise zufriedene Schmatzlaute ausstieß.

»Ihr Jungs tut mir einen mächtigen Gefallen. Ich weiß eure Hilfe echt zu schätzen.« Gordon zog einen Flachmann aus der Tasche. »Das Problem ist, dass Sally eben beides wollte. Einerseits wollte sie unbedingt meinen Stoff haben, andererseits sollte ich mich ändern. Für sie sollte ich jemand werden, der ich nun mal nicht bin. Das soll keine Ausrede dafür sein, was ich getan habe, trotzdem ist es die Wahrheit. Wenn ihr erst mal älter seid, werdet ihr verstehen, dass man immer nur der ist, der man ist.«

»Was machen wir jetzt?«, fragte Connor.

»Ihr werdet ein Scheißloch graben. *Das* werdet ihr tun. Dort drüben an der Mauer.« Er klatschte in die Hände. »Auf geht's, hopp, hopp.«

Connor und Elliot machten sich daran, in der knochentrockenen Erde zu graben, die mühelos unter den Blättern ihrer Spaten zerbröselte. Schweigend arbeiteten sie, während Gordon dasaß, ihnen zusah und in stetem Tempo weitertrank.

»Ihr Jungs wart mir immer gute Freunde. Ihr habt ja keine Ahnung, was das für eine Last ist, die ich auf meinen Schultern trage.« Abwesend strich er über den Teppich. »Ich hab dieses Mädchen geliebt, aber sie hatte nun mal eine ziemlich freche Klappe. Ich bin ja geduldig, aber sie hat mich einfach an den Rand des Irrsinns getrieben.«

Unter der obersten Schicht war das Erdreich feucht. Sie hoben riesige Klumpen aus. Elliot hieb wie ein Berserker auf die Erde ein. Seine Schultern schmerzten, als er ein gewaltiges Stück auf den Hügel wuchtete, dann versenkte er den Spaten neuerlich im Boden, hob die Erde an und schwang sie auf den Haufen.

»Glaubt nicht, ich würde euch das je vergessen.« Gordon spreizte die Beine und ließ den Kopf hängen. »Das ist ein ganz besonderer Moment. Wir stärken unsere Bindung, wir vier, weil wir alle in der Sache drinstecken, für immer und ewig. Ihr seid meine Kumpel.« Er sah auf seine Uhr. »Meine Zwei-Uhr-Jungs. Genau das sind wir – Freunde fürs Leben. Die Zwei-Uhr-Jungs.«

Elliot vertiefte sich weiter in seine Arbeit – den Spaten in den Boden stecken und das Erdreich ausheben, während ihm der Geruch nach Erde in die Nase stieg –, so sehr, dass er gar nicht merkte, dass Connor aufgehört hatte und Gordons Schnarchen lauschte.

»Los, bringen wir's hinter uns.«

Elliot bemerkte das kalte Glitzern in Connors Augen, von dem er genau wusste, was es zu bedeuten hatte. »Wir machen es jetzt gleich, solange er schläft, und dann hauen wir ab.«

»Das kannst du nicht machen.«

»Jetzt.«

»Was ist mit dem Knirps?«, stammelte Elliot. »Was, wenn er seinen Eltern alles erzählt?«

Connor sprang aus der Grube und baute sich vor Gordon auf.

»Connor!« Elliot machte einen Satz nach vorn. »Du kannst doch nicht …«

»Halt's Maul!« Connor hob den Spaten an, sodass das Schaufelblatt geradewegs Gordons Schädel spalten würde, wenn er ihn herabsausen ließe. »Der Zeitpunkt war nie günstiger.«

»Das kannst du nicht machen!«

Elliot packte ihn, aber Connor stieß ihn beiseite. Gordons Brustkorb hob und senkte sich im Rhythmus seiner Schnarchlaute. Connors Arme zitterten, als er den

Spaten über den Kopf schwang, und seine feuchten Hände rutschten am Holzgriff ab.

So stand er immer noch da, als Gordon plötzlich den Kopf hob und höhnisch den Blick über Connor und den zitternden Spaten in seinen Händen schweifen ließ.

»Endlich sehe ich mit eigenen Augen, aus welchem Holz du geschnitzt bist«, sagte er leise. »Ich dachte, du hättest es drauf, richtig groß rauszukommen, Kumpel, aber du bist genau wie alle anderen. Ein Schwächling wie Elliot. Ein Opfer wie dein kleiner Freund Toby. Ich dachte, ich hätte etwas in deinen kalten Augen gesehen, Connor. Ich dachte allen Ernstes, du wärst anders.«

Gordon erhob sich von dem aufgerollten Teppich und wischte sich in aller Ruhe den Staub von der Hose, ehe er Connor den Spaten aus der Hand nahm. »Soll ich dir zeigen, wie man so was macht, Junge? Komm, ich zeige es dir.«

Er trat zu Toby, stieß ihn in die Grube, dann schnappte er den Benzinkanister und übergoss den Kleinen mit der Flüssigkeit. Der Gestank ließ Elliots Augen tränen. Blinzelnd wich er von der Grube zurück. Toby schrie und zappelte ungelenk im Schmutz herum wie die Kakerlake in seinem Kartoffelbrei. Gordon goss so viel Benzin über ihm aus, bis sein Haar und seine Klamotten klatschnass waren.

»Jetzt sieh her.« Gordon zog ein Feuerzeug aus der Tasche und ließ den Deckel aufspringen. Eine lange, flackernde Flamme tanzte in der nächtlichen Finsternis. »So macht man das.«

»Nicht«, sagte Connor.

Toby kreischte. Elliot zitterte am ganzen Leib. Connor trat vor. »Er hat eine Familie, Gordon. Menschen, die ihn lieben und die auf ihn warten.«

Schwankend stand Gordon über der Grube. Ein Erdklumpen löste sich unter seinen Füßen, sodass er um ein

Haar ausgerutscht wäre. In diesem Moment ertönte ohrenbetäubender Lärm, als ein Zug nur wenige Meter hinter ihnen vorbeidonnerte und die Bäume erzittern ließ. Elliot sah Tobys angsterfüllten Schrei nur, konnte ihn aber nicht hören. Die Flamme tanzte wild in Gordons Hand.

»Er kann nicht wieder nach Hause gehen, Connor«, sagte Gordon, als der Zug vorbeigerauscht war. »Jetzt nicht mehr.«

»Ja«, bestätigte Connor eilig. »Du hast recht, aber lass uns morgen darüber reden, wenn du … wenn du wieder einen klaren Kopf hast.«

Elliot hörte die Gelenke in Gordons Genick knacken. Dann klappte der Heimleiter das Feuerzeug zu und warf es Connor zu, der sich beinahe an dem heißen Metall die Finger verbrannte, als er es auffing.

»Schaff ihn hier weg.« Gordon starrte auf Sallys Leiche. »Verbrennt sie, und dann schaufelt die Grube zu und legt Blätter und Äste drüber. Wenn ich morgen zurückkomme, will ich keine Spuren sehen. Ich sorge dafür, dass die anderen ein paar Tage den Garten nicht betreten.«

Dann taumelte er zwischen den Bäumen hindurch zurück zum Haus, während Elliot in die Grube sprang und Toby heraushalf. »Geh rein und wasch dich. Und hör auf zu heulen.«

»Lass deine Sachen hier«, fügte Connor hinzu.

Der Knirps schlotterte vor Angst und Kälte, als er sich die Sachen auszog. Sie warfen alles in die Grube, dann tappte Toby schluchzend über den Pfad zurück zum Haus. Elliot und Connor zerrten den Teppich mit Sallys Leiche zur Grube, stießen ihn hinein, kippten Benzin darüber und zündeten ihn an.

Flammen und Funken stoben zwischen ihnen auf. Connor zog sich das T-Shirt über die Nase, um den grauenhaften Gestank nicht riechen zu müssen.

»Wünschst du dir eine Familie, Connor?«, fragte Elliot über das Knacken und Fauchen der Flammen hinweg. Wie gebannt starrte Connor auf eine orangerote Flamme, die sich quer über den Teppich fraß, gab aber keine Antwort.

»Ich werde eines Tages eine Frau haben«, fuhr Elliot fort. »Und einen Stall voller Kinder. Die ziehe ich alle groß und bringe ihnen bei, dass man vor nichts Angst zu haben braucht. Ich werde ein Dad sein, ein richtiger Dad …« Er warf ein Stöckchen ins Feuer. »Wichtig ist nur, erst mal hier rauszukommen.«

Den Rest der Nacht sprach keiner von ihnen. Stattdessen saßen sie gegen die Mauer gelehnt und dösten vor sich hin. Als die Sterne allmählich verblassten und der Morgen graute, waren die Flammen fast erloschen. Sie schaufelten Erde in die Grube, unter deren Gewicht die letzten Flammen erstickten, sorgsam darauf bedacht, nicht auf die verkohlte Leiche zu blicken. Anschließend bedeckten sie das Grab, so gut es ging, mit Blättern, Zweigen und Steinen.

Stimmen drangen aus dem Haus – die anderen waren offenbar wach geworden –, und Gordon kam mit einem Eimer heißem Wasser durch den Garten, damit sie sich waschen konnten. Er starrte auf die aufgewühlte Erde, bekreuzigte sich und ging ohne ein weiteres Wort zurück.

Erschöpft schleppten sich die Jungen den Weg zwischen den Bäumen entlang zum Haus, das im tristen Grau des frühen Morgens vor ihnen aufragte.

40

Im Lichtkegel der Scheinwerfer schossen sie die schmale Straße hinauf, die kaum genug Platz für ein einzelnes Fahrzeug bot.

Elliot klammerte sich am Armaturenbrett fest, während Perry durch eine enge Kurve nach der anderen raste. Ihm war speiübel. So ein Mensch war er doch gar nicht. Wie hatte er nur so blöd sein können? Jetzt konnte er Rhonda oder Dylan nie wieder in die Augen sehen.

Aber er wollte nicht sterben, und Perry fuhr viel zu schnell um die Kurven, so schnell, dass die Reifen über die Grasnarbe schlitterten.

»Die haben dein Gesicht gesehen!«, schrie Perry, völlig außer sich. »Und du hast meinen Namen gesagt!« Sein Gesicht war wutverzerrt, die Sehnen an seinem Hals zum Zerreißen gespannt. Winzige Speicheltröpfchen klebten auf Elliots Wange. »Sie hat dein Gesicht gesehen, und du hast meinen Namen laut gesagt! Du hast meinen …«

Er trat das Gaspedal bis zum Anschlag durch, und der Wagen geriet ins Schlingern. Die überhängenden Äste eines Baums am Straßenrand streiften geräuschvoll über das Dach. »Pass auf, pass doch auf!«, schrie Elliot.

Mitten in der nächsten Kurve blieb ihm der Bruchteil einer Sekunde – keinen Moment mehr –, um zu erkennen, dass ihnen ein Fahrzeug entgegenkam. »Da vorn! Ein Auto!«

Fluchend riss Perry das Steuer nach links, während der Fahrer des entgegenkommenden Wagens wild zu hupen begann und sie über das Bankett schlitterten. Elliot wurde gegen Perry geschleudert, als sich die Beifahrerseite des Wagens vom Boden abhob. Perry umfasste das Lenkrad mit beiden Händen und versuchte, die Kontrolle über den Wagen wiederzuerlangen, während der Wagen immer noch hin- und herschlingerte. Seine Füße suchten hektisch nach der Bremse, trafen stattdessen das Gaspedal.

Der Motor heulte auf. Büsche schlugen ihnen entgegen, Zweige und Äste zerbrachen knackend an der Windschutzscheibe und versperrten ihnen die Sicht, als der Wagen über die Böschung und geradewegs ins Unterholz schlitterte. Endlich fand Perrys Fuß das Bremspedal und trat es durch.

Beide Männer wurden nach vorn geschleudert. Elliot schlug mit der Stirn auf dem Armaturenbrett auf und wurde wieder nach hinten gerissen, während Perry mit voller Wucht mit dem Brustkasten gegen das Lenkrad knallte.

Der Wagen drehte sich im weichen Erdreich einmal um die eigene Achse und kam dann zum Stehen.

Elliot blickte durch das Gewirr aus Ästen, Zweigen und Blättern, während die Welt in einem wilden Kreisel aus Farben und Formen vor seinen Augen tanzte. Einen Moment lang hatte er keine Ahnung, wer er war oder wo er sich befand. Perry stöhnte neben ihm auf. Als Elliot den Kopf wandte, schoss ein stechender Schmerz durch seine Wirbelsäule. Er stemmte sich mit seinem vollen Körpergewicht gegen die Tür, tastete nach dem Griff und ließ sich auf den feuchten Boden fallen. Nach einer Weile richtete er sich auf und stützte die Hände auf den Knien ab. Vor ihnen ragte eine Wand aus Bäumen auf; es grenzte an ein Wunder, dass sie nicht gegen einen der alten Stämme geknallt waren. Elliot, der nicht angeschnallt gewesen war, wäre geradewegs durch die Windschutzscheibe geschleudert worden und mit an Sicherheit grenzender Wahrscheinlichkeit tot.

»Wir … müssen … zurück«, sagte eine Stimme hinter ihm.

»Was?« Ein wellenartiger Schmerz lief durch seine Wirbelsäule, als Elliot sich vollends aufrichtete.

»Wir müssen zurück.« Perry war ebenfalls ausgestiegen und hielt sich am Wagen fest.

»Wieso?« Die Irrwitzigkeit dieses Vorschlags ließ Elliot beinahe auflachen.

»Weil …« Perry presste sich mit schmerzverzerrtem Gesicht die Hand auf die Brust. »Weil sie dein Gesicht gesehen haben und du meinen Namen laut gesagt hast.«

Er hatte einen Schlag auf den Kopf abbekommen. Das war die einzige Erklärung für den Schwachsinn, den er da verzapfte.

»Die Polizei ist bestimmt längst da.« Elliot spürte Wut in sich aufsteigen. Er war an einem bewaffneten Raubüberfall beteiligt gewesen, und das war ganz allein seine Schuld. Rhonda würde ihm das niemals verzeihen – er konnte es ja selbst kaum. Er dachte an den alten Mann, der zuckend auf dem Wohnzimmerfußboden gelegen hatte, an die flehenden Worte seiner Frau. *Es wird alles gut, alles wird wieder gut.* Trotz ihrer schrecklichen Angst hatte sie nur an ihren Ehemann gedacht, während Perry Geld und Wertsachen aus dem Safe in den Rucksack gepackt hatte.

»Sie hat dein Gesicht gesehen, und du hast meinen Namen laut gesagt.« Perrys Stimme troff vor Verachtung. »Also können sie uns identifizieren.«

»Aber im Haus wimmelt es inzwischen von Bullen.« Elliot war fassungslos. Wenn er zurückging, dann nur um das Geld zurückzugeben und sich der Polizei zu stellen. Und nicht, um … um …

»Wenn wir es nicht tun, stecken wir bis zum Hals in der Scheiße.« Perry presste seine Hand auf die blutende Wunde auf seiner Stirn.

»Du wolltest sie umbringen!«

»Aber ich hab's nicht getan, oder?« Perry zog die Waffe aus der Tasche. »Trotzdem ist es nicht zu spät. Jetzt haben wir keine Wahl mehr.«

»Ich gehe nicht zurück.« Elliot geriet auf dem unebenen Boden ins Straucheln und zertrat ein paar Zweige. »Und du auch nicht!«

»Das ist alles deine Schuld.« Perry richtete die Waffe auf Elliots Kopf. »Vielleicht sollte ich dich ja einfach abknallen.«

»Du wolltest sie umbringen«, wiederholte Elliot. Das Blut rauschte in seinen Ohren. Das Geräusch war ohrenbetäubend. Als er den Kopf drehte, brüllten seine Nervenenden vor Schmerz.

»Los, steig in den Wagen.«

»Lass uns einfach nach Hause fahren.« Elliot strich mit den Händen seitlich an den Hosenbeinen entlang. Rhonda würde ihm sagen, was er tun sollte, was das Richtige war. Er selbst wusste nicht mehr ein noch aus. »Ich will nur nach Hause.«

»Steig ein, sonst mache ich dich gleich hier kalt«, warnte Perry.

Elliot lachte bitter. »Dann tu es eben.«

Der Anflug eines Zögerns erschien auf Perrys Miene, aber dann legte er den Finger um den Abzug und drückte ab.

Elliot zuckte zusammen.

Einen Moment lang standen beide Männer da und fragten sich, wieso nichts passiert war, doch dann fummelte Perry am Sicherheitshebel herum. Elliot war klar, dass er irgendetwas tun musste, sonst wäre er in wenigen Sekunden tot. Perry würde ihn eiskalt abknallen, und seine Leiche würde mitten in diesem gottverlassenen Wald verrotten.

Also stürzte er los, mit gesenktem Kopf wie ein Nashorn, geradewegs auf Perry zu, wobei seine Muskeln bei jedem stampfenden Schritt zu brüllen schienen. Der Schmerz explodierte in seinem Kopf, zuckte wie Stromstöße durch seinen ganzen Körper, als Perry die Waffe hob und den Knauf mit voller Wucht auf seine Schulter niedersausen ließ.

Erdklumpen und Blätter flogen umher, als die beiden Männer zu Boden gingen und in einem Gewirr aus Armen und Beinen umherrollten, während jeder verzweifelt versuchte, die Oberhand zu gewinnen. Elliot registrierte, dass Perry die Waffe entglitt, dann traf ein Fausthieb seine Wange. Aber Elliot war größer und schwerer als Perry, rollte sich auf ihn und nagelte ihn mit seinem Körpergewicht auf dem Boden fest. Perrys Züge verzerrten sich vor ohnmächtiger Wut.

Elliot riss den Arm hoch …

Im Geist sah er die alte Frau mit vor Entsetzen verzerrtem Gesicht an die Seite ihres Ehemanns kriechen.

Er ließ die Faust auf Perry niedersausen. Hob sie neuerlich an …

Er sah Dylan, wie er sich ein Pfefferminzbonbon in den Mund schob, spürte Rhondas Kopf an seiner Brust, ihr dichtes Haar zwischen seinen Fingern.

Er schlug mit der Faust auf Perrys Gesicht ein. Blut spritzte ihm aus der Nase, aber Elliot kümmerte es nicht. Wieder riss er den Arm hoch.

Er würde sie verlieren, daran bestand kein Zweifel. Weil er sich in Wahrheit keinen Deut verändert hatte. Er war derselbe Mann geblieben, Elliot, der erbärmliche Loser, und er würde es auch immer bleiben.

Die Faust sauste herab.

Er würde sich niemals ändern. Er würde sie verlieren, und Dylan auch, und dann wäre er ganz allein. Sein Vater hatte völlig recht gehabt. Er war ein Nichts, ein Niemand, ein Stück Dreck. Und Tallis hatte ebenfalls recht gehabt – er verdiente kein anständiges Leben. Er hatte tatenlos zugesehen, wie Gordon Sally Raynor getötet hatte, hatte ihre Leiche irgendwo im Garten des Heims verscharrt, wo sie bis zum heutigen Tage lag, längst vergessen, und er hatte nichts verdient – weder Glück noch Frieden noch Liebe.

Sie wird schon noch erfahren, was du für einer bist.

Schreiend vor Wut schlug er erneut auf Perry ein, wieder und wieder. Doch statt Perry lag Gordon unter ihm und lachte ihm mitten ins Gesicht.

Sie waren besser ohne ihn dran. Auch wenn er sich nichts anderes wünschte als ein ruhiges Leben mit der Frau, die er liebte, und ihrem Jungen … seinem Jungen, seiner Familie.

Der Gestank von Erde, Benzin und verbranntem Fleisch stieg ihm in die Nase, bis er die Gestalt mit dem von Blut, Schmutz und Schleim verschmierten Gesicht kaum noch erkennen konnte, auf das er wieder und wieder wie von Sinnen einschlug.

Ein letztes Mal hob er die Faust an und wollte …

Schläger, Schläger, Schläger.

Er zitterte. Denn mit einem Mal sah er nicht mehr Gordons Gesicht vor sich, sondern Perry, dessen Kopf zur Seite gekippt war und dessen Augen kaum mehr als verquollene Schlitze waren, die Wangen darunter dunkelrot verfärbt. Mit wachsendem Entsetzen stellte er fest, dass Perry sich nicht mehr bewegte. Er ließ den Arm sinken.

Ich habe ihn umgebracht, dachte er.

Er rollte von Perry herunter auf den kalten Boden und sah zu den Wipfeln der schwankenden Bäume hinauf, deren Blätter zu Boden trudelten. Nach einem Moment stand er auf und begann, seine Kleider, so gut es ging, von Erde und Schlamm zu säubern. Nun gab es endgültig kein Zurück mehr, keine Möglichkeit, ein normales Leben zu führen, einen auf glückliche Familie zu machen.

Ich habe ihn umgebracht.

Nur wenige Meter neben ihm fuhr ein Auto vorbei.

Elliot taumelte zum Wagen und machte den Kofferraum auf, dann packte er Perry bei den Füßen und zog ihn hinüber. Zweige, Blätter und wilde Beeren klebten unter den Achseln des toten Mannes. Wieder fuhr ein stechender Schmerz durch seinen Nacken, als er die Arme um Perrys Brust schlang und ihn in den Kofferraum wuchtete.

In der Ferne ertönten Sirenen. Einen Moment lang stand er wie erstarrt da, dann schnappte er die schlammverklebte Waffe, zog den Rucksack hinter dem Beifahrersitz hervor und steckte sie hinein. Schließlich schwang er ihn trotz der Schmerzen über die Schulter und machte sich auf den Weg.

Währenddessen hallte die Stimme des Zwei-Uhr-Jungen – des einzigen Mannes auf der Welt, der wusste, dass Elliot sich niemals ändern würde – in seinem Kopf wider.

Sie wird schon noch erfahren, was du für einer bist.

41

Drake würde ausflippen, wenn er wüsste, was sie hier tat. Eine alte Frau zu bedrängen war eine Sache, doch indem sie klammheimlich seine Tochter ausquetschte, trieb Flick ihren Verrat endgültig auf die Spitze. Aber Drake verheimlichte ihr etwas; irgendetwas, das mit ihm, der alten Frau und dem Heim zusammenhing. Dieses Etwas war von so großer Bedeutung, dass er deswegen sogar Beweise verschwinden ließ, und sie war fest entschlossen herauszufinden, was das war.

Außerdem hatte sie dem Mädchen etwas versprochen. Bei Lauras Begräbnis hatte Flick April ihre Schulter angeboten, wann immer sie das Bedürfnis hatte, sich daran auszuweinen; Drake war ihr überaus dankbar dafür gewesen, und nun löste sie ihr Versprechen ein. Als Flick, immer noch aufgewühlt von ihrer Begegnung mit Harry, April zurückgerufen hatte, war das Mädchen ziemlich durcheinander gewesen – sie wüsste nicht, mit wem sie sonst reden sollte, hatte sie gemeint. Die beiden hatten vereinbart, sich sofort zu treffen.

Heilfroh, den Touristenmassen zu entgehen, die zum Camden Lock Market strebten, betrat Flick das *Pret.* April war bereits da und sah sehr hübsch, aber sehr unglücklich aus in ihrem exklusiven Kaschmirmantel und einer Tasche auf dem Schoß, von der Flick nur träumen konnte – aller Wahrscheinlichkeit nach hatte ihr reicher Freund ihr das schicke Designer-Outfit spendiert.

Etwas ungelenk schloss Flick April in die Arme und spürte, wie das Gefühl des Verrats von ihr abfiel. Sie fragte April, ob sie einen Kaffee haben wollte, doch das Mädchen lehnte ab. Flick bestellte Mineralwasser für sie beide.

»Wie ich höre, bist du ausgezogen«, sagte sie und schraubte den Verschluss ihrer Flasche auf.

»Ja, zu Jordan«, murmelte April.

»Du weißt, dass ich inzwischen zum Detective Sergeant befördert worden bin?«

»Ja. Wie läuft es so?«

»Sagen wir mal so – es ist eine gewisse Lernkurve.« Flick lächelte. »Dein Dad macht sich Sorgen um dich.«

»Das glaube ich gern.«

»Du hörst dich aber nicht so an.«

»Schätzungsweise tut er es auf seine Art, aber …«, April zuckte die Achseln. »Na ja, alle glauben, ihn zu kennen, aber das stimmt nicht.«

»Ich werde jedenfalls nicht zu ihm laufen und ihm alles erzählen. Was wir hier reden, ist streng vertraulich.«

»Er ist der totale Kontrollfreak. Ständig hockt er mir auf der Pelle. Ich kriege praktisch überhaupt keine Luft mehr. Manchmal denke ich, er will gar nicht, dass ich ein eigenes Leben führe.«

Ein Kontrollfreak. Übertrieben auf die Pelle rücken. Das klang so gar nicht nach dem Ray Drake, den sie kannte, doch dann kam ihr wieder der Vorfall mit der Asservatenkammer in den Sinn. Wie er das Foto gestohlen, Beweise unterschlagen hatte.

»Hat er dich geschlagen oder dir sonst … irgendwie wehgetan?«

»Mich geschlagen?« April sah sie fassungslos an. »Natürlich nicht!«

»Tut mir leid.« Flick hob die Hände. »Ich wollte nur …«

»Mein Dad ist ein ziemlich komplizierter Mensch. Weil er … keine Ahnung, nie etwas rauslässt, sondern alles in sich hineinfrisst.«

»Viele Männer sind so.«

»Manchmal denke ich, dass er eines Tages explodieren muss. Als er noch jünger war, hat er es ziemlich krachen lassen. Er war ein echt wilder Bursche. Das wussten Sie garantiert nicht, oder?«

»Tatsächlich?«

»Oma musste ihn aus der Schule nehmen.«

»Wieso?«

»Keine Ahnung. Irgendwas ist vorgefallen. Die Hormone sind mit ihm durchgegangen. Ich habe Oma mal gefragt, und sie meinte, er sei schwierig gewesen. Keine Ahnung, was sie genau damit meint. Aber meine Großmutter überhaupt zum Reden zu bringen ist mehr als *schwierig*.«

»Dein Vater scheint ganz nach ihr geraten zu sein.«

»Das können Sie laut sagen. Ich finde, er wird allmählich genau wie sie. Manchmal jagt sie mir echt Angst ein.« April lachte, aber es lag kein Fünkchen Belustigung darin. »Das ist doch komisch, oder? Sich vor der eigenen Großmutter zu fürchten.«

»Vermutlich ist es nicht so ungewöhnlich, wie du denkst.«

»Sie ist der kälteste Mensch, den ich je kennengelernt habe. Dad wird immer mehr wie sie, und eines Tages werde ich immer mehr wie er und dann …« Tränen glitzerten in Aprils Augen. Flick stand auf, um ihr eine Serviette zu holen. Einen Moment lang saß April am Tisch, weinte leise und drehte dabei ihren Verlobungsring hin und her. »Jordan hasst ihn. Und jetzt hasst er mich.«

»Ist das der Grund, weshalb du dich mit mir treffen wolltest, April?«

April tupfte sich die Augen trocken. »Er wollte, dass ich bei ihm einziehe, aber jetzt behauptet er, er hätte mich nie geliebt und auch nie wirklich mit mir zusammen sein wollen. Ich solle ausziehen, hat er gesagt.«

Flick drückte Aprils Hand, die sich um die nasse Serviette schloss. »Wieso gehst du nicht einfach nach Hause zurück? Dein Dad würde sich darüber freuen.«

April schüttelte den Kopf. »Ich kann nicht.«

»Wieso nicht?«

Zitternd holte sie Luft. »Weil ich schrecklich gemein zu ihm war.«

»Das ist ihm nicht wichtig. Er will nur, dass du glücklich bist. Der Tod deiner Mutter hat euch beiden den Boden unter den Füßen weggerissen, und es fällt euch schwer, miteinander zu reden. Ihr trauert, ihr seid verletzt und braucht einander jetzt. Was auch immer du tust, du solltest …« Sie spürte, wie ihre Brust eng wurde. »Überwirf dich nicht mit deinem Dad.«

»Ich verstehe das alles nicht. Als Mum noch … Jordan hat mich geliebt. Er war immer für mich da. Und ich liebe ihn.«

»Ist er jetzt zu Hause?«, fragte Flick.

»Nein, bei der Arbeit. Aber später kommt er … vielleicht. Normalerweise geht er nach der Arbeit noch weg, zieht durch irgendwelche Clubs und Bars und Gott weiß wohin sonst noch und kommt irgendwann nach Hause.« Bekümmert sah sie Flick an. »Manchmal auch nicht.«

»Du kannst gern zu mir kommen.«

»Ich habe eine Freundin, zu der ich gehen kann.«

»Ruf sie an und sag ihr, dass du zu ihr kommst.«

»Ich habe nichts anzuziehen dabei.«

»Das kann bis morgen warten. Jordan sollte erst mal Gelegenheit bekommen, sich zu beruhigen und zu überlegen, was er als Nächstes tun soll. Ruf an, wenn du willst, dass ich vorbeigehe und ein paar Sachen für dich hole. Und wenn ich mit deinem Vater reden soll …«

»Ich rufe ihn später an.« April schob die ungeöffnete Flasche beiseite. »Versprochen.«

»Ich sollte jetzt gehen«, sagte Flick, die den Wink verstanden hatte.

Sie traten auf die Straße. Flick winkte ein Taxi heran und beugte sich zum Fahrer hinunter, der sich abwandte und den Außenspiegel gerade rückte.

»Zu den Docklands, bitte. Die junge Dame sagt Ihnen die genaue Adresse.«

Flick und April umarmten sich. Das Mädchen klammerte sich förmlich an sie, schien sie gar nicht mehr loslassen zu wollen. Flick war dankbar für den Körperkontakt. Schließlich stieg April ein. Als das Taxi losfuhr, läutete Flicks Telefon. Eddie Upsons Handynummer stand auf dem Display.

»Eddie.« Im Hintergrund waren die Geräusche der Einsatzzentrale zu hören. »Was gibt es Neues?«

»Ich soll Ihnen sagen, Sie sollen zurückkommen.« Beklommen registrierte sie seinen unheilvollen Tonfall. »Sie sind von dem Fall abgezogen.«

42

Mit geradezu schwindelerregender Klarheit schien die Straße auf ihn zuzukommen. Bald schon würde dieses Leben vorbei sein, und er könnte endlich schlafen. Er spürte es ganz deutlich. Gut so. Er hatte es satt.

Als er im Rückspiegel das Mädchen telefonieren sah, wurde ihm bewusst, dass er sich genau in Phasen wie dieser am lebendigsten fühlte. Alles, wonach er sich sehnte, war, diese Menschen zu bestrafen, die zugelassen hatten, dass das Böse ungehindert in ihm gären konnte; die zugelassen hatten, dass er – diese Bezeichnung war keineswegs übertrieben – zu einem Monster geworden war. Wenn er seine Lebensaufgabe erfüllt und die Schuldigen gerichtet hatte, würde er dankbar für immer in der Versenkung verschwinden.

Er drückte das Gaspedal des gestohlenen Taxis durch und spürte, wie sich sein Puls beschleunigte. Endlich würde er Frieden finden, wäre wieder mit seiner Familie vereint. Dann würde er – vielleicht – erleben, was Glück bedeutete. Falls nicht … falls ihn niemand auf der anderen Seite erwartete, wie er vermutete, würde er endlich wissen, wie sich die Leere anfühlte.

Als das Mädchen aufhörte zu telefonieren, nahm er seine Baseballkappe ab – sie beachtete ihn nicht, deshalb spielte es keine Rolle, ob er sie trug oder nicht – und fuhr sich mit der Hand über den Schädel.

Er sah in den Rückspiegel. »Sie sehen ziemlich traurig aus.«

Ein betrübtes, gedankenverlorenes Lächeln erschien auf ihren Zügen. »Ärger mit der Familie.«

»Oh, damit kenne ich mich aus«, gab er mit einem Anflug von Mitgefühl zurück. Ihr Telefon lag auf dem Sitz neben ihr.

Früher hatte er geglaubt, endlich glücklich und zufrieden leben zu können, wenn er seine Aufgabe erst einmal erfüllt hatte. Aber inzwischen hatte er längst begriffen, dass es so etwas wie Glück für ihn nicht gab. Stattdessen gab es drei Dinge, auf denen sein Leben beruhte: Essen, Schlafen und Töten. Und nichts davon befriedigte ihn sonderlich.

Der Junge ernährte sich gesund, um sich geistig und körperlich fit zu halten. Sein Leben war ziemlich aufreibend – mit jeder neuen Rolle musste er seine äußere Fassade verändern, was ein strenges Fitness- und Ernährungsregime erforderte. Sein Schlaf war wenig erholsam, weil Träume und Albträume miteinander verschmolzen, und jede Nacht sickerten seine Sünden noch tiefer in seine Seele ein, wie Wasser in einen Schwamm.

Seine Lebensaufgabe zu erfüllen, das war das Einzige, was für ihn zählte. Alles andere blockte er gnadenlos ab. Im Lauf der Jahre hatte er eine ganze Reihe an beruflichen Qualifikationen erworben und allerlei Kenntnisse und Fähigkeiten perfektioniert. Geld und Besitztümer interessierten ihn nicht – mit Ausnahme der kleinen Sammlung an Trophäen, die er seinen Opfern abgenommen hatte … jede einzelne ein Beweis dafür, dass er seinem Ziel Schritt für Schritt näher kam. Sie hatten ihren Platz auf dem Kühlschrank des Hauses, das er gemietet hatte.

Da war die Tabaksdose aus Deborah Willetts Haus – er hatte sie mitgehen lassen, bevor er sie angezündet hatte. Das

Hufeisen stammte von seinem Besuch auf dem Gestüt, auf dem David Horner lebte, wo er sich als Vertreter für Tierfutter ausgegeben hatte. Dahinter stand ein Maiskolbenröstgerät aus dem Pub, wo er sich mit Jason Burgess angefreundet hatte. Außerdem gab es die Fahrradpumpe – eine Leihgabe von Ricky Hancock, dem er bei den Anonymen Alkoholikern als Mentor zur Seite gestanden hatte. Und schließlich das Porzellanfigürchen von Kenny Overtons Frau, das er eingesteckt hatte, bevor er sie erstochen hatte.

Als Gavin hatte er einen Lufterfrischer mit Pinienduft aus Elliot Junipers Transporter mitgenommen … ebenso wie das Geld, das er an Dritte weitergab, um Juniper endgültig zu ruinieren. Mit Juniper selbst war er noch nicht fertig. Der Junge wollte, dass Elliot Juniper litt, dass er alles verlor, damit er begriff, was für ein erbärmlicher Loser er war – und schon immer gewesen war.

Es gab noch andere Gegenstände. So viele.

Von dem Polizisten würde er nichts nehmen, wenn dessen Zeit gekommen war. Von ihm gab es nur eines, was er brauchte.

Nun, da sein Lebenswerk nahezu vollendet war, würde er höchstwahrscheinlich nicht mehr in dieses Haus zurückkehren und seine Trophäen berühren, aber das war ihm egal. Dieses Haus war nie ein Zuhause für ihn gewesen, sondern lediglich eine Zwischenstation in einer ganzen Reihe temporärer Unterkünfte, von wo aus er seine Strategien entwickeln und Vorbereitungen treffen konnte. Er war häufig umgezogen, von einer Stadt zur anderen, von einem Opfer zum nächsten, aber jetzt war seine Reise bald zu Ende.

Ein Wagen bog aus einer Seitenstraße. Höflich bedeutete er dem Fahrer, doch herauszufahren.

All die Leben, die er gelebt hatte; all die Identitäten, die er angenommen hatte: Wenn man sie in einem Raum versammelte – falls ein solcher metaphysischer Akt möglich wäre –, käme kein Mensch auf die Idee, es könne sich um ein und dieselbe Person handeln. Er wusste schon längst nicht mehr, wer er in Wirklichkeit war; vielleicht war es ihm deshalb so leichtgefallen, die Persönlichkeit eines anderen anzunehmen.

Sein Bewusstsein war genauso zerschmettert wie die Knochen von Kennys Jungen, als er auf dem Asphalt aufgeschlagen war. Es war stets eine Wohltat, in die Haut einer anderen Person zu schlüpfen. Und noch einer anderen und noch einer anderen. Mittlerweile hatte er gelernt, jeden Aspekt seines Erscheinungsbilds und seiner Persönlichkeit beliebig zu verändern: seinen Gang, seine Sprechweise, alles. Er hatte unterschiedliche Akzente und Verhaltensweisen erlernt und zahllose Jobs landauf, landab angenommen.

Man mochte sagen, was man wollte, aber er war immer ein cleveres Bürschchen gewesen.

Vor Jahren hatte er herausgefunden, dass es ein Kinderspiel war, sich in das Leben anderer Leute einzuschleichen. Niemand erinnerte sich an den Jungen, der er einst gewesen war, keiner wollte einen Gedanken an das frühere Kinderheim verlieren. Diese Menschen waren psychisch so kaputt, dass sie all ihre Ängste und Paranoia auf jeden übertrugen, der in ihre Nähe kam, deshalb war es ein Leichtes, sich einzuschmeicheln und Teil ihres Lebens zu werden – als Sozialarbeiter, als gut betuchter Nachbar oder Arbeitskollege, als Freund im Pub. Es war ekelerregend, wie sie ihn um Trost und Liebe anbettelten – und um Geld. Um Geld ging es immer. Er brauchte praktisch überhaupt nichts zu tun. Diese Leute … die Kids, die ihn dazu gebracht hatten, seine Eltern zu töten – er hatte auf ihre Schädel eingeschlagen, bis eine undefinierbare Masse aus Blut, Hirn und Knochensplittern am Hammerkopf klebte –, umkreisten ihn wie eine Horde wilder Hyänen, die sich gierig auf ihn stürzte, nur um den leckersten Bissen zu erwischen. Ihr Leben war vollkommen wertlos. Wenn man es sich genau überlegte, tat er ihnen sogar noch einen Gefallen, indem er sie und ihre bedauernswerte Sippschaft von ihrem Leid erlöste. Es war nicht richtig, dass sie weiterleben durften, als wäre nichts geschehen, während er mit leeren Händen dastand. Sie waren schuldig. Jeder Einzelne von ihnen.

Es war nicht schwer gewesen, die ehemaligen Heimkinder aus Longacre aufzustöbern. Sie hatten Spuren hinterlassen – Dokumente, Vorstrafenregister, Anträge auf Sozialhilfe –, und Amelia Troy hatte sogar all die Jahre im Licht der Öffentlichkeit gestanden. Der Junge hatte sich Mühe gegeben, hatte beharrlich weitergesucht, niemals aufgegeben und sie am Ende alle gefunden – mit einer einzigen Ausnahme.

Nur einem Menschen war es gelungen, sich ihm zu entziehen. Der Junge war zu dem Schluss gelangt, dass er tot sein musste. Das war eine bittere Pille gewesen. Und nur durch pures Glück – oder womöglich auch Schicksal – hatte er ihn doch noch aufgestöbert.

Wenige Wochen nachdem er den Wagen mit Ricky und seiner Familie in den Fluss gefahren hatte, wo sie allesamt ertrunken waren, hatte er in einem Café gesessen und in den Fernseher gestarrt, wo gerade ein Bericht über die erfolgreiche Aufklärung eines Verbrechens lief. Ein hochrangiger Polizist stand vor dem Gerichtsgebäude und gab ein Statement ab, während ihm die Reporter ihre Mikrofone unter die Nase hielten und ringsum ein wahres Blitzlichtgewitter tobte.

Wir sind sehr froh, dass eine Verurteilung blablabla der Gerechtigkeit wurde damit Genüge getan. Der Polizist warf sich voller Stolz in die Brust. *Das Ende langer und schwieriger Ermittlungen blablabla und dank des bemerkenswerten Einsatzes von Detective Inspector Raymond Drake …*

Detective Inspector Drake schien nicht allzu erfreut darüber zu sein, dass seine Identität in die Öffentlichkeit hinausposaunt wurde. Er stand am Rand und sah aus, als würde er am liebsten in der Menge untertauchen. Er schien unter der allgemeinen Aufmerksamkeit förmlich in sich zusammenzusinken. Wie gebannt starrte der Junge auf die grimmig dreinblickende Gestalt und spürte, wie ihn ein Gefühl tiefer Freude durchströmte, eine Verzückung, wie Menschen wie er sie sich eigentlich nie erhoffen konnten.

Der Bericht war zu Ende. Der Junge versuchte, die Gefühle in seinem Innern zu ordnen. In dem möblierten Zimmer, das er zu dieser Zeit bewohnte, gab es keinen Fernseher, deshalb stand er am selben Abend im strömenden Regen vor dem Schaufenster eines Elektrogeschäfts, in dem sämtliche Fernseher liefen. Er hatte Angst, dass die Story es nicht in die Abendnachrichten schaffen würde, aber da war sie, genau derselbe Bericht: die aufgeregte Menge vor dem Gerichtsgebäude, der hochrangige Polizist, der eine offizielle Erklärung abgab – und der Mann, der sich Ray Drake nannte und versuchte, sich mithilfe schierer Willenskraft unsichtbar zu machen.

Der Junge stand vor dem Laden und weinte. Plötzlich fühlte er sich am Ziel, während der Regen seine Tränen des Glücks und der unbändigen Wut fortspülte.

Nimm meine Hand. Nimm sie.

Du bist am Leben.

Du kannst nach Hause gehen.

Hätte der Polizist ihn an diesem Tag sterben lassen, hätte er zugelassen, dass er in der Feuersbrunst umkam, wären all die anderen noch am Leben. All die Männer, all die Frauen, all die Kinder.

Somit war das, was er hier tat, die letzte Phase.

Als er aufs Gas trat, um in letzter Sekunde bei Grün über eine Ampel zu fahren, nahm er seinen eigenen unmittelbar bevorstehenden Tod in Kauf. Der Zwei-Uhr-Junge war erschöpft, wollte nicht länger leben. Wenn die Leute glaubten, er hätte nie auch nur einen Gedanken daran verschwendet, was er getan hatte und was aus ihm geworden war, irrten sie sich ganz gewaltig.

Er war bereit.

»Das ist aber nicht der richtige Weg«, sagte sie.

Blinzelnd kehrte er ins Hier und Jetzt zurück, zu dem Mädchen auf dem Rücksitz. April Drake. Sie beugte sich vor und las die Straßenschilder. Er lächelte ihr im Rückspiegel zu.

Die Vollendung war ganz nahe – eine Vollendung voll köstlicher Süße.

43

Der Anruf kam von Aprils Handy. Drake hob ab, noch bevor das erste Läuten verklungen war. Doch statt Aprils drang eine elektronisch verzerrte Stimme aus der Leitung. »Ich habe deine Tochter.«

Drake drehte sich der Magen um. Das Telefon gegen das Ohr gepresst, tastete er Halt suchend nach der Schreibtischkante. »Wo ist sie?«

»Erinnerst du dich, was ich dir gesagt habe?« Die Wut des Zwei-Uhr-Jungen war trotz der synthetischen Verzerrung zu hören. »Du bist schuld!«

»Bitte, tun Sie ihr nicht weh.« Seine eigene Stimme klang, als käme sie aus weiter Ferne, wie aus einem endlosen Tunnel.

»Ich wollte sterben. Hättet ihr mich gehen lassen, würden all die anderen noch leben. Los, sag es.«

»Ich bin schuld«, sagte Drake. »Ich trage die Verantwortung. Lassen Sie mich mit ihr reden, lassen Sie mich einfach …«

Die Leitung war tot. Seine Gedanken überschlugen sich. Die Waffe, die Myra ihm gegeben hatte, lag im Kofferraum seines Wagens. Wenn er nur wüsste, wo er nach April suchen, wie er sie finden konnte. Als er sich umdrehte, stand Flick Crowley mit in die Hüften gestemmten Händen im Türrahmen.

»Wieso wurde ich von dem Fall abgezogen?«, fragte sie.

Drake griff nach seinen Wagenschlüsseln. In der Stille des Raums klang das Scharren des Metalls auf der Schreibtischplatte unnatürlich laut.

»Ich habe dafür jetzt keine Zeit«, sagte er.

Flick vertrat ihm den Weg. »Aber ich habe ein Recht darauf, es zu erfahren.«

»Nicht jetzt.« Er schob sich an ihr vorbei.

»Aber Sie können nicht einfach …«

»April ist verschwunden«, unterbrach er. »Sie ist …« Er hielt inne, weil er nur einen Wunsch hatte: seine Tochter zu finden.

Wenn *er* sie hatte – o Gott.

Die Angst, die Wut schnürten ihm die Luft ab.

»Wovon reden Sie?«

»Egal«, wiegelte er ab, doch sie machte keine Anstalten, zur Seite zu treten.

»Ich habe heute Nachmittag mit ihr geredet.«

»Wo?« Drake packte sie am Arm.

Flick starrte auf seine Hand. »Wir haben uns in einem Café in Camden getroffen. Jordan hat sie rausgeworfen. Sie musste mit jemandem reden, hatte aber Angst, Sie anzurufen, weil sie dachte, Sie wären wütend auf sie.«

»Wo?« Sein Mund fühlte sich ganz trocken an. »Wo ist sie danach hin?«

»Zu einer Freundin.« Flick registrierte den beunruhigten Unterton in seiner Stimme.

Ich habe deine Tochter.

Er packte sie bei den Schultern und drückte sie gegen den Türrahmen. »Haben Sie eine Ahnung, was Sie angerichtet haben?«

In einer Mischung aus Entsetzen und Abscheu wich Flick zurück, während Drake den Kopf sinken ließ und die

Augen schloss, als sich das Zimmer zu drehen begann. April könnte überall sein. Sie könnte sogar längst tot sein.

Alle anderen hatte er getötet. Männer, Frauen, Kinder. Ohne jeden Skrupel.

»Wer ist Connor Laird?«

Flicks Frage riss ihn aus seiner Benommenheit. Als er die Augen wieder aufschlug, sah sie ihm direkt ins Gesicht.

»Ich glaube, er lebt noch«, fuhr sie fort. »Ich glaube, Myra hat Angst vor ihm, und ich glaube, Sie auch.«

»Nein.« Am liebsten hätte er ihr alles erzählt, aber er konnte es nicht. Zum ersten Mal in seinem Leben hatte er keine Ahnung, was er machen sollte.

»Wer ist Connor Laird?«, fragte sie noch einmal.

»Die Ermittlungen sind ins Stocken geraten.« Er räusperte sich und bemühte sich um einen autoritären Tonfall. »Upson hat mir erzählt, Sie hätten ihn kreuz und quer durch die Stadt gejagt, weil Sie irgendeiner sinnlosen Spur nachgegangen sind, deshalb übernehme ich ab sofort.«

»Wer ist Connor Laird? Und wieso haben Sie Beweismittel unterschlagen?«

»Ich habe Ihnen gesagt, Sie sollen Myra in Ruhe lassen.«

»Wer ist Connor Laird?«, fragte sie beharrlich. Der Name hallte unerbittlich in seinem Kopf wider. »Wieso haben Sie diesen Zeitungsausschnitt zerrissen?«

»Sie sind nicht …«

»Wieso haben Sie das Foto herausgerissen?«

Er musste raus hier, musste April suchen, seine Tochter finden. »Sie kommen nicht vorwärts.« Etwas Besseres fiel ihm in diesem Moment nicht ein. »Wir müssen die Ermittlungen wieder auf …«

»Was war auf diesem Foto, Ray? Was versuchen Sie zu verbergen?«

»Gehen Sie nach Hause, Flick.«

»Sonst?« Sie starrte ihn immer noch an. »Was passiert sonst?«

Drake hatte jetzt keine Zeit für diesen Unsinn, er musste …

»Wer ist Connor Laird?«

Drake starrte sie an.

»Lebt er noch?«, bellte sie.

»Er ist weg«, flüsterte Drake und grub die Finger in ihre Schulter. »Schon lange.«

»Das glaube ich nicht«, erwiderte sie leise. »Er ist irgendwo da draußen, und er ist sehr gefährlich. Und ich glaube, Sie wissen, wer er ist. Sagen Sie es mir.«

»Sie verstehen nicht … der Zwei-Uhr-Junge …« Drake hatte jetzt keine Zeit, er musste seine Tochter finden, aber er hatte es so satt – sein Leben schien in tausend Teile zu zerfallen, schien ihm gleichsam zwischen den Fingern zu zerbröseln – und all diese Geheimnisse, diese Lügen … er sah einfach keinen Sinn mehr darin.

Er würde ihr alles erzählen. »Connor Laird ist …«

»Was ist hier los?«, fragte eine Stimme. Peter Holloway stand auf dem Korridor. Sein Blick fiel auf Drakes Hand, die immer noch Flicks Schulter umfasst hielt. »Lassen Sie sie bitte los.«

Als Drake die Hand wegnahm, schob Flick sich eilig an Holloway vorbei aus dem Raum. Augenblicke später hörte er die Feuertür am Ende des Korridors zuschlagen.

»Was zum Teufel ist hier los?«, fragte Holloway.

»Das geht Sie nichts an.«

Drake wandte sich zum Gehen, doch Holloway hielt ihn auf. »Ganz im Gegenteil. Für mich sah es so aus, als …«

Ein Klopfen ertönte. Verärgert drehte Holloway sich um und sah Frank Wanderly mit einem Blatt Papier in der Hand im Türrahmen stehen.

»Tut mir leid, wenn ich so reinplatze, meine Herren. Eigentlich war ich auf der Suche nach DS Crowley.«

»Jetzt nicht«, meinte Holloway.

»Ich sollte ihr eine Nachricht überbringen.«

»Sie ist nicht hier, Frank«, blaffte Holloway.

Blinzelnd sah Wanderly von Holloway zu Drake, der sich rüde an ihm vorbeischob.

»DI Drake, warten Sie!« Drake drückte die Brandschutztür auf und lief, so schnell er konnte, die Treppe hinunter, dicht gefolgt von Holloway. »Ray! Kann ich irgendwie helfen? Bleiben Sie doch mal stehen und reden mit mir!«

»Kümmern Sie sich um Ihren eigenen Kram, Peter«, erwiderte Drake, ohne sich umzudrehen.

»Ich habe gehört, wie Sie mit DS Crowley gesprochen haben, und werde das nicht einfach durchgehen lassen.«

Drake blieb auf dem Treppenabsatz stehen. »Tun Sie, was Sie nicht lassen können.«

»Sie können doch mit mir reden, Ray. Als Freund. Jetzt, wo Laura nicht mehr da ist …«

Drake wich zurück, als Holloway versuchte, ihm die Hand auf die Schulter zu legen.

»Ich bin Ihnen dankbar, dass Sie sich Sorgen um mich machen, Peter, aber Sie können nichts tun. Meine Tochter … Ich wünschte, ich hätte mich mehr um sie gekümmert.«

»Gehen wir in die Kantine«, schlug Holloway freundlich vor. »Ich zahle.«

Drake ließ Holloway ohne ein weiteres Wort stehen und rannte die Treppe hinunter.

Auf dem Parkplatz öffnete er den Kofferraum seines Wagens, nahm die Plastiktüte mit der Waffe heraus und schob sie in seine Tasche. Dann setzte er sich hinters Steuer und wählte Aprils Nummer. Es läutete und läutete und läutete.

Wieder und wieder schlug er auf das Armaturenbrett ein. Als zwei Streifenbeamte durchs Tor traten, ließ er den Motor an und bog auf die High Road.

Flick hatte gesagt, Jordan hätte April aus seinem Apartment geworfen. Wenige Stunden später war sie entführt worden. Drake glaubte nicht an Zufälle. Außerdem hatte er noch eine Rechnung mit dem Knaben offen.

Er fuhr durch den dichten Abendverkehr zu den Docklands. Seine Hände auf dem Lenkrad zitterten, während er versuchte, das Telefon auf dem Beifahrersitz mittels schierer Willenskraft zum Läuten zu bringen. Er kämpfte gegen seine aufsteigende Panik an, zwang sich, konzentriert zu bleiben, während er sich mit qualvoller Langsamkeit in der Endlosschlange der Pendler vorwärtsschob.

44

Sobald Sie nach Hause kam, würde sie alles schriftlich festhalten, was vorgefallen war: Ray Drake in der Asservatenkammer. Die Verbindung seiner Mutter zu dem Kinderheim. Sein Drängen, dass Flick die Zeitungsausschnitte ignorierte. Und wie er im Büro die Beherrschung verloren hatte. Holloway hatte alles mitbekommen, somit hatte sie einen Zeugen – zumindest konnte sie sicher sein, dass der Vorfall kein Produkt ihrer Fantasie war. Sie würde das Protokoll DCI Harris übergeben, der dann entscheiden sollte, was zu tun war. Wie es auch immer mit ihr weitergehen würde, fest stand, dass Drake zunehmend die Kontrolle verlor. Er trauerte um seine Frau, daran bestand gar kein Zweifel, und er war nicht zurechnungsfähig. Er musste sich beurlauben lassen und professionelle Hilfe in Anspruch nehmen.

Sie zwang sich, ruhig und ganz tief durchzuatmen, um wieder einen klaren Kopf zu bekommen. Nur raus hier, das war das Einzige, was sie jetzt wollte. Gerade als sie durch eine weitere Brandschutztür trat, ertönte Millie Steiners Stimme hinter ihr.

»Bitte warten Sie. Flick!«

Flick riss sich zusammen und zwang sich zu einem Lächeln.

»Ich hatte gehofft, dass ich Sie noch erwische«, sagte

Steiner. »Es tut mir wahnsinnig leid. Ich habe das Gefühl, als hätten wir versagt.«

»Niemand kann etwas dafür«, wiegelte Flick ab. Offensichtlich hatte es sich bereits herumgesprochen, dass sie von dem Fall abgezogen worden war. »Wir haben einfach in die verkehrte Richtung ermittelt.«

Wenn Steiner sie gebeten hätte, konkreter zu werden, hätte sie hier und jetzt alles preisgegeben, was sie wusste, hätte ihr ihren Verdacht und all ihre Befürchtungen anvertraut, doch die junge Polizistin sagte nur: »DS Kendrick übernimmt, mit DC Upson als Unterstützung. Das hat man uns gesagt. Und DI Drake wird nur die grobe Richtung vorgeben.«

Drake wird euch in die völlig falsche Richtung lenken, dachte Flick. *Er wird dafür sorgen, dass die Ermittlungen versanden und irgendwann ganz eingestellt werden. Weil es irgendetwas mit dem Tod von Kenny Overton und zahllosen anderen durch die Hand eines skrupellosen Monsters zu tun hat, und er nicht will, dass irgendeiner davon erfährt, weder ihr noch ich noch sonst jemand.*

Drake war mit den Worten, April sei verschwunden, aus seinem Büro gestürmt. Außerdem hatte er irgendetwas von einem Zwei-Uhr-Jungen gefaselt, wie ihr jetzt wieder einfiel. Ein mulmiges Gefühl beschlich sie.

»Was haben Sie jetzt vor?«, fragte Steiner.

»Nach Hause gehen, ein Bad nehmen und ein schönes Glas Wein trinken.« Sie war noch viel zu aufgewühlt von ihrer Auseinandersetzung mit Drake, um hier irgendetwas zu bewirken. Stattdessen musste sie mit Nina reden – sie würde wissen, was zu tun war. »Ich melde mich, Millie.«

Flick trat aus dem Polizeigebäude, zog ihr Handy heraus und wählte die Nummer ihrer Schwester, aber zu ihrem Erstaunen nahm weder zu Hause noch an ihrem Handy jemand ab, was ungewöhnlich war. Im Umgang mit Mobiltelefonen war Nina altmodisch, sie benutzte ihres höchstens für Notfälle, wenn sie eine Panne auf der Autobahn haben oder ein Raumschiff voller Aliens auf der Erde landen sollte, trotzdem versuchte Flick ihr Glück weiter.

Es läutete und läutete. Gerade als Flick aufgeben wollte, nahm Nina ab. »Hallo, Süße!«, trompetete sie, wie immer, wenn sie ein paar Gläser intus hatte.

»Bist du zu Hause?«

»Nein, wir treffen uns gerade mit ein paar wichtigen Leuten von Martins neuer Firma«, rief Nina über die lauten Stimmen im Hintergrund hinweg. »Sie sind aus Australien eingeflogen. Oh, Flick, ich hatte ziemliche Angst davor, ans andere Ende der Welt zu ziehen, ohne jemanden dort zu kennen, aber sie machen wirklich einen sehr netten Eindruck.«

»Wer kümmert sich um die Kinder?«

»Sie übernachten bei Imogen nebenan.«

»Ich kann sie gern abholen und bei euch übernachten, wenn du willst.«

»Danke für das Angebot, Süße, aber sie haben sich die ganze Zeit schon darauf gefreut.« Ninas Stimme drohte in einem Ausbruch von Gelächter unterzugehen.

Flick stieg in ihren Wagen und schlug die Tür zu. Augenblicklich wurde der Verkehrslärm der High Road leiser.

»Dad hat erzählt, du hättest ihn besucht«, fuhr Nina fort. »Du hättest toll ausgesehen, hat er gemeint. Er war so glücklich, Flick, völlig aus dem Häuschen.«

»Nina, wir haben uns nicht …«

»Du hast ja keine Ahnung, wie ich mich darüber freue und was für eine Last von mir abfällt, jetzt wo ich weiß, dass ihr wieder miteinander redet. Tausend Dank, jetzt fällt mir der Abschied gleich viel leichter. Du lieber Gott, jemand hat mir schon wieder ein Glas Champagner in die Hand gedrückt. Dabei wollte ich mich auf keinen Fall betrinken. Sag mir, dass ich aufhören soll.«

»Drei Gläser, dann gibt's nur noch Mineralwasser.«

»Alles klar. Ich will dich im nächsten Monat so oft sehen, wie es nur geht.«

»Im nächsten Monat?«

»In einem Monat geht es los. Ziemlich kurzfristig, was? Aber sie wollen unbedingt, dass Martin so schnell wie möglich anfängt.« Sie hielt inne. »Ist alles in Ordnung? Du bist so still.«

»Mir geht's gut«, beteuerte Flick rasch. »Du solltest jetzt Schluss machen.«

»Bitte entschuldige. Ich rufe dich morgen an, dann können wir in Ruhe reden. Hab dich lieb.«

Flick warf das Handy auf den Beifahrersitz und schaltete die Lüftung an, die laut ratterte. Das Tor öffnete sich scheppernd, und ein Streifenwagen fuhr auf das Gelände.

Sie würde nach Hause fahren, ihren Schlafanzug anziehen und versuchen, sich ein bisschen zu entspannen. Sie würde ihre Notizen zu Papier bringen. Ein paar Leuten bei Facebook schreiben, vielleicht sogar eine Verabredung treffen. Plötzlich klopfte jemand an die Scheibe. Das Licht der Parkplatzlampen schuf einen so gruselig anmutenden Heiligenschein um Frank Wanderlys kahlen Schädel, dass sie im ersten Moment vor Schreck zusammenzuckte. Er bedeutete ihr, das Fenster herunterzukurbeln.

Mit einem winselnden Laut senkte sich die Fensterscheibe, und Wanderly streckte den Kopf herein. »Gut, dass ich Sie noch erwische. Jemand wollte Sie sprechen.«

Er drückte ihr einen Zettel mit einer Nummer und einem Namen in die Hand. Trevor Sutherland. Sie starrte darauf, in der Erwartung, dass es klingelte, aber sie hatte keine Ahnung, wer das sein sollte.

»Danke, Frank.«

»Gern geschehen.« Er winkte ihr über die Schulter zu und trat durch das Tor auf die Straße.

Flick legte den Zettel auf den Beifahrersitz, ließ den Motor an und fuhr zum Tor, als ihr erneut die Konfrontation mit Drake in den Sinn kam. Während das Tor langsam aufging, fiel der Groschen endlich. Sie schnappte sich den Zettel.

Trevor Sutherland war der Fotograf, der vor all den Jahren die Aufnahme von Longacre gemacht hatte.

Sie wählte die Nummer.

45

Ein Schnellboot pflügte durch die schäumenden Wellen der Themse, als Drake vor Jordans Apartmentgebäude ausstieg und in die Lobby stürmte.

»Sie können nicht einfach …«, protestierte der Portier, doch Drake marschierte geradewegs zum Aufzug.

Wummernde Bässe schlugen ihm entgegen, als er auf Jordans Etage ausstieg. Er klopfte an die Tür, sorgsam darauf bedacht, nicht im Sichtfeld des Spions zu stehen. Als die Tür aufging, trat er so heftig mit dem Fuß dagegen, dass Jordan rückwärtstaumelte.

Mit der Ferse stieß er die Tür zu, riss Jordan am Kragen hoch und schleifte ihn ins Wohnzimmer. Der Junge trug lediglich eine Unterhose und ein Unterhemd. Das fahle Licht der Wintersonne ließ seine Solariumbräune noch dunkler erscheinen. Vom Wohnzimmer aus bot sich ein spektakulärer Blick auf den aufgewühlten Fluss unter ihnen. Auf dem weißen Glastisch lag ein geöffnetes Koksbriefchen, daneben verlief eine weiße Pulverspur. Drake riss ein Kabel aus der Steckdose, worauf die Musik abrupt verstummte, und drückte Jordans Kopf auf die Tischplatte. Der Atem des Jungen bildete eine feine Kondensschicht auf der Oberfläche.

»Was habe ich dir gesagt, was ich mit dir anstelle, wenn ich dich mit dem Zeug erwische?«

Die Hände des Jungen lagen gespreizt auf dem Glas. »Mr. Drake! Lassen Sie mich ... lassen Sie mich ...«

April war also doch mit Drogen in Berührung gekommen, hatte sie womöglich sogar gemeinsam mit ihm genommen. Die Gewissheit schürte seine Wut nur noch mehr. Er riss Jordans Kopf nach hinten und knallte ihn dann auf den Tisch. Blut spritzte aus der Nase des jungen Mannes, der vor Schmerz aufschrie. Drake zog ein Paar Handschuhe aus der Jackentasche. Jordan richtete sich auf, beide Hände auf seine blutende Nase gepresst.

»Außerdem habe ich mich noch nicht für den Besuch bedankt.«

»Was meinen Sie?«, blubberte Jason. Drake sah, dass er eine Gänsehaut auf Armen und Beinen bekam – vor Angst und von dem Kokain, das offenbar gerade seine Wirkung zeigte.

»Die Schlägertypen, die mich vermöbelt haben. Das ging weit über das Pflichtmaß hinaus.« Drake streifte den Handschuh über seine Linke. »Ich nehme an, das ist auf deinem Mist gewachsen.«

»Meine Nase!« Blut sickerte zwischen seinen Fingern hindurch und tropfte auf den cremefarbenen Teppich. »Was Sie da tun, ist polizeiliche Brutalität.«

»Du ahnst nicht, wie oft ich von diesem Augenblick geträumt habe, Jordan. Wie lange ich mir schon gewünscht habe, mir jemanden mal so richtig vorknöpfen zu dürfen. Du hast völlig recht – es ist eine Wohltat, es endlich rauszulassen. Tatsache ist, dass es mir regelrechte Glücksgefühle beschert, dir die Seele aus dem Leib zu prügeln.«

Jordan krümmte sich, als Drake die Fäuste ballte und vortrat. »Ja! Ja! Schon gut. Ich hab ein paar Jungs angeheuert, die es Ihnen besorgen sollten. Ich dachte, ich muss Ihnen eine Lektion erteilen. Sie haben mir Ärger gemacht!« Er wies mit dem Kinn auf Drakes Gesicht. »Aber so schlimm sieht es ja nicht aus.«

»Mein Gesicht ist mir völlig schnuppe, Jordan. Genauso wie die Tatsache, dass du zwei Typen angeheuert hast, die mich zusammenschlagen. Lassen wir die Vergangenheit ruhen. Interessieren tut mich nur das andere.«

»Was meinen Sie?« Jordan hüpfte von einem Fuß auf den anderen. »Ich habe keine Ahnung, wovon Sie reden.«

»Jemand hat dich dafür bezahlt, dass du meine Tochter von mir fernhältst.« Drake verpasste ihm einen Schlag auf seinen wasserstoffblond gefärbten Schädel. Jordan war ein Weichei, ein Schwächling, auch wenn er noch so viele Stunden im Fitnessstudio verbringen mochte. »Das hier ist bitterer Ernst. Jemand versucht April umzubringen.«

Jordan zuckte zusammen. »Ich weiß nicht, wovon Sie …«

»Halt's Maul.« Drake schlug ihm ins Gesicht. »Ich gehe davon aus, dass dir jemand ein Angebot gemacht hat. Dieser Jemand hat dich angeheuert, weil er unbedingt wollte, dass du meine Tochter von mir fernhältst.« Drake nickte auf die Wohnung mit der spektakulären Aussicht, auf die Themse mit der Skyline aus Wolkenkratzern, Brücken und Monumenten im Hintergrund, auf die teure Einrichtung und die schicke Ausstattung, auf den teuersten Fernseher, den er je gesehen hatte. »Der Sportwagen, das Rennpferd, die Drogen und alles andere kosten ein Vermögen.«

Jordan schnappte hörbar nach Luft. »Sie umbringen?«

»Jemand versucht, April zu töten. Und mich auch.« Drake packte Jordan am Hals und zog ihn zu sich heran. »Und wenn er damit fertig ist, wird er vermutlich die restlichen Spuren beseitigen. Dich, zum Beispiel. Weil dieser Mann viele, viele Menschen ermordet hat, Jordan, und ein mieses kleines Würstchen wie dich kaltmachen würde, ohne auch nur mit der Wimper zu zucken.«

Jordan quollen schier die Augen aus den Höhlen. Drake ließ von ihm ab. Jordan sackte über dem Tisch zusammen und betastete vorsichtig seine blutende Nase.

»Er hat gesagt, dass er mir hilft«, stieß Jordan mit erstickter Stimme hervor. »Ich hab Schulden, Mr. Drake … ein paar falsche Investitionen … aber er hat gesagt, er hilft mir wieder auf die Beine, wenn ich nett zu April bin und dafür sorge, dass sie von Ihnen wegbleibt. Und genau das hab ich getan, Mr. Drake. Ich hab sie immer gut behandelt.«

»Bis du es nicht mehr ausgehalten und sie vor die Tür gesetzt hast.«

»Ich wollte mich eben nicht einkassieren lassen. Ich bin noch jung, hab mein ganzes Leben vor mir und brauche diesen ganzen Mist nicht.« Jordan musterte ihn argwöhnisch. »Ich schwöre, Mr. Drake, sie hat den Stoff nie angefasst. Zumindest nicht solange ich dabei war. Das interessiert sie alles nicht.«

»Sie wollte nur mit dir zusammen sein«, sagte Drake.

»Genau«, bestätigte Jordan und schluckte. »Sie hat mich geliebt.«

»Und du hast ihm Bescheid gesagt, nachdem sie gegangen ist?«

»Ich hab ihm gesagt, ich sei echt durch«, meinte Jordan und wischte sich mit dem Arm die Nase ab. Eine rote Blutspur zog sich quer über seine Wange. »Und dass ich es heute Nachmittag tue.«

»Am Telefon?«

»Ich hab eine Mailadresse von ihm.«

»Sag mir, was du über ihn weißt.«

»Ich hab ihn kennengelernt, gleich nachdem ich mit April was angefangen hatte. Eigentlich stand ich gar nicht so auf sie, wenn ich ehrlich bin.« Sein Blick fiel auf Drakes geballte Fäuste. »Sie hat viel zu viel Klasse für einen Typen wie mich.«

»Das ist das erste wahre Wort aus deinem Mund.«

»Wir sind in einem Pub ins Gespräch gekommen. Ich dachte, ich bin endgültig am Arsch, aber er meinte, er könnte mir wieder auf die Beine helfen. Ich müsste nur dafür sorgen, dass April den Kontakt zu Ihnen abbricht. Um Ihnen eins reinzuwürgen, meinte er. Ich dachte, er sei jemand, dem Sie früher mal eins aufs Maul gegeben hätten. Er hat mir eine Menge Geld angeboten, ohne Fragen zu stellen.«

Drake massierte sich die Schläfen. »Und du dachtest, klar, ist ja ein Kinderspiel, das Mädchen dazu zu bringen, sich in dich zu verlieben.«

»So einfach war's nicht, Mr. Drake. Sie mochte mich, das stimmt, aber eigentlich wollte sie nicht, dass … mehr daraus wird.« Blut klebte an Jordans Lippe. »Aber dann, als ihre Mutter gestorben ist und es zwischen Ihnen nicht mehr so gut lief, wurde es einfacher.«

»Dieser Mann«, sagte Drake erschöpft. »Wie hieß er?«

»Mr. Smith. Na ja, zumindest hat er sich so vorgestellt.«

»Beschreib ihn mir.«

»Ich hab was Besseres.« Jordan schlurfte zu einer Anrichte und griff nach einem Android-Handy. »Einmal hab ich ihn heimlich fotografiert. Nur zur Sicherheit.«

Er strich mit dem Daumen über das Display und verschmierte dabei etwas Blut, das ihm aus der Nase getropft war. In diesem Moment läutete Drakes Handy. Sein Magen verkrampfte sich, als er Aprils Nummer sah. Er wandte sich ab. »Bitte, tun Sie ihr nicht weh.«

»Deiner Tochter?« Die elektronische Stimme gab ein hohles Lachen von sich. »Ich hab deine Tochter nicht mehr.«

Die Vorstellung, dass sie bereits tot sein könnte, war so grauenhaft, dass er ins Straucheln geriet und sich am

Fensterrahmen festhalten musste, um zu verhindern, dass seine Beine unter ihm nachgaben. Der Raum, der Fluss und die Stadt mit ihren funkelnden Lichtern im Hintergrund schienen ineinanderzufließen. Drake umklammerte das Handy mit beiden Händen und versuchte sich zu konzentrieren.

Der Gedanke daran, was er vielleicht gleich hören würde, machte ihm Angst.

Dass sie tot war … dass er sie gefoltert haben könnte.

Er stellte sich Aprils Schmerzensschreie vor, die letzten qualvollen Momente ihres jungen Lebens. Wieder drohten seine Beine wegzuknicken. Wenn sie jetzt nachgaben, wusste er nicht, wie tief sein Fall reichen würde. Er wollte etwas erwidern, doch kein Laut kam über seine Lippen.

»Ich besuche gerade eine alte Freundin von dir«, erklärte die Stimme triumphierend. »Und wir warten schon auf dich.«

Drake hörte Schreie im Hintergrund. »Ray, o Gott! Hilfe!«

Die Leitung wurde unterbrochen, und Drake stürzte zu Jordan. »Los, zeig mir das Foto!«

46

1984

Als Sally sich nach ein paar Tagen immer noch nicht meldete, versuchte Ray, Ruhe zu bewahren. Sie hatte bestimmt viel zu tun, sagte er sich. Schließlich war sie eine viel beschäftigte erwachsene Frau, das musste er respektieren. Sie hatte ihm hoch und heilig versprochen, dass sie in Verbindung bleiben würden und sie sich bei ihm melden würde, wenn sie die Gelegenheit dazu hatte. Tage vergingen, eine ganze Woche. Irgendwann stand für ihn fest, dass etwas nicht stimmte.

Obwohl dieses Heim der letzte Ort war, den er aufsuchen wollte, blieb ihm keine andere Wahl. Er beschloss, einfach vor der Tür zu warten, bis Sally herauskam, und sie zu fragen, wieso sie nicht angerufen und ihn so in Sorge versetzt hatte. Doch ihr Wagen stand nicht vor der Tür. Er kämpfte gegen seine aufsteigende Panik an.

Er postierte sich am Ende der Straße und wartete den ganzen Tag, bis er es nicht länger aushielt. Die rötliche Abendsonne fiel bereits auf den Hang auf der anderen Seite der Bahngleise, als er an die Tür des Longacre-Heims hämmerte.

»Kann ich dir helfen, Junge?«, fragte Gordon, als er aufmachte.

»Wo ist sie?« Ray versuchte, über seine Schulter ins Haus zu spähen. »Wo ist Sally?«

Gordon erwiderte bedauernd, er hätte keine Ahnung, wo sie stecke. Sie sei nicht mehr hier, erklärte er. Sie hätte beschlossen wegzugehen. Ganz plötzlich. Sally hätte einfach ihre Sachen gepackt und sei verschwunden. Irgendwohin in den Norden, behauptete er.

»Nein.« Ray hatte das Gefühl, als würde der Boden unter ihm schwanken. »Sie würde nie im Leben weggehen, ohne mir Bescheid zu sagen. Das würde sie nicht machen.«

»Ich weiß nicht, was ich dir sonst sagen soll«, gab Gordon betrübt zurück. »Wenn ich Genaueres wüsste …«

»Sie lügen.« Ray schob sich an Gordon vorbei, betrat das Büro des Heimleiters und riss die Tür zu dem kleinen Hinterzimmer mit der Matratze auf. Der Raum wurde lediglich von einem schmutzigen Oberlicht beleuchtet. Zerwühlte Laken lagen herum, in der Luft hing der durchdringende Gestank nach Benzin aus einem Kanister, der neben einem grünen Heizkörper stand.

»Ich muss dich jetzt bitten zu gehen«, sagte Gordon, hinter dem sich eine Handvoll Jugendlicher eingefunden hatte und das Szenario neugierig verfolgte.

»Amelia!« Ray bemerkte das Mädchen, das er bei seinem letzten Besuch kennengelernt hatte. »Wo ist Sally?«

Aber Amelia starrte ihn nur wortlos an. Die Angst legte sich wie ein stählernes Band um seine Brust.

»Eines Morgens ist sie einfach aufgebrochen«, fuhr Gordon fort. »Sie hätte ein besseres Angebot, hat sie gesagt. Du weißt doch, wie sie ist, Raymond. Ein Freigeist.«

»Ich glaube Ihnen kein Wort.« Ray war den Tränen nahe. »Sie lügen.«

»Es tut mir leid, Junge. Ich weiß ja auch nicht, was im Kopf dieser Frau vorgeht.«

»Sie würde nie weggehen, ohne mir Bescheid zu sagen.«

Ray ging zur Tür. Kurz überlegte er, einfach die Treppe hinaufzurennen, aber Elliot und Connor hatten sich vor der untersten Stufe aufgebaut, deshalb würde er wohl nicht allzu weit kommen.

»Wo ist sie?«, fragte Ray, aber Elliot weigerte sich, ihm in die Augen zu sehen.

»Elliot würde ich an deiner Stelle nicht fragen«, sagte Gordon leise. »Aus dem kriegst du nichts raus. Er ist mein Kumpel, einer von meinen Zwei-Uhr-Jungs.«

»Wo ist sie?« Ray wandte sich an Connor und glaubte etwas im trotzigen Blick des Jungen aufblitzen zu sehen; etwas, das er nicht zuordnen konnte. Connors Fäuste waren geballt, sodass sich die Haut weiß über seinen Fingerknöcheln spannte.

»Sie ist abgehauen«, erklärte Ronnie Dent, der gemeinsam mit seiner Frau aus der Küche gestürmt kam. »Hat sich einfach verpisst, ohne jemandem Bescheid zu sagen. Und dasselbe kannst du auch tun.«

»Ich will es von ihm hören.« Ray stieß Connor den Zeigefinger in die Brust. »Ich will, dass Connor es mir sagt.«

Gordon nickte, worauf die Dents links und rechts neben Ray traten und ihn hochhoben. Er versuchte, sich aus ihrem Griff zu befreien, trat mit den Füßen nach ihnen und schrie – »Lasst mich sofort los!« –, aber er war chancenlos. Sie trugen ihn zur Tür und warfen ihn in hohem Bogen die Treppe hinunter, sodass er die Arme ausstrecken musste, um nicht der Länge nach hinzuschlagen.

»Du tust mir leid, mein Junge, und ich bedauere deinen Verlust«, sagte Gordon an der Tür, »aber halte dich von hier fern. Du hast in diesem Haus nichts mehr verloren.«

Doch Ray war nicht bereit aufzugeben. Er rappelte sich auf und wollte sich wieder ins Haus drängen. Er würde erst aufgeben, wenn er herausgefunden hatte, wohin Sally gegangen war – aber Connor vertrat ihm den Weg.

»Hau ab«, sagte er.

»Sag mir, wo sie ist.«

»Hau endlich ab, sonst …«

»Sonst?« Rays Wangen waren tränenfeucht. »Was passiert sonst?«

»Mit Connor würde ich mich lieber nicht anlegen, Kumpel.« Gordon setzte sich auf die oberste Stufe wie ein Imperator im Kolosseum, bevor die Spiele begannen. »Der frisst dich zum Frühstück.«

Connor könnte ihn jederzeit zu Brei schlagen, daran bestand nicht der geringste Zweifel, aber das war Ray egal. Er musste wissen, wo Sally war. Noch nie im Leben war er so wütend gewesen.

»Sie würde nicht einfach gehen!«, schrie er. »Sie würde mich nicht im Stich lassen!«

Er stieß Connor mit dem Handballen gegen die Brust. Es war ein gutes Gefühl, jemanden zu schlagen, auch wenn er damit rechnete, im nächsten Moment auf dem Boden zu landen. Er ging davon aus, dass Connor ihm eins aufs Maul geben und nach ihm treten würde, aber Connor rührte sich nicht vom Fleck.

Mit einem wütenden Schrei stürzte Ray vor und trommelte mit beiden Fäusten auf ihn ein – auf seine Brust, seine Arme und ins Gesicht –, aber der Junge leistete keinerlei Gegenwehr. Ray war außer sich vor Wut. Angelockt von seinem Geschrei, kamen die anderen Kinder herausgelaufen.

So unvermittelt, wie Ray losgebrüllt hatte, verstummte er. Völlig erschöpft und mit pulsierenden Fäusten und hämmerndem Schädel, stand er vor Connor, dessen Gesicht ganz zerschrammt war. Blut sickerte aus einer Wunde an seiner Oberlippe. Ray schlug sich die Hände vors Gesicht und begann zu schluchzen, vor allen anderen, mitten auf der Straße.

Weil Sally verschwunden war und er nichts dagegen unternehmen konnte.

»Ich komme wieder.« Ray richtete seinen zitternden Finger auf Gordon. »Und ich bringe meine Eltern mit.«

Genau das würde er tun. Ray würde Leonard und Myra dazu bringen, ihm zuzuhören. Die armen Kinder im Heim mochten ihnen gleichgültig sein, ebenso wie Sally, aber zum ersten Mal in seinem Leben würde er sie zwingen, sich anzuhören, was er zu sagen hatte.

»Tu das, mein Freund.« Der Heimleiter stand auf und ging hinein, dicht gefolgt vom Großteil der Kinder. Amelia blieb vor der Tür stehen, ebenso Kenny, David und Elliot. Und ein kleiner blonder Junge, den Ray noch nie vorher gesehen hatte. Connor stand immer noch vor ihm und starrte ihn aus weit aufgerissenen Augen eindringlich an.

»Wo ist sie?«, fragte Ray, ohne jedoch eine Antwort zu erwarten. Seine Hände pochten vor Schmerz, aber das war ihm egal.

Connor schüttelte den Kopf.

»Bitte«, flehte Ray.

»Weg.« Connors Stimme war kaum mehr als ein Flüstern.

»Connor, komm rein, mein Junge«, rief Gordon von der Tür. Alle anderen waren längst verschwunden.

Ray nickte in Richtung des Heims. »Du kannst etwas unternehmen«, sagte er zu Connor. »Wieso tust du nichts?«

»Lasst uns reingehen«, rief Gordon etwas lauter.

Bevor Connor im Haus verschwand, sah Drake ein zweites Mal diesen Ausdruck auf dem Gesicht des Jungen, nur für den Bruchteil einer Sekunde … Verwirrung, Bestürzung und noch etwas anderes … etwas Verängstigtes und Beängstigendes zugleich.

Und dann stand Ray Drake ganz allein auf der Straße, mit der entsetzlichen Gewissheit, dass er Sally nie wiedersehen würde, und dem Gefühl, dass sich etwas in seinem Innern unwiderruflich verändert hatte.

47

Als Erstes würde er sich waschen. Er würde seine schlammverkrusteten Sachen und den Rucksack verschwinden lassen und sich so lange unter die Dusche stellen, bis der heiße Wasserstrahl den Schmutz und das Blut fortgewaschen hatte und seine Haut ganz rot war. Vielleicht würde er danach einen Spritzer Aftershave auftragen.

Es würde ihm nichts nützen, denn ein bisschen Paco Rabanne würde den Geruch nach Schuld und Scham nicht übertünchen können, so viel stand fest. Elliot hatte einen Mann erschlagen und seine Leiche im Kofferraum eines Wagens versteckt, das ließ sich nicht mehr rückgängig machen. Aber mit ein bisschen Glück würde der Duft verhindern, dass Rhonda einen Heidenschreck bekam, wenn er ihr unter die Augen trat.

Außerdem würde ihm eine Dusche Zeit geben, sich in Ruhe seine nächsten Schritte zu überlegen. Er würde ihr irgendeine hanebüchene Story auftischen … vorausgesetzt, es fiel ihm eine ein –, und dann würden sie weggehen, weit weg, alle drei, und noch einmal ganz von vorn anfangen.

Allerdings hatte die Sache einen Haken: Er hatte nicht damit gerechnet, dass Rhonda da sein würde, als er von Kopf bis Fuß verdreckt, mit aufgeschürften Fingerknöcheln und blutverschmiertem Gesicht das Haus betrat. Entsetzt starrte er die Gestalt auf dem Sofa an und zuckte zusammen, als eine Stimme hinter ihm ertönte.

»Was zum …«

Um den Schmerz im Nacken zu verhindern, drehte er sich mit dem ganzen Oberkörper um und sah Dylan am Fenster stehen.

»Was ist das?« Rhonda deutete auf den Rucksack. Elliot ließ ihn fallen, als wäre er glühend heiß.

»Wieso lässt du mich und deine Mum nicht ein paar Minuten allein, Kumpel?« Seine Stimme hatte beiläufig klingen sollen, als gäbe es sterbenslangweilige Versicherungsfragen zu erörtern, doch es misslang ihm gründlich. Stattdessen übertrug sich seine Angst scheinbar direkt auf den Jungen, als dessen Blick über Elliots schmutzige Kleider, sein blutverschmiertes Gesicht und den Rucksack zu seinen Füßen schweifte.

»Was ist in dieser Tasche, Elliot?«, fragte Rhonda noch einmal.

»Dylan«, sagte Elliot. »Tu uns den Gefallen und …«

Doch bevor Elliot sich umständlich vorbeugen konnte, war der Junge herbeigelaufen und hatte den Rucksack an den Trägern hochgerissen. Er griff hinein, förderte ein Bündel Bargeld und eine reich verzierte Halskette zutage, die zwischen seinen Fingern baumelte.

»Ich hab doch gesagt, ich hole uns unser Geld zurück«, erklärte Elliot, aber Rhondas Miene war versteinert. In diesem Moment schnappte Dylan hörbar nach Luft, zog die Waffe heraus und hielt sie vorsichtig zwischen zwei Fingern.

»Leg das sofort weg«, flüsterte Rhonda. Dylan drehte die Pistole so herum, dass sein Finger auf dem Abzug lag. »Ich sagte, leg das hin!«

Dylan ließ die Waffe in den Rucksack fallen. »War die Polizei deshalb hier?«

»Die *Polizei*?«, wiederholte Rhonda.

»Nein«, antwortete Elliot. »Das ist … das ist nicht …«

Rhonda stand auf. »Dylan, geh nach oben und pack ein paar Sachen zusammen.«

Elliots Nase, seine Hände und sein Nacken pochten vor Schmerz. »Ich weiß, wie das jetzt aussieht.«

»Sagt mir jemand mal, was hier los ist?« Dylans Stimme zitterte vor Angst; ausnahmsweise ignorierte er das Vibrieren seines Handys in der Hosentasche.

»Geh nach oben, Dylan. Auf der Stelle!«

Den Blick starr auf Elliots verzweifeltes Gesicht gerichtet, taumelte der Junge rückwärts aus dem Raum und rannte die Treppe hinauf. Sie hörten seine schweren Schritte, das Knallen von Schubladen.

Rhonda nickte in Richtung des Rucksacks. »Wo hast du den her?«

Er öffnete den Mund, doch kein Laut drang hervor. Elliot konnte ihr nicht sagen, was er getan hatte, ein Geständnis bedeutete das Ende. Schließlich hatte er einen Mann getötet. Er hatte ihn erschlagen und in den Kofferraum gestopft, wo er verrotten würde. Und das ließ sich nicht rückgängig machen. Weder jetzt noch später.

Also blieb ihm nichts anderes übrig, als zuzusehen, wie sein Leben vollends den Bach hinunterging.

Rhonda beugte sich über den Rucksack, berührte den Schmuck – einige Stücke waren sehr alt, mit eingearbeiteten Edelsteinen –, das Geld und die Wertgegenstände, die Perry aus dem Safe genommen hatte, die persönlichen Dokumente und Besitzurkunden. »Das ist nicht unser Geld, Elliot. Das sind nicht unsere Ersparnisse. Wem gehört das?«

Stumm schüttelte er den Kopf.

»Sag es mir«, befahl sie. »Sag mir, was du getan hast.«

Er hatte zahllose Male Gelegenheit gehabt, Rhonda zu beichten, was er in der Vergangenheit angestellt hatte, aber nie den Mut aufgebracht. Schweren Herzens begriff er, dass sie ihm bestimmt verziehen hätte, wenn er ihr erzählt hätte, was ihm als kleiner Jungen widerfahren war, damals, als er sich nicht hatte wehren können. Sie hätte ihm vergeben, hätte ihn unterstützt, weil es so viele Jahre zurücklag. Aber all die Geheimnisse, die Lügen waren nichts im Vergleich dazu, kaltblütig einen Mann zu ermorden.

Sie sollte nicht in seiner Nähe sein. Genauso wenig wie Dylan. Er war pures Gift, schlechter Einfluss, und er hatte ihre Verachtung und ihren Hass verdient. Sein Vater hatte ihn dazu gemacht, genauso wie dieses elende Dreckschwein Tallis. Beide waren längst tot, trotzdem zogen sie noch aus dem Grab heraus die Strippen und ließen ihn nach ihrem eigenen Takt tanzen.

»Ich hab Mist gebaut«, sagte er, wohl wissend, dass das die Untertreibung des Jahrhunderts war, aber ihm fiel keine bessere Antwort ein.

»Sag mir, was du getan hast.« Ihr Blick blieb an seiner blutigen, vor Schmerz pochenden Faust hängen. Er wünschte, sie würde ihre Aufforderung nicht ständig wiederholen. »Sag mir, was du getan hast.«

»Ich kann nicht«, krächzte er, weil er wusste, dass dies das Ende wäre.

»Sag es mir.«

Er schüttelte den Kopf.

Dylan kam mit einer Tasche in der Hand die Treppe heruntergepoltert, doch Rhonda schickte ihn wieder hinauf.

»Wo gehen wir hin?«, fragte der Junge. »Was ist mit Elliot?«

»Geh wieder nach oben.«

»Ich hab's nicht so gemeint, als ich gesagt hab, er sei nur ein dämlicher Blödmann, der sowieso bald wieder abhaut.«

»Es ist nicht deine Schuld.« Elliots Stimme brach vor Rührung. »Und glaub das ja nie. Niemals.«

»Geh in dein Zimmer!«, befahl Rhonda barsch, worauf der Junge mit einem erstickten Laut wieder nach oben stürzte. »Wir kriegen das wieder hin«, sagte Rhonda. »Was auch immer du getan hast oder glaubst getan zu haben, wir kriegen das wieder hin.«

»Nein, das nicht.« Seine Zunge fühlte sich dick in seinem Mund an. »Wir kriegen es nicht wieder hin.«

»Sag mir, was du getan hast.«

Keine zehn Pferde würden ihn dazu bringen, ihr alles zu beichten. All die Lügen waren so eins mit ihm geworden, dass er nicht länger wusste, wo sie aufhörten und der echte, der richtige Elliot Juniper anfing. Der Zwei-Uhr-Junge hatte stets die Wahrheit über Elliot gekannt, hatte stets gewusst, was für einer er war.

»Du musst Verantwortung übernehmen«, fuhr Rhonda fort. »Wenn schon nicht für mich oder für Dylan, dann zumindest für dich selbst. Wenn du das nicht tust, wirst du niemals glücklich sein.«

»Ohne dich werde ich sowieso nie glücklich sein.«

»Das hättest du dir früher überlegen müssen. Bevor du das hier, was auch immer das sein mag, in mein Haus gebracht hast.« Sie stieß mit dem Fuß den Rucksack an, ohne die Stimme zu heben. Schreien war nicht Rhondas Stil, stattdessen lag stille Verachtung in ihrer Stimme. »Glückwunsch, Elliot, du hast es endlich geschafft. Du bist zu weit gegangen, indem du das hier hereingetragen hast, Elliot, in unser Haus, und nicht einmal jetzt kannst du ehrlich zu mir sein.«

»So bin ich nun mal.« Er lachte freudlos. »Elliot, der Schwachkopf.«

»Du musst dir überlegen, wie du all dem ein Ende machen kannst, diesem Leid in deinem Innern, weil ich glaube, dass ich dir nicht genug bin. Ich habe gehofft, ich und auch Dylan würden dir genügen, aber das stimmt nicht.«

»Es ist nicht deine Schuld.«

»Nein«, bestätigte sie bitter. »Das ist es tatsächlich nicht. Du bist der Einzige, der dafür sorgen kann, dass du dich endlich nicht mehr wie ein herumgeschubstes Kind, sondern wie ein erwachsener Mann benimmst. Und der erste Schritt wäre, Verantwortung hierfür zu übernehmen.« Wieder nickte sie in Richtung des Rucksacks. »Kriegst du das hin, Elliot?«

»Ich hoffe es«, flüsterte er.

»Dann sag mir, was du getan hast«, sagte sie. »Sag mir, woher diese Waffe in meinem Haus kommt, und versprich mir, dass wir das überstehen.«

Sie sollte nicht hier sein, weder sie noch Dylan. Sein einziger Hoffnungsschimmer war, sie außer Reichweite dieses Irren zu bringen, irgendwohin, wo sie in Sicherheit waren.

»Geht einfach«, sagte er deshalb.

Rhonda warf ihm einen kalten, vorwurfsvollen Blick zu, der all seine Hoffnungen und Träume von einer wie auch immer gearteten Zukunft zunichtemachte, und ging die Treppe hinauf.

48

Schlitternd kam Ray Drakes Wagen vor dem Lagerhaus zum Stehen. Er schaltete den Motor und die Scheinwerfer aus.

Auf Amelias Etage brannte kein Licht. Die Stahltür war angelehnt. Er betrat das Haus und drückte auf den Aufzugknopf, worauf der Zugmechanismus lautstark über ihm zum Leben erwachte. Er zog seine Waffe und wartete, bis der Aufzug das Erdgeschoss erreichte, doch die lediglich von einer trüben Glühbirne erleuchtete Kabine war leer.

Drake trat hinein, schloss die Gittertür und drückte den Knopf für die achte Etage. Hier drinnen war er leichte Beute, aber es gab keine andere Möglichkeit, nach oben zu gelangen. Er schraubte die heiße Glühbirne über seinem Kopf heraus, sodass es dunkel wurde, und zertrat sie. Der Aufzug rumpelte an den in düsterem Zwielicht liegenden Stockwerken vorbei.

Schließlich kam er ruckelnd auf Amelias Etage zum Stehen. Unmittelbar vor seinen Füßen war ein mehrere Zentimeter breiter Streifen des mit Farbklecksen übersäten Fußbodens zu erkennen, in der Ferne funkelten die Lichter der Stadt, dazwischen jedoch herrschte gähnende Dunkelheit. Sorgsam darauf bedacht, den Griff um seine Waffe nicht zu lockern, schob er das Gitter auf und rief laut: »Amelia!«

Als er aus dem Aufzug trat, machte er mit Mühe die Umrisse des langen Tisches im Raum aus. Die rechteckigen Leinwände lehnten immer noch an den Fenstersimsen, wie Portale, die ins Nichts führten. Vorsichtig schob er sich auf dem Betonboden um den Aufzug herum, den Rücken fest dagegen gepresst. Der Wohnbereich lag in tiefem Schatten vor ihm, und er wünschte, er hätte eine Taschenlampe mitgebracht.

»Ist jemand hier?« Etwas raschelte in der Finsternis. »Amelia?«

Er machte ein paar Schritte vorwärts und stieß mit den Knien gegen das Sofa. Vorsichtig tastete er nach der Metallstange der Stehlampe, fand den Schalter und legte ihn um – nichts. Das Licht blieb aus.

Ein gedämpfter Schmerzenslaut ertönte. Mit erhobener Pistole zog Drake mit der anderen Hand sein Handy heraus und berührte das Display. Bläuliches Licht erhellte die Umgebung in einem Umkreis von einem halben Meter. Das Telefon in der einen Hand vorgestreckt, in der anderen die Waffe im Anschlag, trat er um das Sofa herum.

Jemand kauerte auf einem Stuhl, ein kleines Stück außerhalb des Lichtkegels. Er hörte das Knistern von Plastik, einen gedämpften Schrei. Als er weiterging, stolperte er über die Kante eines Teppichs und erhaschte einen Blick auf die Gestalt.

Es war Amelia, mit mehreren Schichten Frischhaltefolie an einen Stuhl gefesselt.

Als sie ihn erkannte, begann sie an ihren Fesseln zu zerren. Drake trat weiter auf sie zu, als die Displaybeleuchtung etwas erfasste, das sich in der Finsternis auf ihn zubewegte.

Drake legte beide Hände um die Waffe, um den Rückstoß abzufangen, und feuerte. Einmal. Zweimal.

Die Explosionen waren ohrenbetäubend. Die Fensterscheiben bebten, und die Gestalt wurde nach hinten gerissen. Drake hob das Telefon wieder hoch und arbeitete sich mit winzigen Trippelschritten vorwärts, tiefer in die Dunkelheit hinein, bis er auf dem Boden die Umrisse der Schneiderpuppe ausmachte. Splitter ragten aus ihrer hölzernen Brust, und die Rollen drehten sich leer in der Luft.

Drake kehrte zu Amelia zurück und zerrte an der Folie über ihrem Mund. Blankes Entsetzen stand in ihren Augen. Die Waffe in der Hand war hinderlich, deshalb klemmte er sie sich unter den Arm, um seinen Schlüsselbund aus der Tasche zu kramen und mit der schartigen Seite die Folie zu durchtrennen. Schließlich gab sie nach und hing in Fetzen um Amelias Wangen.

»Es wird alles gut«, flüsterte er. »Bleiben Sie einfach still sitzen.«

Blanke Hysterie schwang in Amelias Stimme mit. »Er ist … er ist …«

Dann schrie sie.

Eine flüchtige Bewegung … am äußeren Rand des Lichtkegels.

Eine Eisenstange schwang aus der Finsternis. Instinktiv riss Drake den Arm hoch, um seinen Kopf zu schützen. Ein scharfer Schmerz schoss durch seine Schulter, dann war sie plötzlich gefühllos. Er ließ den Arm sinken. Polternd fiel die Waffe zu Boden. Ein weiterer schmerzhafter Schlag gegen seinen Oberschenkel ließ ihn auf die Knie fallen. Er wollte nach der Waffe greifen, doch jemand trat mit dem Fuß dagegen, sodass sie in die Dunkelheit schlitterte. Hektisch krabbelte er rückwärts wie eine Krabbe am Strand, während ihm eine Gestalt – eine formlose, in der Finsternis kaum auszumachende Masse – folgte und die Eisenstange wieder und wieder niedersausen ließ. Funken sprühten vom Betonboden zwischen seinen Beinen auf.

Es war eine reine Frage der Zeit, bis die Stange seinen Schädel treffen würde, und das wäre das Ende. Blindlings trat er ins Leere und registrierte, wie die schemenhafte Gestalt ins Straucheln geriet, dann war ein scheppernder Laut zu hören, mit dem die Eisenstange zu Boden fiel.

Hinter ihm leuchtete etwas Kleines, Rechteckiges … sein Telefon, das mit dem Display nach unten auf dem Betonboden lag. Er rollte sich auf die Seite, kroch die restlichen Zentimeter darauf zu und schnappte es. Suchend schwenkte er die bläuliche Fläche hin und her und tastete nach seiner Waffe.

Hinter ihm ertönte ein metallisches Geräusch, als jemand die Eisenstange vom Boden aufhob. In diesem Moment machte Drake seine Waffe im Zwielicht aus und hechtete darauf zu, rollte sich auf den Rücken und drückte den Abzug.

Drei Schüsse lösten sich. Wieder landete die Eisenstange mit einem lauten Scheppern auf dem Betonboden.

Als das Echo der Schüsse verklungen war, lag er einen Moment lang da und kämpfte gegen die Ohnmacht an, die seinen geschundenen Körper zu übermannen drohte. Die Eisenstange kullerte über den Boden und prallte gegen seinen Fuß. Drake lauschte seinem abgehackten Atem, hörte das metallische Knarzen der Aufzugtür.

»Noch nicht!«, hallte die vertraute Stimme durch die Stille. »Aber bald. Sehr bald.«

Die Gittertür des Aufzugs schloss sich, dann erwachte der Lift ratternd zum Leben und fuhr nach unten.

Amelia, noch immer an ihren Stuhl gefesselt, schrie und schaukelte wie von Sinnen hin und her.

»Ich bin hier«, sagte Drake und stemmte sich mühsam hoch. »Ich bin hier.«

49

Da war es wieder, dieses Geräusch, kaum lauter als das Fiepen einer Maus.

Myra Drake wohnte bereits ihr ganzes Leben in diesem Haus und kannte all seine Geräusche, jedes Knarzen, jedes Ächzen, jedes Seufzen. Die meisten glaubten, die Sinne eines Menschen würden mit zunehmendem Alter nachlassen, und Myras Augen mochten tatsächlich nicht mehr die besten sein, außerdem schien neuerdings alles gleich zu schmecken, doch ihr Gehör funktionierte nach wie vor hervorragend, genauso gut wie früher.

Raymond hatte sie zu überreden versucht wegzufahren, aber sie hatte trotz ihres Versprechens nie ernsthaft die Absicht gehabt, seinen Vorschlag anzunehmen. Dies war ihr Zuhause, und sie würde sich von niemandem verjagen lassen. Außerdem wusste sie nicht, ob sie überhaupt noch einen Koffer besaß – einem Menschen ihres Alters musste nun mal klar sein, dass er für die nächste Reise höchstwahrscheinlich kein Gepäck mehr brauchte.

Vor ein paar Monaten hatte Ray ihr ein Handy besorgt und seine Nummer eingespeichert – nur für alle Fälle. Dieses Handy hielt sie jetzt in der Hand. Das dünne Plastikding fühlte sich beinahe substanzlos in ihrer Hand an. Raymond hatte ihr mit lauter Stimme und in herablassendem Tonfall sämtliche Tasten erklärt, worauf sie ihm an den Kopf geworfen hatte, sie sei zwar im Ruhestand, aber nicht verblödet. Doch sooft sie auf die Ein-Taste drückte, blieb das Display schwarz. Sie hatte vergessen, das Ding aufzuladen. Also saß sie auf dem Sofa und lauschte. Sekunden später knarzte eine lose Parkettdiele vor der Tür.

»Hören Sie auf, hier herumzuschleichen. Ich kann Sie hören.« Es war ein großes Haus, in dem man sich leicht verirren konnte.

Ein Mann kam herein. Er war von Kopf bis Fuß in Schwarz gekleidet und hatte eine Sturmhaube auf dem Kopf und ein langes Messer in der Hand.

»Nehmen Sie das Ding ab«, sagte sie. »Sie sehen absolut lächerlich aus.«

Die Augen des Eindringlings quollen schier aus den Höhlen, doch dann zog er die Sturmhaube herunter und strich sich mit der Hand über den kahlen Schädel, um hängen gebliebene Wollfasern zu entfernen.

»Vorsicht«, warnte Myra mit spröder Stimme. »Sie wollen doch keine Spuren hinterlassen.«

»Es ist längst zu spät, sich darüber Gedanken zu machen«, erwiderte der Eindringling, wanderte mit hinter dem Rücken verschränkten Händen im Raum umher, nahm das Bücherregal und die Gegenstände auf dem Kaminsims in Augenschein, schien sich für alles zu interessieren, als sei er ein Besucher eines feudalen Anwesens. »Erinnern Sie sich an mich?«

Myra musterte ihn. »Sie scheinen mir jemand zu sein, den man auffallend schnell vergisst. Sollte ich Sie kennen?«

Viele Jahre war er für andere unsichtbar gewesen, so flüchtig wie feiner Dunst, was es ihm ermöglicht hatte, seiner Arbeit so erfolgreich nachzugehen, trotzdem machte ihn ihre Antwort wütend. Er setzte sich auf eine Sesselkante, wohl wissend, dass er sie damit ärgern würde, obwohl sie dem Tod bereits ins Auge blickte.

»Wir haben uns vor langer Zeit kennengelernt.«

»Und jetzt sind Sie hier, um mich zu töten.«

»Genau. Und dann Ihre Enkelin. Und natürlich …« Ein sarkastisches Grinsen spielte um seine Lippen. »Ihren Jungen.«

Ruhelos ließ Myra die Daumen ihrer im Schoß verschränkten Hände kreisen. »Das bezweifle ich. Raymond ist Ihnen in jeglicher Hinsicht überlegen. Er ist intelligenter und gerissener noch dazu. Er lässt sich nicht einfach umbringen, weder von Ihnen noch von sonst jemandem.«

Er könnte dieser arroganten alten Schachtel ohne Weiteres an den Kopf werfen, dass er ihn bereits zweimal hätte kaltmachen können: Am Morgen hatte er ihm das Messer an die Kehle gedrückt, heute Abend in diesem Lagerhaus mit ihm Katz und Maus gespielt. Er könnte ihr auch um die Ohren hauen, wie viele Menschen bereits durch seine Hand gestorben waren. Bestimmt würde ihr dann ihr hochnäsiges Grinsen vergehen. »Nach allem, was Sie für ihn getan haben, und jetzt erlaubt er, dass Sie einfach sterben.«

»Es steht ihm nicht zu, mir etwas zu erlauben. Außerdem ist es eine Erleichterung. Seit dem Tod meines Mannes empfinde ich das Leben zugegebenermaßen als ziemliche Last.«

»Das verstehe ich. Meine Zeit neigt sich auch dem Ende zu.«

»Nun.« Ihre Mundwinkel zuckten. »Das ist doch schon etwas. Und wie beabsichtigen Sie, mich umzubringen?« Die lange Klinge des Messers schimmerte, als er es sich auf die Knie legte. Myra zog ihre Strickjacke enger um sich. »Wird es schnell gehen?«

»Ich fürchte, nein. Ich werde mir Zeit lassen, und Sie

werden leiden. Zeit meines Lebens hege ich einen tiefen Groll gegen Ihre Familie.«

Verachtung lag in Myras Blick. »Jetzt erinnere ich mich an Sie. Schon damals hatten Sie so etwas an sich … diese leblosen Augen.«

»Ich war noch ein Junge!«, schrie er.

»Und jetzt sind Sie ein erbärmlicher Mann.«

Eine Träne rann ihm über die Wange. Er wischte sie mit dem Handrücken fort. »Ich bin nicht der Mann, der ich sein sollte, das ist allerdings wahr.«

»Nun ja, immerhin machen Sie sich nichts vor.«

Der Mann sah auf die Uhr und sprang auf. »Also, legen wir los.«

Myra nickte düster. Als er mit dem Messer auf sie zutrat, hob sie zitternd die Hand.

»Bitte«, sagte sie. Er blieb stehen.

Myra Drake nahm ihre Brille ab, klappte sie zusammen und legte sie auf dem Beistelltischchen ab, unter der Tischlampe, neben dem Trollope-Band, wie sie es seit fünfzig oder gar sechzig Jahren Abend für Abend tat.

Geregelte Abläufe waren Myra Drake wichtig, und wenn sie an all die turbulenten Erlebnisse im Lauf ihres langen Lebens zurückdachte, an die Menschen, die sie verloren hatte … nun, es war kein allzu schlechtes Leben gewesen. Sie öffnete das Medaillon, um ein letztes Mal das Foto zu betrachten. Ihr Daumen zitterte, als sie darüber strich und an ihren Jungen, Raymond, dachte. Dann faltete sie die Hände im Schoß und schloss die Augen. Was auch immer in den nächsten Sekunden passierte, sie würde sie nicht mehr öffnen. Sie nickte.

Myra spürte einen feinen Luftzug, als ihr Mörder das Messer hob. Sie biss die Zähne zusammen, fest entschlossen, nicht zu schreien …

In diesem Moment klopfte es an der Haustür. Sie riss die Augen auf, wollte schreien, doch der Mann presste ihr die Klinge gegen den Hals.

Wieder klopfte es. Eine Stimme ertönte. Der Blick des Mörders schweifte in Richtung Diele, und ein unheimliches Lächeln erhellte seine Miene.

»Es wird mir ein Vergnügen sein.«

50

1984

Leonard und Myra Drake standen unangemeldet mit Ray und einem Fotografen der Lokalzeitung vor der Tür des Kinderheims.

»Ich hoffe, wir kommen nicht ungelegen.« Myras dünnes Lächeln ließ ahnen, dass sie sich keinen Pfifferling darum scherte, was Gordon Tallis von diesem Besuch hielt. »Mein Sohn wollte unbedingt, dass wir uns einen Eindruck von Ihrer Arbeit verschaffen. Und Mr. Sutherland von der hiesigen Zeitung hat sich bereit erklärt, Fotos zu machen.«

»Natürlich«, sagte Gordon und kämpfte seine Panik nieder. »Es ist mir ein Vergnügen, mit Ihnen zu sprechen. Vielleicht möchten Sie ja auch einen Rundgang machen. Allerdings«, sagte er mit einem Blick in Rays Richtung, »kann Ihr Sohn leider nicht hereinkommen, weil er auf einen unserer Schützlinge losgegangen ist, fürchte ich. Ich weiß ja nicht, was er Ihnen erzählt hat, aber …«

»Er hat uns genug erzählt«, erklärte Leonard, dem es sichtlich unangenehm war, seinen Wagen in einer Gegend wie dieser unbeaufsichtigt zu lassen.

»Ich bürge für das Benehmen meines Sohnes«, erklärte Myra.

»Ich fürchte, ich muss dennoch darauf bestehen, dass er draußen bleibt. Alle anderen dürfen gern hereinkommen.«

Myra Drake musterte Gordon. »Nun gut«, sagte sie schließlich.

»Ich will aber mit reinkommen«, stieß Ray verärgert hervor, »um zu hören, was er zu sagen hat.«

»Warte im Wagen«, sagte seine Mutter. »Wir reden später.«

»Ich werde nicht vor der Tür warten«, beharrte Ray.

»Raymond«, sagte Myra Drake leise. Ein Blick von ihr genügte, um ihn zum Schweigen zu bringen. *Kein Wunder,* dachte Gordon. *Dieser Blick könnte selbst einen herannahenden Elefanten stoppen.* »Setz dich in den Wagen.«

Mit einem wütenden Blick in Gordons Richtung machte der Junge kehrt, stapfte an dem Fotografen vorbei die Treppe hinunter und lehnte sich gegen den vor der Haustür geparkten Mercedes.

»Kommen Sie herein.« Gordon führte sie in sein Büro. Myra nahm den freien Arm ihres Mannes – mit der anderen Hand stützte er sich auf einen Gehstock – und half ihm ins Haus.

Gordon packte die blanke Panik, als er die Drakes und den Fotografen zurückließ. Die Drakes hatten ohne jede Warnung vor der Tür gestanden, daher konnte er die Dents lediglich auffordern, so schnell wie möglich für Ordnung zu sorgen, aber Ronnie und Gerry waren noch nie die Schnellsten gewesen, was jede Hoffnung zunichtemachte, dass das Haus auf wundersame Weise innerhalb von Minuten in einen vorzeigbaren Zustand gebracht werden konnte.

»Welcher von den kleinen Bastarden sieht präsentabel genug aus, um ihn diesen Leuten vorzuführen?«, fragte er und ließ den Blick über die Kinder im Garten schweifen.

»Da ist dieser Neue«, antwortete Gerry. »Der Knirps darf bald wieder nach Hause, deshalb ist er guter Dinge.«

Toby Turrell saß im Schneidersitz da und starrte zu Boden. Connor, der die Unterhaltung mitgehört hatte, sah, wie Gordon sich bei der Vorstellung, dass der Kleine bald zu seinen Eltern zurückkehren würde, stocksteif wurde. Er wusste, dass Gordon es nicht zulassen würde, unter keinen Umständen zulassen *konnte* … nicht nach dem, was der Kleine mit angesehen hatte. Jemand wie Sally, die sich von seiner Familie entfremdet hatte, konnte von einem Tag auf den anderen verschwinden, ein Junge mit liebevollen Eltern hingegen nicht. Gordon musste dafür sorgen, dass er von nun an unbehelligt blieb. Das Problem war nur, dass Gordon mit den Gedanken ganz woanders war.

Der Heimleiter packte Connor. »Such ein paar zusammen, bei denen wir sicher sein können, dass sie die Klappe halten, und bring sie in mein Büro.« Als Connor sich zum Gehen wandte, hielt Gordon ihn zurück. »Aber nicht den Kleinen.«

Connor holte Amelia, Jason, Kenny und Elliot. Und Toby, trotz Gordons expliziter Anweisungen.

»Bitte geh weg«, flehte der Knirps.

»Du kommst mit mir.« Connor zog ihn auf die Füße. Falls Toby lebend hier herauskommen wollte, war es wichtig, dass so viele Leute wie möglich über ihn Bescheid wussten. Je mehr, desto besser. Er musste von Erwachsenen zur Kenntnis genommen werden, die etwas zu sagen hatten – und die, die heute hier waren, würden sogar ein Foto für die Zeitung machen.

»Bitte!«

»Hör zu.« Connor schüttelte seinen Arm. »Du wirst jetzt da reingehen und dem Richter erzählen, dass du bald nach Hause darfst.«

Er schob Toby in Richtung Büro. Gordon machte ein finsteres Gesicht, als er ihn sah, ließ sich seine Verärgerung vor den Gästen jedoch nicht anmerken. Er hatte sich sogar in Schale geworfen, doch die Schweißperlen auf seiner Stirn straften sein langes, sorgfältig frisiertes Haar Lügen.

Connor war noch nie einem Mann wie Leonard Drake begegnet – der Mann im Dreiteiler war ein Riese, der trotz seiner gebeugten Körperhaltung den Raum zu dominieren schien. Er hatte einen dichten Haarschopf und sah sich mit kaum verhohlenem Abscheu im Raum um. Seine Frau Myra, die fast so groß war wie er, stand stocksteif neben ihm und musterte die Kinder mit strenger, herablassender Miene.

»Raymond steht seiner Cousine sehr nahe«, erklärte sie, »deshalb macht er sich Sorgen, wo sie abgeblieben ist.«

»Wie wir alle.« Gordon legte die Hände aneinander, als wolle er beten. »Ich fürchte, Sally hat mir Geld gestohlen, deshalb wüsste auch ich gern, wo sie steckt.«

»Haben Sie die Polizei informiert?«

»Ich mag Sal sehr gern und will die Gesetzeshüter eigentlich außen vor lassen. Trotz allem ist sie hier immer willkommen. Richtig, Kinder?« Er wischte sich mit dem Hemdsärmel über die schweißnasse Stirn. »Aber dieses Mädchen ist schon eine Nummer für sich. Wer weiß, in welchen Schlamassel sie sich geritten hat.«

»Wie heißt du denn?«, fragte Myra die Kinder nacheinander, bis sie bei Connor angelangt war, den sie eingehend musterte; vielleicht weil er ihrem Blick so unverfroren standhielt. »Und wer bist du?«

»Connor Laird«, antwortete er, während ihr Blick immer noch auf ihm ruhte.

Gordon wies auf die Kamera des Fotografen. »Viele unserer Kinder sind sehr schüchtern, deshalb jagen Sie ihnen mit diesem Ding bestimmt Angst ein, Mr. …«

»Sutherland«, sagte der Fotograf und säuberte die Linse seiner Kamera. »Trevor.«

»Wieso bleiben Sie nicht einfach hier und ruhen sich ein bisschen aus, Trevor? Wir sind bald zurück.«

Sie ließen Trevor in Gordons Büro zurück, um eine Runde durchs Haus zu drehen. Die Kinder folgten ihnen, während Gordon sich stammelnd für den Zustand des Heims entschuldigte und beteuerte, dass sich die Kinder hier trotz der bescheidenen Verhältnisse – »Hier und da fehlt es eben an der Ausstattung« – im Longacre-Heim pudelwohl fühlten.

Doch selbst Connor sah die gewaltige Kluft zwischen Gordons Schwärmereien und der Trostlosigkeit der Zimmer. Die Kinder wurden so platziert, dass die schlimmsten Schimmelflecken nicht zu sehen waren, oder saßen auf den Betten um die zerfledderten Matratzen zu verbergen. Die schönsten Möbel waren eilig in die zwei, drei Zimmer geschafft worden, die Gordon Myra präsentierte. Da Leonard keine Treppen steigen konnte, musste er im Erdgeschoss zusammen mit den Dents warten, die wie zwei Trolle durchs Treppengeländer spähten und das Geschehen verfolgten.

Danach inspizierte der Richter eingehend jeden Raum im Erdgeschoss, trotz Gordons verzweifelten Versuchen, den Besuch möglichst in überschaubarem Rahmen zu halten. Abgesehen von ein paar kurzen Fragen, sagte er so gut wie nichts, nur ab und zu beobachtete Connor, wie Myra ihn ansah.

»Warum gibt es hier keine Türen?«, wollte Leonard Drake wissen.

»Die Kinder bekommen Angst, wenn sie nachts zuknallen«, erklärte Gordon lächelnd. »Deshalb hielten wir es für das Klügste, sie auszubauen.«

Der Rundgang dauerte eine Viertelstunde. Als sie in Gordons Büro zurückkehrten, sprang der Fotograf auf und fragte, ob er kurz ein paar Aufnahmen machen dürfe, bevor er zum nächsten Auftrag aufbreche. Er hätte es eilig, weil die Zeitung die Fotos noch am selben Abend drucken wolle. Er gruppierte die Kinder und die Erwachsenen in einer Reihe – genau an der Stelle, wo Sally gestorben war.

Connor wollte – aus purem Instinkt oder einem angeborenen Schutzmechanismus heraus – unter keinen Umständen fotografiert werden, daher stellte er sich ganz an den Rand des Grüppchens.

Als der Auslöser gedrückt und der Raum in gleißendes Blitzlicht getaucht wurde – »Und jetzt mal ein ganz breites Lächeln, Kinder!« –, wandte er sich ab. Enttäuscht runzelte der Fotograf die Stirn. Aber er war bereits spät dran, deshalb beließ er es dabei, sich von Leonard Drake und von Gordon ein kurzes Zitat geben zu lassen, ehe er sämtliche Namen notierte und sich auf den Weg zum nächsten Auftrag machte.

»Ein Gläschen Wein vielleicht?«, fragte Gordon den Richter.

Leonard Drake stützte sich auf seinen Gehstock und musterte ihn grimmig. »Natürlich nicht. Es ist gerade einmal Mittag.«

»Sie müssen verstehen, dass mein Sohn darauf bestanden hat, uns hierherzuführen, Mr. Tallis«, sagte Myra Drake. »Damit wir uns … einen Eindruck von der Arbeit verschaffen, die Sie hier leisten.«

»Und was ist mit euch Kindern?« Der Richter ließ den Blick durch den Raum schweifen. »Seid ihr glücklich hier?«

Beim Anblick von Gordons Miene nickten Jason, Amelia und Kenny.

»Sieh nicht ihn an«, sagte Myra zu Jason. »Mein Mann hat *dich* gefragt.«

»Ich will nur nach Hause«, jammerte Toby, dem die Tränen über die Wangen liefen.

Myra wandte sich an ihn. »Du hast ein Zuhause, Junge?«

Gordon trat dazwischen. »Connor! Toby geht's nicht gut. Wieso bringst du den armen Kleinen nicht ins Bett?«

Toby wrang die Hände. »Wir haben im Garten gegraben.«

»Wieso bringst du …«

»Moment«, unterbrach Myra. »Du hast ein Zuhause, mein Junge?«

Die anderen wurden durch Tobys Weinen unruhig. Kenny und Jason sahen drein, als würden sie alles tun, nur um aus diesem Büro herauszukommen, und Elliot konnte den Blick nicht von der Stelle wenden, wo Sallys Blut aus ihrem Kopf in die Ritzen zwischen den Bodendielen gesickert war.

»Er ist ein bisschen durcheinander, nicht, Toby, mein kleiner Freund?« Gordon zerzauste dem Jungen das Haar. »Die ganze Aufregung ist wohl zu viel für ihn.«

»Wir haben ein Loch gegraben«, stieß Toby zwischen zwei Schluchzern hervor.

»Connor, bring …«

»Seien Sie still«, fiel Myra Gordon ins Wort. »Und wieso habt ihr das getan, Junge?«

Toby sah sie unglücklich an. »Wir haben einen Teppich begraben.«

»Was für eine seltsame Formulierung.«

»Bring ihn weg«, zischte Gordon Connor zu, doch der Junge rührte sich nicht vom Fleck.

»Er geht bald nach Hause zurück, stimmt's, Gordon?«, sagte Connor. »Du hast ihm versprochen, dass er bald zu seiner Familie zurückdarf, Gordon.«

»Der Junge gehört also gar nicht hierher?«, hakte Myra Drake nach.

Gordon drückte sich ein Taschentuch gegen die Stirn. »Er ist vorübergehend bei uns.«

»Toby will zu seiner Familie«, fuhr Connor fort. »Zu seinen Eltern.«

»Vorübergehend?«, wiederholte Leonard Drake mit finsterer Miene. »Das klingt ziemlich unorthodox.«

Connor sah Gordon in die Augen. »Er geht zurück nach Hause.«

»Das stimmt, er kehrt tatsächlich bald zurück.« Gordon schluckte. »Zu seiner Familie. Aber wir werden ihn vermissen, weil wir eine große glückliche Familie sind.«

»Das bezweifle ich stark.« Die Gummispitze von Leonard Drakes Gehstock quietschte auf dem Boden, als er sich vor Gordon aufbaute. »Ich denke, wir haben genug gesehen. Dieses Heim ist ein Schandfleck.«

»Lassen Sie mich …«

»*Sie* sind ein Schandfleck. Ich werde dafür sorgen, dass diese Jauchegrube geschlossen wird.«

»Euer Ehren …«

Der Richter ragte über Gordon auf, der sich unter seinem strengen Blick wand. »Und Sie werden uns informieren, wo Sally steckt, sobald Sie auch nur ein Wort von ihr hören.«

Hektisch folgte Gordon Leonard Drake nach draußen.

»Du bist ein helles Köpfchen«, sagte Myra zu Connor. Ihr Blick fiel auf einen Gegenstand neben der Fußleiste. Sie bückte sich, hob den gläsernen Briefbeschwerer auf, stellte ihn auf den Schreibtisch und rieb mit dem Daumen über einen Fleck auf der Oberfläche. Dann zog sie ihn an seinem T-Shirt zu sich heran.

Er spürte ihren heißen Atem am Ohr, als sie raunte: »Dieser Laden sollte bis auf die Grundmauern niederbrennen.«

Als sie weg war, stellte sich Connor zu den anderen ans Fenster, um zuzusehen, wie der Heimleiter um den Richter scharwenzelte, während Myra zu ihrem Sohn trat. Ray Drake lauschte seiner Mutter, die langsam und eindringlich auf ihn einredete. Sein Gesicht war rot vor Wut, aber sie ließ ihn nicht zu Wort kommen. Als sie geendet hatte, riss er in ohnmächtigem Frust die Arme hoch und stürmte davon. Teilnahmslos blickte seine Mutter ihm nach, wie er die Straße hinunterlief. Der Chauffeur sprang aus dem Wagen und öffnete die hinteren Türen, und Leonard und Myra stiegen ein, ohne Gordons panischen Protesten Beachtung zu schenken.

Connor ließ den Vorhang fallen und drehte sich zu den anderen um. Kenny, Jason, Elliot, Amelia und Toby sahen ihn beklommen an.

Augenblicke später kam Gordon herein. In der Hoffnung, endlich herauszukommen, wandte Kenny sich zum Gehen, doch der Heimleiter vertrat ihm den Weg.

»Wohin willst du?« Gordons Augen sprühten, als er die Tür zuknallte. »Wir wollen doch die Party nicht sprengen! Gerade jetzt, wo es lustig wird!«

51

Noch nie in ihrem Leben hatte Flick so etwas gesehen. Eigentlich hatte sie immer geglaubt, Gärten seien im Winter trostlos, aber dieser Rasen war saftig und grün, die Beete dicht bepflanzt mit den unterschiedlichsten Sträuchern, deren Farben in der Abenddämmerung leuchteten, im Hintergrund plätscherte Wasser in einen kleinen Teich. Inzwischen hatte die Brise aufgefrischt, trotzdem war weit und breit kein Blättchen zu sehen, weder auf dem Rasen noch auf der sich kräuselnden Wasseroberfläche.

»Meine Frau ist die Chefgärtnerin hier«, erklärte Trevor Sutherland und trat vorsichtig über die Pflastersteine im Rasen hinweg, die zu einer kleinen Hütte führten. »Ich setze nur einen Fuß in den Garten, wenn ich unbedingt muss. Wenn ich den Rasen beschädige, wird mein Leben zur Hölle auf Erden.«

Trevor war ein rüstiger, älterer Mann, der mit seiner Frau und zwei kläffenden Hunden in einem kleinen Reihenhaus lebte. Flick fiel auf, dass eine seiner Schultern ganz schief war. Das komme daher, weil er sein halbes Leben die schwere Kameratasche darauf getragen habe, erklärte er. An seinem Gürtel hing ein Schlüsselring mit Schlüsseln in allen erdenklichen Größen und Formen, der jedem mittelalterlichen Verlies alle Ehre gemacht hätte. Mit gerunzelter Stirn suchte er den passenden Schlüssel für den Schuppen, während Flick ungeduldig neben ihm stand und wartete.

Eigentlich durfte sie gar nicht hier sein. Immerhin war sie offiziell von dem Fall abgezogen. Sie sollte mit angezogenen Knien auf ihrem Sofa sitzen und sich Notizen über Ray Drakes seltsames Verhalten machen, statt vor der Gartenhütte eines Wildfremden in der Vorstadt zu stehen.

»Früher war das mal meine Dunkelkammer«, erklärte er, »jetzt ist es Shirleys Garten-Kommandozentrale.«

»Vermissen Sie ihn?«, fragte Flick. »Ihren Job, meine ich.«

»Nicht besonders, aber heutzutage ist er wesentlich einfacher. Man macht ein Foto, und zack – schon werden die Aufnahmen elektronisch in die Bildredaktion geschickt.«

Ungeduldig sah Flick zu, wie Trevors Finger von einem Schlüssel, der passend ausgesehen hatte, zum nächsten wanderten. »Zu meiner Zeit hat man stundenlang mit Chemikalien im Dunkeln herumgewerkelt. Was für ein Riesentheater! Aber es war damals nicht alles schlecht. Früher haben die Journalisten gern mal einen getrunken und hatten wilde Geschichten zu erzählen.« Er zwinkerte. »Das war immer die perfekte Ausrede, um sich für ein paar Stunden in den Pub zu verdrücken.«

»Es wundert mich, dass Sie sich an Longacre noch erinnern«, sagte sie, in der Hoffnung, dass er ihr weitere Details lieferte.

»Ich habe nicht lange für Lokalzeitungen gearbeitet. Ich hatte ein gewisses Talent, verstehen Sie? Nicht fürs Fotografieren an sich, das ist nicht so schwierig. Jeder Idiot kann eine Kamera auf ein Motiv richten. Nein, ich hatte ein gutes Auge für Gesichter. Lizzie Taylor, Prinzessin Margaret, Stallone, ich hatte sie alle vor der Linse.« Er kniff die Augen zusammen. »Ich habe alle meine Arbeiten archiviert.

Als Diana vom *Argent* angerufen hat und meinte, Sie würden etwas suchen, wusste ich sofort, dass ich Ihnen helfen kann.«

Flicks Handy läutete. Peter Holloway. Bestimmt wollte er über den Vorfall in Ray Drakes Büro reden. Das konnte warten.

»Ich hätte in den Irak oder nach Afghanistan gehen und versuchen können, alle wichtigen Preise einzuheimsen.« Trevor probierte einen der Schlüssel aus. »Aber Krokodile und Kriegsgebiete sind nicht mein Ding.«

Flick hätte ihm vor Ungeduld am liebsten den Schlüssel aus der Hand gerissen. »Soll ich helfen?«

»Nein, nein, ich schaffe es schon, Schätzchen. Es muss einer von den kleinen sein, und meine Feinmotorik ist nicht mehr, was sie mal war.« Eine scheinbare Ewigkeit betrachtete er einen kleinen silberfarbenen Schlüssel, ehe er ihn ins Schloss steckte. Mit einem leisen metallischen Klicken sprang es auf. »Ist schon eine Weile her, seit ich das letzte Mal hier war.«

Trevor öffnete die Tür und betätigte einen Schalter, worauf der Schuppen in rotes Licht getaucht wurde. Gartengerätschaften standen an den Wänden – ein Rasenmäher, eine Schaufel und eine Hacke –, und auf dem Regal reihten sich Flaschen mit Unkrautvernichter und Rasendünger. Im hinteren Teil der Hütte befand sich eine behelfsmäßige Dunkelkammer mit zwei in eine Arbeitsplatte eingelassenen Tauchbecken und Tabletts mit Pinseln, fleckigen Gummihandschuhen und diversen Plastikbehältern.

Trevor sah sich um, als hätte er soeben den Heiligen Gral entdeckt. »Sie ahnen nicht, wie viele Stunden ich hier drinnen zugebracht habe.« Er griff nach einem angeschlagenen Teebecher. »Ich hatte mich schon gefragt, wo der abgeblieben ist.«

Flicks Blick fiel auf eine Reihe von Ordnern, die auf einem Aktenschrank standen. »Die hier?«

»Nein, der, den ich meine, ist schon so alt, dass er im Aktenschrank sein müsste.«

Flick zog an der Schublade, doch sie war verschlossen. Als sie sah, dass Trevor stirnrunzelnd seinen Schlüsselring beäugte, unterdrückte sie ein Stöhnen.

»Auf ein Neues.« Trevor trat in den roten Schein der Beleuchtung, hielt sich den Ring ganz dicht vors Gesicht und begann zu suchen. Wie durch ein Wunder brauchte er nur wenige Augenblicke, um den richtigen Schlüssel zu finden. Er steckte ihn ins Schloss und öffnete die oberste Schublade.

»Ganz früher habe ich meine Fotos immer aus der Zeitung ausgeschnitten und eingeklebt. Mal sehen, ob wir es finden.«

Er zog ein altes Album heraus, dessen Einband von der jahrzehntelangen Lagerung in dem feuchten Schuppen gewölbt war. Er befeuchtete seinen Zeigefinger und blätterte in nostalgischem Staunen durch die Artikel und Fotos: Schulaufführungen, die Eröffnung eines städtischen Verwaltungsgebäudes, Interviews mit längst verstorbenen Autoren in Buchhandlungen, die es längst nicht mehr gab.

»Da.« Er tippte auf eine Seite und reichte Flick das Buch.

RICHTER BESUCHT ÖRTLICHES KINDERHEIM

Der angesehene Richter Leonard Drake hat diese Woche den Kindern im Longacre-Heim einen Besuch abgestattet.

Mr. Drake besichtigte die Jugendhilfeeinrichtung in seiner Funktion als Vorsitzender des Hackney Children's Trust zusammen mit seiner Frau Myra und traf dabei auch mit Heimleiter Gordon Tallis und seinen aufopferungsvollen Mitarbeitern zusammen.

Beim Anblick des Fotos darunter tastete Flick Halt suchend nach der Schrankkante.

»Alles in Ordnung, Schätzchen?«

Doch Flick hörte seine Stimme kaum. Wie gebannt blickte sie auf die Gesichter und ordnete ihnen Namen zu. In der Mitte des Grüppchens, das in einem schlicht eingerichteten Büro Aufstellung bezogen hatte, stand ein hochgewachsener Mann mit einem dichten, aus dem Gesicht gekämmten Haarschopf. Leonard Drake, der vor Jahren eines natürlichen Todes verstorbene Richter.

An seiner Seite eine hochnäsig dreinblickende Frau, Myra Drake, perfekt frisiert und stocksteif, in einem altbackenen Kleid. Doch hier trug sie nicht die Kette mit dem Medaillon, wie Flick bemerkte. Ihr durchdringender Blick hingegen war unverkennbar.

Der Mann ganz links war Gordon Tallis, in einem fadenscheinigen Cordanzug und einem Hemd mit breitem Kragen, die Hände an den Seiten zu Fäusten geballt, mit langem Haar, das ihm schlaff über die Schultern hing, einem aufgedunsenen, verschlagenen Gesicht und einem ungepflegten Bart. Nur wenige Stunden nachdem die Aufnahme entstanden war, hatte sein Leben geendet.

Das Lächeln der Kinder wirkte ziemlich angestrengt. Kenny Overton, ein pummeliger, rothaariger Junge mit einem verlegenen Grinsen, war erst vor wenigen Tagen an einen Stuhl gefesselt und getötet worden, dasselbe galt für seine Familie.

Neben ihm stand ein kleiner Junge mit ausdrucksloser Miene, Toby Turrell, flankiert von Jason Burgess, der angriffslustig in die Kamera blickte. Auch er war Jahrzehnte später gemeinsam mit seiner Familie gestorben – ihr Tod war als Mord mit anschließendem Suizid klassifiziert worden.

Neben Myra Drake stand Elliot Juniper, ein mürrischer Junge mit vorwurfsvollem Blick, dann folgte Amelia Troy, deren Finger in seinem Ärmel verkrallt waren.

Ganz außen stand der letzte Junge, der sich wütend abwandte, gerade als Trevor auf den Auslöser gedrückt hatte. Ein einzelnes pixeliges Auge, zornig und eindringlich, leuchtete in die Kamera. In dieser Nacht hatte er sich das allgemeine Chaos des Brandes zunutze gemacht und war abgetaucht.

Er war davongekommen.

Nun wusste sie mit entsetzlicher Klarheit, dass Connor Laird quicklebendig war.

Jason, Ricky, David, Karen und Gott weiß wie viele andere waren tot …

»Na ja, solche Fehler unterlaufen einem nun mal als unerfahrenem Fotografen.« Trevor deutete auf die Schatten auf dem Foto. »Aber im Großen und Ganzen habe ich meine Sache ganz ordentlich gemacht.«

Flick schob sich an ihm vorbei in den Garten. Das rote Licht schien immer noch in ihrem Augenwinkel zu pulsieren, als sie die Hände auf die Knie stützte und sich in ein Blumenbeet übergab.

»Das meiner Frau zu erklären wird bestimmt nicht lustig«, bemerkte Trevor. »Wenigstens haben Sie nicht in den Teich zu unseren Kois gekotzt. Soll ich Ihnen ein Glas Wasser bringen?«

Sie nickte. »Ja. Bitte.«

Trevor hüpfte die Steinfliesen entlang ins Haus, während Flick spürte, wie die kühle Brise den brennenden Schweiß auf ihrer Stirn trocknete.

Connor Laird war am Leben.

Männer, Frauen und Kinder. Verbrannt, erschossen, ertränkt, erstochen.

Ihr Handy läutete. Sie kramte es aus der Tasche. Wieder Holloway. Sie nahm das Gespräch an.

»Peter, was kann ich für Sie tun?«, fragte sie, um einen munteren, engagierten Tonfall bemüht.

»Ich stehe bei Ray Drake vor dem Haus«, sagte er. »Nach Ihrer … Auseinandersetzung habe ich mir ein wenig Sorgen um ihn gemacht. Aber, DS Crowley … ich glaube, hier stimmt etwas nicht. Ganz und gar nicht.«

52

Ray Drake fiel ein gewaltiger Stein vom Herzen. Er hatte seine Tochter wieder. Wie und warum wusste er nicht, aber sie war wieder bei ihm – alles andere war unwichtig. April klammerte sich an seiner Hand fest, als die Kellner des Cafés in der Halle der Bahnstation St. Pancras Tische und Stühle zusammenrückten und sich auf den Feierabend vorbereiteten.

»Erzähl mir alles noch mal.«

Irritiert blickte April von ihrem Vater zu Amelia, die auf die Tischplatte starrte. »Er hat mich einfach vor Susies Haus abgesetzt.«

»Und hat dich nicht angefasst?«

»Er hat mir sogar beim Aussteigen geholfen, was ich ziemlich schräg fand«, sagte sie. »Bei der Gelegenheit muss er mein Handy geklaut haben.«

»Hat er etwas zu dir gesagt?«

»Während der Fahrt wollte er wissen, wieso ich so traurig bin.« Wieder sah April zu Amelia hinüber. »Ich war ganz schön durch den Wind, weil ich gerade mit Flick über … Jordan geredet hatte.«

Drake bemerkte, dass sie den Verlobungsring nicht mehr trug. »Hast du ihm etwas über dich erzählt?«

»Nein.«

Sie hatte ihn anrufen wollen, dann jedoch gemerkt, dass ihr Handy verschwunden war. Später hatte sie vom Telefon ihrer Freundin aus bei Drake angerufen, der zu diesem Zeitpunkt gerade in Amelias Lagerhaus war. April berührte ihre Wange. Ihr Gesicht war rot und verquollen vom Weinen. Nie war sie ihm so schön, so kostbar erschienen wie in diesem Moment.

April musterte Amelia verwirrt – offenbar fragte sie sich, was ihr Vater mit dieser fremden Frau zu schaffen hatte. »Was ist denn mit diesem Taxifahrer? Warum fragst du nach ihm?«

Drake ließ den Blick durch die Bahnhofshalle schweifen, wo selbst um diese späte Uhrzeit noch reger Betrieb herrschte. Er hätte gern mehr Zeit mit April verbracht, aber Zeit war das Einzige, was sie im Augenblick nicht hatten. Beide Frauen konnten von Glück sagen, dass sie überhaupt noch am Leben waren. Ihre Sicherheit stand jetzt an oberster Stelle. Die Versöhnung und Aussprache mit seiner Tochter würden warten müssen.

»Amelia ist eine wichtige Zeugin in einem Fall, in dem ich gerade ermittle.«

»Ein Fall, in dem du ermittelst?« April schüttelte verständnislos den Kopf.

Je weniger sie wusste, umso besser. »Es ist … kompliziert. Mehrere Beamte, die an dem Fall arbeiten, wurden bedroht.«

Sie musterte die Schnittwunden auf Amelias Gesicht. »Was ist mit Ihnen passiert?«

»Halb so wild.« Amelia war bleich und wirkte angespannt. Sie trug eine gelbe Windjacke, rote Jeans und schmutzige weiße Turnschuhe. Neben ihr stand eine kleine Reisetasche. »Es sieht schlimmer aus, als es ist.«

»Wie gesagt, Amelia ist eine Zeugin.«

»Du verschweigst mir etwas«, sagte April und runzelte die Stirn. »Was ist hier los, Dad?«

Das Wort – Dad –, er konnte sich nicht mehr erinnern, wann sie ihn zuletzt so genannt hatte. Sein Klang erfüllte ihn mit Dankbarkeit, Erleichterung. Und Hoffnung für die Zukunft.

»Ich will, dass du für ein paar Tage wegfährst«, fuhr er fort.

»Was hat das alles mit mir zu tun?«

»April.« Amelia holte tief Luft. »Ein sehr gefährlicher Mann hat mich heute Abend überfallen, und dein Vater hat mir das Leben gerettet. Ich tappe genauso im Dunkeln wie du, aber soweit ich es verstanden habe, könnte dieser Mann versuchen, sich an deinem Vater zu rächen. Und deshalb will er auf keinen Fall, dass du hier bleibst.«

»Ich kenne einen Ort außerhalb Stadt, wo du hinkannst«, sagte Drake. »Du wirst dich dort wohlfühlen. Dort kannst du dir in Ruhe überlegen, was du als Nächstes machen willst. Ob du wieder zu mir und deiner Großmutter ziehen willst, oder …« Über die Alternativen wollte er lieber gar nicht nachdenken. »Wofür du dich auch entscheidest, ich werde dich unterstützen.«

»Also schwebe ich in Gefahr.«

»Vermutlich nicht, aber sicher ist sicher«, meinte Amelia. »Glaub mir, ich weiß, wovon ich rede.«

»Das geht nicht. Jordan … Was ist, wenn er mich sehen will?«

»Vergiss Jordan«, erklärte Drake barsch.

»Aha, es geht schon wieder los.« April entzog ihm ihre Hand. »Du schreist schon wieder herum.«

Drake fuhr sich mit den Händen übers Gesicht. »Es tut mir leid, ich …«

»Ich habe ihn geliebt, Dad.«

»Das weiß ich«, sagte er. Sie schob ihre Hand wieder in seine.

Zum ersten Mal erlaubte er sich, darüber nachzudenken, wie es wäre, wenn alles wieder in Ordnung käme. Inzwischen kannte er die vermeintliche Identität des Zwei-Uhr-Jungen. Ein Blick auf Jordans Handy hatte ihm alles verraten. Die ganze Zeit war der Mörder so nahe gewesen, direkt vor seiner Nase. Aber erst jetzt wusste er, wo er mit der Suche nach ihm anfangen musste. April war bei ihm und damit in Sicherheit. Seine Tochter war wieder da. Das war immerhin ein Anfang.

»Und was ist mit Oma? Kommt sie nicht mit?«, fragte April.

»Sie ist weg. Besucht Verwandte.«

Ihre verblüffte Miene verriet Drake, dass ihr soeben die Brisanz der Lage bewusst geworden war. April wusste, dass eher die Hölle zufror, bevor Myra ihr kostbares Heim verlassen würde.

»Wir können uns ja umeinander kümmern«, schlug Amelia freundlich vor. »Mit Männern, die nicht zu einem passen, habe ich massenhaft Erfahrung, glaub mir, außerdem kann ich gut zuhören. Und eine gute Freundin kann ich im Moment genauso gut gebrauchen wie du.« Sie wandte sich Drake zu. »Geben Sie uns bitte einen Moment, Ray.«

Drake stand auf und drehte eine Runde durch die Bahnhofshalle. Jemand spielte auf einem der Klaviere, die in der belebten U-Bahn-Station aufgestellt waren. Drake sah, wie April und Amelia die Köpfe zusammensteckten, und ließ den Blick über die geschäftigen Pendler schweifen, die an ihm vorbeihasteten. Als er wieder zu den beiden Frauen hinübersah, warf Amelia ihm einen beruhigenden Blick zu.

»Also stehe ich unter Polizeischutz?«, fragte April, als er an den Tisch zurückkehrte.

»Nein«, antwortete er. »Ich bin der Einzige, der weiß, wo du bist.«

Amelia nickte ermutigend. Drake wünschte, seiner Tochter mehr sagen zu können, aber im Augenblick war nicht daran zu denken. Später, wenn all das hinter ihnen lag, würde er alles tun, um ihr Verhältnis zu verbessern. Sie würde zum wichtigsten Teil seines Lebens werden.

»Wann brechen wir auf?«

Amelia stand auf. »Am besten sofort. Mein Wagen steht gleich um die Ecke.«

»Kann ich vorher noch auf die Toilette?«, bat April.

»Lieber jetzt als später in meinem Wagen«, lachte Amelia. »Ich habe ihn gerade erst reinigen lassen.«

Drake machte Anstalten aufzustehen, um seine Tochter auf die Toilette im hinteren Teil des Cafés zu begleiten, aber Amelia legte ihm die Hand auf den Arm. *Lassen Sie sie.* Er folgte April mit dem Blick, bis sie durch die Tür trat.

»Ich hatte noch keine Gelegenheit, Ihnen zu danken«, sagte Amelia. »Wären Sie nicht gerade noch rechtzeitig gekommen … Ich verstehe immer noch nicht, wieso er mich nicht getötet hat.«

»Er wollte, dass ich dorthin komme.« Widerstrebend löste Drake den Blick von der Tür. »Er wollte, dass wir uns gegenseitig beim Sterben zusehen. Dasselbe hat er auch mit den Overtons getan. Und mit den anderen schätzungsweise auch.«

»Ich verstehe das alles nicht«, sagte sie verwirrt. »Wieso will er uns alle töten?«

»Was ihm in Longacre widerfahren ist, hat ihn innerlich zerstört. Er hat … eine Menge durchgemacht.«

»Aber wieso will er uns töten?«

»Er macht die Jugendlichen aus der Zeit für das verantwortlich, was ihm damals passiert ist.«

Zu seiner Überraschung schob sie ihre Finger in seine Hand. »Und ich bin schuld?«

»Nichts davon ist Ihre Schuld. Er ist krank, völlig verrückt.«

»Und was ist mit Ihnen? Sind Sie schuld daran, was mit ihm passiert ist?«

Drake dachte an jene letzte katastrophale Nacht in Longacre zurück, an die Nacht, die das Leben all jener, die überlebt hatten, für immer verändert hatte. »Ja.«

»Das bezweifle ich. Ich war mit einem gewalttätigen Mann verheiratet, trotzdem ist es nicht meine Schuld. Wäre Ned nicht gestorben, hätte er mich bestimmt eines Tages umgebracht. Nun ja … mein Mann wird mich jedenfalls nie wieder anfassen. Es tut mir leid, dass ich im Pub so ausgerastet bin. Ich hatte einfach Angst. Waren wir … waren wir damals Freunde?«

»Ja.« Drake gelangte zu dem Schluss, dass er Amelia Troy wiedersehen wollte, ganz egal, was passierte. Er wandte den Blick ab. »Wir waren Freunde.«

»Woher haben Sie die Waffe? Ich dachte immer, die Polizei …«

»Wenn das hier vorbei ist, erkläre ich Ihnen alles«, sagte er.

Sie lächelte. »Und wenn ich es gar nicht wissen will?«

»Dann lasse ich es bleiben.«

Sie lächelte. »Entscheidungen über Entscheidungen.«

Amelia war eine Frau, die so schnell nichts umhaute, dachte Drake. Diesem verwundbaren Mädchen mit dem großen künstlerischen Talent hatte das Leben schon so viele Knüppel zwischen die Beine geworfen, und trotzdem hatte sie sich nicht davon beirren lassen. »Sie haben überlebt.«

»Ja, das habe ich.« Sie nickte, als wäre ihr der Gedanke gerade erst gekommen. »Hurra, wie schön für mich. Allerdings weiß ich nicht recht, ob ich etwas über das Longacre erfahren will. Wenn dieser Albtraum endlich vorbei ist, will ich mein Leben endlich genießen und nicht zurückblicken.«

»Bald.«

Amelia drückte seine Hand. »Ja.«

Er fragte sich, ob sie damit meinte, dass sie ihn nicht wiedersehen wollte. Die Vorstellung versetzte ihm einen Stich. Er empfand eine Zuneigung zu ihr, die er nicht vorhergesehen hatte. Sie war eine Überlebende. Genauso wie er.

Als sie bemerkte, dass er rot wurde, lächelte sie verschmitzt. »Warten wir einfach ab, was weiter passiert, okay?«

»Genauso machen wir's.«

»Wohin gehen wir?«

»Es gibt jemanden, der Bescheid weiß. Er war damals auch im Heim.«

Eigentlich wollte Drake nicht, dass sie zu ihm gingen. Er wusste nicht recht, ob dem wankelmütigen Angsthasen von früher zu trauen war, aber etwas Besseres fiel ihm nicht ein. Zumindest nicht jetzt, wo der Zwei-Uhr-Junge in greifbare Nähe gerückt war. »Dort sind Sie sicher.«

Die Toilettentür ging auf. Sie lösten ihre Hände voneinander.

»Okay.« Amelia sah Drake und April an. »Also, was jetzt?«

»Ich bringe euch beide aus der Stadt«, sagte er. »Und wenn ihr wiederkommt, ist alles vorbei, versprochen.«

Er zog sein Handy aus der Tasche, als April ihm die Arme um den Hals schlang und sich an ihn klammerte. Drake spürte den Schmerz kaum, der seinen geschundenen Körper durchzuckte.

53

Keiner, am allerwenigsten Elliot, hatte damit gerechnet, dass er am Ende ganz allein mit der Waffe im Haus zurückbleiben würde. Er lag auf dem Sofa, das hässliche, grauenhafte Ding auf seiner Brust, wo es sich im Rhythmus seiner Atemzüge hob und senkte, und dachte darüber nach, wie er weitermachen sollte.

Ein Gedanke kam ihm.

Er verstand beim besten Willen nicht, wie alles so aus dem Ruder hatte laufen können. Vor wenigen Tagen erst hatte er sich von einem durchgeknallten Irren belabern lassen, ihm dreißig Riesen zu geben. Eine Anzahlung, hatte der Typ, der sich Gavin nannte, unbekümmert erklärt. Elliot war noch nie so aufgeregt gewesen, hatte felsenfest an einen Neuanfang geglaubt, eine Chance, endlich einmal Erfolg zu haben und zu beweisen, dass auch er es schaffte, etwas aus seinem Leben zu machen.

Aber Elliot durfte man noch nicht mal unbeaufsichtigt die eigenen Schuhe zubinden lassen, ganz zu schweigen davon, wichtige Entscheidungen zu treffen. Sein ganzes Leben hatte er sich hinter anderen versteckt – zuletzt war es Rhonda gewesen, weil er sowieso immer bloß Mist baute. Ausnahmsweise hatte alles positiv ausgesehen – er hatte ein eigenes Zuhause, eine Familie, alles, was er brauchte –, und dann musste er sich mit einem mehrfachen Mörder einlassen, der ihm ans Leder wollte. Und jetzt, nur wenige Tage später, war er ganz allein hier – Rhonda und Dylan waren fort –, und er hatte einen Mann getötet. Es wäre besser gewesen, Perry hätte ihm vorhin gleich das Licht ausgeblasen.

Für ihn gab es keine Zukunft.

Sie wird schon noch erfahren, was du für einer bist.

Aber wenigstens hatte er einen Ausweg. Die Pistole mochte nicht dieselbe Wumme sein, wie man sie aus Filmen kannte, trotzdem würde sie ihren Zweck erfüllen. Er lag da, rauchte seine letzte Zigarette – mittlerweile war es seine geringste Sorge, dass er im Haus rauchte – und gelangte zu einem Entschluss: Wenn der Zwei-Uhr-Junge ihn unbedingt umbringen wollte … tja, dann konnte Elliot ihm genauso gut den Aufwand ersparen.

Er musste nur die Waffe entsichern … Den blöden Fehler, der Perry unterlaufen war, würde er auf keinen Fall begehen. Der Trick war, sich den Lauf in den Mund zu schieben und nicht gegen die Schläfe zu pressen, wo man Gefahr lief abzurutschen. Es gab die übelsten Geschichten von armen Teufeln, die nicht richtig getroffen und sich die Hälfte des Hirns rausgeballert hatten, um dann den Rest ihrer Tage als sabbernde, an piepende Apparate angeschlossene Idioten dahinzuvegetieren – ein Ausgang, der eigentlich typisch für Elliot wäre.

Nein. Er musste sich auf die Spannung seines Fingers um den Abzug konzentrieren, auf nichts anderes, und dann …

Dann war es gleich vorbei.

Seine Erinnerungen an Longacre wären auf einen Schlag getilgt … an jene Sommertage, als er Gordons Drogen ausgeliefert hatte; an den flennenden Toby Turrell, der an der zappelnden Kakerlake in seinem Mund zu ersticken drohte, an die Panzerreste zwischen seinen Zähnen und die braune Körperflüssigkeit des Insekts, die ihm übers Kinn lief; an Tallis, wie er den Briefbeschwerer auf Sallys Schädel niedersausen ließ; an ihn und Connor, wie sie ihre Leiche verbrannten, an den Gestank von Erde, Benzin und verbrennendem Fleisch, der ihm in die Nase stieg, ein Szenario, das auch nach all den Jahrzehnten nichts von seinem Grauen verloren hatte.

Und an diesen letzten, schauderhaften Abend, als Gordon sie in seinem Büro festgehalten hatte …

Sein Handy läutete.

Owen. Elliot drückte das Gespräch weg.

Seine Faust pochte noch von den Schlägen in Perrys Gesicht. Er würde niemals akzeptieren, dass der Zwei-Uhr-Junge mit seiner Einschätzung recht behielt – dass er in Wahrheit gar nicht der Mann war, der er zu sein vorgab. Das konnte nicht sein. Elliot war kein Mörder und kein Schläger.

Das Problem war nur, dass das nicht stimmte.

Das Telefon läutete erneut. Er streckte die Hand aus, um es auszuschalten und Owens ständigen Anrufen ein Ende zu bereiten. Aber dann erkannte er die Nummer – auch wenn es in Wahrheit keine Rolle mehr spielte, denn nichts konnte Rhonda zu ihm zurückbringen oder Perry wieder lebendig machen –, und ein Restfünkchen Verantwortungsgefühl regte sich in ihm. Er nahm das Gespräch an.

»Du musst dich um meine Tochter kümmern«, sagte der Bulle.

»Hast du diese Sache immer noch nicht aus der Welt geschafft?« Elliot hatte gehofft, dass wenigstens der Irre von der Bildfläche verschwunden wäre.

»Ich arbeite dran. Aber meine Tochter muss in Sicherheit sein. Ich muss sie aus der Stadt bringen, bis es vorbei ist. Ich wäre froh, wenn du sie für eine, vielleicht zwei Nächte bei dir aufnehmen könntest. Zusammen wärt ihr sicherer.«

»Klar.« Elliot massierte sich die Schläfen. »Wieso nicht.«

»Es sei denn, es wird zu kompliziert, es deiner Familie …«

»Ist es nicht. Sie sind beide weg. Ich hab sie weggeschickt.« Eine Nacht mehr auf der Welt würde nichts ausmachen. Er strich über die Waffe. »Sie ist hier sicher.«

»Amelia Troy kommt auch mit.«

»Amelia«, brummte Elliot. Das entwickelte sich ja zum reinsten Klassentreffen. »Ist bestimmt nett, sie nach all den Jahren wiederzusehen.«

»Alles okay, Elliot?« Vielleicht hörte der Bulle ja an seiner Stimme, wie satt er alles hatte.

»Ja, ja, mir geht's gut«, sagte er schnell. Er wollte ihn nicht im Stich lassen, ihn nicht auch noch gegen sich aufbringen.

»Noch was, Elliot … sie weiß nichts über mich und darf es auch nie erfahren.«

»Alles klar.«

»Vergiss das nicht. Er ist hinter uns her, Elliot. Wenn wir nicht aufpassen, bringt er uns alle um. Mich, dich, Amelia, alle, die wir lieben.«

»Falls er sich traut, hier aufzutauchen«, erklärte Elliot, um einen selbstsicheren Tonfall bemüht, »mache ich ihn kalt.«

Elliot hatte schon einmal getötet, hatte einen Mann erschlagen. Aber wenn es hart auf hart kam und er gezwungen wäre, April Drake und Amelia Troy zu beschützen, konnte er nur hoffen, dass er den Mumm aufbrachte, es ein zweites Mal zu tun.

54

Peter Holloway stand auf den Stufen von Ray Drakes Haus, als Flick vorfuhr. Die Blinker blitzten orangefarben auf, als sie den Wagen abschloss.

»Was machen Sie denn hier, Peter?«

Er stand auf. »Seit Ihrer … Episode mit DI Drake ignoriert er meine Anrufe. Normalerweise ruft er immer gleich zurück, deshalb mache ich mir Sorgen. Er ist mein Freund, DS Crowley.«

Zum ersten Mal bemerkte Flick eine gewisse Verwundbarkeit, einen Anflug von Angespanntheit an Holloway. Vielleicht war er ja doch humaner, als sie ihn eingeschätzt hatte. »Sie sind ein alter Softie.«

»Myra Drake verlässt das Haus so gut wie nie«, fuhr er fort. »Ich habe x-mal an der Tür geläutet, aber es macht niemand auf.«

»Als ich gestern hier war, stand sie innerhalb von Sekunden auf der Matte.«

Holloway musterte sie neugierig, als sie zur Tür gingen. »Sie waren hier?«

»Lange Geschichte«, antwortete Flick. »Dann ist sie also weg.«

»Ich hätte schwören können, dass ich im Haus jemanden herumgehen gehört habe, und … Sie sollten vielleicht von hinten reinsehen.«

»Bleiben Sie hier«, sagte sie und ging um das Haus herum. Die Scheiben der Terrassentüren waren zertrümmert worden, und jemand hatte die Tür gewaltsam geöffnet.

»Verstehen Sie jetzt, was ich meine?«

Erschrocken fuhr Flick herum und sah Holloway direkt hinter sich stehen. »Ich habe doch gesagt, Sie sollen warten, Peter.«

»Ich würde niemals eine Frau allein reingehen lassen. Das ist nicht meine Art.«

»Waren Sie schon drin?«

Er hob die Hände, die, wie Flick erst jetzt bemerkte, in Latexhandschuhen steckten. »Ich bin ein braver Junge, DS Crowley, und dachte, ich warte lieber, bis Sie hier sind.«

Sie hatte ihre eigenen Handschuhe im Wagen liegen lassen, aber Holloway zog ein Paar Ersatzhandschuhe heraus, die sie überstreifte. »Diesmal bleiben Sie, wo Sie sind.«

»Vergessen Sie's«, gab er zurück.

Sie ging voran in die große Küche, die nicht nur schicker und moderner als erwartet, sondern auch makellos sauber war. »Myra! Myra! Sind Sie da?«, rief sie.

Eine Tür führte in die Diele, von der mehrere Zimmer abgingen: Flick wusste, dass die alte Dame in einer Wohnung im Souterrain des Hauses wohnte, und eine der Türen musste die Verbindungstür nach unten sein. Holloway trat an ihr vorbei in eines der Zimmer. Flick fiel seine Bemerkung, er hätte jemanden im Haus herumgehen gehört, wieder ein und wollte ihn gerade zurückpfeifen, als er ihren Namen rief.

Sie folgte ihm in einen großzügigen Salon und sah Myra Drake mit im Schoß gefalteten Händen auf dem Sofa sitzen.

»Myra?«

Die alte Frau gab keine Antwort. Als Flick näher trat, bemerkte sie, dass sie am ganzen Leib zitterte. »Myra, reden Sie mit mir.«

Myras tief liegende Augen waren weit aufgerissen. Ihre Lippen bewegten sich, doch kein Laut drang hervor. Holloway überprüfte ihren Puls. »Sie hat einen Schock«, sagte er. »Wir müssen sie flach auf den Boden legen.«

»Nein«, krächzte die alte Frau und wehrte Flick mit den Armen ab, als sie versuchte, sie zu Boden zu drücken.

»Sorgen Sie dafür, dass sie bequem liegt. Ich hole eine Decke.« Holloway verließ den Raum. Flick hörte das Geräusch seiner Schuhe auf dem Parkettboden, als er die Diele durchquerte und die Treppe hinaufging.

»Peter«, rief Flick, »warten Sie!«

Wieder begann Myra sich zu wehren, bekam schließlich Flicks Handgelenk zu fassen und zog sie zu sich herunter. »Sie müssen …«

»Ist Ray hier?« Flick versuchte sich zu befreien, doch Myras Griff war erstaunlich fest.

»Sie müssen aufpassen!« Die Augen der alten Frau schienen sie zu durchbohren. »Er ist hier.«

»Wer ist hier, Myra? Ray?« Flick wandte sich um. »Peter?«, bellte sie.

Verängstigt rieb Myra ihr Medaillon zwischen den Fingern. »Sie müssen gehen!«

»Als Erstes müssen wir Sie hier rausschaffen.«

Ihre Handtasche mit ihrem Telefon stand zu ihren Füßen, aber sie ließ sie stehen. Das Wichtigste war jetzt, Myra von hier wegzubringen. Bis zur Haustür waren es nur wenige Meter. Myra schwankte leicht, als Flick ihr aufhalf. Ganz langsam, mit kleinen, zögerlichen Schritten, traten sie in die Diele. Die Haustür befand sich direkt vor ihnen. Ein Knarren drang aus dem oberen Stockwerk.

»Weiter. Gleich haben wir es geschafft«, sagte Flick so ruhig, wie sie nur konnte.

Sie sah die Treppe hinauf, die sich im Dunkel des oberen

Stockwerks verlor. In einer Nische auf dem Treppenabsatz stand ein Tischchen mit einer Vase und mehreren gerahmten Fotografien.

Flick rüttelte an der Tür, aber sie war abgeschlossen. »Die Schlüssel.«

»Der Schlüssel?«

»Wo ist er?«

Die alte Frau blinzelte. »Er ist hier.«

»Der Schlüssel, Myra … egal.« Sie machte kehrt. Dann würde sie Myra eben durch die Terrassentüren nach draußen führen. In diesem Moment bemerkte sie einen Schatten auf dem Treppenabsatz. Nachdem sie sich vergewissert hatte, dass Myra nicht umkippen würde, trat sie zur untersten Stufe. »Peter!«

Sie hielt sich am Geländer fest, wobei sie es bewusst vermied, die Fotos der glücklichen Drake-Familie – Ray, Laura und April – an der Wand zu beachten, und rief noch einmal Peters Namen. Der Schatten bewegte sich. Flick stellte einen Fuß auf die unterste Stufe, besann sich aber, als sie die kreidebleiche Myra neben der Tür stehen sah.

Was war das dort oben? Eine Stimme?

Wieder besseren Wissens stieg sie mit hämmerndem Herzen ein paar Stufen hinauf.

»Sind Sie das, Peter?«

Sie hörte unsichere Schritte auf dem im Dunkel verborgenen Treppenabsatz und wich zurück.

Augenblicke später erschien Holloway. Er stand kerzengerade da, das Gesicht halb vom Schatten verborgen.

»Peter!« Sie atmete auf, doch ihre Erleichterung schlug in Verärgerung um, als er keine Antwort gab. »Haben Sie auf dem Revier angerufen?« Holloway schien leicht zu schwanken und stieß ein lautes Schnauben aus. »Peter, hören Sie mit dem Unsinn auf!«

Holloway hob die Arme und taumelte zur Stufenkante, als seine Knie unvermittelt nachgaben und er die Treppe herunter- und geradewegs auf sie fiel. Seine Stirn schlug gegen die ihre, und sie wurde nach hinten gerissen. Ein scharfer Schmerz schoss durch ihr Rückgrat, als Holloway mit seinem gesamten Körpergewicht auf ihr landete. Sterne flammten vor ihren Augen auf. Nach ein paar Sekunden kroch sie unter ihm hervor und kam auf alle viere, wobei sie auf der Blutlache ausrutschte, die sich unter ihm gebildet hatte. Holloway lag reglos mit dem Gesicht nach unten auf dem Fliesenboden.

Und dann sah sie auf. Jemand stand auf dem oberen Treppenabsatz. Auch sein Gesicht war von den Schatten verborgen.

»Ray?«

»Nein, nicht Ray.« Ganz langsam kam der Mann die Treppe herunter, sodass Flick den runden, kahlen Schädel und die Gesichtszüge mit dem schmalen Lächeln ausmachen konnte, die mit jedem Schritt, den er dem Licht näher kam, deutlicher wurden.

»Frank?«, fragte Flick und begann zu zittern, als ihr Blick auf das lange, blutverschmierte Messer in Frank Wanderlys Faust fiel.

»Nein, nicht Frank. Das ist nicht mein richtiger Name.«

Pock.

Seine Unterlippe bebte wie die Lefze eines Wolfs. Sie erhaschte einen Blick auf seine weißen Zähne, als er die Stufen herunterkam und dabei mit der Klinge gegen das Holzgeländer schlug.

Pock. Pock.

»Lassen Sie mich runterkommen, damit ich mich Ihnen anständig vorstellen kann.«

55

Die kahlen Bäume am Straßenrand schwankten leicht im Wind, als Drake sich die Waffe hinten in den Hosenbund schob, aus dem Wagen stieg und zu dem Haus ging, wo der Zwei-Uhr-Junge – wie er sich selbst nannte – unter dem Namen Frank Wanderly wohnte.

Kurz überlegte er, Myra anzurufen, aber wenn sie auch nur halbwegs vernünftig war, hatte sie längst eine Tasche gepackt und war aufgebrochen, um irgendwo ein paar offene Rechnungen mit unglückseligen Verwandten zu begleichen … während April und Amelia sich in Elliots Haus verschanzten.

Die Adresse in Hornsey zu finden war das reinste Kinderspiel gewesen. Das kleine Reihenhaus befand sich in einer nichtssagenden Wohnstraße und unterschied sich von den Nachbarhäusern lediglich durch die in die rote Ziegelfliese eingebrannte Hausnummer über der Tür. Die Vorhänge im Erdgeschoss waren zugezogen. Unter einem Fenster im oberen Stock war eine Alarmanlage montiert, deren Signalkästchen jedoch steinalt war – die Telefonnummer der Sicherheitsfirma besaß noch eine längst abgeschaffte Vorwahl. Ray Drake sah sich um, um sicherzugehen, dass ihn niemand beobachtete, ehe er hinten herum in einen verwilderten Nachbargarten schlüpfte.

Er trat zum Haus und spähte, beide Hände um die Augen gelegt, in die Küche mit den cremefarbenen Resopalfronten. Die Tür war abgeschlossen, der Rahmen jedoch verrottet. Als Ray sich mit einem Ruck dagegen warf, splitterte das morsche Holz auf der Stelle. Er trat ein und ließ den Blick durch die Küche schweifen, die kahl und schmucklos war – mit Ausnahme einer Sammlung ungewöhnlicher Objekte auf dem Kühlschrank: ein Hufeisen, ein Bierdeckel aus Pappe, eine Eieruhr mit hellviolettem Sand, außerdem gab es eine Replik des Blackpool Tower, eine Fahrradpumpe und ein Porzellanfigürchen einer Magd mit Haube und Milchkanne, ähnlich wie die, die er im Schlafzimmer der Overtons gesehen hatte.

Drake öffnete die Tür zum Wohnzimmer, wo ebenfalls die Vorhänge zugezogen waren, und knipste das Licht an. Auf der Glühbirne unter dem Korblampenschirm hatte sich Staub gesammelt. Das Zimmer wirkte unpersönlich und muffig, die Möbel sahen nach Trödel aus. Es gab ein altes Sofa und ein offenes Sideboard mit Büchern, einem umgedrehten Weinglas auf einem Deckchen, einem Stapel Zeitungen und einer Streichholzschachtel darin.

Drake steckte die Schachtel ein und stieg die Treppe hinauf, als sein Telefon läutete. Flick. Sie hatte bereits mehrere Nachrichten hinterlassen, wie er nun feststellte, ebenso wie Peter Holloway. Er ging weiter nach oben. Das Badezimmer war bis auf ein Seifenstück, eine Zahnbürste und ein Handtuch leer. Im angrenzenden Schlafzimmer hing lediglich eine verstaubte Vorhangstange, ansonsten war es ebenfalls leer. An der Wand klebte eine Tapete mit ausgebleichten Zeichentricktieren. Hier hatte sich keiner Mühe gegeben, dem Haus auch nur den Anstrich eines Heims zu geben.

Drake betrat ein größeres Schlafzimmer mit einem riesigen Teppich und einem sorgfältig gemachten Einzelbett – das weiße Laken war mit akribischer Präzision unter die Matratze gesteckt, die Tagesdecke fein säuberlich darüber gebreitet worden. Auf dem Nachttisch stand eine Lampe, daneben lag ein Lexikon.

Drake drehte sich zur gegenüberliegenden Wand um. Sie war von der Decke bis zum Fußboden mit Fotos und Zeitungsausschnitten vollgepflastert, in einzelne Grüppchen zusammengefasst – Aufnahmen von Männern und Frauen, die ihrem gewohnten Alltag nachgingen, Grundrisse von Häusern, Stadtpläne, Screenshots von sozialen Netzwerken, Dienstpläne, Tagebuchauszüge. Schlüssel mit Zugangscodes hingen an Reißzwecken. Ein Netz aus Bindfäden spannte sich darüber und verband die Bilder und Notizen auf mysteriöse Weise.

Viele der Namen und einige Gesichter kannte Drake sehr gut, andere waren ihm fremd. Vielleicht waren sie alle in Longacre gewesen, vielleicht hatte der Zwei-Uhr-Junge in seinem obsessiven Mordwahn auch unschuldige Männer und Frauen mit dem Heim in Verbindung gebracht, obwohl sie gar nichts damit zu tun hatten.

Sein Blick wanderte von einem Zeitungsartikel zum nächsten:

… Zwillinge wurden bei einem verheerenden Brand in einem Seniorenheim getötet.

… am 5. August einen Schlauch am Auspuff ihres Wagens gesteckt und an Kohlenmonoxidvergiftung verstorben …

Er hob die Zeitungsartikel an, unter denen sich noch weitere befanden.

… als Ursache für den Unfall, der eine ganze Familie auslöschte, wurde Bremsversagen ermittelt …

… von Zaunpfählen aufgespießt, die massive innere Blutungen …

Drake folgte der papiernen Spur bis zu seinem eigenen Namen, der ein Stück von den anderen entfernt inmitten einer Ansammlung von Zeitungsausschnitten am äußeren Rand der Wand prangte, gemeinsam mit Elliot Juniper und Amelia Troy.

Es gab Fotos von Elliot, wie er im Pub saß und gemeinsam mit seinem Stiefsohn die Straße entlangging; eine Schwarz-Weiß-Aufnahme von Amelia – bleich und traurig – in einem Krankenhausbett unmittelbar nach einer Überdosis. Und von ihm selbst, aufgenommen von einem Fenster mit Blick über den Parkplatz des Reviers und eine andere, wie er gemeinsam mit seiner Tochter gerade ein Restaurant verließ. Ein weiteres Foto zeigte ihn, wie er Laura in den Wagen half, vermutlich um sie zu einer ihrer Behandlungen im Krankenhaus zu bringen, kurz bevor sie gestorben war. Er riss das Foto so heftig herunter, dass die Reißzwecke quer durchs Zimmer flog, und steckte es ein. Schließlich gelangte er zu einem Foto von ihm und dem Mann, den er als Frank Wanderly kannte, bei einer Veranstaltung der Polizei.

Drake trat zurück, um das komplexe Konstrukt in seiner Gesamtheit auf sich wirken zu lassen. Diese makabre Collage des Todes und der Verschwörung war das Letzte, was der Zwei-Uhr-Junge abends vor dem Einschlafen sah, und das Erste, wenn er morgens die Augen wieder aufschlug; sie hing über ihm, düster und unheilvoll, drang in seine Träume und Albträume. Das Ausmaß der Verschwörung war unfassbar. Es war eine Dokumentation der Menschen, die der Zwei-Uhr-Junge bereits getötet hatte – Männer, Frauen, Kinder – und all jener, die er noch töten würde. Bestimmt lag er jeden Abend da, starrte die Fotos und Artikel an, ersann Pläne und Listen, die er wie komplexe Teile einer Maschine zu einem Ganzen zusammensetzte.

Genau in der Mitte der Wand hing ein einzelnes Foto, isoliert von all den anderen Dokumenten: Toby Turrell als kleiner Junge, aufgenommen am Meer, in einer Windjacke, mit einem breiten Lächeln und vom Regen klitschnassem Haar, das ihm am Kopf klebte. Der kleine Junge stand zwischen seinen Eltern, die ihn bei den Händen hielten. In der Ferne spannte sich ein Regenbogen über den Horizont.

Drake nahm die Ansammlung ein letztes Mal in Augenschein – der sichtbare Beweis für den Geisteszustand des Zwei-Uhr-Jungen –, dann stieg er die Treppe wieder herunter.

Draußen ging er zu seinem Wagen, öffnete den Kofferraum und nahm, nachdem er sich vergewissert hatte, dass er allein war, einen Benzinkanister heraus. Dann kehrte er ins Haus zurück und machte sich daran, das Benzin überall im Schlafzimmer zu verteilen – auf der makellosen weißen Tagesdecke, der Collage des Grauens an der Wand –, sorgsam darauf bedacht, dass kein Spritzer auf seine Schuhe gelangte.

Der Kanister beschwor Erinnerungen an jene letzte grauenvolle Nacht im Heim herauf – an den einsamen Tod des Jungen, der ihn vor Gordon gerettet und den er so gut wie gar nicht gekannt hatte; an einen Jungen, dem er so viel genommen hatte.

Jahrzehntelang hatte Drake sich hinter einer Fassade versteckt, hinter dem lächelnden Gesicht eines Mannes, den nur ganz wenige kannten. Laura hatte ihn gekannt und geliebt, trotz allem. Er vermisste seine Frau, aber sie war gegangen, und er hatte Angst, dass ihm auch Ray Drake bald entgleiten würde.

Als er das Benzin auch auf Küche und Wohnzimmer verteilt hatte und der Kanister leer war, ging er zur Haustür und zog die Streichhölzer aus der Tasche.

Wieder läutete sein Telefon – es war die Nummer von zu Hause –, und sein Instinkt riet ihm, an den Apparat zu gehen. »Ja.«

»Ich bin bereit«, sagte die Stimme, die diesmal nicht elektronisch verzerrt war. »Ich bin bereit, dass du zu Ende bringst, was du angefangen hast.«

Drake klemmte sich das Telefon zwischen Ohr und Schulter und zündete nacheinander drei Streichhölzer an.

»Sag mir, wann ich dich töten soll«, sagte er, »und ich werde es mit dem größten Vergnügen tun.«

»Ich glaube, der richtige Zeitpunkt ist gekommen. Ja, ich glaube, es ist so weit. Wir warten auf dich.«

Drake legte auf, zündete ein paar weitere Streichhölzer an und blickte auf die orangefarbene Feuersbrunst vor ihm, während Gordon Tallis' qualvolle letzte Augenblicke wie ein Schattenspiel an der Wand aufflackerten.

Einen kurzen Moment lang kam ihm der Gedanke, dass er wieder an genau derselben Stelle war wie damals, als alles angefangen hatte. Und dass alles, was er stets angestrebt hatte, bald ein Ende finden würde.

»Bis bald, Toby«, sagte er.

56

Da kamen sie. Amelia Troy und April Drake fuhren in einem schicken Sportwagen die Einfahrt herauf. Eigentlich wollte er sie nicht hier haben – er musste ununterbrochen daran denken, was er getan hatte –, aber Elliot hatte es versprochen. Im Angesicht der Ewigkeit fiel ein weiterer Abend auf der Welt nicht ins Gewicht.

Das Windspiel vor der Haustür bimmelte wie verrückt. Eigentlich mochte er das Geräusch, wenn es in der leichten Brise sang, aber heute wehte der Wind so heftig, dass sich die Baumwipfel bogen und der Regen immer wilder gegen die Scheiben prasselte. Und die ganze Zeit klirrte und schepperte das Ding mit einer Penetranz, dass er es am liebsten heruntergerissen hätte.

»Ladys«, sagte er und zwang sich zu einem Lächeln, »herzlich willkommen.«

Bei Amelia Troys Anblick überkam ihn ein seltsamer Anflug der Rührung. Er hatte eine alte Hippie-Schachtel in Latzhosen erwartet, stattdessen sah er eine hübsche und gertenschlanke Frau aus dem Wagen steigen, die auf ihn zutrat und ihn umarmte. Nikotingeruch stieg ihm in die Nase, was sie nur noch sympathischer machte.

»Danke, dass du uns bei dir aufnimmst, Elliot.«

Damals hatten sie so manche Schlacht im Heim geschlagen, die sie jedoch deutlich unbeschadeter überstanden hatte als er, wenn man sie so ansah. Die Frau hatte unvorstellbar viel Geld auf der Bank, nur weil sie ein paar Farbkleckse auf Leinwände klatschte. Einmal war Elliot sogar in eine Galerie gegangen, um sich ihre Bilder anzusehen, hatte sie aber zu … keine Ahnung, verstörend gefunden. Er bevorzugte lebensfrohere Bilder, so wie das mit dem Tanzpaar und dem singenden Butler. Das Leben war auch ohne diesen deprimierenden Krempel an den Wänden schon schwer genug.

Elliot verzog das Gesicht, als er Amelias Blick über das bescheidene Haus mit dem abblätternden Anstrich und den halb vermoderten Fensterrahmen schweifen sah. »Ein Schloss ist es nicht gerade. Nicht das, was du sonst gewohnt bist.«

»Es ist sehr gemütlich«, gab sie zurück und berührte seinen Arm. »Und, glaub mir, ich wohne auch nicht gerade in einem Palast. Das ist April, Ray Drakes Tochter.«

Er nickte zurückhaltend, um das Mädchen nicht zu verschrecken. Sie war eine echte Schönheit, mit Designerklamotten und allem Drum und Dran. Daddys kleine Prinzessin, vermutete er. Es war bestimmt kein Zuckerschlecken für sie, sich in einer abgehalfterten Bude eines Schwachkopfs mitten in der Pampa vor einem durchgeknallten Killer verstecken zu müssen.

»Ich hab selber auch einen Sohn«, sagte er. »Na ja, eigentlich ist er mein Stiefsohn.« Beim Gedanken daran, dass er Dylan nie wiedersehen würde, spürte er einen dicken Kloß im Hals. »Wollen wir reingehen?«

April lächelte dünn. »Gibt es hier irgendwo eine …«

Elliot sah sie verwirrt an. »Wir haben unterwegs sehr viel Mineralwasser getrunken«, warf Amelia erklärend ein.

»Oh, natürlich. Das Badezimmer. Die Treppe rauf und dann gleich die erste Tür.«

Elliot und Amelia sahen zu, wie April nach oben verschwand. Elliot hatte den Kamin angezündet, dessen knisterndes Feuer eine angenehme Wärme in dem kleinen Wohnraum verteilte.

»Ich hoffe, wir bereiten dir nicht zu viele Umstände. Deine Familie nimmt es dir doch nicht übel, dass du uns aufgenommen hast, oder?«

»Sie sind sowieso weg«, warf Elliot eilig ein. »Freunde besuchen. Ich hielt es für das Beste … unter diesen Umständen.«

Amelia nickte nachdenklich, während ihr Blick auf seine verletzte Hand fiel. »Ich bin sicher, wir waren im Heim gute Freunde, auch wenn ich mich an nicht viel aus dieser Zeit erinnern kann.«

»Ja«, antwortete Elliot unbehaglich. »Das waren wir.«

»Wenn das so ist, freut es mich, dass wir uns wiedersehen, auch wenn die Umstände nicht gerade die erfreulichsten sind.«

Er erblickte sein Bild im Spiegel. Mit seiner platten Nase, die sein ganzes Gesicht einzunehmen schien, und etlichen Kilos zu viel auf den Rippen war er ohnehin nicht gerade ein Adonis, aber im Moment sah er definitiv zum Fürchten aus. Unter seinen Augen lagen dunkle Ringe, und seine Haut wirkte fahl und grau. Die Schuld lastete wie ein Zentnergewicht auf ihm. Damals im Heim hatte er ihr das Leben mächtig schwer gemacht – ihr und all den anderen, allen voran Toby Turrell, der nun drauf und dran war, sie alle abzuschlachten und verrotten zu lassen – daher hatte sie jedes Recht der Welt, ihn zu hassen. »Das hier ist alles meine Schuld.«

»Wovon sprichst du?«

»Ich bin nicht mehr derselbe Mensch wie damals. Es ist wichtig, dass du das weißt.« Er packte sie am Arm. »Ich war gemein zu dir, das tut mir sehr leid. Aber ich hatte damals einfach Angst. Ich war … Aber so bin ich heute nicht mehr. Ich habe eine Frau, die mich liebt, und einen Sohn. So ein Mensch bin ich heute, genau so einer.«

Er bemerkte, wie sich der Ausdruck in ihren Augen veränderte und so etwas wie Unbehagen, vielleicht sogar Angst darin aufflackerte. Erst jetzt fiel ihm auf, dass er ihren Arm festgehalten hatte, und ließ ihn los.

»Hört sich an, als würdest du sie sehr lieben.«

Er schloss die Augen, als ihm das Ausmaß seiner eigenen Dummheit erneut bewusst wurde. Rhonda und Dylan waren das einzig wirklich Gute, was ihm im Leben je widerfahren war.

»Ja.« Seine Stimme war kaum mehr als ein Flüstern. »Das tue ich.«

»Was auch immer dir gerade so zu schaffen macht«, fuhr sie fort, »ich bin sicher, dass es nicht so schlimm ist.«

Doch, ist es, dachte er. Aber er konnte ihr unmöglich von dem toten Mann im Kofferraum, dem gestohlenen Geld und den Wertsachen des alten Ehepaars erzählen, die er in seinem Kleiderschrank versteckt hatte. Stattdessen musste er einfach nur diese Nacht überstehen. Dafür sorgen, dass er sein Ziel nicht aus den Augen verlor. Man erwartete von ihm, dass er diese beiden Frauen beschützte. »Du meine Güte, das ist ja nun wirklich keine Art, eine alte Freundin zu begrüßen. Lass uns Tee trinken … oder lieber etwas Stärkeres?«

»Tee wäre schön.« Amelia lächelte. »Was ich gesagt habe, war durchaus ernst gemeint. Es ist schön, dich zu sehen, Elliot. Ein letztes Mal.«

»Ihr seid hier in Sicherheit, bis unser gemeinsamer Freund …« Er unterbrach sich. Es erschien ihm nicht richtig, den Namen des Polizisten laut auszusprechen. Solange das Mädchen hier war, würde er sich schwer in Acht nehmen müssen. »Bis sicher ist, dass ihr wieder nach Hause zurückkehren könnt.«

»Ich will nur …« Amelia nickte, während sich erste Risse in ihrer sorgsam gewahrten Fassade zeigten. »Ich wünsche mir nur, dass es vorbei ist.«

»Vertraust du ihm?«, fragte er leise mit einem Nicken in Richtung der Treppe, die April gerade hinaufgegangen war. Ihr Vater hatte sich sehr verändert seit jener schicksalhaften Nacht vor über dreißig Jahren.

»Ja. Das tue ich.«

Beim Klang der unaufgeregten Zuversicht in ihrem Tonfall fühlte er sich gleich ein wenig besser, trotz der ganzen Misere. Die Rohre schienen zu erschaudern, als oben die Toilettenspülung ging und der Wasserhahn auf- und wieder zugedreht wurde. In einem alten Haus wie diesem hörte man alles, was sich in den Räumen abspielte. Augenblicke später kam April herunter.

»Der Kühlschrank ist voll«, erklärte Elliot, »nur Gänseleberpastete gibt es keine mehr.«

»Ich fürchte, das ist absolut indiskutabel.« Scherzhaft stieß Amelia ihm den Zeigefinger in die Brust. »Und ich kann Ihnen versichern, dass das Folgen haben wird, Sir.«

Mittlerweile war es draußen dunkel geworden. Das Haus stand ein gutes Stück von der nächsten Straßenlaterne entfernt, weshalb sich die Finsternis wie eine dicke Decke über das Grundstück zu legen schien. Wolken zogen am Himmel vorüber. Die Vorstellung, dass der arme durchgeknallte Toby sich dort draußen herumtrieb und nur darauf wartete, endlich zuschlagen zu können, behagte Elliot ganz und gar nicht.

Die beiden Frauen saßen am Küchentisch, während Elliot Tee kochte, aber die Unterhaltung wollte nicht so recht in Gang kommen. Vor allem das Mädchen sagte so gut wie kein Wort. Amelia gab sich alle Mühe, die Stimmung zu entkrampfen, indem sie sich nach seiner Familie und seinem Leben erkundigte. Doch Aprils Gegenwart machte Elliot nervös, weil er nicht wusste, wie viel er preisgeben durfte. Er wollte ihnen keinesfalls auf die Nase binden, dass Rhonda ihn verlassen hatte, und dass er sich das Licht ausblasen würde, sobald sie das Haus verlassen hatten, würde vermutlich auch nicht zur Entspannung der Lage beitragen.

»Ich weiß, dass du Angst hast.« Er stellte den dampfenden Becher vor April auf den Tisch. »Aber dein Vater … er sorgt dafür, dass alles wieder in Ordnung kommt. Er wird den Kerl, äh, verhaften.«

April legte den Kopf schief. »Woher kennen Sie ihn?«

»Von den Ermittlungen in einem alten Fall«, antwortete Amelia eilig. »Das stimmt doch, oder, Elliot?«

»Genau.« Elliot räusperte sich. »Damals, in grauer Vorzeit.«

Das Mädchen musterte ihn zweifelnd und schien etwas sagen zu wollen, als es an der Tür läutete. Zweimal in rascher – wütender – Folge. Sofort tastete April hilfesuchend nach Amelias Hand.

»Erwarten Sie jemanden?«

»Bestimmt ist es nur ein Vertreter.« Elliot bemühte sich um ein Grinsen. »Die kommen hier häufiger vorbei. Ihr beide bleibt einfach hier sitzen.« Er stellte eine Schachtel Kekse auf den Tisch. »Hier, bedient euch.«

Elliot verließ die Küche und unterdrückte ein Stöhnen, als er die Gestalt vor der Glastür erkannte. Er schob seine verletzte Hand in die Hosentasche und riss die Tür auf.

»Owen!«, trompetete er. »Was für eine Freude!«

Der alte Mann sah zu Amelias Sportwagen hinüber, über dessen Haube das Laub wehte. »’n Abend, Elliot.« Er nickte in Richtung des Sportwagens. »Schon eine neue Karre angeschafft?«

»Sehr witzig«, erwiderte Elliot knapp.

»Wer ist es?«, rief Amelia aus der Küche.

»Nur ein Kumpel«, antwortete Elliot. »Alles bestens, ich bin gleich wieder da.«

Owen versuchte, einen Blick über Elliots Schulter zu werfen, aber Elliot trat aus dem Haus und zog die Tür hinter sich zu. Die tiefschwarzen Bäume auf der anderen Straßenseite bogen sich im Wind. Die Balken der Scheune ächzten und knarrten.

»Schön, dich zu sehen, Owen.«

»Tatsächlich?« Owen wischte sich mit dem Fingerknöchel die wässrigen Augen trocken. »Ist es wirklich schön, mich zu sehen, Elliot?«

»Natürlich.« Elliots Lachen klang ein wenig spröde.

Owen nickte in Richtung der geschlossenen Tür. »Passt es gerade schlecht?«

»Ein paar Freunde sind zu Besuch, das ist alles.« Er bemerkte, dass der alte Mann die Hosenbeine sorgfältig in die Gummistiefel gesteckt hatte. »Was kann ich für dich tun?«

»Entschuldige die Störung, Elliot, aber ich will wissen, wo er ist.«

»Wo wer ist?«

»Seit Perry losgefahren ist, um dich abzuholen, habe ich nichts mehr von ihm gehört. Ist alles wie geplant gelaufen?«

»Ja.« Dieses verdammte Windspiel bimmelte ihm direkt ins Ohr. »Wie ein Uhrwerk.«

»Wo ist er dann?«

»Bitte, Owen, ich habe Besuch.«

»Wir wollen die Party natürlich nicht sprengen. Wieso gehen wir nicht rüber in die Scheune, da können wir uns in Ruhe unterhalten.«

»Klar.«

Elliot folgte Owen die Einfahrt hinunter.

»Die Sache ist die, Elliot – ich mache mir ernsthaft Sorgen um ihn.« Owen, ein schmächtiger alter Knabe, musste sich mit vollem Körpereinsatz gegen den Wind stemmen. »Es ist seltsam, dass Perry sich nicht meldet. Normalerweise klebt er pausenlos an mir dran.«

»Er hat mich abgesetzt und ist weggefahren«, erklärte Elliot schnell. »Seitdem habe ich nichts mehr von ihm gehört.«

»Du glaubst doch nicht, er haut mich übers Ohr und ist mit dem ganzen Plunder abgehauen, oder?«

Elliot stieß den Atem aus. »Er wirkte ziemlich angepisst. Sauer, als würde er jeden Moment ausflippen. Und …«

Vor der Scheune blieb Owen stehen. »Und was?«

»Na ja, er hat ziemlich wüst über dich hergezogen.«

»Was genau hat er gesagt?« Owen musterte Elliot. »Los, raus damit.«

»Gar nichts.« Elliot kreuzte die Arme vor der Brust. »Das willst du lieber nicht hören.«

»Dieser elende Mistkerl«, sagte Owen leise. »Wie konnte er nur? Er arbeitet seit Jahren für mich … war wie ein richtiger Sohn.«

»Ich hab nur gesehen, wie er mit dem Rucksack davongefahren ist, mehr kann ich dazu nicht sagen.« Elliot seufzte. »Tut mir echt leid, Owen, aber es sieht ganz so aus, als hätte er die Kurve gekratzt.«

Ein Ast knackte und fiel mit einem lauten Krachen zu Boden.

»Heutzutage kann man keinem mehr trauen«, erklärte Owen betrübt. »Es ist ein Jammer.«

»Allerdings«, bestätigte Elliot.

»Wäre Perry doch bloß hier, um seine Version zu

schildern.« Den Blick auf Elliot geheftet, stieß der alte Mann mit dem Fuß das Scheunentor auf.

Als Elliot den Kopf hob, sah er eine Gestalt im Zwielicht stehen: Perry. In den Augen des Mannes, den kleinen kalten, beinahe vollständig zugeschwollenen Kohlestücken, glitzerte blanker Hass.

Owen legte Elliot die Hand auf den Rücken und schob ihn hinein.

57

Das Erste, was Drake sah, als er sein Haus betrat, war Toby Turrell – den Mann, den er heute als Frank Wanderly erkannte und der ihn nun mit einem Messer in der Hand in der Diele erwartete.

Flick Crowley kauerte auf der untersten Stufe, neben ihr lag, mit dem Gesicht nach unten, eine Leiche in einer riesigen Blutlache.

»Das ist Peter Holloway«, erklärte Turrell hilfreicherweise.

Drake schloss die Tür und sah die alte Frau, die mit vor der Brust gekreuzten Armen, als sei sie bereits für ihr Begräbnis aufgebahrt, gegen die Wand gelehnt stehen. »Myra?«

Sie nickte mit geschürzten Lippen.

»Wir dachten schon, du kämst überhaupt nicht mehr.« Beim Anblick von Turrell, der sich fast teilnahmslos den kahlen Schädel rieb, ließ Drake die Waffe sinken. »Nicht«, befahl Toby barsch. »Du wirst sie gleich brauchen.«

Drake musterte den Mann eingehend. Wanderly arbeitete seit mehreren Jahren auf dem Revier, trotzdem hatte Drake ihn nicht erkannt. Seine Erinnerung an Toby Turrells Gesicht von damals war längst verblasst, außerdem hatte es nie einen Anlass gegeben, ihn mit dem Jungen aus dem Longacre-Heim in Verbindung zu bringen. Wanderly war groß und unscheinbar, ein gut gelaunter, umgänglicher Mann, dem Drake mindestens einmal am Tag über den

Weg lief. Toby Turrell hingegen war klein und schmächtig mit einem blonden Haarschopf gewesen. Das Einzige, woran Drake sich noch erinnern konnte, war seine verängstigte, entsetzte Miene in jener schicksalhaften letzten Nacht im Heim. Der unscheinbare Junge von damals war zu einem unscheinbaren Mann herangewachsen, einem jener Menschen, deren Gesicht man vergaß, sobald man ihm den Rücken zukehrte. Was genau der Grund war, weshalb er seine Gräueltaten über einen so langen Zeitraum hinweg unbemerkt hatte begehen können.

»All die Menschen, Toby, all die Familien.«

»Weshalb hätten sie Menschen haben sollen, die sie lieben?« Turrell verzog das Gesicht. »Söhne, Töchter, Ehefrauen, Ehemänner – und ich habe gar nichts! Ich habe Mary und Bernard von Herzen geliebt … keiner von euch hat mich daran gehindert, und jetzt muss ich mit den Konsequenzen dessen leben, was ich getan habe.«

»Du hast deine Eltern ermordet«, sagte Drake leise.

»Du hättest mich in diesem Heim verrecken lassen sollen«, sagte Turrell. »In diesem Fall wäre es nie dazu gekommen. Und auch all die anderen hätte ich niemals getötet. In gewisser Weise ist es nur deine Schuld, ganz allein deine.«

»Es gibt immer einen, der an allem schuld ist, nicht wahr?«, ließ Myra sich aus der Ecke vernehmen.

»Aber ich werde dir jetzt Gelegenheit geben, das Richtige zu tun. Töte mich und bring in Ordnung, was du vor all den Jahren verbockt hast, dann lasse ich deine Tochter am Leben, das verspreche ich.«

»Sie ist an einem Ort, wo du nicht mehr an sie herankommst, Toby.«

Turrell feixte. »Du wolltest mich mit deinem Wagen überfahren, und in Amelias Haus hast du dein Glück auch noch mal versucht.«

Ruhelos ging Drake in der Diele auf und ab, während er sein Gehirn nach einem plausiblen Grund durchforstete, Turrell das Hirn wegzupusten, obwohl Flick direkt danebensaß. »Wieso hast du mich nicht getötet, als du die Gelegenheit dazu hattest, Toby? Wieso hast du Amelia oder April nicht getötet?«

»Weil ich genau auf diesen Moment gewartet habe«, antwortete Turrell. »Darauf, dass wir beide, du und ich, uns gegenüberstehen. Du hast mit diesem Blutbad angefangen, deshalb ist es deine Aufgabe, es auch zu beenden.« Er deutete mit dem Messer auf ihn. »Ich habe dich dafür ausgewählt.«

Unter anderen Umständen wäre Drake Tobys Bitte nur allzu gern nachgekommen, aber vor den Augen von Flick Crowley kam ein kaltblütiger Mord definitiv nicht in Frage. »Ich werde dich nicht töten, Toby.«

»Du musst aber! Ich will bei Mary und Bernard sein. Los, tu es, jetzt und hier.« Er riss die Arme nach hinten und streckte die Brust vor. »Schieß mich mitten ins Herz.«

Als Drake sich nicht vom Fleck rührte, packte Turrell Flick bei den Haaren und riss sie hoch. Sie schrie auf. Drake hob die Waffe und zielte.

»Schon besser.« Turrells Augen blitzten. »Das sieht schon mehr nach deinem alten Ich aus. Ich dachte, ich würde dich nie mehr finden, deshalb kannst du dir bestimmt vorstellen, wie sehr ich mich gefreut habe, als ich dich wiedergesehen habe – direkt vor meiner Nase und doch unsichtbar. Es passt alles perfekt. Ich will sterben, und du sollst mich töten. Sieh her, ich zeige dir, wie es geht.«

Er zog Flick zu sich heran und fuhr mit dem Messer ganz langsam über ihren Oberkörper abwärts, von der Kehle bis zum Bauch, als wollte er Ray Drake die blutige Spur der Klinge zeigen, falls er beschließen sollte, seine junge Kollegin aufzuschlitzen.

»Ich habe schon vor langer Zeit herausgefunden, wie leicht es ist, jemanden zu töten. Glaub mir, ich kann das gut, schließlich habe ich Übung genug. Das Praktische war immer schon mein Ding.« Er lachte verzückt auf. »Ich sei ein cleveres Kerlchen, haben Mummy und Daddy immer gesagt.«

»Deine Eltern haben dich in Longacre zurückgelassen, Toby«, erklärte Drake.

»Meine Eltern haben mich geliebt!«

»Sie haben dich ins Heim gegeben.«

»Sie hatten keine Ahnung, was dort vor sich geht.« Speicheltröpfchen spritzten aus Turrells Mund.

»Bist du dir da ganz sicher?«, fragte Drake. »Immerhin hatten sie es nicht gerade eilig, dich da wieder rauszuholen, ganz im Gegenteil. Sie haben dich so lange bei Gordon gelassen, wie es nur ging, und zugelassen, dass man all die schrecklichen Dinge mit dir anstellt. Sie waren schlimme Menschen, Mary und Bernard. Egoistisch und rücksichtslos, und deshalb haben sie den Tod verdient.«

»Halt's Maul!«

»Sie haben dich gehasst, deshalb haben sie dich dorthin gebracht.«

»Halt endlich dein verdammtes Maul!«, schrie Turrell. »Sie haben mich geliebt!« Er stieß ein Heulen aus. Seine Schultern bebten, und der Rotz lief ihm aus der Nase. »So waren sie nicht!«

»Aber genau das hast du doch die ganze Zeit vermutet, stimmt's?« Drake tippte sich auf die Brust. »Hier drinnen, Toby, hast du die ganze Zeit geahnt, dass sie dich gehasst und deshalb mit Absicht so lange dort gelassen haben. Diesen Verdacht hast du all die Jahre mit dir herumgetragen.«

»Rufen Sie die Zentrale, Ray«, stieß Flick zwischen zusammengebissenen Zähnen hervor.

»Wie kann man so etwas Grausames sagen!«, winselte Toby. »Sie haben mich geliebt, und sie haben einen Fehler begangen! Du bist genauso wie alle anderen, daran ändern auch dein schickes Haus, deine hochnäsige Mutter oder dein verwöhnter Fratz von Tochter nichts. Du bist genau derselbe Abschaum wie Elliot, Kenny, Jason und dieser andere Dreckskerl.«

Drake trat einen Schritt vor. Er war kein Meisterschütze, und der Abstand zwischen Flick und Turrell war eindeutig zu klein. »Du hast deine Eltern ermordet. Niemand ist dafür verantwortlich außer dir selbst.«

»Aber ich wollte es nicht.« Turrells Schluchzer hallten von den hohen Dielenwänden wider. »Ich vermisse sie so!«

»Machen Sie Meldung, Ray!«

»Ich weiß, Toby«, sagte Drake, »aber es ist vorbei. April ist in Sicherheit, Amelia ist in Sicherheit, also sind nur noch wir beide übrig, du und ich.«

»Nein, es ist überhaupt nicht vorbei.« Ein verschlagenes Lächeln verzerrte seine Züge. »Es hat alles genau so funktioniert, wie ich es geplant hatte. Elliot, deine Tochter …«

»Sind in Sicherheit«, unterbrach Drake.

»Machen Sie Meldung, Ray.« Flicks Stimme war brüchig.

Mit einer ruckartigen Bewegung stieß Turrell Flick von sich und kniff die Augen zusammen. »Ich bin bereit, du kannst mich erschießen.« Aber Drake rührte sich nicht vom Fleck. »Ich sagte, ich bin bereit!«

»Ich werde dich nicht töten, Toby«, sagte Drake. Turrell hatte seine Tochter entführt und Amelia angegriffen. Beide hatten überlebt. All die anderen nicht.

»Wieso hast du April nicht getötet? Und Amelia, als du die Gelegenheit dazu hattest?«

Turrell grinste höhnisch. »Töte mich, dann sage ich es dir.«

»Das ist doch völlig unlogisch, Toby.«

»Also wirst du mich nicht töten?«

»Du wanderst in den Knast. Das war's«, sagte Drake. »Für uns beide.«

»Ich verstehe«, stieß Toby bitter hervor. »Aber vorher muss ich noch eine Sache erledigen.«

Mit einem schrillen Aufschrei riss er das Messer hoch und stürzte sich auf Drake.

Mit einer fließenden, präzisen Bewegung hob Drake die Waffe und gab einen Schuss auf Tobys Brust ab. Die Wucht des Aufpralls riss den Mann nach hinten. Er landete auf der Treppe und glitt langsam zu Boden.

Drake ließ die Waffe sinken, trat zu Flick, die weinend und zitternd in der Diele stand, und schloss sie in die Arme. Sie klammerte sich an ihn.

»Es ist vorbei«, sagte er und wünschte inbrünstig, es selbst glauben zu können. »Es ist alles vorbei.«

Myra löste sich von der Wand, trat zu Turrells Leiche und stieß sie mit dem Fuß an. »Er ist tot, Raymond.«

Flick stieß Drake von sich und taumelte mit wutverzerrtem Gesicht zu der alten Frau hinüber.

»Nennen Sie ihn nicht so!«, fauchte sie und wirbelte zu Drake herum. »Er ist nicht Ray Drake.«

58

1984

Gordon Tallis soff und steigerte sich in einen regelrechten Wutanfall hinein.

Die Kids – Connor, Elliot, Kenny, Jason, Amelia und Toby – saßen verängstigt in seinem Büro und lauschten seinen Vorwürfen, jeder Einzelne von ihnen würde doch nur versuchen, ihn zu ruinieren. Der Schlimmste von allen sei jedoch dieser elende Fratz von Turrell. Toby hockte, das Gesicht auf beide Knie gepresst, da und ließ Gordons zorniges Gezeter teilnahmslos über sich ergehen.

Amelia griff nach Connors Hand. Ihre Finger fühlten sich heiß und klamm an. Elliot sah von einem zum anderen, als würde er nur darauf warten, dass jemand etwas unternahm, völlig egal, was.

Im Haus nahm das Heimleben seinen geregelten Gang. Connor hörte die Dents in der Küche Anweisungen erteilen, das übliche Stimmengewirr beim Abendessen drang herüber, gefolgt von den Geräuschen, als die Kinder zu Bett gingen.

»Das ist mein Untergang.« Aufgebracht gestikulierend, marschierte Gordon im Zimmer auf und ab. »Mir sitzen meine Geschäftspartner im Genick, und jetzt habe ich auch noch einen hochrangigen Richter am Hals. Ihr habt kein

Problem, ihr habt noch euer ganzes Leben vor euch, aber wer kümmert sich um Gordon? Die ganze Mühe, die ich mir mit diesem Laden gegeben habe, mein Engagement. Die ganze Arbeit … von einer dämlichen Schlampe ruiniert.«

Er baute sich vor Connor auf. Die bräunliche Flüssigkeit tropfte aus der Flasche, als sie seiner Faust entglitt und über den Boden kullerte. »Was sagst du, mein Freund? Was sollte Gordon als Nächstes tun?«

»Du solltest uns gehen lassen, Gordon. Wir sind müde und wollen schlafen.«

»Aber wo bleibt da der Spaß?« Gordons Lippen kräuselten sich und gaben den Blick auf seine schiefen Zähne frei. »Nach allem, was ich für euch getan habe, lasst ihr mich einfach hängen!« Er packte Toby bei den Schultern und riss ihn hoch. Schlaff und teilnahmslos hing der Junge zwischen seinen Händen und starrte ins Leere. »Und der hier ist schuld daran. Aus reiner Herzensgüte tue ich jemandem einen Gefallen, und dann so etwas.«

»Lass ihn runter.« Connor sprang auf.

»Genau.« Der Heimleiter stieß Toby beiseite und wischte sich die Hände an den Hosenbeinen ab. »Bringen wir's hinter uns.«

Er schubste Connor, der um ein Haar über Jasons ausgestreckte Beine stolperte, in das kleine Hinterzimmer. Connors Blick fiel auf die fadenscheinige Matratze und den Benzinkanister vor dem grünen Rippenheizkörper.

»Darauf habe ich schon lange gewartet, Junge«, sagte Gordon und schlug die Tür zu. »Höchste Zeit, dass wir unsere Differenzen ein für alle Mal aus der Welt schaffen.«

Connor stieß gegen den Heizkörper. »Versprich mir, dass du ihnen nichts tust.«

»Das kann ich nicht.« Gordon kicherte. »Meine Wut wächst und wächst und wächst. Ich hab nichts mehr zu verlieren. Der Junge wird nicht mehr nach Hause zurückkehren, so viel steht jedenfalls fest.« Der Heimleiter baute sich so dicht vor Connor auf, dass dem Jungen sein faulig stinkender Atem entgegenschlug, und fuhr ihm mit der Hand durchs Haar. »Du warst eine echte Enttäuschung, Junge. Ich dachte, wir wären Kumpel ... Partner. Ich dachte, was wir auf die Beine gestellt haben, sei etwas ganz Besonderes.«

Connor packte die Hand des Heimleiters, spürte die schwieligen Finger. »Auf diesen Moment habe ich lange gewartet«, flüsterte er.

Gordon starrte ihn wie in Trance an. »Du und ich. Wir beide zusammen, Junge.«

Connor ließ Gordons Hand los und löste sich von dem Heizkörper. Wütend versuchte Gordon, Connor zu fassen zu bekommen – und hielt abrupt inne. Er war mit einer Handschelle an den Heizkörper gefesselt. Hektisch begann er daran zu zerren und versuchte, mit seiner freien Hand nach Connor zu schlagen, doch der Junge trat ungerührt einen Schritt beiseite.

»Mach das Ding sofort los!« Gordons Gesicht verzog sich vor Wut. »Früher oder später komme ich wieder frei. Mag sein, dass du dann längst über alle Berge bist, aber die anderen nicht.« Sein Lachen klang gallenbitter. »Und diese anderen kleinen Wichser werden dafür bezahlen, das kann ich dir versprechen, Freundchen.«

Genau in diesem Moment wusste Connor, was er zu tun hatte; wusste, weshalb er so lange hiergeblieben war. Vielleicht hatte er es auch schon immer gewusst. Mit zitternden Händen griff er nach dem Benzinkanister und schraubte den Deckel ab.

Gordon bleckte die Zähne. »Ich bitte dich, du willst doch nicht etwa ...«

Er wich zurück, als Connor den Kanister anhob und den Inhalt über ihm auskippte.

»Was soll das?« Das Benzin rann ihm aus den Haaren ins Gesicht und lief ihm über Brust und Beine. »Was zum Teufel soll die Scheiße?«

Die penetrant stinkende Flüssigkeit ergoss sich über den gemusterten Teppichboden. Gordon schrie, fluchte und tobte, während Connor die Reste über die Wände und die Matratze verteilte, dann ließ er den Kanister fallen und sah zu, wie sich um die Füße des Heimleiters eine Pfütze bildete.

Kalter, blanker Hass pulsierte durch seinen Körper.

Er zog das Feuerzeug heraus, das er am Vorabend eingesteckt hatte, und zündete es an. Funken stoben hoch.

»Das wagst du nicht!«, zeterte Gordon. »Nie im Leben traust du dich das. Du und ich, wir sind doch Kumpel.«

Connor verspürte einen leisen Schwindel, als ihm die Benzindämpfe in die Nase stiegen, und er hatte Mühe, sich auf den Beinen zu halten. Als er Gordon zu nahe kam, bekam der Heimleiter sein Handgelenk zu fassen, riss ihn nach hinten und schlang ihm den Arm um den Hals. Connor schrie auf.

»Lass das Feuerzeug fallen!«, brüllte Gordon, verstärkte seinen Griff um Connors Hals und drückte mit aller Kraft zu. Connor spürte, wie die Luft aus seiner Lunge gepresst wurde und sich das Blut in seinem Kopf staute, während er weiter versuchte, den Arm ausgestreckt zu halten, damit Gordon das Feuerzeug nicht zu fassen bekam.

Vergeblich versuchte er, sich mit der freien Hand aus Gordons Umklammerung zu lösen. Der Raum begann vor seinen Augen zu verschwimmen, und er hatte Mühe, klar zu denken.

Sein ausgestreckter Arm schmerzte, und er fürchtete, dass er das Feuerzeug gleich fallen lassen würde. In diesem

Moment glaubte er das Splittern von Glas zu hören, als das Oberlicht zerbarst, und registrierte eine Gestalt.

Sekunden später packte Ray Drake Gordons Arm und grub die Finger tief in sein Fleisch. Das Feuerzeug entglitt Connors Fingern und kullerte über den Fußboden. Gordon ließ von Connor ab und verpasste Ray einen Hieb gegen die Schläfe, der den Jungen quer durch den Raum katapultierte.

Connor sank auf die Knie und kroch zum Feuerzeug. Verzweifelt schnappte er nach Luft, was die benzinverpestete Luft tief in seine Lunge dringen ließ, dennoch hörte der Raum endlich auf, sich zu drehen. Er bekam das Feuerzeug zu fassen und zündete es an. Panisch zerrte Gordon im Hintergrund an den Handschellen, als Connor kehrtmachte, sich auf ihn stürzte und mit der Flamme vor seinem Gesicht herumwedelte.

Gierig leckte die Flamme über Gordons Haut. Seine Haare und sein Hemdkragen begannen zu knistern, als sie Feuer fingen.

Connor wich zurück und sah zu, wie sich das Feuer weiterfraß, über Gordons ganzen Körper, ehe es auf die Vorhänge übersprang und über den Boden bis zur Matratze schoss.

Die Hände wie Klauen gekrümmt, schlug Gordon vor Schmerz schreiend um sich, während seine Haut bereits Blasen bildete. Erst jetzt erwachte Connor aus seiner Starre – er musste hier raus. Er rief Rays Namen, worauf sich der Junge in der Ecke aufrappelte und schwankend dastand. Doch auf der einen Seite versperrten ihm die züngelnden Flammen den Weg, auf der anderen Gordons wie Zunder brennender Leib.

»Los, schnell!«, schrie Connor und streckte den Arm aus. Ray versuchte, seine Hand zu ergreifen, wich jedoch vor der sengenden Hitze zurück. Er hob den Fuß, um über Gordon hinwegzutreten, als …

…Gordons Hand unvermittelt vorschnellte und ihn mit einem Stoß hinter die rasch anwachsende Feuerwand beförderte.

»Nein!« Wieder wollte Connor Ray packen, doch es gelang ihm nicht. Mittlerweile schlugen die Flammen bis zur Decke, und das Zimmer war von dichtem Rauch erfüllt. Connor versuchte nochmals, Ray zu fassen zu bekommen, als ihn eine Hand zurückhielt.

»Nein!« Tränen der Wut und Frustration schossen Connor in die Augen. »Nein! Nein! Nein!«

»Du schaffst es nicht!«, schrie Elliot, als die dichte Wand aus Rauch und Flammen Ray Drake zu verschlingen schien. Zornig schüttelte Connor Elliots Hand ab und machte einen Satz nach vorn, doch es war unmöglich, die Feuerwand zu durchbrechen.

Das Letzte, was Connor sah, als Elliot ihn aus dem Zimmer zerrte, war Gordon Tallis – ein Feuerball in menschlicher Gestalt auf dem Boden kniend, dessen qualvolle Todesschreie im Tosen der Feuerbrunst untergingen.

Und Ray Drakes flehende, angstvoll aufgerissene Augen, ehe ihn die schwarze Rauchwand vollends verschlang.

In Gordons Büro hämmerten Kenny und Jason verzweifelt gegen die verschlossene Tür, während Toby immer noch teilnahmslos auf dem Boden hockte.

»Hilfe! Helft uns doch!«, schrie Elliot, nur Connor stand wie in Trance mitten im Zimmer.

Jason und Elliot, die beiden größten Jungs, hoben den Schreibtisch hoch und schleuderten ihn gegen das Fenster, das mit einem lauten Knall zerbarst. Kalte Nachtluft drang herein, während gierige Flammen und dichter Rauch aus dem Hinterzimmer drangen. Mit dem Fuß trat Elliot die im

Rahmen steckenden Scherben heraus, dann kletterte einer nach dem anderen ins rettende Freie.

»Connor!«, schrie Elliot, worauf Connor Amelia hochhob. Aus den oberen Stockwerken strömten Kinder auf den Bürgersteig. Erste Schaulustige aus dem besetzten Haus gegenüber kamen angelaufen. Connor half Amelia, über das Fensterbrett zu klettern, ehe er sich selbst auf den Gehsteig fallen ließ. Mitten auf der Straße ging er in die Hocke, um zuzusehen, wie die Flammen sich über das ganze Heim fraßen.

»Wo ist Gordon?« Ronnie Dent schob sich taumelnd durch die Menge und riss Connor auf die Füße. »Wo ist er?«

»Tot«, antwortete Connor leise. »Ich habe ihn getötet.«

Einen Moment lang hielt Dent dem kalten, starren Blick des Jungen stand, dann wandte er sich ab und verschwand eilig in der Menge.

Elliot trat neben ihn. »Wo ist Toby?«

Connor sah sich um, konnte ihn jedoch nirgendwo entdecken. Als er Anstalten machte, auf das Haus zuzugehen, hielt Elliot ihn zurück. »Du kannst nicht …«

Aber Connor schüttelte seine Hand ab und rannte los. Dichter Rauch quoll aus dem Fenster und brannte ihm in den Augen. Er presste sich die Hand auf den Mund und ging hinein. Wieder und wieder sah er Ray Drakes angstverzerrte Züge im Angesicht des Todes vor sich. Connor erreichte den Korridor und trat mit dem Fuß gegen das Schloss der Bürotür.

Die Tür sprang sofort auf. Rauch und Hitze schlugen ihm entgegen, zwangen ihn zurückzuweichen. Er ließ sich auf Hände und Knie fallen und kroch hinein. Orangefarbene Flammen fraßen sich über die Wände. Auf der einen Seite des Büros stand Gordons brennender Schreibtisch, auf der anderen Seite das Sofa. Toby lag zusammengerollt auf dem

Fußboden. Unfähig, die brennenden Augen zu öffnen, zog Connor den Jungen am Arm.

»Nein«, murmelte Toby.

»Los, nimm meine Hand«, befahl Connor mit erstickter Stimme. »Nimm sie.«

Er packte den Jungen am Pullover und zerrte ihn, blind vom Rauch, der in Lunge und Kehle brannte, in Richtung Tür, während er spürte, wie ihn die Kräfte verließen und seine Sinne zu schwinden drohten. Toby war schlaff und machte keinerlei Anstalten, der Feuersbrunst zu entfliehen oder sich auch nur einen Millimeter vom Fleck zu rühren. Nur noch wenige Meter trennten ihn von der Tür, doch Connor brach zusammen, bekam keine Luft mehr.

Dann spürte er, wie der Junge hochgehoben wurde. Er sah auf und erkannte Elliot, der mit Toby über der Schulter zur Tür stolperte. Connor kroch ihm hinterher, taumelte die Treppe hinunter ins Freie, als die oberen Fenster unter der gewaltigen Hitze explodierten. Connor ließ sich neben Toby fallen, während die Scherben auf sie herabregneten. Die Kinder schrien vor Angst auf.

»Du lebst«, stieß Connor hervor. »Du kannst wieder nach Hause.«

Der Junge lag reglos auf der Straße und starrte zum Himmel hinauf.

In der Ferne ertönte das Heulen von Sirenen. Connor kämpfte sich hoch und schob sich durch die Menge. Die Schreie und Rufe und Sirenen waren seltsam gedämpft, so als befände er sich unter Wasser. Amelia und Kenny und all die anderen saßen auf dem Bürgersteig und sahen zu, wie das Heim bis auf die Grundmauern niederbrannte.

»Du wirst mich nie wiedersehen«, sagte Connor zu Elliot, der ihn entsetzt anstarrte.

Er lief zum Ende der Sackgasse und nahm seine letzten Kräfte zusammen, um sich über die Mauer zu schwingen und in der Finsternis zu verschwinden. Das Stimmengewirr hinter ihm verebbte, als er sich zum Bahngleis und über den Hügel auf der anderen Seite kämpfte.

Schließlich ließ er sich ins Gras fallen und sah zu, wie der Rauch mit dem nächtlichen Himmel über ihm verschmolz. Bläuliches Licht zuckte durch das Dunkel, als Streifenwagen und Löschfahrzeuge eintrafen.

Er hatte einen Mann getötet.

Er hatte Gordon Tallis mit Benzin übergossen und ihn angezündet.

Hatte zugesehen, wie er verbrannte.

Und die Wahrheit war, dass es sich, nachdem er den Entschluss erst gefasst hatte, richtig angefühlt hatte.

Aber auch Ray Drake war tot. Connor sagte sich, dass es nicht seine Schuld war. Ray hatte versucht, ihn zu retten, und war dabei selbst ums Leben gekommen. Eigentlich hätte er überhaupt nicht dort sein sollen.

Connors Wut war mittlerweile verflogen, doch er wusste mit beängstigender Klarheit, dass sie irgendwann wieder in ihm aufsteigen würde. Dieses ungezügelte Chaos in seinem Innern würde ihn bei lebendigem Leib zerfressen, wenn er es zuließ.

Er musste dem Richter und seiner Frau die Wahrheit sagen … dass es nicht seine Schuld gewesen war. Dass Ray ihn zu retten versucht hatte. Und dass er jetzt tot war. Ihr Sohn war tot.

Kurz begegnete er Elliots Blick, als er von der anderen Seite der Gleise zu ihm herübersah, dann wandte er sich um und verschwand in der Dunkelheit.

Es sollten über dreißig Jahre vergehen, bis sie sich wiedersahen.

59

»Die vielen Jahre, seit mein Junge tot ist, waren der reinste Albtraum. Anfangs haben wir tagelang darauf gewartet, dass Raymond nach Hause kommt, aber er ist nicht aufgetaucht. Dann stand Connor plötzlich vor der Tür und erzählte uns, was passiert war. Zu erfahren, dass unser Sohn tot ist, war das Grauenhafteste, was man sich nur vorstellen kann.« Myra Drake schluckte. »Das und die Tatsache, dass ich in gewisser Weise auch noch dafür verantwortlich war. Er musste sterben, weil er *hingesehen* hat, weil er sich dafür interessiert hat, was dort passiert, seine Eltern aber nicht.« Sie hob ihr feines Haar im Nacken an. »Würdest du bitte …?«

Drake trat hinter sie und löste den Verschluss der Kette, worauf Myra Flick das Medaillon hinhielt. Flick klappte es auf und blickte auf das kleine Foto ihres toten Sohns – ein etwa sieben oder acht Jahre alter Junge, der irgendwo im Grünen rittlings auf einem Holzdrehkreuz saß und mit wachem intelligentem Blick grinsend in die Kamera sah.

»Das ist das einzige Foto, das ich von ihm habe«, sagte Myra. »Im Bankschließfach liegen noch eines oder zwei, alle anderen wurden zerstört. Ray war ein guter Junge, bei allen beliebt. Ich wünschte, ich hätte Gelegenheit gehabt, ihn noch besser kennenzulernen. Ich wünschte, Leonard und ich hätten uns mehr Zeit genommen, ihm zuzuhören, bevor er …«

Myra verstummte und schüttelte den Kopf. Verblüfft ließ Flick sich auf ihrem Stuhl nach hinten sinken. Der Junge, der einst Connor Laird gewesen war und sich heute Ray Drake nannte, ging in der Küche auf und ab, während er darauf wartete, dass sein Handy endlich klingelte. Die Leichen von Peter Holloway und Toby Turrell lagen immer noch in der Diele.

»Und als Connor zu Ihnen gekommen ist …«, fuhr Flick fort.

»Alle dachten, er sei tot, deshalb haben Leonard und ich … ihn bei uns aufgenommen. Die Folgen dessen, was wir getan hatten, waren uns ja durchaus bewusst. In diesem Jungen brannte ein inneres Feuer … da war so eine Wut, und wir wussten, dass es nicht leicht werden würde, aber wir haben Höllenqualen gelitten, hatten schreckliche Gewissensbisse, deshalb war es eine Art Buße. Ich habe keinen Zweifel daran, dass Raymond genau das gewollt hätte. Wäre er am Leben geblieben, hätte er anderen Menschen geholfen, so wie er auch seiner kaputten Cousine unbedingt helfen wollte.« Die tief in den Höhlen liegenden Augen der alten Frau folgten Drake, der immer noch in der Küche umherwanderte. »Wir haben alle Familienbande zerschnitten, und er konnte auch nicht zur Schule gehen, also ließen wir ihn von einem Hauslehrer unterrichten. Im Lauf der Zeit haben wir so manchen vergrault, das kann ich Ihnen versichern. Er war, gelinde gesagt, ein recht schwieriger Junge. Ein paar Jahre lang war unser Leben sehr anstrengend. Aber auch … seltsam aufregend.«

Es war nicht leicht für sie gewesen, dachte Drake, aber sie hatte sich nie unterkriegen lassen, nie versucht, einen Rückzieher zu machen. Wann immer die Wut aus Connor Laird herausgebrochen war, hatte sie standgehalten, hatte sich niemals einschüchtern lassen. Seine Schuldgefühle und sein tiefschürfender Zorn hatten gedroht, sie alle ins Unglück zu stürzen, und doch hatte sie nie Angst, nie Schwäche gezeigt.

»Er wird niemals mein Sohn sein, niemals mein Junge, das ist ihm bewusst. Trotzdem bin ich stolz auf ihn und auf alles, was er erreicht hat.« Myra wandte sich Flick zu. »Er hat es sehr weit gebracht, und er ist ein völlig anderer Mensch als der Jugendliche, der er einst war.«

Drake wählte zuerst Aprils, dann Amelias Nummer, doch beide Telefone waren abgeschaltet. Er versuchte es bei Elliot, doch auch unter seiner Nummer sprang nur die Voicemail an.

Myra nahm das Medaillon wieder an sich, klappte es zu und schloss die Hand fest um das Foto ihres Sohnes, den sie vor so vielen Jahren verloren hatte.

»Ich dachte, Sie wären es gewesen«, sagte Flick zu Drake. »Ich dachte, Sie hätten all die Menschen getötet.« Sie zog das Foto mit dem halb von der Kamera abgewandten Connor Laird heraus und legte es auf den Küchentisch.

»Ja, das war Connor«, sagte Myra und tippte mit dem Finger auf das Foto, als hätte sie einen völlig anderen Menschen als den Mann vor sich, den sie großgezogen hatte. Aber Drake starrte immer noch wie gebannt auf sein Handy, während ihn eine diffuse Angst erfasste.

»Sehen Sie sich das Foto an«, beharrte Flick. »Sehen Sie es sich an«, wiederholte sie, als er nicht reagierte.

Schließlich nahm er den Ausschnitt und betrachtete einen langen Moment die Augen von Connor Laird, dann legte er ihn wieder hin und wählte erneut Elliots Nummer. Wieder sprang die Voicemail an, also versuchte er es bei Amelia, fest entschlossen, es so lange zu probieren, bis sich jemand meldete.

»Los, sagen Sie es mir«, sagte Flick zu Drake.

Myra seufzte. »Ich habe Ihnen doch alles erzählt, was Sie …«

»Halten Sie den Mund, Myra«, unterbrach Flick barsch. Die alte Frau blinzelte erschrocken. »Ich will es von ihm selbst hören.«

Also erzählte Ray Drake alles über sein Leben als Connor Laird und über das Longacre-Heim. Die Sätze sprudelten nur so über seine Lippen. Er erzählte ihr, wie Gordon Sally getötet und anschließend Connor, Elliot und Toby Turrell gezwungen hatte, sie im Garten zu verscharren. Und wie an diesem Tag etwas in Toby Turrell zerbrochen sein musste. Er schilderte Myra und Leonard Drakes Besuch und den Brand, der später an diesem Tag ausgebrochen war. Er erzählte, wie er völlig verdreckt fieberhaft durch die Stadt geirrt war, ehe er sich Tage später zu Myra und Leonard gewagt hatte, die ihn bei sich aufgenommen hatten. Und wie der Richter seine Beziehungen und seinen Wohlstand dafür genutzt hatte, dass Connor Laird die Identität seines toten Sohnes Raymond annehmen konnte.

Er erklärte ihr, wie er vor vielen Jahren sämtliche Beweise seiner Existenz vernichtet hatte – jede Akte, jedes Foto –, die Connor Laird mit diesem Heim in Verbindung brachten. Wie er seine Vergangenheit, seine einstige Identität, so gut es ging, begraben hatte. Er hatte Akten über das Heim vernichtet und jede Kopie des Artikels über den Besuch der Drakes im Longacre aus Büroschränken und Bibliotheken verschwinden lassen. Zumindest hatte er es geglaubt. Keiner konnte ahnen, woher Kenny genau diesen Artikel aufgestöbert hatte.

Schließlich erzählte er, wie Turrell Jordan manipuliert, wie er selbst früher an diesem Abend Amelia das Leben gerettet und die beiden Frauen zu Elliot aufs Land geschickt hatte, wo sie nun – wie er hoffte – in Sicherheit waren.

Er erzählte ihr alles, was in jener letzten Nacht im Longacre vorgefallen war.

Fast …

Er verschwieg, dass er Gordon Tallis mit Handschellen an den Heizkörper gefesselt, mit Benzin übergossen und angezündet hatte. Myra wusste es und würde das Geheimnis mit ins Grab nehmen. Laura hatte es ebenfalls gewusst, ihn aber als den Menschen akzeptiert, der er damals gewesen war, weil sie ihn als den Mann geliebt hatte, zu dem er sich entwickelt hatte. Aber Laura war ebenso tot wie Ray Drake, der vor all den Jahrzehnten gestorben war, ebenso wie Sally Raynor und so viele andere.

»Was haben Sie jetzt vor?«, fragte Myra Flick.

»Peter Holloway ist tot.«

»Turrell hat ihn getötet.«

»Und Toby Turrell ist ebenfalls tot.«

Drake hatte angenommen, dass damit alles ein Ende hatte. Die Blase der Lüge, in der er seit dem Tag gelebt hatte, als er vor der Tür der Drakes gestanden hatte, war nun endgültig geplatzt. Trotzdem gab es vieles in seinem Leben, wofür er dankbar sein konnte – er hatte eine solide Ausbildung erhalten und Karriere gemacht, hatte eine eigene Familie, eine liebevolle Frau geheiratet und mit ihr eine wunderbare Tochter bekommen. April würde vielleicht niemals verstehen, weshalb er ihr die Wahrheit vorenthalten hatte, aber das Wichtigste war, dass sie in Sicherheit war. Turrell war tot.

Sie war in Sicherheit – das sagte er sich schon die ganze Zeit, trotzdem ließ ihn Turrells unvermittelter Tod irgendwie nicht los.

»Sie haben doch Toby aus diesem brennenden Haus gerettet«, sagte Flick.

»Und hätte ich ihn dort zurückgelassen, und er wäre verbrannt, würden all die Leute heute noch leben«, fügte Drake hinzu.

»Geben Sie mir die Waffe.«

Er legte sie auf den Tisch.

»Wir rufen auf dem Revier an«, sagte Flick und fuhr sich mit der Hand übers Gesicht. »Dort können Sie Ihre Aussage machen.«

»Ich habe Turrell getötet«, warf Myra ein. »Aus Notwehr. Was hier passiert ist, hat nichts mit Ray zu tun, sondern einzig und allein mit mir. Er hat schon seine Frau verloren, und wenn Sie ihn jetzt den Behörden ausliefern, verliert er auch noch seine Tochter, seinen Job und seinen guten Ruf. Ich bitte Sie, sich Ihre nächsten Schritte sehr genau zu überlegen. Wenn Sie auch nur ein Fünkchen Mitgefühl für ihn aufbringen, sollten Sie sein Leben nicht wegen etwas zerstören, das in Wahrheit gar nichts mit ihm zu tun hat.«

Flick schob ihren Stuhl zurück. »Ich muss darüber nachdenken.«

»Natürlich.« Myra lächelte säuerlich. »Sie müssen tun, was Sie für richtig halten.«

Drake begann ruhelos in der Küche auf und ab zu gehen – etwas wollte ihm einfach nicht aus dem Sinn gehen: ein leuchtend roter Kapuzenpullover, der vor Ryans Wohnung um die Ecke verschwand. Gleichzeitig hallte Amelias Stimme in seinem Kopf wider.

Mein Mann wird mich nie wieder anfassen.

Er trat zum Tisch und trommelte mit den Fingern auf die Platte.

»Was ist?«, fragte Flick.

»Das ergibt keinen Sinn«, sagte er. »Turrell hatte mehr als einmal Gelegenheit, mich zu töten. Er hätte Amelia umbringen und April entführen können, weil er genau weiß, wie viel sie mir bedeutet. Aber er hat sie laufen lassen. Er hätte uns alle immer wieder töten können. Aber warum hat er es nicht getan?«

»Turrell wollte um jeden Preis sterben. Und er war regelrecht besessen davon, dass Sie ihn töten.«

»Er hat so viele Jahre damit zugebracht, all diese Menschen zu ermorden. Und mich und Elliot hat er am meisten gehasst.« Drake wand sich unbehaglich. »Zuerst plant er alles so akribisch, und dann beschließt er, doch zu sterben, obwohl er sein Werk noch gar nicht vollendet hat?«

Er versuchte es ein weiteres Mal bei Elliot, während sich sein Magen mit jedem Läuten weiter verkrampfte.

»Woher hatte er das Geld, ständig seine Identität und seinen Wohnort zu wechseln?«, fuhr er fort. »Oder Jordan zu bezahlen? Für uns beide hat er sich etwas ganz Besonderes ausgedacht. Er, o Gott … er hat uns alle genau an dem Punkt, an dem er uns haben will.«

Sie ist an einem Ort, wo du nicht mehr an sie herankommst, hatte Drake zu Turrell gesagt, aber der hatte nur gegrinst.

Drake schnappte die Waffe vom Tisch.

Flick sprang auf. »Ray, Sie müssen hierbleiben. Wir rufen …«

Er spürte, wie ihm sämtliche Farbe aus dem Gesicht wich. Es war noch längst nicht vorbei. Es auch nur für eine Sekunde zu glauben war absolut idiotisch gewesen.

»Turrell war bereit zu sterben, weil er wusste, dass sein Werk nach seinem Tod vollendet wird. Der Plan war stets, dass Elliot und ich zusammen sterben. Wir waren die Zwei-Uhr-Jungs, haben im Heim ständig zusammengesteckt. So hat er uns in Erinnerung behalten. Und April …«

»Ein Sondereinsatzkommando kann schneller dort sein als wir«, erklärte Flick.

»Nein, wenn sich die Polizei dem Haus nähert, stirbt April«, flüsterte er. »Bitte, helfen Sie mir.«

Flick musterte ihn mit ausdrucksloser Miene, dann drehte sie sich um und stürmte in die Diele, vorbei an den Leichen. Als Drake ihr folgen wollte, packte Myra ihn beim Handgelenk.

»Bist du sicher, dass sie das Richtige tut?«

»Wie es kommt, ist es richtig«, gab Drake knapp zurück.

»Wir sind viel zu weit gekommen, um zuzulassen, dass jemand unser Leben zerstört. Tu, was notwendig ist, um die Zukunft deiner Tochter und deinen guten Ruf zu schützen.«

»Myra.«

»Wach auf, Junge!« Sie schlug ihm ins Gesicht. »Wach endlich auf!«

Seine Wange brannte. All die Jahre hatte die alte Frau nie die Hand gegen ihn erhoben, kein einziges Mal. Es war nicht notwendig gewesen – ein einziger verachtungsvoller Blick hatte stets genügt, um ihm das Blut in den Adern gefrieren zu lassen.

»Es gibt Zeiten, in denen ich deinen Freund Connor vermisse, seine Leidenschaft, seinen Überlebensinstinkt. Connor würde nicht zulassen, dass alles auseinanderbricht.« Etwas glänzte in ihren Augen – ein feuchter Film, der keinen anderen Grund haben konnte als ihr nachlassendes Sehvermögen. Er hatte sie niemals weinen sehen und würde auch nie erleben, dass es dazu kam. »Ich habe *ein* Kind verloren. Ein zweites Mal wird das nicht passieren. Komm wieder nach Hause, Raymond.«

Als er fort war, trat sie an den Tisch, um ein letztes Mal das Foto von Connor Laird zu betrachten. Dann drehte sie die Gasflamme am Herd auf, hielt den Ausschnitt daran und sah zu, wie er zu Asche wurde, bis sie sich die Fingerspitzen an der heißen Flamme verbrannte.

60

»Wie es weitergeht«, erklärte Owen, dessen Stimme im Wind, der die morschen Balken der Scheune ächzen ließ, beinahe unterging, »hängt ganz allein von dir ab. Eines steht jedenfalls fest, Junge – du steckst bis zum Hals in der Tinte. Perry will dir die Seele aus dem Leib prügeln, und ich kann es ihm, ehrlich gesagt, nicht verdenken. Im Kofferraum eines Autos eingeschlossen zu sein hat ihm ganz und gar nicht gefallen, vor allem weil er unter Platzangst leidet. Das stimmt doch, oder, Perry?«

Perry stand auf einen Baseballschläger gestützt und murmelte etwas. Sein Gesicht war so verschwollen, dass Elliot ihn im Dunkel kaum wiedererkannte.

»Zum Glück hatte er sein Handy dabei«, fuhr Owen fort, »sonst würde er vermutlich immer noch dort drin liegen. Für dich sieht es allerdings gar nicht gut aus, das ist dir doch klar, oder?«

»Ja«, antwortete Elliot, der vor Schreck kreidebleich war, und taumelte auf dem aufgeweichten Boden einen Schritt vorwärts, um sich zu überzeugen, dass es sich bei der Gestalt vor ihm tatsächlich um Perry handelte. Perrys Hände schlossen sich mit einem Schmatzen um den Gummigriff des Schlägers. Elliots Magen zog sich zusammen, sein Herz begann zu rasen. Er empfand …

… Freude.

Trotz der Gefahr, die von den beiden Männern ausging, und der Gewissheit, dass sie sich aufs Übelste für das rächen würden, was er angerichtet hatte, verspürte er eine Dankbarkeit, wie er sie noch nie erlebt hatte. Er brach in prustendes Gelächter aus.

Am liebsten hätte er Perry einen dicken Schmatzer gegeben und ihn fest an sich gedrückt, hätte ihm beteuert, wie froh er war, dass er noch lebte. Doch er beschränkte sich darauf, sich mit den Händen auf den Knien abzustützen und so herzhaft zu lachen, bis ihm alles wehtat, während ihm die Tränen der Erleichterung übers Gesicht liefen und auf den Boden tropften.

»Ich kann mir nicht vorstellen, dass du allzu viel zu lachen hast«, zischte Owen. »Du steckst bis zum Hals in der Scheiße.«

In diesem Moment ließ Elliot sich unvermittelt auf die Knie fallen und brach in Tränen aus, schluchzte so heftig, dass er kaum noch Luft bekam. All die Schuldgefühle, die Angst, der ganze Ballast, der ihm so lange auf der Seele gelastet hatte, brach sich in seinen Tränen Bahn.

»Schon besser«, bemerkte Owen, der immer noch keine Ahnung hatte, was hier vor sich ging.

Elliot weinte aus purer Dankbarkeit. Nun würde doch noch alles ein gutes Ende nehmen. Der schlimmste Fall war nicht eingetreten: Perry lebte. Er stand vor ihm – stocksauer, brandgefährlich und in seiner gesamten potthässlichen Pracht, aber lebendig. Und Elliot wusste, dass es egal war, was sie gleich mit ihm anstellten, auch wenn es schlimm werden würde, daran bestand kein Zweifel.

All das war nicht länger wichtig, weil er nun Rhonda in die Augen sehen, Dylan in die Arme schließen und sie beide um Verzeihung bitten konnte. Es war noch nicht zu spät. Er konnte all das hinter sich lassen, diesem grauenhaften Albtraum entfliehen und noch einmal ganz von vorn anfangen.

Er hatte wieder eine Zukunft, strahlend und voller Möglichkeiten. Er war mit Amelia befreundet, die vor Geld stank, und dieser Bulle, Drake – sein irrer Kumpel Connor Laird von früher – war ihm einen Riesengefallen schuldig.

Er richtete sich auf. Ekel zeichnete sich auf Owens Miene ab, als hätte Elliot sich soeben von seiner widerwärtigsten Seite gezeigt.

»Ich mach ihn jetzt einfach fertig«, knurrte Perry.

»Zuerst holen wir uns das Geld, dann kannst du ihm den Rest geben.« Mit betonter Langsamkeit rollte Owen die Hemdsärmel hoch. »Ich erkenne hier ein Muster, Elliot.«

»Ach ja?« Elliot kümmerte es nicht länger, was Owen zu sagen hatte. Er konnte nur an eines denken – an Rhonda und Dylan. Er würde ihnen alles erzählen, in der Hoffnung, dass sie gnädig mit ihm waren. Er würde ihnen erzählen, was im Longacre-Heim passiert war – scheiß auf Connor Laird. Falls er für den Raubüberfall und die Körperverletzung in den Knast wandern sollte, würde er seine Strafe absitzen und danach noch einmal ganz von vorn anfangen.

»Vor ein paar Tagen hat mich ein Typ namens Gavin angequatscht«, sagte Owen und trat um Elliot herum. »Bren hat ihn angeschleppt. Er meinte, er hätte dir dein Geld abgeknöpft. Die eine Hälfte hat er mir gegeben, die andere Bren, deinem besten Kumpel.« Owen machte eine Geste, als wollte er einen Fisch an der Angel einholen. »Wir sollten dich ködern, dich dazu bringen, dass du ein krummes Ding drehst. Wir sollten mal an der Fassade kratzen, hat er gesagt, dann würden wir schon sehen, was sich dahinter verbirgt. Ein Mistkerl, ein Schleimbeutel, ein Schläger, ein Dieb. Das war mir echt neu. Der Typ hasst dich wie die Pest, Elliot. Ich hab dich immer für einen Biedermann gehalten, ein ganz kleines Licht, aber er ist bei seiner Meinung geblieben. Keine Ahnung, was du mit diesem Gavin angestellt hast, Junge, aber der hat dich ernsthaft auf dem Kieker.«

»Er heißt nicht Gavin.« Elliot wischte sich die Lachtränen ab. »Sondern Toby.«

Gavin – Turrell – irrte sich. Elliot wollte, so schnell es nur ging, sein neues Leben in Angriff nehmen, wollte zu Rhonda und Dylan. Er musste nur noch diese eine Nacht hinter sich bringen.

»Wo ist das Geld, Elliot?«

»In meinem Schlafzimmer.«

Als Owen sich zum Gehen wandte, trat Elliot ihm in den Weg. »Bitte, meine Gäste. Ich gehe es holen. Ich mache auch keinen Ärger oder versuche abzuhauen, ich schwöre, sondern bin sofort wieder da, ihr habt mein Wort.«

»Dein Wort.« Nachdenklich rieb Owen sich das Kinn. »Okay. Fünf Minuten. Keine Sekunde länger.«

Perry schwang sich den Schläger über die Schulter, als würde er sich auf eine lange arbeitsreiche Nacht gefasst machen.

Elliot rannte durch den strömenden Regen zum Haus. Dicke Wolken zogen am Himmel vorüber. Blätter wirbelten um seinen Kopf wie wild gewordene Fledermäuse. Er spürte Owens Blick nur allzu deutlich im Rücken. Die Metallstäbe des Windspiels schlugen mit voller Wucht aneinander – ein ohrenbetäubender Lärm, der schmerzhaft in seinem Kopf widerhallte.

Er betrat das Haus, wo die letzten Glutreste zwischen den geschwärzten Holzscheiten glommen. Die Küchentür war zu. Elliot lief, immer zwei oder drei Stufen auf einmal nehmend, die Treppe hinauf und hastete in sein Schlafzimmer.

Er zerrte den Rucksack aus dem Schrank, zog den Reißverschluss auf und nahm die Waffe heraus. Kurz überlegte er, die Polizei zu rufen und Owen und Perry so lange mit der Pistole in Schach zu halten, um sich dann ebenfalls zu stellen, aber er wollte das Ding nicht benutzen. Stattdessen wollte er sie nur loswerden, genauso wie die beiden Typen. Angewidert zog er den Reißverschluss zu.

Gerade als er wieder nach unten gehen wollte – fünf Minuten, keine Sekunde länger, hatte Owen gesagt –, besann er sich anders. Er zog sein Telefon heraus und wählte Rhondas Nummer. Es läutete etliche Male, dann sprang die Voicemail an. Elliot wollte sie nur beruhigen, dass der schlimmste Fall doch nicht eingetreten war. Alles würde wieder gut werden. Er war ein freier Mann, und sie konnten wieder zusammen sein.

»Ich habe etwas Schreckliches getan«, sagte er. »Schreckliche Dinge, und ich will dir alles erzählen. Von jetzt an will ich dir immer alles erzählen.« Er hob die Gardine an und sah eine Gestalt in der Scheune verschwinden. »Ich werde nie wieder etwas vor dir oder Dylan verheimlichen, das verspreche ich. Wenn du beschließt, dass es zwischen uns aus ist, dann werde ich das akzeptieren. Aber …« Er presste sich die Finger auf die Augen. »Aber solltest du dich überwinden können, mir zu verzeihen, werde ich alles in meiner Macht Stehende tun, um euch beide glücklich zu machen. Das verspreche ich dir hoch und heilig, Rhonda. Ich würde absolut alles tun, alles. Ich liebe euch beide von Herzen. Bitte ruf mich zurück und gib mir die Chance, es beim nächsten Mal besser zu machen.«

Er legte auf. Augenblicklich klingelte das Telefon. Sein Herz machte einen Satz. Aber es entpuppte sich nur als Benachrichtigung, dass Connor mehrfach versucht hatte, ihn zu erreichen. Jetzt nicht! *Ein Scheißproblem nach dem anderen*, dachte er und warf das Telefon aufs Bett.

Die Küchentür war immer noch geschlossen, als er sich wieder nach unten schlich. Er trat hinaus. Die Bäume über ihm ächzten und schwankten. Er schauderte, als ihm eine eiskalte Schweißspur den Rücken hinunterlief.

»Hier.« Er ging in die Scheune und warf den Rucksack auf den Boden. »Die Knarre ist auch drin.«

Keine Antwort.

Einen flüchtigen Moment lang dachte er, Owen und Perry hätten die Kurve gekratzt. Doch dann nahm er ein seltsames Gurgeln wahr. Vorsichtig trat er weiter in die Scheune hinein, durch silbrige Kegel, wo das Mondlicht durch lose Ziegel im Dach schien, als er mit dem Fuß gegen etwas stieß.

Perry lag reglos auf dem Scheunenboden. Sein Gesicht war kreidebleich, fast durchscheinend, während seine zugeschwollenen Augen ein letztes Mal aufzuglimmen schienen, ehe sie erloschen. Blut, tiefschwarz im Mondschein, sickerte aus einer klaffenden Wunde an seinem Hals wie ein Rinnsal aus einem Fels und sammelte sich in einer Lache um seine Schultern. Zischend drang sein Atem aus seiner freiliegenden Luftröhre.

»Großer Gott!« Elliots Beine gaben unter ihm nach, und er sank auf Hände und Knie, mitten in die warme, klebrige Blutlache. Mit einem unterdrückten Schrei sprang er auf und wischte sich hektisch die Hände an den Hosenbeinen ab.

Kurz danach fand er auch Owen hinter einem Stapel Zementsäcke. Der alte Mann hatte beide Hände über seine Kehle gelegt, die in blutigen Fetzen aus Haut und Gewebe zwischen seinen Fingern hervorquoll. Die Beine in den Gummistiefeln zuckten noch, dann wurden sie still.

Das Scheunentor schlug gegen den Rahmen. Elliot fuhr herum.

»Hallo?«

In diesem Moment schob sich eine Wolke vor den Mond, sodass die Scheune in tiefer Finsternis versank. Elliot lauschte dem Wind, der durch die morschen Balken pfiff, und lief los.

Er stolperte über Perrys ausgestreckte Beine, riss schützend die Arme vor, um seinen Aufprall zu mildern, und schrammte sich die Ellbogen auf dem eisigen, rauen Boden auf. Er hatte keine Ahnung, ob er allein war oder – o Gott, ob Turrell sich noch hier herumtrieb.

Er könnte in diesem Moment direkt hinter ihm stehen.

Tastend streckte Elliot die Hände nach dem Rucksack aus. Endlich spürte er Stoff zwischen den Fingern, zog ihn zu sich heran und zerrte mit zitternden Fingern am Reißverschluss, die Schultern schützend hochgezogen, in der Erwartung eines Schlags auf den Kopf oder einer Klinge, die ihm die Kehle aufschlitzte. Er kippte den Inhalt des Rucksacks auf den Boden, tastete im Dunkeln nach der Pistole, entsicherte sie und zielte auf das Scheunentor.

Die Waffe wild umherschwenkend, näherte er sich dem Tor, ohne zu wissen, aus welcher Richtung der Angriff erfolgen könnte. Er riss die Augen auf, hielt verzweifelt Ausschau nach irgendeiner Bewegung im Dunkel, irgendeiner noch so kleinen Veränderung in der tintigen Schwärze. Schließlich hatte er das Tor erreicht und stürzte hinaus in Richtung Haus, wobei er Mühe hatte, auf dem unebenen Boden nicht ins Straucheln zu geraten.

»Amelia! April! Los, schnell raus!«, schrie er, doch seine Rufe gingen im Heulen des Windes unter.

Elliot stürmte ins Haus und in die Küche. Teetassen standen unberührt auf dem Tisch. Er rannte nach oben. »Amelia! April«, rief er mit heiserer Stimme.

Nacheinander lief er in jedes einzelne Zimmer, doch sie waren alle leer. Schließlich trat er ans Fenster und sah hinaus. Falls sich dieser irre Turrell immer noch hier herumtreiben sollte, konnte er nur hoffen, dass den beiden Frauen die Flucht in den Wald geglückt war.

Owen war tot, Perry ebenfalls. Er bemühte sich nach Kräften, Ruhe zu bewahren, seine Gedanken einzig und allein darauf zu richten, dass seine Familie auf ihn wartete. Alles würde gut werden, er spürte es einfach. Er würde nicht sterben. Nicht heute.

Die Waffe in der Hand verlieh ihm neuen Mut. Er spürte, wie Wut in ihm aufstieg, schloss die Finger um den Griff und lud die Pistole durch.

»Elliot?«

Den Finger um den Abzug gelegt, wirbelte er herum. Amelia Troy stand im Türrahmen und hob mit einem erschrockenen Wimmern die Hände.

»Großer Gott, du hast mir einen Heidenschreck eingejagt!« Elliot nahm sie bei der Hand und zog sie aufs Bett. »Wo habt ihr gesteckt?«

»Wir haben nach dir gesucht.« Sie starrte auf die Pistole. »Du bist rausgegangen, aber nicht mehr zurückgekommen.«

»Er ist hier!«, zischte er.

Amelia starrte ihn an. »Wer?«

»Turrell – er ist hier im Haus!«

»O Gott!« Sie schlug sich die Hand vor den Mund.

Das Letzte, was er jetzt brauchte, war eine hysterische Amelia, die das ganze Haus zusammenschrie. Er musste dringend Ruhe ins Spiel bringen. »Wo ist das Mädchen?«, fragte er leise.

»Unten«, antwortete sie. »Im Wohnzimmer.«

»Nein«, flüsterte er eindringlich, »da war ich gerade.«

Die Vorstellung, dass April irgendwo allein sein könnte, jagte ihm eine Heidenangst ein. Du lieber Gott, wenn Connors Mädchen verschwand … Die Folgen wollte er sich lieber gar nicht erst ausmalen. Er musste die Situation wieder in den Griff bekommen, das war jetzt alles, was zählte.

Rhonda wartete auf ihn, und Dylan ebenso.

»Wir haben überall nach dir gesucht!« Amelias Augen füllten sich mit Tränen. Sie drohte hysterisch zu werden.

Er zog sie vom Bett hoch und wedelte mit der Waffe vor ihrem Gesicht herum. »Wir müssen hier weg. Wir holen April, steigen in den Wagen und fahren einfach los. Verstehst du, was ich sage?«

Sie nickte.

»Hast du die Schlüssel?«

»Ja.« Ihre Stimme zitterte.

»Du musst einfach bloß hinter mir bleiben, okay?« Er drückte ihren Arm. »Brav, du machst das ganz prima.« Er hielt kurz inne. »*Wir beide* machen das ganz prima.«

Er ging vor ihr her zur Treppe, die Waffe in der ausgestreckten Hand. Unten fiel die Haustür krachend ins Schloss. Er beugte sich über das Geländer, konnte aber niemanden sehen.

»April, bist du das?«, rief er. Keine Antwort. Ein Holzscheit im Kamin rutschte herunter, worauf eine Glutwolke aufstieg.

»Elliot«, sagte Amelia leise hinter ihm.

Er musste jetzt all seine Sinne beisammenhaben. »Still«, befahl er leise und lauschte.

»Elliot«, sagte sie noch einmal.

»Was denn?« Er drehte sich um. Amelia rammte ihm ein Messer in den Bauch und drehte mit konzentriert gefurchter Stirn die Klinge in seinem Fleisch hin und her.

Als sie den Blick hob, blieb Elliot lediglich, ihr voller Entsetzen in die Augen zu sehen, ehe ein leises Ächzen aus seiner Kehle drang und seine Beine unter ihm nachgaben, sodass er mit einem lauten Poltern die Treppe rückwärts hinunterfiel.

61

Die Fahrt verlief schweigend. Drake schlängelte sich langsam durch die nächtlichen Straßen, bis die Stadt hinter ihnen lag. Beide waren mit ihren eigenen Gedanken beschäftigt. Drake starrte stur geradeaus. Das Licht der Straßenlampen erhellte seine Züge. Er hatte nur einen Gedanken: April zu finden. Irgendwann fuhr er von der Autobahn ab. Wie eine dunkle Wand ragten die hohen schlanken Bäume links und rechts der Landstraße empor, während sich die Scheinwerfer wie helle Kegel durch die Finsternis schnitten. Ein Tier lief über die Straße. Seine Augen blitzten im Schein der Lichter auf, dann verschwand es im Gebüsch.

»Sie hätten nicht mitzukommen brauchen«, sagte Drake, als sie sich Elliots Haus näherten.

»Stimmt.«

»Wieso haben Sie es dann getan?«

Flick blickte zu dem Blätterdach hinauf, das sich über ihnen spannte, als würde der Wagen durch einen unterirdischen Tunnel fahren. Als sich die Äste teilten, konnte sie die Silhouette der Scheune erkennen. Elliots Haus, in dem kein Licht brannte, war unter der dichten Wolkendecke kaum auszumachen. Drake hielt an, schaltete Motor und Scheinwerfer aus. Einen Moment lang schwiegen sie.

»Wieso war Gordon Tallis mit Handschellen an den Heizkörper gefesselt?«

»Tallis war unberechenbar, labil. Er hat sich vor uns umgebracht.«

»Ziemlich grausige Art, sich das Leben zu nehmen«, bemerkte Flick.

»Ja.«

»Er war mit den Handschellen gefesselt, die *Sie* meinem Vater geklaut hatten.«

Drake gab einen erstaunten Laut von sich. Sie sah seine markanten Wangenknochen und einen winzigen Lichtschimmer in seinen Augen. Unwillkürlich musste sie wieder daran denken, wie Connor Laird sich von der aufblitzenden Kamera abgewandt hatte. »Heute bin ich ein völlig anderer Mensch.«

»Tatsächlich?«, fragte sie und nahm seine Hand, als er nicht antwortete. Plötzlich hatte sie das dringende Bedürfnis nach der Sicherheit, die ihr die Berührung vermittelte. »Sie wollten vorhin wissen, wieso ich mitgekommen bin. Weil Sie im Moment der Einzige sind, der mir noch geblieben ist, und ich die Vorstellung nicht ertrage, dass ich noch jemanden verliere.«

»Danke«, sagte er, »für …«

Sie ließ seine Hand los und löste ihren Gurt. »Bringen wir's hinter uns.«

»Nein, Sie bleiben hier.« Er legte die Hand auf den Griff. »Schließen Sie die Tür von innen ab. Ich sehe mich ein bisschen um. Wenn ich in zehn Minuten nicht zurück bin, rufen Sie Verstärkung.«

Er stieg aus und schlug die Tür zu. Flick sah ihm hinterher, wie er die Einfahrt hinaufging.

Kaum war er verschwunden, spürte sie, wie Übelkeit in ihr aufstieg. Ihr drehte sich der Magen um, und ein kalter Schauder überlief sie, als ihr die Ereignisse des Abends in ihrer grauenvollen Gänze noch einmal bewusst wurden. Sie hatte Peter Holloway und Toby Turrell sterben sehen und geglaubt, sie sei die Nächste. Und jetzt saß sie mitten in der Pampa in der Finsternis und fürchtete sich wegen jedes noch so winzigen Geräuschs fast zu Tode. Eine Minute verging, dann noch eine, und je länger sie dasaß, umso klarer wurde ihr, wie verkehrt es war, was sie hier taten. Sie hatte Angst, und sie war völlig durch den Wind. Gut. Jetzt reichte es.

Sie kramte ihr Handy heraus. Das blaue Licht des Displays erhellte das Wageninnere. Das Signal war denkbar schlecht, gerade mal ein einziger Balken. Trotzdem kam eine Verbindung zustande, und irgendwo in der Stadt läutete ein Telefon.

»Fli…« Eddie Upsons Stimme wurde sofort unterbrochen, sobald er dranging.

»Eddie, ich bin bei Elliot Juniper.«

»Wa…?« Wieder brach seine Stimme ab. »…ick, sind Sie da…«

Sie presste sich das Handy ans Ohr. »Ich brauche eine Rettungseinheit, Eddie!«

»Was? Ich kann Sie …ehen, Flick, wo … Sie?«

»Verstärkung, Eddie? Jetzt sofort! Elliot Juniper!«, schrie sie.

»Ell…«

»Es ist Ray Drake, Eddie!« Sie klammerte sich am Armaturenbrett fest. »Er ist …«

»…per!«, hörte sie Eddie sagen, dann war die Leitung tot.

Frustriert schleuderte Flick das Telefon weg und ließ das Fenster ein Stück herunter. Das Heulen des Windes drang durch den Spalt. Irgendwo rief eine Eule. Sie würde ihr Glück bei Steiner versuchen. Gerade als sie sich nach ihrem Handy bückte, sah sie eine Bewegung im Gebüsch, und eine Gestalt trat heraus.

Mit angehaltenem Atem beugte sie sich vor und sah zu ihrer Erleichterung Drakes silbrige Silhouette im Schein des Monds näher kommen. Er trat an die Beifahrerseite und klopfte gegen die Scheibe.

»Man kann so gut wie nicht ins Haus sehen«, sagte er. »Die Lichter sind alle aus. Und in der Scheune …«

Sie kletterte aus dem Wagen und blieb leicht schwankend stehen. »Was ist in der Scheune?«

»Egal.« Er zögerte. »Es scheint niemand im Haus zu sein, aber …«

Flick schlug sich die Hände vors Gesicht. Als sie sie wieder sinken ließ, waren ihre Handflächen tränennass. »Großer Gott, Ray«, stieß sie erschüttert hervor.

Ray Drake nickte. »Ich verstehe schon. Sie brauchen nicht mit hineinzukommen.«

»Nein.« Sie presste die Hände gegen die Oberschenkel. »Bringen wir es hinter uns.«

Sollte April etwas zustoßen, würde sie es sich nie verzeihen. Sie konnte nur hoffen, dass Upson sie verstanden hatte und Verstärkung bereits unterwegs war.

Drake zog die Pistole aus seiner Tasche, ließ das Magazin herausspringen und legte es wieder ein.

»Die können Sie nicht benutzen«, sagte Flick.

Seine Augen blitzten auf. »Meine Tochter ist da drin, Flick.«

Sie streckte die Hand aus. »Die Waffe bleibt hier, sonst melde ich Sie.«

Drake reichte ihr die Waffe. Sie riss die Tür auf und warf sie unter den Sitz.

»Wenn wir April hier rausgeholt haben, setzen Sie sich in den Wagen und fahren einfach los.« Er drückte ihr die Schlüssel in die Hand. »Auch wenn ich nicht hier sein sollte. Warten Sie nicht auf mich, sondern bringen Sie sich in Sicherheit.« Er berührte ihren Arm. »Bereit?«

Flick nickte, obwohl sie seine Frage kaum mitbekommen

hatte. Sie lauschte auf näher kommendes Heulen von Sirenen und Brummen von Motoren, doch der heftige Wind übertönte nahezu jedes andere Geräusch.

Sie gingen den Weg entlang, sorgsam darauf bedacht, sich dicht am Rand zu halten, geradewegs auf die steil ansteigende Einfahrt zu.

62

Die Silhouetten der im Wind schwankenden Bäume spiegelten sich in den dunklen Fensterscheiben des Cottages wider. Kurz schob sich der kreisrunde Mond hinter den Wolken vor, ehe er wieder verschwand. Ein Windspiel neben der Tür klingelte wie verrückt.

»Gehen Sie hinten herum, aber ducken Sie sich. Und seien Sie vorsichtig.«

Flick nickte und verschwand um die Hausecke. Drake beschloss, dass es sinnlos war, in Deckung zu gehen. Er marschierte die Einfahrt vollends hinauf, während sich seine Krawatte im Wind wie eine zornige Viper wand.

Die Haustür war nicht abgeschlossen. Er trat in die stockdunkle Diele und schloss die Tür hinter sich. Schlagartig waren das Pfeifen des Windes und das wilde Bimmeln des Windspiels nur noch gedämpft zu hören. Die Fensterscheiben klirrten leise in den Rahmen. Ganz allmählich gelang es ihm, Umrisse auszumachen – den Kamin, in dem die letzten Glutreste glommen, die LED-Lämpchen eines Fernsehers, eines WiFi-Routers und einer Stereoanlage. Ein Boiler brummte irgendwo laut im Haus, und er hörte noch etwas anderes … ein Röcheln. Irgendwo auf dem Boden.

»April?«, rief er. »Elliot?«

Ein rasselndes Keuchen. Jemand lag am unteren

Treppenabsatz. Elliot. Sein Hemd und der Teppich rings um ihn herum waren tiefschwarz.

»Licht?«, fragte Drake.

»Neben … der Tür.«

Drake legte den Schalter um. Augenblicklich war die Diele in helles Licht getaucht. Elliots Gesicht war kreidebleich und von einer schimmernden Schweißschicht bedeckt. Unter seinen blutunterlaufenen Augen lagen dunkle Ringe, und überall klebte dickes Blut, das aus einer klaffenden Wunde in seinem Bauch sickerte.

»Endlich«, stieß er hervor. »Die Kavallerie.«

»Wo ist sie?« Drake beugte sich über ihn. »Wo ist April?«

Elliots Lider flatterten. Zwei Gestalten erschienen am oberen Treppenabsatz. Drakes Herzschlag setzte aus, als er die Pistole am Hals seiner Tochter sah. Amelia presste den Lauf gegen Aprils Kehle, während sie gemeinsam die Treppe herunterkamen.

»Eine Schande, dass Toby nicht hier sein kann«, erklärte Amelia munter. »Das hätte ihm gefallen. Aber der arme Kerl war bis ins Mark erschöpft, hatte keinen anderen Wunsch mehr, als so schnell wie möglich zu sterben. Ich habe ihm versichert, dass er getrost alles andere mir überlassen kann, dass ich sein Werk zu Ende bringen würde. Ich nehme an, er ist …«

Drake sah seine Tochter an, die am ganzen Leib zitterte und ihn aus starren, angsterfüllten Augen anblickte. »Er ist tot«, sagte er.

»Ich werde ihn vermissen, aber das ist genau das, was er die ganze Zeit wollte«, sagte Amelia und seufzte. »Ich konnte es ihm nicht ausreden. Die Wahrheit ist, dass Toby zu sensibel war, um in dieser elenden Welt zu überleben.«

Ein rasselndes Lachen drang aus Elliots Kehle.

»Wieso?«, fragte Drake. »Wieso tust du das alles?«

»Ich habe ihn geliebt.« Amelias Augen füllten sich mit Tränen. »Er hat mich gerettet. Er hat mir gezeigt, wie ich ein Leben ohne Schmerzen und Höllenqualen führen kann, und du kannst dir nicht vorstellen, was für eine Wohltat das war, was für eine Erkenntnis.«

»Er hat deinen Ehemann getötet und um ein Haar auch dich.«

»Er wollte uns beide umbringen, natürlich. Das war seine Absicht. Ich sollte diese Überdosis nicht überleben. Wir haben das Ganze wie erwachsene Menschen besprochen. Als ich im Krankenhaus wieder aufgewacht bin, waren alle meine Erinnerungen an Longacre weg, und ich habe mich vollkommen frei gefühlt. Zum ersten Mal konnte ich mein Leben wirklich genießen. Natürlich kamen sie irgendwann wieder, Stück für Stück, aber sie haben mich nicht länger gequält. Der Tod meines Mannes, der mir das Leben zur Hölle gemacht hatte, hat mir die Hoffnung geschenkt, endlich Frieden zu finden. Und Toby hat mir versichert, dass ich mich wie neugeboren fühlen werde, wenn ich heute Abend hier rausgehen werde und alles vorbei ist. Dass ich irgendwo leben werde, weit weg von hier, frei und ohne jede Angst.« Tränen liefen ihr über die Wangen. »Für das, was er für mich getan hat, werde ich immer in seiner Schuld stehen. Ich bin sicher, er hätte in einem anderen Leben viele wunderbare Dinge erreicht, und ich bin dankbar, dass ich ihm helfen durfte. Ehrlich gesagt glaube ich, dass er sich gefreut hat, auf dieser schwierigen Reise Gesellschaft zu haben.« Ein hässliches Lächeln spielte um ihre Mundwinkel. »Nicht alle sind zum einsamen Wolf geboren, Connor.«

»Und das habt ihr kompensiert, indem ihr all die Menschen umgebracht habt?«

»Na ja«, erwiderte sie leise, »ich habe ihm geholfen … zumindest ein bisschen.«

»Ryan Overton.« Drake registrierte eine Bewegung aus dem Augenwinkel – Flick, die sich durch die Küchentür schob.

»Ja, der geht auf mein Konto«, sagte Amelia. »Ich war schon immer sehr gelenkig. Im Heim bin ich immer auf Bäume geklettert, und Toby musste an dem Abend arbeiten. Aber im Großen und Ganzen bestand meine Beteiligung darin, ihm seine Arbeit zu finanzieren. Ich habe ihm neue Identitäten beschafft, Dokumente und Qualifikationen, solche Dinge. Das gibt es nicht gerade zum Schnäppchenpreis, das kannst du mir glauben. Ich sehe mich als eine Art Sponsorin. Und irgendwie hat es sogar Spaß gemacht.«

»Ich kann dir helfen.« Drake trat einen Schritt vor.

»Du hättest mir schon im Heim helfen müssen«, stieß sie barsch hervor. »Aber das hast du nicht. Ray war der Einzige, der sich um mich bemüht und dafür interessiert hat, dass es mir gut geht. Aber du hast ihn getötet und ihm seine Zukunft geraubt, um sie für dich zu benutzen.«

»Was auch immer Turrell dir erzählt hat, es ist eine Lüge.«

»Der arme Junge ist in dieser Flammenhölle verbrannt, und du hast nichts getan, um ihn zu retten. Offenbar hast du vergessen, dass ich dabei war, Connor.«

»Toby hat versprochen, April gehen zu lassen, wenn ich ihn töte.«

Amelia sah ihn mitleidig an. »Ich fürchte, davon habe ich nichts mitbekommen. Aber ich mache dir einen Vorschlag …« Sie zog ein Messer aus ihrem Gürtel und warf es ihm vor die Füße. »Ich denke gern darüber nach, dein kleines Mädchen laufen zu lassen, wenn du mir die Umstände ersparst und dich selbst umbringst.«

»Wie kann ich sicher sein, dass du sie gehen lässt?«

»Kannst du nicht. Ich könnte sie trotzdem umbringen, also wirst du mir wohl oder übel vertrauen müssen. Ich bin ein sehr vertrauenswürdiger Mensch, der im Gegenzug anderen auch schnell vertraut. Frag Toby, frag meinen bildschönen, brutalen Ehemann, möge er in der Hölle verrotten.« Sie nickte. »Nur nicht so schüchtern, Connor. Heb das Messer auf und ramm es dir in den Leib. Ich weiß ja, wozu du in der Lage bist, wenn du etwas unbedingt willst.«

Als Drake sich nach dem Messer bückte, trat Flick ein Stück näher hinter Amelia.

»Tu das nicht, Amelia.«

»Ich warte.« Sie wich einen Schritt zurück, wobei sie die wimmernde April mit sich zog.

Er drehte das Messer um. Die Klingenspitze zeigte direkt auf seinen Bauch. »Wir besorgen dir Hilfe.«

»Ich will keine Hilfe.« Amelia riss die Augen auf, sodass sie beinahe aus den Höhlen traten. »Ich habe mich nie besser gefühlt als gerade jetzt.«

Als Drake noch einen Schritt vortrat, stieß Amelia den Pistolenlauf in das weiche Fleisch unter Aprils Kinn. »Versuch's!«

Drake beugte sich vor, als wäre er drauf und dran, sich die Klinge in den Leib zu rammen. Amelia erschauderte vor Anspannung.

»Jetzt!«, schrie er.

Flick schnellte vor, um die Waffe in Amelias Hand wegzuschlagen. Putz rieselte von der Decke, als sich ein Schuss löste, doch Drake machte einen Satz und riss beide zu Boden.

»Raus!«, schrie er. Schreiend rannte April zur Tür hinaus. Drake packte Amelias Hand, in der sie immer noch die Waffe hielt, und schlug sie mit voller Wucht auf den Boden. Ein zweiter Schuss löste sich, der in die Holzstufe direkt über Elliots Kopf einschlug. Wieder schmetterte Drake ihr Handgelenk auf den Boden, sodass ihr die Pistole entglitt.

Ein heftiger Windzug wehte zur offenen Tür herein. Amelia und Drake rollten über den Fußboden, geradewegs auf den Kamin zu. Sie versuchte, ihm mit ihren spitzen Fingernägeln das Gesicht zu zerkratzen, während sie sich auf ihn schwang. Schreiend schlug sie auf ihn ein, hieb mit beiden Fäusten auf seine Wangen und Schläfen ein. Ein Wirbel aus Farben und Formen tanzte vor seinen Augen.

Flick warf sich auf sie, doch Amelia packte das Messer, rammte es ihr mit kurzen, abrupten Hieben in die Seite, einmal, zweimal, dreimal, und schleuderte sie gegen den Kamin, als die Polizistin für den Bruchteil einer Sekunde vor Schock erstarrte. Flick schlug mit dem Kopf gegen den Kaminsims und verlor das Bewusstsein.

Amelia stürzte sich erneut auf Drake, der im Augenwinkel das Messer aufblitzen sah. Im selben Moment fuhr ein scharfer Schmerz durch seine Schulter. Mit einem Aufschrei presste Amelia ihm die Klinge mit beiden Händen tief ins Fleisch. Sie beugte sich so weit vor, dass sich ihre Lippen beinahe berührten. Einen Moment lang glaubte er, das Bewusstsein zu verlieren. Dann spürte er, wie sie die Klinge wieder herauszog.

Sie richtete sich über ihm auf, das Messer hoch über dem Kopf, und strich ihm zärtlich über die Wange. »Adieu, Connor«, sagte sie.

In dem Moment erschütterte eine Explosion das Haus. Steinbrocken aus dem Kamin flogen umher. Amelia zuckte zusammen, was Drake den kurzen Moment Zeit gab, den er brauchte. Er packte sie bei den Haaren und rammte ihren Kopf mit aller Kraft gegen die steinerne Einfassung, hörte das Knacken, als ihr Schädel brach, ehe sie erschlaffte.

Vorsichtig, damit ihr Körpergewicht nicht gegen seine Wunde drückte, schob er sie beiseite und lag einen Moment lang reglos neben dem noch warmen Kamin. Ein leises Schmatzen drang aus Elliots Kehle. Drake rappelte sich auf.

»Scheiße«, röchelte Elliot, während ihm die Pistole entglitt. »Daneben.« Und als Drake sich neben ihn kniete, fragte er: »Hast du ihn erwischt?«

Drake nickte und löste vorsichtig den Stoff seines Jacketts aus der Wunde. Elliots Kopfhaut war ganz bleich, und sein Atem rasselte.

»Hast nichts von deinem Mumm verloren, was? Turrell, das Mädchen … und Gordon. An ihn erinnere ich mich noch genau.« Elliot zuckte zusammen, als ihn ein scharfer Schmerz zu durchzucken schien. Seine Pupillen drohten in einem Meer aus geplatzten roten Äderchen zu versinken. »Denkst du jemals dran, Connor … was du mit Tallis gemacht hast?«

»Er hatte es verdient zu sterben«, meinte Drake.

»Du hast ihn alle gemacht. Eiskalt. Dieser Ausdruck in deinen Augen … wie du ihn abgefackelt hast. Eiskalt. Das hab ich mein Lebtag nicht vergessen. Aber jetzt muss es aufhören. All die Lügen, die Geheimnisse.« Ein schwaches Lächeln spielte um seine Lippen. »All das bringt mich noch um.«

Drake sah zu der bewusstlosen Flick hinüber, aus deren gezackter Wunde Blut sickerte.

In der Ferne ertönte das Heulen von Sirenen.

»Sie kommt wieder zurück zu mir, meine Rhonda«, röchelte Elliot. »Ich weiß es. Und der Junge auch. Ich kriege eine zweite Chance … und ich werde ihr alles sagen. Alles. Damit es mir nicht länger wehtun kann.«

Blutbläschen quollen ihm aus dem Mund. Wie es aussah, würde Elliot nicht mehr lange durchhalten. Der Blutverlust war zu groß. Aber manchmal geschahen auch Wunder. Drake zog ein paar Latexhandschuhe aus seiner Jackentasche.

»Bestimmt sind sie schon auf dem Weg hierher, und ich werde ihnen alles erzählen. Über das Heim und alles, was dort passiert ist … und was aus uns geworden ist. Du und ich, wir werden zum ersten Mal im Leben die ganze Wahrheit erzählen, und die Lügen werden uns nicht mehr wehtun. Und dann … sind wir endlich frei.« Drake beugte sich vor und streifte die Handschuhe über. »Was sagst du, Connor? Ein Neuanfang für uns beide«, stöhnte Elliot.

»Ich finde, das ist eine gute Idee«, sagte Drake, drückte Elliots Nasenlöcher zusammen und legte die Hand über seinen Mund. Elliot versuchte sich zu wehren, Drakes Handgelenke zu fassen zu bekommen, während sich seine Mundhöhle mit Blut füllte. Den Blick fest auf Drake gerichtet, bewegte er die Arme ganz langsam hin und her, wie ein im Wind schwankendes Schilf, dann fielen sie kraftlos herab. Kurz darauf erschlaffte er, den Blick starr ins Leere gerichtet.

Drake stand auf, streifte die Handschuhe ab und drehte sich um.

Und sah, dass Flick ihn ansah.

Ganz direkt.

63

Was haben Sie gesehen?

Drake beugte sich über sie, als sie zu sich kam, und drückte ein Handtuch auf die Wunde. Ihr war schwindlig, eiskalt, und sie zitterte unkontrollierbar. Ihre Muskeln, ihre Nerven, ihr ganzer Körper. »Muss ich …«

»Nur die Ruhe«, sagte er und sah zur Tür. »Sie sind schon da.«

Motorengeräusch war zu hören, zuschlagende Türen, Stimmen. Lichter, blau und gelb, drangen durch die Fenster und tanzten wirbelnd an der Zimmerdecke.

»Was haben Sie gesehen, Flick?«, fragte er. Trotz des kalten Schweißes, der ihr zwischen die Lippen lief, war ihr Mund staubtrocken. Sie versuchte etwas zu sagen, doch es gelang ihr nicht. Sie hatte Schmerzen, konnte aber nicht sagen, woher sie kamen. Er strich ihr den feuchten Pony aus der Stirn, beugte sich ganz weit zu ihr herunter. »Was haben Sie gesehen?«, fragte er schnell.

Überall war Blut. Sein Jackett war voll davon. Amelia lag mit dem Gesicht nach unten neben dem Kamin, Elliot Junipers Leiche am Fuß der Treppe.

»Wir sind gut, was, Flick? Wir schaffen das, Sie und ich zusammen.« Drake lächelte freundlich. »Was haben Sie gesehen?«

Dann war auf einmal alles voller uniformierter Gestalten, Notärzte und Polizisten stürmten herein. »Hier drüben!«

Sie hörte Rufe, knappe, bellende Anweisungen, dann stand Eddie Upson über ihr. Sie hörte ihn Drake fragen, ob er irgendetwas tun könne. Seine Stimme hallte seltsam, als spreche er durch ein langes Rohr.

»Lassen Sie uns durch, bitte!«

Zwei Rettungssanitäter knieten neben ihr und begannen, ihr mit lauter Stimme ganz langsam Fragen zu stellen, während sie ihre Ausrüstung auspackten. Einer von ihnen schob Drake zur Seite und presste etwas auf ihre stark blutende Wunde. Flicks Zittern schien einfach nicht aufhören zu wollen.

»Ist Ihnen kalt?«

»Können Sie atmen?«

»Sagen Sie mir Ihren Namen.«

»Sie hat einen Schock«, erklärte Drake.

Der Rettungssanitäter hob die Hand. »Bitte, gehen Sie zur Seite und lassen uns unsere Arbeit machen.«

Drake gehorchte, und Flick registrierte vage, dass er sich mit den Sanitätern anzulegen schien. Er wollte nicht, dass ihn jemand behandelte, wollte sie nicht allein lassen.

Minuten später wurde sie, mit einer Sauerstoffmaske über dem Gesicht und einem Druckverband, der die Blutung stoppen sollte, auf eine Trage gehoben und aus dem Haus gerollt. Die Brise fühlte sich angenehm auf ihrem erhitzten Gesicht an. Der heftige Wind hatte mittlerweile nachgelassen. Sie bemerkte, dass Drake neben der Trage herging.

Was haben Sie gesehen?, hatte er sie gefragt.

Die Frage hallte unablässig in ihrem Kopf wider, aber sie verstand nicht, was sie bedeuten sollte. Ihr dröhnte der Schädel vor Schmerzen, und die eisige Kälte schien ihr bis ins Mark zu dringen. Bilder flammten vor ihrem inneren

Auge auf, durchscheinend, übereinandergeschoben, wirr. Sie sah Amelias verzerrte Fratze, als sie ihr das Messer in die Seite rammte; Peter Holloway, der mit ausgestreckten Armen die Treppe herunterfiel; und Ray Drake, der sich über Elliot beugte und irgendetwas mit seinem Mund tat, während Juniper vergeblich an seinem Ärmel zog.

»Wir bringen Sie in die nächste Unfallklinik«, hörte sie eine Rettungssanitäterin sagen, während sie im Krankenwagen festgeschnallt wurde. »Dort kommen Sie sofort in den OP.«

Sie wollte etwas sagen, sich von Nina, Martin und den Kindern verabschieden. Sie brauchte sie um sich, jetzt mehr denn je zuvor, aber sie musste sie gehen lassen.

»Soll jemand mit Ihnen kommen?«, fragte die Sanitäterin.

Eddie Upson, Millie Steiner und Vix Moore standen an der rückwärtigen Tür des Krankenwagens. »Wird sie wieder gesund?«, fragte Millie Steiner.

»Jemand muss mitfahren«, sagte die Frau nur.

»Ich komme mit«, hörte sie Drake sagen.

Nein, sagte Flick. Sie wusste nicht, wieso, aber aus irgendeinem Grund wollte sie ihn nicht in ihrer Nähe haben. Sie brauchte Zeit, um diese Bilder in ihrem Kopf zu sortieren. *Bitte nicht.* Aber niemand hörte sie, weil die Maske ihren Mund verdeckte, weil ihr schwindlig war und weil sie nicht einmal sicher wusste, ob sie überhaupt etwas gesagt hatte.

Schließlich stieg Millie Steiner ein und nahm Flicks Hand. Sie spürte die Vibration des startenden Motors, sah die Einsatzfahrzeuge und weitere Rettungswagen vor dem Fenster, die uniformierten Beamten in der Einfahrt. Und den Jungen, der einst Connor Laird gewesen war, der sie anstarrte, scheinbar ohne etwas von dem hektischen Treiben ringsum mitzubekommen.

Sie hatte keine Ahnung, was in seinem Kopf vorging.

Ein letzter Blick auf die am nächtlichen Himmel vorüberziehenden Wolken, auf das wirbelnde Blaulicht auf dem Kies, dann schlossen sich die Türen des Krankenwagens.

Dank

Einen Moment noch – bevor Sie dieses Buch zurück ins Regal stellen, muss einigen Menschen gedankt werden. Denn niemand ist eine Insel, nicht einmal Ray Drake, und ohne die Hilfe und Unterstützung gewisser Leute wäre *Ich vergebe nicht* heute nicht das Buch, das es ist. Ich werde mich kurzfassen, denn ich weiß, dass Sie alle viel zu tun haben.

Zuerst einmal ist da mein Agent, Jamie Cowen. Jamies Begeisterung für *Ich vergebe nicht* hat alles verändert, und ich bin ihm zutiefst dankbar, dass er an den Roman und meine Fähigkeiten als Autor geglaubt hat. Das Gleiche gilt für Rosie und Jessica Buckman und all die anderen wunderbaren Menschen bei The Ampersand und der Buckman Agency.

Mein Lektor bei Sphere, Ed Wood, hat einen großartigen Job gemacht und mich immer wieder behutsam dazu herausgefordert, mich als Autor zu verbessern. Und, meine Güte, da gibt es noch so viele andere Menschen bei Little, Brown & Company, denen ich zu Dank verpflichtet bin. Es war eine große Freude, mit Thalia Proctor und Alison Tulett zu arbeiten, mit Tom Webster, Emma Williams, Ella Bowman und dem wunderbaren Vertriebsteam. Mein Dank geht auch an Sean Garrehy für die Gestaltung des brillanten Originalcovers.

Außerdem möchte ich allen danken, die Auszüge oder auch das gesamte Manuskript gelesen und sich die Zeit genommen haben, mir Feedback zu geben: Debi Alper – die mich vor Erleichterung zum Weinen gebracht hat –, Isabelle Grey, Claire McGowan, Laura Wilson, Rod Reynolds, Steph Broadribb, David Scullion, Charles Harris und Lisa Thompson.

Darüber hinaus gab es einige geduldige und hilfsbereite Menschen, die ihr professionelles Fachwissen mit mir geteilt haben: Mick Gradwell, Jason Eddings, Bob Cummings, Bob Eastwood und Ian Sales. Sollte ich irgendwo Fehler eingebaut haben, ist das meiner eigenen Starrköpfigkeit zuzuschreiben.

Und zu guter Letzt möchte ich mich bei Fiona Eastwood bedanken für ihre unerschöpfliche Liebe und Geduld. Ohne Fiona hätte ich es nie geschafft, mir meinen lebenslangen Traum zu erfüllen. Seit jenem verschneiten Winternachmittag in Manhattan, an dem ich anfing, dieses Buch zu schreiben, hat sie mich unermüdlich unterstützt und ermutigt.

Ich kann gar nicht sagen, wie tief ich in ihrer Schuld stehe – für dieses Buch und für so ziemlich alles andere, was in meinem Leben von Wert ist.